簡愛

新裝珍藏版

夏綠蒂．白朗特——著　劉珮芳、陳筱宛——譯

Jane Eyre

【推薦序】

不簡單的愛情故事——女孩成長過程必看的英國文學巨作

Facebook 粉絲團《英國觀察日記》倫敦特派員
劉家文

小時候讀英國文學名著，總是懵懵懂懂，覺得那些故事就只是故事，主角離我好遠，這次有幸為《簡愛》撰寫推薦序文，特地重溫了一遍這個發生在兩個世紀前的浪漫故事，又剛好身處於故事所在的國家中，對於書中的描寫特別有感觸；深刻體會到除了年代的差距外，簡．愛的遭遇其實很有可能發生在我們的生活之中，如此平易近人，更引人入勝。

作者夏綠蒂．白朗特在一百七十四年前寫下《簡愛》，以現代的眼光看來，書中描寫的生活體驗是有些過時了，（主角簡．愛當家庭教師的年薪為三十英鎊，相當於一千五百元台幣），但也因為我們不曾經歷那個時代的英國社會，藉由作者平實又仔細的筆觸，從大如對場景人物的描述，到小如食物、餐具的細膩刻劃，讀者可以細細品味文字所帶來的想像，透過腦中所浮現的畫面，彷彿親身體驗了主角的一生，增添許多閱讀的樂趣。

從小寄人籬下，養成吃苦耐勞性格的主角，被親戚送去寄宿學校。這點與作者夏綠蒂在女子教會學校度過的童年生活相仿，讓我相信簡．愛這個角色，在某些方面反映出夏綠蒂本人的個性。簡．

愛在羅沃德學院歷經被師長誤會、同儕排擠，卻能不卑不亢，等待可以為自己平反的時機，也結交到海倫・彭斯這個一開始就能看清事實的好友，以及為簡・愛洗雪冤屈的老師坦帕小姐，在大家都遠離簡・愛時依舊陪伴著她。整個故事中，簡・愛逐漸獲得好友、師長與情人的寵愛，卻也在逼不得已的情況下失去他們。其中作者對摯友海倫死亡的描述簡單且平靜，卻能傳達出兩個女孩之間澎湃的友情，讓讀者跟著簡・愛，在獲得與失去中堅強成長。

自認平凡的少女簡・愛，對於安逸的生活以及局限的環境感到不安分，對外面世界充滿期待。想要離開學校去闖蕩的念頭很快就讓她找到了解決的辦法：登報找工作，簡・愛那顆內斂又嚴謹的心讓她順利地找到家庭教師的工作。與雇主羅契斯特先生初識時的對談猶如益智問答一般，反應機伶又乖巧，讓人怎麼能不去喜歡有著獨特魅力的簡・愛呢？我特別喜歡夏綠蒂・白朗特用與讀者對話的口吻寫作，當我太沉迷於故事中其他人物或是場景時，主角簡・愛就會跳出來說：「我親愛的讀者……」，像個說書人一般帶著讀者勾勒出簾幕背後的故事景象。現在幕要拉開了，你準備好進入簡・愛的生活了嗎？

【賞析導讀】

重．讀．《簡愛》

教育部國家講座主持人
陽明交通大學外文系終身講座教授
馮品佳

在諸多十九世紀英國小說裡，夏綠蒂．白朗特（Charlotte Brontë）的《簡愛》（*Jane Eyre*，一八四七）無疑是國人相當熟悉的作品，透過許多各種翻譯，電影與電視改編劇作，甚至像是瓊瑤小說這種本土化的改寫，許多世代的華文讀者對於簡．愛這位貧苦孤兒終於找到眞愛的故事大都耳熟能詳。但是如果重新細讀《簡愛》，我們會發現尋找眞愛的浪漫情節只是重點之一，更重要的是小說所展現出的社會意識，透過簡．愛的人生旅程尋求社會公平正義以及為孤兒尋找親緣歸屬。

平凡又不起眼的家庭教師簡．愛受到雇主羅契斯特先生的青睞，有如灰姑娘一般得到嫁入豪門的機緣，但是她在知道羅契斯特早在西印度已有一段婚姻之後，為了道德良心而捨棄愛情逃走。其後簡．愛年輕英俊、性情高潔的表哥席莊也邀她一起去印度傳教，簡．愛再度拒絕，因為她不能接受無愛的婚姻。在簡．愛面對兩次求婚的抉擇上，我們可以看出來她自律甚嚴的道德標準，不能因為愛而違背良心，也不能爲了高貴的宗教情操而背離眞愛。

對於傳統小說情節的女主角，走入婚姻、或是孤老終身是她們僅有的選擇，幾乎沒有發揮個人意識的可能。但是簡・愛忠於自我，始終如一，使得她成爲十九世紀英國小說裡極其特出的女主角。雖然她終究嫁給了羅契斯特，然而那時她已經是家有恆產的富裕女性，而羅契斯特則是財富幾乎散盡的殘障者，依靠著簡・愛做爲他人生光明的泉源。兩人的互動不但扭轉了當時父權式的婚姻模式，也證明了簡・愛不需要遠赴重洋就可以善盡基督徒助人愛人的天職。

然而，在小說尾聲簡・愛道出「親愛的讀者，我嫁給他了」這句代表美滿結局的名言之前，她必須像許多成長小說的主角一樣經歷諸多困境與磨難。在《簡愛》裡，作者夏綠蒂・白朗特是透過一棟棟建築物的具體象徵意象來記錄簡・愛的人生經歷以及追求家庭幸福的掙扎磨難。小說一開始時簡・愛是個寄人籬下的孤兒，在革特謝德府（Gateshead Hall）裡受盡舅媽與表哥的欺凌，最具代表性的情節當然是她被關在暗無天日的紅房（Red Room）裡暈厥的一段，道盡維多利亞時代孤兒的無助，即使有人收留，但是隨時有遭到監禁這種橫禍發生。當八歲的簡・愛在紅房裡大呼「不公平！不公平！」時，也彷彿在爲這些孤苦無依的兒童們發聲，刻劃出他們在社會邊緣求生求存的困難與掙扎，也抗議社會的不公不義。

隨後，簡・愛被沒有血緣關係的舅媽送到窮人的寄宿學校羅沃德（Lowood），在嚴峻的管教與貧困的環境中度過了十年光陰。簡・愛在初入學校時仍然是個追求公平正義的孩子，因此她爲了校長不實的指控與公開的羞辱感到極爲傷心，也爲受老師歧視與壓迫的海倫打抱不平。但是充滿階級壓迫的羅沃德也提供簡・愛第一個建立親緣的機會，她和早逝的海倫姊妹情深，與公正的老師坦帕小姐亦有如家人，爲她漂泊的人生裡提供了一段平靜沉穩的時光，也讓她嘗到死別之苦。

坦帕小姐結婚之後簡·愛離開羅沃德，在桑費爾德（Thornfield，直譯即爲「荊棘地」）遇見眞命天子羅契斯特。桑費爾德這座宅邸的英文名字極富暗示性，代表簡·愛在此前途坎坷，必須披荊斬棘，備受煎熬。十八歲的簡·愛初出社會，以知識換取生計，卻遇見年長她二十歲、浪跡天涯多年的羅契斯特，也深深爲這個充滿父親形象的男性所吸引。在上流社會人士聚集的桑費爾德裡，簡·愛卑微的家庭教師職位飽受揶揄，但是她卻直覺性地相信羅契斯特不屬於那群賓客，而是和她很親的「同類」。其後羅契斯特的自白也證明了簡·愛與他的確同樣身世堪憐，做爲家族的次子，其實他也是被遺棄的孩子，被父兄設計陷入買賣式的婚姻而痛苦不堪。所以簡·愛與羅契斯特的關係不僅基於浪漫的情愛，更出自社會邊緣人的惺惺相惜。即便如此，在這座充滿父權陰影的宅邸裡，他們仍然無法擁有圓滿的家庭，也迫使簡·愛再度出走。

簡·愛在飢寒交迫時找到另一座居所荒原居（Moor House），也找到眞正的血親瑞佛斯家族。這樣情節上的巧合或許牽強，卻是孤兒簡·愛在建構親緣歸屬極爲重要的一環。席莊對她的好奇解開了她的身世之謎，讓她得知在印度經商的伯父留給她大筆遺產。從小追求公平的簡·愛做出最無私的決定，與表親們共分遺產，也證明她自我道德教育的成功。因此她終究能夠與羅契斯特在芬迪恩（Ferndean）重逢。沒有父權宅邸荊棘遍野的陰影，芬迪恩是棟森林中的小屋，充滿自然界的再生力量，使得雙眼盲目的羅契斯特都能夠重獲部分視力，也讓兩個孤兒終於能夠共組家庭，繁衍下一代。

在一座又一座宅邸居處之中旅行的簡·愛終於能夠駐足生根，在男女平等的立基之上享受家庭的溫暖，這是夏綠蒂·白朗特提供給十九世紀讀者（特別是女性讀者）最大膽的烏托邦願景。同時，這本以英倫島國為背景的小說也展現了極為全球化的視域，透過殖民與宗教系統聯結歐、亞洲舊大陸與美洲新大陸，充分顯現維多利亞時代大不列顛國的地理想像與世界觀。在全球已然「平面化」的二十一世紀重讀《簡愛》，我們仍然不禁對於作者「前衛」式的願景感到讚嘆，也要為她超越時空限制的視野感到驚艷。這歷久彌新，令人百讀不厭，屢屢讓讀者產生全新閱讀感受的魅力，也正是《簡愛》得以成為世界文學經典之主因，也是今日讀者應該重讀《簡愛》的理由。

Chapter 1

第一章

那天是不可能去散步了。其實，上午我們已在光禿禿的灌木叢裡晃過一個小時了，不過午餐（沒有客人時，李德夫人總是早早開桌）後寒冬冷風吹來陰鬱的烏雲，而且到處都在下雨，再想到戶外去活動，真是門兒都沒有。

我很高興這樣，我從不喜歡走遠路，特別是在凜冽的午後。我最怕在寒冷的薄暮時分，帶著凍僵的手指和腳趾回家，保母貝絲的責罵會讓我一顆心直往下沉，還有一想到身高外型不及李德家的伊麗莎、約翰和喬琪安娜，更是教我自卑。

我剛才提到的伊麗莎、約翰和喬琪安娜，此刻正圍繞著他們的媽媽坐在客廳裡。她斜靠在火爐旁的一張沙發上，寶貝兒女們圍坐在身邊（他們此時既沒吵嘴也沒哭鬧），一臉幸福安詳。我，則是她刻意保持距離的對象。她說，她很遺憾必須讓我坐遠一點兒，不過，只要貝絲告訴她，並且在她的觀察下，發現我有努力認真地變得較合群，像個孩子般態度討人喜歡些，活潑些——輕鬆些、坦白些、自然些之類的，就會有轉機，要不然……她非得把我排除在懂得隨遇而安的快樂小朋友們之外不可。

「貝絲說我做了什麼？」我問。

「簡，我不喜歡無端指責或滿是問題的人，況且，一個小孩子真的不可以用這樣的態度質問長輩。去找個地方坐。在你能和顏悅色地說話之前，先把嘴巴閉上吧。」

有一間小早餐室緊鄰著客廳，我悄悄溜了進去。裡頭有座書架，我很快給自己找了一本書，還特別看準書中有許多圖畫的。我爬上窗座，將兩隻腳收攏，像個土耳其人盤腿而坐，再將紅色的毛料窗簾幾乎完全拉上，而後退到隱密的位置，沉浸在自己的世界中。

紅色窗簾厚厚的縐褶阻擋了我右手邊的視線，左手邊由明淨的窗玻璃保護著，卻沒有將我和沉鬱的十一月天隔開。趁著翻動手中書頁的空檔，我研究起那冬日下午的光景。遠方，在縷縷蒼白雲霧的瀰漫下，盡成一片虛無；近處，是狂風暴雨掃蕩下，濕透的草原和灌木交織成的畫面。

我將目光移回書頁，那是畢維克[1]所寫的《英國禽鳥史》。大致上，我不太喜歡它的凸版印刷，然而有幾頁引言卻是像我這樣的孩子無法略過不看的。引言提及海鳥經常駐足之地，在「孤寂的岩石和海角」上，牠們是唯一的棲息者；在挪威的海岸，從最南端起，星羅棋佈小島中的林德尼斯島或涅斯岬，直到北角——

在北大洋，滔天巨浪
洶湧翻騰於赤裸陰鬱
終極北境之島群；而大西洋之洪濤
急衝入風狂雨暴之海布里群島間。

我也無法不去注意到關於拉普蘭、西伯利亞、斯畢茲柏根、新地島、冰島、格陵蘭那些蕭瑟淒冷之海岸的描述，「廣袤的北極，以及那些孤獨陰鬱之境——是霜雪的封存庫，堅冰的曠野，數世紀寒冬之累積，激盪出如阿爾卑斯峰頂熠熠之雪光，環繞著極地，集中著冷絕之境層層疊砌之酷寒。」在這些死寂慘白的疆域裡，我架構出自我的想像：隱晦不明，就像所有在孩童腦中隱約浮現、一知半解的概念一般，卻異樣地印象深刻。引言頁中的文字有書籍章頭節尾的小花飾貫串，鮮明地連結上插圖裡聳立在狂濤怒海中的孤島，使擱淺在荒蕪海岸的破船引人遐思，也讓人對那透過雲層、窺視新沒入海中之沉船殘骸的寒月，備感驚駭。

我分辨不出徘徊在孤寂墓園的心境與此有何不同。刻了文字的墓石，墓園的大門，裡頭的兩棵樹，低低的地平線，四面被一堵破牆圍繞，而剛升起的新月，駐足在黃昏時分。

冬眠的海上，兩艘停駛的船，我相信該是水手們的幽靈。

惡魔按住小偷背後的袋子，我很快翻過去這頁。噢，好嚇人的一幕！

同樣嚇人的還有遠遠地坐在一塊岩石上那漆黑長角的東西，正在眺望遠方圍繞著斷頭台的一群人。

每一幅插圖都訴說著一個故事，對我尚未完全發展的理解力和未臻完美的感情來說，都充滿著神祕，卻又如此有趣；如同在冬夜裡，若碰到貝絲心情好時，就會說給我們聽的故事一樣有趣。那時她會把燙衣板搬到育嬰室的火爐邊，允許我們圍坐在旁，她一面把李德太太的蕾絲花邊燙平、把睡帽邊沿燙出縐褶，一面用古老童話故事或久遠歌謠中所敘述的愛情故事、冒險傳奇的片段，或（我後來發現的）從《潘蜜拉》和《摩爾地伯爵亨利》等書中所摘取的篇章，來餵飽我們飢渴的好奇。

擁有畢維克在膝上，我當時是快樂的，至少是我所認爲的快樂。我不怕別的，就怕被打擾，而這打擾來得太快。早餐室的門被打開了。

「呸！煩悶女士！」約翰．李德叫嚷著，繼而停歇下來。他發現屋裡空無一人。

「那小惡魔跑哪兒去了？」他接著說道：「莉西[2]！喬琪！（他在叫他妹妹們）簡不在這裡，告訴媽媽她跑進雨中去了。好個壞傢伙！」

「幸好我把窗簾拉上了。」我想著，心中不住地期盼他別發現我的藏身處。約翰．李德是不會發現我啦，他的眼力和頭腦都不夠敏捷。然而伊麗莎卻把頭探進來，隨即說：「她在窗座上，錯不了，傑克。」

我立刻現身，因爲一想到要被那位傑克拉扯出來，我就嚇得發抖。

「你有什麼事？」我笨拙膽小地問道。

「要說：『李德少爺，您有什麼事嗎？』」他如此回答，「我要你到這兒來。」說著便在一張扶手椅上坐下，並且比了個手勢要我過去站在他面前。

約翰．李德是個十四歲大的男孩，比我大四歲，我那時才十歲。就他的年齡來說，他算長得高壯的，皮膚暗沉不健康，一張大臉上豎著粗糙的五官，四肢笨重又肥大。他習於在餐桌上狼吞虎嚥，這使得他脾氣暴躁，生成一雙朦朧爛眼及鬆垮雙頰。他現在應該在學校裡的，可是他母親把他帶回家來一、兩個月了，因爲他「身體羸弱」。他的老師麥爾斯先生就說，如果家裡少給他送些蛋糕、甜食之類的東西吃，他肯定會身強體壯；但他母親聽不進這麼尖銳的批評，倒情願把約翰的蒼白臉色想成是過度用功或太過想家的緣故。

約翰並不怎麼愛他母親和妹妹們，可卻特別討厭我。他欺負我、凌虐我，不是每週兩、三次，也不是一天一、兩回，而是無時無刻、永無止境。我的每一根神經都畏懼他，只要他一靠近，我骨頭上的每吋肌肉都會打顫。我常被他所引發的恐懼嚇得不知所措，因爲不論是對他的威脅或刑罰，我都求救無門。僕人們不想爲了幫我一把而開罪他們的少主人，而李德夫人對此般狀況根本視若無睹。她從未見過他打我，也沒聽過他罵我，雖然他不時就當著她的面這樣做……當然了，在她背後更是變本加厲。

因爲對他順從慣了，我便依言走到他的椅子前，他花了三分鐘左右的時間朝我吐舌頭，連舌根都差點吐出來了。我知道接下來他就要動手了，在擔心拳頭落下來的同時，我仔細端詳眼前這個將要施暴的醜惡傢伙。我不知他是否從我臉上的表情看出了端倪，因爲在那一瞬間，他一言未發便開始猛攻。我搖搖欲墜，往後倒退了一、兩步才勉強保持住平衡。

「這是你剛剛對媽媽的應答太過無禮，」他說：「還有你鬼祟偷溜進窗簾後面，加上兩分鐘前你那副表情所應得的懲罰，臭老鼠！」

早已習慣約翰·李德辱罵的我，根本不想回嘴。我一心只想著該如何捱過在那頓謾罵之後隨即要落下的拳打腳踢。

「你躲在窗簾後面做什麼？」他問。

「我在看書。」

「把書拿出來。」

我走到窗邊，把書拿過來。

「你沒資格拿我們的書，你只是個寄人籬下的傢伙，媽媽說的。你沒有錢，你父親沒留給你半點東西，你該去乞討，而不是和我們這些紳士之子住在一起，和我們吃同樣的食物，穿我們媽媽花錢購置的衣服！現在，我就要讓你瞧瞧，弄亂我的書架該受什麼教訓，因爲那些書是我的，這房子也都是我的！至少幾年後就是啦！去，站在門邊，離鏡子和窗戶遠一點。」

我乖乖照做了，起初還不明白他的企圖，不過一瞧見他拿起書本，站穩身子做出投擲動作，我立刻本能地驚叫著躲開。然而動作不夠快，書冊已朝我飛過來，不偏不倚打中我，我應聲跌倒，頭撞在門上，劃出一道傷口。傷處開始流血，疼痛更是難以忍受，我的恐懼已越極限，其他情緒繼之湧起。

「邪惡殘暴的小孩！」我說：「你就像個殺人凶手——你就像個奴役奴隸的人——你就像羅馬暴君！」

我那時已讀過高德史密斯[3]所寫的《羅馬史》，對尼祿、卡利古拉等人已有自己的想法。我一直都只是默默地把他們評比一番，沒想到竟順口大聲地說出來。

「什麼！什麼！」他叫道。「她竟敢如此對我說話？伊麗莎、喬琪安娜，你們聽到她說的話了嗎？看我不告訴媽媽？不過首先——」

他猛地朝我衝過來，我感覺到他抓住了我的頭髮和肩膀。他正和不顧死活的我扭打著。在他身上，我當眞看到了一個暴君，一個殺人凶手。我感覺有一、兩滴血從我頭上流到脖子，也感覺到劇烈的疼痛。眼前這些感覺勝過了恐懼，我發狂似地和他對打。我不太清楚我是怎麼出手的，但耳裡聽得見他一直叫我「臭老鼠！臭老鼠！」這般高聲咆哮。他的救兵就在旁邊，伊麗莎和喬琪安娜馬上跑去找已經上樓的李德夫人。她立刻過來，身邊還跟著貝絲和她的貼身侍女愛波。我們被拉開了，我聽到她們說的話。

「哎呀！哎呀！這麼兇，還撲到約翰少爺身上去！」

「有人看過這麼壞脾氣的人嗎？」

然後李德夫人補了一句：「把她帶到紅房去，關在那兒。」

立刻有四隻手臂過來抓住我，硬把我帶上樓去了。

譯註：

1 畢維克（Thomas Bewick, 1753-1828），英國木刻家，《英國禽鳥史》（History of British Birds）中的插圖即爲其所繪製。

2 莉西（Lizzy）是伊麗莎（Eliza）的暱稱。後面出現的傑克（Jack）是約翰（John）的暱稱。

3 高德史密斯（Oliver Goldsmith, 1730-1774），愛爾蘭詩人、作家，以小說《威克菲爾德的牧師》（The Vicar of Wakefield）和詩集《荒村》（The Deserted Village）聞名於世，另著有《羅馬史》（History of Rome）。後文中提及的尼祿、卡利古拉皆是著名的羅馬帝國暴君。

Chapter 2

第二章

我一路抗拒著。這倒是新鮮，如此一來，等於更加深了貝絲和愛波對我的成見。事實上，我是有些反常，或者是像法國人所說的，是變了一個人。我意識到，光是那瞬間的叛變就足以讓我嘗到怪異懲罰的苦頭了，所以就像其他反叛奴隸一樣，在絕望中我下定決心要反抗到底。

「抓住她的手臂！愛波小姐，她像隻瘋貓似的！」

「丟臉哪！丟臉哪！」李德夫人的侍女叫道，「眞是驚人之舉啊！簡・愛小姐，毆打一位年輕紳士，他可是你恩人的兒子！是你的少主人！」

「主人！他怎麼是我的主人？我是傭人嗎？」

「不。你比傭人還不如，因爲他們供你生活，你卻什麼也不做。去那邊坐下，好好反省自己的惡行。」

此時，她們已把我弄進李德夫人所指定的房間裡，一進去便把我按坐在一張凳子上。我直接的反應是像彈簧一樣跳起來，她們那兩雙手立即抓住我。

「如果你不坐好，就只得被綁起來了。」貝絲說：「愛波小姐，你的吊襪帶借我。我的帶子怕兩下子就被她扯斷了。」

愛波小姐轉身要從粗壯的腿上解下那條縛帶，這準備綁人的動作及加諸其上的羞恥讓我激動的情緒冷卻不少。

「別解了，」我叫道：「我不會亂動。」

爲了保證說到做到，我兩隻手緊緊抓牢椅子。

「小心不要亂動。」貝絲說，當她確認我眞的平靜下來時，就鬆開了抓住我的手。她和愛波小姐各自抱著手臂站在兩旁，一臉狐疑地審視我的臉，似乎對我恢復理智感到不可思議。

「她從來沒有這樣過。」貝絲終於開口，轉向愛波小姐說道。

「她骨子裡是這樣的，」愛波小姐回答：「我經常跟夫人提起我對這孩子的看法，夫人也認爲我說得沒錯。她是個狡猾奸詐的小傢伙，我從沒見過她這年紀的女孩有這般陰險的。」

貝絲沒有接話，不過一會兒之後她就對我說：「你該小心的，小姐，你應該對李德夫人感恩圖報，是她收留了你。如果她把你趕出去，你就得去住救濟院了。」

對於這些我無話可說，這番話早就千篇一律，打從我有記憶以來就聽過包括暗示在內的相同說法了。這種因我寄人籬下而起的責難，聽得我耳朵都快長繭了，非僅難受異常，也相當難堪，不過卻總是一知半解。

愛波小姐加入說教行列。「還有，你不要因爲李德夫人好心讓你和李德小姐們以及李德少爺一塊兒成長，就以爲自己的地位和他們一樣。他們將來會繼承一大筆錢，而你什麼都不會有，你該謙卑一點，努力去討他們歡心才是。」

「我們說你是爲你好，」貝絲又說，語氣不再刺耳。「你應該做個有用的人，與大家和睦相處，這樣的話，這裡也許可以成爲你的家。要是你變得愛使性子，粗魯無禮，那麼夫人肯定會把你送走的。」

「況且，」愛波小姐說：「上帝會懲罰簡・愛小姐喔。祂會在她突然大發脾氣的時候就讓她死掉，到時候她的靈魂要到哪兒去呢？來吧！貝絲，我們走吧，別管她，我可一點兒都不想跟她一樣。簡・愛小姐，你一個人在這兒好好禱告吧，因爲如果你不悔改的話，上帝就會讓煙囪裡降下個怪東西把你抓走。」

她們走了，重重地把門關上，隨即上了鎖。

這紅房是間備用臥室，很少有人入住，事實上，我會說除非是李德家湧進大量訪客，他們認為客房住不下時才有可能用到，要不然，沒人會住到這兒來的。然而，它卻是這棟大宅裡最寬敞、最高貴的房間。一張由龐然桃花心木所做的床柱支撐著的大床矗立在中央，其上垂懸著深紅色錦緞的羅帳，猶若一座帳幕；兩扇大窗戶，頂端的窗簾始終是拉上的，且讓同布料的花綵和垂飾給遮掉了大半；地毯是紅色的；床前椅上鋪著一塊深紅色鋪布；牆上則是柔和的色澤，淺黃之中透出些許粉紅；洗手台和椅子都是源自於黑亮的老桃花心木。和周遭深色系形成強烈對比的是床上堆疊的床墊和枕頭，它們高高聳立，在雪白的馬賽布床墊覆蓋下，發出亮眼白光。同樣搶眼的還有床頭旁一張舒適的安樂椅，也是白色的，椅子前方附有個腳凳。那畫面在我眼中，儼如一張慘白的王座。

這個房間很冷，因為裡頭不常生火；很靜寂，因為離育兒室和廚房都很遠；很肅穆，因為很少有人走近。女傭週末才會進來拂去鏡子及傢俱上靜靜躺了一星期份的塵埃；至於李德夫人，她久久才光臨一次，看看衣櫥裡某個祕密抽屜裡存放的形形色色羊皮紙文件及她的珠寶盒，還有她那已過世丈夫的精緻小像；最後，就是關於這紅房的祕密了──那使它華麗卻冷清的咒詛。

李德老爺過世九年了，是在這房裡嚥下最後一口氣的。他盛裝躺在這兒，葬儀社人員過來把他的棺木扛抬出去。而自從那天起，一種可怕的神聖感便籠罩住整個房間，連帶使得它甚少受到打擾。

貝絲和愛波小姐要我坐在上面不准亂動的椅子，是放在大理石壁爐台前一張低矮的軟墊椅。我前面是那張高大的床；右手邊是黑亮的巨型衣櫥，迎著光線反射出殘缺不全的影像；左手邊則是拉上窗簾的窗戶，窗戶與窗戶間的一面大鏡子一再呈現出床和房間的虛幻莊嚴。我不甚確定她們是否真將門給鎖上了，於是當我敢移動時，我便起身上前察看。糟糕，真鎖上了！沒有比這裡更堅固的監獄了。回來時我得經過那面鏡子，由於心裡的恐懼，在我眼角瞄到它時，鏡面寬度竟不自覺地加大了。鏡中的一切似乎比實物更顯冰冷黑暗：鏡子裡凝視著我的怪異小傢伙，蒼白著臉和雙手，更添陰森；而屋裡每件原本靜止不動的東西，在她閃爍著恐懼的雙眼中映照出來，全都搖曳不已，彷彿件件都附上了靈魂似的。我想那小傢伙應該是個小幽靈吧，半仙半鬼之類的，貝絲在晚上說過的故事輪番上陣，諸如荒野裡長滿蕨類植物的小溪谷和活靈活現遲歸的旅人。我回到了椅座上。

此時迷信在我身上施展其勢力，不過尚未獲得全勝。因我的血液還溫熱，叛變奴隸的心情仍舊以其苦澀的活力支撐著我；在我退縮到悲哀的現實之前，我得按捺下急速衝出的回憶。

約翰．李德所有的殘暴專橫，他姊妹們的驕傲冷漠、他母親的嫌惡以及僕人們的偏心，像井底污泥沉沉壓過來，使得我原本不平靜的內心翻騰得更厲害。爲什麼我老是得受苦，老是得挨揍，老是受指責，永遠也翻不了身？

爲什麼我總是不討人喜歡？爲什麼無論怎麼做就是沒有人喜歡我？伊麗莎任性又自私，卻受人尊敬。喬琪安娜脾氣驕縱、刻薄又壞心眼、挑剔且傲慢無禮，卻廣受喜愛。她的美麗，她那粉紅色雙頰及金色鬈髮，似乎讓人看著就高興，無論她犯了什麼錯都可以一筆勾銷。至於約翰，更是橫行無阻，甚少受罰，就算他扭斷了鴿子的頸項，弄死了小孔雀，把狗放入羊群裡，摘光溫室裡的水果，破壞花房裡最優良品種的花苞，也都沒關係。他還叫他母親「老女孩」，有時甚至罵她皮膚太黑，而他的膚色其實和他母親的差不多。此外，他也不把他母親的話當一回事，還不時扯破、弄壞他母親的絲質衣服；雖然如此，他仍是她的「心肝寶貝」。我絲毫不敢犯錯，戰戰兢兢地去完成每件被吩咐的事，卻一天到晚被冠上調皮、惹人厭、乖戾和狡猾的稱號。

我的頭持續疼痛，被約翰擊打和跌撞所造成的傷口仍在流血，卻沒有人因他任性地痛揍我而加以責罵。而且就因爲我對他無來由的暴力做出反擊，竟被眾人冠上污名。

「不公平！不公平！」我的理性說道，在惱恨的推波助瀾下，形成一股雖然短暫卻極猛烈的力量；也造就了我的決心，煽動起一些奇怪的念頭，想要逃離這令人無法忍受的逼迫：比方說逃走，或者，如果沒有用的話，就絕食，讓自己死掉。

那個可怕的午後，我的靈魂是多麼驚恐啊！腦子是多麼混亂，整顆心是多麼地想叛變啊！我內心的交戰煎熬又是多麼陰鬱而又無知哪！我無法回答自己心中不斷重複的問題——爲什麼我得受這些苦？如今，再回過頭來看（我不說已過了多少年），我完全明白了。

我跟李德家格格不入，在那裡簡直就是個異類；我從來就跟李德夫人和她的孩子們，或受她寵愛的僕婢們處不來。若說他們不喜歡我，那麼老實說，我也沒喜歡過他們。他們原本就不必去疼愛一個無法認同他們的人——一個性格相左、才幹相異、喜好相反的異類，一個無用之人，既無法苟同他們的品味，也無法增添他們的樂趣；一個對他們的作爲義憤填膺，對他們的見解鄙夷不屑的害人精。我知道，倘若我是個天眞活潑、聰明伶俐、長相美麗且只愛嬉戲的小孩（雖然同樣是寄人籬下的孤兒），李德夫人倒有可能願意容忍我，她的孩子們也會較情願跟我一起玩，而僕人們也就不會常常拿我當兒童室裡的代罪羔羊了。

日光開始背離紅房；時間已過四點，陰沉的午後逐漸轉成淒涼的薄暮。我聽到雨點持續敲打樓梯間的窗戶，風聲仍在牆後的小樹林呼嘯著；身體開始一點一滴凍得像座雕像似的，接著，勇氣便開始往下沉。我慣有的自卑、自我懷疑和孤寂沮喪，就像盆冷水一樣，澆熄我僅剩灰燼的餘怒。大家都說我壞，也許我就是這樣吧，我剛才不還想著要把自己餓死嗎？那的確是個壞念頭。尋死眞的比較適合我嗎？位於李德家教堂聖壇下面的地窖就是我的棲身之地嗎？我聽說李德先生就葬在那兒，這讓我想起李德先生來了，心上不自覺地更加陰鬱起來。我對他印象薄弱，但知道他是我的親舅舅，也就是我母親的兄長。當初便是他把我這個無父無母的孤兒帶進他家裡來的；在他臨終的時候，還要求他太太要把我當成自己小孩一樣地好好撫養。李德夫人或許自認已守住承諾了吧，況且我敢說，依她的個性，她所做的已是她所能做的極限了。畢竟，她怎麼可能眞的喜歡一個不請自來且和她沒有血緣之親，在她丈夫死後更是八竿子也打不著的人？她一定悔不當初自己不情不願地應承這份承諾吧，竟要撫養一個不討她喜歡又像個異類似的、將永久入侵她家的怪小孩！

某個念頭猛然乍現：我毫不懷疑——絕不懷疑——倘若李德先生還在世，肯定會善待我。此時，我獨坐著，眼睛望著那張白色大床以及陰影幢幢的四壁，偶爾也迷惑地看一眼昏晦閃光的鏡子，我開始想起曾聽過的關於死人的事，聽說他們在墳墓裡會因答應他們臨終遺言的人未履行承諾而無法安息，故會重返人間懲罰食言者，替受迫害者報仇。於是，我想到李德先生的鬼魂因受外甥女遭虐待所苦，有可能從其安息之地（也許是教堂地窖或是過世之人所住的某處）重返人世而出現在這個房間裡。我擦乾眼淚，止住啜泣，深怕稍有任何一點悲傷的舉止就會招引超自然的聲音來安慰我，或讓一張頭戴光環的臉從幽暗中探出，彎下腰來憐憫我。這個想法在理論上帶給我安慰，但我終究害怕它會實現，於是卯盡全力壓抑住心中恐懼，努力擺出堅強模樣。我將亂髮從眼前甩開，抬起頭環視，在黑暗屋子裡裝大膽。此時，牆上映著一抹亮光，我不禁問自己，那是穿透百葉窗而來的月光嗎？不。月光是靜止不動的，這抹光線卻起伏不定；我瞪著它瞧時，它卻滑向天花板，在我頭上跳動。現在的我能夠推測這道光極有可能是從一個穿越草坪的人手上所提的燈籠散發出來的；可當時，我心中充滿恐懼，全身神經緊繃，顫抖不已，我想這游移的光束乃是從另一個世界來的先鋒部隊。我心跳加速，腦門燥熱，耳朵裡滿是奇怪的聲音，彷彿有許多翅膀在振翅疾飛，好像有東西逐步靠近我，我被壓得快窒息了，忍耐力已然崩潰。我衝向房門，死命地推搖扭轉門鎖。

外頭走道上傳來急促的腳步聲，鑰匙轉動後，貝絲和愛波隨即進來了。

「愛小姐，你病了嗎？」貝絲問。

「好可怕的聲音哪！簡直要嚇死我啦！」愛波嚷道。

「帶我出去！讓我進兒童室裡去！」我哭叫著。

「怎麼了？你受傷啦？看見什麼東西了嗎？」貝絲又問。

「噢！我看見一道光，鬼就要來了！」這時我已緊抓住貝絲的手，她並沒有甩開我。

「她故意鬼叫的，」愛波斷然說道，語氣滿是不屑。「而且叫得多恐怖啊！她要是眞遭受極大的痛苦，倒還値得原諒，可她只不過是想吸引我們過來罷了，我才不上她的當。」

「這是怎麼一回事？」另一個聲音專橫地問道。李德夫人出現在走廊上，她的便帽飛舞著，長外衣因快速移動而沙沙作響。「愛波、貝絲，我確信早先吩咐過你們，除非我自己來開門，否則誰也不可以讓簡・愛離開紅房。」

「簡・愛小姐叫得那麼大聲呀，夫人。」貝絲求情道。

「由她去！」李德太太如是回答。「放開貝絲的手，孩子，你絕對無法靠這些伎倆離開這個房間。我討厭要詐，尤其是這麼做的小孩，我有責任讓你知道，使詐要詭計是沒有用的。現在，你得在這兒多待上一個小時，而且得在你完全聽話、安靜不鬧的情況下，我才會讓你自由。」

「啊，舅媽！可憐可憐我吧！請原諒我！我受不了了……用別種方式處罰我吧！我會死掉的，如果──」

「閉嘴！這眞是場討厭的鬧劇！」所以，毫無疑問，這就是她的想法了。在她眼裡，我是個早熟的演員，是陰險邪惡又危險的雙面人。

貝絲和愛波已經退下，李德夫人對於我的痛苦不堪和鼻涕眼淚氾濫顯然已不耐煩到極點，她粗魯地把我推回房裡，毫不留情地將我鎖在裡面。我聽見她快步離開的腳步聲。而在她離開不久之後，我猜我大概是癲癇發作，這一幕就在我的不省人事中劃下句點。

Chapter 3

第三章

接下來我只記得彷彿是從一場惡夢中醒來一樣，眼前是一道可怕刺眼的紅光，交錯著厚重的黑色木條。另外同時聽見人聲，只是說話的聲音空空洞洞，像被一陣強風或湍急流水給阻擋住一樣，不安、不確定、不寒而慄的恐懼讓我困惑不已。隨後，我意識到有人在碰觸我，攙扶著讓我坐起來，之前從來沒有人這麼溫柔地扶過我。我的頭彷彿靠在一個枕頭或某人的臂彎上，感覺好舒適。

五分鐘後，迷霧已然散去，我很清楚自己躺在自己床上，那道刺眼紅光就是兒童室壁爐裡的火。那時已是晚上，桌上點了根蠟燭。貝絲站在床尾，手裡捧著一只臉盆，有位紳士坐在我枕頭不遠處的椅子上，傾身向前看著我。

當我知道屋裡有個不屬於李德家，且和李德夫人毫無關係的陌生人在時，內心油然而生出一股說不出的輕鬆感，以及令人放心的安全感。我將視線從貝絲身上移開（比較起來，她的在場還沒有愛波的在場那麼令我生厭），仔細端詳起這位紳士的臉，喔，我認得他。他是藥師洛伊德先生，有時候李德家的僕役病了，李德夫人會派人請他過來看看；至於她自己和她的孩子們，則會請醫生過來看病。

「我是誰呢？」他問。

我說出他的名字，同時對他伸出手。他回握住我的手，微笑道：「我們會越來越健康的。」他讓我躺臥下來，接著吩咐貝絲要好好照顧我，不要讓我在夜裡受到打擾。他又另作了一些指示，並且再三表示他明天還會過來，然後就離開了。我倒是滿難過的，他坐在我枕頭附近的時候，讓我很有安全感也覺得有伴，而他一走出房間關上房門的那瞬間，屋裡頓時失去顏色，我的一顆心又直往下沉了，一股說不出的傷悲讓我的心負荷不了。

「你想多睡一會兒嗎，小姐？」貝絲十分溫柔地問道。我不太敢答腔，生怕下一句就迎上嚴厲的話。

「我試試看睡不睡得著。」

「你想喝點兒什麼，或是吃得下東西嗎？」

「不用了，謝謝你，貝絲。」

「那麼，我想我也該去睡了，現在已經過十二點了。不過，如過你夜裡有什麼需要，可以叫我。」

多麼殷勤呀！這讓我有勇氣提出問題了。

「貝絲，我怎麼了？是生病了嗎？」

「我猜，你是在紅房裡哭到生病的吧。別擔心，很快就會好起來的。」

貝絲走進旁邊的女僕房，我聽到她說的話。

「莎拉，過來陪我一塊兒在兒童室裡睡吧，我今晚絕不敢一個人跟那可憐孩子單獨在一起，她也許會死掉。竟然就這樣昏過去，眞是奇怪，我在想她是不是看到什麼了。夫人也眞夠狠心哪。」

莎拉跟她一塊兒回來。兩人都去睡了，在睡著之前她們還嘰嘰喳喳地說了半小時的話。我雖只聽到些細碎言語，但已足夠讓我猜出她們所談的話題了，「有東西走過她身邊，一身雪白，接著就消失了」、「一隻大黑狗跟著他」、「重重地敲了三下門」、「墓園裡有一道光，就在他的墳上」等等的。

她們終於睡著了，爐火和蠟燭都熄了。對我而言，這卻是個難以入眠的長夜，耳朵、眼睛、思維都因恐懼而緊繃，那是只有孩童才感受得到的恐懼。

在紅房事件之後，雖然我身體上並無留下劇烈或久而不癒的病痛，精神上卻大受打擊，時至今日仍可感受到其餘威。是的，李德夫人，多虧了您，我在精神上才受到這麼大的折磨。然而，我該原諒您的，因爲您根本不知道您做了什麼：在您讓我快要精神分裂的時候，竟還白以爲那是在拔除我的劣根性。

第二天，還未到中午，我已起身穿好衣服，裹著一條圍巾坐在兒童室裡的火爐旁。我覺得虛弱乏力，全身筋骨都快散了似的，然而我最糟的病卻是心裡無法言喻的悲痛，那是一種讓我止不住無言淚水的悲痛。一伸手抹去滑下臉頰的淚珠，立刻有另一顆順勢往下流。其實，我應該高興才是，因爲李德家的人都不在，他們全跟著夫人坐馬車外出了。愛波也不在眼前，她在另一個房裡做針線活兒，而貝絲走來走去忙著收拾玩具、整理抽屜時，更難得地不時對我噓寒問暖。對於挨罵彷彿家常便飯且做到累死也討人嫌的我來說，這幅景象有如天堂一般安詳。只不過，我受創劇烈的神經，這會兒似乎什麼樣的平靜也安慰不了，任何樂趣也振奮不了了。

貝絲下樓到廚房裡去爲我端來一塊水果餡餅，還用一個色彩明豔的瓷盤裝著，盤飾圖案是一隻天堂鳥，棲息在牽牛花藤和玫瑰花苞所編成的花環中。以前這個瓷盤總能引起我極大的讚嘆，我時常央求讓我把盤子拿在手中，以便好好端詳一番，不過他們老是覺得我不配享有這樣的殊榮。現在，這個寶貴的容器就放在我膝蓋上，且殷勤地喚我品嘗擺在裡頭的美味甜點。無用的好意！就像那些一直想要卻遲遲無法得到的恩寵一樣，太遲了！我吃不下那塊餡餅啦，那天堂鳥的羽毛、那花朵的色澤，似乎都異樣地褪色了！我將瓷盤和餡餅全擱到一旁。貝絲問我要不要看書，「書」這個字倏忽刺激了我，於是我央求她從圖書室裡把《格列佛遊記》拿來給我。我曾一遍又一遍興味盎然地閱讀這本書，把它當作是一本眞的遊記來看，覺得它比童話故事有趣多了。就好比說精靈吧，我曾在毛地黃和風鈴草的花冠下，磨菇的蕈傘底和爬滿常春藤的舊牆邊，努力尋找卻遍尋不著，最後只好接受這個令人傷心的事實：精靈們舉族遷出英國，搬到更鄉下的地方去了，那裡的森林更原始而廣袤、人煙也更稀少。相較之下，小人國與大人國在我的信念中卻是存在的國度，我毫不懷疑有一天在我的長途旅行中，能夠親眼見到那些小小的田園、屋宇和樹木，以及小小的人們、牛群和羊群，也會見到那像森林般高大的玉米田，碩壯的巨犬和貓怪，如尖塔雄偉的男人和女人。只是，當這本寶貴書冊放在我手上，我翻動著書頁尋找那一次次讓我振奮不已的圖畫之片刻，一切都顯得陰森而沉寂了……巨人們彷彿成了憔悴的妖怪，小人們則像是邪惡又恐怖的小鬼，格列佛則是浪跡險境中最孤寂的一個旅人。我闔上手中的書，再也不想看了，暫擱放在桌上，就在那塊原封不動的餡餅旁邊。

現在貝絲已打掃完畢，房間也都整理好了，她洗過手，打開某一個塞滿美麗絲線和緞子的小抽屜，開始給喬琪安娜的洋娃娃縫起新帽子。她邊縫邊唱道：「我們一起去流浪的日子，好久好久以前。」

我以前常聽她唱這首歌的，那時總覺得心情愉悅，因爲貝絲有一副好歌喉——至少我是這麼想的。可是現在，雖說她的聲音依舊甜美，我卻覺得在歌曲旋律中透著某種說不出的哀愁。有時，她工作得出神，便一再低吟著副歌，那句「好久好久以前」猶如喪禮中安魂曲飄出來的尾聲。她換了一首歌，這次眞眞切切是一首落寞哀愁的歌。

我的雙腳痠痛，我的四肢無力；
長路漫漫，山嶺蠻荒；
薄暮將盡，星月無光，
可憐的孤兒，路途崎嶇難當。

爲何他們差我孤獨行遠路，
走入無盡曠野與灰暗石堆？
人，心無慈悲，唯有仁慈的天使，

照看著可憐的孤兒一步步往前。

柔和夜風自遠方吹來，
長空無雲，眾星明亮皎潔；
慈悲天父保護著、安慰著，
賜下希望給可憐孤兒。

縱使我跌落斷橋
或受迷光所惑而困陷沼澤，
我的天父，仍應許、保佑，
將可憐的孤兒擁入胸懷。

有個思想常賜我力量，
雖無居所，無長物；
天堂是我家，永遠歡迎我，
上帝是可憐孤兒的至好友伴。

「好了，小姐，別哭了。」貝絲唱完歌的時候說道。

她倒不如去跟火說「行了，別燒了！」其實，她如何能感受到淪爲犧牲者的那種悲哀與痛苦呢？那天上午，洛伊德先生又來了。

「哇！已經起來了！」他走進兒童室的時候開口。「啊，保母，她情況如何呢？」貝絲答說我復元情況良好。

「那她看起來應該要快樂一點兒嘛！過來我這兒，簡小姐。你的名字叫簡，是嗎？」

「是的，先生，我叫簡・愛。」

「喔，你一直在哭耶，簡・愛小姐。可以告訴我是怎麼一回事嗎？是哪裡痛嗎？」

「沒事的，先生。」

「那我敢說她八成是爲了不能和小姐們一起坐馬車出去才哭的。」貝絲插嘴道。

「才不是吧！她已經過了鬧彆扭的年齡了。」

我也是這麼想。不當的指控讓我的自尊受損，我立刻回嘴道：「我從來沒爲這種事情哭過，我討厭坐馬車出去。我哭是因爲我心裡難過。」

「啊，小姐！」貝絲說。

好心的藥師顯出困惑的神情。我就站在他面前，他定睛看著我，那雙小小的灰色眼睛並不很明亮，然而現在想來卻是相當慧黠的，總之他有一張不太好看卻讓人覺得頗好心的臉。他從容地看了我一會兒後說：「你昨天怎麼會病倒呢？」

「她摔了一跤。」貝絲又插嘴了。

「摔跤！怎麼，又像嬰兒一樣啦！她這個年紀還不會走路嗎？她至少該有八、九歲了吧。」

「我是被打才倒下去的！」爲了再次捍衛我的自尊，我笨拙地解釋，「可是，那不是我生病的原因。」我補充道。

此時洛伊德先生吸了一下鼻菸壺。

當他把鼻菸壺放回背心口袋裡時，喚傭人們吃晚餐的鈴聲大作。他知道那是什麼意思。

「在叫你啦！保母，」他說：「你先下去吧，我會好好訓一下簡小姐，直到你回來才停。」

貝絲很想留下來，可是她非得下樓去不可，因為在李德家，用餐嚴格規定要準時。

「跌倒並沒有讓你病倒哪，那麼，真正的原因是什麼？」貝絲離開後，洛伊德先生追問道。

「我被關在一個有鬼的房間裡，一直到天黑以後。」

洛伊德先生又微笑又皺眉地說：「鬼！怎麼，你還真是個嬰兒哩！你怕鬼啊？」

「我害怕李德先生的鬼魂，他在那個房間死掉的，而且被放在那兒。貝絲或其他人都不敢在晚上到那兒去，能不去就不去，卻把我一個人關在那兒，連根蠟燭都沒有，實在是太殘忍了——殘忍到我一輩子都忘不了。」

「胡說八道！這就是你心裡難過的原因嗎？現在是白天，你還怕嗎？」

「不怕，可是黑夜很快就要來了。而且，我不快樂——非常不快樂，是因為別的事情。」

「什麼別的事情？可以說給我聽聽嗎？」

我多麼希望可以把這個問題回答個透徹！可是又不知該怎麼說！孩童們可以感覺，可是卻無法分析他們的感覺，且就算他們可以分析出一些想法，也不知道要怎麼將分析所得的結果用言語表達出來。由於害怕失去這個有生以來第一次且是唯一一次吐露苦情的機會，在一陣五味雜陳的沉默後，我努力地擠出盡可能足夠讓他得知真相的回答。

「第一件，我沒有父親、母親或兄弟姊妹。」

「你有一位好心的舅媽和表哥表姊們。」

我又沉默了，然後笨拙地聲明道：「可是約翰．李德把我打倒在地上，而我舅媽把我關在紅房裡。」

洛伊德先生再次拿出他的鼻菸壺來。

「可是你不認爲李德家住的革特謝德府是一棟很漂亮的房子嗎？」他問：「你不認爲有這麼好的地方可以住應該要心懷感恩嗎？」

「這不是我的房子，先生，而且愛波說傭人還比我配住在這兒。」

「嘩！你該不會笨到想要離開這棟漂亮的豪宅吧？」

「如果有別的地方可以去，我會很樂意離開這兒。可是除非等我長大，要不然是無法離開的。」

「也許你可以喔——誰能知道未來的事呢？除了李德夫人之外，你有別的親戚嗎？」

「我想沒有了，先生。」

「你爸爸那邊沒有嗎？」

「我不知道。我問過李德舅媽一次，她說我可能有些階級低下、姓『愛』的貧窮親戚，可是她完全不認識他們。」

「如果有的話，你願意去跟他們住嗎？」

我思考著。成人似乎覺得貧窮很可怕，對孩童而言更是如此呀，他們不太懂在貧窮生活的同時擁有勤奮努力工作等可佩的德行，他們一想到貧窮就只想到破爛衣服、食物不足、沒有火的火爐、粗魯無禮的態度以及卑鄙邪惡。對我而言，貧窮就是墮落的同義詞。

「不，我不想當貧窮人家的小孩。」我如是回答。

「他們對你很好也不要嗎？」

我搖搖頭。我不知道窮人要怎麼對人好，何況，還得像他們那樣說話、學習他們的態度、無法受教育，長大後就像我有時在村口看到的一個貧窮婦女一樣，不是在餵孩子們吃奶，就是在洗孩子們的衣服。不，我還沒有英勇到為了自由放棄階級的地步。

「可是你的親戚們那麼窮嗎？他們是工人嗎？」

「我不知道。李德舅媽說，如果我有什麼親戚的話，也應該是乞丐之類的。我不想去乞討過日。」

「你想去上學嗎？」

我又思考了一下。我不太知道學校是什麼地方，有時貝絲會說到學校，好像是年輕的小姐們都得鍊著坐在一起，身上還得背著黑板，言行舉止都得合乎嚴格要求，務求精確無誤的地方。約翰．李德討厭學校，也常在背後罵老師，不過，約翰．李德的品味迥異於我。而且就算貝絲對學校訓練的描述有點兒嚇人（她對學校的印象是從她以前服務人家中的小姐們那兒得來的），她對這些小姐們的成就所作的描述卻也同樣吸引人。她對她們所畫的風景和花卉給予誇大的讚美，對她們會唱的歌、會彈奏的曲子、會編織的提包，還有會翻譯的法文書，也同樣誇張地稱許著；她說得我競爭的心都燃起了。況且，學校會為我的生活帶來全新改變：它意味著一趟長途旅行，和李德家全然斷絕關係，進入一個迥異於以往的人生。

「我也許會比較想去上學。」沉思過後，我冒出這樣的結論。

「嗯，嗯，誰知道將來會發生些什麼事呢？」洛伊德先生回應著，站起身來。

「這孩子該換換環境才好。」他補充道，然後自顧自地說：「神經過敏哪！」

此時，貝絲回來了，門口的砂礫地上也響起馬車聲。

「保母，是不是你家女主人回來了？」洛伊德先生問道。「我想在離開之前跟她談一談。」

貝絲於是引著洛伊德先生走到樓下早餐室去。從之後所發生的事情看來，我推測這次洛伊德先生和李德夫人之間的談話應是：這位藥師大膽地建議把我送到學校去，而無疑地，這項建議很快被採用了。因為就像某一天晚上，我上床之後聽到愛波在兒童室裡和貝絲邊做針線活兒，邊討論這件事情時說的，她們還以爲我已經睡著了呢。「夫人一定很高興把這個壞脾氣的小孩送走，那小鬼彷彿總在監視所有人，心懷什麼不軌似的。」我想愛波一定是把我當成小蓋亞·福克斯[1]了。

　而且也就是在那個時候，從愛波小姐口中，我頭一次聽到關於我父親的事，原來他是個窮教士，我母親在眾人的反對下堅持嫁給我父親，他們都認爲這樁婚姻門不當戶不對；我外祖父氣得和我母親斷絕關係，而且一分錢也不留給她。就在我父母親結婚一年後，有一天我父親去探訪他教區裡的窮人，那時斑疹傷寒正流行，我父親被感染了，而這致命的疾病也傳給了我母親，在一個月不到的時間裡，兩人相繼過世了。

　貝絲在聽完這故事時嘆了一口氣，說：「愛波，簡小姐實在太可憐了。」

　「是啊。」愛波答道：「如果她是個乖巧可愛的小孩，如此可憐的身世一定會讓人家同情的，偏偏她這副德行，實在無法討人喜歡。」

　「的確不怎麼討人喜歡，」貝絲表示同意：「如果同樣的遭遇發生在喬琪安娜小姐那樣的漂亮寶貝身上，絕對惹人憐愛多啦。」

　「是啊，我眞喜歡喬琪安娜小姐！」愛波熱情地叫嚷道：「那個小寶貝兒！她那長長的鬈髮、湛藍的眼珠，還有那麼漂亮的膚色，彷彿是畫出來似的！噢，貝絲，我猜今天晚餐是吃威爾斯兔子[2]。」

　「我也是這麼想呢，再配上烤洋蔥。來吧，我們下樓去。」

　她們離開了。

譯註：

1 蓋亞・福克斯（Guy Fawkes, 1570-1606），英國軍官，曾密謀炸毀國會大廈，謀殺那位迫害宗教的英王詹姆斯一世及支持他的議員們，於一六〇五年事敗被捕。

2 這是一種將乾酪融在其上的麵包，有時也會加上啤酒。

Chapter 4

第四章

從我和洛伊德先生的談話，以及愛波和貝絲的密談中，我累積了足夠的希望，相信我的將來一定會更好，轉變似乎近在眼前——我靜靜地期盼、等待著，然而，事情卻遲延了。日子一天天過去，我恢復了健康，但那最讓我期盼的事卻連個影兒都沒有。李德夫人有時會嚴厲地審視我，卻甚少開口跟我說話，自從那次我生病後，她似乎就讓我跟她的子女們之間更加壁壘分明了，她分派一間小房間給我睡，責難似的叫我一個人獨自用餐，讓我整天待在兒童室裡，而我的表哥、表姊們則都在客廳裡玩。雖然她絕口不提送我到學校去的事，我卻直覺地認爲她就要無法忍受我跟她待在同一個屋簷下了，因爲她的眼神若看著我時，總不時流露出一種無法克制且根深蒂固的嫌惡。

伊麗莎和喬琪安娜毫無疑問地奉母命行事，她們盡可能不跟我說話。約翰只要看到我就扮起鬼臉，有一次還想衝過來教訓我，可是當我像上次那樣被深沉的憤怒和不顧一切的叛逆情緒所激而立刻準備應戰時，他老兄便想就此打住，逃之夭夭，嘴裡仍不斷嘟噥咒罵，胡扯說我打斷他鼻梁了。其實我的確是握緊了拳頭，狠盯著他那個高鼻子看；當我發現不論是我的舉動或是臉上的神情都讓他心生膽怯時，眞想趁勝追擊，海扁他一頓，不過他早跑到媽咪身邊去了。我聽到他用哭調開始跟他母親胡謅故事，什麼「那個討厭的簡・愛」像瘋貓似的朝他撲過去，結果卻被他母親嚴厲地喝止住了。

「不要在我面前提到她！約翰，我告訴過你別靠近她的，她不值得一看，你跟你的姊妹們都不許和她說話！」

此時，倚在欄杆上的我卻突然脫口而出，大聲叫道：「他們才不配跟我說話！」

李德夫人是個身材壯碩的女人，但一聽到這句奇怪又大膽的批評，她敏捷迅速的狂奔上樓，旋風似的向我颼來，一把將我拖進兒童室，按倒在小床上，以高八度的聲音叫道：看我從現在起直到晚上還敢不敢再開口，敢不敢從小床上起來。

「如果李德舅舅還在世的話，他會跟你說些什麼呢？」我不由自主地吐出這句話，因爲我的舌頭彷彿未經我同意就擅自發言了，我完全無法控制自己吐出這個問句。

「什麼？」李德夫人低聲叫道，她平時冷漠鎮靜的灰眸似乎因恐懼而顯得有些不知所措。她放開我的手臂，仔細盯著我看，彷彿弄不清我是個小孩或是惡魔。這下子我眞的把自己送進死胡同裡了。

「李德舅舅在天上可以看到你所做所想的一切，還有我的爸爸媽媽也是。他們知道你是怎麼將我關在房裡一整天，怎麼希望我死掉。」

李德夫人很快恢復了鎮定，她用力地搖晃我，賞了我兩記耳光，然後一語不發地走開。她一走，貝絲立刻過來補充，叨叨絮絮地對我說教了一個鐘頭，好讓我相信我是全世界所有人家中最壞、最惹人嫌的小孩。我想她說的話有一半是眞的，因爲我心裡充塞著壞情緒。

十一月、十二月過去，一月也已經過了一半。聖誕節和新年一如往常，爲李德家帶來歡樂喜慶的氣氛，大家彼此交換禮物，並舉辦宴會。不過，當然啦，一切的好事都與我無關，我唯一的福分就是見證伊麗莎和喬琪安娜的華服秀，每天看她們精心打扮，穿上薄紗衣裙，繫上紅色飾帶，頂著美麗的鬈髮下樓到客廳去。之後就聽到樓下傳來鋼琴和豎琴演奏的樂聲，管家和僕人往來穿梭，遞送飲料和點心時所發出的玻璃杯和瓷器碰撞聲，還有客廳門開闔之際所流瀉出斷斷續續的談話聲。

當我對這些事覺得厭倦時，便從樓梯口退回樓上孤獨寂靜的兒童室去，那兒雖說有些令人傷心，卻不會讓我自覺孤憐。說眞的，我一點兒也不想走入人群，因爲在人群中根本沒人會注意到我。其實，如果貝絲夠好心、也能夠跟我作伴的話，光是靜靜地跟她共度夜晚時光，而不是在一個充滿紳士淑女的房間裡領教李德夫人那令人難受的目光，我倒覺得這就等於是一種享受了。

可是貝絲一把小女主人們打扮好，就立刻閃到生趣盎然的廚房和管家房去，而且經常連蠟燭一塊兒帶走。我只好將我的玩偶娃娃抱在膝頭上，獨坐著直到爐裡的火苗變小，再不時張望一下四周，好確定這陰暗的屋裡沒有比我可憐的東西出沒；等到爐裡的餘火轉暗，我便以最快速度換上睡衣，猶如尋求避難所似地逃上我的小床以躲避寒冷和黑暗。我總是把我的娃娃帶上床，人總得有個喜歡的東西才好，在缺乏其他珍貴之物可供寄情的狀況下，我把這種惜物情懷寄託在一個褪了色的小雕像上，它看起來像縮小版的稻草人一般寒酸。現在回想起來，我也弄不懂自己當時怎會那麼喜愛那樣小玩意兒，還想像著它是活生生有知覺的呢！每天晚上若不抱著它就無法成眠，當它溫暖平安地躺在我的臂彎裡時，我不禁感受到快樂，且相信它也同樣快樂。

盼著賓客們回去，期待貝絲的腳步聲在樓梯上響起，這似乎是漫長無盡的等待。有時貝絲會中途上來找她的頂針或剪刀什麼的，有時也會順道帶點兒消夜給我，像一塊小圓麵包或一片起士蛋糕之類的，我吃的當兒便在我床邊坐著。等我吃完，她就會把我身上的衣服塞好，還親吻我兩次，道聲：「晚安，簡小姐。」

當她展現如此溫柔時，我簡直當她是全世界最好、最漂亮、最善心的人了，衷心期盼她可以一直這樣讓人快樂，和藹可親，不要像平常那樣老是對我呼來喚去，責罵我或派給我不合理的苦差事等等。我想，貝絲．利小姐肯定是個天資聰穎的女孩，因爲她不論做什麼都做得很好，而且頗會說故事，至少就她在兒童室裡所說過的故事來看確是如此。如果我沒記錯的話，她的臉蛋和身材也不差。我記得她是個苗條的年輕女子，黑頭髮、黑眼睛，五官清秀，氣色極佳，可是性情急躁，不懂得明辨是非；雖然如此，我還是喜歡她甚於李德家中的任何一人。

一月十五日早上九點鐘左右，貝絲下樓吃早餐，我的表哥表姊們尚未被叫到他們母親身邊。伊麗莎戴上她的軟帽，披上溫暖的園丁外套，正準備出去餵她飼養的家禽——她很喜歡這個工作，也很喜歡把雞蛋賣給管家，然後把所得的錢存起來。她善於做買賣，明顯喜好積蓄財物；她不僅賣雞蛋給管家，而且賣花苗、種子和植物的枝條給園丁，善於價格上斤斤計較。李德夫人早已吩咐下去，說小姐想賣什麼，大家都得買（要是伊麗莎頭上的髮絲能賣個好價錢，她也會剪下來賣的）。至於她的錢，她起先是用破布或皺巴巴的舊紙包起來，藏在偏僻的角落裡；女僕在打掃的時候發現了其中幾包，伊麗莎擔心有一天她的寶藏會不翼而飛，便同意將錢寄存在她母親那兒，可是伊麗莎要的利息高得很，約有五、六分利，她每三個月結算一次本利，將明細清清楚楚記在她的小冊子裡。

喬琪安娜正坐在一張高腳椅上對著窗玻璃梳頭，用人造花和舊羽毛來裝飾她的鬈髮，她在閣樓裡一個抽屜中發現許多這類東西。而我正在整理床鋪，因爲貝絲嚴正囑咐我得在她回來之前把床收拾好（最近貝絲常把我當兒童室的下女來使喚，叫我整理房間、抹抹椅子等等）。我將床單鋪好、摺好自己的睡衣後走到窗台前，把散放在那兒的圖畫書和娃娃屋裡的傢俱擺整齊，喬琪安娜卻突然大聲命令我不要動她的玩具（因爲娃娃屋裡的小桌子、小鏡子、精緻小巧的杯盤等，都是她的財產），我遂停下手中工作。由於沒其他事情可做，我便在窗上冰霜凝結的窗花處呵氣，這樣一來，倒把窗戶清開了一塊可看到屋外情形的透明空間，外頭一片靜寂，在霜雪的肆虐下，周遭事物凍結得有如岩石一般。

從這個窗戶望出去能見到門房小屋和馬車道，就在我吹散了那塊窗玻璃上其他霧濛濛的地方，得以飽覽窗外景色之際，我看見莊園大門打開了，一輛馬車穿過車道直駛進來。我漠不關心地看它駛上門口，李德家常有馬車出現，不過從未載來過我有興趣的賓客。馬車在門口停下來，門鈴立即響聲大作，一個未曾謀面的陌生人被迎進門來。這一切都吸引不了我，除了窗外牆邊，枝葉落盡的那棵櫻桃樹上，飛來一隻飢腸轆轆、啁啁啾啾叫個不停的小知更鳥，原本精神渙散的我立即被牠引得興致勃勃起來。早餐沒吃完的麵包和牛奶還擱在桌上，我於是揉了些麵包屑，用力推起窗框，要把麵包屑放在外面窗台上，此時貝絲卻跑上樓衝進兒童室來。

「簡小姐，快把你的圍裙脫下來！你在這兒做什麼？今天早上洗過手跟臉了嗎？」

我又推了一下窗框才回答，只爲確保小知更鳥吃得到麵包。終於推開了，我把麵包屑撒出去，有的落在石材築的窗台上，有的落在櫻桃樹的枯枝上。然後我把窗戶關上，回答道：「還沒呢，貝絲，我才剛撢完灰塵而已。」

「愛搗蛋又沒頭腦的小孩！你現在是在做什麼？臉那麼紅，像是剛惡作劇完的樣子。你剛剛爲什麼打開窗戶？」

我省下了回答問題的麻煩，貝絲狀似忙到沒空聽我解釋。她把我拖到洗手台前，粗手粗腳地用肥皂、水和一條粗糙毛巾抹我的臉跟手，所幸爲時不長；再用硬得有如鋼牙一般的梳子整理我的頭髮，然後把我身上的圍裙扯下來，急忙將我推到樓梯口，囑咐我立刻下樓去，因爲有人在早餐室裡等我。

我原本想問一下是誰要找我，或問一下李德夫人在不在那兒，可是貝絲早已經走開，而且還把兒童室的門給關上。我慢慢走下樓去。李德夫人快三個月沒有招喚我了，我一直待在兒童室裡，以致於早餐室、餐廳和客廳對我而言均變成可怕的區域，我眞的很不想踏進去。

現在我站在空蕩蕩的迴廊上，前方是早餐室的門，我心裡七上八下，身子不住發抖。這些日子以來不公平的對待與懲罰，伴隨著出現的恐懼，把我變成可憐兮兮的膽小鬼了！我既不敢轉頭回兒童室，也不敢邁步向前走進早餐室，如此忐忑不安地呆站了十分鐘左右，早餐室裡震天響的鈴聲總算助我下定決心，我非得進去不可。

「誰要找我呢？」我邊在心裡自問，邊用兩隻手去轉動門把，起初的一兩秒鐘，門把竟然紋風不動。「屋裡除了李德舅媽，我還會見到誰？一個男人，還是女人呢？」

門把動了，門也開了，我走進去，低頭欠身行禮。才一抬頭，就見到一根黑柱！——至少，就我的第一印象來看確實如此，一個筆直瘦削、覆蓋著黑色衣裳的人形聳立在地毯上，而那個人形上頭面無表情的臉就像一張雕刻出來的面具，被用來放在柱頂上。

李德夫人坐在她慣常坐的爐邊位子上，招手叫我過去。我照著她的話做，她便把我介紹給那個石像般的人認識。

「這就是我跟您提到的那個小女孩。」

他（那石像是個男人）慢慢把頭轉過來看向我所站的地方，然後用那躲藏在兩道濃眉底下銳利的灰色雙眼，好奇地審視我。他聲音低沉，態度嚴肅地問道：「她真矮小，幾歲了？」

「十歲。」

「這麼大了？」他疑惑地回應，便又仔細端詳了我幾分鐘。然後他對我開口道：「小女孩，你叫什麼名字？」

「我叫簡．愛，先生。」

在說這些話的同時，我抬頭往上看，我覺得他是一位身材高大的紳士，不過我那時候實在很瘦小。他臉上的輪廓五官都很大，像他的身材一樣瘦削而呆板。

「喔，簡．愛，你是個好孩子嗎？」

答案當然不可能是肯定的，我所處的小世界持著相反意見，於是我不作聲。李德夫人竟誇張地大搖其頭來代替我回答：「布拉克赫斯特先生，這個話題還是少談爲妙。」

「聽到這樣的話眞是讓我覺得很遺憾！她得和我談談才行。」

於是他從筆直的站姿彎下身來，坐進李德夫人對面的一張椅子裡。

「你過來。」他說。

我越過地毯，他讓我正對他站好。現在我們兩人幾乎是面對面了，他這張臉長得眞是……好大的鼻子！好大的嘴！再加上好大好暴的牙！

「世界上再沒比看到一個調皮搗蛋的小孩更讓人難過的畫面了，」他開始說話：「尤其是個頑皮的小女孩。你知道壞人死後都到哪裡去了嗎？」

「他們下地獄去。」我立刻說出傳統答案。

「地獄是什麼樣的地方？你可以解釋給我聽嗎？」

「一個滿是火的坑洞。」

「你想要掉進那個地方，永遠被火焚燒嗎？」

「不想，先生。」

「那麼你該如何做，才能避免去那樣的地方呢？」

我沉思了一會兒，隨即說出不討人喜歡的答案。「我應該讓身體保持健康，不要死掉。」

「你如何能一直保持健康呢？每天都有比你小的孩童死掉。我前兩天才埋葬了一個五歲的小孩，喔，很乖的一個小孩啊，他的靈魂現在在天堂裡。你死掉時，我們恐怕不能用同樣的話來祝福你喔！」

我的處境無法消除他心中那種我會下地獄去的疑慮，只好垂下眼睛看著那兩隻釘在地毯上的大腳，嘆口氣，希望我能離他遠點兒。

「我希望你的嘆息是打從心裡出來的，對於老是惹你的大恩人生氣一事感到懊悔。」

「大恩人？大恩人！」我在心裡大叫：「他們都說李德夫人是我的大恩人……若眞如此，那麼大恩人還眞是令人不敢恭維的人呢！」
「你早晚都禱告嗎？」我的審問官繼續問。
「是的，先生。」
「你讀《聖經》嗎？」
「有時候。」
「讀的時候快樂嗎？你喜歡讀《聖經》嗎？」
「我喜歡〈啓示錄〉、〈但以理書〉、〈創世記〉和〈撒母耳記〉，一點點〈出埃及記〉，一部分的〈列王紀〉和〈歷代志〉，還有〈約伯記〉以及〈約拿書〉。」
「那麼，〈詩篇〉呢？我想你會喜歡〈詩篇〉哦？」
「不喜歡，先生。」
「不喜歡？喔，眞令人驚訝！我有個兒子，年紀比你小，他會背誦六篇詩篇。如果你問他要吃一塊核桃薑餅或是學〈詩篇〉裡的一個章節，他會回答：『當然是學〈詩篇〉裡的一個章節囉！天使們都吟唱〈詩篇〉的，我期望當一個地上的小天使。』然後他就會得到兩塊餅做爲擁有孩童虔誠的獎賞。」
「〈詩篇〉一點也不有趣。」我評論道。
「那就證明你有一顆邪惡的心。你得禱告求上帝改變你的心，賜給你一顆新的潔淨心靈：除去你的石心，賜給你肉心。」
我正想提出疑問，探詢一下這換心手術該怎麼動才是，李德夫人卻插嘴說要我坐下，接著便自顧自地說起話來了。
「布拉克赫斯特先生，記得我在三週前寫給您的信中已詳細提到過，這小女孩不具備我所認爲一個小孩子該有的品行和脾性。假如您願意讓她進羅沃德學院，恐怕得請非常嚴格的舍監和老師緊盯住她才行，尤其得防著她最糟糕的缺點——愛說謊。簡，我這話也是說給你聽的，你可不要想在布拉克赫斯特先生面前亂說話才好。」

我應該憂慮、憎恨李德夫人的，因爲她本來就是要狠狠地傷害我；有她在的地方，我從未高興快樂過。無論我多麼小心謹慎地順服她，多麼盡力地討她歡心，一切努力都是白費的，到頭來只得到她上述的評語。這會兒還在這陌生人面前這樣指責我，眞是傷透了我的心。我隱約可以感覺到，在她要送我去的地方，已沒有原來所預期的希望可言了，儘管說不出究竟是什麼樣的感覺，但可篤定她已在我通往未來的路上播下嫌棄和邪惡的種子。我可以察見自己在布拉克赫斯特先生的眼中早成了精神不健全的邪惡孩童，我該怎麼做才能彌補這樣的傷害呢？

「其實，做什麼也沒用。」我在心裡想著，努力忍住即將冒出的啜泣，很快抹去幾滴淚水——那是我悲戚的軟弱證明。

「說謊是小孩子最要不得的缺點，」布拉克赫斯特先生說：「它和虛偽僅有一線之隔，所有說謊的人都會被丟進硫磺火湖裡。李德夫人，這小女孩會被嚴加看管的，我會向坦帕小姐以及老師們交代。」

「希望她會長成一個言行舉止合乎她身分地位的人，」我的大恩人繼續說：「有用又謙卑。至於假期，如果您允許的話，就讓她都在羅沃德過吧。」

「您的決定非常明智，夫人。」布拉克赫斯特先生答道：「謙卑是基督徒的一種美德，對羅沃德的學生們來說尤當如此，所以我特別要求學生們要培養出這樣的品行。我研究過要如何矯正學生們驕傲的習性，而且就在幾天前剛好發生了一件事，印證了我在研究上的成功。我的二女兒奧古絲塔和她媽媽一道來參觀學校，她回去後大聲說：『噢，親愛的爸爸，羅沃德所有的女學生們看起來是多麼安靜樸素啊，頭髮梳到耳後，身上繫著長圍裙，外套還縫著荷蘭麻布做的小口袋，看起來就像窮人家的小孩一樣！而且，』她繼續說：『她們看著我和媽媽的衣服，像從來沒看過絲質禮服似的。』」

「這就是我所讚賞的情形，」李德夫人回應道：「就算我找遍全英國，也找不到比羅沃德這樣一個更適合簡．愛這種小孩的教育機構了。言行一致，親愛的布拉克赫斯特先生，我向來堅決主張在一切事情上都言行一致。」

「言行一致，夫人，乃是基督徒的首要任務，也是羅沃德創立的準則。我們一切的安排都和這教條息息相關：粗茶淡飯，衣著簡單，設備樸實，習於勞苦。這是羅沃德以及住在羅沃德的人共同的規範。」

「非常好，先生。我可以指望這個小孩被羅沃德所接納，在那兒習得適合她身分地位及前途的教導嗎？」

「當然可以，夫人。她會被安置在特別為她選擇的教育搖籃中，對於這樣無可比擬的特殊安排，她必會心存感激的。」

「既然如此，我希望盡快把她送走，布拉克赫斯特先生，因為老實說，我急於要擺脫這越來越令人討厭的責任。」

「沒問題，沒問題，夫人。那我現在就先告辭了，我接著要回到布拉克赫斯特大宅，待上一兩個星期左右，畢竟我的好朋友副主教不允許我太快結束拜訪他的行程。我會給坦帕小姐捎封信，告訴她會有一個新生進來，所以在入學方面就不會有任何問題了。再見。」

「再見，布拉克赫斯特先生，請代我問候布拉克赫斯特夫人與奧古絲塔小姐、迪奧多西少爺，以及布勞頓．布拉克赫斯特少爺。」

「我會的，夫人。喔，小女孩，這兒有一本書叫做《孩童守則》，你早晚都要看，特別是描述一個愛說謊不誠實的小孩那章〈瑪莎暴斃記〉絕對不能錯過。」

布拉克赫斯特先生說著，便把一本加了封面的小冊子塞進我手中，拉鈴招喚馬車，隨即離開了。

屋裡只剩下李德夫人和我。幾分鐘的靜默過去，她在做針線活兒，我看著她。李德夫人那時約莫三十六、七歲，是個骨架強健的女人，肩膀方正，四肢強壯，個子不高但精壯不肥胖；臉稍顯大，下顎骨結實，額頭很低，下巴大且突出，嘴巴和鼻子相當端正。在她淡淡的眉毛底下閃爍著欠缺同情憐憫的眼睛。她的皮膚黝黑黯淡，頭髮是近似亞麻的淡黃色，身體健壯有如一座大鐘——疾病從未靠近過她。她是個精明能幹的管理者，她的家和佃農們都被她掌控得服服貼貼，只有她的孩子們偶爾會反抗，嘲諷她的權威；她的衣裝不俗，總是喜歡用衣著來襯托、突顯自身品味。

我坐在離她的扶手椅幾碼遠的矮凳上，端詳她的體型和容貌。我手裡拿著那本有撒謊者暴斃故事的小冊子，他們要我好好閱讀作爲警惕。剛才發生的事、李德夫人告訴布拉克赫斯特先生有關我的話、他們對話的全部過程，這會兒歷歷在目，既不公平又傷害我的心，我聽到的每一個字都不折不扣帶出刺傷人的感覺，我的心情這會兒開始憤怒激動起來。

李德夫人從針線活兒中抬頭看向我，我們視線相對，她的手指頭暫時停下動作。

「出去，回兒童室去。」她命令道。肯定是我的表情或其他地方惹到她了，因爲她雖強壓住怒氣，說話時卻仍顯憤怒異常。我站起身朝門口走去，然後又走回來，越過房間走向窗戶，直走到她面前。

我非得說話不可，我被踐踏得太過分了，非報復不可。可是，怎麼報復？我有什麼能耐去報復我的對頭呢？我集中精力，魯莽地爆發出來。

「我不是說謊的人，如果我是，我就會說我愛你了。可是我在這裡宣布：我不愛你，這個世界上除了約翰·李德之外，我最不喜歡的人就是你。還有，這本關於說謊者的書，你應該拿給你的女兒喬琪安娜看，因爲愛說謊的人是她，不是我。」

李德夫人的手仍舊放在針線活兒上不動，她閃著寒光的眼睛繼續冰冷地注視我的雙眼。

「你還有什麼要說的？」她問，使用的語氣不像是和孩童說話，倒像在和成年的對手交手一般。

她的眼神、聲調，激起了我心中一切的憎惡和反感，我全身發抖，控制不住因激動而產生的震顫，於是繼續說：「我很高興你不是我的親戚，只要我還活著，絕不會再叫你一聲舅媽。我長大成人以後也不會回來看你。如果有人問我多喜歡你，還有你怎麼對待我，我會說：只要一想到你，我就渾身不舒服，還有你對待我是何等的殘酷無情。」

「簡・愛，你怎麼敢這樣妄下斷語？」

「我怎麼敢？李德夫人，我怎麼敢？因爲這是事實。你認爲我沒有感覺，無須愛我，不用對我好；但是我哪能就這樣活下去呢？你一點同情心都沒有。我清楚地記得你怎麼推我——蠻橫粗暴地把我推回紅房——把我鎖在那兒，直到我死的日子我都不會忘記。雖然我懊惱至極，雖然我嚎啕大哭，難受得喘不過氣地要求道：『可憐可憐我吧！李德舅媽！』你讓我受這樣的懲罰就只因爲你那個壞兒子推我——無緣無故地將我推倒在地。如果有人問起，我一定會將這個故事原原本本地說清楚。人們都認爲你是個好女人，可是你很壞，心腸硬得很。你才是個騙子！」

在說完之前，我的靈魂就已經帶著從未有過的解放、勝利感膨脹起來，開始歡騰，彷彿一串隱形的鎖鍊登時被扯斷，我掙扎著來到未曾想像過的自由樂土。我有這樣的感覺並非毫無原因：李德夫人看起來很害怕，她的針線活兒從大腿上掉下來；她舉起手來，身體前後搖動，臉部表情扭曲，好像要哭出來似的。

「簡，你錯了。你怎麼了？爲什麼抖得這麼厲害？要喝點水嗎？」

「不用了，李德夫人。」

「你需要點什麼嗎，簡？我向你保證，我想要成爲你的朋友。」

「不需要。你告訴布拉克赫斯特先生，我品行壞、愛說謊。我要讓羅沃德的每個人都知道你是什麼樣的人，還有你做過什麼樣的事。」

「簡，你還不懂，孩子們犯了錯就得改正。」

「我沒犯說謊這樣的錯！」我近乎野蠻地高聲叫道。

「可是你的個性暴躁，這你得承認。好了，回兒童室去吧——親愛的——去躺一下。」

「我不是你『親愛的』，我也無法躺一下。快把我送到學校去吧，李德夫人，因爲我討厭住在這兒。」

「我當眞會盡快把她送到學校去的。」李德夫人喃喃自語，隨即收拾起她的針線活兒，倏地走出去。

屋裡只剩我這一個戰場上的勝利者。這是我打過最艱難的一場仗，且是我獲得的第一場勝利。我在布拉克赫斯特先生站過的地毯上站了一會兒，享受著征服者的寂寞。首先，我對自己微笑，心中得意洋洋；然而這種喜悅就像急速跳動的脈搏一樣，沒多久便恢復正常。一個小孩是不能像我剛才那樣跟長輩吵架的，不能像我剛才那樣讓暴怒的情緒失控，否則一定會後悔不已，嘗到痛苦不堪的後果。當我在指責、威脅李德夫人時，我的心境有如一片火光猛烈跳躍至山脊上的石楠叢；而在半個小時的靜默和反省讓我發現到自己的瘋狂行徑和討人厭又討厭人的處境後，心情隨即黯淡下來，就如同那片山脊上的石楠叢在火焰肆虐後只剩焦黑一片。

我生平頭一遭嘗到報復的滋味，剛下嚥時彷如芬芳醇酒，溫暖而痛快，但是其鐵石般冷酷和侵蝕性的餘味卻讓人懷疑我是否被下了毒。我非常願意在此時去跟李德夫人道歉，可是我知道（半由經驗、半由本能）這樣只會使她加倍反唇相譏拒絕我，這樣的反應也只會再一次地刺激我，引發狂暴的衝動而已。

我寧願多練習一下其他的才能，而不是只會說些激烈言詞——寧願多培養一些較和善的情緒，而非總是滿腹牢騷地義憤塡膺。我拿了一本書，阿拉伯故事一類的，坐下來急切地閱讀。我無法捕捉任何字句，思緒在以前總讀得津津有味的書頁和自己本身間游移。我起身打開早餐室的玻璃門：外頭的灌木叢凝滯不動，寒霜主宰了整片大地，太陽拂照以及和風徐吹也無法觸動半分。我用外套的下襬包覆住頭和手，到偏僻幽靜的墾殖場一隅散步，然而，靜默的樹木、滾落的毬果、冰凍的秋天殘骸、被寒風吹拂而聚積成堆的落葉，如今硬邦邦的躺著——眞是太無趣了。我斜靠在羊圈的大門上，眼望空空如也的草場，場上的草地受到霜害，凍僵而慘白。多麼陰鬱的一天啊，天空暗沉極了，眼看就要下大雪了的樣子，雪花間歇性地飄揚，繽紛落在堅硬的路上和古老的草原上，卻不融化。我站在那兒，可憐兮兮的一個小孩，低聲反覆自問：「我該怎麼辦？我該怎麼辦？」

剎那間，我聽到一聲清楚的呼喚：「簡小姐，你在哪裡？快來吃午餐！」

是貝絲，我清楚得很，可是我沒有動。小徑上響起她輕快的腳步聲。

「你這個頑皮的小傢伙！」她說：「我叫你的時候，怎麼不來呢？」

貝絲的出現比起剛剛盤旋在我腦海裡的問題愉快多了，儘管她和往常一樣帶點兒急躁。事實上，在我和李德夫人的衝突和贏得勝利之後，我早就不打算去在意兒童室女僕短暫的怒氣了，何況我正想沐浴在她青春洋溢的好心情中呢！

我伸出雙手環抱她，說：「好啦，貝絲，別罵我了！」

這個動作坦率無畏，甚於我平常的所言所行。她好像滿高興我這般回應。

「你眞是個奇怪的小孩，簡小姐，」她低頭看我，一邊說：「一個游移不定的寂寞小東西。我猜，你快要去上學了吧？」

我點點頭。

「要離開可憐的貝絲，你不難過嗎？」

「貝絲喜歡我嗎？她老是罵我呢。」

「因爲你總是奇奇怪怪、畏畏縮縮，又害羞得很。你應該勇敢一點的。」

「爲什麼？討更多打嗎？」

「胡說八道！不過你有些受到不公平待遇，那倒是眞的。我母親上星期來看我的時候說，她才不願意讓她的小孩處在你的地位呢！好了，來吧，我有好消息告訴你。」

「你不會有什麼好消息的，貝絲。」

「你這孩子！什麼意思啊？那麼憂傷地看著我！咳，夫人和小姐們還有約翰少爺，今天下午要出去喝茶，所以你就來跟我喝茶吧。我會吩咐廚子烤塊小蛋糕給你，不過，你可得幫我整理你的抽屜，因爲我不久就得幫你打包行李了。夫人打算在一兩天內讓你離開李德家，你可以挑選喜歡的玩具帶走。」

「貝絲，你得答應我，在我離開之前不要再罵我了。」

「好呀。可你要記得做一個好女孩，還有，別再怕我了。不要因我偶爾說話急躁一點又開始怕我，那樣很討厭。」

「我想我不會再怕你了，貝絲，因爲我已經習慣你了，再說不久之後我有另外一群人要怕啊！」

「如果你怕他們，他們就不會喜歡你了。」

「就像你一樣嗎，貝絲？」

「我沒有不喜歡你，小姐。我相信我喜歡你勝於其他人。」

「你並沒有表現出來。」

「你這機靈的小傢伙！你講話的態度不一樣了呢！你怎麼變得這麼大膽又勇敢？」

「噢，我就快要離開你啦，而且——」我本想說出我和李德夫人之間所發生的事，但撇頭一想，這件事情還是保持沉默較好。

「這麼說來，你是很高興離開我囉？」

「才不呢，貝絲。說眞的，現在我眞有點兒難過起來了。」

「現在！有點兒！我的好小姐說得還眞冷淡呢！我敢說現在如果我要你親我一下，你一定不肯，你會說你有點兒不願意。」

「我會很樂意親你的，喏，彎下頭來。」貝絲彎下身來，我們互相擁抱，然後我跟著她愉快地進屋裡去。那個下午就在平靜和諧中劃下休止符，晚上貝絲說了幾個她最拿手的故事，還唱了幾首她最擅長的歌給我聽。即使如我，生命中也有陽光燦爛的時候。

第五章

Chapter 5

一月十九日清晨，鐘才敲過五下，貝絲就拿著蠟燭走進我房間。她發現我老早便起來，快穿好衣服了。我在貝絲進來前半個小時已經起床洗好臉，還藉著將落的半月所散出的月光穿衣服，昏暗的月光透過小床邊的窄窗照射進來。我要搭乘那天早上六點鐘經過李德家大門口的馬車離開。貝絲是唯一起來的人，她在兒童室的壁爐裡生火，開始準備我的早餐。只要一想到旅行，受興奮所影響，沒幾個小孩子吃得下東西，我也不例外。貝絲無論怎麼說也無法讓我吃喝下她爲我準備的熱牛奶和麵包，於是她用紙包了幾塊餅乾，放進我的袋子裡。

她又幫我穿上大衣，戴好帽子，給自己圍了條大圍巾，帶我走出兒童室。我們經過李德夫人的房間，她問：「你要進去跟夫人道別嗎？」

「不用了，貝絲。昨天夜裡你下樓吃宵夜的時候，她到我床邊來，說我早上不用去打擾她，也無須打擾我的表哥表姊們；她還要我記住，她一直都是我最好的朋友，有人問起她時要這樣說，還要對她感恩之類的。」

「你怎麼說呢，小姐？」

「什麼都沒說。我用床單包著頭，背對著她。」

「那是不對的，簡小姐。」

「那很對啊，貝絲，你家夫人從來都不是我的朋友，她是我的敵人。」

「噢，簡小姐！別這樣說！」

「再見啦，李德大宅！」我們經過走廊步出前門時，我高叫道。

月亮已完全落下，天空非常暗，貝絲提著燈籠，微光照在潮濕的台階和新近被融雪浸濕的碎石路上。寒風凜冽正是冬日早晨的寫照。我快步走下門前的馬車道，牙齒上下打顫喀喀作響。門房家裡亮著燈，我們到達時看到門房的妻子才剛升起火，我的行李在前一天晚上就已經送到這兒來了，用繩子綑好，堆放在門口。再過幾分鐘就六點了，鐘敲過六點後不久，遠方響起車輪聲，宣告馬車到來。我走到大門口，看著馬車上的燈光在幽暗中迅速靠近。

「她自己一個人去嗎？」門房的妻子問。

「是啊。」

「多遠呢？」

「五十英里。」

「路程很遠哪！李德夫人怎放心讓她一個人去那麼遠的地方呢？」

馬車到了，一輛四匹馬拉著的大馬車在門口停下來，車上坐滿了人。警衛和馬車夫大聲催促。我的行李已被放上去，我不住地抱著貝絲的脖子親吻，但終被拉開了。

「好好照顧她啊！」當警衛把我從貝絲身上拉開，讓我坐進馬車時，貝絲高聲對他叫道。

他回答：「會啦，會啦！」門砰一聲關上。

「好囉。」車裡一個聲音喊道。於是馬車向前駛去。我就這樣離開了貝絲和李德家，就這樣邁向未知，邁向遙遠而不可預期的世界。

我對這趟旅程沒留下太多記憶，只知道那一天是過不完的漫長，我們像走了幾百哩路似的。一路上經過幾處城鎮，然後在某個大城鎮裡馬車停下來了，馬匹被卸下鞍繩休息，乘客們則下車用餐。我被帶進一家小酒館，警衛要我在那兒吃晚餐。不過我一點兒胃口也沒有，警衛就讓我待在一個大房間裡，房裡兩頭各有火爐，天花板上懸垂一個蠟燭架，高牆邊上有道紅色小壁龕，放滿了樂器。我在這兒閒晃了好久，感覺很奇怪，非常擔心有人跑進來綁架我，因爲我相信的確有綁匪存在，貝絲的爐邊故事可常常提到他們的作爲呢！警衛終於回來了。我又再次被放進馬車裡，我的保護者也坐進他的座位，吹響了他低沉的號角，於是馬車便在 L 城的「石街」[1]上嘎啦嘎啦地前進。

下午天氣潮濕，霧氣籠罩，等到薄暮時分我才發覺我們已經離開李德家很遠了。我們不再經過城鎮，景色改變成鄉間，灰濛濛的高大山丘沿著地平線升起。在暮色更深時我們走下山谷，幽暗的樹林沉在夜色中，許久之後我才聽見風聲在群樹間颯颯作響。

在風聲的催眠下我終於睡著了，不過沒睡多久就被倏忽停下來的馬車驚醒。馬車門打開了，門開處站著一個女僕模樣的人，馬車上的燈光讓我看得到她的臉和穿著。

「這兒有一個叫簡・愛的小女孩嗎？」她問。我回應「有」之後被抱出馬車外面，我的行李也被拿下來，馬車立即駛離。

由於長時間枯坐，我全身僵硬，一路上馬車行進的嘈雜聲和顛簸也折騰得我頭昏眼花。我振作起精神環顧四周，夜空中交織著風、雨和黑暗，然而在微光中，我隱約看到前方一道牆及其上開啓的門。我跟著我的新嚮導走進此門，隨後她轉身關起門上鎖。現在眼前這棟房子清晰可見，或可說是一排房子——因爲這棟建築物延伸開去——有許多扇窗戶，有些窗戶透出燈光。我們走上一條被風雨打濕的寬闊碎石子路，走入另一扇門，女僕隨即帶我走過甬道，進了一個有火爐的房間，獨留我在那兒等候。

我站在火爐前伸出凍僵的手指來烤火，然後四下看看。這裡沒有蠟燭，但是火爐的光卻斷續照出紙製的牆飾板、地毯、窗簾及亮晃晃的桃花心木傢俱，此間是客廳，未若李德家的寬敞豪華，卻已夠舒適了。我正打量牆上掛著的一幅畫，想弄懂究竟畫些什麼，此時門開了，有人端著蠟燭走進來，另有一道身影緊跟在後。

先進來的那位小姐身材高䠷，黑頭髮、黑眼睛，有著白皙飽滿的前額，她身上披了件大圍巾，神色莊嚴，舉止端莊。

「這孩子還這麼小，就一個人長途旅行。」她說道，把蠟燭放在桌上。她仔細看了我一兩秒鐘，隨後補充道：「盡快讓她睡下吧，她看起來累壞了。」

她把手放在我的肩膀上：「你累不累呀？」

「有一點兒。」

「不用說應該也餓了，米勒小姐，讓她在睡覺前先吃點東西。小女孩，這是你第一次離開父母到學校來嗎？」

我跟她解釋道我沒有父母。她問起他們過世多久了、我幾歲、叫什麼名字、會不會讀書寫字或做針線活兒等等，然後她用食指輕觸我的臉頰，說「她希望我做個好孩子」，就讓我跟著米勒小姐走。

我剛剛離開的那位小姐約莫二十九歲，跟我在一起的這位看起來更年輕些，前者的聲音、容貌和態度都讓我印象深刻。米勒小姐就普通多了，面色紅潤，不過因爲操勞而略顯憔悴，她總是步履匆忙、動作迅速，好像手邊總有好多事情要忙似的；她看起來像是助理教師，後來也證實確是如此。她帶著我，走過這棟龐大而不規則的建築物裡一個又一個隔間，穿過一條又一條甬道，我們走過這些充滿沉悶氣息的靜寂處所，循著細碎的嗡嗡聲，進入一個寬敞的長型房間，裡頭有許多桌子，每一邊都擺著兩張大桌和一對蠟燭，長板凳圍住桌子四邊，上頭坐著九或十歲到二十歲的女孩子。從微弱的燭光下看起來，學生人數似乎多得數不盡，但事實上不過八十人之譜，她們一律穿著式樣老舊奇特的紅褐色女外衣，繫著荷蘭布製的連胸圍裙。當時正值自習時間，她們專心地準備明日的功課，我所聽到的嗡嗡聲就是她們嘴裡誦念的聲音。

米勒小姐指示我過去坐在門邊一張板凳上，然後走到大房間前面高聲說：「各班班長，把書本收起來放好！」

四名高䠷的女生從各組桌上站起，繞著桌子收拾書本，拿到旁邊去放。米勒小姐接著下達另一道指令：「各班班長，拿取餐盤！」

高䠷的女生們走出去，很快又走進來，每人手裡都端著一個餐盤，上頭放著些我不知道是什麼的東西，盤子中央放著一滿瓶的水和一個杯子。盤子輪流傳遞，想喝水的人就用杯子取用，大家共用一個杯子。傳到我手中時，我喝了水，因爲渴極了，可是沒碰食物，興奮和疲乏使得我一點兒胃口也沒有，而現在我看清楚了，盤子上的東西是掰成小塊的燕麥餅。

晚餐結束，米勒小姐帶領大家禱告，之後班級分散，學生們兩兩一組上樓去。我這時已經疲憊不堪，根本無暇注意這間寢室和那間大教室有什麼不同。這間寢室同樣寬敞，今天晚上我要跟米勒小姐一塊兒睡，她幫我換下身上的衣服。躺下來的時候，我瞥了一眼這一長排的床，每張床上迅速擠了兩個人，十分鐘之後，唯一的一盞燈熄滅，在靜寂和完全的黑暗中我很快便睡著了。

夜晚飛快逝去，我甚至累得沒時間作夢，怒吼的風聲、急驟的雨聲和米勒小姐在我身旁睡下時的震動僅將我吵醒一次。再次睜開眼睛已是鐘聲大作之時，女孩們都起床著裝了，而天還沒亮呢！寢室裡點著一兩支燈心草蠟燭。我跟著不情願地起床，天氣冷得令人發顫，我盡快穿好衣服，一看見有空臉盆就趕緊去梳洗，我可是等了一會兒才等到的，因爲六個女孩共用一個臉盆，擺在屋子中間的洗臉架上。鐘聲又響了，所有人兩兩成列依序走下樓，進入寒冷而燈光昏暗的大教室。米勒小姐帶領大家禱告，之後她喊道：「班級分開！」

大家隨即動作，喧譁了幾分鐘，米勒小姐不住地喊著：「安靜！秩序！」

當大家終於安靜下來，我看到所有人分成四個半圓形，坐在四張桌子前的四張椅子上，每個人手裡都拿著書，而每張桌子在空出來的地方都擺著一本好像《聖經》的大書。在幾秒鐘的鴉雀無聲後，有人俯首交頭接耳，米勒小姐一個班級接一個班級地巡視，喝止住這嗡嗡低鳴。

遠處傳來鐘聲，立即有三位女士走進教室，走到每張桌子前的空位坐下。米勒小姐坐上第四張空著的椅子，那是最靠近門口的座位，也是最幼小孩子們的桌子，而我就是被分到這個班，坐在最後面。

一天的工作開始了：先複誦過每日短禱，念過幾篇《聖經》金句，又讀了幾章《聖經》，這樣持續了約一個鐘頭。等做完這樣的早課，天已經大亮了。永不疲倦的鐘聲這時第四次響起，班級整隊進入另一個房間用早餐。我懷著即將吃東西的美好憧憬，因為前一天吃得太少，我快餓昏了。

餐廳是個天花板很低的陰暗大房間，兩張長餐桌上擺著熱氣蒸騰的盆子，然而，讓我失望的是，盆子裡的東西竟散發出倒人胃口的氣味。我看見注定得吃這食物的人們鼻子接觸到其氣味時所顯現出萬眾一心的嫌惡。前列隊伍當中有兩位第一班的女孩低聲說：「眞噁心！麥片粥又煮焦了！」

「安靜！」有個聲音突然叫道，不是米勒小姐，而是一位資深教師，她的身材嬌小，膚色黝黑，穿著講究，臉上表情有些悶悶不樂。她在一張桌子的首席坐下，另一位較為豐滿的女士坐在另一桌。我遍尋不著那位我在前一天晚上見到的小姐，她人不在那兒。米勒小姐坐在我所屬那張桌子的最後方，有一位外國人模樣、上了年紀的女士坐在對面那張桌子（我後來得知她是法文老師）。我們說了很長的謝餐禱告，唱了一首讚美詩，然後一位僕人為老師們送茶進來，早餐於此開始。

飢餓已極，近乎頭昏，我試圖忘卻它的氣味，舀了一兩杓碗裡的麥片粥往嘴裡送，肚腹裡的飢餓才剛打退堂鼓，我不禁意識到眼前的東西實在令人作嘔，燒焦的麥片粥就跟腐爛掉的馬鈴薯一樣恐怖，懷著的飢餓感亦即落荒而逃。大家的湯匙都動得很慢，我看到每個女孩努力地要把放進嘴裡的東西嚥下去，可是大部分很快就放棄了。早餐結束了，卻沒有人吃到早餐。我們為沒吃的早餐做了謝餐禱告，唱完第二首讚美詩後，大家全步出餐廳回教室去。我是最後一個走出去的，經過桌子的時候我看到一位老師舀了一碗麥片粥嘗了一口，她瞄了一眼其他老師，她們全都面露不悅之色。其中一位，也就是身材較豐滿的那位老師低語道：「這麼糟糕的東西！眞丟臉！」

在下一堂課開始前有一刻鐘的休息時間，此時教室裡響起愉快的喧譁聲，因爲這時候似乎可以較自由地大聲談笑，大家當然就盡情享受了。大部分的談話繞著早餐轉，大家都對今天的早餐大加撻伐。眞可憐！這算是大夥兒唯一的安慰了。教室裡只有米勒小姐一位老師，一群高年級女孩圍站在她身邊，嚴肅而不太高興地談話。我聽到有幾個人提到布拉克赫斯特先生的名字，對此米勒小姐不表贊同地搖搖頭，但她無意抑止這普遍性的不滿，足見她亦是心有戚戚焉。

教室裡的鐘敲過九下，米勒小姐離開那群女孩，站到教室中間高聲喊道：「安靜！回座位！」紀律是勝利的一方。五分鐘不到，騷動的一群人恢復秩序，吵雜的七嘴八舌逐漸平息。資深老師們準時回到工作崗位，不過大家似乎都在等待什麼。沿教室旁擺放的長凳上坐了八十個女孩，她們鴉雀無聲，直挺挺地坐著，看起來就像一群不合時宜的怪人：所有人的髮型都是往後紮起的直髮，看不到一絲鬈髮，每個女孩兒都穿著高領的紅褐色洋裝，脖子上圍一條窄窄的領巾，外衣上還繫著荷蘭布製小口袋（樣子看起來有些像蘇格蘭高地居民所用的錢包）用來當作針線包，全部人的腳上都是羊毛做的長襪和扣上黃銅鞋釦的鄉下款式皮鞋。如此穿著打扮的八十個人當中有二十個以上是發育成熟的女孩，或說是年輕小姐了，這樣穿顯得十分不合身，就連長得最漂亮的女孩看起來也很奇怪。

我還在看她們，間或瞧瞧老師們——那群師長們沒有一個讓我喜歡的，因爲較豐滿的那位有些粗鄙，皮膚黝黑的那位有些兇暴，外國老師有些嚴厲和古怪。至於米勒小姐，眞是可憐！膚色暗沉，飽經風霜，工作過度的操勞樣——就在我看過一張張臉的時候，全體學生突然同時起立，彷彿瞬間被彈簧彈起來似的。

怎麼了？又沒聽到有人下指令，我一頭霧水，還沒反應過來的當頭，全部人又坐了下來。不過，此時大夥兒視線全集中到同一點上，我跟著看過去，原來是昨天晚上跟我說話的那個人！她站在教室最後面，火爐的前方，那時教室前後各有一處火爐，她靜默且嚴肅地巡視了兩排女孩。米勒小姐迎向前去，彷彿是在跟她徵詢，一得到答案便又回到原來所在位置，並高聲說：「第一班班長，去拿地球儀！」

在第一班班長聽命行事之際，那位被徵詢的小姐緩步走向教室前端。我想我挺尊敬她的，因為我的視線跟著她的腳步前進，內心充滿敬畏。這會兒在明亮的日光下，她看起來高䠷美麗，模樣兒好極了，棕色眼眸閃現親切的神氣，濃密長睫毛更映襯出前額的飽滿與白皙；太陽穴兩旁髮絲呈深棕色，按著當代流行梳出相串的圓形鬈髮，那時不流行平板的髮辮或長鬈髮；她的洋裝也是流行的樣式，是紫色布料搭配西班牙式剪裁的黑色天鵝絨，一只金錶（那時不像現在這麼普遍）掛在她的腰帶上。再說些細節好讓她的描述更形完整吧：她的面容姣好，臉色白淨清麗，儀態端莊得宜，至少這些描述能讓讀者諸君對坦帕小姐的外型獲得正確的印象。這位坦帕小姐，瑪麗亞・坦帕，我後來在一本託我帶到教堂去的祈禱書上赫然見到她的名字。

羅沃德的管理人（上述這位小姐）在放著一對地球儀的某張桌子前面坐下，叫第一班的學生圍著她坐，開始上地理課；較低年級的班也都被各自的老師叫去了，背誦歷史、文法等等的，持續了一小時；接著是更多的寫作練習、算術等課程，坦帕小姐也對幾位高年級女孩教授音樂課。每堂課都依鐘聲作息，一直到十二點。

管理人站了起來，講道：「我有話對學生們說。」

因為下課了，學生們嘰嘰喳喳說起話來，不過她一開口，教室便又恢復安靜。她繼續說：「你們今天早上吃了無法下嚥的早餐，現在一定餓了。我已經吩咐下去，為每個人準備起司和麵包當午餐。」

所有的老師們都看著她，面露驚訝之色。

「我有責任這樣做。」她用解釋性的語調對她們補充道，說完隨即離開。

麵包和起司立刻送進來，分送給興高采烈、喜形於色的全校師生。現在又有命令下達：「到花園去！」每個人都戴上草帽，繫上彩色棉布做的帽帶，披上有灰色飾帶的斗篷。我也是類似的裝扮，隨著人群來到開放的空間。

花園是一塊用高牆圍起來的寬闊之地，四圍高牆甚高，似要阻絕外人對此地的窺視；花園一邊有條遊廊，幾條寬闊步道在花園中央分隔出許多小花床，這些小花床由校方分配給學生們當成花圃來耕種，每一塊小花圃都有一名負責人。當這些地方開滿了花，景色自是美不勝收，而現在，時值一月下旬，只有冬的淒清。我站著舉目四望，冷得發抖。這眞不是從事戶外活動的天氣，不會下雨但卻因迷迷濛濛的霧氣使得天空一片陰鬱，而腳下的地仍因昨夜暴雨而飽含水氣。身體較強健的女孩們奔跑嬉戲，其他蒼白瘦小、身體較弱的則群聚一起，躲在遊廊裡相互取暖；在這群人中，每當寒氣飄過她們瑟縮發抖的身子時，總會聽到有人乾咳。

我到現在都還沒跟人說過話，不過似乎也沒有人注意到我，我孤零零地站著，這種孤立無援的感覺對我來說已非常熟悉，不會讓我太傷心。我靠在遊廊的一根柱子上，拉緊身上的灰色斗篷，努力去忘記啃蝕我的寒氣，以及胃裡死命提醒我的飢餓，於是我環顧四周，盡量讓腦袋充滿生氣。可是我的思緒凌亂繁雜，實在想不出什麼美好回憶。我仍不清楚自己身在何處，李德家以及我的過去彷彿都已退到千萬哩遠的地方去，眼前的世界朦朧而陌生，未來則永遠是個謎。看著這修道院似的花園，再看看這高大的建築物，其中一半老舊灰暗，另一半卻相當嶄新。新的建築包括教室和宿舍，上頭有著直櫺的窗格也有花格子的，看起來好像教堂。門口的一塊石碑上刻著這幾行字：

「羅沃德公益學院。——此部分建於公元……，由本郡布拉克赫斯特家的娜歐米・布拉克赫斯特所建立。」

「你們的光也當這樣照在人前，叫他們看見你們的好行爲，便將榮耀歸給你們在天上的父。」——《聖經．馬太福音》第五章第十六節

我一遍又一遍地念著這幾行字，覺得這些字有其寓意，只是我不太懂，眞希望有人來解釋一下。我還在思索「公益學院」四字的意義，努力想弄明白這石碑上最初的幾個字和那段《聖經》經文有什麼關聯，此時背後剛好響起一聲乾咳，我轉身過去，看到一個女孩坐在旁邊的石凳上。她俯身低頭看書，似乎看得津津有味。從我站著的地方剛好可以看到書名《雷斯拉》[2]，是個陌生卻也讓我覺得有趣的書名。她翻動書頁時恰好抬起頭，於是我直接問她：「你的書好看嗎？」我已打算開口請她改天將書借給我了。

「我喜歡這本。」她回答，說完打量了我一兩秒。

「書上說些什麼呢？」我繼續問道。眞不知打哪兒來的勇氣，我竟敢這樣跟陌生人攀談，這迥異於我的個性和習慣，不過我認爲是她埋首書中的處境觸動了我的同情，因爲我也喜歡看書，雖然看的都是些沒什麼深度又孩子氣的書。

「你可以看看呀。」女孩答道，遞給我那本書。

我接過書，快速地翻了一下，便覺得內容不若書名那麼吸引人。對我那不足稱道的品味來說，《雷斯拉》太無趣了，因爲裡面既沒有神仙也沒有精靈，書頁上千篇一律都是密密麻麻的字。我把書還給她，她默默地接過書，什麼話也沒說，一副又要一頭栽進書中的樣子。我再次大膽地打擾她。

「你可以告訴我，門口的石碑上寫些什麼嗎？什麼是羅沃德公益學院？」

「你住進來的這地方就是了。」

「那爲什麼叫公益學院呢？跟別的學校有什麼不同呢？」

「因爲它半屬於慈善機構。你和我，以及其他女孩都屬於慈善機構裡的孩童。我猜你是個孤兒，你的父親還是母親過世了？」

「我父母親在我有記憶之前就都過世了。」

「嗯，這裡的女孩們不是無父便是無母，要不就是父母都不在了。羅沃德就是教育孤兒們的機構。」

「我們要付錢嗎？他們免費收留我們嗎？」

「我們或是我們的朋友付錢，一個人一年十五英鎊。」

「那爲什麼還叫我們慈善機構的孩童？」

「因爲十五英鎊不夠支付住宿費和學費，不夠的款項就由慈善捐款補足。」

「誰來捐款呢？」

「這地區附近以及住在倫敦的善心人士。」

「娜歐米．布拉克赫斯特是誰？」

「根據石碑上記載，就是增建這棟建築物的女士，現在管理這裡一切事物的就是她兒子。」

「爲什麼呢？」

「因爲他是這所學校的出納兼經理人。」

「這麼說來，這棟大房子並不屬於那位戴著金錶的高䠷女士，那個說要給我們起司和麵包的人囉？」

「坦帕小姐？噢，不是！我倒情願這兒是屬於她的。她做的每一件事情都得向布拉克赫斯特先生報告，我們的食物和衣服都是布拉克赫斯特先生採買的。」

「他住在這兒嗎？」

「不，他住在離這兒兩哩外的大宅裡。」

「他是好人嗎？」
「他是牧師，據說做了許多善事。」
「你說那位高高的小姐叫做坦帕小姐？」
「對。」
「那其他老師們叫什麼名字呢？」
「臉頰紅紅的那位叫史密斯小姐，她教我們裁縫，因爲我們要自己動手做衣服、斗篷、大衣及一切所需品。個頭嬌小、黑髮的那位是史卡查特小姐，她教歷史和文法，負責聽第二班的背誦。圍條披肩又用條黃色緞帶把手帕繫在身邊的是皮耶赫太太，她是法國人，負責教法文。」
「你喜歡那些老師嗎？」
「挺喜歡的啊。」
「你喜歡身材嬌小膚色較黑那個，還有什麼什麼太太，我不會念你說的那個法文名字，你喜歡她們嗎？」
「史卡查特小姐性情急躁——你得小心不要觸怒她才好，皮耶赫太太人還不壞。」
「可是坦帕小姐是最棒的，不是嗎？」
「坦帕小姐人很好，也很聰明，她優於其他人，因爲她懂的比她們都多。」
「你在這兒很久了嗎？」
「兩年。」
「你是孤兒嗎？」
「我母親過世了。」
「你在這兒快樂嗎？」

「你問得太多了。我已經告訴你足夠的事情啦，現在我要看書了。」

可是這時已響起晚餐的集合鐘聲，所有人再次走進屋裡。這會兒餐廳裡充斥著比早餐時聞到好不了多少的氣味，晚餐裝在兩個錫製大容器裡，隨著上騰熱氣發散出濃濃的腐臭油脂味。我發現容器裡的東西是劣質的馬鈴薯，和詭異的鏽色細肉片拌煮在一起。每個學生都分配到好大一份這樣的晚餐。我盡可能地吃，心裡不禁想著是不是每天的食物都像這樣。

晚餐後，我們立刻前往教室。又開始上課了，直上到下午五點。

那天下午唯一值得一提的是，我看到那個在遊廊和我說過話的女孩，在上歷史課的時候被史卡查特小姐處罰，她被老師叫到大教室中央去罰站。這樣的懲罰看在我眼裡是種奇恥大辱，尤其是對一個大女孩來說，因爲她看起來約十三歲或更大些。我以爲她會顯出十分難過羞愧的樣子，然而我驚訝地發現她既沒哭也沒臉紅。她在眾目睽睽之下站著，雖說有些鬱卒，卻相當沉著。「她怎麼能如此安靜——如此沉著地忍受這件事呢？」我問自己，倘若我是她，大概會希望大地張開口把我吞進去。她看起來似乎在思考超出處罰的事：在這個處境之外的事，某些不在她身邊也不在她眼前的事。我聽過人家說作白日夢——她現在在作白日夢嗎？她的雙眼盯著地板，可我確定她的視線不在那兒，她的視線像是深深轉進她的內心了。我相信她在看著她的記憶，而不是現實世界。我不禁想她是什麼樣的女孩，是好女孩還是搗蛋鬼？

五點過後不久，我們又吃了一餐，是一小杯咖啡和半片黑麵包。我狼吞虎嚥掉我的麵包，並且津津有味地喝著咖啡；如果分量可以再多一點就好了——我還是餓。接下來是半個鐘頭的休息時間，然後又上課，然後是喝水和吃燕麥餅、祈禱、睡覺。這就是我在羅沃德的第一天。

譯註：

1 石街（stony street）曾在拜倫（Byron）所寫的長詩〈Childe Harold〉中出現過。

2《雷斯拉》（Rasselas），英國文學家及辭典編纂家約翰遜博士（Samuel Johnson, 1709-1784）的著作。

Chapter 6

第六章

第二天跟先前一樣地展開，在燈心草蠟燭微弱的燈光下起床換衣服，然而我們今晨卻不得不跳過洗臉這項例行大事，因為水瓶裡的水結冰了。昨夜氣溫驟降，嚴寒的東北風循著窗戶縫隙鑽進我們寢室裡頭流竄了一整夜，使我們在床上打了一夜寒顫，大水罐裡的水也變成了大冰塊。

禱告讀《聖經》的時間還不到一半，我就已經快凍死了。終於盼到了早餐時間，今早的麥片粥沒有煮焦，品質還不錯，只嘆分量太少，我碗裡的麥片粥看起來就那麼一點點！要是可以來個雙倍就好了。

上課時我被編到第四班，也分派到例行的任務和職責。我在羅沃德的旁觀者身分就到此為止了，從現在起我是羅沃德正式的一員了。一開始課程對我而言顯得既冗長又困難，因為我不太習慣背誦，一道又一道不同的命令也常弄得我不知所措。所以在下午三點，史密斯小姐交給我一塊兩碼長的棉布布邊、針線以及頂針等東西，並要我坐到教室一個安靜角落裡學習縫邊時，我覺得很高興。在那個鐘頭裡，大部分的人也都在做針線活兒；可是有一班的學生還是站在史卡查特小姐的四周念書，因為大家都很安靜，所以聽得到她們上課的聲音，她們每一個人的上課情形以及史卡查特小姐對每個人表現的褒貶全聽得清清楚楚。

她們在上英國歷史。我在那群學生中認出那位於遊廊相識的女孩，一開始上課時，她站在班級的前面，但由於一些發音和句讀上的錯誤，她忽然被調到最後面去了。即使站在後面那麼不顯眼的地方，史卡查特小姐仍讓她成為眾人注目的對象，不斷地用以下這些話來數落她：

「彭斯（這似乎是她的姓，因為在這兒都用姓氏來稱呼所有女孩，就像其他學校也都用姓氏稱呼他們校內的男孩一樣），彭斯！你怎麼用腳背站？把腳趾頭伸直站好。

「彭斯，你下巴翹那麼高做什麼，快收進來。

「彭斯，把頭抬起來，少在我面前裝模作樣！」……諸如此類。

一章課文念兩遍，就得收起書來進行小考。那一課涵蓋了查理一世的部分統治時期，有各式各樣關於商船總噸數、貨物進出口稅捐與造艦稅等等問題，大部分都困難得令人答不上來；但是當輪到彭斯答題時，不論問題有多難，她總是輕而易舉就答對了，她似乎把整課課文都背下來了，不論怎麼問都問不倒她。我一直希望史卡查特小姐能讚美一下她的專心，然而，史卡查特小姐卻忽然大叫道：「你這骯髒、不受教的丫頭！今天早上竟然沒有清理指甲！」

彭斯沒有答話。我不懂她為何沉默。

我心裡想：「她為什麼不解釋說今天早上水結冰了，她既不能清理指甲也不能洗臉。」

可是這時，史密斯小姐要我拿住捲線軸，使我無法再將注意力集中在彭斯身上。史密斯小姐一邊捲線，一邊不時跟我說話，問我以前有沒有上過學，會不會作記號、縫紉、打毛衣等等，直到史密斯小姐讓我走，我才能繼續觀察史卡查特小姐的舉動。當我回到座位時，她剛下了一道命令，那時我還弄不懂那道命令的意思。不過彭斯卻立刻離開大家，走進一個放書的小房間去，半分鐘內再度回來，手裡拿著一束由幾根細樹枝綁在一起的東西。她畢恭畢敬地將這枝有著壞兆頭的工具交給史卡查特小姐，然後自動鬆開身上大衣，史卡查特小姐接過樹枝，立刻狠狠地朝彭斯的脖子抽了好幾下。彭斯連一滴眼淚也沒掉。那時我停下手中的針線活兒，因目睹了這一畫面，使我的手指頭因無益的激動與無力的憤怒而激烈顫抖，彭斯臉上卻仍是一副再平常不過的表情。

「頑固的丫頭！」史卡查特小姐叫道，「什麼也改變不了你這自甘墮落的習性！把這教鞭拿回去放！」

彭斯依言而行。當她從書櫃後頭出來時，我仔細地看她，她正好把手絹放回口袋裡，單薄的臉頰上掛了一顆淚珠。

下午的遊憩時間是羅沃德一天中最快樂的片段。下午五點的一小片麵包、一小口咖啡，舒暢地下嚥後便讓我們恢復了元氣。就算止不了飢，也讓我們從一天的束縛中稍得喘息，教室裡也比上午溫暖多了——他們允許火燒得稍微旺一些以供照明之用，因爲有些地方還沒點起蠟燭。這紅潤的夕暮、被允許的喧鬧，紛紛雜雜的聲音予人一種愉快自由的感覺。

在史卡查特小姐抽打彭斯的那天晚上，我照例孤單一人徘徊在長凳、桌子和其他人的歡笑之間，卻並不覺得寂寞。當我走過窗前，偶爾也會拉一下百葉窗，瞧瞧外面。雪片紛飛，較下層的窗櫺已出現積雪，我把耳朵貼緊窗戶，在屋內盈耳的歡樂聲中還可聽見屋外淒風憂愁的低嘆。

也許吧，如果我才剛離開溫暖的家和慈祥的父母，這注定是讓我怨嘆別離的時刻，那風只會加重我的哀愁，這夕暮中的嘈雜只會讓我心情紛亂。然而，眼前的景象卻只讓我興奮莫名、欣喜欲狂，但願風能呼號得更猛烈，暮色能更深沉，而喧鬧聲能響徹雲霄。

我在長凳上跳躍，在桌子下攀爬，朝著火爐匍匐前進，爬到火爐旁的擋板時，我看到了彭斯。她全神貫注，一語不發，自絕於擾嚷世界之外，手裡只有一本書相伴，靠著微弱爐火餘燼努力閱讀。

「還在看《雷斯拉》嗎？」我邊問邊靠到她後面。

「是的，」她說：「我剛看完。」

五分鐘後她闔起書本，我還滿高興她這樣做的。

「現在，」我思忖著，「也許可以跟她聊聊天？」我在她旁邊的地板上坐下來。

「除了彭斯，我能叫你什麼？」

「海倫。」

「你從很遠的地方來嗎？」

「我來自較遠的北方，接近蘇格蘭邊境哨。」

「你會回去嗎？」

「希望會，可是沒有人知道未來會怎麼樣。」

「你一定很希望離開羅沃德囉？」

「不，我為什麼會希望這樣？我被送到羅沃德來受教育，除非我完成學業，不然離開這兒是沒有用的。」

「可是那個老師，史卡查特小姐，對你那麼殘忍耶？」

「殘忍？才不呢！她是嚴格，她不喜歡我犯錯。」

「如果我是你，我就不會喜歡她。我會反抗她。如果她用那根教鞭打我，我鐵定把它搶過來，當著她的面把教鞭折斷。」

「也許你並不會這樣做哪，不過如果你真做了，布拉克赫斯特先生肯定會把你踢出學校，這可會讓你的親戚難過得很。寧可不為人知，一個人默默忍受痛苦，也不要為逞一時之快而讓親友蒙羞；況且，《聖經》指示我們要以善報惡。」

「可是被打和被使喚到滿是人的教室中間去罰站，感覺多丟臉啊，況且你又是一個這麼大的女孩了。我比你小得多，連我都無法忍受。」

「可是當你躲不掉的時候，你就非忍受不可了。在你注定要忍受命運的安排時，卻說你無法忍受，這是懦弱又愚蠢的表現。」

我疑惑地聽著，無法瞭解此番關於忍受的道理，我還是不怎麼明白也不太認同她對施罰者所展現出來的器度。我覺得海倫·彭斯看事情的眼光不同於我。我不禁懷疑莫非她是對的，我才是錯的嗎？但我不想再深究下去了，就像腓力斯[1]一樣，留待合適的時機再說。

「海倫，你說你犯了錯，到底是什麼錯？我覺得你滿好的啊！」

「那就學我，不要以貌取人。我就像是史卡查特小姐說的自甘墮落，我不常，或說從來沒有把東西擺放得井然有序。我粗心大意，常忘記校規，該上課的時候總在看書，做事情沒有方法，而且對於常態性的安排，我有時候會像你一樣，說出『我無法忍受』這種話來。這些事情都惹史卡查特小姐生氣，畢竟她是個愛乾淨、守時且做事井井有條的人。」

「也是個暴躁、殘忍的人。」我補充道，可是海倫．彭斯不同意我的多事，她保持沉默。

「坦帕小姐也像史卡查特小姐那麼嚴厲地對待你嗎？」

一提到坦帕小姐，彭斯陰鬱的臉上掠過一抹淡淡的笑容。

「坦帕小姐最好了，她對誰都嚴厲不起來，就算對最壞的學生也一樣。如果她看到我的缺點，會溫和地告訴我；如果我有值得稱許的表現，她就會對我大加讚美。我最無可救藥的一大缺點即是：連坦帕小姐那麼溫和、那麼理性的勸告也無法影響我，讓我不再犯錯，而且就算我那麼看重她的讚美，也無法激勵我持續有好的表現，做事謹慎小心一點。」

「這就怪了，」我說：「小心一點是很容易的事啊！」

「對你，毫無疑問是容易的。我今天早上觀察了一下你在你們班上的表現，你很專心上課，在米勒小姐講解課文、問你問題的時候，你都沒有心不在焉的樣子。我就不一樣了。當我必須專心聽史卡查特小姐上課或仔細聽她要我們做什麼的時候，我常常會聽不見她的聲音，彷彿墜入夢中。有時我以爲我人在諾森伯蘭郡[2]，耳邊的嗡嗡聲是溪流流經迪普頓發出的水聲，就在我們家附近——然後就輪到我回答問題了，我得醒過來，只是我耳朵裡都是淙淙的流水聲，根本就不知道老師教了些什麼，所以回答不上來。」

「可是今天下午你答題答得很好呀！」

「不過是偶然罷了，我們讀的主題剛好是我有興趣的。今天下午我沒有神遊迪普頓，我在想一個問題：爲什麼像查理一世這麼努力求好的人，有時卻會做出這麼不義不智的事情來呢？我認爲他既誠實又有良心，但眼界竟局限在那一頂皇冠上，多麼可惜啊！如果他能把眼光放遠些，看清那個時代的精神趨向就好了！不過我還是喜歡查理，我尊敬他、同情他，可憐的被謀殺的君王！對，他的敵人是最糟的，殺了那個他們沒資格殺的人。他們竟敢殺了他！」

海倫在說給她自己聽，她忘了我無法完全明白她說的話——對於她討論的那個主題，我不瞭解，甚至可說全然無知。我提醒她，我們程度不同。

「那，坦帕小姐教你的時候，你也會心不在焉嗎？」

「當然不會，不常啦。因爲坦帕小姐通常都會說些我不知道的新事物，她的說法深得我心，傳講的內容都是我想要知道的。」

「所以在坦帕小姐的課堂上，你是個好學生囉？」

「是啊，我不得不如此，也不是故意要這樣，反正就是自然而然的。在這麼好的情況下當好學生也算不上是什麼優點。」

「當然是的，你在對你好的人面前就是好學生。我一直想當這樣的人。如果人們老是順從那些殘忍的不義之人，會使那些壞人繼續我行我素，永遠不知害怕，所以也就永遠不會改變，只會越來越糟而已。當我們無緣無故被揍的時候，一定得嚴厲反擊才行。我確信我們得這樣做——得讓他們記住，永遠別想再碰我們。」

「我希望你長大一點的時候，會改變你的想法，你現在到底還是個未受過教育的小女孩。」

「可是海倫，我覺得呢，對於那些我怎麼做都討不了他們歡心的人，就該討厭他們；我該反抗那些對我處罰不公的人。這跟愛那些愛我的人或順服那些合理處罰我的人，是同樣自然的事情。」

「異教徒和蠻族也都持守那樣的原則，但是基督徒和文明的國家都沒有這樣的想法。」

「怎麼說？我不懂。」

「暴力並不是化解仇恨的最佳方法——報復也醫治不了傷害。」

「那該怎麼做呢？」

「去讀《新約聖經》，看看耶穌基督怎麼說，還有祂怎麼做。把祂的話語當作你的原則，把祂的行爲當成你的榜樣。」

「祂說什麼？」

「愛你的仇敵，爲逼迫你的人祝福，要以善報那恨你、故意爲難你的人。」

「這麼說來我得愛李德夫人，但我做不到。我得爲她兒子約翰祝福，可這是不可能的！」

這下子輪到海倫・彭斯問起我的過去了，我毫不猶豫地將我受苦受難的故事傾洩而出。講到激動處，表情痛苦，動作野蠻，任憑感覺而行，毫無保留，說起他們的惡行惡狀絕不嘴軟。

海倫耐心地聽我講完。我想她應該會有所評斷，但她一語不發。

「呃，」我不耐煩地問道：「李德夫人難道不是個硬心腸的壞女人嗎？」

「她對你不好，這是無庸置疑的，因爲你也知道，她不喜歡你的個性，就如同史卡查特小姐和我之間的情形一樣。可是你竟然把她說過的話和做過的事記得那麼仔細！她那一點小小的不公平竟然在你心裡烙下那麼深的印記！我絕不會讓負面情緒影響我這麼深。如果你能去忘記她的冷酷無情以及因此而激起的情緒，你的生活不是會比較快樂嗎？我覺得生命太過短暫，我們無須浪費時間去滋長心中的憎恨或後悔曾經犯過的錯誤。在這世上的每一個人都背負著過愆，但時候將至，我相信在我們捨棄掉這注定要朽壞之身軀的同時，也會將罪惡拋棄，屆時一切的罪惡都將跟這臭皮囊一同脫離我們，唯有靈性光芒存留著——那難以理解的生命之本源和思想，純潔無瑕疵，彷如造物主最初的恩賜；從哪裡來就回哪裡去，或許會以高於人類的物種型態出現——或許會邁向更榮耀的一個等級，從慘白黯淡的人類變成光燦的熾天使。當然絕不會出現相反的情形，從人類墮落爲魔鬼。不，我絕不相信會這樣。我持守著一個信念，是從未有人教過我而我也不常提及的，我以它爲樂，且對它深信不疑，因爲它讓一切充滿希望，它使永恆成爲安息、成爲最好的歸屬，絕非討人厭，絕非無底深淵。況且，因爲這個信念，使我得以在罪人與罪惡之間劃下清楚的分野，我可以打從心底原諒前者，憎嫌後者；因爲這個信念，我從來不曾想到要報復，看見別人的墮落亦不至太失望，不公不義從來就沒讓我氣餒過；我冷靜地生活，放眼於末日。」

海倫老是低垂著頭，講完這句話，似乎垂得更低了。我從她臉上的表情看出來，她不想再跟我說話了，倒情願一頭栽進自己的思想世界去。不過，她也沒什麼時間沉思。不久，有個班長，是個高大粗魯的女孩，出現在我們眼前，操著濃重的坎柏蘭[3]口音說：「海倫・彭斯，如果現在你不去把抽屜整理一下，把縫紉的布摺一摺，我就要去告訴史卡查特小姐，請她過來看一看了！」

海倫嘆一口氣，離開她的想像世界，站起身，沒有答話也毫不遲疑，立刻照班長的命令去做。

譯註：

1 腓力斯（Felix），典出《新約聖經・使徒行傳》第二十四章第二十五節。

2 諾森伯蘭郡（Northumberland），英國東北部靠近蘇格蘭高地的一郡，下一句出現的迪普頓（Deepden）爲其境內地名。

3 坎柏蘭（Cumberland）位於蘇格蘭高地，是英國西北部行政區與著名湖濱區，此地帶散佈著大大小小的湖泊，風景優美。

第七章

我在羅沃德的第一學期有如一世紀那麼長，而且不是什麼好過的日子，既要適應新環境，又要習慣新規矩和新作息。擔心不能勝任這些新要求所帶來的恐懼，遠比肉體上的痛苦更讓我難受，雖說身體上所承受的負荷也不算小。

在一月、二月和三月的某些日子裡，積雪很深，雪融以後路況更糟，我們被困在圍牆裡無法出去玩，唯一能走出圍牆的機會就是上教堂，不過仍得每天在室外活動一小時。我們單薄的衣物根本抵禦不了寒冬的冷冽；我們沒有靴子可穿，雪花直鑽進鞋子融化在裡頭；沒手套可戴的雙手被凍得發麻且滿是凍瘡，雙腳也是。直到現在我依然記憶深刻，每天晚上都得忍受讓人瀕臨崩潰邊緣的凍傷，以及在隔天早上將發炎腫脹、麻木僵硬的腳趾頭塞進鞋子裡的磨難。食物的缺乏尤其令人憂傷，我們這些正值成長期的孩子胃口極佳，可分到的食物卻連一個病人纖細的胃腸都塡不滿。因爲食物不足所釀成的惡果就是欺壓幼童，當飢腸轆轆的大女孩吃不飽時，便連哄帶騙或欺壓較小的孩子交出她們的那一份。有好幾次，我都得和兩個大女孩分享我在點心時間所分得的寶貴黑麵包，往往在忍痛放棄掉三分之二的咖啡後，我就得和著無聲無息的眼淚呑掉僅剩的咖啡，因爲肚子實在餓極了。

在寒冷冬季，星期天變成了可怕的日子。我們得走上兩哩的路程到布拉克橋教堂去，我們的贊助者就在那兒任職。出發時大家凍得直打哆嗦，抵達時冷得都快昏厥了，做晨間禮拜的過程中等於幾乎陷入癱瘓狀態。由於路途遙遠，我們無法趕回去用餐，於是便在上午和下午兩堂禮拜之間，以發給我們的冷肉和麵包充飢，所分得的量就跟平常一樣少。

做完下午的禮拜後，我們沿著一條毫無遮蔽的山路走回去，一路上，從積雪山頂往北方猛颳的寒風毫不留情地呼嘯，幾乎要從我們臉上吹掉一層皮。

我仍能記得那時坦帕小姐輕盈迅速地走在我們垂頭喪氣的隊伍旁，身上格子花呢的披風在料峭寒風中翻飛，她抓緊衣襟，以身作則，不停地鼓勵我們，讓我們抖擻精神大步向前。她口裡說著：「向頑強的士兵看齊。」而其他的老師們，真可憐啊，自己都一副奄奄一息的樣子，更遑論要鼓舞他人了。

當我們回到學校時，是多麼盼望能有散發光和熱的熊熊火焰啊！然而，這對較小的孩童來說是奢望，教室裡的每一個火爐前都密密圍了兩層高年級的女孩，小女孩們只能擠作一團團地蹲在外圍，把凍僵的手臂裹在大衣裡。

吃點心時總算迎來了一點安慰，麵包是雙份的呢，不是一半，而是一整片，還附了一小片薄薄的可口奶油，這是我們從一個安息日盼過又一個安息日的每週禮讚。我總是巧妙地想出計策把這份豐富餐點留下一半給自己，至於另外一半，當然就得供出去了。

星期天晚上就在一連串的背誦中度過，我們得背誦教義問答和〈馬太福音〉第五、六、七章，還得聽米勒小姐誦念冗長的講道集，她無法克制的連連哈欠證明了她自己的疲累。在這些例行公事中，常常演出的插曲就是幼童們所扮演的猶推古角色[1]，一些小女孩因爲忍不住睏倦，雖不是從三樓跌下，總免不了從第四排的長凳上摔下來，被拉起時往往也是半死不活的樣子。對此，治療方法就是把她們推到教室中央，罰站直到講道集念完爲止。有時候，不聽使喚的兩條腿硬是讓她們癱軟下來，於是這些小女孩便倒成一堆，這時候就只好拿班長用的高凳子把她們架起來。

我還沒提到布拉克赫斯特先生的到訪。事實上在我來到羅沃德的第一個月裡，他大部分時間都不在家，也許是在他的副主教好友那兒多逗留了些時日，但他不在倒是讓我鬆了一口氣。我自是不用說明害怕他來的理由啦，不過，他終究還是來了。

有一天下午（我當時已在羅沃德三星期了），我坐著，手裡還抱了塊石板，正在解一道除法練習題，眼睛漫無目的地向窗口瞄去，剛好瞥見一道人影。我幾乎本能地認出那道瘦削身形，而且兩分鐘後，包括老師們在內的全校人員立刻列隊集合，我連看都不用看便知道是誰來了。那根曾聳立在李德家火爐前地毯上，不懷善意瞪著我看的黑色柱子，此刻踩著大步走進教室，來到一旁站立迎接他的坦帕小姐身邊。此時我斜看了一下眼前這根建物。沒錯，這就是布拉克赫斯特先生，全身緊裹在大衣裡的他顯得身形更長、更瘦也更嚴厲。

我自有害怕這黑色幽靈的理由：我清楚記得李德夫人怎麼對他暗示我的劣根性，還有布拉克赫斯特先生是怎麼向李德夫人保證，他會把我的惡行惡狀轉告坦帕小姐以及其他老師。我一直害怕他會這樣做——我每天都在擔心這個「即將出現的男人」，因爲他只消對別人說一說我的過去，我就會永遠被貼上壞孩子的標籤了。而現在，他眞的來了。

他就站在坦帕小姐旁邊，對坦帕小姐低聲耳語。我毫不懷疑他是在向坦帕小姐說我的壞話，我焦急痛苦地看著坦帕小姐的眼睛，心想她隨時都有可能用那雙黑色眼睛對我投以厭惡鄙夷之情。我也側耳傾聽，剛巧我坐得滿前面的，聽到了他大部分的話，頓時放心不少。

「坦帕小姐，我想我在洛頓買的線可以派上用場，我覺得這種線拿來縫棉質襯裙再合適不過，我也挑了些相配的針。你可以告訴史密斯小姐，我忘了在備忘錄上寫下要買縫補用的針，不過下星期我會派人送幾包過來；而且請她記得，不論如何，一次都只能發給每位學生一根，學生如果多了幾根針就會不愛惜，不當一回事，然後就把針弄丟。喔，還有，坦帕老師！我希望大家能好好愛護羊毛襪！上次我曾到廚房後院去檢查了一下晾在那兒的衣物，唉，許多黑襪子都破得厲害，從破洞的大小來看就知道襪子沒時常縫補。」

他停頓了一下。

「我們會遵照您的指示去做。」坦帕小姐說。

「還有，坦帕老師，」他繼續說：「洗衣婦告訴我，有些女孩一週換兩次領巾。這太頻繁了，學校規定一週只能換一次的。」

「我想這個情形，我可以解釋一下的，布拉克赫斯特先生。因爲上週四艾格妮絲和凱薩琳·強斯頓兩人都受邀到洛頓去參加茶會，所以我特別准許她們換上新領巾出席。」

布拉克赫斯特先生點點頭。「嗯，一次還可通融，可是拜託，別讓這種事情太常發生。此外還有一件事讓我大爲驚訝，我跟管家對帳的時候發現，在過去兩星期當中，竟然有一天是吃了兩次的麵包和起司。這是怎麼回事？我翻遍了規定都找不到這樣的條文。是誰做了這項改革的？經誰授權做的呢？」

「這件事我得負全責，先生。」坦帕小姐答道：「那天的早餐煮焦了，學生們根本沒辦法吃，而我又不敢讓他們餓到午餐時間。」

「老師，請聽我說，想必你也知道我的計畫是將這些學生們栽培成堅毅刻苦、懂得自我犧牲，而不是沉溺於享樂的人。偶爾有些不合胃口的飲食，像是煮焦了的食物，或是鹹淡沒掌握好的菜餚，彌補之道並非用美味餐點來替代味覺上的不舒適，這樣只會寵壞了身軀，打壞了這所教育機構的目標。在暫時欠缺民生必需品的時候，我們應該做的是加強學生的品格陶冶，鼓勵她們表現出堅忍剛毅的性格才是。在這種時機對她們發表一下精神訓話不算不合時宜，一個充滿正義感的老師應該抓住這個機會，告訴她們早期的基督徒經歷過什麼苦難，以及殉道者受過何等折磨。提及我們樂於賜恩典予人的主耶穌之規勸，祂呼籲祂的門徒背起十字架來追從祂，祂的勸戒是『人活著不是單靠食物，乃是靠上帝口裡所出的一切話語』[2]；然後再提到祂神聖的安慰，『如果你們因我的緣故或挨餓或忍渴，就有福了』[3]。喔，老師啊！當你用麵包和起司取代了燒焦的麥片粥送進學生嘴裡時，你確實餵養了她們可鄙的肉體，可卻一點也不知是虧待了她們不朽的靈魂！」

布拉克赫斯特先生再次暫停下來——也許是被他自己的情緒弄得太過激動。在他剛開始跟坦帕小姐說話時，坦帕小姐原是看著地上的，現在她卻直視前方，她那平常像大理石一般白皙的臉，開始出現一種石頭特有的冷漠堅定氣質；尤其是她的嘴巴，緊閉得彷彿要雕刻匠拿鑿子來才能鑿開似的，眉宇間也逐漸露出一種震懾人的嚴肅感。

當時，布拉克赫斯特先生是背著手站在火爐前面，威風凜凜地檢視全校師生的，但突然間他的眼睛眨了一下，像是看到什麼讓他眼花或太過刺激他瞳孔的東西一樣。他轉過身，語氣急促甚於剛才地說：「坦帕小姐，坦帕小姐，那個鬈髮女孩是什麼、什麼人？紅頭髮耶，老師，鬈髮，整頭的鬈髮？」說完拿起手杖指著那個嚇壞他的東西，手還發著抖。

「那是茱莉亞．索文。」坦帕小姐非常平靜地回答。

「茱莉亞．索文！她為什麼，甚至有其他人也留著鬈髮？怎麼！她在這學校裡公然挑釁校規去迎合俗世的潮流嗎？這兒可是傳揚基督福音的慈善機構，她卻留了一頭鬈髮！」

「茱莉亞是天生鬈髮。」坦帕小姐語氣更為平靜地答道。

「天生的！當然，可是我們不應該向天性屈服。我希望這些女孩都能成為上帝恩典的孩子。還有，她頭髮為什麼那麼多？我一再強調，希望學生們的頭髮要梳得平整服貼，謙遜樸實。坦帕小姐，那女孩的頭髮必須全剪掉。我明天會派一個理髮師過來的，其他女孩的頭髮也都太長了，喏，那高個子的女孩，叫她轉過身去。叫所有第一班的學生都站起來面向牆壁站好。」

坦帕小姐拿出手絹輕拭一下嘴唇，似想撫平因嘴角不自然牽動而造成的弧度，不過她還是下達了命令。聽清楚師長的要求後，第一班立刻遵命照辦。我坐在長凳上，稍稍傾斜後仰便可看到那些女孩們對這場演習所扮的鬼臉及其他戲謔表情。眞可惜布拉克赫斯特先生看不到這些，要不然他也許可以感覺到，就算他能掌控這群人的外在，但對於她們的內心世界，他是怎麼樣也無法干涉的。

他仔細檢視了這些活聖像的背面五分多鐘後，做出以下宣判，聲音恍若喪鐘響起——

「頭上這些髮髻全都得剪掉。」

坦帕小姐似乎要提出異議。

「老師，」他繼續說：「我有一位主人要侍奉，祂的國不屬於這世界。我在此間的任務是要讓這些女孩們苦修淨化她們肉體的邪情私欲，教導她們以謙遜節儉爲衣著穿在身上，而不是美麗的髮辮或昂貴的衣飾；然而，站在我們眼前的這些年輕人，卻讓虛榮心給魅惑而編起頭髮來了！這些，我再說一次，非剪掉不可，想想浪費在這上面的時間——」

布拉克赫斯特先生的話被中斷了，有三位女訪客走進來。她們應該早點進來聽聽他對衣著服飾的見解才是，因爲她們的穿著打扮皆極其華麗，有天鵝絨、絲綢，還有毛皮大衣。這三位中較年輕的兩位（十六歲和十七歲的漂亮少女）頭戴流行的灰色海狸帽，帽上飾有鴕鳥羽毛，華麗帽沿下露出又多又茂密的淡色髮束，全是作工精細的鬈髮。較年長的那位女士外罩一件綴有貂皮的昂貴天鵝絨披肩，前額更留綴法式假鬈髮。

坦帕小姐謙恭迎接這三位女士，她們是布拉克赫斯特夫人及兩位小姐，坦帕小姐安排她們坐在教室前的貴賓席上。女士們似乎是跟那位擔任聖職的親屬一塊兒坐馬車來的，當他忙著跟管家對帳、詢問洗衣婦、對管理者訓話時，她們也在樓上嚴格檢查女孩們的寢室。這會兒她們正在對管理襯衣、衣領、床單及宿舍內務的史密斯小姐提出種種質疑和責難，不過我沒空去聽她們到底在說些什麼，因爲我還有別的事要留意。

到目前爲止，雖然我很仔細在聽布拉克赫斯特先生和坦帕小姐之間的談話，卻也沒忘記注意自身安全，我想只要不被他看見就沒問題了。所以我坐在長凳上，盡量往後縮起身體，手裡一直拿著石板，裝作費心在解數學題的樣子，好讓石板遮住我的臉。我本可逃過一劫的，如果那塊背叛我的石板沒有剛巧從我手中滑落甚至冒失地摔破，引來注目眼光的話……這下子全完了，我彎下身撿起摔成兩半的石板，凝聚力氣等待厄運當頭。厄運隨即降臨。

「粗心大意的小女孩！」布拉克赫斯特先生大嘆道，並且立刻接著說：「是那個新來的學生，我認出來了！」我還來不及喘口氣，他就繼續說：「我千萬不能忘記得跟你們說說她的事情。」然後，大聲地──對我來說是多麼大聲啊！「讓那個打破石板的孩子到前面來！」

我自己根本連動的力氣都沒有，整個人都癱了，可是坐在我旁邊的兩個大女孩把我拉起來，推到那位可怕法官面前。坦帕小姐溫柔地扶我站好，還在我耳邊低聲安慰我。

「簡，別怕，我知道這只是意外，你不會受罰的。」

這好心的耳語卻像一把利刃刺入我心臟。

「下一分鐘她就會把我看成說謊者而鄙視我了。」我想著。一想到他們要給我亂安罪名，一股義憤填膺的怒氣自我心中胸口，想要反抗李德夫人、布拉克赫斯特這些人。我可不是海倫・彭斯。

「把那張凳子拿來。」布拉克赫斯特先生說，指著某個班長剛坐過的一張高凳子，高凳子隨即被拿過來。

「把那孩子放上去。」

有人應聲把我放上，我不知道是誰，我當時實在沒心情注意那些細節。我只知道她們把我放到和布拉克赫斯特先生的鼻子一樣高的地方，他距離我不到一碼，一堆橘色、紫色的絲綢大衣在我腳下延伸，一朵銀白羽毛做的雲飄動著。

布拉克赫斯特先生清了清喉嚨。

「女士們，」他面向他的家人們說：「坦帕小姐，老師們以及孩子們，大家都看到這個孩子了吧？」

當然她們都看到了，因爲我覺得她們的眼睛都像凸透鏡似的對著我聚焦，快把我的皮膚燒灼了。

「你們看到她還小，看到她有著一般小孩的外貌，上帝仁慈地給她一個和大家並無不同的身體，沒有什麼殘缺在她身上做記號。可誰料想得到惡魔已經在她身上找著寄居地了呢？我很難過地說，的確是這樣。」

他停頓下來——此時我開始冷靜看待自己的震顫，心想既然已無退路，就無須再逃避這場審判，得硬撐下去才行。

「我親愛的孩子們，」那根黑色大理石柱牧師以哀婉動人的語調繼續往下說，「這是一個令人傷心難過的事件。因爲這是我責無旁貸的義務，要來警告你們，這本應屬於上帝的羊逃脫了，她不是好羊中的一員，而是闖進來的外路人。你們得好好提防她才行，千萬別學她的樣——必要的話，不要同她打交道，活動時將她排除在外，談話時不要理她。老師們，你們得盯牢她了，注意她的一舉一動，小心她說的話，究查她的行爲舉止，懲罰她的身體以拯救她的靈魂……如果她還有救的話，因爲——在我說這件事的時候，我的舌頭都發麻了——這小女孩雖然生在基督的國度，卻比一堆向梵天祈禱、向黑天[4]屈膝跪拜的小異教徒還不如，這女孩是個——騙子！」

這次停頓了約十分鐘，此時我已恢復神智，但見布拉克赫斯特家的女眷們掏出手絹來拭拭眼角。較年長的那位前後搖動著身體，兩位較年輕的則低語道：「眞嚇人哪！」

布拉克赫斯特先生又開口了。

「我是從她的女恩人那兒聽到此事的，一個虔誠又好心的婦人收養了這名孤兒，把她當自己女兒一般撫養，而這個不幸的女孩卻不知感恩地用極惡劣可怕的態度來回報她的好心與慷慨，到後來，這位最仁慈的女恩人爲了不要讓這小女孩帶壞自己的孩子們，只好將她隔離開來。女恩人將小女孩送來這兒是爲了讓她獲得醫治，就像古時候的猶太人將病人送到畢士大池[5]以求得醫治一樣，所以老師們、管理人，我拜託你們，務必要時刻攪攪池水，別讓她周圍的水停滯不動！」

說完這麼莊嚴崇高的結論，布拉克赫斯特先生調整了一下外套最頂端的鈕釦，跟他的家人耳語幾句，他家的女眷們隨即起身，跟坦帕小姐行了個禮，然後這些高尚人士便又威風凜凜、高視闊步地走出教室。到門口時，我的法官還轉過頭來說：「讓她再站半小時，還有，一直到晚上，任何人都不准跟她說話。」

於是我便高高地站在那兒。才說過無法忍受在教室中央罰站的我，現在卻頂著昭彰惡名在眾目睽睽之下聳立著，心中的感受眞是言語無法形容。就在我百感交集、呼吸困難、喉頭緊縮之際，一個女孩走了過來，她經過我身旁時抬起眼睛，她的雙眼閃耀著多麼奇特的光芒啊！那樣的目光傳遞過來多麼奇妙的感動啊！我的感覺煥然一新，她就像是一位殉道者，一位英雄，在經過一個奴隸或一個受害者身旁時傳遞給她力量一樣。我克制住竄升的歇斯底里情緒，抬起頭，在凳子上站穩腳。海倫・彭斯去問了史密斯小姐有關作業的小問題，但是問題太過瑣碎，結果挨了罵，又回到自己座位上去，她再次走過我面前時對我笑了一下。多美的笑容啊，我到現在都還記得，而且我知道那是眞智慧加上眞勇氣的流露，使她獨出的容貌、瘦削的臉龐、深陷的灰色眼睛，皆閃現出天使一般的光芒。然而當時海倫的臂上還別著「不整潔臂章」，且不到一小時前，我還聽到史卡查特小姐在罵她，罰她明天只能吃麵包配水，因爲她在抄寫時把練習簿弄髒了。人本來就無法完美無缺，皎潔的明月也有陰影出現的時候。像史卡查特小姐這樣的人往往只看到微不足道的陰影，卻忽略了整個星球所發出的耀眼光芒。

譯註：

1 根據《新約聖經・使徒行傳》第二十章第七至十二節的記載，猶推古爲一童子，在保羅講道時因熟睡而從三樓跌下死亡，但之後被保羅救活。

2 此句經文原出自《新約聖經・馬太福音》第四章第四節。

3《聖經》上並無這樣的文字記載，想是布拉克赫斯特自己拼湊起來的句子。

4 梵天（Brahma）和黑天（Juggernaut），皆是印度教的神祇。

5 畢士大池（the troubled pool of Bethesda），根據《新約聖經・約翰福音》第五章第二節至第四節記載，在耶路撒冷靠近羊門有一個池子，希伯來話叫做「畢士大」，有天使按時下池子攪動那水，水動之後誰先下去，無論害什麼病都能痊癒。

Chapter 8

第八章

還不到半個小時，鐘就敲了五下。放學了，所有人都到餐廳去吃點心喝茶。

暮色已深，我小心翼翼地從凳子上下來，躲到角落裡坐在地上，那股一直支撐我的勇氣開始消退，反作用力繼之而起，不一會兒排山倒海而來的憂傷攫住了我，我沮喪地撲倒在地，淚水汩汩而流。現在，海倫‧彭斯不在，我失去了支撐的力量，孤零零的我放任淚水浸濕地板。我本來想在羅沃德做個好孩子，而且也一直努力這麼做：交許多朋友，贏得尊重，得到疼愛。我已經有明顯的進步了，就在那天早上，我得到全班第一名的榮銜，米勒小姐對我讚譽有加；坦帕小姐也讚許地微笑著，她說如果我在兩個月內都保持這樣的成績，就要教我畫畫，也要讓我學法文，那時同學們也都待我很好，跟我年齡相仿的孩子們都讓我跟她們平起平坐，不曾惡待我。但是現在我又受到屈辱，遭到踐踏，我還能夠再站起來嗎？

「站不起來了。」我想著，真的好想一死了之。就在我泣訴內心想法時，有人走過來，我嚇了一跳——海倫‧彭斯又出現在我身邊。壁爐裡的餘火映照出海倫的身影，走進這個大而空曠之地，她把我那一份麵包和咖啡給送來了。

「來，吃點東西。」她說道，可是我把兩樣東西都推開了，覺得在目前這種狀況下，彷彿一滴咖啡或一小塊麵包屑就可以把我噎死。海倫看著我，似乎很驚訝。目前我的心還很亂，雖然努力要控制它，但就是做不到，我繼續放聲大哭。她在我身旁屈膝而坐，雙臂環抱膝蓋，把頭靠在膝上，就這樣一語不發地坐著，像個印度人似的。

我打破沉默道：「海倫，你爲什麼跟一個大家都以爲是騙子的人在一起？」

「大家？簡，聽到有人這麼說你的才不過八十個人而已，這個世界上可有好幾億人哩。」

「那好幾億人又不認識我！但我認識的這八十個人都鄙視我。」

「簡，你錯了，也許學校裡根本沒有人鄙視你或討厭你，我確定有很多人是同情你的。」

「在布拉克赫斯特先生說過那一番話之後，她們怎麼可能同情我？」

「布拉克赫斯特先生又不是神，何況他也不是什麼受人喜愛的好人，這裡根本沒多少人喜歡他，他從來就沒做過討人喜歡的事。如果他對你恩待有加，你才可能招致一些敵人，明的、暗的都有可能哩。就今天的事情來說，如果敢的話，會有很多人站出來對你表示同情的。往後一兩天，也許老師和同學們會冷漠地對待你，但她們在心裡還是喜歡你的，只要你繼續努力撐下去，這些暫時隱藏起來的善意要不了多久就會越發明顯地表現出來。再說，簡——」她停下來。

「怎麼了，海倫？」我說，伸手握住她的手。

她摩擦我的手指頭，傳遞熱力，繼續開口道：「就算全世界都討厭你，認爲你是壞孩子，只要你自己的良知認同你，免除你的罪，你就不會沒有朋友。」

「不可能。我知道該把自己想得好些，但光這樣是不夠的，如果其他人不愛我，我寧願死去而非活著——海倫，我受不了被孤立、被厭惡。聽著，爲了得到你或坦帕小姐或其他我眞心喜愛對象的情誼，我甘願讓我的手臂被打斷，整個人被公牛用角尖挑起，或站在一匹亂跳的馬後面，讓牠的馬蹄踢到我的胸口——」

「別說了，簡！你把人類的愛看得太重了。你太衝動，太情緒化，那創造你、賜給你生命氣息的至高無上主宰，除了予你軟弱的肉體和同樣軟弱的心靈外，還給了你其他的資源。在這個世間和人類之外，還有一個無形世界，或說是天使的國度，那個世界圍繞著我們，因爲它無所不在；而且那些天使看顧我們，因爲天使奉差遣來護衛我們，即使我們在痛苦和羞慚中瀕臨死亡，即使輕蔑在各方面打擊我們，而仇恨就要把我們壓碎，天使會看到我們所受的磨難，承認我們的無辜，若我們眞是無辜的話。我知道布拉克赫斯特先生對你的指控純粹是誇大他從李德夫人那兒聽來的二手消息而已，薄弱得很，因爲我在你清新的面容和赤誠的眼眸裡看到了眞心眞意。上帝就等在靈魂出口的那一端，脫離肉體之後就會給我們全額的獎賞。所以啦，既然人生苦短，而死亡是通往幸福——榮耀的入口，我們還要這麼想不開嗎？」

我沉默著。海倫撫平了我的情緒，不過在海倫帶給我的寧靜中，我感受到其中攙雜無法言喻的憂傷，她開口時我就有這種感覺，但卻分辨不出這感覺到底從何而來。她說完話時呼吸有些急促，還咳嗽了一下，我當即忘卻了自身煩惱，轉而升起對她的關懷。

我把頭靠在海倫肩上，雙手環住她的腰，她把我拉近一點兒，我們就這樣靜靜休息著。我們這樣坐著沒多久，又有人來了。突然颳起的一陣風吹跑了幾朵烏雲，露出了皎潔明月，月光從旁邊的窗戶傾瀉進來，清楚照在我們和正走進來的那人身上，我們立刻認出是坦帕小姐。

「我是專程來找你的，簡・愛，」她說：「我要找你到我房間去。既然海倫・彭斯也在，就一塊兒來吧！」

我們起身，隨著學院管理人穿過幾條曲折的長廊，再登上一段階梯，終於來到她的住處，屋裡升著暖烘烘的爐火，看起來很溫馨。坦帕小姐讓海倫坐在爐邊一張矮扶手椅上，自己則坐在火爐的另一邊，她把我叫到身旁。

「已經好了嗎？」她問道，低頭看看我的臉。「把憂傷都哭掉了嗎？」

「只怕怎麼哭都哭不掉。」

「怎麼說呢？」

「因爲那是錯誤的指控，而老師您還有其他每一個人現在都認爲我是壞孩子了。」

「孩子，我們對你的看法乃由你的表現而定。繼續拿出好表現來，你不會讓我們失望的。」

「眞的嗎，坦帕小姐？」

「眞的。」她說，伸出手臂來抱著我。「好了，現在請你告訴我，布拉克赫斯特先生口中的那位女恩人是誰？」

「是李德夫人，她是我舅媽。我舅舅過世了，他把我託付給她照顧。」

「那麼，她不是自願要收養你的？」

「不是的，老師，她非常不想收養我，只不過，我常聽僕人們說，我舅舅在臨終之前要她答應這麼做。」

「嗯，簡，你知道吧，或者，我至少得讓你知道，當一個罪犯受到指控時，總是可以爲自己辯護的。既然你受到錯誤的指控，就盡可能地爲自己辯護吧！說出你眞實的記憶，小心，別加油添醋或誇大不實。」

我暗自下定決心，非得說得恰如其分、眞實無誤才行。我思考了一下，以便敘述得清晰有條理，於是我將悲慘童年裡的每一件事都告訴她。由於被激動的情緒弄得有些疲累，我的措辭比起平常在述說這些傷心往事時溫和許多，而且我切記海倫的警告，不要太憤慨，所以也沒有平常那麼強烈的憤恨和惱怒。由於我較爲克制且簡單地描述這些經歷，聽起來便更爲可信，我覺得坦帕小姐是完全相信我的。

我的敘述中曾提及洛伊德先生在我經歷紅房事件生病後來看過我，因對我而言，這件可怕的人生插曲是怎麼樣也忘不了的。一述及詳情我又忍不住激動起來，一想到李德夫人不顧我死命的求饒，硬是推開我，將我鎖回那個陰暗鬧鬼似的房間，我實在忿恨難平。

我說完了。坦帕小姐沉默地看著我幾分鐘，才開口道：「我認識洛伊德先生，我會給他寫封信。如果他的回信證明你說的是事實，我會在眾人面前洗清你的罪名。對我而言，簡，你現在就已經是無罪的了。」

她親了我一下，讓我繼續站在她旁邊（我滿足地站在那兒，因爲，看著她的臉、她的衣著、她身上的一兩件首飾，她白皙的前額、閃亮的鬈髮和晶瑩的黑色眼眸，讓我有一種童稚的快樂），她轉過去和海倫說話。

「你今天晚上怎麼樣，海倫？白天咳得多不多？」

「我想還好的，老師。」

「胸口的疼痛呢？」

「好點了。」

坦帕小姐站起身，拉起海倫的手，檢查她的脈搏，然後走回座位。她坐下時我聽到她輕嘆了一聲，她沉思了幾分鐘，然後振奮精神，用愉快的聲音說：「你們兩位今晚可是我的客人哪！我得好好招待你們才行。」

她拉了鈴。

「芭芭拉，」她對應聲前來的傭人說：「我還沒喝茶，把我的茶盤端來，也給這兩位年輕的小姐準備杯子。」

茶盤很快就端來了。在我眼裡精緻的瓷杯和閃亮的茶壺多麼美麗啊，就放在火爐旁的小圓桌上，茶的味道和烤麵包的氣味也是，聞上去多麼香醇啊。只不過，讓我失望的是，分量眞的太少了（因爲我開始餓了）。坦帕小姐也察覺到了。

「芭芭拉，」她說：「你可以再拿點兒麵包和奶油來嗎？這些不夠三個人吃的。」

芭芭拉出去了，不過才一會兒就回來了。

「老師，哈頓太太說，她已經送上平常的分量了。」

哈頓太太，也就是管家，根據我們觀察的結果，發現她的心和布拉克赫斯特先生的長得差不多，都是用鯨魚骨和鐵做的。

「喔，好吧！」坦帕小姐回應道，「我想我們也只好將就了，芭芭拉。」

女僕離開後，坦帕小姐微笑著說：「幸好，我還有這個可以彌補不足。」

她先讓海倫和我坐到桌邊，在我們每個人面前擺上一杯茶還有一小片美味的烤麵包，自己再站起身打開一個小抽屜，拿出一個小紙包，在我們面前拆開，原來是一大塊雜糧麵包。

「我原本打算讓你們每個人都帶一點兒回去的，」她說：「可是烤麵包的分量這麼少，你們只好現在吃了。」說著便慷慨地把麵包分給我們。

我們那天晚上吃喝的東西有如甘露珍品，此外當我們發現女主人心滿意足地看著我們，以飢腸轆轆的模樣享用她提供的美食而開懷綻放笑容時，內心更是愉快。

喝完茶，撤走茶盤，她喚我們坐到爐邊。我和海倫分坐她兩旁，她開始和海倫聊天，能聽到她們的對話眞是我的榮幸。

坦帕小姐一向舉止端莊、姿態高雅、言語合宜，絕不會出現狂熱、激動或急躁的狀況，看見她或聽到她說話的人均有種肅然起敬、心靈得到淨化的感覺。我現在就有這樣心情，然而海倫的表現卻教我大爲吃驚。

也許是這頓讓她恢復元氣的餐點，也許是明亮的爐火，也許是她敬愛的師長及其仁慈，也或許是其他因素，她獨特心靈裡的某種特性覺醒了，使她生出一股特別的力量。首先，她的雙頰泛紅，在這之前我只看過她臉色蒼白、毫無血色的樣子；接著她兩眼炯炯有神，水汪汪閃著光彩，刹那間似乎美麗迷人更甚於坦帕小姐的眼睛。那無關乎眼珠顏色、睫毛長度和別致畫眉，而是一種態度，一種神情，一種光采。然後這股力量延伸到她的雙唇，知識從她口中傾瀉而出，我不知其源頭爲何，一個十四歲女孩何來如此廣博的見聞，得以像雄辯家般滔滔不絕，讓言語之泉湧流而出？海倫的言談竟有如此特色，那眞是讓我畢生難忘的夜晚，她的靈魂似乎急切地想要在短暫的時光中體驗許多人在冗長一生中所經歷的一切。

她們談論著我從未聽過的事，包括歷史上的民族和朝代、遙遠國度、已知或未知的自然界奧祕。她們談起書籍，她們看過的書何其多！她們蘊藏著何等的知識寶庫啊！然後她們耳熟能詳地談起一些法文名字和法國作家。但最教我驚訝的是，坦帕小姐問海倫有沒有抽空複習她父親教她的拉丁文，並從書架上抽出一本書叫她念，還要她逐字翻譯一頁維吉爾[1]的作品。海倫照辦了，她一字一句念著，我對她的崇拜之心也愈益增加。她還沒念完，就寢時間的鐘聲已然響起，我們得趕快回去。

坦帕小姐擁抱了我們，把我們擁進懷中時，她說：「上帝賜福你們，我的孩子們！」

她擁抱海倫的時間比我更久一點，也較捨不得讓海倫走。她的目光一直跟著海倫到門口，爲了海倫再次嘆息，更爲了海倫拭去滑落臉龐的一滴淚。

我們一回到寢室就聽到史卡查特小姐的聲音。她正在檢查抽屜，我們進來時她剛好拉開海倫的抽屜，而一看到海倫，她劈頭就是一頓罵，還罰她明天得把沒有摺疊整齊的六樣東西掛在肩膀上。

「我的東西還眞是亂七八糟，」海倫低聲對我說：「我本來打算要整理的，可是給忘了。」

第二天早上史卡查特小姐在硬紙板上寫下斗大的「自甘墮落」這幾個字，然後像經匣[2]一樣綁在海倫溫和睿智又仁慈的寬闊前額上。海倫毫無怨言地忍耐，戴著它直到傍晚，視爲自己應得的懲罰。那天下午課程結束，史卡查特小姐一走，我立即衝向海倫，撕掉它，扔進火爐裡燒掉。那把海倫燒不起來的怒火卻在我胸中燒了一整天，滾燙淚水不斷燒疼我的臉頰，一看到海倫逆來順受的哀傷模樣，就教我氣憤難當。

在上述事件發生後的一個星期，先前寫信給洛伊德先生的坦帕小姐收到回音了，他的回信證明我所言屬實。坦帕小姐召集了全校師生，當眾宣布她已對簡・愛所受的指控做過調查，如今她非常高興可以在大家面前澄清簡・愛是清白的。老師們隨即過來和我握手，親吻我，學生群中也嗡嗡地傳出歡呼聲。

令人傷心的重擔終於得以卸下，從那時起我便重新振奮起來，下定決心不管往後的路有多艱險，我都要勇往直前。我辛勤地念書，努力漸漸帶來成功。我不是天生記性好的人，但是不間斷的練習，不僅改善了我的記性，也使我的反應愈形靈敏，幾個星期之內我就升級了，不到兩個月，我就獲准學習法語和繪畫。我學會了法語「是」的兩種動詞變化，同一天還畫下我第一張素描「鄉舍」（對了，那鄉舍的牆，比著名的比薩斜塔還要傾斜得多）。那天晚上入睡前我竟忘了給自己來一頓「巴米賽德」盛宴[3]，享受一下熱騰騰的烤馬鈴薯、白麵包和新鮮牛奶，我常常這樣畫餅充飢。今夜取而代之的是一幅幅美麗的素描，我在黑暗中想像起我手繪的作品，鉛筆勾勒出房舍和樹木，美麗的岩石和廢墟，有著居伊普[4]風格的牛群，在含苞待放的玫瑰花叢間翻飛起舞的蝴蝶，啄食熟櫻桃的鳥兒，以嫩綠爬藤編織成花環狀的鷦鷯鳥巢，裡頭藏有珍珠般的鳥蛋，諸如此類美麗的畫面。我還試著把那天法文老師拿給我看的故事書在腦海中複習一遍，看看能不能把它翻譯成英文，而還沒滿意地解決這些事，我早已甜蜜地進入夢鄉。

所羅門王說得好，「吃素菜而彼此相愛，強如吃肥牛而彼此相恨。」[5]現在就算拿李德家富裕的生活來交換羅沃德的貧窮困乏，我也不願。

譯註：

1 維吉爾（Virgil, 70 BC-19 BC），古羅馬詩人。

2 經匣是一種裝著寫有《聖經》經句之羊皮紙的小匣，猶太人在祈禱時會把一匣頂在前額上，一匣繫在左腕。

3 巴米賽德（Barmecide）出自《天方夜譚》故事中專以想像的餐點招待人的典故，請客的主人事實上並沒有食物，僅是想像滿桌美食而已。

4 居伊普（Albert Cuyp, 1620-1691），荷蘭風景畫家，善於繪製風景與動物。

5 詳見《舊約聖經・箴言》第十五章十七節。

第九章

Chapter 9

不過，在羅沃德的物資貧乏，或說艱困的生活已漸趨舒緩。春天悄然接近（其實它早翩然降臨），嚴冬的寒霜已然止息，積雪消融，刺人的冷風已形溫和。我一雙可憐的腳，因嚴寒的一月而破皮紅腫以致跛行，現在則因四月和風的吹拂而日漸消腫痊癒，不管是夜裡或早晨，我們血管裡的血液已不再受加拿大式嚴寒所威脅而凍僵，我們已耐得住在花園裡嬉戲遊鬧享受休息時間，在天氣晴朗時，甚至可感受到戶外的舒爽。紅褐色的花床已透出新綠，彷彿是「希望」夜夜到訪所留下的痕跡。花朵在綠葉中紛紛探出頭來，有雪花蓮、番紅花、紫色櫻草花及黃金眼三色堇。由於星期四只上半天課，我們總在下午去散步，路旁的樹籬下隨處可見清新甜美的小花。

此外，我也發現了更大的樂趣，位在高大且裝設尖釘的花園圍牆外，那是極目遠眺而得到的，令人心曠神怡的享受：高聳的山嶺繫著低谷構成的腰帶，一畦畦的新綠掩映在山影中，潺潺作響的明亮溪澗穿插其間，溪底黑亮的石頭閃爍光芒。眼前的景象，和我初來乍到時那銅鐵似的天空、霜雪封凍的世界，如此截然不同！那時冷冽有如死神的霧靄伴著急躁的東風，沿著那些紫色山嶺長驅直下溪澗旁的低地，直到和水面上寒氣逼人的濃霧合而為一。那溪澗急湍奔騰有如脫韁野馬，闖入林間將谷地一分為二，轟隆的水流聲響徹雲霄，往往還伴隨驟雨或旋動的雨雪，而溪澗兩旁的樹林看起來就像一排排的骷髏。

時序由四月進入五月，時值晴朗的五月天，湛藍的晴空，平穩的日光，柔和的西風或南風持續吹拂。此時草木欣欣向榮，羅沃德抖落一頭灰白亂髮，搖身變成鮮綠處處、繁花朵朵之景況。原本光禿有如骷髏般的高大榆樹、梣木及橡樹都已恢復盎然生氣，顯得威儀堂堂。樹林中的植物自棲息地豐盈地伸展開來，低窪地則充滿各式各樣數不清的苔癬，還有那一大片野櫻草，群聚之處泛出黯陽一般的奇妙亮光：我曾見過它們在林蔭幽密處所散發的淡淡金光，溫和美麗有如灑落一地的陽光。我常懷滿足，自由自在不受監視，幾乎是獨自享受這一切，然而這不尋常的自由與樂趣當然其來有自，而我也不得不提起。

當我說起這座圍繞山嶺、位在溪澗旁的學院時，不是把它勾勒成一幅美景嗎？它的確景色優美，但是否有益健康，就另當別論了。

林間谷地，也就是羅沃德校區所在，是濃霧和瘴癘的溫床。跟隨春天的腳步，乘著和煦的微風，斑疹傷寒爬進了這座孤兒院擁擠的教室和宿舍，還不到五月，學校就已變成醫院。

學生們總是處在半飢餓狀態，加上感冒了也沒得治療，導致大部分人受到感染，於是八十個女孩一下子病倒了四十五個。課沒辦法上，校規也變鬆了，剩下幾個沒生病的幾乎自由得不受管束，因爲醫護人員堅持要她們經常運動以保身體健康；況且就算不做這種要求，也欠缺人手來照管她們。坦帕小姐全心全意照顧生病的學生，她就住在病房，除了趁夜裡空檔休息個幾小時外，從未踏出過。其他老師們忙碌於幫那些所幸有親戚或朋友願意接離這疫區的女孩們整理行李或做其他必要準備。許多病倒的學生狀況嚴重，回到家也只能等死，有些人就在學校裡過世了，且因擔心疾病蔓延，很快就被草草埋葬。

當疾病成爲羅沃德的住戶，死亡亦成它經常性的訪客。在校園裡充滿陰鬱恐懼，教室和走廊充斥醫院的氣味，藥物和線香掩蓋不住死亡惡臭時，戶外五月的陽光卻晴空萬里地照耀在險峻的山坡和風光明媚的林間。羅沃德的花園裡亦是花團錦簇：蜀葵花抽高得像樹木一般，百合花綻放，鬱金香和玫瑰迎風搖曳；在花床周邊愉快地探出頭來，將它們點綴得繽紛燦爛的，還有粉紅色濱簪花以及紅色複瓣雛菊，早晨和黃昏都可以聞到野薔薇所散發出來的香氣。雖然如此，對大部分羅沃德的住宿者來說，這些芳香寶貝除了當作藥草、鮮花用在棺木上表達對死者的追念之外，並無其他用處。

我和其他幾個沒病倒的人盡情享受了這樣的美景和快活季節，我們可以像吉普賽人一樣從早晨到深夜都在樹林裡遊蕩，愛做什麼就做什麼，愛去哪裡就去哪裡，生活比以前好多了。現在布洛克赫斯特先生和他的家人們根本不會靠近羅沃德，也沒人會詳查日常生活雜務。脾氣欠佳的管家畏懼被感染，早已逃之夭夭，繼任者是曾經在洛頓當地藥局工作過的女管家，由於對新環境不熟，不知道從前的人都怎麼做，便對我們慷慨以待。況且現在需要用餐的人變少啦，生病的人根本吃不下什麼東西，我們早餐碗裡的食物盛得比以前滿，在沒時間準備正餐的時候（這還滿常發生的），她就會給我們一大塊冷派或一塊厚麵包配上一大塊奶油，我們經常帶著這些食物走進林子裡，找個自己喜歡的地方，大快朵頤。

我最喜歡的座位是一塊又大又平的石頭，它矗立在溪澗中，潔白乾燥，想上去只能涉水而過，我赤腳完成了這項壯舉。這塊石頭剛好夠我和另一個女孩——瑪麗安・威爾森舒舒服服地躺下。瑪麗安聰明機警，我喜歡和她在一起，一半因爲她的機智、富創意，一半因爲她的態度讓我覺得輕鬆自適。她長我幾歲，所以對這個世界的瞭解比我多，也總能告訴我許多有趣的事。因爲她，我的好奇心得以滿足；對於我的錯誤，她也總是寬大包容，從不會限制我該說什麼，不該說什麼。她長於敘述，我善於分析；她喜歡回答，我樂於發問，所以我們相處得很不錯，就算從我們的言談間得不到什麼長進，至少也挺愉快的。

那麼海倫・彭斯呢？她在哪裡呢？在這些自由自在的日子裡，我怎麼沒跟她在一起呢？我已忘了她嗎？還是我太不受教，竟厭倦了她的純潔完美？當然啦，前面提及的瑪麗安・威爾森是比不上我第一個朋友的，她只能說些好玩的故事給我聽，在我一時興起想說些無聊的閒談時回應我而已。至於海倫，如果我說得沒錯，她總能給聽她說話的人帶來一種享受，提升聽者的眼界。

是眞的，親愛的讀者，我知道且也感受到這一點。雖然我是個缺點很多，老犯一堆錯誤，沒什麼長進的傢伙，但是我從不會厭倦跟海倫．彭斯在一起，更從未停止過我對她的孺慕之情，一想起她，我的心就充滿了勇氣、溫柔和尊敬。我怎可能遺忘她？那個不論何時何地或在任何情況下都向我表明她恬靜誠摯的友誼，無關心情好壞，不受情緒干擾，始終忠誠如一的人？

海倫病倒了！她好幾個星期前就從我眼前被搬到樓上不知哪一個房間去了。她們告訴我，海倫不能跟那些發燒的學生一起住在劃爲病房的屋子，因爲她得的是肺病，不是斑疹傷寒。我那時對肺病所知不多，還以爲是小病，只要休養一陣子就會好了。

在天氣晴朗的午後，坦帕小姐偶爾會帶著海倫下樓到花園去，因爲這樣更加讓我認爲我的想法沒錯。不過，在她們到花園去的時候，我卻不被允許去跟海倫說話，我只能從教室的窗戶裡看她，看得不很清楚，因爲她總是裹著層層衣服，遠遠地坐在廊簷下。

六月初的某天傍晚，我跟瑪麗安在林子裡逗留到很晚才回來。我們跟往常一樣，離開眾人，恣意往遠方遊蕩，我們走得太遠竟致迷路了，到後來向一戶前不著村後不著店的農舍人家問路——那一男一女在樹林裡照看一群半野放、以橡實果子爲食物的豬隻。我們回到學校時，月亮已經出來了，花園門口站著一匹小馬，我們認得那是醫生的馬。瑪麗安論道，她想是有人病重了，因爲這麼晚還請貝茲醫生來。

瑪麗安進屋去了，我則走向花園，把從樹林裡挖回來的植物種到我的花圃，因爲我怕等到明天早上，它就要枯萎了。種好以後，我又逗留了一下，花朵在露珠的滋潤下綻放著馨香，這眞是個愉快的夜晚，如此寧靜，如此溫煦。西方尚未褪盡的落日餘暉預告著明日又是美好天氣，月亮莊嚴地升上灰暗的東方天空。我看著眼前景致，充滿童心地盡情欣賞，腦中卻忽然閃過一個從未出現過的念頭：「此時若躺在病床上，面臨死亡的威脅，該多麼讓人難過啊！這個世界如此美好——要被從這個世界召走，往赴沒有人知道的地方去，不是很可怕嗎？」

然後我的心第一次努力地想去理解一切曾進入我腦海中關於天堂和地獄的所有觀念，我的心第一次感到畏縮困惑，因爲這是它第一次瞻前顧後、左右張望，發覺四周全是無底深淵的時刻。它只感覺得到自己所站立之處——現在，其餘皆是混沌一片，無止無盡的虛空。一想到會蹣跚搖晃，跌進那個無底深淵，就讓它嚇得發抖。在思考這個新問題時，我聽到前門打開，貝慈醫生走了出來，旁邊還跟著一位護士。她目送醫生跨上馬離開後，便要關上門，我卻衝向她。

「海倫・彭斯怎麼樣了？」

「情況很糟。」她如此回答。

「貝慈醫生是來看她的嗎？」

「對。」

「他怎麼說？」

「他說她在這兒的時間不多了。」

要是我昨天聽到這樣的話，會以爲海倫快要被送回她在諾森伯蘭的家裡去，不會想到是她病危。然而，現在我卻立刻明白了，清楚海倫在這個世界上的日子不多了，她將被帶到靈魂的國度去，如果眞有這樣的地方存在的話。我心裡一陣驚恐，繼之以一陣狂悲，然後湧起了強烈的願望——我得見她一面。於是我問她在哪個房間。

「她在坦帕小姐房裡。」護士說。

「我可以上去跟她說話嗎？」

「不行，不行，孩子！不可能的。而且你現在該進來了，外面露水重，你再不進來會生病發燒的。」

護士把前門關上了，我從通往教室的側門進去，剛好趕上時間。鐘敲了九下，米勒小姐正喚學生們上床睡覺。

約莫過了兩小時，大概將近夜裡十一點，那時我還無法睡著，而且從寢室裡鴉雀無聲的情形來看，我的同伴們應該都已經沉沉進入夢鄉了，於是我悄悄起身，在睡衣外罩了件大衣，光著腳溜出寢室，往坦帕小姐房間走去。那是在房子的另一頭，不過我知道怎麼走，明亮的夏季月光透過走廊的窗戶照射進來，使我得以順利到達目的地。途經漫出樟腦味和燒焦醋味的房間，彷彿在警告我那是傷寒病人的住處，我快速通過那道房門，深怕值夜班的護士會聽到聲響。我擔心會被發現、會被趕回去，因爲我得見海倫一面，在她死之前我得擁抱她，給她最後的親吻，跟她說最後一句話。

我走下樓梯，穿過下方門廊，成功無聲無息地打開又關上兩扇門，接著來到另一道樓梯口。我爬上樓梯，對面就是坦帕小姐的房間了。房門底下和鑰匙孔都透出亮光，四周寂靜無聲。我走近些，發現房門並沒關上，也許是想讓新鮮空氣流通。我不想猶豫，心裡充滿了焦躁衝動，靈魂和感官都感受到劇痛——我強抑住內心的激動，朝屋裡張望，眼睛搜索起海倫，深怕發現死亡的蹤跡。

坦帕小姐床邊有一張白色簾帳半掩的小床，我看見被褥下有個人，不過臉被簾帳遮住了，看不清楚。和我在花園說過話的那個護士坐在一張安樂椅上，睡著了，一支未被吹熄的蠟燭在桌上黯淡燃燒。我沒看到坦帕小姐，後來才知道她被找去照顧一位陷入混亂囈語狀態的傷寒病人。我往前走去，隨即在小床旁停了下來，我的手放在簾帳上，不過我想先說話再掀開它。我仍很害怕看到的會是屍體。

「海倫，」我輕聲喚道：「你醒著嗎？」

人影挪動身體，拉開簾帳。我看到了海倫的臉，蒼白憔悴卻很平靜。她看起來沒什麼變，我便也沒那麼擔心了。

「眞的是你嗎，簡？」海倫以她一貫溫和的聲音問道。

微笑著。

「噢！」我想著，「她不會死啦，他們錯了。如果她快死了，怎麼可能講話這麼平靜，面容這麼溫和。」

我爬上她的小床，親吻她。她的額頭好冷，臉頰既冰冷又單薄，手掌和手腕也是，可是她卻像以前那樣微笑著。

「你怎麼會來呢，簡？都已經過十一點了。我幾分鐘前聽到鐘聲了。」

「我是來看你的。聽說你病得很重，如果不過來跟你說說話，我睡不著。」

「那麼，你是來道別的了，也許你來得正是時候。」

「你要到哪裡去嗎？海倫，你要回家嗎？」

「是啊，回我永遠的家——我最後的家。」

「不，不，海倫！」我悲傷得說不出話。正當我努力地抑制要潰堤的淚水時，海倫劇烈地咳了一陣，然而一旁的護士並未醒來。她咳完，虛弱地躺了幾分鐘，然後輕輕說道：「簡，你光著小腳哪，快過來躺下，蓋上我的被子。」

我照她的話做，她伸出手臂來攬住我，我緊緊地靠在她身旁。一陣靜默之後，她繼續說話，仍是輕聲輕氣的。

「簡，我好高興。當你聽到我死去時，千萬不要悲傷，沒什麼好悲傷的。我們總有一天要面臨死亡，帶走我的這病沒給我什麼罪受，它溫和漸進。我的心很平靜。沒什麼人會對我有所牽掛：我只剩一個父親在世上，他最近結婚了，不會想念我的。在年輕時死去，可逃過一堆災難呢！反正我沒什麼才能也沒什麼本事可在這世上闖出名堂，再活下去也只會一直犯錯而已。」

「可是，要到哪裡去呢，海倫？你看得到嗎？你能知道嗎？」

「我相信，我有信仰。我要到上帝那兒去。」

「上帝在哪裡？什麼是上帝？」

「是我的造物主，也是你的，祂永不會毀滅祂的受造物。我全然相信祂的能力，完全仰賴祂的仁慈，我數算著那將我帶回祂身邊的時日，屆時祂將向我顯現。」

「海倫，那麼你是確定有天堂這麼一個地方啦，我們死了以後，靈魂都會到那兒去嗎？」

「我確信有一個未來國度，我相信上帝是信實的，我可以放心把自己不會腐朽的部分交給祂。上帝是我的父親，是我的朋友，我愛祂，我相信祂也愛我。」

「海倫，我死的時候就可以再見到你了，是嗎？」

「你會來到同一個幸福國度，同一位全能的天父會迎接你的到來。這是毫無疑問的，親愛的簡。」

我又有疑問了，只不過這次沒說出來。「那個國度在哪裡？真的存在嗎？」我把海倫抱得更緊些，她和我之間的關係彷彿更親密了。我似乎無法讓她離開我，我把臉埋進她的脖子旁。

未久，她用最溫柔的語氣說：「我現在多麼舒服啊！剛才那陣咳嗽讓我有點兒累，我覺得我好像可以睡了。可是簡，你不要離開我，我喜歡有你在旁邊。」

「我會陪你的，親愛的海倫，誰也不能讓我離開。」

「親愛的簡，你暖和嗎？」

「暖和。」

「晚安，簡。」

「晚安，海倫。」

海倫親了我一下，我也親了她一下，不久我們兩人都呼呼大睡了。

我醒來時已是白天，不尋常的移動吵醒了我。我抬起眼，看見自己正在某人懷中，是護士抱著我，我們走在通往寢室的甬道上。我並沒有因爲擅自離開床鋪而挨罵，人們有其他事要忙，我問了一大串問題也沒人理我。不過在事情過了一兩天之後，我得知坦帕小姐在黎明時分回到她房間，一進門便發現我躺在小床上，我的臉倚在海倫・彭斯的肩膀上，手臂環抱她的脖子。我熟睡著，而海倫——沒了氣息。

她的墳墓就在布拉克橋的墓園裡，她過世十五年來只見荒煙蔓草的土堆覆蓋，而今卻有一塊灰色的大理石碑在那兒做爲標記，碑上銘刻了她的名字，還有拉丁文「復活」（Resurgam）的字樣。

Chapter 10

第十章

迄今我詳細記錄了我那微不足道的生平：有關最初的十年，我幾乎花了同等數目的篇章來記述，不過這不是一般自傳，而我也不要記流水帳，只想找出有意思的記憶和大家分享。因此對於接下來的八年，我著墨不多，僅寫下和後來發展相關的必要部分。

斑疹傷寒結束重創羅沃德的任務後，逐漸淡出了校園。不過，它所帶來的危險和造成的病亡人數，卻把社會大眾的目光給吸引到羅沃德來了。對於災禍根源的探究以及後來顯露的種種內情，著實讓社會大眾氣憤難平。先天體質不良的校區，院童飲食的分量和品質，微鹹又惡臭的飲用水，以及孩子們貧乏的衣著和住處——這些事全被揭發出來了。這些發現帶給布拉克赫斯特先生罵名，卻給學校帶來了好處。

郡裡幾位慈善富人捐了大筆款項，覓得合適地點蓋了一座更便利的建築，並且制定新規章、改善孩子們的衣著和飲食，學校的基金交由管理委員會處理。布拉克赫斯特先生憑藉其無法被忽視的財勢與家庭背景，仍在羅沃德占有一席之地，繼續擔任出納職務。不過，其他幾位心胸較寬廣、較富同情心的紳士們會在他行使職權時善加協助，而他的總管理人一職也將由其他幾位人士共同分擔。那些人知道合理與嚴格、舒適與節約、憐憫與正直間該達成怎樣的平衡。學校因此得以迎來改變，成了一所真正有用且高尚的機構。在學校改革後，我繼續在那兒待了八年，前六年是學生，後兩年是老師；具備這兩種身分的我，足可見證它的價值和重要性。

在這八年當中，我的生活沒什麼不同，但也不能說不快樂，因爲它不是毫無收穫的。我有機會接受良好的教育，所學當中有幾門課令我深感興趣，我想要在各方面表現傑出，況且得著老師歡心所帶來的喜悅——特別是那些我喜愛的老師，變成一股敦促我奮發向上的動力。我善用一切資源努力學習，終於升上了第一班的第一名。之後他們讓我留校任教，我熱心地在工作崗位上待了兩年，然而在那段時間的尾聲，我改變了。

坦帕小姐經歷過所有的變遷，長期擔任學院管理人，我所學的大部分都是來自於她，她的友誼與同在一直是我最大的安慰，她儼如我的母親、老師，後來又成了我的友伴。她在這段時期結婚了，隨後便跟著夫婿（他是位牧師，一個很優秀的人，配得上這樣一位妻子）搬到遠方的一個郡，我終究失去她了。

從她離開的那一天起，我就不再相同了。一切安定的感覺，一切讓羅沃德成為我的家的聯想，都隨著她的離去而消失。我承繼了一些她的性格還有許多習慣，像是較和諧的思想、較節制的感情，早已深植在我心。工作上我盡忠職守，個性上我恬適安靜，我相信我是滿足快樂的；在其他人眼中，甚至在我自己看來，我都是條理分明、克己復禮的人。

然而，命運之神幻化成納史密斯牧師，橫亙於我和坦帕小姐之間！就在他們婚禮後不久，我看到坦帕小姐一身旅行裝扮跨進驛馬車，我目送馬車爬上山坡，直到它消失在山的那一頭，然後我回到自己房間，百無聊賴地度過剩下的半天婚禮假。

大部分時間我都在房間裡來回踱步，心想是因失落而難過，於是盤算著該怎麼彌補才好。然而當我整理好思緒，抬頭遠望，發現下午已然過去，暮色跟著翩然降臨，心中卻有了新的覺醒——也就是說，雖是短暫的一個下午，我卻經歷了一場心靈革新。我的心已將借予坦帕小姐的一切隨風遠颺，或說坦帕小姐已將她給我的平靜沉穩一併帶走了，如今我又回歸本性，開始感覺到原有的情緒正蠢蠢欲動。與其說是支柱被移走了，倒不如說是動機消失了；與其說是保持平靜沉穩的力量不見了，倒不如說是已無須再平靜沉穩了。幾年來，我的世界僅局限在羅沃德，我所熟悉的只有它的規範制度，現在我記起了真實世界是廣大的，是希望和恐懼參半，是感覺和激動交集，等待有勇氣進入它浩瀚領域的人去冒險、去探索真知識。

我走到窗邊，打開窗戶往外看，看見這棟建築物的兩翼、花園，羅沃德的周邊，遠處山巒起伏的地平線。然而我的視線越過這一切，停在最遙遠的藍色山巔。

我就是想要穿越這一切哪，稜線以內的岩石和石楠樹叢彷如囚房和流放的終點。目光順著白色道路蜿蜒而上山中的谷地，及至消失在兩山的峽谷間。我多麼希望能順著道路攀登得更遠！當年乘坐馬車奔馳在那條路上的記憶在我腦中鮮活起來，我還記得駛下那座山坡時正是天光幽暗的薄暮時分。從我初來乍到及至現今，彷彿一世紀那麼久，我始終未曾離開過。我的假期都是在學校裡過的，李德夫人從不曾派人來接我回她家，她或她的家人也未曾來探望過我。我和外面的世界從未有過任何書信往來。校規校務，學校的生活習慣、思想觀念，校園裡的聲音，師生們的臉，習慣的用語、制服、喜好及嫌惡，就是我所知道的一切。我如今卻發現人生不止於此，就這一個下午，我厭倦了八年來的一成不變。我渴望自由，我迫切需要自由，我爲自由做了禱告，然而它卻似乎四散於風中。我放棄了，卻也更謙卑地懇求：我要改變，我需要被激勵。這樣的願望似乎也消融在無垠的長空。「那麼，」我半絕望地呼喊道：「至少讓我換換環境吧！」

此時晚餐鐘聲響起，招喚我下樓去。

一直到就寢時間，我才有機會再去想想這被中斷的思緒，偏偏同寢室的老師不斷叨叨絮絮地談論她的心事，使我無法立刻重回主題。多麼希望她能盡早進入夢鄉！彷彿只要回到下午站在窗前的遐想，我就能創出新意得到解脫似的。

格萊斯小姐終於傳出鼾聲了。她是個壯碩的威爾斯女人，我一向覺得她每晚的鼾聲甚爲惱人，今晚乍聽見她最初幾個深沉的音符時，我卻忍不住高興。干擾一旦解除，我那隱約不明的遐想又鮮活起來。

「一個新環境！我得好好想想，」我自言自語著（當然只在心裡想，我並沒有說出來），「這就是了，因爲聽起來並不會太過美好。它不像『自由』、『興奮』、『喜悅』這一類字眼聽起來讓人很高興，不過我知道那也只是聽起來而已，不切實際一閃而過的念頭不過是浪費時間罷了。可是新環境！這是實際的東西。這是任何人都可以做的事。我已經在這兒待了八年，現在唯一所求就是換個環境服務而已。我就不能順應一下自己的心意嗎？這件事不可行嗎？是啦——是啦——不會太難的，如果我能好好想想，絕對有辦法如願的。」

我果然從床上坐起來好好想想。夜涼如水，我圍了條披肩，然後盡我所能努力地想。

「我想要什麼？一個新地方，住在一所新房子裡，在一個新環境下和新面孔一起工作。我要的就是這些，因爲要更好的也要不到。人們都是如何換工作的呢？他們會找朋友幫忙吧？我沒有朋友，可很多人也沒有朋友，他們必須照顧自己，幫自己的忙。那他們怎麼做呢？」

我不知道，也沒有人回答我。於是我命令我的頭腦立刻做出反應。它快速運作著，我可以感覺到我的頭和太陽穴的脈搏急速跳動；不過將近一個鐘頭後，它仍處在混沌中，努力有餘卻無半點結果。頭腦熱得發脹竟是白忙一場，我下床在房裡走了一圈，拉開窗簾，看到天邊掛著一兩顆寒星，冷得發抖便縮回床上。

一定是有位好心仙子在我起床時塞了個建議在我枕頭底下，因爲在我躺回床上時，腦海裡自動浮現一個想法：「要找工作的人都會去刊登廣告，你得去——就去《先鋒報》上刊一則。」

「怎麼刊？我不知道怎麼刊廣告。」

這次，答覆很快就出現了：「將所要刊登的廣告和所需費用裝在信封裡寄給《先鋒報》的編輯，捉住機會把信拿到洛頓郵局去寄。回函註明得寄到洛頓郵局給J．E收。信寄出一個星期後，再去詢問有無回音，然後再看著辦就行。」

這個對策，我考慮了兩三次，又在心裡仔細研究，終於有了一套清晰可行的計畫。我覺得很滿意，便安心入睡了。

第二天我起了個大早，在鐘聲喚醒全校師生前就寫好廣告稿，裝進信封，書明地址。稿件的內容如下：

茲有一教學經驗豐富之年輕女性（我不是已經當了兩年老師了嗎？）謀求私人家教一職，學生年齡十四歲以下（因為我想自己不過十八歲，不適合擔任年齡太接近者的家庭教師）。該女性足能勝任良好英國教育所需之各門普通課程，並能教授法文、繪畫與音樂（親愛的讀者，以現在的眼光來看，這些成就稍嫌狹隘，不過在當時來說已是涵蓋廣泛了）。意者請將回函寄至洛頓郵局J．E收。

這封信在我抽屜裡鎖了一整天。喝過茶後，我向新任的學校管理人請假，說是要到洛頓去給自己和幾位同事辦點事。她很快就批准了，我於焉出發。到洛頓要走兩哩路，午後多雨，這樣的時間還長著呢！我逛了一兩家店，把信投入郵局，回程時遇上大雨，淋了個落湯雞，心情卻是輕鬆無比。

接下來的一星期似乎特別漫長。不過，就跟天下所有事一樣，總有到盡頭的時候，在一個愉快的秋日傍晚，我又來到通往洛頓的路上。這一路風景如畫，小徑傍溪蜿蜒，穿過溪谷幾處美麗的彎道。然而，當天我全副心思都在想著會不會有回信在洛頓郵局等我，根本無暇欣賞眼前的美景。

表面上我是要到洛頓去量製一雙鞋，所以得先去把這件事辦妥，待量好尺寸後，我離開鞋店，穿過整潔寧靜的小街來到對面郵局。負責管理郵局的是位老太太，鼻梁上架著角框眼鏡，手上戴著黑色連指手套。

「請問，有沒有給J．E的信？」我問。

她透過鼻梁上的眼鏡打量我，然後拉開一個抽屜，在裡頭摸索老半天，我等得心都快涼了。最後，她拿起一份文件在眼前端詳有五分鐘之久，才把它推過櫃檯來給我，附帶滿腹狐疑的態度和眼神——這就是給J．E的信。

「只有一封嗎？」我提出疑問。

「沒別的了。」她說。

我把信放進口袋，轉身打道回府。我無法當場拆信，因爲得在八點前趕回學校，而那時已經七點半了。一回學校就有好幾件事等著我：我得陪學生們自習，之後又輪到我念祈禱文，盯著學生們上床睡覺，接下來我和老師們一起吃晚餐。就算終於到了晚上的休息時間，我還是有避不開的格萊斯小姐爲伴。我們的燭台上只剩一小截蠟燭了，我非常擔心她會說話說到蠟燭燒完才罷休，所幸她吃下分量不少的晚餐起了催眠作用，我還沒換好衣服，她已鼾聲大作。蠟燭還剩下一吋左右，於是我拿出信。封緘處有一個縮寫字F，我打開信，內容很簡短。

倘若上週四在《先鋒報》刊登廣告的J．E確具所述學識，並在人品及能力上得以提出勝任教職的證明，即可獲此教職。學生僅有一位，爲十歲以下女童，年薪三十英鎊。J．E需檢附相關證明文件、姓名、住址與其他詳細資料，寄至：○○郡，近米爾科特的桑費爾德，費爾法斯太太收。

我仔細研究了一下這封信，字跡寫法有些老派，還有點不穩，像是出自老太太之手。這情況頗令人滿意，我總擔心自己這樣亂闖瞎撞的，會不會惹出什麼麻煩來呢，而最重要的是，我希望這番努力換得的結果是受人尊重、得宜且情況良好的。這會兒我覺得在眼前此件事情上遇到一位老太太倒可接受。費爾法斯太太！我可以想見她穿得一身黑，頭戴寡婦帽，或許爲人冷淡但不致無禮，是令人尊敬的典型英國長者。桑費爾德！毫無疑問就是他們家莊園的名稱了，我確信那定是個井然有序的優美地域，雖然我無法想像出那座莊園的實際風貌。米爾科特……我複習了一下英國地圖，沒錯，我看到它了，它所屬的郡和城市本身，比起我現在住的郡縣，距離倫敦更近上七十哩。對我而言這是個優點，我盼望能到充滿生氣、活動頻繁的地方去。米爾科特是臨某條大河的製造業大城，毫無疑問是個繁忙熱鬧的地方，這就更好了，至少對我而言在生活上會是徹底的改變。我不是說自己多喜歡高聳的煙囪和一團團的煙霧——「再說了，」我辯道：「桑費爾德也許離市區很遠也說不定。」

此時蠟燭燃盡，蠟蕊已熄。

隔天必得有所行動才行，不能再把計畫藏在心裡了，我得把消息放出去，計畫才可能成功。第二天午休時間，我抓住機會告訴學院管理人我有一個工作機會，薪水是現在的兩倍（我在羅沃德的年薪是十五英鎊）。我問她，是否願意將這消息轉告布拉克赫斯特先生或委員會裡的其他人，並請他們爲我寫證明文件或推薦函。她二話不說就答應爲我傳達，第二天她跟布拉克赫斯特先生提及此事，他則說我得寫信去問李德夫人，因爲李德夫人是我的法定監護人。我依言寫了封信給李德夫人，得到的回答是：我愛做什麼就做什麼，她不過問我的事情已經很久了。這封回信在委員會裡傳閱，經過了冗長的延宕後，終於正式批准我可以爲了追求更好的生活而離開；此外還對我提出保證，鑑於我在羅沃德期間，不論求學階段還是擔任教職均表現良好，所以委員會將開出證明文件，並由委員們署名，證明我的品格和能力皆堪信任。

大約一個月之後，我拿到了這張證明，隨即寄了一份給費爾法斯太太。沒多久便收到她的回信，信上說她對此感到滿意，並且告訴我在兩個星期後即可走馬上任。

於是我開始忙著準備一切，兩個星期一下子過去了。我的衣物不多，但我覺得夠穿了，只消在最後一天塞進衣箱——八年前我從李德家帶來的同一只衣箱。

箱子用繩子綁好，也用釘子釘上名片。再過半個鐘頭，搬運行李的人就會過來把它運送到洛頓去，我自己則在第二天一早到那兒去搭驛馬車。黑色毛料旅行裝早已刷乾淨，帽子、手套、暖手筒都準備妥當，我打開所有抽屜再三檢查有無遺漏物品，這會兒眞的無事可做了，於是我坐下來，想要休息一下。可我就是沒辦法休息，雖然我走來走去一整天了，還是一刻也閒不住，我實在太興奮了。我生命中的一個階段即將在今晚劃下休止符，明天就要展開新的樂章，在這中場休息的片段，怎麼可能靜得下來！我要見證這改變的時刻！

我在大廳裡亢奮地晃來晃去時，一個僕人進來對我說：「小姐，有個人想要見您。」

「應該是來搬行李的人。」我想著，問也沒問一聲就跑下樓去。我剛跑過半掩著門的後客廳，或說是教師休息室，正要跑進廚房，忽然有個人衝出來……

「是她，我確定！——我到哪兒都能認出她來！」那個人叫道，拉住我的手，阻斷我的去路。

我看看她，來者衣著像是大戶人家的女僕，應是已婚，不過還相當年輕，也很漂亮，擁有黑色的頭髮和眼睛，氣色極佳。

「啊，是誰來啦？」她問道，那聲音和笑容，似曾相識。「你沒把我給忘了吧，簡小姐？」

她話一說完，我欣喜若狂地對她又抱又親。「貝絲！貝絲！貝絲！」我只說得出來這些話，她也是又笑又哭的，我們一塊兒走進客廳。爐火旁站著一個三歲大的男童，穿著格子花呢褲裝。

「這是我兒子。」貝絲立刻介紹道。

「你結婚啦，貝絲？」

「是啊，快五年了，我嫁給馬車夫羅伯特・李文，除了兒子巴比之外還有個女兒，我給她取名叫簡。」

「你不住李德家啦？」

「我住在門房小屋裡，原來的門房離開了。」

「喔，他們大家都好嗎？詳細說給我聽吧，貝絲。不過，你先坐下來，巴比，過來坐在我膝上，好嗎？」可巴比還是喜歡膩在他母親身旁。

「你長得不太高，也不太壯，簡小姐。」李文太太接著說：「想必是學校沒有好好待你。李德家的大小姐足足比你高出一個頭，喬琪安娜小姐也有你的兩倍結實。」

「喬琪安娜長得很漂亮吧，貝絲？」

「非常漂亮。去年冬天她和太太結伴到倫敦去，那兒的每個人都稱讚她，有個年輕貴族愛上了她。但是男方的親戚反對這門親事，後來——你猜怎麼著？他和喬琪安娜決定要私奔！結果被人發現攔了下來。是李德家的大小姐揭發的，我想她是出於忌妒。現在姊妹倆的生活就像貓和狗在一起，成天鬥個不停。」

「啊，那麼約翰．李德呢？」

「喔，他表現得不如太太所預期。他進了大學，可是『被當』了——我想他們是這麼說的？後來他的舅舅們要他當律師，研讀法律，只不過他是個浪蕩的年輕人，實在很難讓他成就什麼事。」

「他長得怎麼樣？」

「長得很高。有人叫他帥公子，可是他的嘴唇好厚。」

「李德夫人呢？」

「太太看起來很健壯，臉色也很好，但我想她心裡是不好受的。約翰少爺的行爲讓她相當不開心——他太揮霍了。」

「是她讓你來的嗎，貝絲？」

「不是，其實我早就想來看你了。聽他們說你捎來了封信，說是要到很遠的地方去，我就想，該在你跑到我找不到的地方之前，趕緊出發來看看你。」

「我怕是讓你失望了，貝絲？」我笑著說，因爲言談中貝絲的眼神雖流露出關懷，卻毫無讚賞之意。

「不是的，簡小姐，我沒這個意思。你夠優雅了，看起來像個大家閨秀，和我對你的期望相符。畢竟你小時候也不是美女嘛！」

貝絲這麼坦率的回答讓我忍不住笑了，我覺得她說的是老實話，可是心裡多少有些不是滋味。在十八歲的花樣年華，誰不想長得好看討人喜歡呢？在清楚知道自己的外表和內心的期望相去甚遠時，眞是教人快樂不起來。

「不過，你非常聰明唷！」貝絲說，藉機安慰我一下。「你會做什麼？會彈鋼琴嗎？」

「會一點兒。」

客廳裡有一架鋼琴，貝絲走過去打開琴蓋，然後要我坐到鋼琴前面彈首曲子給她聽。我彈了一兩首華爾滋舞曲，她陶醉極了。

「李德家小姐們彈得可沒這麼好！」她幫我出氣似的說著。「我就說你在學習方面總是比她們強嘛！你會畫畫嗎？」

「我有一幅作品掛在壁爐架上。」那是一幅水彩風景畫，是我送給學院管理人的禮物，感謝她幫我跟委員會的人溝通，她把畫裝上玻璃框掛在那兒。

「哇，畫得眞好哪，簡小姐！足可媲美李德小姐的繪畫老師筆下作品喔！更別提強過那兩位小姐多少了，她們不行的。你有沒有學法文啊？」

「學了。我會讀，也會說。」

「那麼各種針線活兒呢？」

「我會。」

「噢，你成為一位淑女了，簡小姐！我就知道你一定會的。不管你的親戚有沒有照顧你，你都會出人頭地的。對了，我有件事情問你，你父親那邊的親戚是否曾跟你聯絡，有沒有姓愛的人來找過你？」

「從來沒有。」

「喔，你知道太太常說他們又窮又卑賤。他們也許窮，可是他們的出身絕不比李德家低。因爲大約在七年前的某一天，有位愛先生來到李德家，說是要見你。太太告訴他說，你在五十哩外的地方求學，他似乎非常失望，因爲他不能多做停留，馬上要到外國去，從倫敦出發的船在一兩天內就要開了。他看起來完全是紳士模樣，我猜他準是你父親的兄弟。」

「他要到哪個國家去呢，貝絲？」

「一個幾千哩外的島國，是產酒的地方——管家告訴過我——」

「馬德拉群島1嗎？」我提示道。

「沒錯，就是那兒，他說的就是這個名字。」

「所以他就離開了？」

「是啊，他在李德家也沒有多待片刻，太太對他的態度高傲得很，後來還叫人家『詭詐的商人』。我們羅伯特說他應該是個酒商。」

「很可能，」我答道：「要不然就是酒商的職員或代理人。」

貝絲又跟我聊了一小時左右的往事，然後不得不起身告辭。第二天在洛頓等驛馬車時，我又見到她並且一起待了幾分鐘，最後我們在布拉克赫斯特織品店門口分道揚鑣，各自踏上旅程：她要去羅沃德坪頂等車回李德家；我則跨進一輛馬車載我前往陌生的米爾科特，準備迎接新工作，展開新生活。

譯註：

1馬德拉群島（Madeira），位於葡萄牙西南方的大西洋海域上，該地以生產馬德拉白葡萄酒著稱，十九世紀初期由英國占領，今日爲葡萄牙領土。

Chapter 11

第十一章

小說裡新的一章就像話劇裡新的一幕，所以親愛的讀者，當我把布幕拉起來時，你們得想像看到的是位於米爾科特地區喬治旅店裡，一個貼滿壁紙、鋪上地毯，且傢俱壁爐等一應俱全的典型旅店房間，再加上幾幅掛畫，有喬治三世、威爾斯親王肖像，還有一幅描述英軍將領沃爾夫戰死沙場的圖。一盞自天花板懸垂而下的油燈讓這一切清晰可見，我穿著斗篷、戴著帽子坐在火爐邊取暖，暖手筒和雨傘擱置桌上，畢竟在濕冷的十月天坐上十六小時的馬車，都快凍僵了。離開洛頓時是清晨四點，這會兒米爾科特城裡的鐘剛敲過八下。

雖然我看起來是舒舒服服地在旅店裡待著，心裡卻頗不平靜。我原以為當馬車一停就會有人來接我，所以當擦靴童搬了把木凳子好讓我方便下車時，我邊走下來邊東張西望，看看有誰叫我或有沒有馬車等著載我到桑費爾德去。但是都落空了，我又問過旅店裡的人，有沒有來找愛小姐的？他們也說沒有。我別無選擇，只好先在旅店裡找間清靜的房間待下來，心裡七上八下地等待。

對於一個涉世未深的十八歲年輕人來說，遺世獨立、舉目無親、前途未卜又後退無路的感覺是很奇特的。冒險的魅力使其甜美，驕傲的光芒使其溫暖，然而恐懼繼之登門拜訪，在獨自枯等半個鐘頭之後，心裡只剩害怕了。我起身去拉服務鈴。

「這附近有沒有一個名叫桑費爾德的地方？」我對應聲前來的侍者問道。

「桑費爾德？對不起，我不知道，我去櫃檯幫您問問。」他轉身離去，很快就回來了。

「請問您是愛小姐嗎？」

「是的。」

「有人在等您。」

我跳起來，抓了暖手筒和雨傘就跑到旅店的走道上。有個男人站在敞開的門旁，在路燈光暈下，一輛單馬馬車隱約可見。

「這應該是你的行李吧？」那人一看到我就指指放在走道上的行李，有點魯莽地說道。

「是。」

他將行李拿進不太美觀的馬車，我跟著坐進去，在他關上車門前，我問他到桑費爾德有多遠。

「大約六哩。」

「要多久時間呢？」

「差不多一個半鐘頭。」

他把車門關緊，再爬上外面的駕駛座，我們出發了。車行緩慢，我時間充裕，得以好好想想事情。我很高興我的旅程終於接近尾聲，輕鬆地往後靠坐在這輛不起眼卻算舒適的馬車裡，思緒跟著奔馳起來。

「我猜，」我思忖道，「從僕人和馬車樸實的外表看來，費爾法斯太太肯定不是外表炫麗的人。這樣比較好，有生以來我只跟講究外表的人同住過一次，而且不愉快得很。費爾法斯太太不知是不是只跟那小女孩同住，若是這樣，而她也有些和藹可親的話，我一定可以跟她處得好。我會盡力而為，雖然令人惋惜的是，盡力而爲未必迎來好結果。在羅沃德時我下定決心這樣做，持之以恆，的確得到了師長同學們的歡心，可對於李德夫人，不論我怎麼努力，她也總是對我嗤之以鼻。我向上帝禱告：希望費爾法斯太太不要變成李德夫人第二。不過，萬一她是，我也不必陪她，最壞的情形就是再登一次廣告了。不知我們已經走多遠了？」

我拉開車窗，往外看去。米爾科特已被遠遠拋在後面，從燈火繁華的情形看來是一個相當熱鬧的城市，比洛頓大多了。我們正行經之處看起來也沒什麼特別，只是四處都有房子，這個地方感覺和洛頓不一樣，人口較多而風景較少，十分熱鬧而缺乏浪漫。

道路泥濘，夜色迷濛，我的嚮導一路讓馬兒走著，一個半小時過去了，我確信該有兩個鐘頭了。他終於回過頭來說：「你離桑費爾德不遠了。」

我再次望向窗外，我們正經過一座教堂，我看到天空下它低矮寬闊的鐘樓，裡頭的鐘剛剛敲了一刻。我也看到山坡旁邊一條窄窄的燈河，象徵著一處小村落。

約莫過了十分鐘，馬車夫下車打開兩扇大門，我們的馬車駛進去後，大門又在我們後面關上了。現在馬車緩緩駛上車道，來到一棟房子的正門，燭光從某扇拉下窗簾的弓形窗裡透出來，其餘則黑暗一片。馬車在正門口停住，有個女僕出來打開車門，我下車走進屋子。

「請往這邊走，小姐。」那女孩說。我跟著她穿過一條方形甬道，周圍房門都很高。她領我走進一個房間，一開始那屋裡明亮的爐火和燭光幾乎讓我睜不開眼，因爲我在黑暗中坐了兩小時馬車，一時適應不過來，等到我的眼睛能睜開時，映入眼簾的是一幅溫馨愉快的畫面。

一個舒適小巧的房間裡，壁爐的火溫暖燃燒著，旁邊有張小圓桌。桌旁有張老式高背扶手椅，椅子上坐了一位嬌小的老婦人，衣著整潔，頭戴寡婦帽，在一身黑絲綢長裙上罩著雪白的細布圍裙，就跟我想像中的費爾法斯太太一樣，只是沒有那麼嚴肅，和藹許多。她正忙著打毛衣，一隻大貓嫻靜地蹲伏在她的腳邊，總而言之，對於溫暖的家居生活而言，這就是最好的寫照了。對於初來乍到的新家庭教師而言，這簡直是最好的見面禮，沒有讓人手忙腳亂的排場，也沒有讓人不知所措的威儀，而且當我一進門，老婦人就立刻站起身，親切和善地迎接向我。

「你好嗎，親愛的？我怕你舟車勞頓，早已疲憊不堪了。約翰駕車眞慢，你一定凍壞了，快過來烤烤火。」

「我猜，您就是費爾法斯太太？」

「是，你猜對了。快坐下來。」

她讓我坐在她的椅子上，開始幫我脫下披肩，解開帽帶。我請她不要麻煩了。

「噢，一點兒也不麻煩，我敢說你的手一定快凍僵了。莉雅，去熱點兒尼加斯酒[1]，再拿幾塊三明治過來，儲藏室的鑰匙在這兒。」

說著便從口袋裡掏出管家婦式的一大串鑰匙，交給僕人。

「好了，靠近爐火一點兒。」她繼續說：「行李都帶來了吧，親愛的？」

「是的，太太。」

「我讓人把行李送到你房間去。」她說完便跑出去。

「她把我當賓客看待，」我心想道，「這眞是出乎意料哪，我還以爲她會冷漠或拘謹地待我呢！這跟我聽過的關於家庭女教師的經歷不太一樣。不過我最好別高興得太早。」

她回來了，還親手整理桌子，把她打毛衣用的工具和一兩本書都挪開，好騰出空間擺放莉雅剛端進來的托盤，然後她從托盤上拿起點心遞給我。如此受人注目和照顧讓我覺得困惑，畢竟不曾有人對我這麼禮遇過，加上這人還是我的雇主及上司。不過她倒是一副泰然自若的模樣，所以我想還是默默接受她的殷勤款待就好。

「不知我可否在今晚見到費爾法斯小姐呢？」我在吃完她給我的東西時問道。

「你說什麼，親愛的？我有些耳背。」這位好心的太太說，同時把耳朵湊近我的嘴旁。

我更清楚地重複一次我的問題。

「費爾法斯小姐？喔，你是說瓦倫小姐！你未來的學生姓瓦倫。」

「眞的嗎？那，她不是您的女兒？」

「不是的——我沒有家人。」

我本想循著這個問題再往下探問她和瓦倫小姐是什麼關係，可又覺得問太多問題不大禮貌，況且，以後總會知道的。

她在我對面坐下來，把那隻大貓抱回膝上，接著說道：「我眞高興你來了，好高興，現在多了個伴，這兒的生活就眞的很愉快了。其實住在這兒任何時候都很愉快，因爲桑費爾德是座古老宅院，雖說這幾年疏於照顧，但還是不錯的地方。只不過你也知道，在嚴寒的冬天，就算再好的房子，一個人住也很不是滋味。我說一個人——莉雅確實是個好女孩，而約翰和他妻子也是親切有禮的人，只是他們終究是僕役，不能讓他們跟我們平起平坐，兩方總得保持一下距離，要不然怕會失去威信。去年冬天，咱們這兒從十一月到二月期間，除了肉販和郵差之外，再沒有別人來走動呢——如果你記得的話，去年冬天異常嚴寒，不是下雪就是下雨颳大風的——我在這兒夜復一夜，一個人枯坐著，整個人都憂鬱起來了，有時候我叫莉雅進來念書給我聽，可是我想那可憐的女孩不頂喜歡這差事，她覺得很不自在。春天和夏天就好多了，陽光和長晝帶來了改變，而且就在今天入秋，小阿黛爾．瓦倫和她的保母來了。房子裡有個孩童，氣氛似乎立刻就能活潑起來，現在你也來了，我眞是高興哪。」

我聆聽這位可敬的長者說話，內心一陣溫暖。我將椅子拉得靠近她一點兒，以展現我眞誠的心願，希望我的相伴不會辜負她的期望。

「可是我今晚不能讓你太晚睡，」她說：「鐘剛敲了十二下，你也長途奔波了一整天，肯定累了。如果你覺得腳烘暖了，我就帶你到你的房間去。我早幫你把我隔壁那間房準備好了，雖然那房間比較小，可是比起前面那些大房間來，你會喜歡的。大房間裡頭的傢俱是比較豪華，不過沉鬱孤寂，我自己就不想睡在那樣的房間裡。」

我謝謝她的體貼周到，況且在長途旅行之後也很累了，於是表達了我想休息的意願。她拿起蠟燭，我跟著她一塊兒走出房間。她先去看看大廳的門有沒有鎖好，把鑰匙拔出門鎖後，她隨即領我上樓。樓梯的台階和欄杆都是橡木做的，樓梯間的窗戶開得很高且是格子窗，這樣的格子窗以及通往臥室的長廊給人的感覺較接近教堂，而非一般住居。一股寒冷漫著地窖味道的風吹過樓梯和長廊，帶來空蕩冷清感。當我終於踏進自己房間，看見它小巧可愛的格局，配置有一般現代款式的傢俱時，心情眞是快活。

費爾法斯太太和我道過晚安後，我將門鎖上，好整以暇地審視整個房間，剛剛那空曠的廳堂、大而陰森的樓梯間、冷漠肅穆的長廊所帶給我那股毛骨悚然的感受，被這小房間的活潑氣息沖淡不少，想起身體經過一天的疲勞，心情也經歷過焦急憂慮，現在算是來到了避難所。我的內心頓時湧起感恩之情，我在床邊跪下禱告，感謝上帝的恩典，同時祈求祂在未來道路上幫助我，加添給我力量，讓我努力做工，配得祂的賞賜——雖然祂已是如此慷慨，在我開始做事前就這樣恩待我。那一夜我的床平靜安穩，只有我一人在的房間平安舒適。我疲倦卻滿足，很快便倒頭睡去。一覺醒來，天已大亮。

當陽光照進來，映在鮮豔的藍色印花窗簾布、貼著壁紙的牆以及鋪著地毯的地板上時，整個房間顯得明亮活潑，迥異於羅沃德赤裸的地板和髒污的灰泥牆，這景象讓我的精神立刻振奮起來。外在事物對年輕人的確有很大的影響。我想我生命中一個美好甚於以往的人生階段就要展開——有著鮮花與歡樂，當然也會有荊棘和辛勞。這個新環境讓我所有的感官都甦醒了，新視野讓所有希望躍躍欲試。我無法準確說出它們要什麼，不過總歸是愉快的事，也許不是在當天，也許不是在當月，而是會在未來某一天突然出現。

我起身下床，仔細穿好衣服，雖然樸實平淡（因爲我沒有一件衣服不是樸實無華的），不過基本上我對穿著的要求是以整潔爲原則。外表邋遢或不注意形象都不是我的習慣，相反的，我極希望我的外表可以盡可能給人好印象，在不是長得很美的情形下也可以討人喜歡。有時候我常想自己要是長得好看一點兒就好了，要是臉頰粉嫩一點兒，鼻子挺一點兒，嘴巴小巧一點兒，該有多好！我也希望長得高點兒，體面點兒，身材好一點兒，不幸的是，我長得很嬌小，又蒼白，五官既不勻稱又顯得突兀。然而我何來如此的企盼以及這般的嘆惋呢？我說不上來，連自己也不甚明白，不過我當然有理由這樣，且是個合乎邏輯、自然而然的理由。話說回來，當我把頭髮梳得極其平整，穿上我的黑色外衣（看起來有些像貴格會[2]教友，但總歸是非常合身又整潔的），再打上一條乾淨的白領布，我想應該夠端莊，可以出現在費爾法斯太太面前，而我的新學生至少不會嫌惡地躲開我。我打開房間窗戶，看看洗手台上的東西全已擺放整齊，便帶著冒險的心情邁出去。

穿過長而黯淡的走廊，我步下光滑的橡木階梯來到大廳，停下腳步環顧掛在牆上的幾幅畫像（我記得其中有一幅畫的是個身穿盔甲的威儀男子，還有一幅是頭上頂著做工繁複且撲粉的頭髮、頸上戴著珍珠項鍊的貴婦），看著從天花板懸垂而下的青銅吊燈，以及擁有精雕黑檀木外殼且因長期擦拭而黑得發亮的一口大鐘。每件事物對我而言都顯得富麗堂皇，不過那時的我，還不太習慣堂皇氣派。

半鑲著玻璃的大廳門敞開著，我跨過門檻。外面是秋高氣爽的早晨，旭日晴朗照拂灰褐色的小樹林和依舊青綠的田野，我來到草坪上，抬頭仰觀這座宅邸的正面，它有三層樓高，雖稱不上高大雄偉，卻也相當可觀，是一座紳士宅邸而非貴族的別墅，其樓頂牆堞帶出繪畫般的美麗景致。這宅邸正面的灰色因屋後一群白樹鴉的聚集而更顯鮮明，牠們此時正振動羽翼，聒噪地四處翻飛。

鳥兒們飛過草坪和空地，降落在一大片青草地上，有一道傾圮的籬笆劃出界線，另一頭是一排排高大的老荊棘樹，粗壯且多節，厚實有如橡樹，立時點明了莊園名稱的由來[3]。再過去則是平緩的山丘，不像羅沃德周圍的山那麼高大、那麼陡峭崎嶇，好似要將塵世隔絕開來，不過也夠沉靜孤寂了，恍若要將桑費爾德環抱起來，遺世而獨立；沒想到在繁華的米爾科特附近，還有這樣一個靜謐的天地。還有一座小村子，屋舍散落在斜坡上，屋頂掩映在群樹間，區教堂距桑費爾德僅咫尺之遙，它古老的鐘塔俯視著桑費爾德的庭園。

我仍站在那兒享受這恬靜的景致和沁鼻的新鮮空氣，愉快地聆賞白樹鴉聒聒歌唱，觀察這座大宅寬廣的正面，心想對於費爾法斯太太這麼嬌小的老婦人來說，一個人住在這兒實在太空曠了，此時老太太剛好出現在門口。

「啊！你已經出來啦？」她說：「我看你是喜歡早起的人。」我走向她，她溫和地親了我一下，握握我的手。

「喜歡桑費爾德嗎？」她問。我回她的話說，非常喜歡。

「是啊，」她說：「這是一個漂亮的地方，不過，羅契斯特先生要是再不回來長住或至少常常回來看看的話，這兒只怕會慢慢凋零了。大房子和好庭園都需要主人常出現。」

「羅契斯特先生？」我叫道：「他是誰？」

「他是桑費爾德的主人，」她平靜地答道：「你不知道宅邸的主人姓羅契斯特嗎？」

我當然不知道，我從未聽過這號人物。不過老太太似乎認爲他的存在是天經地義的事，每個人都應該認識他。

「我還以爲，」我繼續說：「桑費爾德是您的。」

「我的？好孩子，多麼奇怪的想法啊！我的？我只是負責打理這兒的管家而已。我是羅契斯特家老夫人這邊的遠親，至少我的丈夫算。他是一位牧師，負責乾草村教區，就是山坡後面的那個小村，靠近我們大門口的那座教堂就是他的。現在這位羅契斯特先生的母親姓費爾法斯，她父親和我丈夫是堂兄弟；不過我從來就沒利用過這種關係，事實上，我根本不把它放在心上。我只當自己是個尋常的管家而已，我的雇主對我以禮相待，而我也沒什麼好奢求的了。」

「那麼，那個小女孩——我的學生呢？」

「她是受羅契斯特先生監護的孩子。他交代我給她找個家庭教師，我想他打算讓她在本郡長大。於是她就帶著她的保母一塊兒來了。」謎團總算解開了，這位和藹可親、仁慈嬌小的寡婦並不是貴婦人，只是和我同樣受僱於人而已。我並不會因爲這樣就減損對她的喜愛，相反地，這讓我更高興了。她這麼平等地對待我是眞心的，不是刻意紆尊降貴而使然。這樣更好，我的處境更自由了。

就在我思索這個新發現時，一個小女孩，後頭跟著她的保母，穿過草坪跑過來。我看著我的學生，她一開始並未注意到我。她完全是個孩子模樣，也許只有七、八歲，長得有些瘦弱，臉色蒼白，五官小巧，長長的鬈髮直垂到腰際。

「早安，阿黛爾小姐，」費爾法斯太太說：「過來跟這位小姐說說話，她要教你讀書，讓你以後可以成爲聰明的淑女。」

阿黛爾走向前。

「這就是我的家庭教師嗎？」她指指我，用法文對她的保母發問。而保母也用法文回答：「是的，沒錯。」

「她們是外國人嗎？」一聽到她們說法文，我詫異地問道。

「保母是外國人，阿黛爾在歐洲大陸出生，我相信她直到六個月前才初次離開那兒。剛來這兒時，她一句英文都不會，現在勉強會說一點兒了。我聽不懂她說些什麼，因爲她把兩種語言混在一塊兒用，不過我相信你一定可以明白她在說些什麼。」

還好我跟一位法國女士學過法文，以前在學校時我總是把握機會和法文老師說話，而且在過去的七年中，我每天都背誦一段法文，並在腔調上格外用心，盡可能模仿老師的發音，因此我已能流利順暢地使用這種語言，不至於在阿黛爾小姐面前手足無措。她一聽說我是她的家庭教師，便走過來和我握手，我帶她進去吃早餐，一路上用她所熟悉的語言和她交談幾句。一開始她的回答都很簡短，不過當我們在餐桌前坐下，她睜著淡褐色大眼仔細打量了我十分鐘左右，話匣子突然打開了。

「啊！」她用法文叫道，「你說我的語言說得和羅契斯特先生一樣好！我可以像跟他說話一樣的跟你說話！蘇菲也是，她會很高興的，在這裡沒有人聽得懂她說什麼，費爾法斯太太只會說英文。蘇菲是我的保母，她跟我一塊兒坐有著冒煙大煙囪的大船，渡過大海到這兒來——真的冒很多煙喔！然後我覺得不舒服想吐，蘇菲也是，還有羅契斯特先生也是。羅契斯特先生在一個叫做頭等艙的漂亮房間裡的沙發上躺下來，蘇菲和我睡在另一個地方的小床上。我幾乎快要掉下來了，那床好像一個架子。然後，老師——你叫什麼名字？」

「愛——簡．愛。」

「埃？啊！我不會說啦！然後，我們的船在早晨時停在一座大城市，天還沒有完全亮喔，那裡的房子都暗暗的，天空都是煤煙，一點兒也不像我離開的城市那麼乾淨漂亮。羅契斯特先生抱著我走過船上的鋪板下船來，蘇菲跟在我們後面，然後我們全都坐上馬車，到一棟比這裡更大更舒服的漂亮房子去——那房子叫做『旅館』。我們在那兒住了差不多一星期，我跟蘇菲每天都到一個好大又種滿了樹的綠地去散步，那兒叫做『公園』，除了我以外，還有很多小孩子在那兒，還有一個池塘，裡頭有漂亮的鳥，我用麵包屑餵牠們。」

「她說得這麼快，你聽得懂嗎？」費爾法斯太太問。

我完全聽得懂，因為我以前就聽慣了法文老師流利的法語了。

「我希望，」這位好心的太太繼續說：「你可以問她一兩個關於她父母親的問題。不知道她是否還記得他們。」

「阿黛爾，」我問：「你以前跟誰一起住在你說的那個乾淨漂亮的城市裡呀？」

「很久以前我跟媽媽一塊兒住，可是她到聖母瑪利亞那兒去了。媽媽常教我跳舞、唱歌、念詩。有很多很多紳士和淑女來找媽媽，我常跳舞給他們看，或坐在他們膝上唱歌給他們聽，我好喜歡那樣。你現在要聽我唱歌嗎？」

她已經吃完早餐，所以我答應讓她大顯身手一下。阿黛爾跳下椅子，坐到我膝上來，一本正經地交疊著兩隻小手，將長髮往後甩，抬眼望向天花板，開始唱起歌劇裡的一首歌。這首歌描寫一個遭人遺棄的女子，怨嘆情人的負心之後，以驕傲來幫助自己；她吩咐侍女將最亮眼的珠寶和最華麗的服飾穿戴在她身上，決心以最豔麗的裝扮在當晚的舞會上和負心漢相見，以她歡愉快樂的舉止證明她根本不把他的背叛放在心上。

教一個童稚的歌者選唱這種主題的歌，還眞有些奇怪，不過，我猜這種表演的主要目的是要聽稚嫩童音哼唱出成人世界裡的情愛與忌妒，這眞是低俗的趣味——至少我是這麼認爲。

阿黛爾以她的天眞無邪把這首歌曲唱得十分動聽。唱完之後，她跳下我的膝，說：「老師，我現在念詩給你聽。」

一擺好姿勢，她就開始了《拉封丹的寓言故事：老鼠同盟》。她非常注意發音和抑揚頓挫、聲音強弱的運用、手勢的配合等等，在她的年紀能有如此表現，實屬難得，這證明她受過細心的訓練。

「這是你媽媽教你的嗎？」我問。

「是的。她以前常這麼念：『您怎麼啦？一隻老鼠說道——快跟著我說啊！』她要我把手舉起來——像這樣——然後提醒我，問句的時候要把語調提高。我現在要跳舞給你看嗎？」

「不用了，這樣就好。可是在你媽媽到聖母瑪利亞那兒去以後，你跟誰住呢？」

「跟費德瑞克太太，還有她的丈夫。她照顧我，可是她跟我沒有親戚關係。我想她很窮，因爲她的房子沒有媽媽的漂亮。我在那兒沒待多久。羅契斯特先生問我要不要跟他一塊兒住在英國，我說『好』，因爲我在認識費德瑞克太太之前就認識羅契斯特先生了，他一直都對我很好，給我買漂亮的衣服和玩具。可是你看，他不守信用，把我帶到英國來，自己卻跑回去了，我都沒有看到他。」

早餐後，阿黛爾和我就到書房去，顯然羅契斯特先生吩咐過要把這兒當教室使用。大部分的書都鎖在玻璃櫃裡，不過有一個櫃子沒上鎖，裡頭放有初級教育所需的一切教材，以及一些輕鬆的文學作品，有詩、傳記、遊記，外加幾本冒險故事集。我猜他大概以爲這些書對一個家庭教師來說已經足夠了。的確，就目前的情形而言，我已心滿意足，因爲相較於在羅沃德時期閱讀材料上的貧乏，眼前所見不啻是娛樂及知識上的豐收。在這房間裡還擺了一架相當新的直立式鋼琴，音色極佳，此外還有一個畫架和一對地球儀。

我發現我的學生相當聽話，雖然她對念書不大感興趣。她還不太習慣規律的作息，所以我想一開始就嚴格要求她做這做那的反倒不合適，於是我上了一陣子課，確定她學了一些東西，將近中午時便讓她回保母那兒去。在接下來的時間裡，我打算在午餐前畫好幾張素描供她練習用。

正當我要上樓取畫匣和鉛筆時，費爾法斯太太叫住我。

「我想你們上午的課應該已經結束了。」她說道，站在一個折疊式拉門開著的房門口。她招呼我，我便走進去。這是個豪華的大房間，擺設了紫色的座椅和窗簾、土耳其地毯，牆壁是胡桃木嵌板做的，大窗戶上鑲有彩色玻璃，挑高天花板更是雕工精細。費爾法斯太太正給餐具櫃上一些精緻的紫晶石花瓶撣撣灰塵。

「好漂亮的房間哪！」我環顧四周，忍不住讚嘆，畢竟我連有這房間一半氣派的地方也沒見過。

「是啊，這是餐廳。我剛把窗戶打開，讓空氣和陽光流瀉進來，難得有人使用的房間，東西都有些潮濕，像那邊的客廳感覺就像地窖似的。」

她指指一個造型類似大窗戶的拱門，門上也有和窗簾一樣的泰爾紫[4]布幔，此時是紮起來的。我走上兩級大台階，探頭往裡看，對我這雙沒見過世面的眼睛而言，那裡頭眞是金碧輝煌，彷彿人間仙境一般。其實那只是一間非常華麗的客廳，裡頭附有貴婦用的小客廳，兩間都鋪上白色地毯，上頭圖案彷若無數美輪美奐的花環；天花板呈現精緻的白色雕工，圖案是肥美的葡萄及其優雅的藤蔓，而地上則擺放顏色呈強烈對比的深紅色沙發與長椅，名貴白色帕羅斯大理石[5]打造的壁爐架上，陳設著光輝燦爛的寶石紅波西米亞玻璃製品，窗戶間的大鏡子因此反射出雪白與火紅交錯的倒影。

「您將這些房間打理得眞好，費爾法斯太太！」我說：「一塵不染，且不用布套。要不是空氣清冷，好像房間裡天天都有人呢！」

「啊，愛小姐，雖然羅契斯特先生不常來，但總是在你料想不到的時候突然出現，而且我看出他不喜歡把傢俱用布套起來。與其等他乍到再慌忙地整理，我想還是把屋子收拾妥當，隨時都可以使用最好。」

「羅契斯特先生是個嚴厲挑剔的人嗎？」

「那倒不是，只不過他有紳士的品味和習慣，希望每件事都有條不紊、井然有序。」

「您喜歡他嗎？大家喜歡他嗎？」

「喔，喜歡啊！他們家長久以來都受到當地人的敬重。從數不清的年代起，你放眼所及的這一片土地就幾乎都是羅契斯特家的了。」

「可是，先別談土地，您喜歡他嗎？他本身受歡迎嗎？」

「我沒有理由不喜歡他，而且他的佃農們也都認爲他是個正直寬厚的地主。不過他不常跟他們接觸。」

「他有沒有什麼特別之處？簡單來說，他的個性如何？」

「喔！我想，他的個性是沒什麼好挑剔的，或許有些奇特。他旅行過很多地方，見過許多世面，我確定他是很聰明的，不過我不常跟他說話。」

「他是怎麼個奇特法呢？」

「我也說不上來，這很難形容，不是特別明顯。不過，你跟他說話的時候就會感覺到了：你總是無法確定他是在開玩笑還是認眞的，他是心情愉快還是恰恰相反——你弄不懂他，至少，我是弄不懂他啦。不過，那不重要，他是一位很好的主人。」

這就是我從費爾法斯太太那兒聽到的，關於她和我的雇主的全部資訊了。有些人似乎就不打算描述他人的性格，或觀察、記敘人物的特性，不管對人或事物都一樣，而這位好心的太太顯然便是這種類型的人。我提出疑問，卻只讓她覺得困惑，不知該如何回答。在她眼中，羅契斯特先生就是羅契斯特先生，是一位紳士、一個大地主，如此而已；她也不想再費精神力氣去思考，反倒覺得我很奇怪，爲何偏要她說說羅契斯特先生是什麼樣的人。

我們離開餐廳後，她提議要帶我瀏覽屋子裡其他地方，於是我隨著她上下樓梯，每到一處就是一陣讚嘆，因爲全都打理得井然有序又漂亮。前面幾個大房間特別顯得貴氣，而三樓的幾個房間雖然較陰暗低矮，卻極爲古色古香，饒富意趣。隨著潮流改變，本來放置在樓下房間的傢俱有時會被搬上來。晦暗的光線從狹窄的窗框透進來，照在擁有百年歷史的床架、橡木或胡桃木製的櫥櫃上，其上是棕櫚樹枝葉或天使頭像的怪異雕刻圖案，彷彿猶太人的約櫃[6]似的。一排排肅穆莊嚴的狹窄高背座椅放置其間，還有更古老的矮凳，背墊上的刺繡都快磨光了，那爲兩代人縫製刺繡而留下的指紋皆已化作棺木上的塵埃。這些古物讓桑費爾德的三樓成爲往事之家，記憶的殿堂。在光天化日之下，我喜歡這祕密基地的靜寂、沉鬱和古趣，然而到了晚上，我說什麼也不願在這些厚重大床上睡一覺。這些床，有的關在橡木製的門裡面，有的掛上精工巧製的英式厚重帘幕遮擋，帘幕上繡著奇花異卉、珍禽走獸，還有最怪異的人像——這一切在慘澹月光下看來，鐵定讓人心神不寧。

「僕人們睡在這些房間裡嗎？」

「不，他們睡在後面的小房間裡，這裡從沒有人睡過。如果說桑費爾德有鬼的話，那麼，這兒八成就是它們出入的地方了。」

「我也有同感。你們這兒沒有鬼吧？」

「我從沒聽說過。」費爾法斯太太微笑答道。

「有沒有代代相傳的故事呢？傳說或鬼故事之類的？」

「據我所知是沒有。不過，聽說羅契斯特家的人都是火爆脾氣，也許就因爲如此，現在在墳墓裡的都好好地安息著吧。」

「是啊，『在一場人生的熱病後，現在正安歇著。』」我低語道。「您要上那兒去呢，費爾法斯太太？」她正要挪步離開。

「到屋頂去啊。你要不要一塊兒來？從那兒可以遠眺附近的風景哦。」於是我仍舊跟在她後面，走過狹窄的樓梯間來到閣樓，再從那兒爬上梯子，打開天窗，跨出來，登上這座宅邸的屋頂。現在我跟那些烏鴉的窩一般高了，可以直接看進鳥巢裡。我從牆堞處傾身往前探看，但見眼下的景物，森然羅列彷如地圖：明亮有如絲絨一般的草地，腰帶似的環繞灰撲撲的大宅；廣闊如同公園一般的田野上，點綴著古老的樹木；微暗凋蔽的林間，橫隔著一條青綠更甚林間樹葉且清晰可辨的苔蘚步道；大門口的教堂，道路與寧靜的山丘，都沉浸在秋日陽光裡；地平線直達慈母般祥和，湛藍間飾以珍珠般白雲的天際。一眼望去雖盡是尋常景物，卻如此令人歡愉。當我轉身再跨進天窗，眼睛一時無法適應屋裡的昏暗，幾乎無法走下梯子；跟我剛才愉快仰望的碧藍晴空，向下俯視的小樹林、草地以及綠色山丘相比，這閣樓陰沉晦暗有如地窖一般。

費爾法斯太太在我後方晚了些下來，因爲她得關天窗。我摸索著找到閣樓出口，再緩緩走下狹窄的樓梯間，在那條將三樓房間分隔成前後兩排的甬道上來回走著，等候費爾法斯太太。這條甬道狹長而幽暗，只在遠遠盡頭處才有一扇小窗，位於甬道兩旁黑色的房間門全部緊閉，看起來簡直就像藍鬍子[7]的城堡。

我在走道上輕緩地行進，靜謐的四周突然傳出我想都沒想過的笑聲。

那是詭異的笑聲，清晰、刻板而陰森。我停下腳步，笑聲也停了，不過只是暫歇。笑聲隨即響起，而且更大聲——因爲先前它雖清晰，音量卻很低。這次它鬧了一陣才停，餘音似乎在每個空蕩蕩的房內迴響，但它只是由一個房間而起，我幾乎可以指出其來源。

「費爾法斯太太！」我大聲叫喚，因爲我聽到她走下樓梯的聲音了。「您聽到那刺耳的笑聲了嗎？那是誰？」

「可能是哪個僕人吧，」她答道：「也許是葛瑞絲・普爾。」

「您聽到了嗎？」我再次詢問。

「聽到了，很清楚，我常聽見她這樣的。她在某一個房間裡做針線活兒。有時候莉雅跟她在一塊兒，兩人經常笑笑鬧鬧的。」

此時笑聲再度低沉而有節奏地響起，後來變成奇怪的嘟噥聲，然後結束。

「葛瑞絲！」費爾法斯太太叫道。

我不認爲會有什麼葛瑞絲來應答，因我從未聽過如此悲戚而異常的笑聲。還好此時日正當中，不會有鬼魅伴隨怪笑出現的場景，而其地其時也無助於恐懼的增長，否則我準會嚇得半死。然而事實卻證明，我像個傻子似的小題大作。

靠我最近的一扇門被打開，裡頭走出一個僕人來——是個年約三、四十歲的婦人，身材粗壯、略顯死板、一頭紅髮、長相平庸，我再怎麼樣也無法把眼前所見和幽靈鬼魅聯想在一起。

「太吵了，葛瑞絲，」費爾法斯太太說：「你要記住我的吩咐！」葛瑞絲默默地行了個屈膝禮，轉身進房去了。

「我們僱她來做針線活兒，也讓她幫莉雅做些家事，」這位寡婦繼續說：「雖說有些缺點，不過還算勤快。對了，今天早上你跟你的新學生處得怎麼樣？」

我們的話題於是轉到阿黛爾身上，一直聊到我們走回明亮舒適的樓下。阿黛爾跑到廳堂迎接我們，用法語高聲叫道：「女士們，可以吃午餐了！」接著又補充一句，「我餓扁了，我！」

午餐已在費爾法斯太太的房裡擺好，正等著我們。

譯註：

1尼加斯酒（negus），爲葡萄酒、熱水、砂糖、檸檬液等的混合飲料。

2基督教的貴格會教徒，沒有牧師，強調內心啓示。

3桑費爾德（Thornfield），原意爲荊棘地。

4泰爾紫（Tyrian Purple），古希臘羅馬時代流行於近東、地中海岸一種取材自貝殼所製成的深紅色或紫色的貴重染料，因在腓尼基古城泰爾（Tyre）發掘出大染池而得名，在古代是象徵帝王的顏色。

5帕羅斯大理石（Parian marble），產自愛琴海帕羅斯島（Paros）的白色大理石，常用於古代希臘雕刻，著名的米羅維納斯女神像亦採用此石材。

6約櫃（Hebrew ark），據《舊約聖經・出埃及記》所載，爲存放摩西十誡石碑的猶太教神聖箱匣。

7藍鬍子，法國故事中一個接連殺害六位妻子的殘酷丈夫。

Chapter 12

第十二章

初到桑費爾德的平安順利似乎應許了前途的一帆風順，進一步瞭解這座宅邸及其居住者後，更加確定此言不虛。費爾法斯太太就和當初給人的感覺一樣，是個脾氣沉穩、個性溫和的婦人，受過適當的教育，擁有中人之資。我的學生是個活潑的孩子，以往總是受到驕寵溺愛，所以不免有些任性；不過我來之後，她便完全歸我管教，而且也從未有人有過什麼淺薄的干擾，阻礙我對她的培育計畫，她很快就拋卻不好的習性，變得聽話受教了。她沒有絕頂聰明，個性缺乏特色，在感情和喜好上亦無略勝於一般孩童的平均水準，不過也沒有什麼缺點或劣行使她比一般的孩子差。她已有明顯的進步，對我，她有一種雖說不上深厚但總歸是愉快的感情，而她的單純加上童言童語以及要討好我的努力，也讓我覺得頗窩心，因此我們都很滿意彼此的相伴。

附帶一提，對於那些對孩童純眞天性抱持嚴格理論，對孩童教育懷抱盲目狂熱的人來說，我這廂說法或許顯得冷漠、不夠關心。然而我寫這些並不是要奉承以自我爲中心的父母親、附庸潮流，也不是要招搖撞騙，只是敘述事實而已。我打從心底關切阿黛爾的幸福和進步，也很喜歡那個孩子，就像我珍惜感激費爾法斯太太的仁慈以及她對我的默默關心，喜歡她仁慈善良的心性，因而樂於和她在一起一樣。

我再繼續往下說，要責怪我的人請便。有時當我獨自在莊園裡散步，或走到大門口望向外面的道路，或當阿黛爾在跟她的保母玩，而費爾法斯太太在儲藏室裡做果凍時，我會爬上三層樓的階梯，打開閣樓天窗，上到鉛皮屋頂，極目遠眺僻靜的田野山巒以及朦朧天際——那時我渴求擁有超越極限的視力，可以看到忙碌擾攘的世界、生氣勃勃的地區和城鎮，那我只聽過而從未眼見過的地方。然後，我又想擁有更多的人生閱歷，認識更多和我同類型的人，也認識眾多不同個性的人。我珍惜費爾法斯太太的優點，也珍惜阿黛爾的優點，可是我相信還有許多很好的人擁有其他更鮮明特別的優點，我希望可以親眼見到我所認爲存在的事物。

誰會責怪我呢？很多人，這是無庸置疑的呀，而我的罪名就是不知足。我也拿自己沒轍，我就是閒不住，有時我也被自己這種性格搞得很苦惱。唯一的發洩就是在三樓甬道上來回踱步，在平靜安穩的孤寂中，放任我的心靈之眼恣意飽覽在其面前升起的絢爛畫面。當然這些畫面繁多又耀眼，我的心也隨其五光十色的展演而澎湃奔騰，在苦惱中得到滿足，讓生活得以延伸，而且最棒的是，我的心靈之眼可以聆聽一個永無止盡的故事——源自我的想像力，不停地訴說著，由現實世界中並不存在而我卻夢寐以求的事件、生活、熱情和感受所構成。

人類應該滿足於平靜的生活，這樣的說法簡直是白搭：人活著就要動，如果他們遍尋不著動起來的理由，那就得造出一個來。幾百萬人注定要待在比我更加空寂的困境中，幾百萬人沉默地反抗自己的命運。沒有人知道，在這紅塵俗世中，除了政治上的反抗外，還醞釀有其他多少不同的抗爭。女人總被認爲該是恬靜的，然而女人跟男人一樣有知覺，她們需要跟她們兄弟一般被賦予機會發揮才幹，需要一展長才的舞台。束縛局限、停滯不前會讓她們痛苦不堪，跟男人無所差別。若說硬要那些較有才華的女性待在家裡，做做布丁、織織襪子、彈彈鋼琴、繡繡提袋，豈不顯得心胸狹隘！若說女人想要跨越傳統的藩籬，多做多學，就招來譴責或嘲笑，豈不顯得膚淺而有欠考量。

當我像這樣一人獨處時，葛瑞絲・普爾的笑聲便時有所聞：一樣的大笑，一樣低沉而緩慢的「哈！哈！」初聽到時，的確讓我毛骨悚然。我也聽到她怪異的喃喃自語，比她的笑聲還怪。有些時日她非常安靜，可有些時日我無法分辨她到底在哭在笑或是在嘟噥什麼。有時候我會看到她從房裡出來，手裡端著臉盆、盤子或托盤，走到樓下廚房裡，很快便又回來，通常（噢，浪漫的親愛讀者，請原諒我實話實說！）還帶回一瓶黑啤酒。她的外表實在讓人無法相信從她嘴裡竟能發出那麼奇怪的聲音，如此令人望而生畏的面貌、沉著穩定的態度，跟那怪聲眞是搭不上邊。我幾次試過要跟她攀談，但她似乎是寡言少語的人，總是三言兩語就把我的問題打發過去。

宅邸裡的其他成員，就是約翰和他妻子、女僕莉雅，還有法籍保母蘇菲，都是平常人，沒有什麼特別之處。我常用法文跟蘇菲交談，也問起她祖國的事，可是她不善於敘事，經常給我無趣或含糊不清的答案，感覺好像不想人家再多問似的。

十月，十一月，十二月過去了。一月裡的某天下午，費爾法斯太太來央求我讓阿黛爾放假，因爲她感冒了。阿黛爾在一旁熱烈附和的態度讓我想起童年時期，這種難得的假期是多麼珍貴，於是我准了假，展現我的通情達理。這一天，雖然天氣很冷，天空卻清朗而平靜。整個上午都坐在書房裡，讓我覺得有些厭倦，費爾法斯太太剛巧寫了封信，等著要拿去寄，我便戴上帽子、穿上大衣，自願幫她跑一趟乾草村。此去乾草村約有兩哩，會是一趟愉快的冬日午後散步。看著阿黛爾舒舒服服地坐在費爾法斯太太房間裡火爐旁的小椅子上，我把她最喜歡的蠟玩偶（我通常都用錫箔紙包起來放在抽屜裡）拿給她玩，還給她一本故事書，讓她玩累了蠟玩偶時可以看。阿黛爾用法文跟我說：「早點回來喔，我的好朋友，我親愛的簡妮特小姐[1]。」我親了她一下作爲回報，之後便出發了。

路面僵硬，空氣凝結，旅途孤寂，我快步走著，直到身體熱起來，然後我放慢腳步，仔細品味欣賞此情此景在此時此地帶給我的特殊感受。時值下午三點，我經過鐘樓時教堂的鐘剛好敲了三下，此時的美景在於黃昏的降臨，太陽下山前的臨別秋波。我離桑費爾德已有一哩遠，正走在夏季野薔薇盛開而秋季堅果和黑莓豐收的小路上，即便此時節仍可見到珊瑚珍寶般的野薔薇果實和山楂，然而冬天最吸引人之處就在其全然的靜寂和光禿枝枒間的安眠。即或一陣風吹過，此處仍是寂靜無聲，因爲沒有一株冬青樹、沒有一棵常綠喬木會沙沙作響，樹葉落盡的山楂樹和榛樹彷彿鋪在小路中央的那些磨光白石子，靜止不動。從小路兩旁各向遠處眺望，田野上已不見牛群低頭吃草，樹籬上偶爾可見幾隻褐色小鳥，乍看之下彷如幾片忘記掉落的枯葉。

這條小路往山坡蜿蜒而去，直上乾草村。我已來到半途，便決定在田野間的梯磴上坐下來歇腳。我拉緊身上的披風，把手縮進暖手筒，雖然寒氣逼人，我倒不覺得冷。河堤旁就結著一層薄薄的冰呢！幾天前，結了冰的小溪流突然融解，漲溢的溪水流到這兒來，所以結了一層薄冰，這會兒小溪流再度結冰了。從我坐著的地方可以俯瞰桑費爾德：那座有著牆堞的灰色宅邸是我腳下山谷中的主要景物，樹林和深色的白嘴鴨巢從宅邸西邊升起。我徘徊流連到太陽隱沒在群樹中，裹著深紅色的光圈從林中落下之時，才又向東望去。

我頭上的山頂迎著初升明月，如雲一般淡白，但只片刻便出落得皎潔明亮，俯瞰半隱沒在群樹間青煙裊裊升騰而起的乾草村。村莊距此尚有一哩之遙，但在萬籟俱寂中，人群的活動響聲已清晰可辨。此時傳入耳中的尚有淙淙水聲，它源自哪座山谷、哪片深潭，我無法分辨，然而乾草村後頭山巒起伏，自是水源處處了。這靜極了的黃昏洩露出近處有潺潺流水，遠處有山澗淙淙。

突然間遠方一陣尖銳的嘈雜聲劃破這流水輕柔低語的夜空。清晰的踏地聲與金屬的叮噹聲掩蓋過柔和的水波流淌，彷如在一幅圖畫中，將堅硬巨大的峭壁危崖與粗壯的老橡樹枝枒，以陰暗而強烈的色塊繪在最顯眼位置，掩蓋了天邊青翠山脈、晴朗地平線、斑斕雲彩，而使之變得朦朧模糊一樣。

這嘈雜聲源自溪旁墊高的堤道，一匹駿馬奔馳而來，曲折的小徑使牠時隱時現，但牠正快速接近中。我正要起身離開，無奈小徑狹窄，我只好坐著不動，讓牠先過。那時我還年輕，一切光明與黑暗的幻想都在我心中駐留，孩提時代的床邊故事夾雜其他亂七八糟的道聽塗說，在青春年少的腦海中重現時，已是小時候的印象再加以無數倍的膨脹。當那匹馬奔向我，而我在幽暗中看著牠閃現時，腦中浮起了貝絲曾說過的傳奇故事，據說英格蘭北部有一種叫「蓋崔西」的妖精，會變身為馬、騾子或大狗，經常出沒在荒野小徑上，有時會突然出現在趕夜路的旅人面前，就像這匹馬即將出現在我面前一樣。

牠已經很接近了，只是我還看不見牠。除了答答的馬蹄聲，我還聽到樹籬下有東西急速跑動的聲音，一隻大狗正從榛樹旁溜過來，黑白相間的毛色在黑暗樹影下更顯眼。牠正是貝絲故事中「蓋崔西」的化身——一隻獅子模樣的長毛巨犬再加上一個特大的狗頭，然而牠極爲輕巧地從我身旁跑過去，不像我預先設想的那樣停下腳步，抬起妖精似的狗眼向上看著我。馬跟在牠後面出現，是一匹高大的駿馬，有個騎士坐在馬上。那男人，是人類，魔咒立即被破除，沒有東西可以騎在「蓋崔西」背上的，它總是獨來獨往。至於小妖精，據我所知，雖會附身在不會說話的動物屍體上，卻不會想以人類軀殼爲避風港。這騎士絕不是蓋崔西，只是個抄近路到米爾科特去的旅人而已。他從我身旁經過，繼續往前行，而我走了幾步路又回過頭。滑跌的聲音，伴隨一句「搞什麼鬼？」的咒罵，再加上唧唧噹噹的碰撞聲，引起我的注意。那騎士和馬都摔到地上了，因爲路上光滑的薄冰造成馬失前蹄。大狗立刻跑回來，看到主人的窘境，聽到馬兒的呻吟，開始吠叫起來，狗吠聲在暮色蒼茫的山谷中迴盪，鏗鏘有力，與其壯碩身形相應。牠繞著摔倒在地的主人和同伴走，聞聞嗅嗅，然後向我跑過來，這是牠唯一能做的事——沒有別的求救對象了。我依著牠，走到旅人身旁，他掙扎著要脫離馬鞍。我看他氣力十足地奮鬥，便猜想也許他傷得不重，但我還是問他道：「先生，您受傷了嗎？」

他嘴裡嘟囔著什麼，像在咒罵，不過我不確定。原來他是在說一些客套話，所以沒有立刻回答我的問題。

「我可以幫什麼忙嗎？」我又問。

「你站在一旁就好。」他邊站起來邊說，先是跪在地上，然後站直身子。我照著他的話做，那時馬兒開始喘氣、蹬地，蹄聲甚是嚇人，加上大狗在旁邊又叫又吠的，果然讓我往後退了好幾碼，不過在事情告一段落前，我是不會離開的。幸好此時馬兒已重新站起來，而一句「派洛，走開」也讓大狗安靜下來了。站起身的旅人彎下腰，摸摸雙腳，彷彿在確認它們是否無恙，他的腳顯然受傷了，因爲他跛著腳走到我剛站起來的梯蹬，一屁股坐下去。

現在回想起來，我那時一心想幫忙，或者就當我愛多管閒事吧，所以又出現在他面前了。

「先生，如果您受傷了或需要任何幫助，我可以到桑費爾德或乾草村去找人來。」

「謝謝，我還好，沒摔斷骨頭——只是扭傷而已。」他又想站起來，結果只換來痛得脫口而出的一聲：「啊！」

藉著尚未完全暗下來的天色和越來越亮的月色，我可以清楚地看見他。他穿了一件騎馬斗篷，綴有毛皮衣領和鋼釦，雖無法詳細看出身形，不過大概是中等身材，胸膛寬闊。他的臉，膚色黝黑，容貌嚴肅，還有兩道濃眉。那眼神和緊鎖的眉頭使他看起來一副遭挫敗的惱怒樣。他已不年輕，但也還不到中年，可能三十五歲左右。我不覺得怕他，只是有些害羞，如果他生得一副英雄似的美男子儀態，我也許不敢像這樣，不請自來地，一再詢問他需不需要幫忙。我幾乎沒見過年輕俊美的男子，更未曾與那樣的人說過話。我對美男子的定義是態度優雅，懂得殷勤對待女士，還要有魅力。不過要真遇上了具備這些特質的男人，直覺會告訴我，這樣的人跟我不會有什麼交集，應該趕快閃避，就像閃避火哪、打雷閃電啦那些耀眼卻格格不入的事物一樣。

在我跟這位陌生人說話時，倘若他只是禮貌地微笑應答，或只是笑容可掬地婉謝我的主動幫忙，我勢必會繼續往前走，覺得沒必要再問第二次。然而他皺起的眉頭和粗魯的應答，使我覺得輕鬆自若。

他揮手要我走開時，我站著不動，態度堅決地告訴他：「先生，現在天色已晚，這條路又這麼僻靜，如果沒看到您騎上馬，我是不會離開的。」

我說這話時，他看著我，在此之前他從未往我所在的方向瞧過一眼。

「我才覺得你應該回家了，」他說：「如果你家在附近的話。你打哪兒來的？」

「就在山坡下面，只要有月光，在外面待晚一點我也不會害怕。如果您要我替您去一趟乾草村，我是很樂意幫忙的，事實上，我正要到那兒去寄信。」

「你就住在山坡下面——你是說住在那幢有牆堞的房子裡嗎？」他指向桑費爾德。在銀白色月光的照耀下，樹林中那座宅邸顯眼而蒼白，相較於西邊的天空，樹林竟成陰影一片了。

「是的，先生。」

「那是誰的房子？」

「是羅契斯特先生的。」

「你認識羅契斯特先生嗎？」

「不認識，我從未見過他。」

「所以，他不住在那兒囉？」

「是的。」

「你能告訴我，他在哪兒嗎？」

「我不知道。」

「你不是宅邸裡的僕人，當然啦，你是——」他停下來，眼睛打量我的衣著，我一如往常穿得很簡樸，只一件黑色毛呢斗篷、一頂黑色海狸皮帽子，而不論是斗篷還是帽子，都不及一位女主人貼身侍女所穿戴的一半講究。他似乎不知該如何決定我的身分，我幫了他。

「我是家庭教師。」

「啊！家庭教師，」他複誦道：「可惡，我竟給忘了！那家庭教師。」他又仔細打量起我的衣著來。兩分鐘後，他從梯磴上站起來試圖走動，臉上卻現出痛苦的表情。

「我不能派你去找人來幫忙，」他說：「但如果你眞願幫忙的話，你自己倒是可以幫我一下。」

「好的，先生。」

「你有沒有可以讓我當拐杖用的雨傘？」

「沒有。」

「那就試試去拉住馬的韁繩，把牠帶過來。你不怕吧？」

倘若只有我一個人，我是不敢去碰一匹馬的，不過一旦有人吩咐我做，我倒願意去試試看。我將暖手筒放在梯磴上，走到那匹高大駿馬前，用盡一切努力想要抓住韁繩，但那雄赳赳氣昂昂的動物根本不讓我接近牠的頭。我試了一次又一次，卻都徒勞無功，況且牠不斷跺著地的前蹄也讓我嚇得不知所措。

旅人在一旁等待，觀察了一些時候，終於忍不住笑起來。

「我明白了，」他說：「山是永遠不會被帶到穆罕默德面前來的，所以你只能幫穆罕默德到山面前去[2]。我只好請你過來幫我了。」

我走到他身旁。

「真抱歉，」他繼續說：「若不是逼不得已，我不會麻煩你的。」他一隻手重壓在我肩頭上，身體倚著我，一跛一跛地走向他的馬去。他一次就抓住馬韁並且立刻馴服馬匹，翻身坐上馬鞍。與此同時，他也因扭動了剛才的傷處，痛得臉部扭曲。

「現在，」他說道，鬆開了緊咬的下嘴唇，「把我的馬鞭拿給我，它放在樹籬下面。」

我沒多久便找到了。

「謝謝。現在快到乾草村去寄信吧，寄了信盡快回家。」

他用有著馬刺的鞋跟碰了一下馬，那馬先是一驚，揚起前蹄，繼之向前奔馳，大狗也緊跟在後揚長而去。三個傢伙倏地全不見了。

如同石楠叢，生在曠野中，
風一吹，杳無蹤。

我拾起暖手筒，繼續往前走。這件插曲發生了，也過去了。就某種意義來說，它無足輕重，既不浪漫也不有趣，然而它畢竟為單調乏味的生活帶來了一個小時的變化。有人需要我幫忙，向我求助，而我幫了忙；我眞高興可以做些事情，雖只是不足掛齒的小事一樁，但終究是件主動的事，我已厭倦這處處被動的環境了。還有那張新面孔，彷彿是記憶畫廊中新掛上去的畫像，迥然有異於其他畫作：首先，因為那是男性，其次，因為他黝黑強壯又嚴肅。當我走入乾草村，把信交寄給郵局時，他的臉還依稀出現在我腦海裡，而當我快步走下山坡趕路回家途中，那張臉依舊在我眼前。在回到先前經過的梯磴時，我停留了片刻，四處張望，豎起耳朵傾聽，以為答答的馬蹄聲會在小徑上再度響起，披著斗篷的騎士和蓋崔西似的紐芬蘭大狗會再度出現，然眼前卻只有樹籬和折枝的楊柳，悠然佇立於流瀉一地的月光中，耳畔只斷斷續續響起發自一哩之遙的桑費爾德樹林裡的微弱風聲。順著微風低語的方向看去，我的目光掠過宅邸正面，停在一扇射出燈光的窗戶上，這可提醒我時候不早了，於是我加快腳步。

我不甚喜歡再次踏進桑費爾德。跨進它的門檻，意味著回到一成不變的生活。我將越過靜寂的門廊，走上陰暗的樓梯，尋找我那寂寞的小房間，接著便要找著安靜的費爾法斯太太，和她一起，也只有她，陪我度過冬季的長夜。這樣一想，在路上所產生那麼一小丁點兒的興奮，就完全被抹煞殆盡了，我的感官又要給千篇一律、了無生趣的無形枷鎖給銬住，我已越來越不欣賞欠缺挑戰性的安逸生活了。要是生活能像在暴風雨中翻滾、掙扎、奮鬥，飽經苦難，遍嘗艱辛，以此渴求得到我此刻牢騷連連卻就在眼前的安逸，那對我來說將會是何等大的成長啊！是的，就跟一個坐在一張代表「極度安逸」的椅子上的人出去走一大段路，肯定會獲益良多一樣。我靜極思動，就像一個坐久了的人想起來走動一樣，是再自然不過的事。

我在大門口徘徊，在草地上流連，又在步道上來回走動。玻璃門上的護板已經關上，我看不到屋裡的情形，我的眼睛和靈魂好像都要脫離這棟陰暗的屋子，脫離這對我而言有如塞滿了暗無天日之牢房的灰暗幽谷，去往那在我眼前展開來的如大海一般蔚藍、萬里無雲的晴空。月亮踏著莊嚴的步伐，大步邁向長空，她從山坡後面出來，攀升到山頂上，已將腳下一切遠遠拋在後面，此時彷彿正抬頭仰望，要登上高不可測、遠不可知的午夜頂點。尾隨在月亮後面的是閃耀的群星，我眼望它們，心跳加速，血脈賁張。然而只要一點兒小事，就可以讓我們重返地球，光是大廳裡響起的鐘聲就夠了。我轉頭把月亮和星星都拋在身後，打開側門，跨步進屋裡去。

大廳裡並不黑，可也不亮，只有那盞高懸的青銅油燈點著火。大廳裡和橡木樓梯的底下幾階可見到溫暖的火光，這紅潤光芒來自大餐廳，那兩扇門是開著的，所以清晰可見壁爐裡熊熊燃燒的火焰，火光映照大理石爐床和黃銅製的火爐用具，也映得紫色帷幔和擦拭得晶亮的傢俱光彩不凡。火光當然也映照出壁爐前坐著一群人。我尚未看仔細那些人，也還未聽清楚那似乎夾雜了阿黛爾的聲音在裡頭的嘈雜聲，門就關上了。

我快速上到費爾法斯太太的房間。房裡也有爐火，可是沒有蠟燭，也不見費爾法斯太太。不過我看見一條毛色黑白相間，長相像極了路上見過那隻蓋崔西的大狗，孤零零地端坐地毯上，兩眼直盯著爐火。這隻狗實在太像路上所遇見的蓋崔西了，所以我走上前去叫了一聲「派洛」，牠立刻起身朝我走過來，嗅嗅我。我摸摸牠，牠便搖搖大尾巴，然而單獨跟牠在一起，還眞讓人有些害怕，我也不知道牠是打哪兒來的。我拉了拉鈴，因爲我需要一支蠟燭，同時也想知道有關這隻狗的來歷。莉雅應聲進來。

「這是誰的狗？」

「牠跟著主人來的。」

「跟著誰?」

「跟著主人——羅契斯特先生。他才剛到。」

「眞的?費爾法斯太太跟他在一起嗎?」

「是的,還有阿黛爾小姐。他們在餐廳裡,約翰去請醫生了,因爲主人出了點兒意外。他的馬滑了一跤,讓他扭傷腳踝了。」

「馬是在通往乾草村的小徑上滑倒的嗎?」

「是的,就在下坡的時候,在薄冰上滑倒的。」

「啊!莉雅,幫我拿支蠟燭來好嗎?」

莉雅把蠟燭拿來了,費爾法斯太太跟在她後面進來,又把這條消息敘述了一遍,再補上新資訊說,卡特醫生人到了,這會兒正跟羅契斯特先生在一起。接著她便忙著出去吩咐準備茶點,我則上樓換衣服。

譯註:

1 簡妮特是簡的暱稱。

2 據說伊斯蘭教創始者穆罕默德爲了顯示神蹟,曾命令山到他面前來,但是山並沒有移動。他說這是因爲眞主阿拉心存仁慈,不讓山過來壓死百姓,所以他要自己到山面前去。

Chapter 13

第十三章

那天晚上，羅契斯特先生似乎是遵照醫生的囑咐，早早上床休息了，隔天也沒有很早起床。他一下樓來就開始處理公事，他的代理人和幾個佃戶早等著要跟他談話。

阿黛爾和我現在得把書房空出來，此地已被徵收做爲會客室用了。樓上有個房間已升起爐火，所以我把書搬到那兒，把那房間布置成教室，供我們以後使用。從那天上午起，我就察覺到桑費爾德已不同於以往，它不再像教堂一樣安靜了，每隔一兩小時就會響起敲門聲或拉鈴聲，大廳裡也經常迴盪著腳步聲，還有許許多多不同的人聲。一條小河從外面的世界流淌過來。這個家有主人了，對我而言，我比較喜歡這樣。

那一天，阿黛爾眞不容易教。她靜不下心來，不時就跑到欄杆旁去東張西望，看看能不能瞄到羅契斯特先生一眼，又找了許多藉口要下樓去，我連猜都不用猜就知道她想藉故溜進並不歡迎她的書房。及至我眞有點兒生氣，叫她坐好不要亂動，她便不停地叨念著她的「愛德華・費爾法斯・羅契斯特先生朋友」（我只知他的姓，還不知道他的名字），而且開始臆測他會帶什麼禮物給她。因爲在之前那晚他好像跟她說過，等行李從米爾科特運回來，他會找出一個小盒子給她，裡頭裝著她感興趣的東西。

「這也就意味著，」她用法文說：「行李裡面有一件禮物是要給我的，也許也有給你的喔，老師。羅契斯特先生也提到你呢。他問我，我的家庭教師叫什麼名字，是不是身材嬌小削瘦，臉色有點蒼白。我說對，因爲眞的是這樣，不是嗎，老師？」

我和我的學生一如往常在費爾法斯太太房裡用餐。那天下午天候不佳，颳風下雨又下雪，我們便在教室裡待著。到了黃昏，我准許阿黛爾把書本和功課放在一旁到樓下去，因爲現在樓下已較爲安靜，不再響起有人拉門鈴的聲音，於是我猜羅契斯特先生現在應該有空了。房裡就剩我一人，我走到窗戶旁，可是外面什麼也看不到，將暗未暗的天色和翻飛的雪花將空中弄得混濁一片，連草地上的灌木叢都看不到。我放下窗簾，走回爐火邊。

看著明亮的炭火，我腦海中開始構思一個景象，有點兒像曾在一幅圖畫中看到過的，萊茵河畔的海德堡城堡。那時，費爾法斯太太剛好走進來，粉碎了我腦子裡那炙熱的一塊塊拼圖，卻也驅散了在我獨處時摩拳擦掌要來攻擊我的不愉快念頭。

「今天晚上，羅契斯特先生想要邀請你和你的學生一起到客廳喝茶，」她說：「他今天一整天都在忙，所以無法早點兒見你。」

「他何時用茶點呢？」

「喔，晚上六點。他在鄉下的作息都比較早。你最好去換件衣服吧，我跟你一起去，好幫你的忙。來，把蠟燭拿著。」

「有必要換衣服嗎？」

「有，你最好換一下。當羅契斯特先生在的時候，我晚上都會穿得比較正式。」

如此多禮似乎有些講究排場。不過，我還是聽話地回到自己房間，並且在費爾法斯太太的幫助下換下黑色毛料衣服，穿上一襲黑色絲質洋裝，這是我最好的一件衣服了，除此之外就只有另一件淺灰色洋裝而已。依照我在羅沃德時對衣著的看法，非到最重要的場合，那件淺灰色洋裝是不會上場的。

「你還欠一枚胸針。」費爾法斯太太說。我只有一樣珍珠飾品，那是坦帕小姐送給我的臨別贈禮。我將它別在衣服上，隨後和費爾法斯太太一塊兒下樓去。我不太習慣和陌生人見面，尤其是像這樣慎重其事地被招喚到羅契斯特先生面前，眞是一種煎熬。我讓費爾法斯太太走在前面，然後以她的身影爲屏障，和她一塊兒越過大客廳，穿過已放下簾幕的拱門，走進裡頭那間陳設優雅的小客廳去。

桌上點著兩支蠟燭，壁爐架上也點了兩支，爐火熊熊燃燒，明亮的火光照著躺在壁爐前取暖的派洛，阿黛爾則跪坐在牠身旁。羅契斯特先生斜倚在沙發上，一隻腳用靠墊撐著，他正看著阿黛爾和狗。燭光清楚照出他的臉。我認得我的旅人，他粗黑的眉毛和方正的前額，因爲他濃密的黑髮橫梳，襯得前額更加方正了。我認得他堅毅果決的鼻子，展現的是個性而非俊美；橫張的鼻孔代表著，我想應該是脾氣暴躁；冷峻的嘴、下巴和顎——是的，這三項都非常冷峻，我想，不會錯的。他的身材，沒有斗篷的障蔽，我覺得和他的臉是非常相稱的。若就運動員的角度來看的話應該算是好體格：寬闊的胸膛，細狹的腰身，雖然既不高也不帥。

羅契斯特先生肯定注意到費爾法斯太太和我走進來了，卻一副不在意我們的樣子，因爲對於我們的到來，他的頭連抬也不抬。

「先生，愛小姐來了。」費爾法斯太太以她一貫平靜的態度說道。他點了下頭，眼睛仍沒離開壁爐前的小孩和狗。

「請愛小姐坐下吧。」他口頭上這麼說，可那勉強僵硬的點頭和不耐卻正式的語調彷彿傳遞出更深層的訊息：「愛小姐來或不來與我何干？這時候沒心情搭理她。」

我非常放心地坐下了。優雅多禮的接待反倒會讓我不知所措，因爲我不知如何說些雍容華貴的場面話來回應，粗魯任性倒讓我覺得無拘無束；在這種情況下，以合宜的沉默應對舉止的怪異，反而讓我占了上風。況且，這種怪異的行徑也很特別，我很好奇他接下來會怎麼做。

他繼續像雕像般坐著，也就是說，既沒開口也沒動作。費爾法斯太太似乎認爲應該有人表達一下善意，所以率先開口。她的話語仁慈一如往常，當然也跟往常一樣了無新意地繁瑣。她慰問了主人辛勤工作一整天的勞苦，非常同情他因腳踝傷痛而生的困擾，然後誇讚他如此忍耐，堅毅無比地處理這些事。

「夫人，我需要喝點兒茶。」這是她唯一得到的回答。她趕緊去拉鈴，當托盤送來的時候，她又殷勤俐落地過來擺放茶杯、湯匙等物品。我和阿黛爾都走到桌子前面去，不過主人尚未離開他的沙發椅。

「麻煩你把茶端給羅契斯特先生好嗎？」費爾法斯太太對我說：「阿黛爾可能會把茶濺出來。」

我依言而行。當他從我手中接過杯子時，阿黛爾想機不可失，便趁勢幫我討人情，用法文叫道：「先生，您的小箱子裡是不是也有要給愛小姐的禮物呢？」

「誰提到禮物啦？」他粗聲粗氣地說。「愛小姐，你想要禮物嗎？你喜歡禮物嗎？」他用陰沉憤怒又銳利的眼光搜尋我的臉。

「我不太知道，先生，我很少收到禮物。照一般認爲，它們是用來讓人高興的東西。」

「一般認爲？那你怎麼認爲呢？」

「先生，您得給我一些時間想想，才能得到您想要的答案。一份禮物可以從很多層面來看它，不是嗎？若沒有經過全面性的考量，怎好妄下斷語呢？」

「愛小姐，你不像阿黛爾那麼純眞呀，她一見到我就嚷著要禮物，你卻拐彎抹角的。」

「因爲我不像阿黛爾那麼有自信，她可以憑藉和您是舊識，按照以往的慣例來要求。據她說，您以前就常常送她玩具，可是若要我說出個可以得到禮物的理由，我還眞不知該如何開口。畢竟我只是個陌生人，又沒做過什麼該得獎賞的事。」

「喔，不必過分謙虛了！我已經給阿黛爾考過試了，看得出來你在她身上很用心。她並不聰明也沒什麼天分，可是在這麼短的時間裡，她卻進步很多。」

「先生，這會兒您已經給我『禮物』了，非常謝謝您。對於老師們來說，誇讚他們學生的進步，就是最好的禮物。」

「哼。」羅契斯特先生回道，默默喝起他的茶。

「到壁爐前面來。」那時托盤已收走，費爾法斯太太退到角落去打毛衣，阿黛爾則拉著我的手在房裡逛來逛去，不時要我看看那些漂亮書籍，以及柱子上和地毯上精美的裝飾。主人招喚，我們當然應聲前去，阿黛爾想坐在我膝上，主人卻叫她去和派洛玩。

「你在我家待了三個月了？」

「是的。」

「你來自哪裡？」

「鄰郡的羅沃德學院。」

「啊！那是個慈善機構。你在那兒待了多久？」

「八年。」

「八年！你的生命力真夠強。我認爲在那種地方只要待個有你一半長的時間，無論什麼樣的體質都會吃不消！難怪你長得一副從另一個世界來的樣子。我還很納悶你怎麼生得那樣一張蒼白的臉啊。昨晚當你出現在我要去乾草村的小路上時，我就沒來由地想到一些童話故事，還忍不住想，你到底是對我的馬施了什麼法術，我到現在還困惑著哩。你的父母親呢？」

「我沒有父母親。」

「我猜他們很早就過世了，你記得他們嗎？」

「不記得。」

「我想也是。你坐在那個梯磴上，是在等你的同伴吧？」

「您說等誰？」

「就是你那些綠色的同伴哪。昨晚眞是適合綠色精靈出現的月夜呢！我怕是闖進了你們的圈圈，所以你就在小路上鋪了層該死的薄冰吧？」

我搖搖頭。「綠色精靈早在一百年前就離開英國了，」我用跟他一樣認眞的語調回答：「所以不論在乾草村或是在田野，您都無法找到他們的蹤跡。因此，我也不認爲他們會在夏季、秋收或冬月皎潔的時候狂歡作樂。」

費爾法斯太太放下手中的工作，揚起眉毛，似乎在猜這番談話是什麼意思。

「嗯，」羅契斯特先生繼續說：「你沒有父母，那你總該有些親戚，如舅舅、阿姨、叔叔、姑姑之類的吧？」

「沒有，我一個也沒見過。」

「那，你的家呢？」

「我沒有家。」

「那你的兄弟姊妹住在哪兒呢？」

「我沒有兄弟姊妹。」

「是誰推薦你上這兒來的？」

「我在報上登了廣告，費爾法斯太太便來信詢問。」

「是的，」那位好心的女士說道，現在她聽懂我們在說些什麼了，「我每天都感謝上帝的恩典，讓我做了這麼一個正確的決定。愛小姐是我不可多得的好同伴，也是阿黛爾仁慈又細心的好老師。」

「不勞您的駕來介紹她了，」羅契斯特先生回應道：「您對她的美言在我身上起不了作用，我自有評斷。她一開始就讓我的馬摔跤。」

「您是說？」費爾法斯太太問。

「多虧了她，我才會扭傷腳哩。」

這位寡婦一臉困惑。

「愛小姐，你在城裡住過嗎？」

「沒有。」

「你的社交生活豐富嗎？」

「我只認識羅沃德的學生和老師，現在還認識了桑費爾德的人。」

「你讀過很多書嗎？」

「只讀過在我周邊的書，不是很多，也不是很艱深的。」

「你過的是修女的生活嘛！毫無疑問，你對宗教禮儀一定很在行。據我所知，主持羅沃德的布拉克赫斯特是一位牧師，對吧？」

「是的。」

「你們那些女孩子大概很崇拜他了，像一座裡頭全是修女的修道院，院長肯定備受尊崇一樣。」

「喔，並沒有。」

「你可眞冷漠！『並沒有』？豈有此理！一個實習修女不崇拜她的牧師？聽起來相當出言不遜。」

「我不喜歡布拉克赫斯特先生，而且不只我一個人這樣。他刻薄、傲慢又愛管閒事，留長髮會被他剪去，爲了省錢專買劣質針線給我們用，根本沒辦法做女紅。」

「那簡直是省過頭了。」費爾法斯太太評論道，這回她又聽懂我們的談話了。

「他的頭條惡事就是這個嗎？」羅契斯特先生問。

「在委員會成立以前，都事由他總管膳食，那時我們老是處在飢餓狀態。每週還得聽一次他冗長的講道，無聊至極，到了晚上又要讀他自己編寫的書，老是說些猝死和審判的事，嚇得我們不敢上床睡覺。」

「你進羅沃德時幾歲？」

「十歲左右。」

「你在那兒待了八年……所以，你現在十八歲？」

我點點頭。

「所以，算術還是有用的，要是沒有算術的幫忙，我還眞猜不出來你幾歲哩，難就難在你的身材和神情有太大差異。你在羅沃德都學了些什麼？會彈鋼琴嗎？」

「會一點兒。」

「當然啦，這是制式回答。到書房去——我的意思是說——請。請原諒我用命令的語氣，因爲我習慣說『去做這個』、『去做那個』，然後事情就全做好了，儘管家裡來了個新成員，可這習慣我一時還改不過來。那麼，到書房去吧，拿根蠟燭過去，不要關門，到鋼琴前面彈首曲子。」

我遵照他的指示，起身離開。

「好了！」幾分鐘後他大叫道。「你會彈一點兒，我知道了。就像任何一個英國女學生一樣，也許好過一些人，但還不夠好。」

我闔上琴蓋，走回客廳。羅契斯特先生繼續說：「今天早上阿黛爾拿了幾張素描給我看，說是你的作品。我不知道是否都是你自己畫的，也許有老師幫你也說不定。」

「不，全是我自己畫的！」我插嘴道。

「啊！傷到你的自尊心了？把你的畫匣拿來給我，看你敢不敢擔保這些畫作的原創性。不過，你得有把握才能開口，至於是不是東拼西湊的組合，我一眼就能看出來。」

「這樣的話，我就閉嘴，由您自己評鑑好了。」

我從書房裡取來畫匣。

「把桌子移過來。」他說。我把桌子推向他坐的沙發。

阿黛爾和費爾法斯太太也湊過來看畫。

「別擠，」羅契斯特先生說：「我看完再傳給你們看，別淨把你們的臉往我臉上湊。」

他仔細審視過每一張素描和水彩畫，將其中三張放置一旁，其他的則在看過之後堆成一疊。

「把這些拿到另外一張桌子去看吧，費爾法斯太太，」他說：「跟阿黛爾一塊兒看。你——（他看向我）留在你的座位上，回答我的問題。我認爲這三張畫出自同一人之手，那個人就是你嗎？」

「是的。」

「你怎麼有時間畫呢？它們得花你不少時間和精神哪？」

「我是利用在羅沃德的最後兩個假期畫的，那時我沒別的事情做。」

「那你『參考』用的範本都是從哪兒來的？」

「從我的腦袋裡。」

「就是我現在看到，在你肩膀上的那顆腦袋嗎？」

「是的，先生。」

「那裡頭還有其他類似的東西嗎？」

「應該有，我希望——有更好的東西。」

他將這三張畫攤在面前，再一次審愼地評比。

親愛的讀者，此時他忙著看畫，我就趁此機會來告訴你們畫作的內容：首先，我得說，它們並不特別出色。那些景象都曾生動逼眞地出現在我腦海中。當我以心靈之眼來看它們，尚未將它們訴諸於畫筆前，的確是令人驚豔；然而，我的手跟不上我天馬行空的想像力，只能將我的構思表達於蒼白的概念。

這幾張都是水彩畫。第一張呈現的是波濤洶湧的海面，低垂的烏雲翻騰其上，遠景混沌而不可辨，前景亦不可見，因爲巨浪湧現，根本不見陸地蹤跡。一道微光突顯出半浮沉的桅杆，一隻黑亮的大鸕鶿佇立其上，翅膀沾染海浪打出的白沫，鳥喙處啣著一只黃金鐲，鐲子鑲嵌有寶石，那是我用調色板上所能配出的最璀璨色調繪製的，也是我的鉛筆所能勾勒出最鮮明的輪廓。襯著大鳥和桅桿的深綠色水面上，載浮載沉一具溺斃的屍身，一條白皙美麗的手臂是唯一可見的肢體，也是被水沖下亦或被鳥喙摘下的黃金鐲的主人。

第二張圖只以朦朧山峰爲前景，配上經風吹而傾斜一邊的野草和樹葉，其後與上方是廣闊無垠的蒼穹，天色晦暗恍如薄暮。有一個女人的半身浮出雲端，我盡可能調出幽暗柔和的色彩來繪製。女人黯淡的前額以一顆星爲冠冕，下半臉在迷霧中氤氳呈現，眼睛澄黑而狂野，髮絲有如陰影般浮垂，彷彿是被暴風雨吹散或被閃電打散的烏雲。頸部則映照一圈若有似無的月光，旁邊幾朵淡淡雲彩沾染上同樣色調，金星掩映其中。

第三張圖畫的是峰頂直刺入北極冬日長空的一座冰山，沿著地平線拔起，一束束北極光如長矛般羅列。但遠遠將這些拋在身後的是一顆自前景而起的頭顱——一顆巨大的頭顱攀向冰山，倚在冰山上。支撐著前額的是兩隻瘦骨嶙峋、在前額下方交疊的手，臉的下半部則罩在黑色面紗中，清晰可見者只有蒼白如骨、毫無血色的額頭，以及一隻動也不動，神情迷惘似絕望的凹陷眼睛。在太陽穴上包裹著黑布頭巾，在其縐褶處，漸次嵌著朦朧似雲霧閃耀白色火焰的光環，環邊發出更爲陰慘的火光。這一彎蒼白新月就是「王冠的象徵」，被戴在「無形之形體」的頭上[1]。

「你在畫這些圖的時候快樂嗎？」此刻，羅契斯特先生問道。

「我沉迷其中哪，先生，是的，我那時是很快樂的。簡言之，畫這些圖讓我得到從未有過的樂趣。」

「說得也是。你的樂趣，照你自己的說法來看，並不太多；不過，我敢說當你在調配、選擇色調的時候，肯定是沉浸在某種藝術家的夢幻境地裡。你那時每天畫畫的時間長嗎？」

「我那時因為放假，沒什麼事做，所以從早上畫到中午，再從中午畫到晚上。仲夏的白天很長，可以讓我畫個高興。」

「那麼，對於自己辛勤工作的結果，你滿意嗎？」

「差遠了。我苦惱得很，因為畫出來的結果和我腦子裡的構思是天壤之別，我每次都畫不出我腦海中真正的構思。」

「不見得，你已經畫出個雛型了，只是可能也僅止於此了。你沒有足夠的繪畫技巧和專門知識，將你的構思完全表達出來，可是這些畫作對於一個女學生來說是夠特別的了。話說回來，你的構思可眞怪哪！出現在金星那幅畫裡的眼睛，你準是在夢裡見到過。你如何能把它們畫得那麼澄澈，卻一點也不明亮？我想是額上那顆星使它們黯然失色了。而且，那麼嚴肅的深邃象徵著什麼？還有，是誰教你畫風的？高颳在天空中以及這山頂上的強風。你是在哪兒見過拉特莫斯山的？那是拉特莫斯山啊！好了——把畫拿走吧。」

我還沒把畫匣的帶子綁好，他就看著錶，突兀地說：「九點了，愛小姐，你是怎麼回事？這麼晚了還讓阿黛爾待在這兒？快帶她去睡覺。」

阿黛爾在離開客廳之前走過去親了他一下。他忍受著阿黛爾的殷勤，彷彿如果親他的是派洛，他反而較樂在其中似的。

「好了，祝你們大家晚安。」他說道，用手指向門口，表示已經厭倦我們待在他身邊，要我們退下。費爾法斯太太收拾好她打毛衣的工具，我拿起我的畫匣，一起向他行禮告退，他則冷淡地點頭回禮，我們離開了客廳。

「您說羅契斯特先生沒有什麼特別之處。」我讓阿黛爾上床睡覺後，到費爾法斯太太房間去找她時如此說道。

「嗯，你覺得他特別嗎？」

「是的，他太善變又很唐突。」

「的確。陌生人對他的看法是這樣沒錯，不過，我已經習慣他這種態度了，所以從不覺得有什麼特別。再說了，就算他脾氣有些古怪，也是值得原諒的。」

「怎麼說呢？」

「一部分是他的性格使然，你知道江山易改、本性難移，誰都一樣的；而一部分則是因爲他內心苦悶，毫無疑問，這苦悶常常攪擾他，弄得他心情欠佳。」

「他有什麼苦悶呢？」

「家庭問題之類的。」

「可是他沒有家人。」

「現在沒有，可是以前有——或者，至少也有親戚。他哥哥幾年前過世了。」

「他哥哥？」

「是啊。這位羅契斯特先生繼承家業的時間還不太長，只有九年而已。」

「九年算是很長的時間了。他那麼喜歡他哥哥，所以到現在還在爲哥哥的過世而難過嗎？」

「啊，不是——或許不是。我認爲他們之間有些誤會。羅蘭・羅契斯特先生對愛德華・羅契斯特先生並不公道，或許還影響了他父親，使他父親對弟弟有些偏見。老羅契斯特先生很愛錢，熱中於維持家族產業的完整。他不想因分家減少家族產業，然而，他又很急著要讓愛德華先生也富裕起來以保持家族的聲譽，所以一等愛德華先生成年，他們很快採取了一些不太公道的步驟，結果惹來了一堆麻煩。老羅契斯特先生和羅蘭先生爲了要讓愛德華先生致富，便聯手起來進行了幾樁讓愛德華先生感到痛苦不堪的事。我從未得知那到底是怎樣痛苦不堪的境地，但顯然他是無法忍受那種精神虐待了。他不是很寬容的人，遂跟家人決裂，幾年來一直過著東飄西盪的日子。他哥哥未留下遺囑便過世了，他成了家業的繼承人，從那時起到現在，他留在桑費爾德的時間絕不會超過兩星期。說實在的，他要逃開這棟宅子也是情有可原。」

「他爲什麼要逃開？」

「也許他認爲這兒太陰鬱了。」

這樣的回答有些避重就輕。我想得到更清楚的答案，偏偏費爾法斯太太不知是不能或不願，總之就是沒交代羅契斯特先生遭受磨難的確切過程。她堅持說她自己也不是很清楚來龍去脈，她所知的一切都只是臆測而已。很明顯，她希望我別再往下問了，我當然從善如流。

譯註：

1 英國詩人米爾頓（John Milton, 1608-1674）在其長篇詩作〈失樂園〉（Paradise Lost）中，以「王冠的象徵」和「無形之形體」來形容地獄大門的守護者。

Chapter 14

第十四章

在接下來的幾天裡，我很少見到羅契斯特先生。上午他似乎總忙碌於公事，下午則有米爾科特或鄰近地區的鄉紳來拜訪他，有時還留下來跟他一道用餐。當他的腳傷痊癒到可以騎馬時，便時常騎著馬往外跑，也許是回訪那些來看他的人，因爲他總是很晚才回來。

這段期間，連阿黛爾都很少被叫到他面前去。我也只偶爾在大廳、樓梯或走廊上碰到他，即使碰上了，他亦是遠遠地點個頭或冷冷瞥過我一眼，就傲慢淡漠地與我擦身而過，有時則紳士作風地鞠躬微笑一下。他的心情好壞對我沒什麼影響，因爲我知道那與我無關，他情緒的起伏跟我一點兒關係也沒有。

有一天，他邀朋友們過來用餐，席間派人來拿我的畫匣過去，毫無疑問他想讓他們看看畫的內容。餐後，客人們早早離開，據費爾法斯太太告訴我，他們要到米爾科特去參加一場公眾聚會，不過那天晚上天氣又濕又冷，羅契斯特先生並沒有和他們同去。他們走後，羅契斯特先生隨即拉鈴，派人來叫阿黛爾和我到樓下去。我幫阿黛爾梳理頭髮，打扮妥當，再確認自己一如往常一身貴格會教徒似的裝扮，樸素整潔，包括髮辮在內全都一絲不苟、服貼平整，我們便起身下樓。阿黛爾猜想是不是那個「小箱子」終於到了，因爲行李運送過程中出了點差錯，以致延遲送到的時間。阿黛爾這下子可滿意了，我們走進客廳時，看到桌上正擺著一個小紙箱。阿黛爾憑直覺認定這是她的禮物。

「我的箱子！我的箱子！」她用法語叫道，衝向桌子。

「對，你的『箱子』終於來了，把它拿到旁邊去吧，你這道地的巴黎女兒，去享受將它開腸破肚的快樂吧！」羅契斯特先生以低沉嗓音滿帶諷刺地說，他的聲音從壁爐旁邊一張大安樂椅上傳來。「還有，記住，不要拿你解剖的過程來攪擾我，也不要讓那五臟六腑裡的東西來煩我，安靜地動你的手術就好。要安靜，知道嗎，孩子？」

阿黛爾似乎不需他提醒，早已帶著寶物退到沙發邊去了，正忙著解開綁在箱蓋上的繩子哩！她拿掉這個障礙物，拆開銀色的包裝紙，雀躍叫道：「喔，天哪！好漂亮啊！」隨即沉浸在無限滿足中。

「愛小姐在嗎？」主人問道，半起身向門口望去，看到我就站在旁邊。

「啊！好，過來，坐這兒。」他往自己的方向拉了把椅子。「我不喜歡聽小孩子的無聊話，」他繼續說：「我這麼一個老單身漢，跟牙牙學語的小孩實在沒什麼交集。要是整個晚上都得面對一個小蘿蔔頭，我真會受不了的！別把椅子拉開，愛小姐，就坐在原來的地方——我的意思是如果你願意的話。這些討人厭的禮節！我老是給忘了。我也不太喜歡那些太過單純的老太太。對了，我可得把我們家的老太太放在心上才行，忘了她可不行。她是費爾法斯家的人，至少也是嫁進費爾法斯家的，俗話說『血濃於水』嘛！」

他拉了鈴，派人請費爾法斯太太上來，她很快便帶著針線籃出現了。

「晚安，夫人，請你行行好，幫我做件善事。我禁止阿黛爾跟我討論她的禮物，可是她已經快憋不住了。你就好心點兒，當她的聽眾，也跟她說說話，這算得上是你最大的善行之一了！」

阿黛爾一見到費爾法斯太太，便招喚她到沙發那兒去坐，迫不及待地將她從小箱子裡掏出來的瓷製、象牙製以及蠟製的小玩意兒一股腦放到費爾法斯太太的大腿上，同時用她的破英語與高采烈開始解說。

「現在，我已善盡一個主人的職責了，」羅契斯特先生說：「既然已讓我的賓客們都樂得有彼此為伴，我也可以讓自己有些娛樂了。愛小姐，把你的椅子再往前挪一點。你還是坐得太遠了，我這樣看不到你嘛，要不就得移動我的坐姿了，但我坐得正舒服，不想動呢！」

雖然較想坐在有陰影遮蔽的地方，我還是遵照主人的吩咐去做。羅契斯特先生總是直截了當地命令人，而遵從他的命令似乎也是理所當然的事。

如我剛才說過，我們身在餐廳裡，爲了晚餐而點起的燈火將整個房間照得亮燦燦的，壁爐裡的熊熊火光豔紅而明亮，紫色簾幔氣派垂掛在高大窗戶和更高大的拱門上。除了阿黛爾的低語（她不敢大聲說話），以及在她說話空檔飄進我們耳裡那窗玻璃上的冬雨聲外，四周悄然靜寂。

此時坐在緞面椅子上的羅契斯特先生，迥異於之前我所看到的那樣，不那麼嚴肅，也沒那麼憂鬱。他的嘴角掛著微笑，眼睛閃爍光芒，是否因喝了酒的緣故我不得而知，不過極有可能。總之，他正處於晚餐後的好心情中，較開朗也較爲親切，沒有早上見面時的冷漠拘束，顯得隨和許多。不過，那終究還是一張嚴肅的臉，他那顆大腦袋靠在隆起的椅背上，火光映照在他那花崗岩鑿出似的五官以及碩大深邃的眼睛上。他的眼睛眞的又大又黑，且出奇漂亮——有時會發自深處閃現一抹即便不算溫柔、亦會讓你有此聯想的神情。

他注視著火光兩分鐘，在此同時我也看著他，然而，他不經意地轉頭，剛好攫住正盯著他看的我。

「愛小姐，你那麼仔細地看著我，」他說：「你覺得我很好看嗎？」

如果我稍微考慮一下再回答，也許會回他一句含糊而客氣的應酬話，然而不知怎的，嘴巴卻冒失地答了一句：「不，先生。」

「啊，我就說嘛！你這人很特別，」他說：「感覺像個小修女似的，古怪、安靜、嚴厲且單純，雙手交疊坐在那兒，眼睛老看著地毯——只偶爾盯著我的臉看，像現在這樣。一旦有人問你問題，或非要你發表意見不可時，便突然冒出一句就算不是無禮也屬唐突的話。你剛才的回答是什麼意思？」

「我太直率了，眞是非常抱歉。我應該回答說，關於外貌的問題是無法立刻有答案的，因爲各人喜好不同，而且外表並不重要……諸如此類的回答才是。」

「你是不該有這樣的回答。外表並不重要，這倒是眞的！所以啦，在企圖安慰我，讓我不要因你唐突回答而難過時，你實際上又刺傷了我一次！說吧，你又發現我什麼缺點了？我的四肢和五官應該沒有異於常人吧？」

「羅契斯特先生，請允許我收回初次的回答。我無意耍嘴皮子，只是一時口快而出了紕漏。」

「這樣啊，我想也是。那你應該可以好好回答這個問題：批評指教一下吧，你不喜歡我的額頭嗎？」

他撥開眉毛上方橫梳著的濃密黑髮，露出充滿智慧的飽滿前額，然而它卻未如預期般擁有仁慈寬厚的印象。

「好了，小姐，我看來像個笨蛋嗎？」

「當然不是了，先生，不過，如果我反問您是不是一位慈善家，會不會太唐突呢？」

「又來了！她假裝要拍拍我的頭，又暗刺我一刀，原因只是我說我不喜歡與老太婆和小孩爲伍——喔，這不能說得太高調！——不，小姐，我不是慷慨的慈善家，不過我有良知，」他說的同時，指指據說是顯示此種能力的頭部，好在他的頭頗大，易引人注目，讓人有善意的聯想。「況且，我年輕時也有過純眞的赤子之心。我在你這個年紀時，哪兒不充滿了同情憐憫？特別是對那些體弱的、缺乏照顧的和不幸的人總是愛護有加，豈料命運女神開始打擊我，甚至用她的手指關節輾壓我，以致於我現在大可誇說自己堅強又有韌性，活像顆橡皮球一般……話雖如此，卻仍有一兩處縫隙存在，而且球的中心仍是感性的。是啊，我還有希望嗎？」

「什麼希望呢，先生？」

「從橡皮球變回凡人的希望囉？」

「他顯然是喝多了。」我思忖道。況且我也不知該怎麼回答他那古怪的問題，我怎麼知道他有沒有希望改變呢？

「愛小姐，你似乎很困惑。雖說你在外表上也不見得比我強多少，但這種困惑的神情倒滿適合你的，也帶給我不少方便，因爲你那愛探索的眼睛可以從我臉上移開去，乖乖盯著地毯上的花樣看。所以繼續困惑吧！

小姐，我今天晚上很想找人聊天呢！」

說著，他從椅子上站起來，將一隻手臂斜倚在大理石壁爐架上站著，那樣的姿勢使得他的身材和臉部一樣清晰可辨，他那特別寬闊的胸膛和四肢的長度幾乎不成比例。我確信大部分的人都會認爲他長得不好看，可他的姿態卻流露出一股不經意的傲慢，舉止悠然從容，對自己的外表一副全然不在意的樣子，而對於長相以外的天賦才能則非常自負。這些特質足以彌補他外表上所欠缺的吸引力，只要看著他，就會不由自主跟他一樣不在意外表，甚至盲目或以偏概全地相信他是個充滿魅力的人了。

「我今天晚上很想找人聊天，」他重複道，「於是就把你請來了。光是爐火和吊燈不足爲伴，即使加上派洛也一樣，因爲它們都不會說話。阿黛爾好一點兒，可是還有一大段距離，費爾法斯太太也是；至於你，我相信只要你願意，應該可以和我聊得來。我第一次請你下來的那天晚上，你就讓我困惑不已。在那之後我幾乎把你給忘了，我腦子裡的其他思緒把你給擠出去了，可是今晚，我決定要輕鬆一下，拋開一切煩惱，找回樂趣。你如果開開口，讓我多瞭解你一下，我會很高興的——所以，說話吧！」

我沒有說話，僅代之以微笑，一個不是很得意卻也不是唯命是從的笑容。

「說啊。」他催促道。

「說什麼呢，先生？」

「任何你想說的事。說什麼主題以及怎麼說，都由你決定。」

於是我坐在那兒，什麼也不說。「如果他想要我爲說話而說話，或爲炫耀而說話，那他可就找錯對象了。」我心想道。

「愛小姐，你一言不發喔？」

我仍不說話。他朝我的方向稍微低下頭來，迅速瞥了我一眼，似乎在探索我的眼神。

「堅決不說?」他說:「而且生氣了。啊!這是當然的。我唐突又近乎無禮地提出這種要求。愛小姐,請原諒我。事實是,我只說一次,我不想把你當成比我卑下的人,也就是說(他自我更正),我自詡比你強的地方,不過就是年長你二十歲,以及擁有比你多一個世紀的閱歷而已。這麼說並不為過,套句阿黛爾的話說,『我堅持這一點』。而且就是基於這樣一個優勢,也僅憑藉這個優勢,我才想請你發發慈悲,跟我說說話,好轉換一下我的思緒,有件事情讓我愁苦不堪——讓我覺得自己像一根生了鏽的腐爛鐵釘一樣。」

他費心解釋,幾乎是道歉了,我實在不能也不該對他的謙卑無動於衷。

「先生,如果我做得到,我願意帶給您歡樂——樂意之至,可是我該說些什麼呢?我怎麼知道您對什麼樣的話題感興趣呢?您問我問題吧,我當知無不言,言無不盡。」

「好吧,那麼,首先,你是否同意我有權傲慢唐突,甚至強人所難,只因我剛剛所提過的,我年紀大得可以當你父親,且遊歷過半個地球,結交過無數朋友,因而人生閱歷豐富,可是你卻只跟一小群人窩在一棟房子裡過活?」

「如果這麼說能讓您高興的話,就這麼說吧。」

「這不是答案,或該說這樣的回答很令人生氣,因為這根本就是逃避問題。你得清楚地回答我。」

「先生,我不認為您因比我年長,或人生閱歷比我豐富,就有權命令我。您所謂優於我的條件,端看您如何運用您的時間和經歷而定。」

「哼!回得真快。不過我不同意,因為那不適用於我的情形。雖說我並不漠視這兩項優勢,卻也沒有做出特別突出的運用。不談優勢不優勢了,你有時總得接受我那命令的語氣,而不要覺得生氣或受傷,行嗎?」

我露出微笑,然心裡想著,羅契斯特先生還真好玩——他似乎忘了,他付我一年三十英鎊的薪水,不就是要我來聽他命令的嘛!

「這個微笑很好，」他說道，察覺到我一閃而過的表情，「不過，也該說話呀！」

「先生，我在想，很少雇主會因受僱者是否對雇主的命令感到生氣或傷心而覺得困擾。」

「受僱者！什麼！你是受僱於我的人，對吧？喔，是啊，我都忘了薪水這回事了！那麼，基於這種雇傭關係，你可以同意容忍一下我的傲慢無禮嗎？」

「基於那樣的關係就不行，先生，不過要是基於您眞忘了我是您的雇員，以及您那麼在意受僱者的心情快樂與否，我倒是打從心底同意。」

「那麼，你是不是同意免除那一堆禮節和客套話，不會把省略這些事情當成傲慢無禮？」

「先生，我確信我不會將不拘小節錯當成傲慢無禮的。我喜歡不拘小節，至於傲慢無禮，即便您付人家薪水，任何一個生來自由的人都不會想服從的。」

「胡扯！大多數生來自由的人，爲了薪水什麼事都願意做。所以談你自己就好了，不用去提那些你根本就不太認識的芸芸眾生。即便如此，我還是要謝謝你說出你的看法，雖說它不盡正確，但我喜歡你回答問題的態度，也喜歡你的答覆。你的態度坦率眞誠，這並不常見；相反的，人們常常以虛僞、冷漠、愚蠢或粗魯的誤解來回報他人的坦率與眞誠。就算在三千個女學生似的新手家庭教師中，恐怕也找不到三個像你這樣答覆我的。然而，我不是要恭維你，就算你是從一個不同凡響的模子裡被鑄造出來的，那也不算你的功勞，乃是造物主的創造。何況，我也許言之過早哩！說不定，你跟其他人沒兩樣，有著許多讓人無法忍受的缺點，因而抵銷了你寥寥可數的優點。」

「也許你也一樣。」我在心裡想著。我這樣想的時候，剛巧和他四目交會。他似乎看穿了我的心思，好像不是憑臆測而是聽見我發言似的，立即作出回應。

「是，是，你是對的，」他說：「我自己有一大堆缺點，我知道，而且我可以向你保證我絕無意掩飾。

上帝清楚我無須嚴以待人，坦白說，我過去做過一連串足以讓鄰居們對我冷嘲熱諷、深切指責的事。我在二十一歲時就開始，或說就被推往錯誤的方向去——就像其他做錯事的人一樣，我也喜歡把一半的責任推給厄運和逆境——而且從那時起就一直沒再回到正路上。其實我可以成為一個完全不同的人，就像你一樣好——或是更有智慧——幾乎無瑕無疵。我羨慕你有平靜的心靈、純潔的良知和沒有污點的記憶。小女孩，無污點、不髒穢的記憶肯定是至寶，是源源不絕的活力之泉，對吧？」

「先生，您記憶中的十八歲是什麼樣子的呢？」

「那時一切都好，澄淨又體面，沒有氾濫髒水所形成的惡臭水坑。十八歲的我跟你一樣，就像你那個樣。自然原本把我生成一個好人的，愛小姐，一個相當不錯的人哪！可是你看，現在我卻變樣了。你會說你看不出來，至少我可以自我安慰一下，因為你的眼神是這樣說的——對了，你得小心你的眼神，因為我馬上能解讀它所含藏的意思。請相信我，我不是壞人，不要把我歸到壞人那一類，也不要把我和壞事聯想在一起；我深信，是環境而非天性，將我造就成一個最老套、最平凡的罪人，鎮日沉溺在富裕卻空虛的人們用來打發時間的浪蕩生活中。納悶我為什麼會告訴你這些嗎？要知道在你未來的日子裡，雖說你不見得願意，但你會發現，你經常被你所熟識的人當作傾吐祕密的對象。和我一樣，人們直覺上就會發現，你雖不擅長描述自己，卻是傾聽他人心事的最佳人選；他們也將發覺，在你傾聽他們失序的言行時，回報他們的不是輕蔑的冷嘲熱諷而是發自內心深處的同情憐憫。雖說你沒有明白表示，但其安慰與鼓勵的作用卻是一樣的。」

「您怎麼知道呢？您是怎麼猜出這一切的呢，先生？」

「我清楚得很呀，我解讀你的眼神就像我將思緒寫在日記中一樣容易。你也許會說，我應該戰勝環境，我應該——我是應該啊！可是如你所見，我並非如此。當命運對我不公時，我欠缺智慧保持冷靜，變得沮喪消極，竟至墮落了。現在，如果有什麼惡毒的笨蛋，講了些瑣碎的蠢話，牽動了我的怒氣，氣歸氣，我也會立刻知道自己比起他來好不到哪兒去，最後我不得不承認，他和我同屬一個層級。我眞希望當初自己踩穩了立場——上帝知道我眞是這麼想的！抗拒不了誘惑而犯錯，讓人深切的懊悔自責哪，愛小姐！懊悔自責乃是生命的毒藥。」

「聽說只要懺悔便可得醫治。」

「懺悔治不好我的。也許洗心革面才是醫治的藥方，我或許可以做到，我還有力氣——如果——可是，像我這樣一個阻礙重重、重擔纏身、遭咒詛的人，光想這些又有什麼用呢？況且，既然幸福已將我排拒在外，我當然可以盡己所能追尋快樂。不管付出什麼樣的代價，我都要得到它。」

「這樣只會使您更加墮落而已，先生。」

「也許吧！可是倘若我能得到甜美新鮮的樂趣，何樂而不為？就像蜜蜂從野地採集來的蜜那般甜美而新鮮的樂趣呢。」

「它會刺傷您的舌頭，讓您嘗到苦澀的滋味啊，先生。」

「你怎麼知道？你又沒試過。你看起來多麼認眞，多麼嚴肅哪！你就跟這個浮雕頭像一樣無知。（他說著，便從壁爐架上拿了一個浮雕頭像起來）你這個乳臭未乾的新人，還沒跨過生命的門檻，根本不知其中奧祕，沒資格教訓我。」

「我只是提醒您不要忘了自己說過的話而已，先生。您說犯錯會帶來懊悔自責，而且您宣稱懊悔自責是生命的毒藥。」

「這會兒誰提到犯錯來著？我可不認為閃過我腦海這追求快樂的想法是錯誤。我認為它是鼓勵而非試探，它讓人覺得溫和而舒暢——我知道的。這樣的想法又來了！我向你保證，它絕非魔鬼；就算是，也披上了光明天使的外袍。這麼美麗的客人來敲我的心門，我當然得打開門讓它進來啦！」

「不要相信它，先生，它不是眞的天使。」

「你又怎麼知道呢？你是憑著什麼樣的直覺，得以辨認出是來自深淵的墮落天使還是從寶座來的使者——是領路者還是誘惑者的呢？」

「我是從您的臉來判斷的，先生。當您說那個想法又出現了的時候，您的表情是苦惱的。我覺得您要是按照那個想法去做，肯定會更不愉快。」

「才不會——那個想法帶來的是全世界最仁慈寬厚的訊息，再說，你也不是我良知的守護者，所以別弄得自己緊張兮兮的了。來吧，請進吧，優美可愛的流浪者。」

他說這話時好像看著一幅除了他以外別人都看不到的景象，然後將他在胸前半伸開來的雙臂收攏交疊，似是將那看不見的東西擁在懷中。

「現在，」他繼續和我之間的對話，「我已迎進這位遠方的來客——一位喬裝打扮的神祇，正如我所深信的。此時它已經讓我蒙受恩惠了，以前我的心就像個停屍間，而現在，它像個神龕了。」

「老實說，先生，我一點兒也不瞭解您，我不懂您在說些什麼，因爲這已超出我的理解範圍了。我只清楚一件事：您說您沒有符合自己的期望，並且爲此而深深懊悔。我也能理解一件事，就是您暗示著髒污的回憶是永無窮盡的禍害。我卻認爲，只要您夠努力，假以時日，您會發現，讓您成爲您自己所悅納的人是有可能的事。倘若從今天起，您下定決心開始改正想法與行爲，數年之後，您就可以累積起毫無瑕疵的全新記憶，可供您愉快回味了。」

「想得很對，說得也很正確，愛小姐。不過此刻，我正努力鋪設一條通往地獄的路。」

「先生，您？」

「我正在鋪設良好的意圖，其堅硬程度可比燧石。當然啦，這回我的夥伴和追求的目標都將不同於以往。」

「是更好的嗎？」

「是更好的，就像煉淨的黃金好過污濁的渣滓那樣。你好像在懷疑我哪，我都不會懷疑我自己了，我知道我的目標是什麼、動機爲何，而且就在此刻，我通過了一條律令，如同米提王國和波斯的律法一樣不可更改，藉以顯示我的目標和動機的正確性。」

「如果需要通過立法來合法化您的目標和動機，那麼它們就不可能是正確的了。」

「是正確的，愛小姐，雖然它們需要一條新法。前所未聞的境遇互相結合，當然需要前所未聞的新法。」

「這聽起來還滿危險的，先生，因爲任何人都看得出來，這樣一條律法很容易被拿來濫用。」

「愛說教的聖人！是這樣沒錯，不過我憑著我家的神祇起誓，絕不會濫用這條律法。」

「您是人，難免犯錯。」

「我是人，你也是人——那又如何？」

「是人，且難免犯錯，就不應該冒用那只允許交託給聖職者與完人的權力。」

「什麼權力？」

「就是將任何奇怪、未經認可的行爲，以一句『使其具有正確性』作結的說法。」

「『使其具有正確性』，就是這幾個字。這可是你說的。」

「那改成『也許具有正確性』好了。」我說道，站起身來，自忖沒必要再繼續這場無意義的對話了，況且我也弄不清楚跟我說話的對象到底是怎麼樣一種性格的人，至少目前看來是如此。那一種不確定感，是在感知到自己無知的同時，隨之升起且模糊不清的不安全感。

「你要去哪裡？」

「帶阿黛爾去睡覺，現在已過了她睡覺的時間了。」

「你怕我，因爲我說話就像司芬克斯[1]一樣。」

「您的話的確有如謎語一般，先生，我雖然不知該如何回答，不過肯定不會害怕。」

「你當然會害怕了！愛惜羽毛的你，生怕說錯話呢！」

「這樣說的話，我倒是得仔細思考了——我的確不想說些無意義的話。」

「你在說無意義的話時，表情怕也是一樣的嚴肅冷靜吧，我一定會以爲你言之有物。愛小姐，你從來不笑嗎？不勞費心回答了——我很少看你笑。然而，你可以笑得很開心的呀，相信我，你不是天生不苟言笑的人，就如同我不是天生的壞蛋一樣。羅沃德矯枉過正的教育仍或多或少影響著你，控制著你的臉部表情，壓低了你的聲音，僵化了你的四肢。你害怕在一個男人、一個兄弟，甚或父親或主人或什麼人面前，笑得太開心，說得太隨性或移動得太敏捷。不過，假以時日，你能變得跟我自然相處，就像我從不對你過分講究禮數一樣；屆時，你的神情和舉止將會比現在活潑爽朗，有趣得多。我常常觀察關在鳥籠裡的鳥兒，雖是哪兒也去不得，眼神卻充滿生氣、骨碌轉動，透出堅決意志，要是放牠自由，肯定會一飛沖天。你還是要走嗎？」

「已經過九點了，先生。」

「沒關係，再等一下，阿黛爾還不想睡呢！愛小姐，我的位置背對著爐火、面向著房間，利於觀察。在跟你說話時，我也不時注意著阿黛爾——我自有理由把她當成有趣的研究對象，至於是什麼理由，也許，哦不，改天再告訴你好了。大約十分鐘前，她從箱子裡拉出一件粉紅色小洋裝來，喜孜孜地攤開，風騷在她血液裡沸騰，在她腦子裡攪動，甚至往她的骨髓裡摻和。『我要試穿一下，』她叫道，『保母，我要馬上試穿！』說著她便跑出房間。這會兒她正跟蘇菲在一起，開始她的穿衣大典，再過幾分鐘她就會進來了，而且我知道我會看到什麼——一個縮小版的席琳・瓦倫，就像當年布幕一拉開，出現在舞台上——算了，別提了。總而言之，我那極端細膩的感情又要受到震撼了。這是我的預感，你且等著看我的預感會不會成眞吧！」

不久，走廊上傳來阿黛爾童稚的跑步聲。她跑進來，一切就跟她的監護人所預測的一樣，她換下原本穿著的咖啡色衣服，身上是一件極短的粉紅色緞面小洋裝，裙襬上打滿了縐褶，額上戴著玫瑰花蕾編成的花環，腳上穿著長絲襪和緞面白色小涼鞋。

「我的洋裝好看嗎？」她高興地叫道，蹦蹦跳跳地近前，「還有我的襪子呢？我的鞋子呢？我現在好想跳舞喔！」

她伸展裙襬，以輕快的滑步穿過整個房間，來到羅契斯特先生座前，墊起腳尖，環著他繞了一圈，繼之，在他腳前單膝跪地，優雅地說：「先生，僅向您的好意獻上千萬感謝。」隨即起身，然後補充道，「我媽媽就是這樣做的，不是嗎，先生？」

「的——確——是！」他答道：「而且，『就是這樣』！她從我的英國褲袋裡騙走了我的英國黃金。我也曾是個慘綠少年哪，愛小姐，嫩綠有如初生的青草，那使你青春洋溢的生命氣息也曾使我年少英挺。然而，我的春天已然遠離，徒留一朵法國小花兒在我的掌心，有時隨著心情起伏，眞想把它扔了爲淨。自從發現只能以金錢來澆灌從那條於我而言無所依戀的根發出來的花苞時，我就覺得這一切已興味索然了，尤其是在剛才那種模仿大人矯揉造作的表演中。我將之留下，撫育培養，就只爲了依循羅馬天主教的原則，行一件善事藉以彌補大大小小的罪愆而已。我改天再解釋給你聽。晚安。」

譯註：

1司芬克斯（Sphynx）是希臘神話中人面獅身且具有翅膀的怪物，若有人走過其身旁，即提出謎語要人回答，倘無法說出答案，即將那人殺害。

Chapter 15

第十五章

後來，羅契斯特先生果然說明了那件事。有一天下午，他剛巧在庭園裡碰到我和阿黛爾，趁著阿黛爾邊和派洛玩、邊踢毽子時，他邀我沿著長長的山毛櫸步道閒逛，我們於是一邊走走談談，一邊留意著阿黛爾。

他告訴我，阿黛爾是法國歌劇舞者席琳・瓦倫的女兒。他曾經瘋狂喜愛過席琳・瓦倫，而女方也曾公開表白會以更熱烈的愛情來回報他。雖然他知道自己長得並不好看，卻以爲自己是她心目中的偶像，因爲他相信她喜歡他那「運動員的身材」更甚於美術館裡優雅健美的阿波羅雕像。

「愛小姐，我這英國矮人對於法國美女的青睞感到非常榮幸，於是我將她安置在華麗的屋宇中，供給她成群僕傭、馬車、喀什米爾羊毛衣料、鑽石、蕾絲等等。簡言之，我開始用標準的火山孝子流程來毀滅自己。綜觀全程，我似乎也跳脫不了一般傻子的窠臼，只是了無新意，循著別人走出來的老路子，一步一步要讓自己身敗名裂而已。後來，我嘗到——眞是罪有應得——普天下火山孝子的共同苦果。有一天晚上，我無預警地去看席琳，她出門了。那天晚上天氣很暖和，而我在巴黎也逛累了，便在她的閨房裡坐下來，愉快地呼吸著因她離開不久而殘存著的神聖空氣。不——我誇大其辭了，我從不認爲那女人跟『神聖』兩個字沾得上邊：空氣中不過就是散漫著她留下來的香水味，與其說是神聖的空氣，倒不如說是麝香和琥珀混雜的氣息。溫室花朵的香氣和屋裡的香水味開始讓我感到透不過氣，我便想打開窗戶到陽台上去。當晚月光皎潔，煤氣燈也開得很亮，周圍靜謐祥和。陽台上擺著一兩張椅子，我坐了下來，抽出一根雪茄——如果你不介意的話，我現在也想來一根。」

此時他停下腳步，抽出一根雪茄點上，繼之將它叼在嘴裡，然後再朝著寒冷陰沉的空氣吐出那陣哈瓦那雪茄的氣味。他接著說下去。

「愛小姐，我那時候也挺愛吃糖的，當時我正『喀茲喀茲』地——請原諒我的用字粗俗——『喀茲喀茲』地一邊嚼酒餡巧克力，一邊抽雪茄，同時看著一輛輛馬車沿著繁華街道駛向鄰近的歌劇院去。忽然間，在明亮燦爛的街燈及周圍燈光的照耀下，一輛由兩匹英國駿馬所拉的馬車映入眼簾，我立刻認出那就是我送給席琳的『車子』。她回來了，我的心不耐煩地怦怦跳，彷佛要撞到我倚著的欄杆。馬車如我所料在門口停下，我的情婦——歌劇裡用的正是這個詞——步下馬車。她雖然披著斗篷——其實，在六月暖和的夜裡，這樣做還眞是累贅——不過當她跳下馬車踏板，露出裙襬底下的小腳時，我隨即知道我沒有認錯人。我從陽台上探出身子，正想輕喚一聲『我的天使』——當然啦，那種聲調只有戀人的耳朵才聽得到——卻有個同樣身披斗篷的人影尾隨她下來。人行道上響起帶有馬刺響聲的皮靴聲音，接下來出現在入口拱門的是一個戴著男帽的頭！

「你未曾有過忌妒的感覺吧，愛小姐？當然沒有，我不必問都知道，因爲你不曾愛過。這兩種感覺都等著你去體驗呢！你的靈魂還在沉睡，得有個震顫來喚醒它！你以爲一切事物都會像流水一般不知不覺地逝去，正如同目前，你的青春無聲無息逐漸消逝一樣。閉上眼睛，捂住耳朵，隨波逐流，既不見遠方激流中豎立的礁石，也聽不到急流沖擊礁石的水濤聲。可是我告訴你——你也許該記住我的話：有一天，你會來到一個崎嶇隘口，那兒，生命之河驚濤裂岸，洶湧澎湃，屆時，你若不是給峭壁危巖撞得粉碎，就是給大浪舉起，捲到一條較平靜的溪流中，像我現在這樣。

「我喜歡這一天，我喜歡鋼鐵般的天空，我喜歡在寒霜下嚴酷而靜謐的世界。我喜歡桑費爾德，它的寧靜，它的淡出塵世，它群鴉棲息的老樹和老荊棘，它灰色的外貌以及映出灰色天空的那一排排晦暗窗戶。然而，爲何這麼久以來我卻嫌惡它呢？像躲避可怕的疫癘之處一樣地逃離它？我怎麼還厭惡著它——」

他咬住牙，不說話了，停下腳步，用靴子狠踩著堅硬的地面。似乎有某種仇恨難當的思想攫住他，緊緊地控制住他，讓他無法繼續。

他停下來時，我們正沿著上坡路走，桑費爾德大宅就在我們前面。他抬起眼睛，遠眺屋頂上的城垛，那種眼神是我從未見過也未曾再見到過的。痛苦、羞愧、憤怒，加上不耐、憎惡、不屑——剎那間，似乎所有的情緒都在他濃眉下的大眼睛裡震顫爆開來。每一種情緒都瘋狂地想要戰勝對方，此時另一種情緒出現，取得了優勢地位。那是冷酷、譏諷、任性、果斷，這情緒使他平靜下來，也封凍了他的表情。

他繼續說道：「我剛才不說話時，愛小姐，我是在跟我的命運女神商量。她就站在那棵山毛櫸樹的樹幹旁，就像在石楠樹叢遍佈的荒野中向馬克白現身的巫婆當中的一位[1]。『你喜歡桑費爾德嗎？』她說，舉起手指頭，在宅子的正面和上下排窗戶中間，以可怕晦澀的文字在空中寫下一則警語：『如果你能，就喜歡它！如果你敢，就喜歡它！』

『我會喜歡它，』我說：『我敢喜歡它』，而且，」他悶悶不樂地把話接下去，「我會信守承諾去破除通往幸福、善良之路的障礙——是的，善良。我希望能成爲一個比以前好、也比現在好的人，就像〈約伯記〉中的巨大海獸，可以折斷長矛、標槍和鎧甲，並將別人視爲障礙的鐵與銅，當成乾草與爛木[2]。」

此時阿黛爾帶著她的毽子跑到他面前。

「走開！」他粗暴地叫道：「你這小孩！離我遠一點兒，要不就進去找蘇菲！」然後繼續走路，但卻沉默不語，我大膽問他剛才講到一半的故事後來怎麼了。

「先生，瓦倫小姐進來的時候，」我問：「您離開陽台了嗎？」

我還以爲貿然提出這個不合時宜的問題，他會拒絕回答的。豈料他卻反而從緊蹙雙眉的出神狀態中回過神來望向我，皺著的眉頭亦舒展開了。

「喔，我把席琳給忘了！好，我們繼續。當我看到我的美人兒在一個男人的陪伴下進屋時，我似乎聽到『嘶』的一聲，一條忌妒的毒蛇從月光照耀下的陽台倏地鑽進我背心，兩分鐘不到就在嚙咬我的心坎了。真奇怪！」他忽然離題，驚叫道，「眞奇怪，我竟然拿你當傾吐心事的對象哪！年輕的小姐。更奇怪的是，你竟然沉著冷靜地傾聽，彷彿我這樣一個男人將有關我那歌劇情婦的一切，告訴你這個奇特又涉世未深的女子，是天底下再正常不過的事！不過，這也說明了我之前的見解是對的。我先前不是告訴過你，你莊重、體貼、謹慎，是個傾吐祕密的好對象！何況，我知道我在和什麼樣的心靈相交流：我知道它不易受感染，是特殊的心靈，獨一無二。令人欣慰的是，我無意傷害它；就算我有意，它也不會把我當一回事的。我們之間的交流越多越好，因爲我傷不了你，你卻讓我大受激勵。」

講完這段不相干的話後，他回到主題。

「我待在陽台。心想他們一定會進臥房來，我就埋伏以待。於是，我把手伸進敞開的窗戶，將窗簾拉上，留一道縫隙以便觀察，再將窗戶關上，僅留一條小縫，讓這對愛侶的低聲盟誓可以傳出來。然後我輕手輕腳地回到我的椅子上，才一坐好，他們就走進來了。我很快將眼睛湊近那道小縫。席琳的侍女進來，點了盞燈，把燈放在桌上便退出去了。這時那兩人已清楚出現在我眼前。

「兩人都脫去斗篷，『瓦倫小姐』一身華服，珠光寶氣——當然都是我的贈禮，而她的男伴身穿軍服。我認得他是一個有貴族頭銜的花花公子，我在社交場合碰到過幾次，是個沒頭腦的惡少，我壓根兒也沒想過要討厭他，因爲太不屑那種人了。一認出是他，那原本嚙咬我心的忌妒之蛇的毒牙立刻斷裂破碎，因爲我對席琳的愛也在瞬間灰飛煙滅。一個爲了這種角色而背叛我的女人，不值得我爭奪，她只配受鄙視；然而，被她愚弄的我，更該被瞧不起。

「他們開始交談。一聽到他們的對話，我心中的怒火漸漸消退：輕浮勢利，無情無義，愚蠢有加，整個對話內容激不起聽者的怒氣，只令人厭倦不已。此時他們看到我留在桌上的名片，於是把我當作討論的話題。他們兩人都沒本事尋釁攻擊我，只好極盡所能用些粗鄙的言語侮辱我，尤其是席琳，竟然在我的身材上大作文章，說我發育不全。她以前常說我充滿了『男性美』，對我恭維有加，現在卻在同樣的事情上大加撻伐。她在這件事上迥然不同於你，你在我們第二次談話的時候就直接告訴我，你覺得我長得不好看，那時我還挺驚訝的，而且——」

阿黛爾這會兒又蹦蹦跳跳地過來了。

「先生，約翰剛才過來說，您的代理人來了，想要見您。」

「啊！這樣的話，我只好長話短說了。我打開落地窗，直接走到他們面前，當下解除我對席琳的一切保護，叫她搬出我的屋子，並給她一筆錢應急。而她一聽，隨即尖叫，歇斯底里發作，既求饒又抗議，甚至抽搐起來，不過這完全動搖不了我的決心，我還與那位子爵相約在布隆尼森林中決鬥。第二天早上，我有幸與他相見，並在他瘦弱猶如瘟雞似的臂膀上留下一顆子彈，那時，我還以為可以不用再理會這些人了。誰知半年前，那位瓦倫小姐給我送來阿黛爾這個小女孩，硬說她是我的女兒。也許真有可能吧！雖然她看起來一點兒也不像我，派洛倒還比她像我哩！我跟瓦倫分手的幾年後，聽說她丟下孩子，跟一個樂師或歌手之類的男人跑到義大利去了。我那時並未承認對阿黛爾的監護權，現在也是如此，因為我根本就不是她父親，但一聽說她貧困不已、處境堪憐，我還是決定把她帶離開巴黎那灘爛泥，讓她在英國鄉間清新健康的土壤中，乾乾淨淨地長大，並由費爾法斯太太找到你來教育她。話說，既然你已知道她不過是一個法國歌女的私生女，也許你會重新評估你的職位，且對你的學生有不同的看法了。你該不會過兩天就來告訴我，你找到新工作了，央求我給阿黛爾找個新的家庭教師什麼的吧？」

「不會的，阿黛爾無須為她母親或您的錯負責。我本來就很關心她，況且現在得知，就某種意義而言，她也算是個孤兒——被她母親拋棄，跟您又沒有血緣關係。先生，我會比以前更疼愛她的。我怎麼可能會喜歡一個在富裕家庭中被寵壞、視家庭教師爲無物的小孩，甚於一個視家庭教師爲朋友的寂寞小孤兒呢？」

「喔，原來你的看法如此！好了，我得進去了，你也進去吧，天黑了。」

我還是跟阿黛爾和派洛在外面多待了幾分鐘，和阿黛爾賽跑一下，玩了一會兒毽子。我們進屋裡去時，我幫阿黛爾脫下帽子和外套，讓她坐在我大腿上玩了一小時，允許她盡情地喋喋不休，嘰哩咕嚕地說個不停，當她多受到一點兒關注時就會有這種傾向，暴露出個性上淺薄的一面，我想這也許是得自她母親的遺傳，這在英國人看來不是合宜的舉止。然而，她還是有其優點，我很樂意對她的優點大加讚揚。我試著在她的五官和身形上找出羅契斯特先生的影子，卻徒勞無功，他們兩人之間實在沒有任何相似之處。眞是可惜啊，如果她有長得像羅契斯特先生的地方，他肯定會比較關心她。

我一直到晚上回自己房間休息時，才有時間好好想想羅契斯特先生所告訴我的故事。就如同他自己所言，故事本身或許了無新意：一個富裕的英國人對一個法國歌女的熱情，以及女方對男方的背叛，這是司空見慣的生活故事。然而，在他提起自己目前心境上的滿意以及對這棟老宅及其周遭環境重新燃起的熱情時，一股突如其來的情緒卻讓他顯得很不尋常。我好奇地思索這段小插曲，不過漸漸地也就淡忘了，因爲這在目前是找不到答案的，於是我將思緒轉移到主人對我的態度上。他之所以信任我，願意對我推心置腹，歸因於我的審慎——我這麼解讀，也這麼接受了。他對我的態度比起幾星期前我們剛見面時穩定多了。他似乎較能接受我，不再冷淡傲慢地對待我了，當我們不期而遇時，他總顯得很高興，時而打打招呼，時而面帶笑容；當他正式招喚我到他面前去時，也總是親切誠摯地接待我，讓我深信我的確擁有能讓他快樂的力量。因而，在我們晚間的見面談話時，其樂無比的不單是他，我也蒙受其利。

其實在我們談話時，我的話不多，不過總是津津有味地聽他叨叨絮絮。他本就健談，且不吝於對一個涉世未深的年輕心靈介紹外面的花花世界（我不是指其腐敗邪惡的一面，而是指其廣闊新奇的一面），於是我也很樂於接受他所提出的新觀念，想像他所構築的新畫面，跟著他的腳步神遊他發現的新天地，從未因任何有害的引述而覺得驚惶或困擾。

他輕鬆的態度使我不再拘謹愁煩，友善眞誠的舉止益發使我想要親近他。有時，我覺得他是我的親人，而非我的雇主。當然，他還是免不了有專制傲慢的時候，不過我並不在意，因爲我知道這是個性使然。生活中新添了這樣的樂趣讓我覺得好快樂、好感激，我不再削瘦了，原本月牙兒般的身形開始豐滿，乾癟的縫隙開始補上，身體日益健康。我開始長肉，也長壯了。

如今，我還認爲羅契斯特先生長得不好看嗎？不，親愛的讀者：感激之情再加上一切愉快而美好的連結，他的臉已變成我的最愛，他的出現遠比燃燒最旺盛的火苗還要明亮。雖然如此，我仍未忘記他的缺點，其實想忘也忘不了，因爲它們時常會出現在我眼前。他驕傲，對任何不如他的事物都冷嘲熱諷、苛刻嚴峻，這些我非常清楚，在他對我寬大仁慈的同時也對其他許多人嚴厲不公。他極爲情緒化，非常不可理喻；我不只一次被找去念書給他聽，卻發現他獨自一人坐在書房裡，交疊著手臂，頭垂在臂彎中，當他把頭抬起時，竟是一臉陰鬱和不高興。然而我相信，他的陰晴不定、尖酸苛刻以及先前德行上的缺點（我說先前，因爲他現在似乎已經改過了），都是因爲命運的複雜殘酷所致。我相信他的本性遠比那些受環境栽培、受教育灌溉或得命運厚愛的人還要來得善良與純潔。我認爲他擁有極佳天賦、美好特質，目前只是有些混亂糾纏，理不清頭緒而已。我無法否認我爲他的憂愁而憂愁，不論其原因爲何，我都希望能盡力給予安慰。

我現在已將蠟燭吹熄，躺臥在床上，可是卻睡不著，腦海裡不時浮現他在步道上停下腳步，告訴我命運女神出現在他眼前，問他敢不敢在桑費爾德追求幸福時那抹臉上的神情。

「爲何不敢呢？」我問自己。「他爲什麼要離家遠行？他即將再次離開嗎？費爾法斯太太說他很少在這兒連續待上兩星期，可是他現在已經住了八個星期啦。倘若他眞要離開，這兒就要變無趣了。如果他春天、夏天、秋天都不在，那麼再晴朗的陽光，再美好的日子都要變黯淡了！」

就這麼想來想去的，我也不知自己到底有沒有睡著，卻隱約聽到一陣怪異低喃聲，奇特又悲哀，好像源自我的上方。這下子我完全醒過來了，要是沒吹熄蠟燭就好了，這夜黑得可怕，我全身神經緊繃，於是從床上坐起來，豎起耳朵傾聽。那聲音不見了。

我試著睡下，心臟卻緊張狂跳，內心翻騰不安。樓下大廳裡的鐘剛敲過兩下。就在那時，好像有人碰了我的房門，彷彿有人在漆黑的走道上摸黑前進，手指頭掃過門板一樣。我說：「是誰在那兒？」無人回答。我嚇得發抖。

我立刻想到可能是派洛，因爲有時廚房門沒關上，牠就會從廚房溜上羅契斯特先生的房門口，我曾不止一次在晨間看到牠趴在那兒。這樣一想讓我的心平靜不少，我躺下來，寂靜安定了神經，整座宅院再次回歸萬籟俱寂的國度，我開始感覺到睡意。不過那天夜裡是注定睡不成了，我的夢境剛要降臨，竟然就被一陣令人脊背發涼的怪聲給嚇跑了。

這是魔鬼一般的笑聲，低平、壓抑而深沉，似乎是從我房門的鑰匙孔傳來的。我的床頭靠近房門，一開始我還以爲發出笑聲的妖怪就站在我床邊，甚或蹲伏在枕頭旁，但我坐起身來，四下張望，什麼也沒有。我仍然瞪大眼睛環顧四周，那異乎尋常的聲音再度響起，我肯定那是從門外傳來的。我第一個反應便是跳下床將門閂插上，隨即大喊：「誰在那兒？」

有個東西咕嚕了一下，呻吟著。不久，門廊上響起腳步聲，往三樓方向漸去漸遠。最近在三樓的樓梯口裝了一扇門，藉以堵住通道，我聽到那扇門開了又關上的聲音，然後一切復歸平靜。

「是葛瑞絲・普爾嗎？她被鬼附身嗎？」我想著。現在我不可能單獨待在這兒，得去找費爾法斯太太才行。我火速披上外套、圍上圍巾，顫抖著手拉開門閂，打開門。外面有根點著的蠟燭，就放在門廊的地毯上。我一看，嚇了一跳，然而，更讓我訝異的是空氣相當混濁，好像充滿了煙霧。我向左右兩邊望去，想要找出煙霧來源，卻聞到濃濃的燒焦味。

有個東西發出嘎吱一聲，一扇門打開來，那是羅契斯特先生的房門，煙就是從那裡竄出來的！我不想去找費爾法斯太太了，也不再想葛瑞絲・普爾或什麼笑聲了。不一會兒，我已置身羅契斯特先生房裡。火舌包圍了整張床，床帳也著火了，羅契斯特先生在煙霧瀰漫中成大字形仰躺在床上，動也不動，睡得正深沉。

「醒醒！醒醒！」我叫道，使勁地搖他，他卻只咕嚕一聲，翻個身繼續睡。他讓濃煙給弄昏了。沒時間多耽擱了，床單起火了。我衝向房裡的臉盆和寬口水罐，幸好，臉盆很大，水罐很深，而且裡頭都有裝滿水。我端起水，潑向床鋪和床上睡著的人，又飛快跑回自己房裡端來水罐，再來一次洗禮，在上帝幫助下終於成功地將四竄的火舌給澆熄了。

水碰上火焰發出的嘶聲，倒完水後，空水罐自我手中滑落而掉在地上的碎裂聲，特別是我大剌剌潑水發出的嘩啦聲，終於將羅契斯特先生吵醒了。雖然現在屋裡漆黑一片，但我知道他是醒著的，因爲我聽到他泡在水裡頭而咕噥咒罵的聲音。

「發生水災了嗎？」他叫道。

「不是的，先生，」我回答：「剛才有火災。快起來，您身上的火已被澆熄了，我去給您拿根蠟燭來。」

「以基督教世界所有精靈之名發問，是簡・愛嗎？」他問：「這位巫婆？或是術士？你把我怎麼啦？這房裡除了你，還有誰在？你想淹死我嗎？」

「我去給您拿根蠟燭來，先生，還有，看在上帝的分上，快起來。的確是有人想做一件事。不過一時之間，您也無法發現到底是誰想做什麼事！」

「好啦！我已經起來了。不過你還是得冒險去幫我拿根蠟燭。等我兩分鐘，我好找件乾衣服穿上，如果還有什麼乾的東西——有了，我的睡衣在這兒。現在，快去吧！」

我果眞飛快跑去，拿來那根尚在門廊上燃燒的蠟燭，他從我手中接過它舉高，環顧起整張床。床已焦黑一片，床單濕透，地毯泡在水中。

「這是怎麼回事？誰幹的？」他問。

我簡單地敘述一下事情經過：我聽到的門廊上的怪笑，通往三樓的腳步聲，把我引到他房裡來的煙霧，我進來時房裡的情形，還有我怎麼用水潑他等等。

他神情凝重地聽著。隨著我的敘述，他臉上的表情漸由驚訝轉爲關心，我說完後他並沒有立刻接話。

「我該去請費爾法斯太太來嗎？」我問。

「費爾法斯太太？不用，你何須去打擾她呢？她能做什麼？讓她安穩的睡個好覺吧。」

「那麼，我去找莉雅，也叫醒約翰和他妻子？」

「都不用了，你待在那兒就好。你已經圍了條圍巾，如果不夠暖，就把我那邊那件外套拿來穿上。去坐在那張安樂椅上——來，把外套穿上。好了，再把腳擱在小凳子上，免得弄濕。我要離開你幾分鐘，得帶著蠟燭走。你待在那兒別動，等我回來，要像隻小老鼠一樣安靜。我得去三樓看一下。記得，別動，也別去找任何人。」

他出去了，搖曳的燭光漸行漸遠。他輕手輕腳地上樓，近乎無聲無息地打開樓梯間的門又關上，燭光消失了。我被留在黑暗中，豎起耳朵，注意聆聽，可是一點兒聲音也沒有。就這樣過了很長一段時間，我開始煩躁起來，雖有外套可還是覺得冷，況且我留在這兒也沒用，因爲我不被允許叫醒其他人。就在我打算冒險違背羅契斯特先生的命令，起身出去時，門廊上又出現隱約的燭光，我聽到他光著腳踩在地板上的聲音。「希望是他，」我心裡想著，「可別是什麼嚇人的東西才好。」

他回到房裡，一臉的蒼白陰鬱。「我弄明白一切了，」他說道，把蠟燭立在洗臉架上。「就和我猜想的一樣。」

「這是怎麼一回事呢，先生？」

他沒有回答，只是交疊著手臂站著，眼睛看著地上。幾分鐘後，他才用不同於平常的聲調問：「我忘了你有沒有告訴過我，你打開房門之後是否看到了什麼。」

「先生，除了地板上的蠟燭之外，我什麼也沒看到。」

「可是，你聽到了怪笑聲，是嗎？你以前聽到過那個聲音或類似的聲音吧？」

「是的，先生。這兒有一個做縫紉的女人，叫葛瑞絲·普爾，她的笑聲就是那樣。她是個奇怪的人。」

「這就對了。葛瑞絲·普爾——你猜到了。她就像你說的那樣，很奇怪。嗯，這件事我得好好思考一下。同時，我也很高興，除了我以外，你是唯一知道今晚這件事來龍去脈的人。你不是個愛亂講話的笨蛋，這件事就別再說了。這兒的情形我會處理的（他指指床上），現在，回你房間去吧。接下來的時間，我會到書房裡的沙發上好好休息。快四點了，再過兩個鐘頭，僕人們就要起來了。」

「那麼，晚安了，先生。」我說道，正要離開。

一聽到我要走，他似乎嚇了一跳——眞是矛盾哪！是他自己說要讓我離開的。

「什麼？」他叫道：「你這樣就要走了？」

「您說我可以走了，先生。」

「可是不能這樣就走了，沒有說些告別的話或多表示什麼的？總之，不能說走就走呀！再說，你剛救了我一命，把我從可怕的鬼門關口給拉回來！可是你就這樣，彷彿陌生人一樣，要從我身邊走開！至少得握個手才行。」

他把手伸出來，我也伸出我的手。起初他用一隻手握住，後來他兩隻手都握住我的手。

「你救了我一命，我很榮幸地欠了你這麼大一筆人情。我言盡於此了。好在這人是你，不是別人，我可受不了欠別人這麼大的情。不過，你的話就不一樣了——欠你人情倒不覺得有什麼壓力，簡。」

他不再說話，凝神看著我。他的嘴唇顫動，似乎在說些什麼，卻沒有發出聲音。

「再次祝您晚安，先生，這件事談不上人情、恩惠或壓力什麼的。」

「我知道，」他又開口：「你會幫我的，我就知道你會的。我第一次見到你時，就從你的眼睛裡看出來了，那眼神和微笑不是——（他停下來）——不是——（他趕忙接著說）不是無端讓我打從心裡快樂起來的。人們常說起天生的惻隱之心，我則聽說過有好心的精靈，可見再荒誕的傳說也還有幾分眞實性。我親愛的救命仙女，晚安！」

他的聲音裡有股特殊的力量，眼睛裡有種特別的光芒。

「我很高興我剛好醒著。」我說完便要離開。

「什麼！你要走了？」

「我很冷，先生。」

「冷？對呀——你站在水裡，那麼，去吧，簡。」可是他仍緊握住我的手，我走不開。忽然間我想到一個點子。

「我想，我聽到費爾法斯太太走路的聲音了，先生。」我說。

「喔，你走吧！」他說道，鬆開手，我便趁機離開。

我回到床上，可是一點兒睡意也沒有。黎明到來前，我在波濤洶湧的心情大海中套著救生圈載沉載浮，其中翻騰著喜悅的浪花，有時候，我以爲見到了狂波怒濤之後的海岸，恬靜有如布拉山脈；有時候，一陣沁人心脾的強風，源自於希望，載著興高采烈的我到達夢想國土，然而我卻碰觸不到它，就連在想像中也觸手不及——起自陸地，一陣逆向而颳的風，將我節節往後吹送。理性可以阻擋癡心妄想，判斷力可以警告熱情。我心情起伏震盪實在難以入眠，天一亮便起床了。

譯註：

1莎士比亞名劇作《馬克白》（Macbeth）裡，主角自沙場戰勝歸返途中，於荒野上遇見三位女巫，女巫們對馬克白所述的預言最後皆成眞。

2語出《舊約聖經・約伯記》第四十一章第二十七節：「他以鐵爲乾草，以銅爲爛木。」

第十六章

Chapter 16

一夜無眠的第二天早上，我既期待又畏懼碰到羅契斯特先生。我想再聽聽他的聲音，卻又害怕看進他的眼睛。早上，有那麼一段時間，我期盼著他的到來。他雖然不常進來教室裡頭，不過有時也會過來待上幾分鐘，我確實有個預感，他今天肯定會進來的。

然而，整個上午一如往常地過去，沒有任何人、事、物來打擾阿黛爾寧靜的學習。只有在早餐過後很短的時間裡，我聽到隔鄰羅契斯特先生房裡傳出一些騷動，那是費爾法斯太太的聲音、莉雅的聲音和廚娘（她是約翰的妻子）的聲音，以及約翰本人低啞的嗓音。

「主人竟然沒被燒死在床上，眞是幸運！」

「夜裡點著蠟燭睡覺眞是太危險了。」

「那麼危急的時候，他還能想到水罐，眞是神的恩典！」

「眞奇怪，竟然沒叫醒任何人！」

「希望他睡在書房的沙發上不會著涼。」

他們驚呼連連，都是諸如此類的話。鬧哄哄討論過一陣子，接著傳來刷洗和移動東西的聲音。在我走過那個房間要下樓用餐時，從打開的房門看見裡頭一切又已收拾得井井有條，只是床上的帷帳被拿掉了。莉雅正站在窗台上，用力擦拭讓煙給燻黑了的窗玻璃。我正打算跟她說說話，因爲我想聽聽她對這件事有什麼說法，不過，一走向前，我隨即發現，屋裡還有另外一個人——床邊的椅子上坐了一個女人，正在給新窗簾縫上扣環。她不是別人，正是葛瑞絲‧普爾。

她坐在那兒，沉著安靜，一如往常穿著漿得挺直的咖啡色長袍，繫著工作圍裙，別著白手帕，戴著帽子。她聚精會神地工作，似乎全副心思都放在那上頭；她那冷靜的前額，尋常無二致的表情，絲毫看不出一個預謀殺人的凶手臉上可能出現的蒼白和絕望。她昨天晚上還被她想要謀殺的人一路追到住處，而且，我相信她已被當場告知其罪行了呢。我很驚訝，卻也困惑不已，瞪著她看時，她抬起頭來看我，沒有驚惶不安，也沒有一絲異於往常的神色，完全不見罪惡感或被人起疑的恐懼。她用一貫冷淡簡潔的口吻說：「早安，小姐。」隨即又拿起一副扣環和帶子，繼續她的縫紉工作。

「我來探探她的口風。」我思忖道：「能如此冷靜眞是不可思議。」

「葛瑞絲，早，」我說：「這兒出了什麼事嗎？不久前我聽到僕人們聚在這兒議論紛紛的。」

「不過是主人昨天夜裡在床上看書，蠟燭還點著，人就睡著了，帷帳著了火。幸好他在床單或床板著火之前就醒過來了，並知道拿水罐裡的水滅火。」

「眞是怪事！」我低語著，定睛看向她，「羅契斯特先生沒叫醒任何人嗎？沒有人聽到他走動的聲音？」

她再次抬起眼來看著我，這回眼神裡帶上警覺的意味。她似乎謹愼地打量了我一遍，才回答道：「僕人們睡得遠，小姐，這您是知道的，他們不可能聽見。費爾法斯太太的房間和您的房間距主人的房間最近，然而費爾法斯太太說她什麼也沒聽到，人一旦老了，通常也睡得沉些。」她停頓一下，接著卻有意無意地提高聲調補充說：「可是，小姐，您還年輕，我想應該不會睡得太沉。也許您聽見了什麼吧？」

「我的確聽到了，」我降低音量說，以免讓仍舊站在窗台那兒擦玻璃的莉雅聽到，「起初我以爲是派洛，可是派洛不會笑。但我肯定聽到有人在笑，而且是奇怪的笑聲。」

她拿起另一根線，仔細上蠟後，穩穩地將線穿過針眼，繼而泰然自若地說：「依我看，那也不可能是主人的笑聲，小姐，他置身險境，怕是笑不出來的。您八成是在作夢吧。」

「我沒在作夢。」我有些惱怒地回道，因爲她睜著眼睛說瞎話，惹惱了我。她又看看我，仍舊是先前那種審視和警覺的眼神。

「您告訴過主人您聽到笑聲了嗎？」她詢問道。

「我今天早上還沒有機會跟他說話。」

「您當時沒想到要打開房門，瞧瞧走道上發生了什麼事嗎？」她進一步問道。

她顯然是在對我交叉詢問，企圖讓我在不知不覺中透露消息。這麼一想使我猛然驚覺，要是她發現了我知道或在懷疑她的罪行，或許會用惡毒的詭計來作弄我，我還是小心一點兒爲好。

「正好相反，」我說：「我把門閂上了。」

「所以您沒有在睡前閂門的習慣？」

「可怕的傢伙！她竟然想要探知我的習慣，好來設計害我！」憤怒蓋過了謹慎，我尖刻地回答：「到目前爲止，我都沒有閂門的習慣。我覺得沒必要，因爲我不認爲在桑費爾德府裡會有什麼危險或麻煩，不過，**以後**（我特別加重語氣），在我躺下睡覺前，會確認做好一切安全防護措施。」

「這是明智之舉，」她回答：「這區域如同我所知道的其他地方一樣平靜，雖說眾所周知這宅子裡光是碗櫥裡的碗盤就值上好幾百英鎊，但自從它建立以來，還未曾聽說有盜賊企圖闖入過。再說，您也看到，這宅子雖大，僕從並不多，因爲主人不常在家；就算他在這兒，因爲單身的緣故，也不需太多人侍候。不過我常認爲，安全的事，再怎麼小心也不爲過，關上門隨即上門純是舉手之勞，有時也許能因此逃過一劫。小姐，有許多人總說把一切交託上帝的恩典，不過依我之見，上帝也不會喜歡我們什麼都不做的，祂更樂於賜福給謹慎使用祂恩典的人。」說到這裡，總算結束了她的滔滔不絕。眞是長篇大論，而且她的口吻還儼然一副貴格會教徒

住了。

的謹愼姿態。

廚娘走進來時，我仍呆若木雞地站在原地，眞是被她臉不紅氣不喘的神態以及令人匪夷所思的僞善給嚇住了。

「普爾太太，」廚娘對葛瑞絲說：「『僕從』的午餐快預備好了，你要下來嗎？」

「不了，只要把我的黑啤酒和一小塊布丁放在托盤裡就好，我會把它拿上樓去。」

「你要一些肉嗎？」

「一點兒就好，再配上一點兒起司，就這樣了。」

「那西谷米呢？」

「現在不要，我在茶點時間前會下來，到時候我再自己做。」

說完，廚娘轉頭看看我，說費爾法斯太太在等我。於是我離開了。

晚餐時，費爾法斯太太提及這場燒掉主人臥室帷帳的火災，不過我並不怎麼用心聽，因爲我的全副心思都放在謎一般存在的葛瑞絲．普爾身上。我不斷揣想著她在桑費爾德的職位，百思不得其解，爲什麼她當天早上沒被關起來，或者最起碼也該被解僱才是吧。羅契斯特先生在前一天夜裡幾乎已確定她是犯下罪行的人了，到底是什麼神祕的因素，攔阻了主人對她的指控呢？他又爲什麼要吩咐我保守祕密呢？這眞是怪事。一個大膽、報復心強、桀驁不馴的仕紳卻對他最卑微的僕從顯得有所顧忌，而且顧忌到連她都要親手加害他了，他還不敢公開指控她居心不良，甚至也不敢對她有所懲處。

倘若葛瑞絲長得年輕貌美，我或會認爲羅契斯特先生因對於葛瑞絲的愛戀勝過內心的戒愼恐懼，只一意爲葛瑞絲設想；然而，她又難看又嚴肅，光這一點就實在讓人無法信服。「不過，」我又想了一下，「她也曾年輕過，那時她的主人正値青春年少呢，費爾法斯太太告訴過我，葛瑞絲在這兒好多年了。雖說我不認爲年輕時的葛瑞絲會比現在好看到哪兒去，可是她或許擁有獨出的特質和個性上的長處，足以彌補她在外貌上的不足也說不定。羅契斯特先生本身是個果斷且古怪的人，葛瑞絲至少稱得上古怪。當年也許他一任性起來（對個性反覆無常、頑固剛愎的他來說極有可能）便迷上了葛瑞絲，拜倒在她的石榴裙下，直到如今，他仍無法完全擺脫她的影響，對於因自己的魯莽所造成的後果，他既無法擺脫，也不能置之不理，不是嗎？」不過，一想到這裡，普爾太太那方正扁平的身形，不好看、乾燥甚至粗糙的臉浮現在我眼前，讓我忍不住想道：「不，不可能，我的臆測不可能是正確的。可是，」凡人心中常響起的那個神祕聲音又對我說：「你自己也長得不好看，但羅契斯特先生也可能喜歡你啊！你不就常有這種感覺嗎？而且，昨天晚上——想想他說的話，回想一下他的神情，回想一下他的聲音！」

這一切我都清楚記得，他的話語、眼神以及說話時的聲調，此時都再度活靈活現在我面前。這時我正在教室裡，阿黛爾正在畫圖，我彎下腰握住她的鉛筆。她有些吃驚地抬頭看我。

「老師，你怎麼啦？」她用法文說：「你的手像樹葉一樣發抖，而且滿臉通紅，紅得像櫻桃呢！」

「阿黛爾，我彎著腰，所以全身發熱！」

阿黛爾繼續畫圖，我繼續胡思亂想。

我急著要把關於葛瑞絲・普爾的討厭想法甩開，這想法讓我生厭。我拿自己和她比，其實我們是截然不同的。貝絲說我堪稱一位淑女，她說的沒錯，我的確是一位淑女。而且現在的我，看起來又比當初貝絲看到我的時候好得多，氣色較佳、較豐腴、較有生氣、較活潑，因爲我有更美好的盼望，生活得也更開心。

「夜晚將臨，」我望著窗戶說道：「今天一整天我都沒有聽到羅契斯特先生的聲音或他在屋子裡走動的腳步聲，不過，我確信稍晚會見到他的。早上時我怕見到他，而現在卻渴望見到他，等待是如此漫長，我都快不耐煩了。」

當落日收起餘暉，暮色隨之降臨，阿黛爾也離開我到兒童室去找蘇菲玩了。此時我迫切想見到他。我仔細聽著樓下有沒有鈴聲，仔細聽著莉雅有沒有來叫我；有時候我還以爲聽到羅契斯特先生的腳步聲而急急走到門口，期待門開處，他的身影出現在眼前。豈知，門扉依然緊閉，出現在眼前的只有從窗戶間的縫隙飄進來的黑暗。可是現在還不太晚，他常在晚上七、八點才派人來叫我，這會兒還不到六點呢！今晚不會讓我全然失望的，我有好多話要跟他說呢！我要再次跟他提起葛瑞絲·普爾的事，看他怎麼回答。我要直接問他，相不相信昨晚那可怕的事件是葛瑞絲所爲；如果相信的話，那又爲什麼要隱瞞她的惡劣行徑。至於我的好奇心會不會惹他發怒，我倒不怎麼擔心，因爲一下子惹惱他、一下子又逗他開心，實在有趣。這是我最主要的娛樂，而且我自己知道分寸，不會玩得太過分；我從來不敢越界，甘冒觸怒他的險，只敢在臨界點試試身手而已。留心注意禮儀上的一切細節而不越禮犯際，又能坦然無懼、就事論事地跟他交鋒，對他或對我來說都是合宜的。

樓梯上終於響起腳步聲，莉雅出現了，不過她只是來跟我說，費爾法斯太太已在她房裡預備好茶點。於是我過去了，心中暗自高興，因爲已經來到樓下，我想像這樣一來，離羅契斯特先生更近了。

「你一定很想喝茶，」我一坐到這位好心的太太旁邊，她就說：「午餐時你吃得那麼少。我擔心，」她繼續說：「你今天身體不太舒服。你的臉那麼紅，一副發燒的樣子。」

「噢，我很好！再好不過了。」

「那你得用好胃口來證明才行。可以請你把茶壺裝滿嗎？我來把手上的工作告一段落。」她一做完手裡的活計便起身放下窗簾，她房裡的窗簾一直是收上的，我想是爲了要讓日光透進屋子，這會兒窗外雖尚存隱約的暮色，但黑暗正迅速籠罩大地。

「今晚天氣眞好，」她看著窗外說：「雖然沒什麼星光，但總的來說，羅契斯特先生算是挑了個好天氣去旅行。」

「旅行！羅契斯特先生出門去了嗎？我不知道他出去了。」

「噢，他吃完早餐就出門了！他到里斯的伊斯登先生家去了，位於米爾科特市相反方向十哩遠的地方。我相信他們在那兒有場大聚會，英葛蘭爵士、喬治・利恩爵士、丹特上校還有其他人都會去。」

「他今晚會回來嗎？」

「不會——明天也不會回來。我猜他很可能會待上一個星期或更久，當這些高雅時髦的人們聚在一起，氣氛是那麼閒適歡樂，況且又有那麼多好玩的事情可做，他們哪可能急著散會。在那樣的場合，紳士們常是最被需要的，尤其是羅契斯特先生，那麼有才華，在社交場合又那麼活躍，一定是最受歡迎的對象。女士們特別喜歡他呢！也許你會覺得，在女士們看來他的外表應該不太起眼，不過我認為他的學識和才華，或許再加上他的財富和門第，足可彌補外表上小小的缺憾。」

「里斯有女士們嗎？」

「有伊斯登太太和她的三個女兒——非常優雅的小姐們，還有英葛蘭爵士家的布蘭琪和瑪麗，我覺得她們是最漂亮的女人。其實，我在六、七年前看過一次布蘭琪，那時她還是個十八歲的女孩子。她到這兒來參加羅契斯特先生舉辦的聖誕節舞會和宴會。你眞應該看看那天的餐廳裝飾得多美，多燦爛哪！我看，與會的男女賓客有五十位左右，全是郡裡最上流的人家，而英葛蘭家的大小姐是那天眾所公認的美女。」

「費爾法斯太太，您說您見過她，那麼她是怎麼樣的人呢？」

「對，我見過她。那時餐廳的門開著，因為是聖誕節，僕人們得以聚集在大廳裡，聆聽幾位小姐的歌唱與演奏。羅契斯特先生要我也進餐廳裡去，於是我就進去找了個僻靜的角落坐下，觀察那些紳士淑女們。我沒見過比那更豪華氣派的場面了，女士們一身華麗的裝扮，其中大部分——至少年輕女孩中的大部分——都很好看，不過，英葛蘭小姐當然是其中的皇后了。」

「她長得怎麼樣?」

「身材高䠷,胸部豐滿,斜斜的肩膀,細長優美的脖子,橄欖色的肌膚色澤深而明亮,加上高貴的容貌,眼睛有些像羅契斯特先生,又大又黑的,就像她身上的珠寶一樣明亮。而且她有一頭漂亮的秀髮,黑亮有光澤,髮型梳得美美的,非常適合她;厚重的髮辮盤在腦後,前面則是我從未見過的又長又美的鬈髮。她穿著純白禮服,一條琥珀色圍巾蓋住肩膀垂到胸前,在側邊上打了個結,圍巾上的長流蘇直向下垂過膝蓋。她的頭髮上也別了一朵琥珀色的花朵,映襯她黑玉般的鬈髮,顯得相當美麗呀。」

「她一定深受讚賞囉?」

「是啊!那當然,不只因爲她的美貌,還因爲她的才藝。她是那幾位獻唱的女士之一,有位先生還爲她彈琴伴奏。她和羅契斯特先生表演過二重唱。」

「羅契斯特先生?我不知道他還會唱歌。」

「噢!他可是傑出的男低音,對音樂相當有品味。」

「那麼,英葛蘭小姐呢?她的歌聲如何?」

「嗓音渾厚有力。她唱歌很好聽,聽她唱歌是一種享受。她後來也彈奏了鋼琴。我對音樂沒什麼鑑賞力,可是羅契斯特先生就不同了,我聽他說英葛蘭小姐彈得很好。」

「這位美麗又有才華的小姐,還沒出嫁嗎?」

「還沒啊,我猜不論是她或她妹妹都沒有多少財產。老英葛蘭爵士的財產是有限定繼承人的,長子幾乎繼承了一切。」

「可是,難道沒有一個有錢的貴族或仕紳喜歡她嗎?比方說像羅契斯特先生。他很有錢的,不是嗎?」

「是啊!可是你也知道,他們的年齡差距太大。羅契斯特先生快四十了,她卻只有二十五歲。」

「那又如何？天天都有比他們更不相稱的人結婚啊！」

「是啊，可是我不認爲羅契斯特先生會這麼想。怎麼，你都沒吃東西哪！你光是喝茶，都沒吃東西。」

「我不想吃，太渴了，吃不下。請再給我一杯茶好嗎？」

我正想回到剛才的話題，繼續討論羅契斯特先生和美麗的布蘭琪小姐結婚的可能性，阿黛爾剛巧走進來，我只好轉移話題了。

當我再度一人獨處，回想了一下聽來的消息，審視起內心，探查其思想和感覺，用一隻嚴謹的手，竭盡心力把那些漂流亂盪不著邊際的思緒，拉回正常思維所運作的安全地帶。

我站在自己的法庭上接受審問，「記憶」作證，道出我從昨晚一直盤踞在心頭的希望、夢想和感情——近兩個星期以來，我一直沉溺於其中的內心世界；「理性」也上前來，用其獨特的平靜語調，說出一個眞實無僞的故事，顯示出我如何地拒絕現實，熱切地擁抱虛無。於是，我宣布判決如下：

簡・愛是全人類中最笨的笨蛋，她是最會編織甜蜜夢境的傻瓜，還錯把毒藥當成甘露呑下。

「你，」我說：「是羅契斯特先生的寵兒嗎？你有逗他高興的本事？你在他面前値幾兩重？你走！你的愚蠢眞教我難受。他偶爾對你表現出好感，你就沾沾自喜啦？那純粹是一位家世良好、深諳人情世故的紳士，對其初出茅廬的下屬所表達的善意而已。你還眞敢哪！可憐的蠢蛋，你被騙了！就連利己主義也不能使你變聰明一點嗎？你今天早上還不斷重溫昨晚那短暫的場景，是嗎？眞該羞愧地把臉遮起來呢！他說了幾句讚美你眼睛的話是吧？你這瞎了眼的小狗！睜開你昏花的雙眼，好好看看自己可憎的愚蠢！對任何一個女人來說，受到一個不可能跟她結婚的上司恭維並不是什麼好事，而單戀或暗戀這樣的對象更是一種瘋癲，到頭來，只會讓這樣的熱情吞噬掉自己的性命而已。就算讓對方發現或有所回應，也必定會引起彼此的妄想，導致雙方陷入無法自拔的泥濘而無從解脫。

「簡・愛，現在來宣讀你的判決：明天，擺張鏡子在你自己面前，用粉蠟筆忠實地畫張自畫像，絕不要修飾臉上任何一個缺點，不能忽略任何一道難看的紋路，不可放過任何一個討人嫌的角度，然後在畫像底下寫上：『一位家庭教師的畫像：她孤苦無依，窮困且相貌平庸。』

「然後再拿一片平滑的象牙，你的畫具盒裡不就有一片？拿出你的調色盤，調出最鮮豔、最好看、最明亮的顏色，挑出你最細緻的駱駝毛畫筆，仔細勾勒出一張你所能想像到最可愛的臉龐，再根據費爾法斯太太對布蘭琪・英葛蘭的描述，彩繪上最柔和的光暈以及最甜美的色調：切記那黑亮的鬈髮，那珍寶一般的眼睛——什麼！你想拿羅契斯特先生做爲描摹的範本！秩序！不許啜泣！——不許感情用事！——不許後悔！我只容許理智和決心。想想那雍容華貴又和諧相稱的容貌，那希臘式脖頸和胸部，顯露出令人著迷的渾圓手臂，還有那纖纖玉手，鑽石戒指和金手鐲絕對不能省略。你要詳實畫出衣著服飾，精緻的蕾絲花邊以及閃亮的綢緞，優雅的絲巾和金黃色的玫瑰，把這幅肖像畫命名爲：『布蘭琪，才貌雙全的名門閨秀。』

「以後，不論何時，只要你想到羅契斯特先生對你有好感，就把這兩張畫像拿出來比較，然後說道：『只要羅契斯特先生願意努力，他就有可能贏得那位高貴淑女的芳心。難道他可能浪費心思在這個貧窮又微不足道的平凡女子身上嗎？』

「我會照辦的。」我下定決心。既然決定該怎麼做了，心情跟著平靜下來，隨後便進入夢鄉。

我信守承諾。大概花了一兩個小時，即用粉蠟筆把自己的肖像畫完成，不過那幅在象牙縮圖上的布蘭琪・英葛蘭肖像畫卻花了我將近兩星期的時間。那張畫像眞是好看極了，一把它拿來跟那幅粉蠟筆肖像畫相比，還眞是人類忍耐限度的終極表現。我從這件差事中獲益不少，它讓我的頭腦和雙手都有事情忙，並使我急欲銘刻在心版上的新印象清楚且穩固地成形了。

沒多久，我就發現強迫自己控制感情的做法，給自己帶來了值得慶賀的理由：多虧我這麼做，才能以合宜的舉止冷靜面對往後所發生的事情。倘若沒有做好準備，我還真承受不住這一切，就連表面的鎮靜都做不到呢！

第十七章

Chapter 17

一個星期過去，羅契斯特先生杳無音訊；十天過去，他還沒回來。費爾法斯太太說，如果羅契斯特先生從里斯直接上倫敦去，再從倫敦轉赴歐陸，然後一整年都未曾在桑費爾德露臉，她也不覺得稀奇，因爲他這樣突如其來的不告而別也不是一次兩次的事了。我一聽她這麼說，全身閃過一陣涼意，一顆心直往下沉。其實是我允許自己去體驗這種病態的失望，不過隨後即抖擻精神，重拾原則，立即恢復理性。而這眞是太棒了，我如何能跨越這短暫的障礙，如何能釐清我毫無理由爲羅契斯特先生操心的迷思呢？倒不是用奴性的自卑想法來貶抑自己，相反地，我只是對自己說：「你和桑費爾德的主人之間沒有什麼關係，充其量不過就是爲他所監護的小孩指導功課，對於他的尊重和仁慈款待心存感激而已，善盡職責，等待他回來。你當明白，這是他唯一認定的，你們之間的關係。所以別把他當成你寄託感情的對象，別把你的憤怒、狂喜，或諸如此類的情緒都牽扯到他身上去。他不是你那個階層的人，安分些，別不知輕重，反倒虛擲浪費全心全意的愛、整個靈魂和全副力氣，到頭來還令人鄙視。」

我繼續平靜度日，但腦子裡不時總會隱約浮現該離開桑費爾德的念頭，於是便不自覺擬出一些刊登廣告可用的詞句，醞釀出關於新環境的想像。我認爲不必去管這些雜七雜八的想法，一切順其自然就好，它們自有其開花結果的時候。

羅契斯特先生離開的兩個星期後，費爾法斯太太接到郵差送來的一封信。

「是主人寄來的信，」她看著信封上的地址說：「這下子我們就可以知道他是不是要回來了。」

在她拆開信封閱讀內文時，我繼續喝著我的咖啡（那時我們正在吃早餐）。咖啡很燙，我把臉上突如其來的一片紅暈歸咎於它。至於我的手爲什麼發抖，還莫名其妙把半杯咖啡灑進碟子裡，我就不去想它了。

「啊，有時候我覺得我們這兒太清靜了。不過，這會兒可有得忙了，至少得忙個幾天呢！」費爾法斯太太說道，眼鏡仍湊在信件前面。

在開口問清事情的來龍去脈之前，我先把阿黛爾身上剛巧鬆開的圍裙帶子綁好，又幫她拿了個麵包，再幫她把牛奶倒滿。然後，我若無其事地問：「我猜，羅契斯特先生不會很快回來吧？」

「噢，他很快就要回來了——他說三天後，那就是星期四了。而且他不是一個人回來，我不知道會有多少紳士淑女跟他從里斯一塊兒過來，他在信上囑咐要把最好的房間都準備好，書房和客廳都得打掃乾淨，我得上米爾科特的喬治旅店或其他可能的地方調些人手來廚房幫忙。與會的女士們會帶貼身侍女隨行，紳士們會帶著僕從前來，屆時咱們這兒將有一屋子人啦！」費爾法斯太太匆匆吃完早點，隨即忙著張羅一切去了。

接下來的三天，果然如她所言，忙得不得了。我以爲桑費爾德所有房間全都收拾得整潔漂亮，事實顯然並非我想的這樣。他們多請了三個女人來幫忙，漆器全得拿出來擦洗、刷淨，地毯全得拿出來曝曬拍打，牆上畫作有的得拿下來，有的得掛上去，鏡子和燭台必須擦拭得光可鑑人，臥房裡的爐火都得挑旺，因爲要在壁爐前烘烤被單和羽絨床墊。這樣的場景我未曾見聞，以後也不再有機會躬逢其盛。這期間阿黛爾變得相當野，爲了迎接貴客們所做的準備，以及期盼他們的到來，似乎讓她樂瘋了。她要蘇菲把那些她稱作「女裝」的外衣全都整理一遍，把那些「過時」的都給翻新，而新的也得拿出來曬曬太陽準備好。她自己則什麼事也不做，只在前面那排房間裡奔進奔出，在床架上跳上跳下，或躺在床墊和堆疊起來的長枕頭上，瞪著煙囪下的熊熊烈焰。此外，課也不必上了。我被費爾法斯太太拉去做事，整天都在儲藏室裡幫忙（或妨礙）她和廚子，學習如何做奶酪、起司蛋糕和法式點心，學著處理野味、給甜點裝盤等等。

客人們預計於星期四下午抵達，以趕上六點的晚餐。在此期間我無暇胡思亂想，我相信我和其他人一樣欣喜雀躍——當然無法像阿黛爾那樣。只不過，還是有快樂不起來的時候，我總免不了陷於懷疑和憂懼中。尤其是在看到三樓的樓梯口（那道門最近常是關著的）門開處，戴著整齊小帽、罩著白色圍裙、繫著白手絹，從甬道上走出來的葛瑞絲·普爾的身影時；她或穿著薄底便鞋輕巧穿越走廊，或朝著亂七八糟極待整理的臥房張望——也許只是交代打掃女傭如何擦亮壁爐架，清乾淨大理石爐台或去除壁紙上的污點，簡單幾句話後便又繼續前行。她每天都像這樣下來廚房一次吃午餐，在壁爐前抽個菸，再帶上一壺聊以自慰的黑啤酒回到樓上她幽暗的窩巢。一天二十四小時中，她只有一小時是和樓下同事們一起度過的，其餘時間都待在三樓一個天花板很低的橡木房間裡。她在那兒坐著做裁縫，或許對自己發出狂笑，就像待在一個沒有同伴的地牢裡一樣。

最奇怪的是，整棟房子裡除了我之外，沒有人注意到葛瑞絲·普爾的怪異習性，甚至沒有人對此感到訝異。無人提及她的職位或工作，沒有人對她的孤單或寂寞感到同情。只有一次我偶然聽到莉雅和一名打雜女傭的對話，她們剛好在談葛瑞絲·普爾。莉雅說了些什麼，我不知道，只聽到打雜的女傭說：「我猜，她的工資不低吧？」

「是啊，」莉雅說：「要是我也拿那麼多就好了，雖說我的待遇也算不錯了——桑費爾德向來不會小氣，不過我的酬勞只有普爾太太的五分之一。她正在存錢，每三個月去一次米爾科特的銀行。要是她想離開，那準是存夠了錢，下半輩子不愁吃穿了，但話說回來，她在這兒挺習慣的，也還不到四十歲，身體健壯又能幹。這樣就退休，太早了。」

「我敢說她一定是個好幫手。」打雜女傭說。

「嗯！她很善盡本分，誰也比不上她。」莉雅寓意深長地補一句，「她那份差事可不是什麼人都能做的，就算拿了那些錢也做不來。」

「這倒是眞的！」女傭答道：「不知主人是不是——」
女傭本想繼續往下說，不過莉雅一轉頭瞥見我，立刻用手肘輕輕碰了碰身旁的同伴。
「她不知道嗎？」我聽見女傭小聲問道。
莉雅搖搖頭，她們的對話當然也就結束了。於是我得出一個結論：桑費爾德有個祕密，而且他們刻意不讓我知道。
星期四到了，所有工作都已在前一天晚上完成。地毯已鋪好，床幔已加上綴飾，床上鋪有雪白的床罩，梳妝台打理得整齊妥當，傢俱擦拭得晶亮，花瓶裡擺滿鮮花。臥房跟客廳看起來都明亮光潔得無以復加，大廳也已擦洗過；雕花大鐘、樓梯台階和扶手全都擦拭得明亮如鏡；餐廳裡，光鮮的餐具架上擺放有亮晃晃的盤碟；小客廳和侍女們專屬的起居室裡則隨處可見盛開的異國風味鮮花。
到了下午，費爾法斯太太穿上她最好的黑緞禮服，戴上手套和金錶，因爲她得去迎接貴賓們，並將女士們一一領進她們的房間。就連阿黛爾也穿戴得整整齊齊，雖然我認爲她那天並沒什麼機會可以和賓客們見面。不過，爲了讓她開心，我還是讓蘇菲給她換上一件寬襬的紗質小禮服。至於我，什麼也無須改變，因爲沒有人會把我從那間做爲我個人私室的教室裡給找出來。這處個人私室現在已然成爲「躲避煩惱時一個令人愉快的所在」了。
時值溫和晴朗的春日，也就是三月底、四月初的那段日子，正上演著春暖花開，炎炎夏日的前奏曲。白晝將盡，落日餘暉卻也非常暖和，我坐在窗戶敞開的教室裡工作。
「天要黑了，」費爾法斯太太走進來說道，身上的禮服沙沙作響。「還好我比羅契斯特先生所吩咐的還晚一個鐘頭開飯，現在都已經過六點了。我剛剛派約翰到大門口去看看路上有沒有人來，從那兒往米爾科特的方向看，可以看得很遠。」說著，她走到窗戶邊去。「他過來了！」費爾法斯太太說。

「嘿，約翰，」她探出頭去叫道：「有消息嗎？」

「他們來啦！太太，」約翰回答：「再十分鐘就要到了。」

阿黛爾朝窗戶奔去。我跟在她後頭，不過小心地站到了另外一邊，如此，在窗簾的蔭蔽下我可以看見他們，自己卻不會被他們瞧見。

約翰所說的十分鐘似乎過得非常緩慢，最後，車輪的聲音終於傳入我們耳中。四位騎士循著車道奔馳而至，後面跟著兩輛敞篷馬車，車上盡是飄拂的面紗和搖曳的羽毛。騎士中有兩位是衣著光鮮的年輕紳士，第三位是羅契斯特先生，騎著他的黑色駿馬梅斯羅，派洛在他前方跳躍；在羅契斯特先生身旁的騎士是一位女性，他們是最先抵達的兩人。她那身紫色的騎馬裝幾乎掃過地面，而面紗在風中拖著長尾巴翻飛，面紗透明的縐褶處透出黑亮濃密的鬈髮。

「英葛蘭小姐！」費爾法斯太太叫道，急奔下樓執行任務去了。

這一行人浩浩蕩蕩順著馬車道轉彎，很快便繞過宅邸拐角，我也就看不到他們了。此時阿黛爾央求著讓她下樓去，我卻將她抱在膝上，告訴她，除非羅契斯特先生派人來招喚她，否則無論何時都不可以冒冒失失地出現在那些淑女們面前，要不然羅契斯特先生會非常生氣的。一聽我說完，她逕自掉淚了，然而我開始嚴肅起來，她只好乖乖地將眼淚揩乾。

此時，大廳裡已傳來愉快的喧鬧聲，紳士們低沉的嗓音和諧地交織女士們銀鈴般的聲調，而凌駕於一切聲音之上的，是桑費爾德府主人那音量不大卻甚爲突出的嗓音，他正說著歡迎美麗、英俊的賓客們大駕光臨的歡迎詞。接著是輕快步履登上樓梯台階、踏過走廊的腳步聲，繼而伴隨歡愉的嬌笑聲、房門開啓關閉聲，又過了一會兒，終至一切安靜無聲。

「她們在換衣服了。」阿黛爾說。她一直留心聆聽賓客們的一舉一動，接著便嘆了口氣。

「在媽媽家，」她說：「有客人來時，我都跟著到處跑，像是客廳啊、她們的房裡啊，我也常看女僕們給太太小姐們梳頭、穿衣打扮，有趣得很，可以學到不少事情呢！」

「你不餓嗎，阿黛爾？」

「餓死了。愛小姐，我們有五、六個鐘頭沒吃東西了。」

「好吧，趁現在女士們都還在房間裡，我冒險下去給你找些吃的。」

我小心翼翼地從我的藏身處出來，走那條直通廚房的後樓梯下去。廚房裡爐火正旺，聲音嘈雜，魚和湯就快煮好了，廚子正彎下腰全神貫注盯著她的鍋子，身體似乎緊繃得隨時有可能冒出火來。僕役間裡，兩名馬車夫和三名僕從圍繞著爐火，或站或坐，而那些貼身侍女們，我想應該都在樓上和女主人們在一起；從米爾科特新僱來的傭人們則四處忙得不可開交。穿過這陣混亂，我終於到達食品室。我拿了一份冷雞肉、一條麵包、幾塊果餡餅，一兩個盤子以及一副刀叉。

我帶上這些戰利品火速撤退，才剛關上後門回到走廊，就聽見一片嗡嗡聲，這是女士們即將從房裡出來的警訊。要回到教室非得經過她們房門口不可，我不能冒這險讓她們撞見我滿懷食物，於是我靜靜站在走廊盡頭；這兒沒有窗戶，光線本就暗淡，再加上現在日已西斜，自是更加晦暗不明了。

這會兒，美麗的女士們魚貫從房裡走出，個個愉快活潑，華麗的衣著在陰暗中閃爍光芒。她們齊聚在走廊那端稍作停留，輕鬆地交談了一下，接著便一塊兒下樓。她們步履輕盈地移動著，就像一片明亮的雲霧無聲無息飄下山坡。她們給我的整體印象是我從未見過的雍容優雅。

我發現阿黛爾正把教室的門拉開一條縫，想要往外張望。「多麼漂亮的女士們啊！」她用英語叫道：「真希望可以到她們那兒去！你想晚餐後羅契斯特先生會派人來叫我們嗎？」

「不會，真的不會，羅契斯特先生有其他事情要忙。今晚就別再想那些太太小姐們了，也許你明天有機會見到她們呢！來吃晚餐吧！」

她眞的餓了，所以雞肉和果餡餅暫時轉移了她的注意力。我找到了這些吃的眞好，要不然我們兩個還有蘇菲（我也分了一份食物給她）全都可能餓肚子，沒晚餐吃。樓下的人忙得把我們給忘了。甜點直到晚間九點以後才上，十點了，僕人們還端著托盤和咖啡杯跑來跑去的。我允許阿黛爾晚點兒睡，因爲她說樓下的門開開關關，還有人跑來跑去的，她沒辦法睡覺。此外，她又補充說，羅契斯特先生也有可能派人來叫她啊！如果她把衣服換了，「那損失可就大了！」

我講故事給她聽，她愛聽多久我就講多久，後來爲了換換環境，我帶她到走廊上去。大廳裡正燈火通明，她喜歡倚在欄杆上看著僕人們忙來忙去。夜更深了，客廳裡傳出悠揚樂聲，他們把鋼琴搬進那兒去了，阿黛爾和我坐在樓梯最上面一級台階聽著。不一會兒，歌聲應和琴聲響起，是一位女士的獨唱，嗓音十分甜美。接著是二重唱，然後是無伴奏合唱，演唱暫歇時則充滿了語調愉悅的低聲交談。我聽了很久才驀然發現，原來我努力地想從混雜的聲音中去找出羅契斯特先生的聲音，而當我的耳朵辨別出他的聲音時，便想進一步穿過這麼遠的距離，聽清楚他在唱些什麼或說些什麼。

鐘已敲了十一點。我看著阿黛爾，她的頭已靠在我肩膀上，眼皮沉重得張不開了，於是我把她抱在懷裡，帶她上床睡覺去。待紳士淑女們都回房休息時，已將近半夜一點。

翌日的天氣跟前一天一樣好，賓客們要到鄰近地區走走逛逛。他們一大早就出發了，有幾位騎馬，其餘人則乘坐馬車。我目送他們出發，也看著他們回來。跟來時一樣，英葛蘭小姐仍是唯一騎馬的女性，也跟來時一樣，羅契斯特先生奔馳在她身旁；他們兩人一道，與其他人拉開距離。我把此情此景指給同樣站在窗前、我身旁的費爾法斯特太太看。

「您說他們不太可能想要結婚，」我說：「可是您瞧，羅契斯特先生分明是喜愛她甚於其他女士。」

「是啊！我想，他的確是愛慕她的。」

「她對他也一樣啊！」我補充說：「看她轉過頭去對他說話的樣子，彷彿在談心事似的。眞希望能見她一面，我到現在都還沒見過她呢！」

「你今晚會見到她的。」費爾法斯太太答道：「我剛好跟羅契斯特先生提起，阿黛爾有多麼想去見見那些淑女們，他便說：『啊，晚餐後讓她到客廳來好了，請愛小姐陪她一起來。』」

「這樣啊，他是出於禮貌的邀請，我想我是不必去的。」我回說。

「唉，我跟他說了，你不習慣交際，我也不認爲你想出現在這一群興高采烈的人面前，畢竟你完全不認識他們。但他還是一貫急躁地答道：『胡說！要是她拒絕，就說是我特別要求的。如果她堅持不來，就告訴她，我會親自去帶她過來。』」

「我不想那麼麻煩他，」我回答：「如果不去不行，我就去一下吧，可是我眞不喜歡那種場合。費爾法斯太太，您也會在那兒嗎？」

「不，我要求不去，他答應了。我來告訴你如何避開正式進場的尷尬，那是最令人難受的程序了。你該趁著女士們離開餐桌前，客廳空無一人時進去，選個你喜歡的僻靜角落坐下。等到紳士們進來後，除非你願意，否則你也無須久留，只要讓羅契斯特先生看到你出席就行了，然後便想個辦法開溜——沒有人會注意你的。」

「您認爲這些人會久住嗎？」

「也許住上兩三個星期吧！不會更久了。復活節假期一過，新近選上米爾科特議員的喬治・利恩爵士就得進城赴任去了，我確信羅契斯特先生會陪他一起去。羅契斯特先生這回在桑費爾德住這麼久，還眞是讓我驚訝呢！」

一想到那個我得帶著所照看孩子前去客廳的時刻即將到來，不由百般憂慮。阿黛爾一聽說晚上要帶她去見那些太太小姐們，樂得整天都興奮不已，直到蘇菲開始為她梳妝打扮，她才靜下心來。梳妝打扮這個重要程序讓她服服貼貼地坐著，一等鬈髮梳理成平滑柔順的垂髻，粉紅色的絲綢小禮服穿在身上，長腰帶繫上，再把蕾絲手套戴上，她的臉上便儼然一副法官的莊嚴神色。根本不必提醒她別弄亂裝扮，她一打扮好就端坐在自己的小椅子上，還小心翼翼地將裙襬撩起來，生怕坐皺了，而且還跟我保證，在我打扮好之前，她都會好好地坐在那兒，絕不會亂動。我很快打扮好了，最好的那件衣服（銀灰色那件，為了坦帕小姐的婚禮買的，那以後再沒穿過）我很快就穿上，頭髮隨即梳理妥當，唯一的飾品珍珠胸針也很快別上。我們一塊兒下樓去了。

眞是幸運，除了穿過他們正在用餐的餐廳那條路以外，還有另一條路可以通往客廳。我們到達時，客廳還是空的，大理石壁爐中正燃燒熊熊烈火，一張張裝飾有美麗鮮花的桌面上，蠟燭正明亮而寂靜地發出光芒。拱門上掛著深紅色簾幔，雖說與隔壁餐廳僅這麼一簾之隔，但賓客們說話的聲音都壓低了，讓人完全聽不清談話內容，只聽得一陣陣嗡嗚聲而已。

阿黛爾顯然還籠罩在莊嚴的氣氛中，她一語不發地坐在我指定的座位上。我退到一個窗台前，隨手從旁邊一張桌上拿起一本書，打算開始閱讀。阿黛爾把她的凳子移到我腳邊，過不久，她便碰碰我的膝蓋。

「阿黛爾，怎麼了？」

「我可以從這些美麗的鮮花中拿一朵嗎？我想打扮得更漂亮些。」

「你太在意你的裝扮了，阿黛爾，不過你可以拿一朵花。」說著，我便從花瓶裡拿出一朵玫瑰，繫在她的腰帶上。她無比讚嘆地嘆一口氣，彷彿她幸福的杯皿已然滿溢。我別過臉，免得她看見我忍俊不住的笑。這個小小巴黎女兒在天性上對衣著的追求，眞是讓人覺得有些可笑也有些可悲。

現在已可聽到隔壁餐廳裡輕聲起身離席的聲音，拱門上的簾幔拉起，餐廳立時呈現眼前，明亮的吊燈照耀長桌上盛裝精緻甜點的華麗銀器和玻璃杯盤。一群女士們站在門口，一等她們進入客廳，簾幔便又放下。

她們總共不過八位，然而不知爲什麼，當她們站在一起時，卻給人一種一大群人的感覺。她們當中有幾位甚爲高䠷，有幾位一身雪白裝扮，共同點是全都穿著寬大的曳地長裙，營造出身形頎長的效果，彷彿迷霧襯托出月亮的華麗一般。我起身向她們行屈膝禮，當中有一、兩位點頭回禮，其餘的只是瞪著我瞧。

她們在客廳裡散開，動作輕盈活潑，讓我聯想到一群雪白羽翼的鳥兒。她們當中有幾位斜倚在沙發和軟榻上，有些則俯身細看桌上的鮮花與書，其餘則聚集在火爐前面。她們說話的聲音總是輕盈而清晰，這似乎是她們的習慣。後來我得知她們的名字，現在不妨在此先提一下。

首先是伊斯登太太和她兩個女兒。伊斯登太太年輕時顯然是相當美麗的，現在也還保養得不錯。她的大女兒艾咪，身材嬌小，言行舉止都天真得像孩子似的，個性十分活潑，一身白色麻紗衣服搭配水藍色腰帶非常適合她。小女兒露易莎，個兒比較高䠷，也更爲優雅，臉蛋長得很漂亮，是法國人常說的「俊俏臉蛋」。姊妹倆都美得像盛開的百合花一樣。

利恩爵士夫人是個身形壯碩，年約四十歲左右的女人，腰桿挺直，神情高傲，穿著色澤豔麗、精緻華貴的緞面禮服。她烏亮的秀髮，在綴有一根天藍色鳥羽的寶石髮箍襯托下甚是耀眼。

丹特上校夫人就沒那麼搶眼了，然而我卻認爲，比起她們來，她更像名媛淑女。她身材苗條，臉色白皙，長相端莊，再配上一頭金髮、那一身黑緞禮服、高貴的外國蕾絲圍巾以及珍珠首飾，比起那位擁有爵士夫人頭銜的華服貴婦更讓我喜歡。

然而女士群中最突出的三位（部分原因或許是她們的身材最爲高䠷）應是英葛蘭勛爵遺孀：英葛蘭夫人和她的兩位女兒，布蘭琪與瑪麗。她們三人都屬身材高䠷的女性。勛爵夫人年紀約在四十至五十歲間，體態仍然優美，頭髮（至少在燭光的照耀下）還算烏黑，牙齒狀況亦顯良好。許多人也許會把她視爲她那個年齡層的美女，單就外在來說，她確也當之無愧，可她的態度和表情卻有一種讓人無法忍受的高傲。她生得一張羅馬人面孔，有著雙下巴，直挺挺連接到頸部，就像根柱子似的，這樣的容貌予人一種不僅得意甚至陰沉的感覺，臉上的線條充滿驕傲，下巴也是一副驕傲樣，挺直得有些異乎尋常。此外，她嚴厲冷漠的目光，讓我不禁想起李德夫人的眼神，說話時裝模作樣、聲音低沉、語調誇張、態度獨斷，簡言之，頗讓人受不了。她身上那件豔紅色的天鵝絨長袍，頭上那條金絲製的印度頭巾，給她塑造了一種（我猜她自己是這麼想的）帝王般的威儀。

布蘭琪和瑪麗，兩人身材差不多，又高又直就像白楊樹。瑪麗因爲個子高，顯得偏瘦削，布蘭琪看起來倒如同月神黛安娜一般。當然，我對她是詳加觀察的。因爲，第一，我想確認她是不是像費爾法斯太太所形容的那樣；第二，她和那張我憑空想像所畫出來的肖像畫是否相像；而第三，就直截了當地說吧——我想看看她是不是羅契斯特先生喜歡的類型。

就外型上來說，她一一符合了費爾法斯太太的描述和我所畫的圖。雍容的胸型，斜削的雙肩，優雅的頸項，黑亮的眼睛和烏黑的秀髮，這些一樣都不缺。可是她的長相呢？她的臉幾乎和她母親一模一樣，只是較年輕，沒有皺紋而已；同樣低的前額，同樣高的五官，同樣傲慢的神色，只不過那是不含陰沉的傲慢。因爲她尙懂得不斷微笑，她的笑容帶著譏諷，那時常往上翹的嘴唇不時傳遞出如此訊息。

據說，天才是有自知之明的。我不知道英葛蘭小姐是不是天才，不過，她清楚自己，非常清楚自己的才幹。她跟溫和的丹特上校夫人聊起植物學，丹特太太似乎沒修習過這門學科，儘管她說她喜歡花，尤其是「野花」。可是英葛蘭小姐是學過的，她賣弄似的大談植物學詞彙。不久我就發現，她是以植物學的專業詞彙企圖逼使丹特太太俯首稱臣，也就是說，她在玩弄丹特太太的無知。她的手法也許高明，但絕對不是善意。彈琴方面，她技藝良好；唱歌方面，她音色優美；她用法語和她母親說話，說得流利順暢，發音好極了。

瑪麗的長相看起來比布蘭琪溫和坦率，五官柔和得多，膚色也較白皙（布蘭琪黑得像個西班牙人）。只不過瑪麗欠缺生氣，臉上沒什麼表情，眼睛缺乏神采。她不太說話，一旦坐下來，就像神龕裡的雕像那樣紋風不動。姊妹倆都是一身潔白無瑕的裝扮。

那麼我現在是否就認爲布蘭琪是羅契斯特先生的選擇了呢？我還無法下結論，因爲我不知道他如何評判一位女性的美。倘若他喜歡威儀堂堂，那麼她是夠威儀堂堂了，況且她還活潑有才藝。我想大部分男士都會高度欣賞她吧！他也的確是欣賞她的，我似乎可以得到證明：只消看看他們兩人如何相處，謎底即可揭曉。

親愛的讀者，你該不會以爲在這段時間裡，阿黛爾一直都乖乖地坐在我腳前的矮凳上吧？當然不是！女士們一進客廳，她立即起身相迎，愼重地行禮如儀，端莊地用法文說：「女士們好！」

英葛蘭小姐態度輕蔑地低下頭來看她，叫道：「哇，眞可愛的小娃娃！」

利恩夫人評斷道：「我猜，這就是羅契斯特先生所監護的孩子了，他提到過的法國小女孩。」

丹特太太慈愛地拉起她的手，親吻了她一下。伊斯登家的艾咪和露易莎同時叫道：「多麼可愛的小孩啊！」

然後，她們把她叫到沙發前，她現就坐在那兒，伊斯登家的兩姊妹中間，交替使用著法文和破英文與她們交談；不僅吸引了年輕小姐們的注意，也引得伊斯登太太和利恩夫人注目，她讓眾人給寵得很開心。

最後，咖啡送上來，男賓們也被請進客廳。我坐在陰影處——若說這燈火輝煌的廳堂還有陰影處可言的話，窗簾的確是半掩著我的。門扉再次打開，男士們走進來，進場如同女士們一樣，甚爲壯觀：他們全都身穿黑色衣服，有幾位很高，有幾位很年輕。利恩家的亨利和弗德里克非常引人注目，丹特上校看來是位優秀的軍人。伊斯登先生（本區的治安法官）則一派紳士模樣，他的頭髮已灰白，眉毛和鬍子卻烏黑如昔，如此外貌使他給人一種「戲劇中尊貴長者」的印象。

繼承父親爵位的英葛蘭勛爵和他的姊妹們一樣，身材高眺、長相俊俏，不過他和瑪麗一樣，臉上缺乏神采，看起來似乎是四肢的發達更甚於精神活力與頭腦的靈活。

那麼，羅契斯特先生在那兒呢？

他是最後一個進來的，我並沒有盯著門瞧，但我看見他進來了。我努力要把注意力集中在手裡的針線活兒上，專心致力於我正在縫製的錢包——眞希望可以想著手中的工作就好，視線只要停留在銀色串珠和絲線上。然而，他的身影卻清晰映入我眼簾，使我忍不住回想起上次見到他的情景；那時，我才幫了他所謂的大忙，而他，握著我的手，低頭看著我的臉，眼睛審視著我，似乎心中充滿千頭萬緒欲對我訴說，而當時我也有那樣的情緒。那時我離他是何等的近！後來到底是發生了什麼事，以致我們之間的關係產生了變化？現在，我們的距離多麼遙遠！彼此何等陌生！疏離得我不敢奢望他會走過來跟我說話。所以當他連看都不看我，逕自走到客廳另一頭和幾位女士聊起天來時，我也不覺得奇怪。

我一發現他的全副精神都在那些女士們身上，即使偷看他也不會被發覺時，我的眼睛便不由自主望向他的臉，我無法控制眼皮，它們就是要抬起來，眼珠子就是要盯著他看。於是我看著他，內心升起一股喜悅，這是又喜又悲的感覺，就像純金，卻又帶著惱人的尖刺；就像一個快要乾渴而死的人，明知正爬向一個被下了毒的水井，卻仍屈身汲取那神聖的甘泉而飲之。

眞的是「情人眼裡出西施」。我家主人那張蒼白的橄欖色臉孔、方正寬大的額頭、粗黑的濃眉、深陷的眼睛、粗獷的容貌、堅毅冷酷的嘴，在在表現出活力、決心、意志，就美的標準而言，絕非俊美；但對我而言，這不只是俊美，而是充滿了魅力，深深影響著我，讓我臣服於他，將我發自心底的眞情緊鎖於他的喜怒哀樂之下。我從沒想過要愛上他。讀者諸君清楚得很，我曾經多麼努力地拔除在靈魂深處所發現的愛情種子，然而一見到久別之後的他，這些種子便逕自復活了，欣欣向榮，根莖粗壯！他無須看我，就已讓我愛上他了。

我將他跟他的賓客們放在一塊兒相比。利恩兄弟瀟灑出眾，英葛蘭勛爵溫文爾雅，丹特上校英姿勃發，但在他毫不矯飾的活力與自然的領袖氣質對照下，又算得了什麼呢？我對他們的外貌毫無興趣，對他們的神情漠不關心，雖然我知道大部分人都會認爲他們才是英俊挺拔、充滿魅力的人，羅契斯特先生卻生得相貌粗糙、表情陰鬱。我看見他們微笑，甚至開懷大笑，心中毫無感覺，畢竟於我而言，在蠟燭的光中即可見到他們微笑的心靈，在叮噹的鈴聲中即可尋見他們大笑的音韻。我看見羅契斯特先生微笑，他緊繃的線條趨於柔和，他的眼睛閃現聰明和仁慈，目光嚴厲卻又不失溫柔。那時他正在跟伊斯登家的露易莎及艾咪說話。我懷疑她們如何能如此冷靜面對那令我臉紅心跳的目光，我還以爲在他的注視下，她們會垂下眼睛，雙頰泛紅呢！當我發覺她們對他的注視無所反應時，心裡竟高興起來。「他對她們的意義迥然不同於我，」我想著，「他不是她們那一類的人。我相信，他和我同類——我確信他是我的族類——我覺得我和他很親——我明白他的一顰一笑、一舉一動所傳遞的訊息。雖然階級和財富遠遠隔開我們，但在我的頭腦和心靈，在我的血液和神經裡，我們彼此相繫。前幾天我不是才說過，除了從他手中接過薪津外，我和他沒有任何關係嗎？我不是禁止我自己，除了把他當雇主看待之外，不許對他有任何感情嗎？這眞是違逆自然哪！我一切美好、眞誠、活潑的情感都圍繞著他打轉。我知道我必須隱藏我的情緒，非得扼殺我的希望不可；我必須牢記他不可能在乎我。因爲當我說我是他的族類時，並不意味著我有他那樣的影響力和吸引力，我的意思只是我和他有著共同的品味和知覺。因此我得不斷提醒我自己，我們勢將分隔兩地——只是——只要我有一口氣在，還能思考，我終將愛他。」

咖啡已送上。女士們在男士們進來之後便活潑得像雲雀似的，談話越來越愉快。丹特上校和伊斯登先生熱烈地討論政治，他們的妻子就在一旁聽著。兩位高傲的遺孀，利恩夫人和英葛蘭夫人，坐在沙發上閒聊。喬治爵士，啊，對了，我忘記介紹他是位精神飽滿、身材高大的鄉間仕紳，站在她們坐的沙發前面，手中端著咖啡杯，偶爾插進一兩句話。弗德里克．利恩在瑪麗．英葛蘭身旁坐了下來，指給她看一本精美書冊裡頭的版畫；她看著，不時露出微笑，不過很明顯地，她的話不多。高眺冷漠的英葛蘭勛爵環抱雙手，靠在嬌小活潑的艾咪・伊斯登的椅背上，她抬頭看看他，鸚鵡似的吱吱喳喳說個不停，顯然她喜歡他甚於羅契斯特先生。亨利・利恩坐在露易莎腳旁的長椅上，阿黛爾和他一塊兒坐，他想用法語和阿黛爾交談，露易莎則笑他錯誤百出。布蘭琪是和誰配對呢？她獨自站在桌前，優雅地俯身看一本畫冊，似乎正在等人過去找她，不過她無須久候，便自己找了個伴兒。

羅契斯特先生剛離開伊斯登家的小姐們，獨自一人站在壁爐前，就像英葛蘭小姐自己一個人站在桌前一樣。她走到壁爐的另一頭站定，面對著他。

「羅契斯特先生，我以為你不喜歡小孩子呢？」

「我是不喜歡。」

「那你何苦去領養這麼一個小娃兒呢？（她指指阿黛爾）你從哪兒撿來的？」

「我沒有撿哪！她是人家送來的。」

「你該把她送到學校去。」

「我負擔不起啊！學費很貴的。」

「啊，我猜你給她請了位家庭教師，我看到有個人跟她在一起。那位教師走了嗎？噢，糟糕！她還在，就在窗簾後面。你當然得付錢給她了，我想這所費不貲，比學校更貴哩，因為你還得額外負擔她們兩人的生活。」

我擔心，或者我該說希望——羅契斯特先生會朝我這兒看，於是我不由自主更加往陰影處縮。不過，他連眼睛都沒抬起。

「我沒想過這種事。」他漠不關心地說道，眼睛凝視前方。

「是啊，你們男人從沒想過經濟和常識的問題。你真該聽聽我母親是怎麼說家庭教師的。瑪麗和我，至少有過一打以上的家庭教師，他們一半惹人嫌，一半讓人覺得可笑，總之全是夢魘。對不對，媽媽？」

「你說什麼，我的孩子？」

這位勳爵遺孀口中所稱的孩子，把問題重複了一遍，並加上解釋。

「我最親愛的孩子，別再提家庭教師了，這個字眼讓我神經緊張啊。他們的無能和任性眞是讓我痛苦不堪。感謝上帝，我終於不用再跟他們打交道了！」

丹特上校夫人俯身靠近這位虔誠的貴婦，跟她耳語了幾句。從她的反應來看，我猜似乎是丹特太太在提醒她，現場就有這麼一個惹人嫌的族類。

「眞討厭！」這位貴婦說：「希望這能讓她有所警惕！」然後便壓低聲量，不過，還是在我能聽到的範圍內，「我早就注意到她了，我深諳面相學，在她身上，我看到她那個階級的一切缺點。」

「什麼缺點呢，夫人？」羅契斯特先生大聲問。

「我私下再告訴你好了。」她答道，意味深長地搖晃了三次她頭上的金絲印度頭巾。

「可是我的好奇心會失去胃口哪！它現在就需要被餵飽。」

「你問布蘭琪好了，她離你比我近。」

「噢，媽媽，不要把他推給我嘛！其實對那些人，我只有一句話：他們煩死人了。我也沒吃他們多少苦頭啦！因爲我總有辦法對付他們。席奧多和我常常捉弄威爾森小姐、格雷斯太太以及朱伯特太太！瑪麗常常在上課時打瞌睡，沒有精神和我們一起作怪。捉弄朱伯特太太最好玩了，威爾森小姐是個病弱的可憐蟲，又愛哭又憔悴，總而言之，實在不值得我們去攻擊她，至於格雷斯太太，既粗魯又笨拙，怎麼整她都沒用。不過，一想到可憐的朱伯特太太，我腦子裡依稀可見她被我們故意打翻茶水、撕碎麵包、亂攪奶油、把書扔向天花板、用尺敲擊書桌，以及用火鉗敲打壁爐來製造打擊樂，給弄得快要崩潰、情緒失控的樣子呢！席奧多啊，你還記得那些美好的往昔嗎？」

「是——啊，我當然記得，」英葛蘭勛爵慢條斯理地回答：「那可憐的老傢伙常常大叫著：『你們這些壞小孩！』然後我們就訓斥她，自己什麼都不懂，竟然膽敢跑來教我們這些聰明伶俐的少爺小姐。」

「對啊！而且，席奧多，我還幫你控訴過，或說整過你那個被我們叫做『蒼白臉』、『不快樂牧師』的家庭教師維寧先生，記得嗎？他跟威爾森小姐竟自由地談起戀愛來，至少席奧多跟我是這樣想的。我們驚訝地瞧見他們彼此之間的深情對望與嘆息，那在我們的解讀便是『愛的印記』，而且我可以保證，我們的新發現給大家帶來好處唷，這件事被我們用來當作工具，把家裡的兩大重擔給掃了出去。親愛的媽媽一發現蛛絲馬跡，便認定這是傷風敗俗的事。對不對，親愛的母親大人？」

「那當然，我的好女兒。再說，我是對的，就任何一個家教良好的家庭來說，隨便也可以舉出上千條理由來解釋，爲什麼男女家庭教師之間的私通是不被容許的。首先——」

「噢，我的好媽媽！您就饒了我們吧！不勞您費心逐條列舉，我們都知道啦。比方說，教壞純眞的孩童；墜入愛河的兩方只顧談戀愛，造成心不在焉、怠忽職守的結果；再接下來就是過度自信、傲慢無禮、頂撞雇主、亂發脾氣……等等的。對不對，英葛蘭莊園的英葛蘭勛爵夫人？」

「我的百合花，就像往常一樣，你說得對極了。」

「那就到此爲止，我們換個話題吧！」

艾咪·伊斯登不知是沒聽到還是沒理會這道宣判，逕自用她那嬰孩似的細弱嗓音說：「露易莎和我以前也常對我們的家庭女教師惡作劇，可是她人實在太好了，我們怎麼樣都無法惹她生氣，她全忍下來了。她從來沒罵過我們，對不對，露易莎？」

「對啊！我們喜歡怎麼樣就怎麼樣，亂翻她的書桌和針線盒，把她的抽屜倒空。她脾氣太好了，我們要求什麼，她就給什麼。」

「我猜，這下子，」英葛蘭小姐說，譏諷地將嘴唇往上翹，「我們可以來寫一本女家庭教師回憶錄了。爲了避免這樣的不幸發生，我再次建議換個話題。羅契斯特先生，你附議嗎？」

「高貴的女士，我支持你，就像我支持你所有的決議一樣。」

「那麼，我得找個新鮮事來做了。羅契斯特先生，你今晚能唱歌嗎？」

「如果你下令，我當然照辦。」

「那麼，我命令你清清你的肺和其他的發音器官，好讓它們能爲我效勞。」

「有誰不願意當你這位神聖瑪麗女王的里奇奧[1]呢？」

「里奇奧算什麼！」她嚷道，將一頭鬈髮往後甩，朝鋼琴走去。「依我看，里奇奧那個小提琴手乏味得很，我比較喜歡膚色黝黑的伯斯偉[2]。我覺得，一個男人如果沒有一點兒惡魔氣質，就不算什麼了；歷史對於伯斯偉自有其評論，但我有我的看法，他是那種狂野激烈，我願意下嫁的俠盜英雄。」

「男士們，聽到了吧！好了，誰最像伯斯偉？」羅契斯特先生叫道。

「我想雀屏中選的人應該是你。」丹特上校回應道。

「老實說，我非常感謝你。」羅契斯特先生如此回答。

英葛蘭小姐此時已萬分高雅地端坐鋼琴前面，雪白外衣猶如王后般氣派地向四周圍鋪開，接著指縫間便流瀉出一段精湛的序曲，伴隨著談話。今晚她一副不可一世的高姿態，不管是言談或氣質，不僅要吸引眾人的注意，更想贏得大家的讚嘆。她顯然是想用活潑大膽的作風讓人對她留下深刻印象。

「噢，我對時下的年輕男人厭煩至極！」她一面飛快地彈奏鋼琴，一面大聲說道。「微不足道的可憐傢伙們，連走出爸爸莊園的大門口都沒辦法，更別提走到媽媽不允許或沒有媽媽照顧的地方了！這些人淨關心他們漂亮的臉蛋、白皙的雙手和小巧的雙腳，彷彿男人和愛美也有所關聯似的！彷彿可愛不只是女人的專利——天生屬性和權利！我認爲，女人若醜，就是一種污點；至於男人，就該擁有剛猛與氣力，讓狩獵、射擊與戰鬥成爲他們的座右銘，其他方面都該是微不足道的。如果我是男人，我就會如此。

「不論我何時結婚，」她說完停了一下，見沒有人接腔，便繼續說下去，「我已下定決心，我的丈夫都不該是我的對手，只能是我的陪襯。在我的王位旁，絕不允許有競爭者，我要求絕對的效忠；他不能既忠於我，又忠於他鏡子裡的自己。現在，羅契斯特先生，唱歌吧！我將爲你伴奏。」

「我完全聽從女王陛下的吩咐。」他答道。

「這是一首海盜之歌。要知道我非常喜愛海盜，因此，慷慨激昂地唱吧！」

「英葛蘭小姐雙唇所發的命令，能教一杯牛奶和水也慷慨激昂起來呢！」

「那麼，你得小心了，如果你不能唱得讓我滿意，我會用正確唱法來羞辱你一番。」

「啊，那對無能者來說是一種獎勵，我當盡力唱砸才是。」

「小心你說的話！如果你故意唱不好，我會設計出相應的懲罰來。」

「英葛蘭小姐該慈悲爲懷，因她握有讓凡夫俗子承受無法忍受之懲罰的力量。」

「哈！你得解釋一下！」女士命令道。

「請原諒我，小姐，這無須解釋。你自己優秀的直覺會讓你知道，你一個皺眉便等於判人死刑了。」

「快唱吧！」她說，又碰了一下鋼琴，慷慨激昂地彈奏起來。

「現在該是我開溜的時候了。」我思忖道，然而，隨即在空中響起的歌聲攫住了我。費爾法斯太太說過，羅契斯特先生擁有一副好嗓子。沒錯，他的聲音渾厚低沉，再加上他注入其中的感情和力量，讓他的歌聲由聽者耳朵直入心窩，形成一股莫名的感動。我待到最後一個沉穩豐厚的顫音結束，談話的聲浪再度響起，才從隱蔽的角落起身，幸運地從近在身旁的側門離開。從那兒有一條狹窄甬道直達大廳，走路時我發現鞋帶鬆掉了，於是在樓梯口的踏墊處蹲下身來，想把鞋帶綁好。那時，我聽到餐廳門被打開的聲音，一位男士走了出來。我快速起身，卻正好和那人面對面，他不是別人，正是羅契斯特先生。

「你好嗎？」他問。

「我很好，先生。」

「剛剛在客廳裡，你爲什麼不過來跟我說話？」

我想，何不以這個問題反問那個問話的人？但我不想僭越，便答道：「因爲您似乎樂在其中，我不便打擾。」

「我不在的時候，你都做些什麼？」

「沒什麼特別的事，像往常一樣，教阿黛爾念書。」

「你臉色蒼白多了，我一眼就看到啦。怎麼回事？」

「沒事的，先生。」

「在你差些淹死我的那個晚上，你是不是著涼了？」

「一點兒也沒有。」

「回客廳去，你太早走了。」

「我累了，先生。」

他看了我一會兒。

「你心情不太好，」他說：「怎麼了？告訴我。」

「沒事，沒什麼，先生。我沒有心情不好。」

「可是我敢說你心情不好，低落得再多說幾句，你就要哭了——眞的，眼淚都在眼眶裡打轉，晶亮亮的，有一顆淚珠已經滾出睫毛，滑落到地板上了。如果我有時間，而且不必擔心哪個多話的僕人正巧走過，我一定會問個清楚的。好吧！今晚就放你一馬。不過，我要你知道，只要我的客人們還在，我就希望你每晚都能在客廳裡出現，這是我的願望，別不把它放在心上。好了，你走吧，去叫蘇菲來帶阿黛爾回房。晚安，我的——」他不說了，咬咬嘴唇，倏地走開去。

譯註：

1 里奇奧（David Rizzio, 1533-1566），義大利小提琴手，為蘇格蘭女王瑪麗・斯圖亞特的寵臣。

2 伯斯偉侯爵，名詹姆斯・赫本（James Hepburn, 1534-1578）為蘇格蘭瑪麗女王的第三任丈夫。

Chapter 18

第十八章

這幾天，桑費爾德充滿了歡樂，也忙碌無比，跟我剛到此地最初三個月的平靜、單調和孤寂相比，眞是天壤之別！一切悲傷的感覺似乎都從這房子裡給驅逐出去了，所有陰鬱的連結亦全給遺忘了，處處生意盎然，整天都有活動。如今，走在那原本靜謐的長廊，或踏入那原先無人居住的前排臥房時，很難不遇上靈巧漂亮的侍女或穿著時髦的男僕。

廚房、餐具房、僕役室、門廳，也是同樣繁忙；大小客廳裡，除非風和日麗的春季氣候和晴空萬里將裡頭的人全給引出去，否則難有空閒的時候。其實就算天候不佳，陰雨連綿個幾天，潮濕發霉也掩蓋不住屋裡的歡笑連連：就算不能到戶外去玩樂，室內仍有精采娛樂可讓大家玩個夠。

當他們提議換個新鮮的娛樂時，我忍不住想，他們到底要玩些什麼？有人說要玩「看手勢猜字謎」，不過我完全不懂這個遊戲。僕人們被叫進來把餐廳裡的桌子全搬出去，改變擺放燈光的地方，並且把椅子對著拱門排成一個半圓形。當羅契斯特先生和其他男士們指揮著這些變動時，女士們則忙著上下樓梯，搖鈴招喚她們的侍女。費爾法斯太太也被找去，問及這屋裡有多少披肩、衣服、帷幔可用之類的，於是三樓有部分的衣櫃被翻出來了，裡頭的東西像是錦緞、澎裙、綢緞袍子、黑色服飾、蕾絲垂飾等等，都讓侍女們滿懷滿懷地抱下樓來。這些東西須經過二次篩選，然後把選出來的物品再拿到客廳裡頭的侍女專用小客廳去放。

在此期間，羅契斯特先生把女士們招集到他身邊，要從中挑選幾名隊友。「英葛蘭小姐和我一組，這是當然的。」他說。之後，他又選了伊斯登家的兩位小姐，以及丹特太太。他看著我，我正好站在他旁邊，因爲那時我在幫丹特太太把鬆開的手鍊扣好。

「你要玩嗎?」他問。我搖搖頭。他並未堅持要我參加,我原先還很怕他會的,不過他允許我靜靜地回到我的座位上。

現在,他和他的隊友們都退到布幕後面去了。另一隊則由丹特上校領軍,在排成半圓形的椅子那兒坐下,其中的一位男士伊斯登先生,他看到了我,似乎認爲應該邀我加入他們才是,但英葛蘭夫人斷然否決了這個提議。

「不用了,」我聽到英葛蘭夫人說:「她一副笨相,玩不來這種遊戲的。」

不久之後,鈴聲響了,布幕拉起,拱門裡出現了身裹白色床單的喬治·利恩爵士臃腫的身影,他也是羅契斯特先生挑選的隊員。他面前有一張桌子,上面擺著一本打開來的書,在他身旁站著身披羅契斯特先生斗篷的艾咪·伊斯登,她手裡捧著一本書。有個躲在幕後的人敲出愉悅鈴聲,然後阿黛爾(她堅持要參加她監護人的那一隊)蹦蹦跳跳地上前,將攬在胳臂彎中花籃裡的花拋撒出來。接著出現的是美麗華貴的英葛蘭小姐,她一身雪白,頭上罩著長面紗,額上戴著玫瑰編成的花冠,羅契斯特先生走到她身旁,然後兩人一起走到桌前跪下。丹特太太和露易莎·伊斯登接著上場,兩人站在他們後面,也是一身雪白。這是一場典禮,只是用默劇方式演出,大家很容易猜出來,這演的是一場婚禮。表演完,丹特上校和他的隊員們低聲討論過兩分鐘左右,上校大聲說出:「新娘!」羅契斯特先生一鞠躬,布幕便又拉上。

不算短的中場時間過去,布幕再度拉開。第二幕的場景比第一幕布置得更爲用心。餐廳和小客廳中間原先就隔著兩級台階,他們在最上頭那一級台階往內一兩碼處,放了個很大的大理石洗滌盆,我認得出這是常擺在盥洗室裡的裝飾(以前這洗滌盆是放在一堆奇花異草中間,裡頭還養著金魚),他們肯定是費了一番工夫才把它搬到這兒來,因爲它既重且龐大。

羅契斯特先生坐在洗滌盆旁邊的地毯上，脖子上圍了條領巾，頭上包著頭巾。他黑亮的雙眼、黝黑的皮膚和異教徒般的五官，跟那一身裝扮眞是絕配，他看起來就像一位東方伊斯蘭國家的統治者，一位執行絞刑的人，或一位絞刑下的犧牲者。接著上場的是英葛蘭小姐，她也是一身東方裝扮，一條紅色絲巾作飾帶綁在腰上，在兩邊太陽穴上是打了結的繡花手絹，其美麗的雙臂裸露著，她用一隻手抱起一個水瓶，優雅地頂在頭上。她的體態、容貌、膚色和神情均不禁讓人聯想到族長時代的以色列公主，無疑的，這就是她想要扮演的角色。

她走近洗滌盆，彎下身去，彷彿在用水瓶汲水，然後將水瓶放回頭上頂著。此時坐在井邊的人似乎在跟她說話，像在要求些什麼，她急忙拿下瓶來，托在手上給他喝。他從長袍中取出一只盒子打開，將裡頭精美的手鐲和耳環都給她看，她露出一副驚訝讚嘆的模樣，他跪著將這些珍寶放在她的腳旁。她的神情和姿態顯露出不可置信卻又欣喜萬分的樣子，隨後，這陌生人將手鐲戴在她的手臂上，並爲她戴上耳環。這齣默劇演的是《創世紀》中，以利以謝和利百加的故事[1]，只是少了駱駝而已。

負責猜謎的那一隊再一次交頭接耳地討論，顯然對該用哪個字詞來回答持有不同見解。此時，他們的發言人丹特上校要求「一個完整的表演」，於是布幕再度放下。

布幕第三次拉開，只露出一小部分客廳，其餘部分用一塊粗黑布篷遮起來。大理石洗滌盆被移走，換成一張木桌和一把廚房用椅，這些景物都出現在一盞角燈的微弱光線下，因爲所有蠟燭皆已吹熄。

在這樣寒酸的光景中，一個坐著的男人雙手握拳放在大腿上，雙眼垂看地面。那人蓬頭垢面，衣衫不整（他的外套斜掛在一隻臂膀上，彷彿在鬥毆中遭人撕扯下來似的），可我知道是羅契斯特先生，儘管那張絕望生氣的臉，那頭衝冠的怒髮，幾乎讓人認不出他來。他一走動，腳鐐就啷噹作響，手腕上還戴著鎖銬。

「拘留所！」丹特上校大叫道，謎底揭曉了。

過了許久，表演者才換回原來的衣服。他們再次走進餐廳，羅契斯特先生領著英葛蘭小姐，她正在誇讚他的演技。

「你知道嗎?」她說:「在這三個角色裡,我最喜歡你最後一個角色。噢,如果你早幾年出生,會是個何等豪氣干雲的盜帥啊!」

「我臉上的煤灰都洗掉了嗎?」他轉頭問她道。

「哎呀!是啊,眞可惜!那暴徒的胭脂再適合你的臉色不過啦。」

「這麼說,你喜歡強盜囉?」

「義大利匪徒最佳,英國強盜居次。若說要勝過義大利匪徒的,就只有黎凡特海盜[2]了。」

「哈,不管我是什麼人,記住,你都是我的妻子,一個小時前我們才當著這群見證人的面結婚而已呢。」

她咯咯笑起來,臉上泛起紅暈。

「丹特,現在換你們上場了。」羅契斯特先生說。於是另一隊人退出去,他和他的隊友們便在空出的椅子上坐下來。英葛蘭小姐在她隊長的右手邊坐定,其他隊員們則分坐他們兩旁。我現在根本不去看表演的人了,也不再興致勃勃地期待布幕拉開了,我的注意力反落在觀眾席上,不久前盯著拱門看的雙眼,現在卻只注視排成半圓形的座位。丹特上校和他的隊員們表演些什麼字謎,選用些什麼字詞,表演得如何,我一點兒印象也沒有,只注意到每場表演後觀眾席間的討論:我看到羅契斯特先生轉頭望向英葛蘭小姐,英葛蘭小姐也轉頭看看他;我看到她的頭靠向他,黑玉般的鬈髮都要碰到他的肩膀,貼到他的臉頰了;我聽到他們彼此低語,回想起他們對望的眼神,即便現在我仍能感受到他們那種眼神在我心裡激盪出的波動。

親愛的讀者,我告訴過你們,我已愛上羅契斯特先生了。現在早無法只因他不再注意我,不能只因我在他身邊好幾小時他也不會朝我所在方向看上一眼,不能只因他所有精神都放在那位高貴小姐身上(那位連走過我身邊都不屑讓裙襬碰到我,或在她那對傲慢的黑亮雙眸不經意看到我時便急著收回視線,以免傷了她眼睛的小姐），我就停止愛他。即使因爲我確信他不久後便會娶她——即使因爲我每天都見到她自信滿滿地篤定他會娶她，即使因爲我時刻都見到他一副漫不經心、欲擒故縱的姿態，可偏偏這種漫不經心讓他更顯魅力，偏偏這種姿態更讓他令人難以抗拒——即使如此，我也無法停止愛他。

即使在這樣的景況中，讓人失望的時候居多，我也無法冷卻或放逐心中的愛。親愛的讀者，你也許認爲這會讓我妒火中燒，唉，若是像我這種地位的女人膽敢忌妒英葛蘭小姐那種身分地位的女人的話。然而，我並不忌妒她，或者並不怎麼忌妒她。我所受的痛苦豈是這個字眼所能形容！英葛蘭小姐不值得我忌妒的。

她根本引不起我的妒意。請原諒我這種矛盾的說法，但我說的是實話。她的確光彩耀眼，但是太過矯揉做作；外貌出眾，又多才多藝，但卻心靈貧瘠，她的內心根本就是一片荒地，那樣的土壤長不出自然造物，再怎麼新鮮亦不過是人工果實。她並不優秀，尤缺乏創意，淨會賣弄書本裡的學問，她從未提出，或說從未有過自己的創見。她鼓吹高尚的情操，卻缺乏同情憐憫的胸懷，心中根本沒有溫柔與眞誠。她常常洩了自己的底，因爲她對小阿黛爾實在表現得太不友善了，如果阿黛爾碰巧靠近她身邊，她便會沒好氣地推開她，又或者叫她離開房間，她總是冷漠嚴厲地待她。除了我之外，另一雙眼睛也同時在觀察這些顯露性格的作爲——密切、敏銳且機靈地注意著。是的，未來的新郎羅契斯特先生自己也不停地看見這一切，就是因爲他的睿智、他的愼重，以及他對其美麗佳人之缺點有著無與倫比的瞭解，使得他對她興趣缺缺，顯而易見。而這也就是我痛苦的根源。

我知道他是基於家庭背景，甚或政治因素的考量，才打算跟她結婚，因爲她的家世背景適合他的需要。我覺得他並不愛她，而她也不配得到他的珍愛。這就是問題所在，這就是觸動我心弦的關鍵，這就是我對他的愛不減反增的原因呀。她吸引不了他。

倘若她立即獲得勝利，讓他立刻拜倒在她的石榴裙下，並虔誠地將他的心奉獻於她腳前，我將馬上掩臉面壁（打個比方），死了這條心。倘若英葛蘭小姐個性善良、高尚、賦有力量、有情、仁慈又明理，那麼，我將必須與忌妒和絕望這兩頭猛獸作生死鬥；屆時，即使我的心被撕裂、呑噬，我仍將讚美她，承認她的優秀，默默度過我的餘生：她的非凡超卓愈絕對，我對她的讚嘆就愈深切，而我內心的平靜也就更加眞確。然而，事實上卻是英葛蘭小姐用盡手段想要魅惑羅契斯特先生，雖是一次次失敗——她自己卻始終未曾察覺，逕自徒勞地妄想她的每一招都如願奏效、成功在望，殊不知她的驕傲與自負反將她所欲魅惑的對象越推越遠。親眼見證這些，我應聲跌入無邊的激情與痛苦的自我壓抑中。

因爲在她失敗時，我卻知道她該怎麼做才會成功。那些瞄準羅契斯特先生，卻紛紛飛過他胸前而一點作用也沒發生即墜落他腳邊的箭矢，若由一隻較爲穩當的手所射出，肯定當下即會正中紅心，將愛注入他那嚴厲的眼睛，將溫柔射入他那嘲諷的臉龐，甚或，可以一箭不發就不動聲色地擄獲他。

「她有那麼好的時機，可以離他那麼近，爲何影響不了他？」我自問著。

她肯定不是眞心喜歡他，更別說是眞心愛他！如果她是的話，就無須誇張地假笑、猛拋媚眼、矯揉造作，裝腔作勢了。依我看，她只需安靜地坐在他身旁，少說些話，少無意義的亂瞧，反倒更能貼近他的內心。我就曾經看過在她不是那麼故意諂媚時，他臉上所出現的截然不同之表情，完全不是在她努力賣弄時他板起臉孔的樣子：那完全是自然舒暢的神情，不是在有意施展的媚功與特意的心計下所能汲引出來的。自然就好！眞誠地回答他的問題，需要和他說話時，不要惺惺作態，誠實無僞即可——那種自然舒暢的表情就會更形明顯，進而愈益溫柔、愈益和藹，如同溫暖人心的陽光。像她這樣，在兩人結婚後，她要怎麼討他歡心呢？我不認爲他們能過得幸福，然而他們的確有可能獲致幸福，而且我深信，他的妻子可以成爲陽光下最幸福的女人。

到目前爲止，對於羅契斯特先生打算因爲利益，與家世背景相符之人聯姻一事，我未曾發過怨言。雖然我剛發現這樣的企圖時，的確嚇了一跳，因爲我一直以爲他的擇偶條件不會如此世俗的；然而一旦深入考量了兩方社會地位、教育背景等因素後，我就不認爲該論斷或怪罪羅契斯特先生或是英葛蘭小姐了，畢竟他們都只是遵循那個階級的人從小就熟悉的觀念、原則來行事而已。那個階級的人向來都遵奉這些原則啊！我猜，他們這樣做，自有我無法探知的原因在。然而，我若有羅契斯特先生那樣的地位，我將會只娶自己所愛的女人爲妻——話說回來，這樣做，不是明顯有益於丈夫的幸福嗎？爲何羅契斯特先生卻不這樣做？我肯定是忽略了其中某些環節，要不然整個世界老早照我所想的那樣去運行了。

除了這一點，在其他事上我對我的主人也愈形寬容了，我逐漸淡忘他的缺點，那些我以前曾仔細觀察過的缺點。我曾努力探究他的個性，分析出優點和缺點評比一番，公正地做出結論。而現在，我已看不出他有什麼缺點。那曾經使我不舒服的譏諷和令我吃驚的嚴厲，現在看來都只不過是精選菜餚中辛辣的調味品而已，它們的存在讓人感到辛辣刺痛，可欠缺它們卻又顯得平淡無味。至於那曖昧難辨的神情——是居心叵測還是憂鬱難當，是別有用心還是悲觀沮喪？用心觀察的人有時可在他眼裡看到這些感情的流露，但還來不及細看，這半開的門扉便又緊閉。以前那老是讓我害怕退縮、讓我覺得猶如行走在隨時可能爆炸的火山表面，且冷不防便會震動一下，彷彿要將地面震出裂口那股難以言喻的感受，直到如今仍懸在我心頭，仍讓我感到震顫，而不是毫無知覺。對於這些，我不想避開，反倒想挑戰——想探究其根源。我想，英葛蘭小姐何其幸福，因爲有一天，她可以從容不迫地看進這個深淵，探索其奧祕，分析其本質。

在我只想著我的主人和他未來的新娘，只聽見他們說話，只關心他們一舉一動的同時，其他人也各有其好玩的事情忙著。利恩夫人和英葛蘭夫人繼續一本正經地談話，間或對著彼此互點一下包裹頭巾的頭，有時也對彼此伸出雙手，做出驚訝、高深莫測或害怕等等表情，端看他們談話的主題而定，兩人看來彷彿一對大型木偶。溫和的丹特太太和善良的伊斯登太太說著話，兩人不時對我寒暄、微笑。喬治·利恩爵士、丹特上校以及伊斯登先生在談論政治、郡內事情或有關司法的事務。英葛蘭勛爵正在對艾咪·伊斯登獻殷勤；露易莎彈琴唱歌給一位利恩先生聽，有時兩人也一起唱；瑪麗・英葛蘭慵懶地聽著另一位利恩先生雄辯滔滔。有時候，所有人似乎都頗有默契地停下自己的小串場，靜觀傾聽兩位主角的動靜。畢竟，羅契斯特先生以及這位跟他有密切關係的英葛蘭小姐，是整個聚會的焦點與重心。如果他離開一個鐘頭，一種明顯可辨的沉悶氣氛就會悄悄爬上賓客們的心頭，他一回來，便又讓一屋子客人開始清新愉快的談話。

少了他在場就使大家缺少活力的情形，在他有要事被找去米爾科特且晚歸的那一天尤其明顯。那日下午天雨路滑，大家本打算要到乾草村後面那塊公有地去看看新近在那兒紮營的吉普賽人，後來只好延期。紳士中有幾位起身到馬廄去，年輕的紳士們則和年輕淑女們在撞球房裡玩撞球。兩位貴族遺孀，利恩夫人和英葛蘭夫人，安靜地打牌解悶。布蘭琪・英葛蘭傲慢地不理會想和她一塊兒聊天的丹特太太和伊斯登太太，她先是到鋼琴那兒彈了幾首感傷的曲子，嘴巴跟著哼了一會兒，然後從書房裡隨手抽了本小說，肆無忌憚又懶洋洋地往沙發上躺，準備用小說的魅力來打發這一段主人不在的無聊時光。房間裡和整幢屋子都靜悄悄的，只有偶爾從樓上撞球房裡傳來打撞球那群賓客愉快的笑聲。

夜幕低垂，鐘聲提醒人們，該是換裝打扮、進餐廳用餐的時候了。就在那時，緊鄰著我，跪坐在客廳窗台上的小阿黛爾，突然大聲叫道：「是羅契斯特先生，他回來了！」

我轉過身，英葛蘭小姐倏地從沙發上起身衝到窗前，其他人也放下手邊的事一起看過來。在此同時，濕答答的碎石路上響起車輪的嘎搭聲和馬蹄踩得水花飛濺的聲音。一輛驛馬車逐漸駛近。

「他怎麼這副德性回來？」英葛蘭小姐說：「他出門時騎的不是黑色駿馬梅斯羅嗎？派洛也一塊兒去的。他把動物們怎麼了？」

她一面說著這些話，一面把她高大的身軀和膨起的衣裙往窗台擠，我只好盡量往後站，讓出空間給她，害得我的脊椎骨都快斷了。她在匆忙之中，一開始沒注意我，不過當她看到我後，便撇撇嘴，站到另一個窗前去了。驛馬車停了下來，駕車的人過來拉門鈴，一位全身旅行裝扮的紳士走下馬車，卻並非羅契斯特先生，那是個身材頗高、穿著時髦的陌生人。

「眞氣人！」英葛蘭小姐叫道：「你這隻討人厭的猴子！（她指向阿黛爾）誰讓你坐在窗台上胡謅的？」然後生氣地瞪了我一眼，好像是我的錯似的。

大廳裡傳來說話聲，不久，那陌生男子走進來。他向英葛蘭夫人鞠躬致敬，顯然認爲她是屋裡最年長的女士。

「想必我來得不是時候，夫人，」他說：「因爲我的朋友羅契斯特先生不在家。不過，我從遠方而至，且身爲他的親密老友，我大膽請您容許我待在這兒等他回來吧！」

他的態度彬彬有禮，說話的口音讓我有些訝異，不完全是外國腔，也不全然是英國腔。他的年紀看起來跟羅契斯特先生差不多，在三十到四十歲之間，臉色過分蒼白，要不然倒是個好看的男人，乍見之下尤其覺得如此，但若是細看，就會發現有些讓人討厭或說不討人喜歡的地方。他的五官端正，眼睛很大，樣子也好看，可卻沒什麼生氣，有些呆滯的感覺——至少，我是這麼認爲。

更衣換裝的鈴聲響了，驅散了大夥兒們。直到晚餐後我才又看見他，他似乎比先前輕鬆自在多了，不過我卻比先前更加討厭他的相貌，覺得他一副若有所思的病懨懨樣。他的眼神游移且漫無目的，這樣的神情讓他看起來頗是怪異，我從未見過這樣的人。雖然他長得好看，人也不算不親切，我卻覺得他很討厭：在那張皮膚光滑的鵝蛋臉上，絲毫不見力量；在那鷹勾鼻和櫻桃般的小嘴上，完全欠缺堅毅；在那又低又平的前額上，沒有思想可言；在那空洞的棕色大眼睛裡，根本毫無威儀。

我坐在慣常坐的角落裡，看著正好迎向壁爐架上燭台所傾瀉光芒的他，因爲他正好坐在壁爐前的扶手椅上，離火爐很近，可是他還越坐越靠近火爐，彷彿很冷似的。我拿他跟羅契斯特先生相比，我想（並非心存不敬）兩者間的不同，比起一隻肥鵝和一隻悍鷹來說有過之而無不及，也像一隻溫馴的綿羊和一隻毛髮蓬亂、目光銳利的牧羊犬之間的差異那般巨大。

他像提起一個老朋友般地說著羅契斯特先生。他們之間的友誼還眞教人感到稀奇，不就是那句老話「兩極相通，剛柔相成」的最佳寫照嘛！

兩三位男士坐在他旁邊，有時坐在屋裡另一端的我可以聽見他們談話的片段。起初我無法聽懂他們到底在說些什麼，因爲坐在我附近的露易莎・伊斯登和瑪麗・英葛蘭吱吱喳喳地交談，讓偶爾傳進我耳中的談話片段斷了意義，她們兩人都稱他爲「美男子」。露易莎說他是「可愛的人兒」，而且她「愛慕他」，瑪麗則舉出他「可愛的小嘴以及好看的鼻子」做爲他堪稱其偶像的例證。

「而且他的前額多麼甜美溫和啊！」露易莎叫道：「如此平滑，沒有我所討厭的皺眉等等怪樣。還有那麼沉靜的眼神和微笑！」

那時，剛好亨利・利恩先生敦請她們到客廳另一頭，商討關於乾草村之行延期的幾個問題，讓我鬆了一口氣。

現在，我可以把注意力集中在火爐前面那幾個人的談話上了，這下子我知道那位訪客叫梅森先生。隨即更得知他才剛到英國不久，是從某個熱帶國家來的：這就對了，難怪他的臉色那麼蒼白，坐得離火爐那麼近，而且在屋裡還穿著大衣。後來談話中出現了牙買加、京斯頓和西班牙城等地名，足見他住在西印度群島；不久更讓我吃驚的是，原來他是在那兒結識羅契斯特先生的。他提及他的朋友不喜歡那兒的酷熱、颶風和雨季。我知道羅契斯特先生喜歡旅行，費爾法斯太太曾經這麼說過，可我以爲他最遠也只是去到歐陸，在這之前，我從不知道他去過那麼遠的地方。

我正思索著這些事，然而一件突如其來的意外打斷了我的思緒。那時剛好有人開門進來，梅森先生便冷得直打哆嗦，要人再給火爐添些煤炭，因爲火爐裡儘管餘燼仍紅得透亮，卻已沒了火焰。進來添炭火的僕人在離去時，走到伊斯登先生的座位旁，低語了幾句，我只聽到「老婦人」、「很難纏」之類的字眼。

「告訴她，要是再不走就把她抓起來。」這位治安官答道。

「不——別那麼做！」丹特上校插嘴道。「伊斯登，不要趕她走，我們也許可以利用一下這個機會。最好先問問女士們。」於是他放大音量，說道：「女士們，你們說過要到乾草村的吉普賽營區去參觀。山姆剛剛來說，有一位吉普賽老婦人此刻正在僕役間裡，堅持非得上來給『顯貴們』算命不可。你們要見她嗎？」

「說眞的，上校，」英葛蘭夫人高聲說道：「你不會讓這麼一個低賤的騙子上來吧？應當立刻打發她走才是！」

「可是，夫人，我怎麼也請不走她，」僕人說：「其他僕人也沒辦法。費爾法斯太太正在和她周旋，拜託她離開，她卻自己搬了把椅子在煙囪旁坐下，說是除非讓她上這兒來，否則她怎麼樣也不肯走。」

「她想做什麼？」伊斯登太太問。

「回夫人的話，她說『要爲仕紳貴婦們算命』，而且還發誓說她非算不可，且必定能算成。」

「她長相如何？」兩位伊斯登小姐異口同聲問道。

「回小姐們的話，她又黑又醜，像個老瓦甕似的。」

「哈，眞是個老巫婆哩！」弗德里克．利恩說：「那，我們非得請她上來不可。」

「沒錯，」他的兄弟跟著附和：「錯失這個好玩的機會未免太可惜了。」

「兒子們，你們想做什麼呀？」利恩太太驚叫道。

「我絕不贊成任何形式的胡鬧。」英葛蘭夫人嚴正回應。

「您會贊成的，媽媽，您贊成吧！」布蘭琪高傲的聲音響起，她正從琴凳上轉過身，在此之前她一直沉默地坐在那兒，明顯是在翻看各種樂譜。「我很想讓人算算命，所以，山姆，叫那個老太婆過來。」

「我親愛的布蘭琪！冷靜——」

「我當然很冷靜——我再冷靜不過了，而且我要照自己的意思去做——快去啊！山姆。」

「對——對——對！」所有的年輕紳士淑女們齊聲大叫。「讓她過來吧，肯定會很好玩！」

僕人仍舊站在原地。「她看起來很粗野。」山姆說。

「去！」英葛蘭小姐忽然大喝一聲，僕人於是走了出去。

一夥人立時顯得興奮不已。山姆回來時，大家正興高采烈地說笑。

「現在她倒不來了，」山姆說：「她說現身於『一群平凡大眾』面前並非她意，她眞是這麼說的。我得單獨領她到一個房間裡面，凡是想找她算命的人都得一個個進去找她。」

「現在你知道了吧，我威儀有如女王的布蘭琪？」英葛蘭夫人開始說道：「她食髓知味哪！聽話，我的寶貝女兒——而且——」

「那當然領她到書房去囉，」母親尚未說完，她的寶貝女兒就插嘴道。「當著一群平凡大眾讓她替我算命也不合我意，就讓她替我一個人算命吧。書房裡升起火了嗎？」

「是的，小姐——可是她看起來那麼粗野。」

「別碎碎念了，蠢材！照我的吩咐去做！」

山姆再次離開，神祕、活力和期待重新盈溢整間客廳。

「她準備好了。」山姆再次走進來時宣布道。「她想知道哪位要先進去。」

「我想，我最好在女士們進去前先去看看情形。」丹特上校說。

「山姆，告訴她，有一位男士前去。」

山姆去了又回來。

「先生，她說她不替男士們算命，他們不必勞駕上她那兒去了，而且，」他努力不笑出來，補充道：「也不替年輕單身以外的女士們算命。」

「什麼？她還眞挑哪！」亨利・利恩高叫道。

英葛蘭小姐嚴肅地站起身來。「我第一個去。」她說，語氣儼如一位率眾衝鋒陷陣的敢死隊隊長。

「噢，我的寶貝！我的心肝！不要衝動啊，要三思！」她母親叫嚷起來。

然而她卻嚴肅沉默地走過母親身旁，穿過丹特上校打開的門出去，我們聽見她走進書房裡。

接著，大家相顧無言。英葛蘭夫人想，這時她也許該扭絞起雙手才是，便依著想法做了。瑪麗・英葛蘭說她才不敢冒這種險呢！艾咪和露易莎・伊斯登細聲竊笑，不過看起來有些害怕。

時間緩緩流逝，十五分鐘過去，書房的門才打開來。英葛蘭小姐穿過拱門，走回我們中間。

她會笑嗎？她會把這件事當笑話看嗎？所有人的眼睛都帶著急迫的好奇心迎接她，她卻以嚴峻和冷漠回應眾人目光。她看起來既不慌張也不歡喜，只是動作僵硬地走回座位，一語不發地坐了下來。

「怎麼樣呢？布蘭琪？」英葛蘭夫人說。

「她怎麼說，姊姊？」瑪麗問。

「你有什麼想法呢？你覺得怎麼樣呢？她眞是個算命師嗎？」兩位伊斯登小姐同聲問道。

「好了，好了，你們這些好心人，」英葛蘭小姐回應：「別逼問我了。你們眞的很好奇，也很容易輕信別人。你們，包括我的好媽媽在內，都把這件事情看得很重要，全以爲這屋裡來了一個法術高強的巫婆似的。我只不過見到一個流浪的吉普賽人，而她也只是用老掉牙的那一套幫我看看手相，告訴我一些吃這行飯的人常說的話罷了。我也玩夠了。我想，現在伊斯登先生可以照他先前所放的話去做，明天早上就把那老巫婆抓去關。」

英葛蘭小姐拿了本書，坐進椅子裡，不再開口了。我觀察她將近半個小時，她連一頁書都沒翻動，臉色愈發陰沉，愈益沮喪，愈加顯得失望。顯然地，她並沒有聽到關於她命運的好消息，而且我覺得，從她那麼久的陰鬱沉默來看，儘管外表一副毫不在意的樣子，心裡卻非常在乎她方才所聽到的預言。

就在那時，瑪麗・英葛蘭，艾咪和露易莎・伊斯登都說她們不敢一個人去，可是又想去。所以只好派山姆擔任中間人前去交涉，山姆就這麼上上下下、來來回回地奔波，我想他的腿肯定又痠又痛，經過這一番努力，最後，條件嚴格的巫婆終於答應讓她們三人一塊兒同去。

她們三人在書房裡的情形並不像英葛蘭小姐那麼安靜，我們聽到書房裡不時傳出歇斯底里的咯咯笑聲和細碎的尖叫聲。約莫二十分鐘後，她們猛然打開房門，衝過大廳跑回來，好像快被嚇瘋了一樣。

「我敢說她一定不是常人！」她們異口同聲叫嚷：「竟然跟我們說這樣的事情！她知道我們的一切！」接著便喘吁吁跌坐進男士們急急為她們搬過來的座椅中。

在眾人的催逼下，她們告訴大家，那女人竟然將她們孩童時期所說過的話和做過的事都說了出來，而且連她們家裡閨房的書籍和擺設，親友們致贈的紀念品等等也描述出來。她們甚至斬釘截鐵地說，連她們的心思她都算出來了，那女人還在她們耳邊喃喃說出她們在這世界上最喜歡對象的名字，也測出了她們最大的期盼是什麼。

聽到這裡，男士們紛紛熱烈要求把最後兩項說得更清楚些，不過對於男士們的強求，她們只是報以臉紅、驚叫、發抖和傻笑。此時，太太夫人們趕忙遞上嗅鹽[3]、搖扇，對於沒能及時勸退而使她們遭受如此驚嚇表示過意不去。年長的男士們哈哈大笑，年輕的則忙著殷勤照料這些受驚的美人們。

就在這陣忙亂中，我的眼睛和耳朵因為眼前景物而忙亂不已，忽然聽到有人在我身旁清嗓子。我轉過身，看到山姆。

「小姐，那吉普賽人說這屋裡還有一個未婚的年輕女子尚未去見她。那人發誓，除非見過所有未婚的年輕女子，否則絕不離開。我想她說的人八成就是你了，除你以外沒有別人。我該怎麼回覆她才好呢？」

「喔，我當然會去。」我答道，心裡非常高興，想不到竟然有這麼一個機會來滿足我旺盛的好奇心。我溜出客廳（誰也沒注意到我，因爲所有人的注意力全放在那三位剛回來且渾身哆嗦的小姐們身上），悄悄地關上門。

「小姐，如果需要的話，」山姆說：「我會在大廳裡等你。如果她嚇著你，只要叫一聲，我就會進去的。」

「不用了，山姆，回廚房去吧！我一點兒也不怕。」是真的，而且我興致高昂，亢奮不已。

譯註：

1這是著名的聖經故事，源出《舊約聖經．創世紀》第二十四章第十八節，敘述亞伯拉罕差遣老僕人以利以謝到他的本族去，爲兒子以撒娶妻，老僕人順利完成任務，爲以撒娶得利百加的故事。

2黎凡特（Levant），指包括地中海東部諸島及沿岸諸國在內的地區。

3指碳酸銨，用來喚醒昏厥過去的人。

第十九章

Chapter 19

我走進書房時，一切看上去都很平靜，而那個巫婆（如果她眞是個巫婆的話）正舒服地坐在火爐旁一張安樂椅上。她身披紅色斗篷，頭戴黑色女帽（或說是一頂寬邊吉普賽帽），用條紋手帕在下顎處打了個結。桌上擺了支已熄滅的蠟燭，她彎腰靠向火爐，似乎正要藉由火光閱讀一本禱告集模樣的黑色小書，她看書時喃喃念出聲來，就像大部分的老婦人一樣。看到我進來，她並未立刻停止閱讀，顯然是想念完那個章節再說。

我站在地毯上暖手，因爲剛才在客廳裡坐得離火爐太遠，兩隻手好冷。我感覺到自己就和平時一樣鎭靜，這個吉普賽人的外表一點也不嚇人。她闔上書，緩緩抬起頭，寬帽沿幾乎遮去她半邊臉，但她抬起頭時，我還是看到她的臉了。她的模樣頗奇怪，看起來紅紅黑黑的，糾結的亂髮從一條綁在下巴上繞過臉頰或說包住上下顎的白布塊底下跳出來。她的眼睛正對著我看，直接而不避諱。

「嗯，你來算命的？」她說，態度和眼神一樣直率，聲音和長相一樣突兀。

「我無所謂，老奶奶，你高興就好。不過，我得先說一聲，我不信這一套。」

「傲慢的你果然這麼說，我早料到啦，在你越過門檻時，你的腳步聲就已經告訴我了。」

「眞的？你的耳朵還眞靈。」

「正是，而且眼睛犀利，頭腦靈敏。」

「做這一行的，確實需要如此。」

「沒錯，特別是在應付你這樣的客人時。你怎麼沒發抖呢？」

「我又不冷。」

「你怎麼沒有臉色發白？」

「我又沒生病。」

「你怎麼不問我，你命運如何呢？」

「我又不笨。」

這乾癟老太婆在她的帽子和口罩遮掩下竊笑，然後掏出一支短黑的菸斗點著，開始抽起來。享受了一會兒鎮靜劑之後，她伸直彎著的腰，將菸斗拿開嘴邊，一面看著爐火，一面意味深長地說：

「你冷了，你病了，而且你很笨。」

「證明給我看哪！」我抗議道。

「我就說給你聽吧！你冷，因爲你孤孤單單，沒有人將隱藏在你裡頭的熱火點燃起來。你病，因爲造物主賜給人類最好、最高等、最甜美的感受，你搆不到。你很笨，因爲你就待在原地受苦，不願伸手招喚，或向前邁步，去迎接那離你僅咫尺之遙的幸福。」

她又將那支短黑的菸斗湊近嘴邊，興致勃勃地吸了一口。

「你這番話對任何一個在大戶人家工作的單身僕俾都適用。」我說。

「我幾乎可以對任何人這樣說，只不過這眞的切中紅心嗎？」

「對我這種處境的人而言是的。」

「是麼？你還眞會說，那就找出另一個和你相同處境的人來說說看吧。」

「找一千個出來都不是什麼難事。」

「你連一個都很難找到。眞希望你能知道自己目前所處的景況有多麼特別，離幸福非常近，眞的，觸手可及。萬事俱備，只欠東風。目前無風無動，但只要東風一起，萬事效力，幸福必然來臨。」

「我不會猜謎，這輩子從沒猜對過什麼謎題。」

「如果你要我說得更清楚些，把你的手掌給我看。」

「我想恐怕得附上一枚銀幣吧。」

「那當然。」

我給了她一先令，她從口袋裡掏出一隻舊襪子，將一先令放進去再把襪口紮好，放回袋裡。她叫我伸出手給她看。我依言而行。她把臉湊近我的手，仔細端詳，卻不伸手觸碰。

「太纖細了，」她說：「什麼也看不出來，幾乎沒有紋路。況且，手掌裡頭能有什麼呢？命運又不寫在這兒。」

「我相信你。」我說。

「對，」她繼續說：「命運寫在臉上、額頭上、眼睛四周以及眼睛本身，也寫在嘴邊線條上。跪下，把頭抬起來。」

「啊，現在倒挺像眞的了。」我說道，同時依言而行，在離她半碼處跪下，「這會兒我開始相信你了。」

她撥了一下火，煤塊中閃現火光，然這火光使得坐下來的她臉部更顯陰暗，而我的臉，卻在火光照耀下更顯明亮了。

「我在猜，今晚，你到底是抱持何樣心情來見我的？」她審視了我一下後說道：「我也在猜，你坐在那邊的屋子裡那麼久，看著那些衣著華麗的人們像魔術燈籠似的在你面前穿梭來去時，心裡都在想些什麼？你和他們之間幾無情感交流，對你而言，他們彷若徒具人形的幻影，並非實在的血肉之軀。」

「我常感覺累，有時很想睡，卻甚少傷悲。」

「那必定是你心中所存祕密的盼望，喃喃向你訴說未來的美好，你才能支撐下去的吧？」

「才不是！我最大的盼望就是將薪水存起來，等存夠了錢，可以自己租個房子，辦一所學校。」

「支持你撐下去的養分還眞貧瘠，老坐在那窗台上——瞧，我知道你的習慣。」

「那是僕人們告訴你的。」

「啊！你自以爲聰明是吧？也許我是從僕人們那兒聽到了一點。老實說，我是認識這兒的一位僕人，她叫做普爾太太——」

我一聽到這個名字嚇得站起來。

「你認識她，眞的？」我思忖道，「那這事還眞有點蹊蹺呢！」

「別驚慌，」眼前的怪人繼續說：「普爾太太是個靠得住的人，口風緊又沉靜，任何人都可以信任她。不過，回到剛剛的話題：你坐在那個窗台上，難道除了將來的學校以外，眞的什麼也不想嗎？對於那些坐在沙發上、椅子上的紳士淑女，你難道都沒有半點興趣嗎？你不曾觀察過任何一張臉嗎？視線不曾落在任何一個人身上嗎？」

「我喜歡觀察所有的臉，所有的人。」

「可是你不曾特別留意過其中的一個，或兩個人嗎？」

「我時常這樣做呀！當有兩個人的舉動或表情看起來像在講故事時，我就很喜歡看他們。」

「你最喜歡聽到什麼故事呢？」

「噢，選擇不多！這些故事都離不了相同的主題，即『求愛』，而且結局總是同樣的一場災難，也就是『婚姻』。」

「你喜歡那個單調的主題嗎？」

「說實在的，我無所謂，又不關我的事。」

「不關你的事？當一位年輕有活力，健康迷人又美麗，生於一個富貴人家的小姐，對著一位男士嫣然微笑，而這位男士是你——」

「我怎麼樣？」

「是你認識，尤其還可能感興趣的。」

「我不認識在場的那些男士。我幾乎不曾跟他們說過話，對他們也不感興趣，中年的那幾位受人敬重且體面，年輕的則英挺俊拔又活潑，然而，他們愛誰的笑容或愛討誰歡笑，對我來說一點也不重要。」

「在場的男士，你全不認識？你不曾跟他們說過話？那這房子的主人呢？你也能這樣說他嗎？」

「他不在家。」

「多麼巧妙的回答！眞是再聰明不過的遁詞！他今早上米爾科特去了，也許今晚或明天會回來。只因如此就將他排除在你的熟客名單之外——把他的名字塗掉，算他不存在嗎？」

「當然不是，可是我不懂羅契斯特先生和你提到的主題有什麼關係。」

「我剛才說到女士們在男士們眼前嬌笑著，而這些天來，有那麼多燦爛笑容傾注進羅契斯特先生的眼中，他的兩顆眼睛就像兩只滿溢女士們嬌笑的酒杯，你難道沒注意過嗎？」

「羅契斯特先生當然有權享受和他賓客們在一起的快樂時光。」

「這當然是他的權利，可是你難道不曾察覺，在關於結婚的話題中，羅契斯特先生是被討論得最起勁也最持久的一個？」

「有人愛聽，當然也就有人愛講了。」我說道，不過與其說是回應那吉普賽婦人的問題，倒不如說是自言自語，那婦人奇怪的言語、聲音及態度，彷彿織成了一張奇異的網，讓我有如置身夢境一般。她的口中冒出一個接一個出人意料的問題，使我陷入不可思議的心境，讓人不禁懷疑這幾星期以來，是否有看不見的精靈坐在我的心上，觀察它的每一個想法，記錄它的每一次脈動。

「有人愛聽！」她重複我的話，「是的，羅契斯特先生坐在那兒好幾個小時，豎起耳朵聽著迷人的小嘴興奮地說個不停，而且羅契斯特先生看起來一副樂在其中又幸福洋溢的表情。你注意到了嗎？」

「樂在其中，幸福洋溢！我不記得曾在他臉上看過這種表情。」

「不曾看過！這麼說來，你是留意過的了。如果不是那樣的表情，那就你觀察的結果而言，是什麼表情？」

我沒答腔。

「你看到愛了，不是嗎？而且，繼續看下去，你見到他結婚，也預見他的新娘幸福快樂。」

「哼！才不是。我看你學藝不精，算錯了呢！」

「那你到底看到了什麼鬼東西？」

「算了吧！我是來算命，不是來表白的。有人聽說羅契斯特先生要結婚了？」

「是啊，跟那位美麗的英葛蘭小姐。」

「婚期近了嗎？」

「外在的種種跡象顯示應是這般結果沒錯，且毫無疑問的——你竟敢懷疑這件事，眞是太大膽了，該懲罰一下——他們將會是最幸福的一對夫妻。他必定深愛這位美麗慧黠、才華洋溢的高貴小姐，而她或許也愛他，就算不愛他的人，至少也愛他的錢。我知道她相當中意羅契斯特家的產業；然而——願上帝寬恕我——我約莫在一個鐘頭前告訴了她一些有關財產方面的消息，害她變得一臉陰鬱，嘴角下垂了要半吋呢！我應該警告一下她那位膚色黝黑的追求者要三思才是，倘若來了個更有錢的傢伙，他鐵定就要出局了——」

「可是，老奶奶，我不是來聽羅契斯特先生的前途如何，我是來算我自己的命的。截至目前爲止，你還沒幫我算到命呢！」

「你的命有點難算，當我細看你的臉時，線條彼此相衝突。你有緣獲致幸福，這我很清楚，我在今晚到這兒來之前就已經知道了。幸福女神小心地把幸福擺在你身旁，我看見她這樣做的，而你能否得到，就看你願不願意伸出手去抓住它了。不過，我要算的便是你會不會這樣做。再跪下去吧！」

「別讓我跪太久，爐火挺熱的。」

我跪下了。她並未朝我彎過身來，只是將身體靠在椅背上，眼睛凝視我，繼續喃喃地說話。

「火焰在眼中閃爍，眼睛明亮如朝露，深情滿溢地笑聞我的夢囈，溫柔而脆弱；明亮的雙眸閃過一個又一個眼色，一旦停止笑意，立現憂傷；不自覺的疲乏沉重了眼皮，顯現因孤獨而起的憂鬱。目光迴避我，不願讓人細看。它似乎想用暗諷來否認我已發現的事實——不承認多愁善感與懊喪的罪名，豈知它的驕傲與矜持只是更加確信我的無誤。這眼睛眞討人喜歡。

「至於嘴巴，它有時用笑聲來表示歡欣，傾向於將腦中想法和盤托出——雖然，我敢說，對於內心深處眞正的想法，它總是三緘其口；它靈活有彈性，不願永遠沉默地被壓在孤寂中。這該是張多說話、多笑的嘴，對於交談者常懷人道的感情，長得好極了。

「至於前額，我看它是幸福的唯一阻礙。它公開聲言：『爲了自尊和家道，我可以獨自生活。我無需出賣靈魂換取幸福快樂。即使扣住一切外在的歡笑，或幸福代價高昂我負擔不起，我都能活下去，因爲我有與生俱來的精神財富。』前額宣稱，『理性穩坐江山，緊握韁繩，絕不讓情感脫韁亂闖，將她拖進萬丈深淵。熱情可以狂暴激昂，一如眞正的異教徒，因他們本來如此；欲望可以有各色各樣無聊的想像，然而判斷力仍將做最後的決斷，表決每一項決議。狂風、地震、大火，也許從我身邊掠過，我卻仍將依循那細微聲音的指引，因它解說著良心所給的指令。』

「說得好，前額，你的聲言將獲尊重。我已訂好計畫，而且認爲計畫正確，計畫中也已注入良心的要求和理性的忠言。我知道，在送上的幸福之杯裡，一旦摻上一絲羞愧，甚或看出一抹後悔，青春即會消逝，花朵即會枯萎。但我絕不要犧牲、憂愁與崩潰……那不是我要的滋味。我願栽培，而不願摧毀；願贏得感激，而不願悲哀淌血，更不願痛苦掉淚。我的豐收必在歡笑、鍾愛和甜蜜中……

「到此爲止吧！我想我是在一場絕妙的夢境中狂言囈語。眞希望這一刻能永無止境地延長下去，然而，我不敢。截至目前爲止，我算是完全掌控了自己。我一直按照自己內心的腳本來演，可是再演下去就要露餡兒了。起來，愛小姐，你走吧，『戲已經演完了』[1]。」

我置身何處？是醒著還是睡著？我剛剛是在作夢嗎？現在仍處於夢境中嗎？老婦人的聲音已經變了，她的口音、手勢以及一切，我都熟悉得像在看鏡中的自己一樣，像在聽自己說話似的。我站起身來，但並未離開。我睜大眼睛，撥動爐火，再看一次，她卻將帽子和口罩拉得更緊，把臉頰包得更密，再一次示意我離開。火光照亮了她伸出來的手，此時我已頭腦清醒，決意要看看這是怎麼回事，於是立刻緊盯那隻手。它根本就和我的手差不多，完全不像老婦人乾癟的手，那是一隻圓潤柔軟的手，有著勻稱光滑的手指頭；小指上戴著一枚大戒指，閃閃發光，我屈身向前看個究竟，是我看過上百次的那顆寶石。我再次看著那張臉，它已不再避開我，反而摘掉帽子，拿下口罩，整個頭清楚地呈現在我眼前。

「喔，簡，認識我嗎？」那熟悉的聲音問道。

「只須再脫掉紅斗篷，先生，那就——」

「可是繩子打結了，幫我一下。」

「把它扯斷哪，先生！」

「就這麼辦。『去吧，你們這些身外之物！』[2]」於是羅契斯特先生脫下了他的偽裝。

「啊，先生，多奇怪的點子哪！」

「不過演得不錯吧？你不這麼想嗎？」

「對那些淑女們，您當然是表現得可圈可點。」

「對你不管用嗎？」

「對我而言，您所扮演的並非一個吉普賽人的角色。」

「那我在演什麼？我自己嗎？」

「不，您演的是一個無法解釋的角色。總之，您似乎一直想要套我的話，或讓我栽進您設的圈套中，您一直在胡言亂語，好似也要我跟著胡言亂語。這很不公道，先生。」

「你可以原諒我嗎，簡？」

「等我把一切都想過之後才能告訴您答案。若是想過之後，發現我沒有太荒誕的表現，就可以原諒您；不過，這樣做終究是不對的。」

「喔，你表現得很好呀，很謹慎也很理性。」

我回憶了一下整個過程，覺得大致上是這樣沒錯，便覺得有些寬慰了，其實，幾乎從一開始，我就抱持著警覺心。我老覺得眼前的人好像在演戲似的。我知道吉普賽人和算命的並不會像眼前這個老婦人那樣說話，此外我也注意到那特意偽裝的聲調，還有那故意遮遮掩掩的動作。不過那時我的心思都圍繞在葛瑞絲・普爾──那謎一樣的人物，謎團中的謎團身上，自然沒有想到會是羅契斯特先生了。

「呃，」他說：「你在想什麼？那若有所思的笑容是什麼意思？」

「驚訝和慶幸啊，先生！我現在可以離開了嗎？」

「不，你多待一會兒。告訴我，客廳裡的人都在做什麼呢？」

「當然是在討論這個吉普賽人啦！我猜。」

「你坐下！說說他們是怎麼說我的？」

「我最好別待太久，先生，現在一定已經快十一點了。噢！羅契斯特先生，您今早離開後，有位陌生人來訪。您知道嗎？」

「陌生人！不知道，會是誰呢？我想不出來。人走了嗎？」

「沒有。他說他認識您很久了，還說可以隨意住下，等您回來。」

「眞是的！他有沒有報上姓名？」

「他叫梅森，先生，來自西印度群島。從牙買加的西班牙城來的，我想。」

羅契斯特先生原本站在我身旁，他拉著我的手，彷彿要領我到椅子上坐下。一等我說完，他用力地緊抓我的手腕，嘴角的笑容也僵住了，顯然因突如其來的情緒變化而透不過氣。

「梅森！西印度群島！」他說，彷彿發條人偶似的，一個字一個字地吐出這個句子。「梅森！西印度群島！」他重複地說，共說了三遍，每說一遍，臉色就更加蒼白一層，好像連自己都不知道自己在做什麼似的。

「您不舒服嗎，先生？」我問。

「簡，我挨了一記悶棍，挨了一記悶棍哪，簡！」他踉蹌著說道。

「啊，靠在我身上吧，先生！」

「簡，你以前曾把肩膀借給我，現在再借我一下吧！」

「好的，先生，好的。還有我的胳臂。」

他坐下來，並且讓我坐在他旁邊。他用兩隻手握住我的手，來回摩搓著，同時眼睛凝視我，眼裡有最深的憂愁和溫柔。

「我的小朋友！」他說：「眞希望我能獨自和你在一座靜謐的小島上，並將我心中的憂愁和危險可怕的記憶都移走。」

「我可以幫您嗎，先生？我願意爲您付出我的生命。」

「簡，如果你幫得上忙，我一定會找你的。我可以向你保證。」

「承蒙您看得起，先生。告訴我該怎麼做，我會盡力去做的。」

「簡，幫我到餐廳去拿杯酒來，他們會在那兒吃晚餐。還有，看看梅森有沒有跟他們在一起，以及他正在做什麼？」

我依言照辦。如同羅契斯特先生所說，所有人都在餐廳裡吃晚餐。他們並沒有坐在餐桌前面，而是將晚餐擺在餐具架上，每個人愛吃什麼就拿什麼，他們三三兩兩分成幾群，手裡拿著餐盤和酒杯，在餐廳各處隨意站立。每個人似乎都興致高昂，笑聲和交談聲不斷。梅森先生站在火爐旁，正和丹特上校夫婦說話，看起來就和所有人一樣快樂。我倒了一杯酒（英葛蘭小姐皺著眉頭看我倒酒，我想她一定是認爲我太放肆了），隨即回到書房。

羅契斯特先生的臉已不再顯得蒼白，取而代之的是堅強與剛毅的神色。他從我手中接過酒杯。

「祝你健康，我的小天使！」他說，一口喝光杯中物，將杯子交回我手裡。「他們在做什麼呢，簡？」

「談笑風生，先生。」

「他們沒有陰沉、神祕兮兮，一副聽了怪消息的樣子嗎？」

「完全沒有，每個人都快樂歡笑。」

「那，梅森呢？」

「他也在笑。」

「簡，如果他們全部聯合起來唾棄我，你會怎麼做呢？」

「把他們全趕出去，如果我可以這麼做的話。」

他半微笑著問道：「如果我到他們前面去，而他們只是冷冷地看著我，彼此交頭接耳、竊竊低語，然後一個接一個地離開我，你又會怎麼做呢？你會跟著他們一塊兒出去嗎？」

「我想不會，先生。跟您在一起比較有意思。」

「你會安慰我嗎？」

「是的，先生，盡我一切力量來安慰您。」

「要是他們因爲你站在我這邊而指責你呢？」

「我也許不會聽見他們的指責，就算聽見了，我也不會在乎的。」

「你可以爲了我，不顧他人的指責？」

「我可以爲了任何一個値得支持的朋友而不顧別人的指責，至於您，我確信就是這樣的朋友了。」

「現在，你回餐廳裡去，悄悄走到梅森身旁，小聲告訴他：羅契斯特先生回來了，想要見他。把他帶到這裡來，然後你就可以離開了。」

「好的，先生。」

我照他說的去做。當我走過那群人面前時，他們全都瞪著我看。我找到了梅森先生，把口信傳達給他，並且將他領出餐廳，帶到書房門口，之後我便上樓去了。

夜深了，我在床上躺了一會兒，耳中傳來賓客們回房休息的聲音。我聽出羅契斯特先生在說話，他說：「這邊走，梅森，這是你的房間。」

他的語調聽上去頗爲愉快，讓我放心了，於是很快便進入夢鄉。

譯註：

1原文爲「The play is played out.」，是英國小說家薩克萊（William Makepeace Thackeray, 1811-1863）所著長篇小說《浮華世界》（Vanity Fair）的結尾語。

2原文爲「Off, ye lendings!」，是莎士比亞名劇《李爾王》（King Lear）中李爾王所說的一句台詞。

Chapter 20

第二十章

我忘了像平常一樣放下床上的帷帳，也忘了拉上窗前的百葉窗，結果就是當澄亮渾圓的滿月（當晚夜色極佳）升上高空，照進我毫無掩蔽的窗戶時，明亮月光喚醒了睡夢中的我。在死寂的夜裡醒來，我一睜開眼便看見一輪皎潔的明月——銀白而透亮。它眞美，可惜過於肅穆了。我半起身，想要放下帷帳。

天哪！這是什麼叫聲哪！

這夜——它的靜寂、它的安詳，被一聲響徹桑費爾德野蠻又刺耳的尖銳叫聲給硬生生劃破了。

我的脈搏凝結，心跳漏拍，伸出去要放下帷帳的手癱軟在半空中。叫聲消失，並未再現。事實上，不論是什麼生物，都無法在短時間內再發出一聲那麼駭人的尖叫，就連安地斯山上最狂野的禿鷹也無法從其雲端中的窠巢，連續兩次放出如此驚人的嘯聲。不論發出叫聲的生物爲何，都得歇息一下才能再次發聲。

聲音是從三樓傳出來的，就從我頭上降下來。而我的正上方，是的，就在我房間天花板上方的屋裡……我聽見掙扎拉扯的聲音，從響聲聽起來似乎是攸關性命的搏鬥。

一個半窒息的聲音喊叫：「救命！救命！救命！」十萬火急地連喊了三次。

「沒人過來嗎？」那聲音叫道。然後，穿過厚板和膠泥，我聽到：「羅契斯特！羅契斯特！看在上帝的分上，快來呀！」

某扇房門開啓，有個人在走廊上奔跑，或說直衝過去。樓上房間裡則傳來有人絆跌和東西掉落的聲音，然後便是一片靜寂。

雖說嚇得渾身發抖，我還是披上衣服，走出房間去。睡著的人全醒了，每個房間都傳出驚恐的低語。門一扇接一扇地打開，房裡的人也一個接一個地探出頭來，走廊上擠滿了人，紳士淑女們全都起來了。「啊！怎麼啦？」——「誰受傷啦？」——「出了什麼事？」——「拿盞燈過來！」——「失火了嗎？」——「有強盜嗎？」——「我們該往哪兒跑呢？」所有人七嘴八舌地問著。要不是有月光，大家肯定就置身黑暗中了。他們跑來跑去，擠在一塊兒，有人哭泣、有人跌倒，簡直是一團亂。

「那可惡的羅契斯特跑哪兒去了？」丹特上校叫道，「他不在床上！」

「在這兒！在這兒！」羅契斯特先生大聲回應道：「大家冷靜點，我來了！」

走廊末端的一扇門打開了，羅契斯特先生手拿蠟燭走過來，他剛從樓上下來。有位女士直奔到他面前，猛抓住他的手臂，是英葛蘭小姐。

「發生什麼可怕的事了？」她說：「快說！馬上把最壞的情況告訴我們！」

「別這麼死命地拉我，都快被你們掐死了。」他回應道，因爲兩位伊斯登小姐也緊抓住了他，而兩位穿著白色室內服的貴族遺孀則有如兩艘滿帆行駛的大船直直向他衝去。

「好了！好了！」他叫道。「不過是上演了一齣《庸人自擾》[1]罷啦！女士們，快放開我，要不我可要生氣了。」

他的確一副嚇人的樣子，漆黑的雙眼像要噴出火花似的。在竭力讓自己鎮定下來後，他再度開口：「有個僕人作了惡夢，就是這樣！她是個容易激動、神經緊張的人，可能把夢境當眞或差不多是這樣的事，把她自己給嚇壞了。好啦，現在，我得盯著你們全部回房去。因爲這屋子裡鬧哄哄的，實在沒法兒照顧她呀！紳士們，幫幫忙，給女士們做個好榜樣吧！英葛蘭小姐，我想你肯定不會被這種雞毛蒜皮的小事給嚇倒的。艾咪和露易莎，你們倆就像一對回巢的鴿子一樣飛回房裡去吧！女士們（他轉向兩位貴族遺孀），如果你們繼續待在寒冷的走廊上，非感冒不可。」

於是，半哄半命令地，他終於把這群人趕回他們各自的小天地去了。我不等他下達命令，自己便悄悄退回房裡，正如方才悄悄地走出來一樣。

但是，我回房後卻毫無睡意，相反地，我開始小心穿上衣服。在那可怖叫聲之後出現的聲音及細碎的低語，也許只有我聽得到，因爲它們就從我頭上的房間裡傳出來；而且這些聲音使我確信，驚動這一屋子人的，絕不會是一個女僕惡夢中的呻吟，羅契斯特先生的解釋不過是爲了安撫他的賓客們所編造的故事。因此，我穿好衣服以備不時之需。穿好衣服之後，我在窗邊坐了好久，看著窗外寂靜的土地和銀白色的田野，自己也不曉得是在等候什麼。我總覺得，在那怪異的吼聲、掙扎和求救聲以後，一定會有事情發生。

然而平靜無波，萬物復歸安寧，低語和走動逐漸平息，約莫一小時之後，桑費爾德府又靜得同沙漠一樣。睡眠和夜晚繼續了它們的統治。此時，月亮也漸漸低垂，就快要沉落了。因爲不喜歡在黑暗和寂靜中枯坐，我打算要上床躺下，乾脆和衣而臥吧！我離開窗邊，輕手輕腳走過地毯，正彎腰脫鞋時，門上響起了低低的敲門聲。

「找我嗎？」我問。

「你起來了嗎？」我期盼的聲音，也就是我主人的聲音問道。

「是的，先生。」

「穿好衣服了嗎？」

「是的。」

「那就安靜地出來吧。」

我聽命而行，羅契斯特先生就站在走廊上，手裡拿著蠟燭。

「我需要你，」他說：「這邊走。慢慢來，別作聲。」

我的拖鞋很薄，在鋪了地毯的地上走起路來，簡直可以跟貓一樣輕盈。他引我穿過走廊，爬上樓梯，在黑暗不祥的三樓甬道上停了下來，我跟在他身旁停下腳步。

「你房裡有海綿嗎？」他低聲問道。

「有的，先生。」

「有沒有鹽——有嗅鹽嗎？」

「有的。」

「那就回去把兩樣東西都拿來。」

我回到房裡，在洗臉架上找到海綿，在抽屜裡找到嗅鹽，然後回到三樓。他還在那兒等著，手裡握了把鑰匙，走向一扇小小的黑色房門，將鑰匙插進鎖孔，這時卻停下動作，對我說：「你看到血不會不舒服吧？」

「應該不會，我沒經歷過這種事。」

我回答的時候打了個寒顫，不過並不覺得冷，也沒有頭暈。

「把手伸出來，」他說：「要是讓你暈倒了可不行。」

我讓他握住我的手。「溫暖而堅定。」他評論道，於是他轉動鑰匙，打開了房門。

我記得我曾看過這房間，就在費爾法斯太太帶我參觀府邸的那一天，房間很大，掛著帷幔。不過，現在帷幔的一部分已讓繩環圈起，露出原本被遮住的另一道門。那門是開著的，屋裡透出燈光來，我聽見裡頭有吼叫、抓扯的聲音，像一頭怒犬所發出。羅契斯特先生放下手中的蠟燭，對我說句「等一下」，便走進房裡去。他一進去便有一陣狂笑歡迎他，起初很吵，最後卻變成葛瑞絲・普爾那魔鬼似的「哈！哈！」。她竟然在裡面！他不發一語地安排事情，但我還是聽到有人在小聲跟他說話。

他走了出來，並關上房門。

「簡，過來這裡。」他說，於是我繞到大房間裡大床的另外一邊去，這張床以及它低垂的帳幕遮去了房間大半。床頭旁擺了張安樂椅，一個男人坐在椅子上，穿著整齊，只差沒有外套；他坐著不動，頭往後仰，雙眼緊閉。羅契斯特先生拿起蠟燭照向他，我認得那張蒼白而毫無生氣的臉，正是陌生訪客梅森，我看到他的半邊襯衫和一隻胳膊幾乎浸在血泊中。

「拿住蠟燭。」羅契斯特先生說，於是我接過蠟燭。他又從洗臉架上端來一臉盆水，吩咐「拿好」，我照做了。他拿起海綿泡在水中，將海綿拿出來擦擦那張毫無血色的臉，又跟我要了嗅鹽，送到那人鼻子前面。梅森先生不久即睜開眼睛，痛苦地呻吟出聲。羅契斯特先生解開傷者的襯衫，梅森的手臂和肩膀都裹著繃帶；他用海綿吸掉迅速往下滴的血。

「有生命危險嗎？」梅森先生喃喃地說。

「哧！怎可能有——皮肉傷罷了。別這麼沒用，老兄，振作點！我現在親自去幫你請個醫生。我希望，到早上你就可以走動了。簡？」他接著說道。

「什麼事，先生？」

「我得把你留在這兒陪這位先生，一個小時，或許更久，要兩個小時。你若看到血流下來，就像我剛做的那樣，用海綿吸乾它；如果他覺得頭暈，你就拿那架上的水給他喝，再把嗅鹽給他聞一下。無論如何都不要跟他說話，而理察——你若跟她說話，就是在拿自己的性命開玩笑了。張開嘴，說些讓自己愁煩的話——後果如何，我可不管。」

那可憐男人又呻吟了一下，他看起來好像連動都不敢動，恐懼著死亡或其他什麼東西，似乎快讓他癱瘓了。此時，羅契斯特先生將那塊染血的海綿交到我手裡，我便照著他的處理方式做了。

他觀察了我一眼，接著說出「記住，別說話」這句話後便離開了。聽著他把鑰匙伸進鎖孔轉動的聲音以及他漸去漸遠的腳步聲，我的心裡升起一種異樣的感覺。

如今，我置身三樓一個上了鎖的神祕房間裡，夜色包圍我，眼前是一幅蒼白的景象，手上則是血腥的畫面。我和那個女凶手只隔著薄薄的一扇門，是啊，這眞是令人驚駭——除此之外我都能忍受，只是，一想到葛瑞絲・普爾隨時有可能衝過來撲向我，就免不了直打哆嗦。

不管怎麼說，我都得盡忠職守。我得看顧這張死人般的臉——那張青紫色，禁止張開說話的嘴——那雙時而緊閉，時而張開，時而四下張望，時而盯著我，遲滯而惶恐的眼。我得將手來回浸泡在血泊與水盆間，擦去那流淌的血滴。我得邊做這事，邊看著那燭光越來越暗，映在身旁那作工精細的古老帷幔上的影子越來越深，那張老式大床底下的陰影越來越黑，對面一只大櫥櫃的門還莫名地顫動著——其正面嵌有十二塊板子，上面繪有面貌痛苦猙獰的十二使徒[2]頭像，每一塊板子都畫著一張像；而在十二塊板子頂上，是黑檀木製的一幅耶穌受難像。

在搖搖晃晃的陰影和搖曳不定的燭光帶動下，一會兒出現了皺著眉頭的落腮鬍醫生路加，一會兒又可見到聖約翰的長髮飄飄；不久，又是猶大魔鬼般的臉龐，彷彿魔鬼撒旦就要藉著他的形象，從嵌板上竄出來似的。

在此同時，我一邊看著眼前的事物，卻也得豎起耳朵，仔細留心隔壁房裡那頭野獸或惡魔的動靜。不過，自從羅契斯特先生進去後，「牠」就好像被符咒鎮住了一樣。一整夜才陸陸續續聽到共三次怪聲：尖銳的嘎嘰聲，再度出現的一次短暫狗吠似的嗷叫聲，還有人類所發出的一聲深沉呻吟。

而後，我讓自己的胡思亂想給困擾了。這到底是什麼樣的罪惡？化成人形住在這座僻靜大宅裡，主人趕不走卻也制伏不了它？那忽而以火、忽而以血的形式，在最死寂暗夜裡爆發出來的神祕事件到底是什麼？那穿戴著普通女人臉孔和身形，說著人話又發出魔鬼似的嘲諷笑鬧聲，間或像尋找腐屍之禿鷹一般叫囂著的生物，到底是什麼呢？

眼前這位我俯身看顧的男人，這平凡安靜的陌生人，他怎麼會捲進這張恐怖之網呢？憤怒爲何找上他呢？他爲何在不對的時間點上走進此處？他本該在床上睡覺的呀！我明明聽見羅契斯特先生安排他住在樓下的啊！他爲何上這兒來？而且，對於這被偷襲的暴力，他竟能逆來順受？爲什麼羅契斯特先生叫他閉嘴，他就閉嘴？羅契斯特先生又爲什麼要叫他閉嘴呢？他的客人受到了傷害，前不久的意外事件，他自己的生命不也是受到威脅嗎？他卻試圖悄悄掩蓋這兩件事，想把它們給忘了！最後一點，梅森先生完全順從羅契斯特先生；後者的激烈性格完全掌控了前者的軟弱個性，從他們之間寥寥數語的對話，我就知道了。很顯然的，在他們過去的往來模式中，個性被動的一方習慣聽命於個性主動的一方，既然如此，那麼羅契斯特先生在聽到梅森先生來訪時，爲何顯得那麼恐慌呢？爲何僅在數小時之前，光是聽到這個軟弱之人，這個他可以像小孩一樣掌控著的名字，就可以像被雷劈到的橡樹那樣重擊他呢？

噢！我眞是忘不了他喃喃說著「簡，我像挨了一記悶棍——我像挨了一記悶棍哪，簡！」那時的表情和蒼白的臉。我忘不了他放在我肩膀上的手是如何抖動。能挫折堅決果敢的費爾法斯・羅契斯特，使精力充沛的他震顫的，絕對不會是尋常小事。

「他何時回來？他何時回來？」我在心裡吶喊，夜越來越深了，我眼前流著血的病人低垂著頭，不住地呻吟，情況越來越差，而不管是白日或是援助卻都遲遲未到。我不斷將水送到梅森蒼白的嘴邊，一次又一次地將嗅鹽送往他的鼻尖。只是，我的努力似乎盡是枉然，身體或精神上的痛苦，或是失血過多，抑或是三者兼而有之，梅森的體力都因此快速流失。他痛苦難當地呻吟，看起來非常虛弱，神智不清，絕望不已，我眞怕他會死掉，偏偏我卻連話都不能跟他說。

蠟燭，終於燃盡了。燭光一退，我便發現窗簾邊上有一道灰濛濛的亮光，天將破曉。這會兒也聽見遠遠的院子裡，派洛從狗屋中傳出來的吠叫聲，希望又出現了。果不其然，五分鐘後，鑰匙喀答一聲，門鎖轉開，預示我的任務可以解除了。這前後不到兩個小時的等待，竟有如幾個星期般漫長。

羅契斯特先生走進來，跟著的是他所請來的外科醫生。

「好了，卡特，注意哪！」他對醫生說：「我只能給你半小時處理傷口，包紮繃帶和把病人弄下樓等全包括在內。」

「可是，先生，能移動他嗎？」

「當然可以！沒什麼大不了的。他就是太緊張了，叫他振作一點。來吧！開始工作了。」

羅契斯特先生攏起厚厚的帷幔，再拉起亞麻布窗簾，盡量讓日光照進屋裡。看見黎明已然降臨，我的精神爲之一振，玫瑰色的曙光已開始照亮東方。羅契斯特先生走向正在接受外科醫生治療的梅森。

「老友，你現在怎麼樣了？」他問。

「我怕這條命要斷送在她手裡了。」梅森氣若游絲地答道。

「怎麼可能！——勇敢些！兩星期後你就完全沒事了，不過是流了點兒血，就是這樣了——卡特，告訴他沒事，好讓他安心。」

「我的確可以無愧良心地這麼說。」卡特說道，他這會兒已將繃帶解開了，「我要是早點來就好了，他便不會流這麼多血——不過，這是怎麼回事？肩膀上的肉好像用刀劃開來似的。這傷口卻又不是刀傷，還留有齒印哩！」

「她咬了我，」梅森喃喃地說：「羅契斯特一從她手裡奪下刀，她竟然就像母老虎般地咬我。」

「你當時不該退讓的，應該馬上抓住她才是。」羅契斯特先生說。

「可是在那樣的情況下，能怎麼樣呢？」梅森回應道。「喔，眞是嚇死人了！」他又發著抖，補充道：

「我完全沒料到會這樣，她起初是很安靜的。」

「我警告過你了，」羅契斯特先生說：「我早說過——當你靠近她時，千萬要小心。更何況，你原本可以等到明天，讓我陪著過來的，你非得今天晚上來，且獨自一人，眞是夠蠢了！」

「我以爲可以做些好事的。」

「你以爲！你以爲！是呀，我都不想聽你說話了。不過你也嘗到苦頭了，不聽我的勸，多半是要吃苦頭的。算了，我不再多說了。卡特——動作快點！快點！太陽就要出來了，我得把他弄走才行。」

「快好了，先生。肩膀包紮好了，我得處理一下手臂上另一個傷口，這兒應該也會有咬痕才是。」

「她吸了血，還說要吸乾我的心。」梅森說。

我看到羅契斯特先生打了個寒顫，臉上明顯地交織著厭惡、恐懼、憎恨的表情，整張臉幾近扭曲變形。然而，他卻只是說：「好了，別說了，理察，不用管她的胡言亂語。別再提了。」

「但願我能忘掉這一切。」他答道。

「你離開這個國家時就會忘掉了。當你回到西班牙城，就把她想成是死了，埋了——甚至，你根本連想都不必想到她。」

「我是不可能忘掉今夜了！」

「一定可以。振作些，老友，兩個鐘頭前你不是以爲自己肯定活不了了，可是這會兒你不是仍活著，還說著話。你看！卡特已經把你弄好了，或者，快弄好啦！我馬上就會把你打扮得光鮮整齊了。簡（這是他回屋裡後第一次看向我），拿這把鑰匙，下樓到我房間去，直接走進我的更衣室。打開衣櫃最上層的抽屜，拿件乾淨的襯衫和一條圍巾過來，動作快！」

我去了他所說的更衣室，找到他要的東西，拿上來。

「現在，」他說：「我要幫他換衣服，你到床的另一邊去。不過，別走開，我可能還需要你幫忙。」

我依言退到另一邊去。

「簡，你下樓時有沒有看到任何人在走動？」羅契斯特先生隨即問道。

「沒有，先生，一切都安靜無聲。」

「我們得小心謹慎地把你送走，這樣對你，對那邊那個可憐的傢伙來說都比較好。我一直嚴守著，沒想到還是露餡兒了。來吧，卡特，幫他把背心穿上。你的毛皮斗篷放哪兒去了？在這種嚴寒的惡劣天候中，沒有那件斗篷，你連一哩路都走不了。在你房裡嗎？——簡，快到樓下梅森先生房裡，就是我隔壁房間。把你看到的毛皮斗篷拿來。」

我再次跑下樓去，又跑上來，抱著那件毛皮襯裡、毛皮滾邊的大斗篷。

「現在，我有另一項任務給你，」我那永不疲倦的主人說：「你得再去一趟我房裡。幸虧你穿著天鵝絨製的鞋子！在這個節骨眼上，笨手笨腳的跑腿人可不行。去把我梳妝台中間的抽屜打開，把裡頭的小瓶子和小玻璃杯拿過來——動作快！」

我飛快跑去又飛快地跑上來，帶回所需要的東西。

「好了！現在，醫生哪！請恕我自己開藥，我會負責的。這興奮劑是我在羅馬跟一個義大利的江湖郎中買的——卡特，你肯定是看不起那種人的。這東西不能隨便亂用，不過偶爾來一下還挺不錯的，比方說，就像現在啦！簡，拿點水來。」

他把小玻璃杯遞過來，我從洗臉架上的水瓶裡給他倒了半杯水。

「這樣就行了。現在，把藥瓶的瓶口濕潤一下。」

我照做了。他從藥瓶裡滴了十二滴深紅色的液體，拿給梅森。

「喝吧，理察！它會給你所需的勇氣，大概維持一小時左右。」

「可是，這會傷身嗎？有沒有刺激性？」

「喝吧！儘管喝就是了！」

梅森先生順從地喝了，因爲他顯然無法拒絕。現在，他已穿戴整齊，雖然仍是蒼白著臉，但已不再滿身血污了。羅契斯特先生讓他在喝下藥水後，又坐了三分鐘，然後拉起他的膀臂。

「我確定，你現在站得起來了，」羅契斯特先生說：「試試吧。」

病人站起來了。

「卡特，扶住他另一邊肩膀。打起精神來，理察，邁步走——這就對了！」

「我覺得好多了。」梅森先生說。

「這我相信。簡，你先走，到後樓梯去，拉開側門的門閂，到院子裡或院子外邊找驛馬車的車夫，叫他準備好，因爲我跟他說過了，別把那嘎答嘎答響的輪子駛上石子路。我們隨後就到。還有，簡，如果附近有人，就過來樓梯口咳嗽一下。」

此時已五點半，旭日即將東升，可是我發現廚房仍處在靜寂的黑暗中。側門鎖住了，我盡量不出聲地將門打開，整個院子靜悄悄的，大門卻敞開著。驛馬車就在旁邊，馬匹皆已套好馬鞍，車夫也已坐上駕駛座。我走過去告訴他，先生們很快就到，他點點頭。我仔細觀察四周動靜，莊園處處仍沉浸在清晨的靜謐中，僕人房窗口的簾子均尚未拉起，小鳥們還在開滿白花的果樹上啁啾，果樹低垂的枝枒像極了一圈圈掛在院牆上的花環，而馬廄裡拉車用的馬不時跺著地，此外便是一片靜寂。

先生們出現了。梅森在羅契斯特先生和外科醫生的攙扶下，看來也走得安穩如常。他們把他扶上馬車，卡特跟著上車。

「好好照顧他，」羅契斯特先生對醫生說：「讓他在你家休養到康復，我一兩天後會騎馬過去看看他的情形。理察，你覺得如何？」

「新鮮的空氣讓我精神爲之一振，費爾法斯。」

「讓這邊的窗戶開著，卡特，沒有風——再見了。」

「費爾法斯——」

「嗯，什麼事？」

「好好照顧她，盡量溫柔體貼地對待她，讓她……」他無法說完，淚水奪眶而出。

「我自當盡力而爲。我以前就這樣做了，以後也會。」羅契斯特先生答道，他關上馬車門，馬車隨即揚長而去。

「但願上帝讓這一切都結束！」羅契斯特先生門上厚重的大門時，補上這麼一句。

之後，他步履沉緩，神情恍惚地朝果園邊牆上一道門走去。我猜，他應該不需要我了，便打算回屋子裡去，誰知我又一次聽到他叫了聲「簡！」他已打開那扇門，站在那兒等著我。

「來呼吸一下新鮮空氣吧！」他說：「那宅子簡直跟地牢一樣，你不覺得嗎？」

「我覺得那是一座漂亮的大宅，先生。」

「欠缺經驗使得你那雙眼睛被蒙蔽了，」他答道：「你是透過魔法眼光來看它的。你看不出來，那些閃閃發光的金箔牆垣只是膠泥，絲綢帷幔不過是蜘蛛網，大理石只是髒污的石板，而光亮的木器不過是碎木片和爛樹皮。現在這兒（他指指我們走進來的這一片園地）則不同，一切都是眞實、甜美、純潔的。」

他沿著邊緣一條小路走去，路的一側栽有黃楊、蘋果樹、梨樹和櫻桃樹，另一側則種滿了各色各樣尋常花草，有紫羅蘭、石竹、櫻草花、三色堇，間或雜以艾屬植物、野薔薇以及多種香草。在晴雨不定的四月裡，可親可愛的春季清晨讓這些花草顯得清新鮮綠。旭日東升，霞光萬道，映照著枝繁葉茂、藤蔓盤繞、露珠晶瑩閃亮的果樹群，也照著樹下靜謐的小道。

「簡，送你一朵花，好嗎？」

他摘了一朵半開的玫瑰，是花叢中第一朵花，然後遞過來給我。

「謝謝您，先生。」

「簡，喜歡這日出嗎？那天空，以及那高高懸浮的薄雲，溫度一上升，它們就會融化了——你喜歡這平靜安穩的氣氛嗎？」

「是的，非常喜歡。」

「你過了一個奇怪的夜晚，簡。」

「是的，先生。」

「你為此顯得臉色蒼白。當我留你單獨和梅森在一起時，你害怕嗎？」

「我怕有人會從裡頭房間出來。」

「可是，我已經把門鎖上了，鑰匙在我口袋裡。我若把一隻羊——我寵愛的一隻小羊——留在狼窩口，毫無警戒，那我就是個粗心大意的牧人了。你是安全的。」

「先生，葛瑞絲·普爾，會繼續住在這兒嗎？」

「喔，是啊！別拿她來尋煩惱，你就別再想這件事了。」

「可是，我覺得如果她在，您的生命安全就會受到威脅。」

「別擔心，我會照顧自己的。」

「您昨晚所掛心的危險，現在已經過去了嗎？」

「要等梅森離開英國才知道，不過就算到了那時，我也無法斷言。簡，我的生活就像站在火山口上，腳下的地隨時都有可能裂開噴出火來。」

「可是，梅森先生似乎是很好應付的人。您對他顯然是相當有影響力的，他絕不會跟您作對或蓄意傷害您。」

「喔，是啊！梅森不會跟我作對，也不會蓄意傷害我——不過，他無意中的一句話，只要一下子，就算要不了我的命，也會奪去我一輩子的幸福。」

「告訴他小心些就行了啊，先生。讓他知道您在擔心些什麼，告訴他該如何避免危險發生。」

他譏諷似的笑笑，隨即抓起我的手，又很快放開。

「要是我能那麼做，傻瓜，哪裡還會有危險呢？早就煙消雲散了。打從我認識梅森以來，我只需對他說『做這、做那』，事情就會辦好了。唯獨這件事我無法命令他去做，我不能說『理察，小心別傷害我』，因爲我不能讓他知道他可能會傷害我。你似乎聽迷糊了，我還會讓你更迷糊呢！你是我的好朋友，對吧？」

「先生，只要是對的事情，我都樂於照您的吩咐去做。」

「沒錯，我看你確實是這樣。從你的步伐、態度、眼神和臉色來看，當你在幫助我、取悅我、爲我工作、和我在一起時，只要是合乎你所謂『對的事情』，你總是竭誠去做。要是我讓你去做你所認爲不對的事，你就不會腳步輕快地奔跑，手腳也不會俐落靈活，不會有活潑的眼神和生動的表情了。那時，我的小朋友只會慘白著臉，平靜地對我說：『不行，先生，那是不可能的。我不能做，因爲那是不對的。』而且會變得像恆星一般不可動搖。啊，你也有力量影響我，甚至可以傷害我。即使對你這樣一個忠實友善的人，我也不敢讓你知道我的弱點，你會立刻刺傷我。」

「如果您害怕我不亞於害怕梅森，先生，您是非常安全的。」

「願上帝成就你所說的話！這兒有個涼亭，簡，坐下來吧！」

這涼亭是園裡一座拱形的棚架，上頭爬滿了常春藤，其中設有典型的涼亭座椅。羅契斯特先生坐了下來，也留了些空間給我坐，不過，我在他身旁站著。

「坐啊！」他說：「板凳夠長，坐得下兩個人。坐在我旁邊也需要遲疑嗎？這是不對的事嗎，簡？」

我坐了下來，算是回答他的問題。我覺得拒絕是不智的做法。

「現在，我的小朋友，趁著陽光正吸吮朝露，趁著這老舊花園裡所有花朵正甦醒綻放，鳥兒正從田裡給幼鳥帶回早餐，而早起的蜜蜂也忙著做第一班的工，我來告訴你一件事。可是你必須盡量去理解那種感受，首先你得看著我，告訴我說你很安心，不會擔心我留你下來有什麼不對，或你留下來有什麼錯。」

「不會的，先生，我很好。」

「那好，簡，接下來，你就好好想像一下：如果你不是一個教養良好的女孩，而是個從童年起就被嬌寵到不受管束的男孩；想像你置身於遙遠的異國，想像你在那兒犯了大錯，不論起因和動機爲何，結果就是你一輩子都得受它影響，是無法抹去的污點。請注意，我不是說『犯罪』，我提到的並非流血事件或是要把人抓到監牢裡去的那種罪行，我說的是『犯錯』。你所做的那件事有朝一日會招來你無法忍受的結果，你試過各種手段要讓自己放鬆，使出不尋常的手段，不過絕非違法或觸法。然而，你卻依舊痛苦不堪，因爲在你的人生中，希望已杳然遠去：日蝕遮去了你正午的太陽，直到日落仍不見天日。痛苦和自卑成了你記憶中唯一的食糧，你四處徘徊流浪，在放逐中尋找安歇，在享樂中尋找幸福——我是指無情無義，聲色物欲的追逐——結果只得到智力衰退，感情枯萎。在多年的自我放逐後，你的心靈疲憊，精神枯竭，終於回到老家。你結識了一位新朋友——爲何認識、在哪裡認識都不重要，在這個陌生新朋友的身上，你發現尋覓了二十年之久那既美好且優秀的特質，是你從來未曾見過的，如此清新健康，不受世俗污染，毫無瑕疵。你的生命活過來了，重新發光發熱；

你感覺美好的日子回來了——有更高的想望，更純潔的感情。你想要重新開始你的生活，想要在你此生有限的剩餘時光中，盡情揮灑生命的色彩。為了圓這個夢想，你會跨越世俗的障礙——在你良知的認可或價值的判斷上，社會大眾所認為，一個傳統思想上的障礙嗎？」

他停下來等我答話，我該說些什麼？噢，好心些，給個合情合理又令人滿意的答覆吧！徒負熱望！西風在我身旁的常春藤中低語，但空氣中溫柔可人的精靈，卻未傳遞給我當說的言語。鳥兒在樹梢唱歌，牠們雖然唱得甜美，唱些什麼卻含糊不清。

羅契斯特先生再次提出疑問：「這個先前流浪犯錯而現在後悔改過的浪蕩子，可以挑戰世俗的價值觀，以求和這個溫柔優雅且親切的陌生新朋友在一起，得到心靈的平靜和美好的新生命嗎？」

「先生，」我答道：「一個流浪者的回歸或一個罪人的反悔，都不該向尋常人類尋求奧援。男人和女人都會死去，哲學家的智慧有窮盡，基督徒的美德有終點。如果您知道有誰飽受痛苦，徘徊迷途，就讓他去尋求更高者的力量，改過向善，得著安慰，療癒創傷。」

「可是我的藥方——這藥方！造就這事的上帝已送來了我的藥方。我讓我自己——我坦白告訴你吧，我就是那個縱情聲色、無法平靜下來的浪蕩子，而我相信，我已經找到那個可以治癒我的藥方了——」

他停下來。鳥兒仍在歌唱，樹葉仍在沙沙作響。我不禁懷疑，鳥兒為何不停下來檢查一下歌詞，樹葉何不稍停低語，以便聽出這懸宕的告白。不過它們可得久等了，因為這沉默拖得好長。最後，我抬頭看著遲遲不語的說話者，他正熱切地注視我。

「小朋友，」他說，語氣聲調都變得極為不同，臉色也變了，失去原先的溫柔莊重，代之以尖銳和嘲諷。「你注意到我對英葛蘭小姐的柔情了。你不認為若我跟她結婚，她能夠重新點燃我對生命的熱情嗎？」

他倏地站起來，快步朝走道的另一端走去，再回來時，嘴裡哼著小曲。

「簡！簡！」他說，在我面前站定，「一夜警戒使你蒼白不已，你該不會怪我打擾你休息吧？」

「怪您？不會的，先生。」

「那就握個手來證明所言不虛。你的手好冷！我昨晚在房門口握的手可比現在的溫暖得多。簡，你什麼時候再來和我一起守夜呢？」

「只要您需要，我就會在，先生。」

「那比方說，我結婚的前一夜好了，我一定會無法成眠的。你可以答應，屆時過來陪著我一塊兒熬夜嗎？我可以跟你談談我心愛的人，因爲你已經見過她，並且認識她了。」

「好的，先生。」

「她是個珍貴的寶貝，對嗎，簡？」

「是的，先生。」

「她是個美女，眞正的美女哪，簡！她的身材高䠷，膚色健康，胸部豐滿，還有那一頭迦太基女人才擁有的美麗頭髮。哎呀！丹特和利恩在馬廄等我呢！你可以繞過灌木叢，走小門回去。」

我走著這條路，他走另一條路，我聽到他的聲音在院子裡愉快地響起。

「梅森今晨起得比你們任何人都早，日出之前他就離開了。我清晨四點起來送他的。」

譯註：

1《庸人自擾》（*Much Ado about Nothing*），爲莎士比亞著名的戲劇作品之一。

2 指由耶穌所選擇以完成大使命的十二名門徒，包括彼得、安德烈、約翰、雅各、腓力、巴多羅買、馬太、多馬、亞勒腓之子雅各、迦南人西門、達太和出賣耶穌的猶大。後文中提及的醫者路加，是保羅傳道的同伴。

Chapter 21

第二十一章

預感眞是奇怪的事情！還有感應也是，預兆也是。而這三者串在一起，便形成了人類至今無法釋疑的一個謎。我這一生中從未對預感嗤之以鼻，因爲我本身就有過奇特的經驗。感應，我相信是存在的（比如說，距離遙遠、久未謀面、全然疏遠卻同出一源的親戚，雖然彼此間相隔遙遠，卻仍相互有所感應），其中奧妙是人們無法理解的。至於預兆，據我們所知，只能說是大自然和人類間的感應。

當我還是個六歲小女孩時，有一天夜裡，我聽到貝絲告訴愛波小姐說，她一直夢到一個小孩；夢到小孩不論對自己本身或是對親人來說，都是個惡兆。要不是在聽到這樣的說法之後不久便發生了令人難忘的印證，這說法是不會在我腦海裡留下印象的。就在第二天，貝絲家裡派人叫她回去——去看她臨終的小妹。

最近我常想起這個說法以及這件事，因爲這一個星期以來，我幾乎每天都會夢到一個小嬰兒，有時我把他抱在懷裡哄著，有時把他放在膝上逗弄，有時看著他在草坪上把玩雛菊，有時卻又見他用手撥弄流水。這一夜是個傷心哭泣的孩童，下一夜是個開懷大笑的小孩；夢中的小孩一會兒緊倚住我，一會兒又跑開去，不過不管夢中心境如何、場景如何，過去這七天，只要我一進入夢鄉，一定會有孩童出現夢中。

我不喜歡這個重複出現的念頭，這個莫名其妙一再出現的景象。一接近就寢時間，我便開始緊張，因爲怪異的夢境就要來臨。那個月光明亮的夜晚，夢中的我不只看到小孩的幻影，還聽到哭聲，我一驚便醒了過來。就在第二天下午，僕人來喚我下樓，告知有人在費爾法斯太太房裡等著要見我。一到那兒，我看見一個男人在等我，他一身仕紳家僕人的穿著，而且看來顯然正在服喪，握在手裡的帽子還綁了一圈黑紗。

「恐怕您已不認得我了，小姐。」我一進門，他便站起身說：「我姓李文，您還在李德家時，我是替李德夫人駕車的，到現在有八、九年了，我還住在那兒。」

「喔，羅伯特！你好嗎？我當然記得你，以前你有時還讓我騎喬琪安娜的紅棕色小馬呢！貝絲好嗎？你娶了貝絲，對吧？」

「是的，小姐，內人很好，謝謝您。她兩個月前又給我生了個小傢伙——現在我們有三個孩子啦——母子均安。」

「羅伯特，李德家的人都好吧？」

「很抱歉，沒能給您帶來好消息，小姐。他們這會兒都很不好——有大麻煩呢！」

「希望不是有人過世了。」我說，看了一眼他身上的黑色喪服。

他也低頭看了一眼帽子上黑紗，然後答道：「約翰少爺過世到昨天已一星期了，在他倫敦的寓所裡。」

「約翰少爺？」

「是的。」

「他母親可怎麼受得了呢？」

「是啊，您說得是，愛小姐，這不是一般的悲劇。他一直過著放蕩的日子，過去這三年來他真是行徑荒誕，而他的死更是讓人震驚。」

「我曾聽貝絲說，他過得不太好。」

「不太好？是不能再糟了！他跟一群壞到極點的男女鬼混，把自己的健康和財產都賠上了。他欠了一身債，還進了監牢，夫人幫了他兩次，把他從牢裡拉出來，可他一得到自由，馬上又栽進那群損友和惡習中。他的頭腦不是很靈光，跟他住在一起的那些惡棍把他騙得團團轉。大概三星期以前，他回家裡來，要夫人把財產都給他。夫人自然不肯，在他的揮霍下家財早已散盡大半了，於是他又回倫敦去，接下來便傳出消息說他死了。他怎麼死的，只有上帝才知道！他們說他是自殺的。」

我沉默了。天啊，這眞是可怕的消息。

羅伯特．李文接著道：「夫人身體欠安也有好一陣子了，她身材壯碩可並不精實，金錢上的損失和擔心財產不保，幾乎要把她擊垮了。約翰先生的死訊來得太突然，況且又是那種死法，夫人承受不住，竟中風了。她三天都沒能說話，不過上星期二她的情況似乎好轉不少，看起來好像想說些什麼，一直跟我妻子比手勢，嘴裡不清不楚地嘟囔。就在昨天早上，貝絲總算弄懂她的意思了，她在念著您的名字。夫人終於說出這幾個字來，『把簡——簡．愛找來，我要跟她說話。』貝絲不確定夫人是否神智清醒，或所說的話有沒有意義，但她跟大小姐還有喬琪安娜小姐提過這事，建議她們把您找來。小姐們起初不太在意這事，不過夫人越來越煩躁，重複說著『簡、簡』，她們最後也只好同意了。我昨天從革特謝德出發。小姐，若您能盡快準備好，我想明天早上就帶您回去。」

「好，羅伯特，沒問題。我該去一趟才是。」

「我也這麼想，小姐。貝絲就說她肯定您不會拒絕的。不過在您離開以前，我想您應該先請個假吧？」

「對，我現在就去辦。」於是我將羅伯特帶到僕役間，請約翰的太太替他張羅些飲食，再請約翰接待他一下，便去找羅契斯特先生。

他不在樓下，尋遍每一間房都找不到他，也不在院子、馬廄、林園中。我問費爾法斯太太有沒有看到他，她確信他正在跟英葛蘭小姐打撞球。我火速趕到撞球室，裡頭傳來球與球碰撞的清脆響聲以及嗡嗡說話聲。羅契斯特先生、英葛蘭小姐、兩位伊斯登小姐以及她們的仰慕者們，都在忙著打撞球。想要打擾人家這麼愉快的聚會，眞是需要極大的勇氣，然而我有要務在身且延誤不得，於是我走向站在英葛蘭小姐身旁的羅契斯特先生。待我一靠近他們，英葛蘭小姐便轉過身來，高傲地看著我，她的眼睛似在質問：「這個下等生物這會兒來幹嘛？」而當我低低地說「我要找羅契斯特先生」時，她做了個動作，彷彿想叫我離開。我還記得當時的她多麼雍容華貴，極其亮眼：她穿了一件天藍色絲綢晨袍，髮際繫著一條天藍色絲巾，剛才正神采奕奕地打撞球，雖說突如其來的攪擾觸怒了她，其臉上的傲慢神色卻未稍減幾分。

「那人是來找你的吧？」她向羅契斯特先生探問，而羅契斯特先生隨即轉過身來看看「那人」是誰。他扮了個好奇的鬼臉──那是他莫名其妙而曖昧不明的表情之一，然後便扔下球桿，隨著我走出撞球室。

「什麼事，簡？」他關上書房的門，背靠在門上問道。

「如果可以的話，先生，我想請一、兩個星期的假。」

「爲什麼？你要去哪裡？」

「有位生病的老太太派人來帶我去看她。」

「什麼生病的老太太？她住在哪裡？」

「在某郡的革特謝德。」

「那個郡？離這兒可有一百哩遠啊！她是誰？有何緣故那麼大老遠地要人去看她？」

「她姓李德，先生，她是李德夫人。」

「革特謝德的李德？以前那兒有位治安推事姓李德。」

「就是他的遺孀，先生。」

「你跟她有什麼關係？你怎麼會認識她呢？」

「李德先生是我舅舅，是我母親的哥哥。」

「眞的啊！從來沒聽你說過，你總說你沒有親戚的。」

「沒有人要跟我做親戚，先生。李德先生過世了，他的妻子把我踢出門。」

「為什麼？」

「因為我又窮又麻煩，而且她不喜歡我。」

「可是李德有兒女吧，你總有表兄妹吧？喬治·利恩爵士昨天才談起革特謝德的李德，說他是全倫敦最壞的惡棍之一。英葛蘭則說革特謝德有位喬琪安娜·李德，曾在之前的一、兩個社交季，以其美貌在倫敦大受歡迎。」

「約翰·李德也死了，先生，他毀了他自己，也幾乎毀了他們家。他們說他是自殺的。這個噩耗使他母親大受打擊，因而中風了。」

「那，你能幫她什麼忙？眞是胡扯哪，簡！要是我，哪會想跑個百來哩路去見一個也許等不及見到你就入土的老太太，況且你說她還把你踢出門去。」

「是的，先生，不過那是很久以前的事了。那時的情形和現在很不一樣，我絕不能放任她的要求不管。」

「你要去多久？」

「我會盡快回來，先生。」

「答應我只待一個星期——」

「我最好別隨便答應您，到時候或許不得不食言。」

「無論怎麼樣，你都得回來。你該不會讓人隨便用什麼藉口說服，而打算跟她長住下去吧？」

「噢，不會的！只要事情一處理妥當，我就會回來。」

「那，誰跟你一起去？這一百哩路，你總不能獨行吧。」

「是的，先生，她派了她的馬車夫來接我。」

「那人可靠嗎？」

「是的，先生，他在那個家待了十年。」

羅契斯特先生沉思了一下。「你想什麼時候走？」

「明天一早，先生。」

「那麼，你得帶些錢，沒有錢怎麼出門呢！我敢說你一定沒什麼錢，我還沒付你薪水哩！你總共有多少錢，簡？」他問道，臉上帶著笑容。

我拿出我的錢包，乾癟得很。「我有五先令，先生。」他接過錢包，把裡頭的東西全倒在手掌心，對著它笑，彷彿錢包的貧瘠讓他覺得頗有趣似的。不一會兒，他拿出自己的皮夾。「拿著。」他說，遞給我一張紙鈔，是五十英鎊，可是他只欠我十五英鎊。我告訴他，我沒有錢找。

「我不要你找錢，你知道的。收下你的薪水吧！」

我拒絕收取多於薪水的數額。他起初皺了一下眉頭，後來像是想起什麼似的，接著說：「對，對！現在最好別全給你，有了五十英鎊，你也許就會待上三個月。給你十英鎊，夠多了吧？」

「是的，先生，可是現在您欠我五英鎊了。」

「那，就等你回來拿了，我這兒還存著你的四十英鎊呢！」

「羅契斯特先生，我也想趁此機會跟您談一下公事。」

「公事？我倒想聽聽看哩！」

「您曾告訴過我，您近期內就要結婚了，是嗎？」

「是啊！怎麼了嗎？」

「若是如此，先生，那麼，您就該送阿黛爾去上學。我相信，您看得出這件事的必要性。」

「把她從我的新娘眼前挪走，以免她被踩扁？這倒是合情合理的建議。沒錯，就像你說的，阿黛爾必須到學校去；至於你，當然，就得直接去——見鬼了嗎？」

「希望不是，不過我得另找工作了，先生。」

「當然哪！」他帶著濃重的鼻音大叫道，一張臉扭曲著，既滑稽又好笑。他盯著我瞧了好一會兒。「我想，你會去拜託李德家老夫人，和她的女兒們幫你謀個職位吧？」

「不是的，先生，我跟親戚們的關係還沒好到可以請她們幫我忙。不過，我會在報上登廣告就是了。」

「那你該走到埃及的金字塔上去刊廣告！」他咆哮道。「要刊廣告就請自付費用！眞希望剛才給你的是一英鎊而不是十英鎊。簡，還我九英鎊，我要用錢。」

「我也要用錢，先生，」我回答道，雙手反握在背後，緊捏住錢包。「不管怎麼樣，我都不會把錢給您的。」

「這麼吝嗇！」他說：「要點兒錢都不行！簡，給我五英鎊。」

「五先令也不給，先生，連五便士都不給。」

「把錢給我看看就好。」

「不，先生，我不相信您。」

「簡！」

「什麼事，先生？」

「答應我一件事。」

「只要我做得到，先生，任何事我都答應您。」

「不要登廣告，把這件事交給我來辦。到時候我會替你找份差事的。」

「如果您答應我，在您的新娘進門以前，我和阿黛爾都可以平安離開，我會非常樂意聽從您的吩咐。」

「那好，非常好！我會信守承諾的。那，你明天早上走？」

「是的，先生，一大早。」

「晚餐後你會到樓下客廳來嗎？」

「不了，先生，我得準備行李。」

「那麼，你和我得為短暫的別離道再見了？」

「我想是的，先生。」

「人們都是怎麼道別的呢，簡？你教教我吧，我還不太習慣這種禮儀。」

「他們說『再見』，或用其他任何他們喜愛的形式道別。」

「那麼，就說吧！」

「再見，羅契斯特先生，暫別了。」

「那我得說什麼呢？」

「一樣說『再見』便行了，如果您喜歡的話。」

「再見，簡，暫別了。就這樣嗎？」

「對。」

「我覺得，這樣似乎太小氣乏味，也不夠友善。我應該做點別的，多禮一點，比方說握手之類的，啊——不，這樣也不夠。你只說再見嗎，簡？」

「先生，這樣就夠了，真心誠意的一句祝福抵得過千言萬語。」

「很可能，不過總嫌空洞冷淡——『再見』。」

「他到底要背靠著門站多久啊？」我自問道，「我想開始打包行李了。」晚餐鈴響起，他突然跑開去，不發一語。那天我沒再見著他，第二天一早他還沒起床，我已離開。

我到達李德家門房時已是五月一日下午五點鐘，在踏上李德府邸前，我先走進這間小屋。裡頭收拾得相當乾淨整潔，裝飾窗上掛著小小的白色窗簾，地板一塵不染，壁爐架和鐵欄晶亮發光，爐火燒得正旺。貝絲坐在火爐旁，正在餵新生的小嬰孩吃奶，而小羅伯特和妹妹正安靜地在角落裡玩耍。

「感謝上帝！我知道你一定會來的！」我才進門，李文太太就大聲說道。

「是啊，貝絲，」我親了她一下，說：「相信我來得不算太遲。李德夫人怎麼樣了？希望她還活著。」

「是的，她還活著，意識和精神比早前好多了。醫生說，她也許需要再躺上一、兩個星期，但若想要康復是不可能的了。」

「她最近有沒有提到我？」

「她今天早晨才又提起你，盼望你能來，不過這會兒她正在睡覺，十分鐘前我還在大宅裡時，她睡著了。一到下午，她通常都處於昏睡狀態，要到六、七點才會醒來。你要不要在這兒待個一小時，休息一下，到時我再陪你過去？」

羅伯特回來了，貝絲將已睡著的孩子放回搖籃裡，走上前去迎接他。接著她堅持要我脫下帽子，喝些茶並吃些點心，因為她說我看起來既蒼白又疲憊。我欣然接受她的熱情招待，順從地讓她幫我脫掉旅行裝束，就像小時候讓她幫我脫衣服一樣。

看著貝絲忙碌的樣子，舊日時光塞滿心頭。她忙著把最好的瓷器擺上茶盤，切麵包和奶油、烤茶點，不時再趁空檔或拍或推著小羅伯特和簡兒妹倆，就像小時候照顧我那樣。貝絲仍似從前，性情急躁，動作俐落，依舊面容姣好。

茶點備妥，我正打算走向餐桌，她卻要我坐著別動，用的就像從前一般的強制語氣。她說，我得坐在火爐旁享用她端過來的茶點。於是她在我面前擺了張小茶几，再擺上一杯茶和一盤點心，完全就像小時候她把偷偷藏起的美食擺在兒童室椅子上給我吃一樣。我笑著按照她的指示去做，和從前一樣。

她想知道我在桑費爾德過得是否快樂，還有，女主人是什麼樣的人。我告訴她，那兒只有一個男主人，她又想知道他爲人如何以及我對他的觀感等等。我跟她說，男主人長相不好看，但卻是一個道地的紳士；他對我不錯，我很開心。接著我告訴她，最近主人邀約了一群朋友到宅子裡作客，熱鬧極了。對於這些瑣碎的敘述，貝絲都津津有味地聽著，這些事情顯然頗對她的胃口。

在這樣的聊天中，一個小時很快過去，貝絲幫我把帽子戴上，外套穿好，然後陪我走出小屋，到大宅裡去。差不多在九年前，她也是這樣陪著我走下這條我現在正往上走的小路。那時，在天未亮、寒氣逼人、霧濛濛的一月清晨，我懷著絕望悲戚的心走出那充滿憤怨的宅邸——帶著幾乎是被放逐、被排斥的心，到遙遠而陌生的羅沃德去追尋淒冷的停泊。當年那個充滿憤怨的宅邸在我眼前升起，此次前去不知情形將如何；當年受傷的心仍隱隱作痛。我依舊覺得自己只是漂泊於世的流浪者，只不過，我對自己以及自己的能力多了一些自信，對於欺壓逼迫也少了些畏懼。還有，那些被委屈劃開迸裂的傷口也已然痊癒，憤恨不平的怒火早已熄滅。

「你應該先到早餐室去，」貝絲說，領著我走過大廳，「小姐們應該會在那兒。」

不一會兒，我即來到早餐室。那兒的一切如同那個我第一次見到布拉克赫斯特先生時的早晨光景，那條他曾在上面站過的地毯依舊鋪在壁爐前面。看著書架，我想我依然可以在第三層的老位子上找到畢維克那兩本《英國禽鳥史》，而《格列佛遊記》和《一千零一夜》就放在更上一層。景物依舊，而人事早已全非。

兩位年輕淑女出現在我眼前，其中一位很高，差不多和英葛蘭小姐一樣高，也很瘦，臉色蒼白，神情肅穆。她看起來頗有禁慾主義者的味道，再加上那一身樸素黑衣，漿燙得挺直的亞麻衣領，從髮際線往後梳攏的頭髮，以及修女似的戴上一串黑檀木念珠和十字架，這種感覺便更明顯了。這位，我很肯定就是伊麗莎了，雖然那張拉長了的蒼白臉和她小時候一點也不像。

另一位當然是喬琪安娜了，但並非我記憶中那個苗條似仙子的十一歲女孩。眼前的喬琪安娜是個發育成熟、體態豐盈的少女，標緻得如同蠟像一般，恰到好處的五官，漂亮迷人，還有一雙慵懶的藍眸和一頭金黃色鬈髮。她也穿著黑色調衣服，不過樣式和她姊姊的完全不同，漂亮且合身得多，看起來相當時髦，正像另一位看上去即一派清教徒的模樣。

兩姊妹都擁有母親的特徵，且都只遺傳了一項。瘦高蒼白的大女兒有著母親煙水晶似的雙眼；如花般嬌豔的小女兒則遺傳到母親的下顎，也許線條較為柔和，可還是予人無以名狀的嚴肅之感，要不，這小女兒眞是豐滿美麗。

我一走進去，兩位小姐都站起來對我表示歡迎，並稱呼我為「愛小姐」。伊麗莎招呼打得有些簡短唐突，少了笑容，之後便又坐下，眼睛盯著爐火，好似忘記我的存在。喬琪安娜則多了句「你好嗎？」以及幾句有關旅程和天氣的客套話，語調慢條斯理，說時斜睨著眼將我從頭到腳打量了一番，眼光不時掃過我那淺黃色美麗諾呢絨長外套的褶痕，而後落在我那頂鄉間帽子的簡單裝飾物上。年輕女孩們的看家本領之一，就是不發一語即可讓你知道，她們把你當「怪物」看。只消擺起高傲的架子，現出冷漠的姿態，再配上絲毫不帶感情的聲音，無需任何粗魯的言行即可明白傳遞出訊息。

然而，現在不管是明嘲或暗諷，皆已不再像以前那樣對我造成壓力了。我坐在兩位表姊中間，非常驚訝自己竟然能對其中一位對我的視而不見，以及另外一位的半嘲諷姿態，輕鬆以對——伊麗莎沒有給我難堪的感覺，喬琪安娜也引不起我的怒氣。事實上我的腦子正忙著思索其他事，這幾個月來所發生的一切在我心中所引發波濤洶湧的情緒激盪，遠非她們任何言行所能造成——鮮明劇烈的痛苦和快樂，遠非她們對我的影響所能企及——如今，她們怎麼說、怎麼做，對我都沒有任何具體的意義了。

「李德夫人怎麼樣了？」我隨即問道，冷靜地看著喬琪安娜，她沒料到我竟這麼單刀直入地稱呼她母親，覺得我有些放肆。

「李德夫人？啊！你是說媽媽。她現在情況很糟，我想你今晚也許無法見到她。」

「如果，」我說：「可以勞駕你上去告訴她我來了，那麼，我會非常感激。」

喬琪安娜幾乎快跳起來了，一雙藍眸子睜得又大又圓。「我知道她特別想見我，」我補充說道：「而且，除非必要，我並不想讓她等太久。」

「媽媽不喜歡在晚上見客。」伊麗莎開口回應。於是我逕自站起來，脫下帽子和外套，自顧自地說我要上樓去找貝絲（她肯定是在廚房裡），我要請她去問問李德夫人今晚願不願意見我。我到廚房去，果然見到了貝絲，於是我請她幫我跑個腿問問，同時也做了進一步的安排。到目前爲止，我總習慣在傲慢自大的人面前退縮，碰到今天這種情形，要是在一年前，我肯定二話不說，明天一早立刻離開革特謝德，然而現在的我卻只認爲那樣很愚蠢。我長途跋涉一百哩路來看我的舅媽，我一定得待在她身邊直到她好點兒，甚或辭世。至於她女兒們的傲慢或愚蠢，則應當拋在一旁，置之不理即可。所以我去找管家，請她爲我安排一間客房，告訴她，我可能要在這兒住上一兩個星期，還有，把我的行李搬進我房間等等；我則跟著過去，途中，剛好在樓梯口遇到了貝絲。

「夫人醒著，」貝絲說：「我告訴她說你到了。來吧！我們去看看她還認不認得你。」

到那個我所熟知的房間去，實在無需他人帶領，以前我時常被叫到那兒挨罵受罰的。我走得比貝絲還快，輕輕打開房門，桌上擺著一盞罩燈，因爲天色已經黑了。那張有著四根床柱，垂掛琥珀色帷幔的大床仍舊擺在老地方；梳妝台、扶手椅，還有那張我因莫須有罪名遭罰求饒而跪在上頭不下百次的腳凳，都靜靜地待在原處。我朝旁邊的角落看去，半期待地搜尋起經常埋伏在那兒伺機跳出來，落在我顫抖的手掌或畏畏縮縮的脖子上，那根小鬼似的細鞭子。我走到床邊，掀開帷幔，俯身探看高疊的枕頭。

我清楚記得李德夫人的臉，此刻我急切找尋那張熟悉的面孔。時間平息了復仇的渴望，也讓憤怒和嫌惡消失無蹤，値得慶幸。當年，我帶著滿心的憤怨和憎恨離開這個女人，如今，再見著她，卻只有對她的可憐處境深感同情，只想忘記一切傷痛，期盼與她握手言和。

那張熟悉的臉就在那兒，嚴肅冷酷一如往昔——那雙迥異於他人且怎麼樣也無法消融冷酷的眼睛，那對傲慢專橫有些上揚的眉毛，曾經無數次俯瞰我，既帶著威脅也顯露出厭惡。此時，我看著她臉上嚴峻的線條，童年時期的恐懼和哀傷滿滿地襲上心頭！雖然如此，我還是俯下身親吻了她一下。她望向我。

「你是簡・愛嗎？」她問。

「是的，李德舅媽，您好嗎？親愛的舅媽。」

我曾發過誓再也不叫她舅媽，不過我想，忘記或違背這樣的誓言並不能算犯罪。我的手隨即握住她放在棉被外面的手，要是她也仁慈地回握，我一定會發自內心地高興起來。然而，要使得堅硬的本性變柔和，談何容易？根植於心的反感自是不易消除。李德夫人抽回她的手，並且別過頭去，只說今晚天氣眞熱。她又是這麼冷冰冰地對待我，當下，我覺得她對我的看法、她對我的感覺原來絲毫未變，而且永遠也不會改變。她那冷酷無情的眼神，對溫柔絕緣，對淚水免疫——直到最後一刻她都認爲我是壞孩子，因爲承認我的好，並不能爲她帶來寬懷的喜悅，只會讓她覺得羞辱。

我感到痛苦，繼而覺得憤怒，接著下定決心要征服她，不管她性格如何或打算怎麼樣，我都要讓她對我敬重一次。我的淚在眼眶裡打轉，就像小時候一樣，硬是叫它們退回去。我拉了把椅子在床頭邊坐下，傾身靠向枕頭。

「您要我來的，」我說：「現在，我來了。我打算在這兒住下，看看您的情況如何。」

「噢，當然！你見過我的女兒們了？」

「是的。」

「那好，你可以告訴她們，我要你住下，直到我把心裡頭的事情和你說清楚。現在已經很晚了，有一些事情我也想不起來，不過我有些話得跟你說——我想想——」

她那游移不定的目光和飄忽不定的聲音，說明她往昔健壯的身體此時已非常羸弱。她煩躁不安地翻轉身體，緊拉住毯子要包裹自己，而我的手肘剛好壓住棉被一角，她立刻發起火來。

「坐直！」她說：「不要死壓著棉被，煩死了！你是簡．愛嗎？」

「我是簡．愛。」

「那個孩子帶給我的困擾，眞是任誰也想像不到。這麼一個大麻煩竟然塞到我手裡來——無時無刻都在給我製造問題，她那捉摸不定的性格，突然發作的脾氣，還喜歡一直監視別人的一舉一動！有一次竟還像個瘋子或惡魔似的對我說話——從來不曾有過任何一個小孩像她那樣說話，有過那樣的神情。我眞高興可以把她送走。在羅沃德的那些人是怎麼對待她的呢？那兒爆發了傳染病，好多學生都死了。可是，她卻沒死。不過我跟人說她死了，噢，我眞希望她死掉。」

「眞奇怪的願望啊，李德夫人。爲什麼您這麼討厭她呢？」

「我向來不喜歡她母親，因爲我丈夫就只有這麼一個妹妹，所以非常疼愛她。當她嫁給身分地位比她低下的人，全家要跟她斷絕關係時，我丈夫竟然反對！當她的死訊傳來，我丈夫哭得像個笨蛋。他還要人把她的小孩送過來教養，完全不顧我把她送去找人代爲撫養的請求。我第一眼看到那個小東西就生厭，病懨懨、哭哭啼啼又瘦巴巴的！她整夜都在搖籃裡哭——不像其他小孩那樣大聲哭出來，而是抽抽噎噎地啜泣。李德可憐她，常把她當自己孩子一般照顧疼惜，其實他自己的孩子在那個年紀時還沒有那麼受他照顧過呢！他老是要我的孩子對那個小乞丐友善些！孩子們根本受不了，每次他們對那小乞丐露出不悅表情，李德總是氣得半死。就連他離世之前纏綿病榻時，也不時要人把那小東西抱到他床邊。他死之前一個小時，還要我起誓答應留下她。我倒寧願收養個眞從救濟院裡來的小乞丐呢！李德是個懦弱的人，天生懦弱！約翰就完全不像他爸爸，這一點倒是讓我挺高興啊，約翰像我和我的兄弟們，他完全像吉布森家的人。噢，但願他不要再寫信來要錢了，眞是折磨人哪！我再也沒錢給他了，我們越來越窮。我得遣散一半僕人，關閉部分屋子，或是把它租出去。我實在不想這麼做——可是要怎麼過日子呢？我三分之二的收入都拿去付抵押貸款的利息了。約翰賭得太兇了，又老是賭輸，可憐的孩子！他被一群騙子給包圍了，約翰眞是沉淪、墮落——他看起來好可怕——我看著他都替他覺得羞愧。」她越說越激動了。

「我想，我還是先離開好了。」我對貝絲說，她就站在床的另一邊。

「也許這樣比較好，小姐。她晚上經常這樣說話，但一到早上她就平靜多了。」

我從椅子上起來。

「站住！」李德夫人大叫道，「我還有一件事情要說。他威脅我——他不斷拿他自己的死，或我的死來威脅我！有時我夢見爲他入殮時，他脖子上有個大傷口，不然就是他的臉又黑又腫……我遇上大麻煩了。怎麼辦呢？我上哪兒去籌錢呢？」

此時貝絲努力勸她服用鎭靜劑，她好不容易才答應。不久之後李德夫人平靜下來，逐漸進入昏睡狀態，於是我離開了她。

十多天過去，我沒有機會再跟她說話。她不是處於精神錯亂的狀態就是繼續昏睡中，對於可能讓她受刺激的事，醫生都嚴加禁止。在此期間，我盡量和伊麗莎以及喬琪安娜和諧相處。起初她們眞的很冷淡，伊麗莎大半天時間都坐在屋子一角縫紉、看書或寫字，不論和我或是和她妹妹，連一句話都說不上；喬琪安娜則花上大把時間和她的金絲雀胡說八道，對我不理不睬。然而我下定決心不要虛度光陰，於是隨身攜帶畫具，既讓我有事可做也不會百無聊賴。

我習於帶上一盒畫筆、幾張畫紙，和她們保持距離，挑個靠窗位子坐下，忙碌於將腦海中偶然出現的幻想或有如萬花筒中瞬息變化的想像描繪出來，像是：兩塊礁石間的海景；升起的月亮，以及橫跨在月亮表面上的一艘船；一叢蘆葦和菖蒲，以及從它們中間冒出來的頂戴睡蓮花冠的仙女頭；一個坐在籬雀窩裡，一圈山楂花花環下的精靈。

有一天早上我想素描一張臉，至於要畫什麼樣的臉，我還沒打定主意，不過也沒關係。我拿出一枝黑色軟鉛筆，把筆尖削得粗粗的，就這樣畫將起來。

不久我在紙上畫出一個寬闊突出的前額，以及線條方正的下半部臉型。這樣的輪廓很讓我高興，於是我的手指快速移動，趕忙再添上五官。這樣的前額得配上粗平的兩道濃眉才行；接著自然畫上輪廓分明的鼻子，必定是個挺直的鼻梁和橫張的鼻孔；然後是看似柔軟的嘴，當然不能太小；再來是堅毅的下巴，而下巴中間有一條個性鮮明的分線；當然，還得有些黑色的鬍鬚，再於太陽穴以上添些蓬亂的黑色頭髮，髮絲還得飄盪到前額。現在該來畫眼睛了，我把眼睛留到最後才畫，因爲這是最費心思的部分。我畫上一雙大眼，形狀很好看，睫毛又黑又長，眼珠子又大又亮。「好！可是還不太像。」檢視成果時，我思忖道，「這張臉得畫得更有力量，更有精神才是。」於是我把陰影加深，再把光亮處畫得更亮——愉快地添個一、兩筆便成功了。好了，我這會兒可是凝視著朋友的臉呢！身旁的年輕小姐們不搭理我，又有什麼關係呢？我看著這張畫，心想還眞是栩栩如生，我微笑了。我出神地看著，感到心滿意足。

「那是你朋友的畫像嗎？」伊麗莎問道，我沒發現她已來到我身邊。我答說這只不過是一幅憑空想像的肖像畫，隨即壓到其他畫紙下面。當然我說謊了，這畫的是羅契斯特先生，而且傳神得很。不過，這對她或對我之外的任何人而言，有意義嗎？喬琪安娜也湊過來看。她對其他的畫作頗有好評，但對那張肖像畫，她卻說是「一個醜男」。她們倆似乎都對我的畫技深覺驚訝。我提議要幫她們畫張像，於是她們先後坐下來，讓我用鉛筆描畫出草圖。然後，喬琪安娜拿出她的畫冊，我答應要畫張水彩畫給她，她立刻高興起來，提議到林子裡去散步。我們在外面待了兩個小時不到，就說起體己話來了。她主動向我描述起兩個社交季前，她在倫敦度過的那個燦爛輝煌的冬季，她在那兒所得到的愛慕、所受到的關注，甚至暗示說有個貴族對她相當傾心。從下午一直說到晚上，這種暗示愈益增多，各類柔情蜜語的對話都出籠了，還有浪漫場面的描寫，簡言之，那天她為我即席描繪了一部精采的流行生活小說。此後她日復一日地一說再說，主題永遠不變，主角固定是她，屬於她的愛戀與哀愁。令人奇怪的是，她連一次也沒提過她母親的病，或她哥哥的死，甚或目前家中的蕭條景象。她的心思似乎讓往昔的美好回憶給塞滿了，要不就是充滿對未來浪蕩生活的渴望。每天，她最多只花五分鐘在她母親房裡。

伊麗莎依舊沉默寡言，她顯然沒什麼時間多說話。我從未見過比她更忙的人，可是又說不上來她到底在忙些什麼，或是看到她勤奮忙碌的結果。她有個一大早就叫醒她的鬧鐘。我不知道她早餐之前都在做什麼事，不過，早餐後的時間固定分段，每個小時都有分配好的任務。一天三次，她固定讀一本小書，經過觀察之後，我發現那是一本「公眾祈禱書」。有一次我問她，那本書最讓她著迷的是哪一部分，她答道「禮拜章程」。此外，她每天花三個小時刺繡，用金線給一塊方正整齊的深紅色布縫邊，那塊布大得幾乎可以拿來當地毯了。我問她，這塊布功用為何？她說這是要獻給位於革特謝德附近新近落成的一座教堂，做為聖壇上罩布用的。她並花上兩個鐘頭寫日記，兩個鐘頭在菜園裡工作，以及一個鐘頭整理帳目。她似乎無需他人為伴，無需言談。我確信她自得其樂，非常滿意這樣的生活；再沒有什麼比攪亂她這鐘擺一樣規律生活更讓她生氣的事了。

有一天晚上，她似乎比平常想說話，便跟我吐露，約翰的行爲以及讓這個家族敗落的威脅是讓她深切懊惱的來源，不過現在她已打定主意，理出頭緒了。她保住了自己的財產，等她母親一死——她平靜地表明她母親是不可能痊癒，病況也不可能拖得太久的——屆時，她就要實行那個想了很久的計畫：找一個生活作息完全不受干擾的安全隱蔽處居住，將自己與浮華世界完全隔絕。我問，喬琪安娜是否將與她爲伴。

她答說當然不會，喬琪安娜與她完全沒有共同點，她們向來就是兩條平行線。她無論如何也不會讓喬琪安娜成爲自己的累贅。喬琪安娜該走自己的路，而她，伊麗莎，也有自己的路要走。

喬琪安娜，除了跟我傾吐心事之外，大部分時間都躺在沙發上，抱怨日益窘困的家境，千盼萬盼她的吉布森姨媽能再邀請她到倫敦去玩。「如果能抽身離開一、兩個月，等到一切都過去，」她說：「那該有多好。」我沒問她「等到一切都過去」是什麼意思，但我猜應是指她母親的不久於世，以及隨之而來令人心情陰鬱的喪禮。對於妹妹的怠惰和抱怨，伊麗莎通常充耳不聞，拿對方當空氣看待。然而有一天，當她收好帳簿準備要刺繡時，卻突然大發雷霆。

「喬琪安娜，在這世界上，再也找不到一個比你更虛榮、更可笑的動物了！你根本就沒有權利出生，因爲你一直在浪費生命！任何一個有理性之人都有生活的意義、目的和本能，你卻只是軟弱地攀附在別人身上：如果有任何一個人不願意被像你這般癡肥軟弱、自命不凡且無用的東西連累，你就哭叫著受虐待、被忽略，難過得不得了！此外，你還要求你的生活要精采多變，刺激萬千，要不然就說你像住在地牢之中，你得成爲眾人的焦點，被追求，被奉承——你得有音樂、有舞蹈、有宴會，要不然就會凋零枯萎。你難道就不能想想辦法，讓自己獨立起來，成爲有用的人嗎？試以一天爲例，把它分作數等分，每一等分都有其任務，不要讓一個小時、十分鐘或五分鐘的時間虛度——善加利用時間！有方法、有次序，井井有條地去做每一件事，這樣，在你意識到開始之前，一天便已結束，你不用去感激任何人幫你消磨空閒的時間，自然也無須任何人相伴對談，也用不著他人的同情與忍耐；簡言之，你就可以過著一個獨立的人該有的生活了啊。接受這個忠告吧！這是我第一次也是最後一次給你忠告，若你能做到，無論發生什麼事，你都無須倚賴我或任何人；若是不聽勸，繼續渾渾噩噩，向別人搖尾乞憐地生活下去，就等著承擔你那些白癡行爲的後果了——不論多悲慘、多難受，你都無處可躲。我要清楚地告訴你，聽好了！這些話，我只說一次，而且我怎麼說就會怎麼做！媽媽一旦過世，我便不再管你了！從她的棺材被抬進革特謝德教堂地下墓穴的那天起，我們兩人就井水不犯河水了！你不要以爲，我們碰巧爲同一對父母所生，我就得忍受你——即使是最微不足道的要求。我也可以告訴你，就算全人類都被毀滅了，世界上只剩我們兩人，我也會把你留在舊世界，頭也不回地去追尋我的新世界！」

她閉上了嘴巴。

「你大可不必大費周章地發表你的長篇大論，」喬琪安娜回嘴：「誰不知道你是全世界最自私、最沒心肝的傢伙？我知道你一直把我當成眼中釘，在你對我和艾德溫．維爾爵士的關係上使出陰謀手段之前，我早領教過了。你就是見不得我比你好，可以擁有貴族頭銜，踏進那個你連臉都不敢露的上流社交圈，所以你才做了間諜和告密者的勾當，毀了我一生的夢想！」喬琪安娜說著，拿出手絹花上一個小時擤鼻子，伊麗莎則冷冷地坐在那兒，面無表情，萬分勤勉地繼續自己手中的工作。

沒錯，有些人的確不把仁慈寬厚當一回事，這裡就是兩個活生生的例子：一個因缺乏它而刻薄得讓人無法忍受，另一個則乏味得可鄙至極。儘管缺少理智的感情顯得平淡無奇，但欠缺感情的理智亦苦澀得令人難以下嚥。

那是個風雨交加的下午，喬琪安娜在沙發上看小說看得睡著了，伊麗莎到新教堂去參加聖徒日的禮拜——在有關宗教的事物上，她是個不折不扣的形式主義者，無論什麼天氣也阻擋不了虔誠的她準時前去貢獻心力；不論晴雨，她每個星期天都要上教堂三次，週間遇有祈禱會，更是絕對不會缺席。

我想要上樓去看看病人的情況，她躺在那兒，幾乎無人理睬。僕人們只偶爾去照顧她一下，僱來的看護婦因爲沒什麼人管，總是一有機會就溜出病房。貝絲相當盡忠職守，不過她也有自己的一家子要管，只能尋空到宅子裡來。我一走進李德夫人房裡，便發現果然如我所預期，一個人也沒有：看護婦不在，病人躺在床上，彷彿陷入昏睡，她土黃色的臉深陷枕頭中，而火爐裡的火即將燃盡。

我去挑旺火苗，再來整整被單，凝視了一會兒目前無法盯著我看的李德夫人，然後走到窗前。雨水猛力敲擊玻璃窗，狂風呼嘯怒吼著。「躺在那兒的人，」我思忖道，「很快就要脫離人世間的風暴。那掙扎著要脫離這必朽壞之肉體的靈魂，當終獲解脫時，將飛往何方？」

在思索這個難解的奧祕時，我想起了海倫·彭斯，記起了她臨終時的話——她的信心——她堅決認定的靈魂將脫離肉體而得平等之信念。我腦海中仍迴盪著她清晰的語調，仍映出她虛弱卻莊嚴的容貌，當她平靜地面臨死亡時，慘白臉上透出傲然光彩，低語著她要回到天父懷中的渴望。就在此時，我身後的軟床上傳來一聲微弱低語：「是誰在那兒？」

我知道李德夫人已經好幾天沒說話了，她清醒過來了嗎？我趕忙走過去。

「李德舅媽，是我。」

「誰——我？」她答道。「你是誰？」她驚訝且帶上幾分戒懼地看著我，但還不算驚狂。「我不認識你——貝絲呢？」

「她在門房那兒，舅媽。」

「舅媽！」她重複我的話道。「誰在叫我舅媽？你不是吉布森家的人，不過，我認得你，那張臉、那雙眼睛還有那額頭，看起來好眼熟。你好像——啊——你好像簡·愛！」

我沒說話，生怕一旦承認自己的身分會害她休克。

「可是，」她說：「我怕是認錯了，我的思念蒙蔽了我。我想見簡・愛，便以爲出現在我眼前的人是她，況且已過八年，她肯定也變了。」於是，我才輕柔地告訴她，我就是那個她急於見到的人。待她明白過來且神智已然清醒，我便將貝絲的丈夫如何到桑費爾德去接我過來的事告訴她。

「我知道我病得很重，」一會兒後，她說：「幾分鐘前，我想翻一下身，卻發覺手腳根本都動不了。看來我還是在死前把心事說出來會好過些，人在身體健康時不怎麼在意的事，到了我目前這個節骨眼兒就變成讓人喘不過氣的重擔了。看護婦在嗎？還是，這房裡除你以外，就沒別人了？」

我告訴她，房裡只有我們兩個人，請她放心。

「唉，我做了兩件對不起你的事，現在覺得很後悔。一件是毀了我對我丈夫的承諾，要把你視如己出地扶養長大；另一件——」她停頓下來。「也許，這也算不上什麼重要的事，」她喃喃自語道：「況且我可能會好起來，這樣跟她低聲下氣地說話，還眞教人難受。」

她努力地想要翻一下身，卻做不到。她臉色丕變，似乎體會到內心的某種感覺，也許是一種預告自己大去之期已不遠的先兆。

「唉，還是得處理一下才行。永遠的長眠已在眼前，我還是告訴她好了。你去把我的梳妝盒打開，將你看到的那封信拿出來。」

我照她的指示去做。「你讀信吧！」她說。

那封信很短，信中寫道：

夫人：

懇請惠告舍姪女簡・愛之住址及其近況。吾當盡速去函，囑其來吾馬德拉住處。神恩眷佑吾之辛勤，吾今已略具資產；但吾未婚，膝下並無子女，擬收簡・愛爲養女，日後繼吾產業。

順頌　時祺

約翰・愛，於馬德拉

來信日期爲三年前。

「爲什麼我從未聽說過這件事？」我問。

「因爲我討厭死你了，不想伸手幫你一把讓你有好日子過。我忘不了你對我的所作所爲，簡——你那次對我發作的脾氣，你說你憎恨我甚於世上任何一人時的腔調，說一想到我就覺得噁心時那種完全不像孩童的表情及語氣，還信誓旦旦地說我殘酷地虐待你。我忘不了你怒氣沖沖地對著我傾倒你胸中那股怨氣時，我所感受到的刺激。我覺得恐懼，就像被我打過或推過的牲畜，轉過來用人類的眼睛瞪我，用人類的聲音罵我似的——給我拿點水來！快呀！」

「親愛的李德夫人，」我遞給她那杯水時，說：「您就別再想這些事了，把它忘了吧。請原諒我當時偏激的言語。我那時只是個孩子，那已是八、九年前的事了。」

她沒理會我，逕自喝了水，喘了口氣，然後繼續說：「我告訴你，我永遠也忘不了，而且我也報復了。你叔叔要收養你，把你接去過好日子，這我可受不了。我給他寫了封信，告訴他說很抱歉，要讓他失望了，因爲簡・愛已過世，她死在羅沃德爆發斑疹傷寒的時期。現在，你愛怎麼做就怎麼做吧！立刻寫信去反駁我的說法，揭露我的謊言。我想，你是出生來折磨我的，讓我在臨終前還想起那樁若非因你之故我也絕不會去做的痛苦事。」

「舅媽，請您聽我的勸，別再去想了，您就好心地原諒我——」

「你的脾氣眞壞，」她說：「而且一直到今天我都還無法理解：爲什麼九年間你對一切逆來順受，但到了第十年，你卻像一座突然強烈爆發的火山似的，我實在是不明白。」

「我的脾氣沒有您想的那麼壞。我容易衝動，但不會記恨。小時候，有很多次，我都很想去愛您，如果您願意給我機會的話。現在，我打從心底想要跟您和好。親吻我一下吧，舅媽！」

我將臉頰湊近她的唇邊，她卻連碰都不願意碰。她說我壓得她喘不過氣來，便又要水喝。我扶起她來，讓她靠在我的手臂上喝水，而當我扶她躺下時，我將手放在她潮濕又冰冷的手上，她虛弱的手指頭一碰到我的手便縮了回去，遲滯的雙眼同樣避開我的目光。

「好吧，您要愛我也好，恨我也罷，」最後，我說：「我都眞心地原諒您。現在，您請求上帝的寬恕，平靜安心吧。」

這一直處於痛苦中的可憐女人！想要改變她根深柢固的心意已太晚：活著時，她就恨我——臨終時，卻也仍舊如此。

看護婦進來了，貝絲跟在她後面。我在房裡又待了半小時，期盼能看見友善的跡象，但她沒有任何表示，隨即又陷入昏睡中，此後再沒清醒過。那天夜裡十二點，她過世了。我沒有在場爲她闔上眼睛，她的兩個女兒也都沒有。第二天早晨，有人來告訴我們，一切都過去了。她那時等著要入殮，伊麗莎和我過去看她，喬琪安娜突然嚎啕大哭起來，說她不敢去看。這會兒僵直不動躺在那兒的，是曾經健壯靈活的莎拉．李德，無情的眼睛被冰冷的眼皮所覆蓋，眉頭與強悍的容貌仍反映出冷酷無情的心性。對我而言，那具屍體是陌生而嚴肅的。我懷著憂傷和痛苦凝望它，內心激盪而起的情緒不是溫柔、甜蜜和憐憫，也不是希望和平靜；沒有因自己失去些什麼而引起的痛苦，只是爲她感到悲哀——還有面對這樣可怕的死亡卻流不出眼淚的沮喪與傷懷。

伊麗莎冷靜地俯看她的母親。幾分鐘的沉默過後，她說：「以她的體質，她可以活到大把歲數的，是煩惱讓她的壽命縮短了。」

那時，一陣痙攣讓她的嘴抽動了一下。痙攣過去，她便轉身離開房間，我也跟著出去。我們都沒有流下一滴淚。

Chapter 22

第二十二章

羅契斯特先生只給我一個星期的假，我卻在革特謝德待了整整一個月。本來打算喪禮一結束就離開的，但喬琪安娜求我陪伴她，待到她要去倫敦的那一天。她終於收到她舅舅的邀請，可以前往倫敦了。吉布森先生特地來主持他姊姊的葬禮並處理家族事務。喬琪安娜說她怕被留下單獨和伊麗莎一起，在頹喪憂鬱時得不到同情，在恐懼時得不到支援，就連打包行李都得不到幫助；於是我盡可能忍受她低能的哭號和自私的悲嘆，盡力幫她縫補衣物，收拾行囊。說眞的，在我爲她忙碌工作時，她卻在閒晃，我不禁心想：「如果你我注定同住一起，表姊，我們就得換換角色，分工合作了。我才不會一直這麼忍氣吞聲下去，我會分派你應當做的工作，並督促你完成任務，要不然就讓它一直擱著吧。我也會堅持要你把那用慵懶聲調傾訴的無病呻吟吞回肚子裡。現在不過是因爲我們相處的時日短暫，又碰上這樣悲戚的時刻，我才勉強自己拿出耐心，對你寬容到底。」

終於送走了喬琪安娜，竟輪到伊麗莎要求我多住一星期。她說，她的計畫需要她所有時間全神貫注，因爲她即將離開並前往某個未知的目的地。她整天將自己鎖在房裡，裝箱、清抽屜、燒文件，不跟任何人說話。她希望我可以看一下家，接待一下訪客，回回弔唁信。

有一天早晨她告訴我，我可以自由了。「而且，」她補充道：「我非常感激你寶貴的協助和謹慎的作爲！和你這樣的人一起住，迥異於和喬琪安娜在一起，你善盡職責，未曾拖累他人。明天，」她繼續說：「我將啓程前往歐陸。我會住在萊爾[1]附近一個宗教研究處所，你們稱之爲『修道院』，在那兒我可安靜度日，不受攪擾。我打算花一段時間努力鑽研羅馬天主教的教義，仔細研究他們修道的方式，如果我發現和我所預期差距不大，所有事情都可進行得井然有序、有條不紊，我就會接受羅馬天主教，也可能會當修女。」

聽到她的計畫，我既沒有表現出驚訝，也沒有勸她打消念頭。「那樣的職務非常適合你，」我想著，「願你得著助益！」

當我們分手時，她說：「再見，簡・愛表妹，祝你好運。你是有見識的人。」

我答道：「你也不是沒有見識的，伊麗莎表姊，只不過我猜大概一年之後，你的所見所聞都要局限在一處法國的修道院裡了。不過，這跟我沒關係，既然它這麼適合你，我也沒什麼話說。」

「你說得對。」她說。說完這些話，我們就各自上路了。既然以後不會再有機會提到伊麗莎和喬琪安娜，我就在此先作個交代：喬琪安娜嫁了個有利可圖的對象，上流社會一個有錢老頭；伊麗莎果然當了修女，現在是她當初度過見習歲月那家修道院的院長，而且她將自己的財產全都奉獻給那座修道院。

撇去時間長短，人們在離鄉之後返家是何樣心情，我不得而知，因爲我無從體驗。我只知道，小時候散步，走了一大段路回到革特謝德，總因一臉的寒冷或陰鬱而挨罵；後來，從教堂走回羅沃德時，一路期盼著能飽餐一頓，享受一下溫暖的爐火——終究，兩者皆不可得。這些回家的經驗既不舒服，更不令人嚮往。對我而言，回到某一個點，並不會有什麼特別的吸引力，也不會發生越靠近那個點就越令我雀躍的情況。重返桑費爾德會是什麼感覺？我等著去體驗。

我的旅程算是沉悶的，非常沉悶：第一天走五十英里，晚上住在小旅店裡，第二天再走五十英里。在最初的十二個鐘頭，我想著臨終前的李德夫人，腦海裡浮現出她扭曲變形且毫無血色的臉，耳裡聽見她怪腔怪調的聲音。我默想著喪禮那一天，那棺材、棺架，以及那群由佃戶和僕人還有少數親族組成的黑色隊伍——那敞開的墓門，靜寂的教堂和肅穆的儀式。然後，我又想到伊麗莎和喬琪安娜，一個是舞會中眾人矚目的焦點，另一個則是修道院內斗室中的住民，遂忍不住分析起她們兩人在外表上和個性上的特質來。傍晚時抵達前往桑費爾德必經的大鎭，腦海中的思緒也就給驅散了；夜晚來臨，別有一番思緒上陣，我躺在旅店床鋪上，拋開舊日回憶，期待美好未來。

我正要返回桑費爾德，可是我能在那兒住多久呢？不會太久，這我很清楚。我在革特謝德時，費爾法斯太太曾來信告訴我，賓客們已經散去，而羅契斯特先生在三個星期前去了倫敦，但應該待個兩星期左右就會回來。費爾法斯太太推測他應是去安排有關婚禮的事，因爲他提到要買一輛新馬車。她說，羅契斯特先生要娶英葛蘭小姐這件事，她還是覺得有些奇怪，不過從大家口中所說的，以及她親身所見到的，她相信他們快結婚了。「如果你還懷疑的話，那你就是多慮了，」我心裡評斷：「我才不會懷疑哩！」

問題來了，「我該何去何從呢？」一整夜，我都夢見英葛蘭小姐：在清晨一個清晰的夢境裡，我目睹她當著我的面，關起桑費爾德的大門，指著另一條路叫我走，而羅契斯特先生雙手環抱胸前，站在那兒，臉上好似掛著譏諷的笑容，看著她和我。

我並未告訴費爾法斯太太我回去的確切日期，因爲我不要他們派馬車到米爾科特來接我。我打算自己一個人閒適地走這段路，於是我悄悄把行李箱託給旅店的馬車夫，便溜出了這間喬治旅店，那時約是夏天六點左右的傍晚，我循著舊路走回桑費爾德。那條路大多穿過田野，現在，並沒有什麼人走。

那不是個明亮或璀璨的夏夜，不過天空澄淨柔和。曬乾草的人正沿著路邊工作，而天空，雖說不是萬里無雲，卻也預示著未來天氣的美好：藍天（在露出湛藍之處）溫和而沉靜，雲層既高且薄。西方，也是一片溫煦，沒有水暈的微光來添寒氣，只有烈焰相映紅，就像大理石般的霧幕後方正燃燒熊熊火光的祭壇，金色的輝煌透過隙縫在飄盪。

眼前的路越走越短，我的情緒也越來越高昂。我不禁停下腳步，自問道，爲何欣喜異常？隨即理智地提醒自己，我並非要回自己家，也不是回去永久的棲身處，更不是回到一個即將有好朋友們熱情歡迎的地方。

「費爾法斯太太肯定會微笑著，冷靜歡迎你的歸來，」我對自己說：「小阿黛爾會手舞足蹈，蹦蹦跳跳過來見你。不過，你心裡清楚得很，你在意的不是她們，而是另一個人——那個並不掛念你的人。」

然而，年輕總是恣意輕狂，欠缺經驗總是盲目亂撞！就這樣，光是想到可以再見到羅契斯特先生，我便欣喜欲狂，他在不在意我又怎麼樣？內心的激動催逼著我：「趕快！趕快呀！趁著還有機會，快去與他為伴。再過幾天，頂多再過幾星期，你就要永遠離開他了！」不過，我隨即扼殺這個新生出來的煩惱，我無法說服自己接受這種畸形的胡思亂想——我加快腳步，向前邁進。

工人們在桑費爾德的草場上曬乾草，或者該說剛剛收工，因為我到的時候，他們正將耙子扛上肩準備回家。我只要再穿過一兩塊田，然後橫跨過人路，就可以到達大門口了。樹籬上盛開著玫瑰花！可是我連一朵也沒時間採摘，我急著想回家。我走過的那株高大野薔薇，將整個路面籠罩在其繁茂枝葉下，我看見石階上狹窄的梯磴，我看到——羅契斯特先生坐在那兒，手裡拿著一本書和一枝筆，正在振筆疾書。

當然，他不是鬼，只是我的每根神經都不聽話，甚至一度控制不了自己。這是怎麼回事？我沒料到自己見著他時，竟發抖成這副模樣，動彈不得，說不出話。要是我的雙腿能動，我一定立刻往後退，不必杵在那兒當個如假包換的傻瓜。我知道還有另一條路可以回去的。其實，就算知道二十條路也沒用，他看見我了。

「嗨！」他大聲叫著，隨即收起他的筆和書。「你來啦！請過來吧！」

我猜我真走過去了，不過不知是怎麼走的，因為我根本就是無意識地動作著，而且一心只想要冷靜下來，特別是努力想控制住臉部肌肉的運動——我可以感覺到它們正肆無忌憚地違背我的命令，拚命想表現出我決意隱藏的情緒。還好，我戴著面紗，且是放下來的，還可勉強擺出個端莊模樣。

「眼前可是簡．愛嗎？你剛從米爾科特回來？走路回來的？是了——你的花招之一嘛！不讓馬車去接你，不想跟平常人一樣坐在車上，嘎答嘎答地行經街道和馬路，倒要趁著暮色昏濛，像個夢境或影子似的偷溜回自己家附近。這一個月來，你到底都在做些什麼？」

「我在陪我舅媽，先生，她已經過世了。」

「道地的簡式回答！好天使請來保佑我！她是從另一個世界來的——從死人那兒來的哪！在薄暮時分遇到我一個人在這兒，竟然還這麼說！如果我敢的話，應該摸摸你，看看你是人還是幽魂，你這個小精靈！話說，我倒不如去沼澤地抓把藍色鬼火過來還比較快。你曠工了！曠工！」

他停了一會兒，補充一句道：「一個月沒在我身邊，我敢說，你一定把我忘光了。」

我早知道，和我家主人再次重逢一定會很愉快的，即使那種愉快被擔心他很快就不再是我家主人的恐懼所取代，被我很快即將與他無關的念頭所取代。但羅契斯特先生永遠（至少我是這麼認為）都散發出讓人愉快的力量，像我這樣一隻流浪的小鳥，只需淺嘗一口他撒下的麵包屑，心中即充滿飽餐美食的喜悅。他最後那幾句話真是莫大的安慰，好像在暗示著：我有沒有忘了他，對他而言可是大事一樁。他還說桑費爾德是我家，噢，眞希望它就是我家！

他沒有離開梯磴，我也不想請他讓讓，我好過去。於是，我很快接著問他，是不是去過倫敦了。

「是啊！我猜是有人告訴你的吧？」

「費爾法斯太太寫信跟我說的。」

「那，她告訴你說我去做什麼了嗎？」

「喔，是的，先生，每個人都知道您爲什麼去。」

「簡，你一定得看看那輛馬車，然後告訴我，它適不適合給羅契斯特太太坐，還有她靠著那紫色軟墊坐的時候，夠不夠像波狄西亞女王[2]。簡，但願我在外貌上能跟她相配些。告訴我吧，你這精靈小仙女能不能給我一道符咒或一帖迷藥，或其他類似的東西，好讓我變得更英俊呀？」

「先生，這遠非魔法的力量所能及。」我說道，隨即在心裡想，「含藏愛情的眼神就是你所需要的靈符。光是這樣，你就夠俊俏的了。甚至，你的嚴峻也比英俊更吸引人。」

有時，羅契斯特先生會用我所無法理解的敏銳，看穿我心裡的念頭。眼前的他，對我欠缺思索的魯莽回答並不作聲，卻以他獨特的眼神看著我，微笑著；他難得露出這種笑容，他似乎覺得這種笑容太過珍貴，不好拿來隨便使用。那眞是充滿感情的陽光，他現在正用這樣的眼神照拂著我。

「過去吧，小簡，」他說，從梯蹬上讓出空間給我。「快回家去，去你朋友那兒，讓你那雙奔波勞累的小腳歇一歇吧。」

我現在得做的就是乖乖聽從他的指示，無須再多說什麼了。我走過梯磴，心想冷靜地離開就好。然而，內心卻突然湧起一股激動，迫使我轉過身。我說，或者是我心裡頭的什麼東西在替我說：「謝謝您，羅契斯特先生，您對我眞好。可以再回到這兒來，跟您見面，我眞是分外高興。您在哪兒，哪兒就是我的家——我唯一的家。」

我飛快地往前走去，就算他想追，也追不上了。小阿黛爾見到我時，高興得近乎瘋狂。費爾法斯太太一貫溫和友好地歡迎我。莉雅微笑著，就連蘇菲也滿心歡喜地用法文說了聲「晚安」。這眞是令人快樂的時刻呀，能被同伴們所愛，且感覺到自己的存在讓他們欣慰不已，世上還有什麼比這更讓人覺得幸福滿足的呢？

那天晚上，我堅決地閉起眼睛，不看未來，禁止耳朵去聽一直響起的，那就要分別、憂傷將至的警告。用過茶點後，費爾法斯太太拿出她的針線活來，我找了張矮凳在她身旁坐下，阿黛爾則跪在地毯上，縮起身子緊依著我。彼此親愛的感覺似乎帶著一圈黃金般的祥和氣氛，把我們圍繞起來，我不由在心裡默禱，別讓我們太快分離，也不要離得太遠。就在我們這樣坐著時，羅契斯特先生突然無聲無息地走了進來，他望著我們，似乎對眼前這幅和諧的景象滿意非常。他說，老太太看到養女又回她身邊來了，想必心情愉快，又補上一句，阿黛爾看起來好像很想「一口吞下她的英國小媽媽」呢！我又開始奢望：在他結婚後，也許可以繼續讓我們住在他羽翼下的某個地方，不要把我們流放至沒有他光照之地。

回到桑費爾德後的兩星期，日子平靜得教人懷疑，因為無人提及主人的婚禮，我也沒看到有人在為這事做準備。幾乎每一天，我都會問費爾法斯太太是否聽到什麼決定，她總說沒有。有一次她還說，她乾脆就問羅契斯特先生何時帶回他的新娘？可他只是開了個玩笑，再扮了個鬼臉，她完全不懂那是什麼意思。

有件事特別讓我訝異，就是他並不常出門，且沒到英葛蘭莊園去。其實，那莊園離此地不過二十哩遠，就在鄰縣的邊界上，但這點距離對熱戀中的情人來說算得了什麼？更何況，羅契斯特先生還是善於騎馬的能手，只需一個上午就行。於是我又開始抱持不該有的期盼，盼望這門親事已告吹，傳言是錯誤的，或有一方或雙方皆改變了心意。我常常觀察我家主人的臉，想要探出有沒有傷心或粗暴的神色，可是印象中不曾見過他像最近這般神清氣爽，愁雲慘霧全消。有時候，我和我的學生同他一起，當我不免無精打采或陷入沮喪心境時，他反倒精神更好。他以前從未如此頻繁地招喚我到他面前去，也未曾如此溫柔地待我。而我，啊！我從不曾像現在一般這麼愛慕他！

譯註：

1 萊爾（Lisle），法國北部的一個城市。

2 波狄西亞女王（Queen Boadicea），西元一世紀時居住於不列顛島上之一部族的女王，在羅馬人入侵後曾領軍反抗，後失敗自殺。

Chapter 23

第二十三章

燦爛的仲夏到來，整個英格蘭閃閃發亮。這座四面環海的島國難得放晴一回，晴空萬里、陽光普照的好天氣竟已延續多日。這簡直像置身於義大利的好天氣，彷彿一群輕快歡樂的候鳥，從南方而來暫歇在阿爾賓[1]的峭壁上。桑費爾德莊園的乾草堆早已曬好收妥，四周的田地一片翠綠，道路被曬得亮白又堅實。這時樹木正值蓊鬱的全盛期，樹籬與林子的枝繁葉茂、綠暗成蔭，和剛收割過的牧草地那陽光明媚的色調，恰好構成鮮明的對比。

仲夏節[2]前夕，阿黛爾花了大半天在乾草小徑摘野草莓，不等到天黑就帶著疲累早早就寢。我看著她沉沉睡去後才離開她，轉身來到花園。

這是一天當中最愜意的時刻，因爲「白晝的強烈熱情已耗盡」[3]，冷涼的露水落在熱氣未歇的平原與烤得枯焦的山峰上。少了絢爛雲彩襯托的太陽以樸實姿態落下，在沒入地平線的地方展現出一派莊嚴的紫色，除卻一座山峰的某處攙雜紅寶石與熔爐焰火般的光芒，這紫色伸展得又高又遠，愈遠色澤愈淡地覆蓋了半邊天。東方的天空也自有其迷人湛藍的美，還有那不太炫耀的寶石，一顆徐徐升起的孤星。它很快就能誇耀自己擁有月亮，不過這會兒還沉在地平線下沒有露臉。

我在石板路上散步了一會兒，這時一抹似有若無、熟悉的雪茄味從某扇窗子暗暗飄出。我看見書房的窗朝外推開了一手的寬度，知道可能有人在那兒窺視我，於是我走開進入果園裡。整座宅第庭園中，沒有哪個角落比這裡更隱蔽、更像伊甸園的了。到處都是樹，四周開滿了花。其中一側有道高聳的牆，將這兒與中庭完全隔開，另一側則有條山毛櫸林蔭道做為屏障，把這裡和草地分開。果園盡頭是一道坍塌的籬笆，是此處與外頭那人跡罕至的田野唯一的分界。有一條蜿蜒曲折的小路通往那道矮籬，路兩旁種滿月桂樹，盡頭則是一棵巨大的七葉樹，樹腳圍著一圈坐凳。在這兒，你可以盡情流連而不被人發覺。在那甘露滴落、萬籟俱寂、暮色漸濃的時刻，我覺得自己彷彿能永遠在那暗影中徘徊。然而，這時初升的月亮將月光灑在園中高處一片較開闊的區域，誘使我穿越那片鮮花與果樹形成的園圃，我忽然停下腳步——並不是聽見了聲響，也不是看見了影像，而是再次聞到某種令人警戒的香氣。

香葉薔薇和南方苦艾、茉莉、石竹與玫瑰早已獻出它們的晚香，這股新加入的氣味既不是來自灌木，也不是出自花叢。我清楚得很，那是羅契斯特先生的雪茄味。我環顧四周，側耳聆聽，只見樹上滿是成熟的果實，只聽見半哩外有隻夜鶯在林中啼唱，卻看不見任何移動的形體，聽不到任何走近的腳步聲，可是那香味愈來愈濃，我一定得快些溜走。我走向通往灌木叢的那扇便門，沒想到就看見羅契斯特先生正要走進來。我躲進一旁常春藤叢的幽深處，心想他不會待太久，很快就會走出便門回去屋裡，只要我坐著不動，他絕不會發現我在這兒。

可是誰料想得到呢，他和我一樣欣賞著黃昏光景，同樣深受這座古老庭園吸引。他四處漫步，一會兒托起醋栗樹枝，觀察枝頭結實纍纍、大如李子的果實，一會兒從牆上摘下一顆熟了的櫻桃，一會兒又低頭湊近一簇花，不是聞聞花香，就是欣賞花瓣上的露珠。一隻大飛蛾振翅飛過我身旁，停在羅契斯特先生腳邊一株植物上，他瞧見了，便彎下身來仔細端詳。

「好了，現在他背對著我，」我心想，「而且他這會兒正忙著呢，假如我放輕腳步，也許可以悄悄溜走而不被他發現。」

我踏著路邊鋪的草皮走，以免路面碎石的摩擦聲出賣我。我必須經過的地方離他站立的那處花圃有一兩碼遠，那隻飛蛾顯然牢牢抓住了他所有的注意力。「我應該能順利通過。」我在心中盤算著。

月亮還沒有升到高處，但月光將他的身影拉得老長，投射在庭園地上。我正要從他的影子上走過，他頭也沒回，低聲說道：「簡，你來看看這個傢伙。」

我沒弄出半點聲響，他背後又沒長眼睛——難道他的影子有知覺嗎？我先是嚇了一跳，隨後便走上前。

「瞧瞧牠的翅膀，」他說：「牠讓我想起某種西印度群島的昆蟲。在英格蘭很少見到這樣巨大又豔麗的夜行者。看，牠飛走了！」

那隻蛾緩緩飛開，我也窘迫地急著退場，可是羅契斯特先生卻緊跟住我。我們走到那扇便門前，他開口說話了。

「等等，別往前走。這麼迷人的夜晚枯坐家中未免太可惜了，而且我相信沒有人會願意在日落月出的時候就上床睡覺。」

我有個缺點，就是儘管平常還算能言善道，但有時就是編不出任何理由，偏偏這類失誤又總是發生在緊要關頭，正需要隨口一句或聽來有幾分道理的藉口，擺脫眼前令人苦惱的尷尬。這時天色已晚，我不想單獨和羅契斯特先生在昏暗的果園裡散步，卻找不到理由脫身，只好慢吞吞地跟著他走，腦子裡忙著找方法解套。他卻看來落落大方，神情嚴肅，頓時讓我對自己紊亂的心思感到羞恥。假如眞有「邪念」，那不正當的念頭似乎也僅存於我心中，他的心對此毫無知覺，平靜無波。

我們走進月桂小徑，朝坍塌的籬笆和七葉樹緩步徐行時，他先開口了：「簡，你不覺得夏天的桑費爾德是個頗舒適的地方嗎？」

「是的，先生。」

「你在這裡住慣了，有點捨不得這個地方，因爲你這個人懂得欣賞自然之美，又容易產生留戀之情。」

沒錯吧？」
「我確實迷戀這個地方。」
「老實說我想不通是怎麼一回事，但我注意到你挺關心阿黛爾那個傻丫頭的，甚至對老實單純的費爾法斯太太也一樣？」
「是的，先生，我的確喜歡這兩個人，只是方式不同。」
「你很捨不得離開她們吧？」
「我捨不得。」
「那可眞慘！」他說完嘆了口氣，沉默不語。
「世事往往如此，」他立刻接著說：「你好不容易在某個舒服的地方安頓好，馬上就有某個聲音點名要你起身上路，因爲休息時間已經結束了。」
「您的意思是要我走路？」我問：「我一定要離開桑費爾德嗎？」
「簡，我是這個意思沒錯。很抱歉，但我想你一定得走。」
這眞是晴天霹靂，不過我不能讓它擊倒我。
「好的，先生，等到開拔的命令下達，我會做好準備的。」
「我這就在發號令——今晚我一定得這麼做。」
「這麼說，先生，您就要結婚了？」
「完全正確，一點也沒錯。你果然觀察力敏銳，就是這麼回事。」
「快了嗎，先生？」
「很快，我的……我是說愛小姐，你應該還記得，不管當初是我或謠言第一次明白告訴你，我想把我這老光棍的脖子伸進那神聖的套索，走入婚姻的神聖殿堂，把英葛蘭小姐擁入懷中——她是滿豐腴的，不過那是題外話，像我美麗的布蘭琪那樣絕妙的玩意兒，擁有再多也嫌不夠，喔，那時我是要說——簡，聽我說！你別開頭，是想找更多的飛蛾嗎？那只是一隻瓢蟲，孩子，『快回家』[4]。我想提醒你，是你先對我說，假如我娶了英葛蘭小姐，你和小阿黛爾最好都得趕快離開。你這番話頗有遠見，夠審愼又謙虛，正好與你負責且賴以維生的職務相稱。我尊重你對這件事的看法，雖然這個建議詆毀了我愛人的人格，但我可以不計較。眞的，簡，等你走得遠遠的，我會盡力忘記它的暗示，只記得它的智慧，而這智慧就是我現在的行動準則。阿黛爾必須到學校上學，而你，愛小姐，得另謀新職。」

「好的，先生，我會馬上刊登求職廣告。不過我想……」我本來要接著說：「我想我暫時還可以住在這裡，直到找著另一個落腳的地方。」但是因爲我的聲音已經不大聽使喚，恐怕說不清楚這麼長的一句話，只好住嘴不說。

「大約再過一個月，我就要做新郎，」羅契斯特先生繼續說：「在這之前，我會親自爲你安排工作和住所的事。」

「謝謝您，先生。很抱歉給您添——」

「喔，用不著說客氣話。我認爲手下人要是像你這樣忠於職守，就有權請求雇主順手幫個小忙。其實，我從我未來的丈母娘那裡聽說，有個工作挺適合你的，就是去愛爾蘭康諾特的苦果山莊，教迪奧尼修斯・歐蓋爾夫人的五千金。我想你會喜歡愛爾蘭的，大家都說愛爾蘭人古道熱腸。」

「先生，那裡很遠的。」

「有什麼關係呢？長途跋涉對你這樣有見地的女孩來說只是小事一樁。」

「我不在乎舟車勞頓，可是路途太遠，況且還有大海阻隔……」

「離什麼太遠？又阻隔了什麼，簡？」

「離英格蘭太遠，離桑費爾德太遠，還有——」

「還有什麼？」

「還有離您太遠，先生。」

這句話幾乎是脫口而出，同時我又不由自主地滿眼是淚。儘管如此，我並沒有哭出聲，我強忍著啜泣。一想到歐蓋爾夫人與苦果山莊，我的心就冰冷下來。再想到我和此刻相伴而行的主人看來注定得隔著一片大海，更讓我寒心。最教我心灰意冷的，莫過於想起財富、門第和風俗那片遼闊汪洋，橫亙在我和我自然而然、無可避免愛上的人中間。

「這趟路程很遠。」我再次說。

「確實很遠。等你到了愛爾蘭康諾特的苦果山莊，我就永遠見不到你了。這是非常肯定的事。我絕不會去愛爾蘭，我不大喜歡那個國家。簡，我們一直都是好朋友，對吧？」

「是的，先生。」

「在臨別前夕，好朋友會把握僅剩的少許時光，盡可能多親近彼此。來吧！趁著那邊天空的星辰逐漸亮起，接下來的半個小時，我們可以平心靜氣地談談你的旅程和即將到來的分離。過來七葉樹老根旁的凳子坐下吧，我們今晚就在這裡坐坐，因為以後再也沒有同坐這裡的機會了。」他讓我坐下，自己也隨後落坐。

「簡，到愛爾蘭的旅途很漫長，讓我的小朋友踏上這樣辛苦的旅程真是教我過意不去。但是，既然我沒能力幫你找到更好的差事，那又有什麼辦法呢？簡，你覺得你和我有什麼相似之處嗎？」

這一次我不敢冒險隨便答話，我的心靜止不動。

「因為有時候，」他說：「我會對你產生一種奇怪的感覺，尤其是當你靠近我，就像現在這樣。我的左肋下方彷彿有根弦，而你嬌小身軀的同一個位置也有根弦，兩根弦緊緊綁在一塊，牢不可分。一旦那波濤洶湧的海峽和兩百哩寬的陸地將我們遠遠分隔開來，我怕牽繫住你我的那根心弦會突然綳斷。一想到這個就讓我很緊張，因爲到那時，我的心準會淌血。而你呢，你會把我忘得一乾二淨。」

「我絕不會那麼做的。先生，您可知道……」我的心緒好亂，實在說不下去。

「簡，你聽見那夜鶯在樹上啼唱嗎？你聽。」

我一邊聽一邊哭，因爲我再也忍不住了。我不得不屈服，因爲我心裡痛苦難抑，從頭到腳都抖個不停。等到我終於能說話的時候，脫口而出的，盡是表達我但願自己從未出生到這世上，或從未造訪桑費爾德的輕率願望。

「因爲你捨不得離開這裡嗎？」

我心中的悲痛與愛意不斷翻騰攪動，激烈的情感占據了我所有心思，充分展現了它的影響力，並且主張自己有權居於主導地位、有權戰勝，至少有權存在、增強和支配——別忘了，還有有權發言。

「離開桑費爾德讓我很傷心。我愛這座莊園，在這裡生活的日子既充實又歡樂——儘管這樣的美好時光只是曇花一現。在這裡，沒有人踐踏我的心靈，沒有什麼事嚇得我腦筋一片空白。在這裡，我不會被埋沒在愚昧的心靈當中，也不會被聰明、有活力、高尚的人排除在外。我有機會和我敬畏、喜愛的某人面對面交談，他與眾不同、精力旺盛、心胸開闊——羅契斯特先生，我認識了您。一想到我非得永遠離開您，眞教我既驚恐又痛苦。我看見離別的必然性，正如同人無從迴避死亡的必然性一樣。」

「你是打哪兒看出這種必然性的呢？」他突然問道。

「打哪兒？先生，就是您把它放在我的眼前。」

「它長什麼模樣？」

「就是英葛蘭小姐，一位高貴又美麗的女子——您的新娘。」

「我的新娘！什麼新娘？我沒有新娘啊！」

「但是您就要有新娘了。」

「對，我就要有新娘了！我願意！」他氣呼呼地咬著牙說。

「所以我非走不可。這是您自個兒說的。」

「不，你必須留下來！我剛發過誓了，而且這誓言我一定信守。」

「我說了我非走不可！」我胸中有股無名火促使我全力反擊。「你以為我能夠忍受被你視為無物嗎？你以為我麻木不仁，沒有任何感情嗎？你以為我可以任人奪走嘴裡的麵包，或者，杯中的飲水嗎？你以為我一貧如洗、出身低微、長相平庸、個頭矮小，就沒有靈魂，沒有心嗎？你錯了！我的靈魂和你的一樣聖潔，我的心和你的一樣豐富！假設上帝賜予我幾分姿色和大筆財富，我會善用它，讓你離不開我，就像我現在不想離開你一樣。我現在對你說的這番話發自肺腑，不受禮俗傳統的束縛，跳脫血肉之軀的貴賤之別，是我的心靈對你的心靈說話，就好像等我們死後全都會站在上帝跟前那樣平等，因為你我原本就是平等的！」

「因為你我原本就是平等的！」羅契斯特先生重複道，又補了一句，「的確如此。」他一把抱住我，摟在懷裡，兩片唇瓣印在我的唇上，「的確如此呀，簡！」

「沒錯，先生，的確如此，」我回答道：「但也不完全是這樣。因為你是個已婚男子，至少算是個準已婚男子，而你的迎娶對象處處不如你。你們並非因為情投意合而決定結為連理。我不相信你真的愛她，因為我曾親眼看過、親耳聽到你譏笑她。我瞧不起這樣的結合，這說明我比你還高尚——讓我走！」

「你想走去哪，簡？去愛爾蘭嗎？」

「是的，去愛爾蘭。我已經表明心意，現在我哪兒都能去了。」

「簡，你冷靜下來，別再奮力掙扎，別像隻發狂的野鳥般因陷入絕望而用力扯下自己的羽毛。」

「我不是鳥兒，也沒有陷阱困住我。我是個擁有獨立意志的自由人，現在我要運用它來離開你。」

我再一次掙脫就脫了身，接著，我直挺挺地站在他面前。

「當然，你的命運由你自己的意志決定，」他說：「我願意將我的手、我的心，還有我名下所有財產的一部分都獻給你。」

「這眞是場鬧劇，我看了只想笑。」

「我希望你能陪我走完人生，成爲我的另一半，最好的終身伴侶。」

「關於婚姻大事，你早已做出選擇，你必須信守諾言。」

「簡，你太激動了，先安靜片刻。我也要靜一靜。」

這時候有一陣風吹過月桂小徑，吹得七葉樹的枝葉顫動不已。它越走越遠，直到不知多遠之外，方才停歇。此刻，夜鶯的歌聲是唯一的聲響，聽著夜鶯輕唱，我不禁又哭了起來。羅契斯特先生靜靜地坐著，十分溫柔認眞地瞅著我。

過了不知多久時間，他終於開口說：「簡，過來我身邊坐下。讓我們好好談一談，瞭解彼此的想法。」

「我再也沒辦法走近你身邊。我好不容易勉強自己離開，如今已無法再回頭了。」

「可是，簡，只有你，才是我想娶的人，我求你做我的妻子。」

我沉默不語。我想，他說這話的用意是嘲弄我。

「過來，簡——來嘛。」

「你的新娘擋在我們之間。」

他站起身，跨出一大步，伸出手拉住我。

「我的新娘在這裡，」他說，再一次把我拉向他懷裡，「因爲和我平等的同類就在這裡。簡，你願意嫁給我嗎？」

我仍舊不發一語，依然扭動身體，設法脫離他的懷抱，因爲我還是不能相信他。

「簡，你懷疑我嗎？」

「對。」

「你不相信我？」

「一點也不信。」

「在你眼中，我是個不折不扣的騙子，對吧？」他怒不可遏地問道。「多疑的小鬼頭，我非教你相信不可。我有多愛英葛蘭小姐？我根本不愛她，這一點你心知肚明。那她又有多愛我呢？她一點也不愛我。爲了求證，我可是煞費苦心。我放出風聲，說我的財產其實不到眾人以爲的三分之一。等她聽見這個謠言後，我親眼見證了這謠言造成的後果：她和她的母親都對我極爲冷淡。我不願，也不會娶英葛蘭小姐。至於你——你脾氣古怪，幾乎不像個正常人，但我愛你，就像愛我自己一樣。儘管你一貧如洗、出身低微、長相平庸、個頭矮小，但我懇求你接納我，做你的丈夫。」

「什麼！我？」我驚訝地大喊，但是他一本正經的樣子，尤其是他粗魯無禮的言詞，開始讓我相信他是眞心誠意的。「我在世上無親無友，唯一的朋友就是你——如果你當我是朋友的話。除了你付給我的工資外，我身無分文。你要娶這樣的我？」

「對，簡，我一定要你，完完全全將你占爲己有。你願意屬於我嗎？你趕快說願意。」

「羅契斯特先生，讓我看看你的臉。轉過來面對月光。」

「爲什麼？」

「我想要仔細研究你的表情。轉過來！」

「哎，好啦，反正你會發現它跟一張皺巴巴、上頭滿是鬼畫符的紙一樣難以辨讀。繼續讀吧，不過請你動作快點，因爲我可是飽受折磨呢。」

他的臉完全漲紅，表情非常緊張不安，他的五官有深深的刻痕，雙眼流露出奇怪的神情。

「喔，簡，你這是在折磨我！」他痛苦地吶喊道：「你那種執意追根究柢，堅決卻仁慈的神情，對我是種煎熬！」

「我何德何能？如果你是眞心的，你的求婚是認眞的，我對你只有感激、只有忠貞不渝。它們怎麼可能會折磨人呢？」

「感激？」他失聲喊道，接著又急切地說：「簡，快答應我。說，愛德華——叫我的名字——愛德華，我願意嫁給你。」

「你當眞嗎？你眞的愛我嗎？你是眞心希望我做你的妻子嗎？」

「是眞的。如果你想要聽我發誓，我對天發誓。」

「那麼，先生，我願意嫁給你。」

「不是先生，叫我愛德華。我的寶貝妻子！」

「親愛的愛德華！」

「到我這裡來。現在，完完全全靠過來我這裡。」他說。接著，他把自己的臉頰貼在我的臉頰上，用最低沉的語調在我耳邊說：「你讓我好快樂，我也會帶給你幸福。」

「求上帝原諒我！」他很快又加了句話，「但願沒有人來攪局。我好不容易擁有她，我絕不放她走。」

「沒有人會插手管這樁閒事的，先生。我沒有親戚會出面干預。」

「哼，那是再好不過。」他說。假如我沒有那麼愛他，我可能會認爲他那興高采烈的語調和表情相當蠻橫，但此刻坐在他身旁，從分離的惡夢中驚醒，迎來共結連理的喜悅，我只覺得自己眞是再幸福不過了。他一遍又一遍地問：「你快樂嗎，簡？」我一次又一次地回答：「我很快樂。」在那之後，他喃喃低語著，「這可以彌補，它可以彌補的。難道她不是無親無友、飽受冷落、無人安慰嗎？難道我能不守護、不珍惜、不安慰她嗎？我的心中有愛情，我的決心永遠不變，這在上帝的裁判所是足以贖罪的。我知道造物主准許我這樣做。至於世人的評斷，那與我無關；至於旁人的議論，笑罵由他。」

可是這夜色突然起了變化：月亮還高掛天空，我們卻已被暗影吞沒。儘管離得那麼近，我卻幾乎看不清他的臉。還有，是什麼讓七葉樹痛苦煩躁？它不停搖動，拚命呻吟。這時，狂風呼嘯吹過月桂小徑，猛烈地襲擊我們。

「變天了，」羅契斯特先生說：「我們該進屋裡去了。我本來想和你併肩而坐，直到天明的，簡。」

我心想，「我也想陪著你。」我原本應該把這句話說出口，但是一道狂怒刺眼的火光從我正在凝視的雲朵中竄出，還有一陣陣轟隆隆的巨大聲響逐漸逼近，嚇得我只想將昏花的雙眼埋在羅契斯特先生的臂膀中。

大雨傾盆而下。他催我快快走上小徑，穿過中庭，躲進房子裡。但還沒跨進門檻前，我們早已全身濕透。他在大廳替我脫下披肩，拂去從我蓬鬆亂髮間滲出的雨水，這時，費爾法斯太太正好從她的房間走出來。起初我沒有注意到她，羅契斯特先生也沒有察覺。油燈是亮著的，時鐘正敲下第十二響。

「快回房把你身上的濕衣服換掉，」他說：「在你離開之前，我想跟你道晚安——親愛的，晚安！」

他對我親了又親。當我抬起頭，準備離開他的臂彎，發現那個寡婦臉色蒼白、表情沉重、神色驚愕地站在那裡。我只是朝她微微一笑，便跑上樓去。「改天再解釋吧！」我心想。儘管如此，等我回到臥房後，想到她看見我們那樣難免不誤會，心裡突然感到一陣難受。不過，喜悅立即沖淡了其他感受。在接下來的兩小時裡，狂風大作，雷聲又近又響，閃電又急又密，大雨有如瀑布般滂沱，但我一點也不害怕，只是有些敬畏。在暴風雨肆虐的期間，羅契斯特先生來到我的門口三次，問我是否安全，是否害怕。說眞的，那就是一種安慰，讓人有力量面對任何事。

隔天清晨，我還沒有起床，小阿黛爾就急著跑來告訴我，果園盡頭那棵巨大七葉樹被前一晚的閃電擊中，劈去了一半。

譯註：

1 阿爾賓（Albion），英格蘭的舊稱。

2 仲夏節（Midsummer），指每年六月二十一到二十四日間的某一天及其前夕，爲夏至來臨所舉行的慶祝活動。確實日期依不同文化而有所不同。

3 出自蘇格蘭詩人托馬斯・坎貝爾（Thomas Campbell, 1777-1844）的詩作〈土耳其女子〉（The Turkish Lady）。

4 根據英國民間傳說，如果有瓢蟲停在你手上，你應該輕輕吹走牠，邊念著：「瓢蟲瓢蟲快回家，你家燒大火，孩子全跑光。」這也暗指桑費爾德莊園最後的命運。

Chapter 24

第二十四章

我起床穿衣，在心中細細回想昨晚發生的事，不禁納悶自己是不是作了一場好夢。除非再次見到羅契斯特先生，再次聽他說他愛我、他要娶我，否則我無法確定它有幾分眞實。

梳理頭髮時，我凝視鏡中自己的臉，感覺它不再平庸不起眼：它的神情蘊含著希望，膚色沾染了活力，兩眼也仿似吸取喜樂泉水般煥發著光采。過去我往往不願意正眼直視我家主人，因爲害怕他會不喜歡我的長相，但現在我敢抬頭看他，知道他的愛絕不會因爲我的神情而變得冷淡。我從衣櫥裡選了一件樸素乾淨的淡雅夏裝穿上，從來沒有哪件衣服看起來這麼適合我，因爲我從來沒有帶著這樣幸福的心情穿衣打扮過。

我跑下樓，來到大廳，看見明媚的六月清晨取代了前一夜的暴風雨，透過敞開的玻璃門感受到一股新鮮芳香的微風襲來，這些並不讓我意外。我的心是如此快活，想必大自然也爲我開心不已。一個乞婦帶著她的小男孩沿著小徑慢慢走近——噢，這兩個臉色蒼白、衣衫襤褸的可憐人。我連忙跑過去，把錢包裡的所有錢財，大約三或四先令，全給了他們，畢竟不論好壞，他們都該分享一下我的快樂才是。禿鼻烏鴉高聲鳴叫，歡快的鳥群輕聲啼唱，但是牠們都比不上我歡樂的心更愉快，更充滿音樂。

反倒是費爾法斯太太嚇了我一跳。她帶著哀傷的神情從窗口向外望，一本正經地說：「愛小姐，請來吃早餐好嗎？」用餐的時候，她不發一語，態度冷淡，但這時候我還不能對她說出實情。我必須靜待我家主人說明這一切，而她也得等。我盡可能吃了點食物，便匆匆上樓，恰巧遇見阿黛爾正要離開教室。

「你要去哪？該上課囉。」

「羅契斯特先生要我去兒童室。」

「他人呢？」

「在裡頭。」阿黛爾指了指她剛才離開的房間。我走了進去，他就站在那兒。

「過來和我道早安吧。」他說。我欣然走上前。現在，我得到的不只是冷淡的隻言片語，或甚至伸手一握，而是一個擁抱和一個吻。受到他這樣徹底寵愛、如此疼惜，這一切似乎很自然，也很親切。

「簡，你滿面春風、神采奕奕，看起來眞漂亮，」他說：「你今天早上眞的好美。這是我那面容蒼白的小精靈嗎？這是我的小芥菜種子[1]嗎？這個滿臉笑意的小女孩有酒窩和紅潤的雙唇，絲緞般光滑的栗色頭髮，還有一雙淡褐色的明眸嗎？」（親愛的讀者，我的眼珠其實是綠色的，但是請你們務必諒解這個錯誤，我猜對他來說，它們大概染上了新的顏色吧。）

「這正是簡·愛，先生。」

「很快就會是簡·羅契斯特了，」他補充道：「再四個星期，簡，絕不會多一天。你聽見了嗎？」

我聽見了，只是還不能完全理解它代表的意思。這訊息讓我高興得頭昏眼花。這個宣告帶給我的感受比單純的喜悅強烈得多，那感覺十分震撼，卻又令我深感不安——我想，那幾乎就是恐懼。

「你剛才滿臉通紅，現在卻又面色慘白。簡，你怎麼了？」

「因爲你給了我一個新名字——簡·羅契斯特，它聽起來好怪。」

「沒錯，羅契斯特太太，」他說：「年輕的羅契斯特太太——費爾法斯·羅契斯特的少女新娘。」

「這絕不可能，先生，聽來就不大像是眞的。人類在這世上從未享有完整的幸福，我的命運和其他人沒有什麼不同。妄想這樣的好運降臨在我身上，那肯定是童話故事，是作白日夢。」

「你看著好了，我有能力實現它，而且很快會實現。我今天就會動手。今天早上我寫信給我在倫敦的銀行理財顧問，要求他把代管的某些珠寶送來給我，就是桑費爾德莊園女主人代代相傳的傳家珠寶。我希望再過一、兩天，就能把它們全部交給你，所有你該享有的照應侍候，一樣不缺，就如同假設我要迎娶某個貴族的女兒，也不過如此。」

「噢，先生，別提什麼珠寶！我不想聽你談起這件事。給簡・愛的珠寶這種說法聽起來很怪、很不搭調，我寧可不要擁有這些傳家珠寶。」

「我會親手將鑽石項鍊戴在你的脖子上，把圓箍頭飾戴在你的額頭上。你穿戴起來一定會很相襯的，因為大自然已將高貴的標記印在這個額頭上。簡，我還會幫這對纖細的手腕戴上手鐲，給這些白潤如蔥的手指戴滿戒指。」

「不行，先生，這樣不好！想想其他事情，談談其他東西，咱們還是換個話題吧。不要說得我好像是個大美女似的，我不過是個長相平庸、貴格教徒般的家庭女教師。」

「在我眼中，你確實美若天仙，你的美正好是我心所嚮往的——纖細又輕盈。」

「你是指瘦弱又沒有分量吧。先生，你是在作夢吧，要不就是說反話揶揄我。求你看在老天爺的分上，不要這樣話中帶刺。」

「我還要讓全世界的人都認為你是美女。」他繼續說，那口氣讓我感到很不安，因為我覺得他要不是自我欺騙，就是想要哄騙我。「我會讓我的簡穿上緞面蕾絲婚紗，在她的秀髮別上玫瑰，還要用一件極為珍貴的頭紗輕輕罩住我最愛的那顆小腦袋瓜。」

「到時候你會認不出我，先生，而我也不再是你的簡・愛，只是一隻披了小丑外套的人猿，一個冒牌貨。與其叫我穿上宮廷貴婦的長禮服，不如讓你穿上舞台表演裝，打扮得引人注目。儘管我非常非常愛你，先生，但我不會說你英俊瀟灑，因為那樣只是把肉麻當有趣。拜託別恭維我。」

可是他壓根沒注意到我的不以爲然，仍繼續滔滔不絕地說著，「今天是個特別的日子，我想帶你搭馬車到米爾科特去，你一定要爲自己訂製幾件衣服。我告訴過你，我們四個星期後就要結婚。婚禮會在底下那邊的教堂低調舉行，然後我們馬上前往倫敦。在那裡短暫停留後，我會帶著我的心肝寶貝到比較接近太陽的地區，像是法國的葡萄園酒莊和義大利的平原。她會遊覽古蹟名勝，體驗城市生活，還能透過與他人的公平比較，學會看重自己。」

「我得去旅行？跟你一塊嗎，先生？」

「你會在巴黎、羅馬、那不勒斯、佛羅倫斯、威尼斯和維也納小住。我曾經遊歷過的每塊土地，你都得去看看；無論我曾邁開重重的步伐踏過哪些角落，你的纖纖細步也得走過那些地方。十年前，我曾像個瘋子一樣遊遍歐洲各地，當時與我爲伴的，只有憎惡、仇恨和憤怒。如今我已痊癒、身心潔淨，我將帶著一位貨眞價實的天使爲伴，再次造訪歐洲來趟撫慰之旅。」

聽見他這麼說，我忍不住嘲笑他說：「我可不是什麼天使。」我堅決地表明，「除非我死了，要不然我只是我自己而已。羅契斯特先生，你千萬別指望、也別要求我表現完美，否則你注定是要失望的。就像完美的你也絕對不存在，所以我根本不會有那樣的期盼。」

「既然如此，那你對我有什麼期盼呢？」

「剛開始的一小段時間，你也許會和現在一樣，可是這只會持續很短一段時間。接著，你的態度可能會變得冷淡，然後變得反覆無常，最後轉爲嚴厲苛刻，因此，我得費盡氣力來取悅你。然而，等到你習慣了我的存在，你或許會再次喜歡我——我說的是『喜歡』，而不是『愛』。依我看，你沸騰的愛意撐不過六個月，說不準還更短。我留意過男性作者寫的書，發現丈夫對妻子的熱情最長以半年爲限。不過，我希望做爲朋友和伴侶，我親愛的主人永遠不會覺得我很討厭。」

「說什麼很討厭，還有什麼再次喜歡你！我想我會一而再，再而三地喜歡你。我會讓你承認自己錯了，因為我不只是『喜歡』，而是『愛』你——眞摯，熱情，始終如一。」

「先生，難道你絕不會喜新厭舊嗎？」

「對於那些只靠臉蛋來討好我的女人，等我發現她們沒有靈魂又虛情假意，等她們暴露出乏味、膚淺的那一面，或是愚蠢、粗俗、壞脾氣的時候，我就會變成惡鬼來對付她們；至於那些慧眼獨具、伶牙俐齒，那些心熱如火、能屈能伸的女子，她們既柔順又穩重，既馴良又執著，我會永遠溫柔、眞誠以對。」

「先生，你可曾遇見過那樣的人呢？你可曾愛過那樣的人呢？」

「我現在愛的就是這樣的人。」

「但是在我之前呢？假如我在某些方面確實達到了你的高標準的話。」

「我從沒遇過像你這樣的人。簡，你讓我很開心，同時卻控制了我——你看似順從，我喜歡你透露出來的溫順態度，然而，當我想把這一束柔滑如絲的東西繞在我的手指上，它卻發出一陣強烈的震顫，傳到我的手臂，最後鑽進我的心裡。我受到影響，我被征服了；這影響遠比我能表達的更為甜美，這征服比我能贏得的任何勝利都更為迷人。簡，你為什麼偷笑？你那令人費解的怪異表情變化是什麼意思？」

「先生，我只是在想——請你原諒我有此念頭，實在是不自覺就蹦了出來——我想到了海克力斯與參孫，還有魅惑他們的人[2]……」

「你想起了這個啊，你這鬼靈精怪的……」

「別再說下去了，先生！你剛才的發言不太明智，並不比那兩位男士的行為高明到哪裡去。不過，要是當時他們眞的成了親，肯定也是求婚時百依百順，成婚後就擺出丈夫的威嚴架子。我怕你將來也會這樣。假如一年後，我求你做一件你不太方便或不樂意應允的事，不曉得到那時你會怎樣回答我？」

「簡，現在就向我要求些什麼，就算是芝麻小事都好。我想要你求我……」

「先生，事實上我正打算這麼做。我早就準備好我的請求了。」

「說吧！不過，如果你帶著那種表情抬頭微笑，我會在弄清楚是什麼請求之前，就舉白旗投降，統統答應你，那可是會讓我變成傻瓜呢。」

「先生，事情完全不是你想的那樣。我只有一個要求：請你不要派人送珠寶來，也不要叫我戴上玫瑰花冠。如果你非要打扮我不可，不如將你常用的素面手帕加上一圈金色蕾絲滾邊。」

「你是說我『畫蛇添足』[3]。我懂了，既然如此，你的請求暫時照准。我會取消早先我對銀行的指示。不過你還沒有要求任何東西，只是祈盼撤銷一項禮物而已。再試一次吧。」

「那麼，先生，求你大發慈悲滿足我的好奇心，我對某件事非常好奇。」

他看起來有些不安。「什麼？你想知道什麼？」他急切地問道。「好奇心是一種危險的請求。幸好我沒有立誓答應你的每一項請求——」

「可是先生，應允這項請求不可能帶來任何危險。」

「那你說吧，簡。但是與其探究某個祕密，我寧願你的請求是分得我的一半財產。」

「喏，亞哈隨魯王[4]！我要你的一半財產做什麼呢？你以為我是個放高利貸的猶太人，四處謀求好的土地投資案嗎？我寧願擁有你毫無保留的信賴。如果我能獲准進入你的心裡，可以請你不要把我當作外人嗎？」

「簡，我的信賴不值多少，你儘管把它拿走沒關係。只是，看在老天爺的分上，你要那沒用的負擔做什麼！別渴求毒藥。別在我手上變成一個徹頭徹尾的夏娃！」

「有何不可呢，先生？你剛才還對我說你有多喜歡被人征服，多麼高興我對你提出過分的要求。難道你不覺得我應該好好利用這些自白，趁這機會哄你、求你，必要的時候甚至不惜哭鬧、生悶氣，只為了試試我的力量有多大嗎？」

「諒你也不敢進行這樣的實驗。你若是侵犯我、利用我，就什麼也別談了。」

「是這樣嗎，先生？你才說過的話，馬上就不算數。此刻，你的表情可眞嚴厲呀！你的眉毛變得和我的手指一樣粗，你的眉頭看起來像是，套句我曾經讀過的詩句，『烏雲密佈，雷霆大作。』依我看，先生，這就是你結婚後的模樣吧？」

「如果這也是你結婚後的模樣，身爲一個基督徒，我會立刻放棄和一個火妖或精怪結爲連理的念頭。但是你到底要問什麼，你這個東西，快說！」

「瞧，你現在連禮貌都顧不得了。不過我寧願你粗魯無禮，也不想聽你恭維奉承。我寧可被人說是東西，也不想當個天使。我想問的是：爲什麼你要費那麼多工夫，讓我相信你打算迎娶英葛蘭小姐呢？」

「你的問題就是這個嗎？感謝上帝，你問的不是其他更糟的問題！」現在，他原本緊蹙的濃眉舒展開來，低下頭對我微笑，同時輕輕撫摸我的頭髮，彷彿很開心能見到危險退散。「說出來也許會讓你生氣——我可是已經見識過你生氣時像火焰一樣猛烈的反應，」他接著說：「不過，我想還是實話實說比較好。昨晚你在冷冷的月光下反抗命運，宣稱你的地位和我一樣平等時，你激動得簡直要冒火呢。對了，簡，是你先說要嫁給我的。」

「這我知道。但是請你不要離題——關於英葛蘭小姐呢？」

「這個嘛，我假裝向英葛蘭小姐求愛，因爲我想讓你瘋狂愛上我，一如我爲你癡狂。爲了促成這個目的，爭風吃醋會是我能召來最有力的盟友。」

「好極了！現在你變成小人了，不比我的小指尖大。這樣做眞是非常可恥，非常丟臉。先生，難道你都沒考慮過英葛蘭小姐的感受嗎？」

「她的感情全都凝聚在『驕傲』這兩個字上，該是有人挫挫她的銳氣，讓她知道什麼是謙遜。簡，你吃醋嗎？」

「那不重要，羅契斯特先生。你絕不會有興趣知道答案。請再認眞回答我一次。你認爲英葛蘭小姐不會因爲你存心不良的玩弄而受到傷害嗎？難道她不會覺得自己遭受背叛，被你拋棄了嗎？」

「絕不可能！正好相反！我不是告訴過你，她怎樣甩了我嗎？一聽見我破產，她的熱情就冷卻了，或者應該說是立刻熄滅了。」

「羅契斯特先生，你的心思眞是詭計多端又難以理解啊。你對某些事抱持的道德原則恐怕是異於常人的。」

「簡，我的道德原則從來沒有被規範過。也許因爲疏於留意，它們變得有點歪斜。」

「我想再認眞地確認一次：我可以盡情享受老天爺恩賜給我的這等天大好事，而不必擔憂有人和稍早之前的我一樣，得承受椎心蝕骨之痛嗎？」

「你當然可以，我善良的小女孩！這世上再也找不到有人像你一般，對我懷有同樣的純潔眞愛。簡，我深信你對我的愛，把那當成令人愉快的敷油[5]塗在我的靈魂上。」

我輕輕吻了那隻放在我肩頭的手。我好愛好愛他，遠多過我敢表白的部分，也遠遠超出語言所能表達。

「再要求點別的事吧，」他馬上又說：「你有所要求，我答應你，這讓我覺得很開心。」

我又一次準備好我的請求。「請跟費爾法斯太太說明你向我求婚的事好嗎？昨晚她看見我和你在大廳裡的樣子，這件事讓她很震驚。在我和她再次碰面之前，求你給她一個說法。被一個這麼善良的女人誤解，讓我很難過。」

「回房間去戴上你的帽子，」他回應道：「我要你今天早上陪我去一趟米爾科特。趁你準備出門的時候，我會去開導那個老婦人。簡，她是不是認爲你爲愛放棄全世界，最後只會換來一場空呢？」

「我相信她認爲我忘了自己的地位，還有你的身分。」

「什麼身分！什麼地位！不管現在或以後，你在我心中肯定占有一席之地！至於那些羞辱你的人，就讓你的身分問題纏著他們不放吧！現在快回房去準備！」

我一下子就打扮好了。一聽見羅契斯特先生離開費爾法斯太太的起居室，我趕忙衝下樓。看來老婦人剛才正在閱讀《聖經》，那是她的每日晨讀。那本《聖經》在她面前攤開，上頭擱著她的眼鏡。她的日課被羅契斯特先生的通知打斷，此時似乎已被拋到腦後，她的雙眼直愣愣地瞪著對面那堵白牆，透露出一顆平靜的心受到罕見浪潮攪動時的驚嚇。看見我出現，她設法振作精神，努力擠出笑容，說幾句言不由衷的祝福，但是那笑容轉瞬即逝，未完成的句子被棄之不顧。她戴起眼鏡，闔上《聖經》，推開椅子站起來。

「我好意外，」她開始說：「我不知道該跟你說些什麼，愛小姐。我肯定不是在作夢，對吧？有時候，我獨坐在屋子裡，會陷入半夢半清醒的狀態，幻想一些從來沒有發生過的事。有好幾次，在我打盹時，我那死了十五年的親愛老伴竟然走了進來，在我身旁坐下，我甚至還聽見他像以前那樣喊我名字，艾莉絲。現在，你能不能告訴我，羅契斯特先生要你嫁給他這件事究竟是不是眞的？別笑我。但我眞的認爲他在五分鐘前曾走進這裡，說你在一個月後就會變成他的妻子。」

「他對我說了同樣的話。」我回答道。

「眞的嗎？你相信他嗎？你答應了他的求婚沒？」

「我答應了。」

她一臉疑惑地看著我。

「我永遠想不到會有這種事發生。他是個自負的男人。羅契斯特家族的每個人都很高傲，至少他父親是愛錢如命的。他呢，也有個既定形象，總被認爲是個謹言愼行的人。他眞的有意要娶你嗎？」

「他是這麼告訴我的。」

她仔細打量起我整個人。我可以讀得出來，在她眼中，我全身上下實在找不出有什麼迷人的魅力能強大到解開這個謎團。

「算了！」她接著說：「既然你這麼說，那肯定就是眞的。接下來會有什麼樣的發展，我實在拿不準，我眞的不知道。關於結婚這檔事，大家多會認爲門當戶對較妥當，何況你們的年紀相差二十歲，他都快要可以當你的父親了。」

「噢，不見得吧，費爾法斯太太！」我氣呼呼地大喊：「他一點也不像我的父親！凡是看見我們在一起的人都不會那樣想，連一秒鐘都不會！羅契斯特先生不僅看起來跟二十五歲的男子一樣年輕，他連內在也跟一個二十五歲的男子一樣年輕！」

「他眞的是因爲愛你才打算娶你的嗎？」她問道，那冷淡和懷疑的態度讓我感到受傷，我的眼淚不聽使喚地在眼眶內打轉。

「讓你傷心，我實在很抱歉，」這位寡婦繼續說：「但是你還這麼年輕，對男人的瞭解有限，我只是希望你小心提防。有句俗話說得好，『發亮的不一定全是金子。』既然如此，我不禁擔心到時候會發現事情跟你或我期待的不大一樣。」

「怎麼會？莫非我是怪物？」我說：「難道羅契斯特先生就不能眞心愛我嗎？」

「不，你很好，近來尤其大有長進。我想，羅契斯特先生的確喜歡你，我常常發現你彷彿成了他的寵物。有好多次，當他對你表現出明顯的偏愛，想爲你做點好事，我總會感覺有些不自在，想勸你要當心提防。但即使只是提醒你那可能是錯的，我都不願意這麼做。我知道那樣的想法可能會嚇著你，也許還會冒犯你。不過你一向很有分寸，謙遜又明理，所以我暗自期望你能好好保護自己。昨晚我翻遍了整座宅子也找不著你，偏偏主人又不見蹤影，你都不知道我有多煎熬。然後到了半夜十二點，卻看見你和他一起走進屋內。」

「哎，現在別提那個了，」我不耐煩地打斷她的話，「反正昨晚一切都很好，這就夠了。」

「我眞希望到頭來一切都能順順利利，」她說：「但是相信我，你要特別小心。試著和羅契斯特先生保持距離。別太相信你自己，也別太相信他。他那種地位的仕紳通常不會迎娶自家的家庭女教師。」

我差點要控制不住脾氣了，幸好這時阿黛爾跑了進來。

「我想去！人家也要去米爾科特啦！」她大喊道：「那台新馬車上頭明明還有很多空間，可是羅契斯特先生不讓我跟！老師，你幫我求他，讓我去啦！」

「好，好，我會幫你的。」我趕緊和阿黛爾離開那裡，很高興能趁機遠離這個悲觀的勸誡者。馬車已經準備妥當，他們正要把車拉到正門前。我家主人在石板地那兒來回踱步，派洛跟著他來來回回。

「阿黛爾想跟我們一起去，可以嗎，先生？」

「我告訴過她不行。我不想要小跟班，我只想要你。」

「羅契斯特先生，如果您同意的話，請讓她跟我們同行。這樣安排會更好。」

「不行，她會礙手礙腳。」

他的表情和聲音都很強硬，絲毫沒有討價還價的餘地。費爾法斯太太令人寒心的警告和讓人掃興的疑慮全湧上我心頭，某種不實在、不確定的感覺讓我滿懷的希望受到威脅。我自以爲能左右他的那種感覺突然少了一半。就在我放棄進一步抗議，準備要照他吩咐上車時，他凝視著我的臉，問道：「發生了什麼事？你身上的陽光全消失了。你眞的想讓那個小麻煩一起同行嗎？如果把她留下來，會讓你不開心嗎？」

「先生，我眞的很希望她能一起去。」

「那就去拿你的帽子，像閃電般快去快回！」他對阿黛爾大吼道。她用最快的速度完成他的命令。

「畢竟，單單一個早上的干擾，影響到底有限。」他說：「好在，要不了多久，你的思緒、你的言語、你的陪伴，全都永遠歸我所有了。」

阿黛爾一坐進馬車就開始親吻我，想表達感謝我幫她求情。接著，她立刻被塞進他那一側的角落。她不斷朝我坐的地方窺看，因爲坐在那麼嚴肅的人旁邊肯定很拘束。以他目前暴躁易怒的情緒來看，她不敢說話，也不敢問問題。

「讓她到我這邊來坐吧，」我懇求道：「她也許會吵到您，我這邊還有很大的空間呢。」

他把阿黛爾推過來，彷彿她是隻玩賞用的小型犬。「我早晚會把她送去學校上學。」他說，不過這時他的臉上掛上笑容了。

阿黛爾聽見了，發問道她要去的學校是不是「沒有簡・愛小姐」？

「沒錯，」他回答：「當然沒有簡・愛小姐。因爲我要帶她上月球，在火山頂的白色山谷間找個洞穴。她會和我一起住在那裡，而且只和我一個人同住。」

「這樣她會沒有東西可吃，您會害她餓肚了的。」阿黛爾評論道。

「我會蒐集嗎哪[6]給她當早餐和晚餐。阿黛爾，你知道月球的平原和山坡上就是長滿了嗎哪，所以顏色才會比較淺嗎？」

「她會想要烤火取暖。她要拿什麼來生火呢？」

「月球的高山會噴火。如果她覺得冷，我會背著她爬上山峰，讓她躺在火山口的邊緣。」

「噢，那眞糟糕，聽起來一點也不舒服！還有她的衣服會慢慢穿破、磨損，她要怎麼拿到新衣服呢？」

羅契斯特先生故意裝作想不出辦法的樣子。「哼！」他說：「阿黛爾，換作是你，你會怎麼做呢？動動你的小腦袋瓜想點辦法。你覺得，剪一片白色或粉紅色的雲朵作衣服怎麼樣？聽說有人可以用彩虹做出很美的圍巾喔。」

「她現在這樣就很好，爲什麼要跟您去月球？」阿黛爾沉思了好一會兒，下了個結論說：「更何況，她遲早會厭倦只跟您一個人住在月亮上。如果我是她，我才不要跟您一起去呢。」

「可是她已經同意了，她發了誓啦。」

「但是您沒有辦法把她帶到那裡去啊。又沒有路通往月球，中間全部都是空氣，您跟她又不會飛。」

「阿黛爾，你看那片田野。」這時我們已經出了桑費爾德莊園大門，沿著通往米爾科特的平坦道路快速奔去。昨晚的大雷雨讓塵土歸位，道路兩旁的低矮樹籬與高聳的伐木用林也被雨刷洗得神清氣爽，閃耀著翠綠光芒。

「阿黛爾，兩個星期前的某天傍晚，就是你幫我在果園草地上曬乾草的那天傍晚，我在那片田野裡散步，當時天都快黑了。我耙草耙累了，就坐在柵欄前的梯蹬上休息。接著我拿出一本小冊子和一枝鉛筆，寫下很久以前發生在我身上的一場不幸，又寫下我期盼未來能幸福快樂的願望。雖然樹葉上的日光已悄悄消失，我還是寫得又急又快，這時候呢，有個東西踏上那條小路，停在距離我兩碼外的地方。我抬頭看向它，這個小傢伙的頭上罩了一層薄紗，我向它招手，叫它再靠近一些。它很快就來到我跟前。我沒有開口對它說話，它也沒有開口對我說話，可是我看得懂它的眼神，它也看得懂我的眼神。我們的無言對話內容大概是這樣的：

「它說自己是來自精靈王國的仙女，它的任務就是讓我快樂。我必須離開這個尋常的世界，和它一起前往某個偏僻的地方，例如月球。它朝剛從乾草丘上升的新月點點頭，說我們也許可以住在雪花石膏洞穴和銀色山谷裡。我說我很想去，可是我提醒它，就像你剛才提醒我那樣，我沒有翅膀，不會飛行。

『噢，』小仙女飛回我身邊，說：『那不要緊！這個護身符可以化解一切困難。』接著，她伸出手，把一只漂亮的金戒指交給我。她說：『把它戴在我的左手無名指上，然後我就屬於你，而你也屬於我。我們應該離開地球，創造屬於我們自己的天堂。』她又朝月亮點了點頭。阿黛爾，那只戒指就在我的褲子口袋中，僞裝成一枚金鎊[7]的模樣，但是我打算最近就把它再變回戒指。」

「不過這跟老師有什麼關係呀？我才不管那個仙女呢。您說的是要帶簡・愛老師去月球耶！」

「簡・愛老師是個仙女呀。」他故弄玄虛地低聲說。因此，我告訴阿黛爾不必理會他的玩笑話。然而，阿黛爾接下來的發言充分展現了道地的法式懷疑主義。她用法語說羅契斯特先生「是個不折不扣的大騙子」，而且她向他保證，自己會忘了他所說的「童話故事」，「此外，這世上根本沒有仙女。就算有，」她確信他們絕對不會出現在他面前，更別說什麼給他戒指，或者提議要和他一起住在月亮上。

待在米爾科特的那一小時對我來說有點折磨人。羅契斯特先生強迫我去某家絲綢店，命令我在那裡選出半打新衣。我討厭這件差事，求他讓我離開，希望能拖延此事——不行，現在就得完成它。透過竭力懇求，我終於將六件縮減爲兩件，但條件是這兩件得由他親自挑選。看著他的眼光在那些色彩豔麗的貨品上打量，讓我十分忐忑。最後，他的目光停留在一匹最亮眼的紫水晶色華麗絲綢，和另一匹品質絕佳的粉紅色綢緞上。我又對他發動耳語攻勢，說他乾脆也順便幫我買一件金色禮服和一頂銀色帽子吧，因爲我絕不會冒險穿上他選的衣服。不過他頑固得像塊石頭，我費了九牛二虎之力才說服他改成素淨的黑綢和珍珠灰的絲布。「現在這樣大致還過得去，」他說，但是他「還是更樂意看見我打扮得燦爛奪目猶如繽紛的花壇。」

我很高興能讓他離開那家絲綢店，還有那家珠寶店。他買給我的東西愈多，我愈是覺得煩惱，愈是覺得自己身分低下，因而臉頰愈是發燙。好不容易等我們回到馬車上，筋疲力竭、渾身發燙的我終於能坐下來鬆口氣時，突然想起在事情接踵而來、心情忽喜忽憂的這段期間，我完全忘了我叔叔約翰・愛寫信給李德夫人，表示他想收養我，讓我當他的遺產繼承人。「如果我繼承了一小筆遺產，那可眞是一種解脫，」我想，「我永遠無法忍受羅契斯特先生把我打扮得像個洋娃娃，或是要我端坐得像是達妮[8]第二，整天靜待黃金雨灑落在我身上。等回到家，我要立刻寫信到馬德拉，向叔叔稟報我要結婚的事，以及誰是我未來丈夫。如果有朝一日我能爲羅契斯特先生帶來新增的財富，那麼我就比較能夠忍受現在被他供養的事。」這個念頭多少讓我感覺輕鬆了些（這件事我當天就辦妥了），才敢再次迎向我的主人，也是我的愛人的眼光。儘管先前我背過臉，別開眼，沒想到他炯炯的雙眼正在拚命搜尋我的目光。這時，他笑了。我覺得他的那抹微笑，就像某個蘇丹讓他的奴隸穿金戴銀後，在一個幸福又深情的瞬間，可能會展露的笑容。他的手一直在尋找我的手，我用力緊握了一下，就把那隻承受熱情擠壓而發紅的手推了回去。

「你不必用那種眼神看我，」我說：「如果你執意這樣做，我什麼別的都不穿，只穿那件老舊的羅沃德學院制服，我就穿那件淡紫色的格子棉布衫結婚。至於你，你可以用那匹珍珠灰的絲布爲自己訂製一件晨袍，用那匹黑綢做許多件背心。」

他搓著雙手咯咯地笑了。「天呀，看她反應、聽她說話可眞有趣哪！」他驚呼道。「她很有獨創性吧？她眞是教人好生著迷吧？就算拿土耳其皇帝的所有後宮佳麗來跟我換這個可愛的英國小女孩，我也不要！我才不想換那些眼如瞪羚的天仙美女！」

這種東方隱喻又刺痛了我。「我絲毫不能取代那些後宮佳麗，」我說：「請你別拿我與她們相提並論。如果你喜歡那種類型的，你去吧，立即動身前往史坦堡[9]的市集，用你在這裡似乎花得不夠開心的閒錢，展開大規模的奴隸採購。」

「當我爲大量的肉體和各式各樣的黑眼珠努力討價還價時，你會做什麼呢？」

「我會做好準備，像個傳教士般站出去，向那些被奴役的人宣揚自由——你的後宮禁臠也會是我鼓吹的對象。我會贏得眾人認同，我會挑起暴動。至於你，像你這樣的三尾帕夏[10]將會在彈指之間，發現自己被我們套上腳鐐手銬。除非你簽署一份暴君所能頒發最自由的權利憲章，否則就連我也不會同意釋放你的。」

「我甘願任憑你處置，簡。」

「羅契斯特先生，如果你用那種眼光懇求，我可不會心軟。儘管現在你看起來可憐兮兮，但我很肯定，不管你在受到脅迫的情況下同意任何權利憲章，等到被釋放後，你的第一項行動將是違反它的條款。」

「爲什麼呢，簡？你心裡到底有什麼想法？除了在教堂聖壇前舉行的儀式，我很怕你會強迫我接受一場祕密的結婚典禮。喔，我明白了，你想要訂立特別條款，究竟是什麼呢？」

「我只是想要保持輕鬆自在的心情，不要被數不清的恩惠給壓垮了。你還記得你是怎麼說席琳・瓦倫的嗎？關於你送給她的那些鑽石和喀什米爾羊毛製品？我可不是你的英國版席琳・瓦倫。我想繼續擔任阿黛爾的家庭教師。透過這份工作，我可以掙得膳食和住宿，還有一年三十英鎊的薪水。我會用那筆錢爲自己添購新行頭，而你不該給我任何東西，除了——」

「喔，除了什麼？」

「你的尊重。爲了回報，我也會敬重你。這麼一來，那份恩情就能兩相抵銷，誰也不欠誰了。」

「啊，要論天生的冷漠無禮和與生俱來的傲骨，沒人比得上你。」他說。這時我們已經快要抵達桑費爾德。當馬車駛進莊園大門時，他問我：「今晚和我一道共進晚餐，能讓你開心點嗎？」

「不了，先生，謝謝您。」

「爲什麼答案是『不了，謝謝您』？」

「先生，我從來沒有和您一起用過餐，我也看不出現在該這麼做的理由，直到——」

「直到什麼？你很喜歡吊人胃口。」

「直到我情不自禁想說好。」

「莫非你認為我吃起東西就像食人魔或食屍鬼，所以害怕跟我一起用餐？」

「先生，我並沒有這樣的意思，只不過希望接下來的這個月一切都能如常。」

「你應該立刻放下原本的家庭教師工作。」

「實在很抱歉，先生，我沒辦法這麼做。我會像往常一樣繼續教書。平日我會避開您，就像一直以來我習慣的那樣。當您想見我時，可以在傍晚派人來叫我，那時我會過來找您，但其他時間不可行。」

「簡，這時我眞想抽根菸或吸一口鼻菸來安慰自己，就像阿黛爾可能會說它『賜予我一種能力』。可惜我既沒帶雪茄菸盒，也沒帶鼻菸壺。不過你聽著！讓我悄悄告訴你，小暴君，現在是你的時間，但是很快就會輪到我了。等我完全俘虜你，為了擁有你，把你留在身邊，我會——打個比方——用像這樣一條像鍊子把你拴住。」一邊說一邊指著他的錶鍊，「沒錯，漂亮的小妞，我要把你別在胸口，免得弄丟了我珍貴的寶貝。」

他一邊說，一邊扶我走下馬車。趁他轉身抱出阿黛爾，我匆匆走進屋子裡，成功躲回我在樓上的房間。

到了傍晚，他準時招喚我到他身邊。我為他準備了一項消遣，因為我不想把所有時間都花在兩人的親密對話上。我還記得他的美好歌聲，我知道他喜歡唱歌——好歌手通常都愛唱歌。我不是個好歌手，甚至就他挑剔的標準來說，我沒有什麼音樂細胞；但是我喜歡聆聽精采的表演。等到黃昏這浪漫時刻開始了，將綴滿星辰的藍色橫幅緩緩垂掛到窗格上，我站起身，打開鋼琴琴蓋，求他務必唱首歌給我聽。他說我是個任性的女巫，他想改天再唱，但是我堅持擇日不如撞日。

他問我喜歡他的歌聲嗎？

「很喜歡。」我不想縱容他那敏感的虛榮心，但僅此一次。況且出於權宜之計，我甚至不惜迎合他，鼓勵他。

「既然如此，簡，你可得幫忙伴奏。」

「好吧，先生，我會盡力試試看。」

我確實試了，但很快就被趕下鋼琴凳，還被戲謔地喊作「笨手笨腳的小傻蛋」。我被粗魯地推到一旁，這正是我暗自期望的發展，而他篡奪了我的位置，繼續爲自己伴奏。他不只歌喉好，也彈得一手好琴。我趕緊在窗戶下的凹室坐定，望向窗外靜止的樹林與昏暗的草坪，愜意的空氣中飄蕩著由圓潤嗓音吟唱的旋律。

以加快的爆發注入每根血管。
它把高漲的情緒，
迸出最眞摯的愛。
被火點燃的心底，

她的到來是我每日期盼，
她的離去是我的痛苦；
使她姍姍來遲的偶爾意外，
是我每條血管中的冰霜。

總以爲愛人與被愛，
是難以形容的幸福；
爲了追求這目標，

我熱切地盲目前行。

孰料在我倆生命間，
橫亙著寬闊無路的空白，
險如碧海怒濤、
險如白浪掀天。

宛如盜賊出沒的小徑，
穿越荒野或樹林；
因爲強權與公理，悲哀與盛怒，
分隔了我倆的靈魂。

我不畏艱險，視阻撓爲無物；
我不顧凶兆；
無論任何威脅、騷擾、警告，
我都沒放在眼中。

駕著我的彩虹疾駛，迅如閃電；
我像在夢中飛翔；

因爲陣雨和光芒的孩子，
在我眼前絢爛現身。

痛苦晦暗的雲朵上仍有光亮，
閃耀著輕柔莊嚴的喜悅；
如今我已不在乎災難，
如何密集且無情地聚攏過來。

在這甜蜜時刻我不顧一切，
儘管我曾衝破的險阻災厄
仍將鼓翼而來，猛烈又迅捷，
宣告激烈的復仇。

儘管高傲的憎恨會擊倒我，
公理阻止我接近，
磨人的強權帶著怒容，
誓言永不止戈。

吾愛將她的素手，

和崇高的信任交予我，
立誓那婚禮的神聖紐帶，
能將我倆緊緊相繫。

吾愛已許下諾言，以吻封緘，
與我同生、共死；
我終於得到了那難以形容的幸福，
因爲我愛她，她也愛我！

曲罷，他站起來走向我。我看見他整張臉泛著光彩，那雙銳利鷹眼突然展顯出強烈情感，臉上流露出溫柔與熱情。有那麼一刻，我感到畏縮，接著我鼓起勇氣。溫柔的場面、大膽的示愛，這些都不是我想要的，偏偏我卻面臨兩者的威脅。我得備妥防衛的武器——我磨利自己的舌頭。等他走到我面前，我語氣嚴厲地質問他現在打算要娶誰呀？

他說親愛的簡提出這個問題可眞奇怪。

「會嗎？我認爲它是個很自然、很必要的問題呢。剛才你唱的歌提到，你未來的妻子會與你共赴黃泉。你提出這麼離經叛道的想法究竟有何用意呢？我可不打算殉節呢，你最好別這樣指望。」

「喔，我盼望、祈求的，全是你和我一起活著！死亡並不適用於你。」

「死亡當然適用於我，只不過我和你一樣，有權在我的時刻到來才死。我應該等候那個時機，而不是爲了殉夫，匆忙結束生命。」

「你肯原諒我這種自私的想法，用一個和好的吻表示寬恕嗎？」

「不，我看還是免了吧。」

接著，我聽見他說我是「鐵石心腸的小東西」，後面還追加一句：「換作其他女人，聽見有人低聲哼唱讚美她的詩篇，恐怕早就感動到骨髓裡了吧。」

我向他打包票，我生來本就冷酷無情又固執，以後他會經常看見，並且瞭解我的個性就是這樣。不但如此，我還下定決心要趁接下來的四個星期，讓他知道我性格中帶刺的地方，因爲他應該要趁著還有時間可以反悔，弄清楚自己完成的是筆什麼樣的交易。

「你可以冷靜些，說話講點道理嗎？」

「如果你希望我冷靜，我就冷靜。至於說話講道理，我自認我現在正是這樣做。」

他聽了很是苦惱，發出「啐！哼！」的聲音。「非常好，」我心想，「隨你要生氣或煩躁，但我曉得這是對付你的最好方法。我對你有說不出的喜愛，但是我不願陷入打情罵俏的俗套。透過這樣犀利的言辭交鋒，可以讓你也遠離那深谷的邊緣。此外，還要靠著它一針見血的協助，讓你我之間保持最有益於彼此的距離。」

我一步一步地激怒他，惹得他相當不快。趁著他氣沖沖走到房間的另一頭，我站起身，用我正常、一貫尊敬的態度說：「先生，祝您晚安。」接著就從側門溜走。

這一個月我全都拿這套法子對付他，成果也相當豐碩。他不時就被我惹惱，常常氣憤難平，但是總的來說，我看他還滿樂在其中的。因爲假若一個女子如羔羊般順服、如斑鳩般善感，只會更加助長他的專橫跋扈，卻不見得能夠更投合他的判斷，滿足他的常識，符合他的品味。

我在別人面前總像過去一樣，恭敬順從又沉默寡言，因爲任何其他舉止都是不恰當的；只有在晚上碰見他的時候，我才會出言阻撓或折磨他。他持續派人在準七點的第一聲鐘響來喚我。儘管此刻我人就站在他面前，他不再滿嘴「親愛的」、「寶貝」之類的甜言蜜語，而是「令人生氣的木偶」、「惡毒的小妖精」、「小妖怪」、「被掉包的孩子」[11]等等，這些還算是最好聽的了。至於肌膚之親也是如此，從前他見到我不免要摟摟抱抱，如今只有扮鬼臉；從前的輕捏小手，現在成了使勁掐手臂；從前的臉頰輕吻，而今變成用力扭著耳朵。這些我全都能接受。眼前我寧願承受這些粗暴惡劣的特殊寵愛，也不想領略他的柔情。我看得出來，費爾法斯太太贊同我的做法。以前她頗為我的處境擔憂，現在她相當放心，我因此確定自己做得很好。同時間，羅契斯特先生聲稱我把他折磨得不成人形，還揚言很快就要對我此刻的所做所為進行可怕的報復。我對他的恐嚇嗤之以鼻。「現在我能夠把你控制得好好的，」我想，「將來肯定也能這樣做。如果這個方法失靈了，我就會想出別的手段來代替。」

然而，這份任務畢竟不輕鬆，有時我還是寧願取悅他，而不是取笑他。對我來說，我未來的丈夫逐漸成了我的整個世界，甚至比整個世界還要多，幾乎就是我對天堂的想望。他站在我和宗教的每個念頭之間，猶如日蝕介入人類與普照的陽光之間。在那些日子裡，我無法在神的造物身上看見上帝，因為我將那受造物當成了偶像。

譯註：

1芥菜種（mustard seed），《聖經》上的譬喻，指目前雖然微小，但大有發展前途的事物。

2海克力斯（Hercules）是希臘神話中的大力士，曾賣身爲奴，侍奉呂底亞女王安法莉（Omphale）三年。後來因爲愛上女王，海克力斯甘願男扮女裝，與她的侍女一起紡羊毛線紗。以色列英雄參孫是《聖經》中的大力士，率眾對抗非利士人，卻被他的非利士情人大利拉（Delilah）哄騙剪去了頭髮，因而失去所有的神力。

3原文 gild refined gold，把純金鍍上金箔，出自莎士比亞劇作《約翰王》（King John）第四幕第二場。

4引述《舊約聖經·以斯帖記》第五章第三節的故事。富有的波斯王娶貧窮的猶太女子以斯帖爲妻，他施恩於王后，說：「你要什麼？你求什麼，就是國的一半也必賜給你。」

5「敷油」爲天主教和部分新教的重要儀典，以橄欖油塗於病人或臨終者身上，有減輕病痛、得善終之用意。

6嗎哪（manna），出自《聖經》，指神賜的食糧，是以色列人在荒野四十年賴以維生的食物。

7金鎊（sovereign），舊時英國金幣，面值一英鎊。

8達妮（Danae），希臘神話故事中，阿高斯王亞克里西奧斯（Acrisius）之女。阿波羅神殿的女祭司預言，達妮的兒子會對國王不利，於是他將女兒鎖在一座銅塔上。沒想到天神宙斯覬覦達妮的美貌，便化身黃金雨，使達妮產下一子，名爲帕修斯（Perseus）。

9史坦堡（Stamboul），即今日土耳其第一大城伊斯坦堡（Istanbul）。

10帕夏（bashaw），指鄂圖曼土耳其帝國的高級官銜，分三等，依軍旗上的馬尾數量標示其位階高低。三尾爲最高階。

11在西歐民間傳說中，有種又矮又醜的小精靈（changeling）喜歡偷人類的嬰兒回去撫養，並且留下自己其貌不揚的嬰兒做爲代替品。

Chapter 25

第二十五章

一個月過去，婚禮進入最後倒數。大喜之日不會有任何延誤，爲了這一天的到來，各項準備工作均已就緒，至少我沒有別的事可做了。我的行李箱已經打包妥當、上鎖、用繩索綁牢，沿著我小小的臥室牆壁排成一列。明天的這個時候，它們就會遠離此地，踏上前往倫敦的路途，我也一樣（悉聽上帝旨意安排）——或者更確切地說，要上路的不是我，而是一位名叫簡・羅契斯特的人，一個我還不認識的人。只剩寫有地址的卡片還沒固定在行李上，那四張正方形的紙片還躺在抽屜裡。羅契斯特先生親自在紙片上寫著「羅契斯特太太，倫敦，某旅館」。我無法說服自己把它們釘在行李上，或是讓別人將它們固定在箱子上。羅契斯特太太！她根本還不存在！到了明天早晨八點鐘後，她才會誕生。我想等到那個時候，確定她活蹦亂跳地來到這世間後，才把那些行囊分派給她。這眞是夠了——在梳妝台對面的那邊衣櫃裡，說是爲她準備的那些衣服早就取代了我的黑色羅沃德學院制服和麥梗帽。包括那襲新娘婚紗，還有搭在被她據爲己有的旅行皮箱上那件珍珠色長禮服及薄如煙霧的頭紗，這些全都不是給我的。我關上衣櫃門，想要隱藏裡頭那些幽魂般的陌生服飾，在晚間九點鐘這個時刻，這些服裝確實散發出一種怪異駭人的微光，穿透了我房間的暗影。「白色美夢，我要留你獨自在此，」我說：「我的心很不平靜。我聽見風的呼號，我要出去感受它。」

使我焦躁不安的原因不只是婚禮的準備太倉促，也不只是預見明天即將展開的全新生活會帶來的巨大變化。當然，這兩點肯定都是造成我坐立不安、情緒激動的原因，促使我在這麼晚的時間還急著走到伸手不見五指的庭園裡。只不過，第三個原因對我心靈的影響遠大過前兩者。

在我心底，隱約有種怪異且令人憂慮的念頭，因為前一天晚上發生了一件我無法理解的事。除了我，沒有人知道或看見那件事。這天晚上羅契斯特先生不在家，因為遠在三十哩外，他擁有的兩、三間農場發生了點狀況，他得在離開英國前親自去處理。此刻，我正等著他回來，急欲卸下我心頭的重擔，向他索討對策，解決困擾我的那個謎團。親愛的讀者，請耐心等候他的歸來，等我向他傾吐心中祕密，你也能分享那個機密。

我走向果園，一路被那陣風驅使，來到果園的隱蔽處。這陣來自南方的強風已經吹了一整天，卻沒有帶來一滴雨。夜色漸深，這陣風非但沒有減弱的跡象，反而越吹越猛，風聲也愈顯低沉。樹木全被吹得一面倒，而不是四處翻騰，一個小時過去，也幾乎見不到一次大樹枝被甩到其他方向的狀況，壓力持續使多枝的樹頭朝北彎曲。雲朵在兩極之間漂移，一朵緊跟住另一朵地牢牢尾隨，在這個七月天，看不到一丁點清朗的藍天。

跑在這陣風的前方帶給我一種強烈的快樂，彷彿我心中的煩憂能宣洩到這股巨大的空氣洪流中。走下月桂小徑，我來到那棵老七葉樹的殘骸前。它站得直挺挺的，焦黑又殘破，其樹幹被從中劈開，對分為兩半，模樣駭人，讓人不禁倒抽一口氣。被劈開的兩半並沒有擺脫彼此，因為結實的基底和強壯的根部讓裂開部位下方不至於分離。然而，它的生命力已遭到破壞，樹液已不再流動，而左右兩半的大樹枝早已枯死，下一場冬季暴風雪肯定能讓其中一半或兩邊全部落到地面上。不過到目前為止，它們還可以算是一棵樹——一個殘骸，但卻是一個完整的殘骸。

「堅守彼此，你們做得對。」我說，彷彿這些怪物碎片是活生生的生物，聽得懂我說的話。「我想，雖然你們看來滿是傷痕、渾身焦黑、乾枯凋萎，但一定還有些許生命的氣息在體內，從忠實、眞誠的根部黏著處冒出來。你們再也不會長出更多的綠葉，再也不會看見鳥兒在你們的枝頭上築巢，吟唱田園詩歌。充滿歡樂與愛的時光已然結束，但你們並不孤獨，你們兩位各有一個戰友，在逐步邁向衰敗的過程中能與彼此產生共鳴。」

我抬起頭凝視它們的時候，月亮恰好短暫出現在其裂處上方的天空。她的圓盤是血紅色的，其中一半被雲朵遮住，彷似向我投下困惑且沉悶的一瞥，接著立刻躲回厚厚雲層中。有那麼一會兒，桑費爾德這一帶的風減弱了，但是越過林地與水面的遠方傳來一聲狂野憂鬱的大聲呼號。它聽來如此憂傷，我趕忙拔腿逃開。

我在果園裡四處晃蕩，拾起散落在樹根旁草叢間的蘋果，然後讓自己忙於區分成熟與未熟的果實，再拿進屋裡，收進儲藏室。接著我到書房去，想確認壁爐裡的火是否生好了，因爲現在雖然是夏天，但我曉得在這樣陰鬱的夜晚，羅契斯特先生會喜歡一進書房就看見溫暖舒適的爐火。有的，爐火已經燃燒一段時間，火焰燒得正旺。我把他的扶手椅放在壁爐旁的角落，再將書桌推到椅邊，放下窗簾，又拿來蠟燭，準備待會兒照明用。安排妥當後，我卻感到愈加煩躁，無法靜靜地端坐，甚至無法繼續待在屋子裡。這時，房間裡的一座小時鐘和大廳裡的那座老爺鐘同時敲了十下。

「已經這麼晚了！」我說：「我要一路跑到大門邊。現在不時會有月光，我可以看清路況的。他也許就快到家了，去大門口等他可以省去我好幾分鐘的掛念。」

風在遮蔽大門的那些大樹間高聲狂吼，我望向目光所及的最遠處，可無論是右手邊或左手邊，兩側的道路都是空蕩蕩的，沒有人影。除了月亮探出頭時偶爾飄過的雲影外，那條路不過是一條漫長暗淡的線，毫無動態變化可言。

我伸長了脖子朝遠方眺望，一滴孩子氣的淚珠模糊了我的視線，那是失望與焦急的淚水。眞丟臉，我匆匆抹去，在原地徘徊。月亮把自己完全鎖在房間裡，拉上由厚厚雲層織成的簾幕，夜色益發深沉，雨乘著大風驟然而至。

受到心中惶惶不安的影響，我忍不住大聲呼喊：「我希望他快點回來！我希望他快點回來！」我原本期待他在午茶之前就能抵達，但是現在天都黑了，究竟是什麼事使他耽擱了呢？會不會是發生了意外？昨晚的事再次重現我心頭。我把它解釋成一種災難的警告，我擔心自己的期望太過樂觀，因而難以實現。況且最近的我是如此幸福，我總忍不住猜想，也許我的好運越過了頂點，現在正開始走下坡。

「不行，我不能回屋裡去，」我想，「既然他在戶外經歷這麼惡劣的天氣，我怎能在火爐邊歇息。與其讓我的心懸在半空，不如讓我的肢體勞累疲倦。我要走上前去迎接他。」

我動身出發，速度雖快，但走得並不遠。走了大約有四分之一哩遠，我聽見沉重的馬蹄聲。一個騎馬者疾馳而來，旁邊有條狗快跑跟隨。不祥的預感速速退散！那是他，他就在我眼前，騎著梅斯羅，派洛殿後。他看見我了，原本多雲的天空拉開一大片藍色區塊，此刻月亮正漂浮在水汪汪的光亮中。他脫下帽子，舉高在頭上繞圈揮舞。我迫不及待地跑上前迎接他。

他伸長了手，從馬鞍上彎下腰，同時不忘嘲笑我：「瞧！你顯然不能沒有我。踩在我的馬靴尖上，雙手給我——坐上來！」

我順從照辦。喜悅使我的動作靈活敏捷，我一躍而起，落坐在他前方。我得到一個熱吻表示歡迎，還有若干自吹自擂的志得意滿，對於後者，我盡可能抑制自己想潑他冷水的念頭。突然間，他收起洋洋得意的態度，認真地問：「說眞的，簡，這個時刻你還跑出來等我，難道有什麼要緊事嗎？還是出了什麼差錯？」

「什麼事都沒有。我只是想，也許你永遠不會回來了。我沒辦法忍受自己待在屋子裡等你，尤其是這種風雨交加的日子。」

「風雨交加，確實如此！瞧你，全身濕淋淋的，活像條美人魚。來，披上我的斗篷。不過，簡，我覺得你發燒了。你的臉頰和手都好燙哪。我再問一次，出了什麼事嗎？」

「現在沒事了。我不再擔心，也不再悲傷了。」

「這表示你之前曾擔心與悲傷？」

「有一點。待會兒我會把一切都告訴你，先生，可是我猜你會取笑我的痛苦。」

「等到明天過後，我會盡情地戲弄你，但在那之前我可不敢造次，畢竟我的戰利品還沒有到手呢。這是你嗎？過去這一個月當中，你一方面像條鰻魚般滑溜，另一方面卻又像玫瑰般多刺，我怎麼做怎麼錯，但此刻我擁入懷中的，似乎是一頭迷途羔羊。簡，你離開羊圈四處徘徊，是爲了尋找你的牧人，對吧？」

「我是想你沒錯，不過別往自己臉上貼金。桑費爾德到了，現在讓我下去吧。」

他讓我穩穩地站在石板地面上。等到約翰接手牽過馬，他便尾隨我進入大廳。他催我快點回房換上乾衣服，然後到書房和他碰面。我正要上樓時，他叫住我，硬逼我承諾快去快回。我沒有花太久的時間，大約五分鐘後，便重新和他在一起。我發現他正在吃晚餐。

「簡，坐下來陪我。但願老天保佑，咱們會有好長一段時間不在桑費爾德，這會是你的倒數第二餐。」

我坐在他身邊，但我說我吃不下。

「簡，是不是因爲你對即將到來的旅程懷有什麼想法呢？是不是一想到要去倫敦，就讓你完全沒了胃口呢？」

「先生，今晚我還看不清自己的前途，連我也不知道自己的腦袋瓜裡裝了些什麼念頭。只是，生活裡的一切似乎都變得不大眞實。」

「除了我——我可是實實在在的，你用手摸摸看。」

「不對，所有這一切當中，最虛幻不實的就數你。你只是一場美夢。」

他笑著伸出手。「這是夢嗎？」他說，把手舉到我眼前。他的雙手肌肉發達，厚實又靈活，他的手臂則是又長又強壯。

「沒錯，雖然我摸得到它，但它是夢。」我說，拉住他的手，讓它從我眼前的高度放下。「先生，你吃完晚餐了嗎？」

「嗯，我吃完了。」

我搖了搖鈴，吩咐來人將餐盤收走。等到屋裡又只剩下我們兩個人了，我撥了撥壁爐中的火焰，在我主人的腳邊找了一張矮凳坐下來。

「時間已經接近午夜了。」我說。

「沒錯。不過，簡，別忘了，你答應過要在婚禮前夕陪我通宵不睡。」

「我記得。我會兌現承諾的，至少持續一兩個小時吧，我現在還不想睡。」

「你要整理的東西全都打點好了嗎？」

「都弄好了，先生。」

「我的部分也都處理好了，」他說：「所有的事都已安排妥當。明天等我們從教堂回來，半小時內就能離開桑費爾德。」

「那太好了，先生。」

「簡，你說『那太好了』這句話時，臉上的笑容眞是無比燦爛！你臉頰上的顏色多麼明亮動人！而且怪的是，你的眼神還閃爍著光芒呢！你還好嗎？」

「我相信我沒事。」

「相信！怎麼回事？告訴我，你有什麼感覺。」

「先生，我沒辦法，沒有言語能夠說明我現在的感受。我希望此時此刻能夠永遠不要結束。誰知道接下來命運可能會帶來什麼樣的變化呢？」

「簡，你也太會胡思亂想了吧。你一定是太過興奮，要不就是太過疲勞了。」

「先生，難道你覺得平靜又快樂嗎？」

「平靜？——不，不過卻很快樂——我打從心底這樣感覺。」

我抬起頭看他，想在他臉上讀出喜悅的徵兆，但我看到的是熱情和一張泛紅的臉。

「簡，對我有點信心，」他說：「說給我聽，讓我分擔那些壓在你心上的重擔吧。你在害怕什麼？怕我沒辦法當個好丈夫嗎？」

「那是我最不擔心的事。」

「還是你憂慮即將跨入的新領域？擔憂自己未來必須過的新生活？」

「都不是。」

「簡，你讓我好迷惑。你的表情和語氣中飽含莫名悲傷，那不僅讓我很迷惑，也教我很痛苦。我希望能得到一個說法。」

「既然如此，先生，請你聽仔細了。你是昨晚出門的，對吧？」

「沒錯。我知道了，方才你暗示，我不在家的時候出了什麼事。就結果來說，也許算是沒事，但總之，它讓你很不安。說來讓我聽聽吧。是不是費爾法斯太太跟你搬弄什麼是非？還是你聽見下人竊竊私語，才讓你那敏感的自尊受到了傷害？」

「不是這樣的，先生。」時鐘敲了十二下。我停下來，等小時鐘結束銀鈴般的鳴聲，以及老爺鐘不再發出沙啞的振動敲擊後，才繼續說下去。

「昨天我一整天都非常忙碌，而且對自己忙個不停感到非常開心，因爲我並沒有像你想像的那樣，煩惱有關新領域或其他諸如此類的事。我認爲，擁有和你一同生活的這個希望是件極爲美好的事，因爲我愛你。不，先生，現在別跟我親熱，讓我好好地說，好嗎？昨天我完全信任上帝，相信事情會往對你好、也對我好的方向發展；如果你還記得，昨天的天氣很好，無風又無雲，我沒有理由需要擔心你這趟旅途的安危或勞頓。用過午茶後，我一邊想著你，一邊在石板地上走了一會兒，在我的想像中，你是如此靠近我，我幾乎忘了你其實並不在我身邊。我想著擺在我眼前的生活——你的生活，先生。我想到你經歷過的事、看過的風浪比我多得多，兩相對照，就好比深沉的大海，跟流入大海的淺狹小河那樣。我覺得奇怪，爲什麼衛道人士老說這世界是個寂寥的荒原？在我看來，它就像一朵盛開的玫瑰。等到太陽下山，氣溫轉涼，天空變陰，我才進屋去。蘇菲叫我上樓看看前不久才送到的婚紗。在那個箱子裡，在婚紗底下，我發現了你爲我準備的禮物——你讓人從倫敦帶來這頂極度奢華的頭紗。我想，因爲我拒絕擁有珠寶，所以你下定決心要誘騙我接受這麼貴重的東西吧。我一邊攤開頭紗，一邊想著我要怎樣取笑你的貴族品味，還有你想用貴婦服飾來僞裝你這位平民新娘的努力，不禁揚起嘴角。我想著，我用自己準備的素面亞麻方巾覆蓋我這顆出身低微的頭，就這樣走到你身旁質問道：難道一個無法爲自己夫婿帶來財富、美貌或人際關係的女子，就配不上你嗎？我可以清楚地看見你會有什麼樣的表情，還能聽見你那衝動的自由派答案，高傲地否定說，你根本不需要透過迎娶一只錢包或一頂冠冕，來增添自己的財富或提高自己的身分。」

「你可眞是看透我了，你這個小女巫！」羅契斯特先生插嘴說：「不過，你到底在頭紗的繡花旁找到什麼？是毒藥還是匕首？竟然能讓此刻的你神情如此哀傷。」

「不，不是這樣的，先生。除了精美奢華的布料外，我只看見了費爾法斯·羅契斯特的驕傲，而那嚇唬不了我，因爲我很習慣看見惡魔。但是你知道嗎？當夜色愈來愈濃，風亦逐漸增強。昨天晚上的風不若此刻的風如此狂暴又猛烈，可卻『夾雜著一種沉悶的惱怒呻吟』，令人心生畏懼。當時我多麼希望你在家，所以我走進這個房間，可是空蕩蕩的椅子和沒有火苗的壁爐讓我益發害怕。我上床就寢後，有一種焦急的激動情緒不斷糾纏我，讓我持續好一段時間一直睡不著。大風仍持續增強，讓我的耳朵聽不清某種悲悽的聲音。起初，我無法分辨那聲音究竟來自屋內或屋外，但是它反覆出現，在每一次間歇時，彷彿拿不定主意該不該繼續，卻透露出深刻的悲傷。最終我說服自己，那應該是遠處的某隻狗兒在悲嚎。等它好不容易停止，我才鬆了口氣。睡著以後，我仍在夢中想著颳大風的漆黑暗夜，我仍期望有你作伴，卻意識到有個障礙物將我們分隔開來的那種失望、怪異的感覺。我第一次睡著時，夢見自己沿著一條未知的道路迂迴前行，全然的黑暗籠罩住我，大雨傾洩而下，淋得我渾身濕透。我抱著一個非常年幼的小孩，他的年紀太小太虛弱，無法自己走路。他在我冰冷的懷抱裡不停打寒顫，還在我耳邊不住哀號。我認爲你也在那條路上，只是走在我前方很遠的地方，所以我用盡全力想要迎頭趕上，拚命喊你的名字，懇求你停下腳步。只是我的行動受到限制，我的聲音愈來愈低，根本聽不清楚。而你，我能感覺到，每一刻你都離我愈來愈遠。」

「簡，現在我就在你身邊，這些夢境居然還能讓你如此苦惱？你這個神經質的小傢伙！忘了那些想像的悲傷，多想想貨眞價實的快樂吧！簡，你說你愛我——對，我才不會忘記呢，所以你也別想否認。那些字不會口齒不清地消失在你的唇上，我聽得一清二楚，它們柔和又悅耳。它們表達的想法也許太過愼重，但就像音樂一樣動聽——『我認爲，擁有和你一同生活的這個希望是件極爲美好的事，愛德華，因爲我愛你。』簡，再說一遍，你愛我嗎？」

「我愛你，先生，我全心全意地愛慕你。」

「哎呀，」好幾分鐘的靜默之後，他說：「這可眞奇怪，但那句話穿透我的胸膛，隱隱作痛呢。怎麼會這樣呢？我想是因爲你說出它的時候，用了眞摯虔誠的力量，而且因爲你現在抬頭凝視我的眼神中充滿了崇高的信仰、眞理與奉獻，簡直就像一尊女神在我左右。簡，你做個惡作劇的表情吧，你很清楚該怎麼做出那種表情。還是做出那種狂野、羞澀、充滿挑釁意味的簡式笑容？告訴我你討厭我，儘管取笑我、惹惱我。做任何事都好，就是別讓我感動啊，我寧願被激怒，也不願感傷難過。」

「等我說完我的故事，我會好好取笑你、惹惱你的，但是先聽我說完，好嗎？」

「簡，我以爲你已經把一切都說給我聽了。我以爲我已經找到你在夢中憂慮發愁的源頭了。」

我搖搖頭。

「什麼？還有更多？我才不相信它會有什麼重要的。我先提醒你，我可不會輕易買帳。繼續吧。」

他的神態局促不安，他的舉止帶點疑懼的不耐煩，這些都讓我感到意外，但我還是繼續往下說。

「先生，我還夢見另外一個夢。在那個夢中，桑費爾德變成一處陰鬱的廢墟，成了蝙蝠和貓頭鷹的隱居處。我想，所有莊重宏偉的外表全都不存在了，只剩下骨架般的牆垣高高聳立，看起來非常脆弱。在一個月色皎潔的夜晚，我漫步在一處雜草叢生的圍牆內。我一下被一座大理石壁爐給絆倒，一下又被一塊掉落的飛簷碎片給絆倒。我的懷裡仍舊抱著那個無名的小孩，他被一件披肩包裹住。我可能不曾把他放下來休息一會兒，儘管我的手臂又瘦又疲憊，儘管他的重量拖累了我的前進，但我必須保有他。我聽見遠處道路上有一匹馬疾馳的聲響，我很肯定那必然是你，你已經離家好幾年，前往某個遙遠的國家。我手忙腳亂、不顧危險地急忙攀上那堵薄牆，熱切渴望能夠從牆頂看你一眼。石塊在我腳下翻滾，被我雙手緊緊抓住的常春藤蔓突然斷裂，那孩子攀住我的脖子，他非常驚恐，差點把我勒死。最後我終於爬上牆頂。我看見你像是落在白色小徑上的一個小點，你的身影愈來愈小。突如其來的強勁氣流力道很大，使我幾乎無法站立，於是我坐在狹窄的壁架上，把嚇壞了的嬰孩放在膝蓋上安撫他。你在路上轉了個角度，我傾身向前，想看你最後一眼。沒想到這堵牆突然坍塌了，我嚇了一大跳，那個嬰孩從我的膝蓋上滾落，我失去平衡，跌了下去，然後就醒了。」

「好，簡，那就是所有的故事了吧。」

「這只是開場白，先生，故事本身還沒有登場呢。醒來之後，一道微光使我眼花。我心想，噢，那是日光！但是我錯了，那只不過是燭光。我推斷進入房間裡的人應該是蘇菲。梳妝台上有個光源，而衣櫃的門是敞開的——上床睡覺前，我把婚紗和頭紗掛在衣櫃裡——我聽見一陣窸窸窣窣的聲音從衣櫃那兒傳來。我開口問：『蘇菲，你在做什麼？』沒有人回答我，但是一個形體從衣櫃中走出來，拿走光源，把它高舉在空中，檢視沒有完全收入旅行箱中的那些衣服。『蘇菲！蘇菲！』我再次大喊，但是回應我的依舊是沉默。我直挺挺地站在床上，傾身向前。我先是大吃一驚，接著突然感到迷惘，然後寒意沿著血管爬滿我的全身。羅契斯特先生，那不是蘇菲，不是莉雅，不是費爾法斯太太，也不是——沒錯，當時我很肯定，現在我還是很確定——甚至也不是那個奇怪的女子，葛瑞絲・普爾。」

「肯定是她們其中之一。」我的主人插嘴說道。

「不，先生，我鄭重地向你保證，事實正好相反。站在我面前的那個模糊影子，是我從來沒有在桑費爾德莊園見過的，那個身高、那個輪廓對我來說是新的。」

「簡，你描述看看。」

「先生，這個女子似乎身材高大，一頭又濃又黑的長髮披垂在她背上。我不知道她身上穿的是哪種服飾。是白色的直筒型剪裁，但是我無法判別那是長禮服、床單，還是裹屍布。」

「你看見了她的臉嗎？」

「起初並沒有。但是不久後她拿起我的頭紗，高舉著凝視了好長一段時間，接著她把頭紗扔到自己頭上，轉身面對鏡子。在那一刻，我從昏暗的長方形玻璃中，相當清楚地看見了她的臉和五官的影像。」

「看起來是什麼樣子呢？」

「很可怕，像死人般的蒼白——噢，先生，我從來沒有看過那樣的臉！那是張褪色的臉，是張野蠻的臉。我希望我能夠忘記那雙骨碌碌轉動的紅眼睛，還有那張發黑腫脹的可怕面容！」

「簡，鬼魂通常都是蒼白的。」

「先生，但是這個鬼魂是紫色的，它的嘴唇腫脹黝黑，它的眉頭緊蹙，黑色眉毛在充血的雙眼上方高高揚起。要我告訴你這景象讓我想起什麼嗎？」

「你說。」

「邪惡的日耳曼怪物——吸血鬼。」

「啊！它做了什麼？」

「先生，它從自己削瘦憔悴的頭上摘下我的頭紗，撕成兩半，扔在地上踐踏蹂躪。」

「後來呢？」

「它拉開窗簾，看向窗外。或許它看見黎明將近，因為它拿起蠟燭，往門口走去。經過我床邊時，它停下腳步，那雙怒氣沖沖的眼睛瞪著我，猛然將手中的蠟燭推近我臉旁，燭火隨即在我眼底熄滅。我可以感覺到就在我的臉的上方，她那駭人可怖的臉突然冒火，我嚇得暈過去了。這是我有生以來第二次——只是第二次——因為過度恐懼而不省人事。」

「你甦醒時，誰陪在你身邊？」

「沒有人，先生，只有亮晃晃的大白天。我起床，用清水洗了頭和臉，喝下一大口水，儘管沒有生病，卻覺得虛弱無力。除了你，我決定不向任何人透露這件怪事。好了，先生，求你告訴我那名女子是誰？」

「可以確定的是，那個生物的腦袋瓜受到過度的刺激。看來我得小心呵護你，我的寶貝，像你這樣敏感的人可經不起粗率對待。」

「先生，這話有待商榷，我可沒有神經過敏。這件事是真的，我和她之間的互動也是確有其事。」

「那你之前的夢呢，它們也是真的嗎？難道桑費爾德現在是廢墟？難道有無法超越的重重障礙將你我分離？難道我沒流一滴淚、沒給你一個吻、沒留下隻字片語就離你而去？」

「事情只是還沒有發生。」

「你認爲我會這樣做？爲什麼？將你我相繫、永不分離的那個日子明明已經來臨，而且我敢打包票，等到我們完婚，這些心理恐懼就不會再度復發。」

「先生，你認爲那只是心理恐懼！我眞希望自己可以相信事情不過是如此而已，比起以往任何時候，現在的我尤其如此盼望。因爲連你也不能爲我解釋那個可怕訪客的謎團。」

「簡，既然連我都做不到，那件事一定不是眞實的。」

「但是，先生，今天早上我醒來時，也是這樣對自己說的。只不過，當我環顧屋內，想要在大白天裡，從每一件熟悉的物品上得到勇氣和安慰時，卻在地毯上發現了被撕成兩半的頭紗——它讓我的假定成了鮮明的謊言。」

我注意到羅契斯特先生猛然挪動身子，還不住地發抖打顫。他急忙用力摟住我。「謝天謝地！」他大聲喊道：「假設昨晚眞有任何惡靈接近你，幸好受到傷害的只是那頂頭紗。喔，想想還可能發生什麼更可怕的事！」

他的呼吸又淺又短，使勁把我往他懷裡按，我幾乎快要喘不過氣來。經過幾分鐘的沉默後，他擠出快活的語氣，繼續說：「好了，小簡，以後我會跟你說明這一切的。昨晚的事半虛幻、半眞實，一名女子確實進入你的房間，這一點我不懷疑。那名女子肯定是葛瑞絲・普爾，連你自己都說她是個怪人，從你知道的一切來看，你確實有理由這樣說她。想想她曾對我做了什麼事？她又對梅森做過什麼事？在半夢半醒間，你意識到她的進入和行爲，但是當時你焦慮不安，幾乎快要精神錯亂，所以你認爲她的長相醜怪。凌亂的長髮、腫脹黝黑的臉龐、誇大的身高，這些全都是虛構的想像。至於這場惡夢的結果，被惡意撕裂的頭紗則是眞的，那很像她的作風。我想你會問我，爲什麼我要讓這樣的女人住在家裡？等到我們結婚滿一年又一天的時候，我會一五一十地全部告訴你。不過現在還不是時候。簡，這樣你滿意了嗎？你能接受我對這個謎團提出的解答嗎？」

我沉思著，的確，它好像是唯一的一種可能。儘管我並不滿意，但是爲了取悅他，我努力表現出滿意的樣子——不過，我確實鬆了口氣，所以我用一個安心的笑容回應他。現在，時間早已過了深夜一點，我準備離開他，回房休息。

「蘇菲沒有和阿黛爾一起睡在兒童室嗎？」當我拿起我的燭台，他突然問道。

「有啊，先生。」

「阿黛爾的小床上應該還有足夠的空間容得下你。簡，今晚你到她的房間去睡吧。你才剛經歷過那樣不愉快的事，也難怪你會心慌意亂，況且我也不希望你一個人睡。答應我，到兒童室去。」

「我很樂意這麼做，先生。」

「記得從房間裡頭確實把門閂緊。等你上樓後，叫醒蘇菲，就說要她明天及早把你喚醒，因爲你必須在八點前換好衣服，吃完早餐。至於現在，簡，拋開那些陰鬱的想法，別再胡思亂想了。難道你沒聽見風已經轉小，變成輕柔的低語嗎？再也沒有暴雨規律地敲打窗格。聽我說——」他捲起窗簾，「今晚夜色很美！」

確實很美。半邊的天空純淨無瑕。此刻，風向已經轉西，雲朵趕在風的前頭，朝東排成一排排閃著銀光的縱隊。月亮靜靜地照耀大地。

「好啦，」羅契斯特先生探詢似地凝視我的眼眸，說：「我的簡現在感覺如何呢？」

「夜色寧靜，先生，我的心也很寧靜。」

「你今晚不會再夢見分離或悲傷，夢中只有幸福的愛情與美滿的婚姻。」

這個預言只對了一半。我確實沒夢見悲傷，但也沒夢見喜悅，因爲我幾乎整晚都沒有睡。我擁著小阿黛爾，一邊觀察孩童時期的睡眠——如此平靜，如此安詳，如此無辜——一邊等待天亮。我渾身上下的細胞全都清醒著，騷動不安，天剛亮，我就馬上起床。我離開阿黛爾身邊的時候，我記得她緊緊抓住我，當我把她的小手從我的脖子上鬆開時，我記得自己吻了她。我心底湧出一股奇怪的情感，讓我輕輕哭了起來。我怕自己的啜泣聲會打斷她又沉又香的睡眠，便離開她的身旁。她彷彿是我過去生活的象徵，而他——此刻我得打扮自己去迎合的對象——代表了令人畏懼，卻又教人嚮往的，我未知的未來生活。

Chapter 26

第二十六章

蘇菲在七點鐘時過來幫我梳妝打扮，她花了很長的時間做這件事。後來羅契斯特先生大概是等得不耐煩了，派人來問我為什麼還沒有準備好。蘇菲才剛用一枚飾針把頭紗（最後還是由那塊素面亞麻方巾上場）別在我的頭髮上，我就急著想離開。

「等一下！」她用法語大喊道，「往鏡子裡看看你自己啊，你連一眼都沒正眼瞧過。」

於是我在門邊轉過身，瞧見一個穿著禮服、戴著頭紗的人影，一點都不像平常的我，彷彿是某個陌生人的形象。「簡！」突然有個聲音大喊我的名字，我匆匆下樓。羅契斯特先生在樓梯口等我。

「磨磨蹭蹭的！」他說：「你怎麼耽擱這麼久？我等得好焦急！」

他拉著我走進餐廳，從頭到腳、仔仔細細地打量我，最後宣布：我「像百合一樣優雅美麗，不只是他一生的驕傲，更是他目光永遠的渴望」。接著他說，我有十分鐘的時間可以吃點早餐。他搖了搖鈴，一名他最近才僱用的男僕應聲前來。

「約翰備妥馬車了沒？」

「備妥了，先生。」

「行李都拿下來了嗎？」

「他們正在搬，先生。」

「你去教堂看看伍德先生（牧師）和書記官是不是都到了，再回來向我稟報。」

如同讀者知道的，我們結婚的教堂就在莊園大門外，所以這名僕役馬上就回來了。

「先生，伍德先生人在聖具室穿戴他的牧師白袍。」

「那馬車呢？」

「正在給馬匹套上用具。」

「我們不坐馬車去教堂，但是馬車必須在我們回來之前準備妥當。所有的箱盒行李都要放妥，用繩子繫牢，同時，馬車夫也要在座位上待命。」

「是，先生。」

「簡，你準備好了嗎？」

我站起身。沒有伴郎、沒有伴娘，也沒有親戚在旁等候或聚集，除了羅契斯特先生和我之外，沒有其他人。當我們朝外頭走去，費爾法斯太太站在大廳裡，我很樂意停下來和她說說話，但是我的手被人牢牢握住。我急急忙忙邁開大步，差點就要跟不上。我看著羅契斯特先生的臉，感覺到不管爲了什麼而延誤一秒鐘，都是不被容許的事。我不知道有哪個新郎倌會露出他臉上的那種表情——如此聚精會神，如此堅決斷然；又有誰在那樣堅定的雙眉下，藏有一雙如此熾熱、如此閃亮的眼眸。

我不曉得那天的天氣是好或壞，在走下車道時，我凝視的既不是天空，也不是地面。我的心緊跟著我的眼，全都停在羅契斯特先生身上。行進間，他好像惡狠狠地瞪著什麼，我想要看見那個無形的東西。我想要感受他奮力抵抗、努力穿越的那些思緒。

在教堂小門前，他停下腳步，發現我簡直快要喘不過氣來。「我對自己深愛的人是否太殘忍了？」他說：「咱們歇會兒吧。簡，靠在我身上休息一下。」

至今我還能回想起當時的情景：這棟灰色的老教堂靜靜聳立面前，一隻禿鼻烏鴉盤旋在教堂尖塔周圍，背後襯著泛紅的清晨天空。我還記得教堂左右滿是綠意的墳塚。當然，我也不會忘記那兩個陌生人的身影，他們在低矮的墳堆間信步而行，讀著長滿苔蘚的幾塊墓碑上的墓誌銘。我會注意到這兩個人，是因爲他們一看見我們，就繞到教堂後方去，不曉得是不是要從邊門進入教堂，見證婚禮的儀式。羅契斯特先生注意的對象不是他們，他認眞凝視我的臉。我猜，剛才有那麼一瞬間，我的臉毫無血色，因爲我感覺額頭直冒冷汗，臉頰和雙唇都很冰冷。不過我一下子就恢復精神。等我打起精神後，他溫柔地陪我沿著小徑，走向教堂大門。

我們走進這座安靜又不起眼的聖堂，牧師穿著白袍站在低矮的聖壇等待，書記官站在他的旁邊。四周一片靜穆，只有那兩條人影在遙遠的角落移動。我的臆測果然是正確的：那兩個陌生人趕在我們前頭，悄悄溜了進來。現在他們站在羅契斯特家族地下墓室旁，背對著我們，仔細察看沾滿歲月痕跡的古老大理石墳墓，那兒有個跪姿天使，守護內戰時期喪命於馬斯頓荒原戰役[1]的達美爾・戴・羅契斯特和他妻子伊麗莎白的遺骸。

我們在聖壇欄杆前站定。我聽見背後響起謹愼的腳步聲，回頭瞥了一眼，發現其中一個陌生人往聖壇這邊移動，他顯然是位有身分的紳士。結婚儀式開始。說明過婚姻的用意後，牧師往前跨了一大步，微微彎身朝向羅契斯特先生，朗聲說道：「我要求並且告誡你們兩位——因爲在可怕的審判日到來時，每一顆心的所有祕密都會被揭露——如果你們當中的任何一人曉得有什麼障礙使你們不能合法地結合，務必立刻坦白。要知道，凡是沒有得到上帝允許的夫婦，他們的結合就不被上帝認可，他們的婚禮自然也不是合法的。」

他依照習俗停頓一下。這句話之後的停頓幾時曾被某個答覆打斷呢？或許在百年之內也不曾發生過一次。牧師盯著手中的《聖經》，頭抬也沒抬，他屏住呼吸，準備繼續往下說。他的手已經伸向羅契斯特先生，眼看他就要張嘴問道：「你願意接受這名女子作你合法的妻子嗎？」這時，旁邊有個清晰的聲音響起。

「這場婚禮不能繼續，我主張確實有阻礙事由存在。」

牧師抬頭注視發言者，不發一語，書記官的反應也一樣。羅契斯特先生突然有點站不穩，彷彿地牛剛剛在他腳下翻身。站穩腳步，他頭也不回、眼也不抬地說：「繼續。」

他用低沉緩慢的語調說出那兩個字後，巨大的沉默籠罩全場。

不一會兒，伍德先生說：「我得先調查盤問此人的主張是眞是假，才能繼續進行儀式。」

「這場婚禮沒辦法進行下去了，」來自我們背後的那個聲音補充說道：「我可以證明我所說的話。這場婚禮存在著一個無法化解的阻礙事由。」

羅契斯特先生聽見了，卻不理會。他倔強又固執地站著，除了握緊我的手，一動也不動。他的手好熱，握得好用力！此刻，他那蒼白、堅定、寬大的臉多麼像剛開採出土的大理石呀！他的目光多麼炯炯有神，但卻充滿戒心，底下還藏著狂野！

伍德先生有些不知所措。「是什麼樣的阻礙？」他問：「也許是可以克服的？比方透過解釋就能排除那個阻礙？」

「很難，」那個聲音回應道：「我已經說過它是無法化解的，我這麼說是有道理的。」

那個發言者走上前來，斜倚在欄杆上。他繼續開口，每一個字都清楚、沉穩、鎮靜，卻不特別大聲。

「簡單來說，前一段婚姻仍舊存在。羅契斯特先生的妻子還好端端地活著。」

我的神經隨著那些低聲說出的話語顫動不已，即如雷聲亦未曾引起過如此反應；我的血液感受到這些字句帶來的微妙衝擊，就算是霜雪或烈火也無法引發此等反應。不過我很鎮靜，完全沒有昏厥的危險。我想看看羅契斯特先生的狀況，我設法讓他看著我。他的臉色像是顏色黯淡的岩石，他的雙眼充滿憤怒，一觸即發。他不否認任何事，表現出蔑視這一切的態度。沒有言語，沒有笑容，似乎也沒有把我當成人來對待，他只是用手臂牢牢攬住我的腰，把我固定在他身旁。

「你是誰？」他問那個不速之客。

「敝姓布禮革，我是律師，在倫敦某街執業。」
「你要強迫我接受一個天上掉下來的妻子？」
「我只是想提醒您，先生，關於尊夫人的存在。或許您不承認她，但法律上可是承認她的。」
「麻煩你好心提供我她的來歷，像是她的名字、她的出身、她的住所等等。」
「沒問題。」布禮革先生沉著地從口袋裡掏出一張紙，用一種官腔官調、帶著鼻音的口氣大聲宣讀出來。
「我在此申明，我可以證明，英格蘭某郡芬迪恩莊園和某郡桑費爾德莊園的愛德華・費爾法斯・羅契斯特，於西元某年十月二十日——距今十五年前——在牙買加西班牙城的某教堂迎娶我的妹妹，貝莎・安朵娜塔・梅森，她是商人約拿・梅森和妻子克里奧爾人[2]安朵娜塔的女兒。這場婚禮的記錄可以在那間教堂的登記簿上找到，而此刻，我手中也握有一份影本。理察・梅森簽字。」
「如果那是一份眞實的文件，也許能證明我已婚，卻無法證明文件中提到的那個女子，所謂我的妻子，目前仍然在世。」
「三個月前她還活著。」那位律師回應道。
「你怎麼知道？」
「我有目擊證人，他的證詞就連先生您恐怕也無法反駁。」
「叫他出來，否則——你就下地獄去吧！」
「我立刻請他出來，他人就在現場。梅森先生，請您過來。」
羅契斯特先生一聽見那個名字便咬緊了牙齒，甚至經歷了一陣強烈的痙攣顫抖。我站得離他很近，可以感受到不知是憤怒或絕望在他體內亂竄的間歇性活動。從剛才就一直在不顯眼之處徘徊的第二個陌生人此刻走近我們，而後一張蒼白的臉孔從那名律師的肩膀上探出頭來——沒錯，那正是梅森先生。羅契斯特先生轉身瞪視他。正如我常說的，羅契斯特先生有雙黑色的眼眸，但此刻，在那黝黑中還帶上一種黃褐色，不，是一種血腥殘暴的眼神。他的臉漲得發紅，橄欖色的臉頰和蒼白的額頭彷彿因爲逐漸蔓延、上升的心火而染上紅光。他舉起強壯的手臂——他本來可以好好教訓梅森，把梅森摔在教堂地板上，用無情的拳頭讓梅森忘了呼吸——但是梅森畏畏縮縮地躲開，嘴裡還喃喃念著：「啊喲，天哪！」鄙視讓羅契斯特先生冷靜下來，他心中狂烈的情緒像是染上枯萎疫病，突然萎縮死亡了。他只問了一句：「你有什麼要說的？」

梅森慘白的嘴唇間冒出一串聽不見的回答。

「如果你無法清楚回答，其中必然有鬼。我再問一次，你有什麼要說的？」

「先生，先生，」牧師插嘴說：「別忘了你身在一個神聖的場所。」接著輕聲對梅森提問：「先生，你可知道這位紳士的妻子還活在人世間嗎？」

「勇敢一點，」律師鼓勵梅森，「把實情說出來。」

「她現在就住在桑費爾德莊園，」梅森用較清晰的口吻說：「四月的時候，我在那裡見過她。我是她的哥哥。」

「她人在桑費爾德莊園！」牧師突然放聲大喊：「絕不可能！先生，我在這附近住了很多年，可是我從來沒聽說過桑費爾德莊園有位羅契斯特太太！」

我看見一抹冷峻的笑容讓羅契斯特先生的雙唇變形走樣，他嘟噥著：「不，老天作證！我很小心，不讓任何人聽見那件事，或者讓她和那個稱謂有所連結。」他陷入沉思——花了十分鐘在心裡與自己對話，最後作出決議。

他向眾人宣布：「夠了！乾脆像子彈從槍管飛馳而出，一次吐出吧！伍德，闔上你的《聖經》，脫下你的白袍吧。（他轉向書記官）約翰．葛林，你可以離開教堂了，今天不會有婚禮了。」那個男子依言離開。

羅契斯特先生鐵了心，不顧一切地繼續說：「重婚是個醜陋的字眼！——儘管如此，我原本仍想做個重婚者，沒想到命運耍了我，或者該說是天意出手阻攔我。此時此刻，我簡直就是惡魔——誠如站在那邊的牧師會告訴我的，毫無疑問，我應當受到上帝最嚴厲的審判，就算被打入地獄，受不滅之火和不死之蟲折磨亦不爲過。各位，我的計畫破滅了！這位律師和他的當事人所說的一切都是眞的：我結過婚，而且我娶的那名女子還活著！伍德，你說你從來沒聽說過那大宅裡有位羅契斯特太太，可是我猜你常常聽見流言蜚語，說屋裡關著一個神祕的瘋子吧？有些人可能偷偷告訴你，說她是我同父異母的私生姊妹，有些人說她是被我遺棄的情婦。我現在告訴你，她是我的妻子，我十五年前結婚的對象——貝莎．梅森。她就是這位堅決大丈夫的妹妹。此刻，他用顫抖的四肢和蒼白的臉頰，向你們證明一個男子漢能擁有何等勇敢的心。打起精神來！老兄，用不著怕我！我要揍你，還不如去揍個女人。貝莎．梅森是個瘋子！來自一個精神不正常的家庭，三代都是白癡和瘋子！她的母親，那個克里奧爾人，不只是個瘋女人，還是個酒鬼！等我娶了他們女兒，才發現這個事實，畢竟在那之前，他們對家族祕密全部保持緘默。貝莎像個孝順的孩子，複製了她母親的這兩項特點。我曾擁有一個無比迷人的伴侶，她純潔、聰慧、謙遜——你可以想像我曾經是個多麼快樂的男人。我的經歷多采多姿！喔，我簡直像是置身天堂，但願你們能懂！不過我不必再向你們多作什麼解釋了。布禮革、伍德、梅森，我想邀請你們三位隨我一起回家，拜訪普爾太太的病患，也就是我的妻子！你們可以親眼看看他們騙我娶了個什麼樣的生物，再來判斷我是否有權打破誓約，另尋情投意合、至少是個人的對象！而這個女孩，」他凝視著我，繼續道：「對這件不可告人的祕密知道得跟你一樣多，伍德。她以爲這一切全都是合理合法的。她恐怕沒有想過自己會落入一樁詐騙的婚事中，結婚的對象竟是一個滿口謊言的惡棍，因爲他早已有了一個邪惡、瘋狂又野蠻的配偶！走吧，所有人都跟我來！」

他仍舊緊緊牽著我的手，轉身離開教堂，其他三位紳士則尾隨在後。我們在大廳正門口看見馬車。

「約翰，把車停回馬車房吧，」羅契斯特先生冷淡地說：「今天派不上用場了。」

等我們走進屋內，費爾法斯太太、阿黛爾、蘇菲、莉雅全都靠過來迎接我們，同時獻上祝賀。

「走開！」男主人發號施令說：「帶著你們的祝賀離開！誰想要那玩意兒？我可不要！——整整晚了十五年的祝賀！」

他來到樓梯前，拾級而上，依舊緊抓住我的手，招手示意那些男士跟著他，而他們照辦了。我們爬上眼前第一座樓梯，穿過長廊，往三樓走去。羅契斯特先生用萬能鑰匙打開一扇低矮的黑色門扉，領我們進入一個房間，房裡掛滿帷幔，有一張大床和一座繪有圖案的陳列櫃。

「梅森，你曉得這個地方不是嗎？」我們的嚮導說：「她在這裡咬了你，還用刀子刺傷你。」

他掀起牆上的帷幔，露出底下第二扇門。他打開這扇門，裡頭是一間沒有窗戶的房間。生火的壁爐被又高又粗的柵欄圍住，一盞燈靠著鎖鍊從天花板垂吊而下。葛瑞絲．普爾朝火堆彎著腰，看起來正在用長柄鍋烹煮食物。在這個房間的另一頭，暗影中，有個東西正在來回奔跑。那究竟是什麼？是野獸或人類？你很難第一眼就分辨出來。這生物似乎四肢著地，匍匐爬行。它搶奪東西和低聲咆哮的樣子很像某種奇特的野生動物，只不過它身上披著衣物，滿頭的花白黑髮亂得像獅鬃，遮住了它的頭和臉。

「早，普爾太太！」羅契斯特先生開口招呼道：「你好嗎？你的看管對象今天狀況如何？」

「我們還行，先生，謝謝您的關心。」葛瑞絲回答，一邊將整鍋沸騰的食物小心放到壁爐邊的架子上，

「很暴躁，但還不至於失控。」

一聲兇狠的怒吼彷彿想戳破這則粉飾太平的謊言。穿著人類衣裳的土狼立起來，用後腳站得又挺又高。

「啊！先生，她看見您了！」葛瑞絲驚呼道：「您最好別待在這裡！」

「幾分鐘就好，葛瑞絲。你一定要給我幾分鐘的時間。」

「既然如此，先生，您務必要留神！看在老天爺的分上，千萬要小心！」

那個瘋女大聲怒吼出來，她撥開臉上蓬亂的頭髮，熱切地盯著訪客瞧。我一眼就認出那張紫紅色的臉龐，還有那些腫脹的特徵。普爾太太走上前去，擋在羅契斯特先生前方。

「走開，」羅契斯特先生邊說邊將普爾太太推到一旁，「我想，現在她身上應該沒有刀子吧？我會小心提防的。」

「先生，誰也拿不準她手裡有什麼。她的手很巧，而且狡猾奸詐，想要摸清她的能耐沒那麼容易。」

「我們最好快點遠離她。」梅森低聲說。

「下地獄去吧，你這窩囊廢！」他的妹夫如此回答。

「當心！」葛瑞絲大喊。那三個大男人同時向後退。羅契斯特先生把我拽到他後方，那個瘋子突然跳過來，使勁勒住他脖子，張口就往他的臉頰咬下去！他們倆在地上扭打，難分高下。她是個個頭很魁梧的女人，就身高來說，幾乎和她的丈夫不相上下，只是比較胖。在這場角力賽中，她展現出雄渾的力量——即便他是如此健壯，卻有好幾次差點被她勒死。其實，他大可以瞄準位置狠狠一擊，就能擺平她，但是他卻不願出手，只肯跟她摔角。最後，他終於控制了她的手臂。葛瑞絲．普爾遞給他一條結實的細繩，他把她的雙臂反綁在背後，再用手邊更多的繩索，將她綁在一張椅子上。在束縛她的過程中，她不斷狂暴地高聲吼叫，激烈地上下衝撞。羅契斯特先生轉向旁觀者，他注視他們，面帶微笑，笑容既刻薄又絕望。

「那就是我的妻子，」他說：「這是我唯一知道的夫妻擁抱法，這樣的親熱是我閒暇時的最大安慰！而這個女孩，則是我真心希望能夠擁有的伴侶。」他用手輕輕攬住我肩頭，「這個年輕女孩如此嚴肅沉靜地站在地獄之口，冷靜地凝視著一個惡魔的蹦跳嬉戲。我渴望她，就像是吃完味道濃厚的五香菜燉肉後，想換換口味那樣。伍德和布禮革，你們自己看看這兩者的差異！比較這對清澈的眼眸和那邊的通紅雙眼，這張臉蛋和那張面具，這個穠纖合度和那個巨大壯碩的身材，然後論斷我吧！代表福音的牧師和代表法律的律師，兩位別忘了，你們怎樣論斷人，也必怎樣被論斷！現在，滾到一邊去。我得讓我的獎賞住嘴。」

我們全都走出那個房間。羅契斯特先生在我們離開後逗留了片刻，叮嚀葛瑞絲・普爾幾句話。步下樓梯的時候，那個律師對我說了幾句話。

「小姐，」他說：「你在這件事情當中一點責任也沒有。等梅森先生回到馬德拉，你的叔父一定很高興能聽見這個結論，假若到時他還在世的話。」

「我的叔父！他怎麼了？您認識他嗎？」

「梅森先生認識他。愛先生是梅森先生公司在芳夏爾[3]的多年老客戶。梅森先生在返回牙買加途中，由於健康因素，不得不暫時留在馬德拉休養。你的叔父接到你的信，說你和羅契斯特先生正在籌劃婚禮，梅森先生恰好跟你的叔父在一塊兒。他向梅森先生提起這件事，因爲他知道我的客戶跟此地一位姓羅契斯特的紳士很熟悉。你可以想像梅森先生有多麼驚愕、多麼難過，只好將實情告訴你叔父。令人遺憾的是，你的叔父目前臥病在床；考慮到他的病是肺癆，還有目前的病況，他能夠離開病榻的機率並不大。他無法親自趕回英格蘭，把你從騙局中拯救出來，於是懇求梅森先生立刻採取行動，阻止這場錯誤的婚事。他推薦梅森先生找我幫忙。爲了這事，我使出渾身解數，幸虧我來得還不算太晚，你大概也是這麼想吧。假如能夠確定你的叔父可以撐到你抵達馬德拉的那一刻，那麼我會建議你隨同梅森先生一道回去馬德拉。可是就現況來看，我想，在你聽見愛先生的進一步消息前，最好還是先待在英格蘭。」他轉身問梅森先生：「我們還有其他事要辦嗎？」

「沒了，沒了，咱們快走吧。」梅森先生焦慮不安地回答。他們沒有向羅契斯特先生告辭，就從大廳正門離開了。牧師留下來和他這位高傲的教區居民說了幾句話，可能是訓誡或非難以表盡責，然後也離開了。

我站在自己半掩的房門後，聽見他們都走了。房子裡的人聲靜了下來，我把自己關在房裡，閂上了門不讓人打擾，接著開始——不是流淚，也不是哀傷，我的心情還太過平靜，做不了那些事，而是——無意識地脫下婚紗，換上我昨天以爲會是最後一次穿的粗布衣。然後我坐下，渾身虛弱又疲憊。我把兩隻手臂靠在桌子上，接著把頭埋進兩臂間，開始思考起來——直到這一刻之前，我只是聽、看、移動，被人帶著或拖著上下樓，眼看事情一件接一件地發生，祕密一個又一個被揭開，但是現在，我在動腦思考。

除了那簡短的瘋人鬧劇外，這個早晨十分平靜。在教堂發生的那件事並不張揚，沒有激情迸發，沒有高聲爭論，沒有反抗或質疑，沒有眼淚，沒有啜泣。只有幾句話被說出口，一段沉著的宣言反對這場婚禮，羅契斯特先生提出幾則嚴峻、簡短的問題，有人提出答覆和說明，並舉出證據。我的主人坦率承認並說出眞相，接著我們親眼看見活生生的證據。不速之客離開，一切都結束了。

我像往常一樣待在自己房間，就我自己一人，沒有什麼明顯的變化，既沒有受到重大打擊，也沒有受到嚴重傷害，或者變成殘廢。但是，昨天的簡・愛上哪兒去了呢？她的人生何在？她的前途何在？

簡・愛，這個一心憧憬未來的熱情女子，差一點就成了新娘的女子，如今又再次變回一個冷漠、孤零零的女孩：她的人生貧瘠又蒼白，她的前途只剩孤獨與淒涼。聖誕節的寒霜在仲夏降臨，一場銀色的十二月風暴襲捲六月，冰霜爲成熟的蘋果上了釉，氣流壓碎了盛開的玫瑰，牧草地和麥田覆滿一層冰封的白色護甲：昨夜尚開滿各色花朵的小徑，今天卻成了沒有道路、杳無人跡的雪地；十二個小時前，枝葉繁茂、散發香氣的樹林像是南北回歸線間的熱帶果園，此刻卻綿延著廢棄、荒涼、銀白，有如寒冷的挪威松樹林。我的希望被微妙的厄運擊中——好比某個晚上，厄運降臨在埃及土地所有初生的生物身上[4]——全都死光了。我旁觀自己珍視的期望，昨日盛放得如此張揚、如此絢爛，而今它們赤裸、冰冷、烏青的屍體卻再也不會復活了。我仔細查看我的愛：那感受是我主人的，是他創造的；而今它在我的心中顫抖，像是個受苦的嬰孩躺在寒冷的搖籃裡，失望和痛苦侵襲它，它不再追求羅契斯特先生的懷抱，它無法從他的胸膛得到溫暖。噢，它絕不再向他求助，因爲信任已被摧毀殆盡，信賴也瓦解冰消！羅契斯特先生對我來說已不再是過去的他，因爲他已不是我過去以爲的那個人。我不會認爲他邪惡，也不會說他背叛我，但是他在我心目中已失去坦誠磊落的特質了，而且我很清楚地意識到，我必須離開他。至於何時離開、怎麼離開、要上哪兒去，我還沒有答案，不過，我想他也會催我快點離開桑費爾德吧。看來他對我並不是懷有眞正的感情，而是一時的激情，如今那激情受到阻止，他不會再想要我了。現在就連出現在他面前我都該感到害怕，因爲他肯定看到我的身影就討厭。噢，過去這些日子以來，我的雙眼多麼盲目！我的行爲多麼軟弱！

我緊閉雙眼，把臉埋在手中。漩渦般的黑暗繞著我游來游去，回憶如黑白影像般湧入，混合成一股波濤洶湧的水流。我自暴自棄、心灰意懶、提不起勁，彷彿任由自己躺在一片乾枯的河床上，縱使聽見洪水從遙遠的山頭傾洩而下，感受到急流奔騰而來的力量，卻無意願站起身，亦乏力氣逃走。我虛弱地躺著，一心求死。只剩下一個念頭在我體內活靈活現地搏動——我想起了上帝。那個念頭引來了無聲的祈禱，那些字詞在我漆黑無望的心底徘徊不去，彷彿想被說出口，偏偏我沒有力氣那麼做。

「求祢不要遠離我！因爲急難臨近了，沒有人幫助我。[5]」

距離越來越近了，因爲我沒有祈求上帝擋開它——我沒有合起雙手，沒有跪下來，沒有喃喃低語——所以洪水來了，來勢洶洶地澆灌在我身上。我的人生孤獨、愛情消失，我的希望隨之幻滅，信心終至潰散，這些念頭像個沉甸甸的龐然大物，疊壓到我頭上。那個痛苦的時刻實在難以用言語形容，就像是：「眾水要淹沒我；我深陷在淤泥中，沒有立腳之地；我到了深水中，大水漫過我身。[6]」

譯註：

1英國內戰（Civil Wars）是指西元一六四二至一六五一年間，在英國議會派與保皇派之間發生的一連串武裝衝突及政治鬥爭。西元一六四四年七月二日，發生在約克郡附近的馬斯頓荒原戰役（Battle of Marston Moor），則是結束第一次內戰的關鍵戰役。由克倫威爾率領的議會軍在這場戰役贏得決定性勝利，結束了保皇軍對英格蘭北部的控制。

2克里奧爾人（Creole），居住在西印度群島的歐洲人和非洲人的混血兒。

3芳夏爾（Funchal，亦譯豐沙爾），馬德拉的首都暨主要港口。

4這是指聖經十災中的最後一災，滅頭生之災。參見《舊約聖經・出埃及記》第十二章第二十三至三十節。

5語出《舊約聖經・詩篇》第二十二章第十一節。

6語出《舊約聖經・詩篇》第六十九章第一至二節。

第二十七章

到了下午，我抬起頭環顧四周，看見西斜的夕陽爲牆壁染上金色光芒，預告著它即將落下地平線。我不禁自問：「我該怎麼辦？」

我的心回答：「立刻離開桑費爾德。」這個答案來得如此迅速，如此令人害怕，我趕忙掩上耳朵。我告訴自己，現在我還承受不起那些字眼。「我不是愛德華・羅契斯特的妻子這件事，是我的煩惱當中最微不足道的部分，」我聲稱，「從燦爛的美夢中醒來，發現全是一場空，這種震驚我還可以忍受，還能應付，但要我果斷地立即離開他，徹底了斷與他的關係，那卻是我無法承受的。我完全辦不到。」

沒想到，我的身體裡有個聲音主張我辦得到，而且預言我非這麼做不可。我和自己的決心角力：我想要選擇軟弱，如此一來，或許就能避開前方那條已經爲我鋪好，充滿更多苦難的可怕道路。然而良知突然化身爲暴君，扼住激情的喉嚨，語帶嘲弄地說，她那精緻小巧的腳只不過剛踩進泥淖表面呢，他發誓，他一定會用那雙鋼鐵般的臂膀，將她推入深不可測的痛苦深淵。

「既然如此，讓我被撕裂吧！」我大喊道：「讓別人幫幫我！」

「不，你得自己來，絕不會有人出手幫你。你得親手剜出自己的右眼，砍下你的右手[1]。你的心是祭品，身爲祭司的你要親手刺穿它。」

我被獨處中藏有這麼無情的仲裁者，被靜默中充滿這麼可怕的聲音給嚇壞了，我突然站起來，卻感到一陣暈眩，幾乎站不住。我想是因爲情緒激動和空腹，讓我噁心反胃，畢竟一整天下來，我既沒吃東西也沒喝水，連早餐也吃沒兩口。一陣奇怪的椎心劇痛襲來，我這時候才想起，打從我把自己關在房間裡，竟然這麼久都沒有人來關心我的狀況，或是央求我下樓去。就連小阿黛爾也沒來敲門，費爾法斯太太也沒有來找我。「朋友總是遺忘不被幸運眷顧的人。」我暗自抱怨，一邊拉開門閂走出房外。這時我感到頭部仍在持續暈眩，視力有些模糊，四肢虛軟無力、不聽使喚，不知什麼障礙物絆倒我，但有隻手臂伸出來扶住我，才沒讓我跌倒在地。我抬頭往上看，是羅契斯特先生，他坐在我房門口對面的一張椅子上。

「你終於願意走出房門了，」他說：「喔，我已經在這裡等了好久。我仔細聆聽你在房裡的動靜，卻沒聽見走動聲，也沒聽見一聲嗚咽。我原本打算如果再過五分鐘裡頭還是那樣死寂，就要學盜賊破壞門鎖闖進去。所以你是在閃避我嗎？把自己關在屋裡獨自傷心！我寧願你怒氣沖沖地責罵我。你是個真性情的人，我本來預期會有類似的場面發生，我已經準備好迎接如雨的熱淚，只是我期待淚灑在我胸膛上，現在卻被一片毫無知覺的地板，或你那濕透的手帕給接收了。不，我錯了，你根本沒有哭！我看見一張沒有血色的臉龐，還有一雙無神的眼睛，卻找不到淚痕。那麼，我想你不是眼中流淚，而是心底泣血吧？

「怎麼啦，簡！連一句責備的話都不說嗎？沒有忿忿不平，也沒有尖銳辛辣的抨擊？沒有一句傷我感情或激怒我的話？就這樣靜靜坐在我扶你坐下的地方，用一種興趣缺缺、消極被動的眼光看著我？

「簡，我從來沒有想過要用這種方式傷害你。如果某人只有一頭小母羊，他非常看重牠，待牠如女兒，讓牠吃他的麵包，喝他杯中的水，躺在他的懷抱裡，沒想到卻在混亂中錯宰了牠[2]，這人對自己犯下血腥錯誤的悔恨亦遠遠比不上我現在的懊悔。你能原諒我嗎？」

親愛的讀者，我當下就原諒他了。他眼中有那樣深切的自責，語氣中有那樣真誠的遺憾，態度中有那樣男子氣概的活力，更重要的是，他的神態中有那種不變的愛——我完完全全原諒他了，只不過沒有訴諸言語，沒有向外表達，而是單純地放在我心底。

「簡，你知道我是個惡棍嗎？」過了一會兒，他愁眉苦臉地問道。我猜，他是想弄明白我持續的沉默和溫順是怎麼一回事。其實，那不是有意的，只是我身體虛弱而已。

「我知道，先生。」

「那就狠狠地、嚴厲地數落我，不要輕易饒了我。」

「我辦不到。我累了，病了，我想喝點水。」

他緩緩吐出一聲顫抖的嘆息，抱起我，帶我下樓。起初我不知道自己被他帶到哪個房間，從我模糊的視野看來，四周全都混濁一片。不久我感覺到火焰那令人振奮的溫暖，因爲現在儘管是夏天，我在自己的房間卻凍得渾身冰冷。他餵我喝幾口酒，我嚥了下去，感覺恢復了點元氣。接著，我吃了他餵我的食物，很快地，我就能自行進食了。原來我人在書房裡，坐在他的椅子上，而他就在我身旁。「如果我現在不必承受太劇烈的痛苦就這樣死去，那該多好。」我心想，「這麼一來，我就不必費力斬斷我和羅契斯特先生緊緊相繫的心弦。看來我必須離開他。可是我不想離開他，我無法離開他。」

「簡，你現在覺得怎麼樣？」

「好多了，先生。我很快就會好起來的。」

「再多喝幾口酒，簡。」

我聽話照辦，接著他把酒杯放上桌，站在我前方，聚精會神地凝視我。突然間，他轉過身，口中嘟噥著聽不清楚的感嘆，語氣裡飽含某種激切的情緒。他疾行穿越整個房間，又快步走回來。他彎腰俯向我，彷彿要吻我，偏偏我想起撫摩和親吻在此刻都是不被允許的，於是我別開臉，推開他。

「什麼！這是怎麼回事？」他急忙驚呼。「喔，我懂了！你不肯親吻貝莎·梅森的丈夫是吧？你認爲我的臂彎裡已經有人，我的懷抱已被人占有嗎？」

「至少已經沒有我的容身之地，況且我也無權主張什麼，先生。」

「爲什麼呢，簡？讓我爲你省下多費口舌的麻煩，我來幫你回答吧——因爲我已經有了妻子。你會這麼回答，我猜得沒錯吧？」

「是的。」

「如果你這樣想，那麼你對我必定抱持有奇怪的觀點。你一定認爲我是個居心叵測的浪蕩子，一個卑鄙、低級的人。我假裝自己愛上你，只爲了引誘你走入一個蓄意設計的陷阱中，毀了你的名譽、奪走你的自尊。你怎麼看待這個說法呢？我想你無話可說吧。首先，你還頭昏眼花，連維持正常的呼吸都有點吃力；其次，你還不習慣譴責、辱罵我；此外，眼淚的防洪閘門已經完全敞開，要是你說太多，就會傾洩而下。而且你無意爭辯、責備，或者把事情鬧大，你滿腦子想的是該如何行動，你認爲言語根本是沒有用的。我瞭解你，你已經對我有所防備。」

「先生，我無意與你作對。」我回應道，顫抖的嗓音警告我盡力縮短語句。

「從你的角度來看是那樣，但從我的觀點來說，你正在設法摧毀我。你剛才拒絕吻我的反應，意思就是說：『你是個有婦之夫，我得迴避你、設法躲開你。』你打算讓自己變成一個和我完全不相識的陌路人。儘管同住一個屋簷下，你卻只是阿黛爾的家庭教師。假如我對你說了什麼友善的話，假如某種友好的感情再度讓你靠向我，你會說：『那個男人差點害我成了他的情婦。我一定要對他冷若冰霜，堅如鐵石。』慢慢地，你就會變成冰霜鐵石。」

我清了清喉嚨，設法穩住自己的聲音，才開口：「我周圍的一切全都改變了，先生，我也得改變才行，這一點毫無疑問。爲了避免情感的波動，避免與往事和聯想持續搏鬥，只有一個辦法，先生，那就是阿黛爾必須換一個新的家庭教師。」

「喔，阿黛爾會去學校上學，這件事我早就安排好了。我也不願折磨你，讓你經常回憶與聯想起桑費爾德的醜事，這個受到詛咒的地方，這個亞干的帳棚[3]，這個生不如死、恐怖直衝天際的蠻橫墓穴；這處窄小的石頭地獄擁有自己的眞實惡魔，遠比我們能想像的任何魔鬼軍團更爲駭人。簡，你不應該繼續待在這裡，我也一樣。把你帶來桑費爾德是我的錯，因爲我心裡很清楚這是間鬼屋。是我吩咐他們在我見過你之前，別告訴你這地方受到詛咒的實情，只因爲我擔心，一旦家庭教師知道自己的室友是怎樣的人，阿黛爾永遠找不到願意待下來的家庭教師。而我的計畫並不允許我將那個瘋女人移往他處。儘管我還擁有另一棟老房子，芬迪恩莊園，那裡比這裡更幽靜偏僻，也更爲隱祕，我可以把她安全地藏好，但是考慮到她的健康狀況，將她放在一片樹林的正中心，這樣的安排讓我的良心退縮了。也許那些潮濕的牆壁能很快緩解她帶給我的負擔，但是每個惡棍都有自己的惡行，只不過我的罪行並不包括間接謀殺，就算對方是我最恨之入骨的人——也不例外。

「不過，要瞞住你，不讓你知道那個瘋女人在你身邊，就像是用斗篷掩護一個嬰孩，再將之放到箭毒木[4]下。那個惡魔的鄰居都已經中毒了，而且永遠都會如此。但是我會封鎖桑費爾德莊園，用釘子封死正門，用木板封住下排窗戶。我會給普爾太太每年兩百英鎊的報酬，讓她住在這裡陪『我的妻子』，承蒙你這樣稱呼那個可怕的女巫。爲了錢，葛瑞絲願意做很多事，而且她可以找她的兒子，葛林斯比精神病院的管理員作伴，在那女巫發作時助她一臂之力。你曉得的，當我的妻子受到她的巫使[5]慫恿，可是會在夜間、在大家就寢時放火焚燒他們，用銳器刺傷他們，咬得他們皮綻肉開、深可見骨，做盡諸如此類的惡行啊。」

「先生，」我打斷他的話，「你對那名不幸的女士實在太過冷酷無情了。你談到她的時候，言語間充滿了憎恨，還有懷恨在心的嫌惡。這樣做太殘忍了，發瘋又不是她自願的。」

「簡，我的小親親——我還是想這樣叫你，因爲你眞是我親愛的寶貝——你不知道自己在說什麼，你又看錯我了：並不是因爲她瘋癲，我才討厭她。假如你瘋了，你認爲我會因此討厭你嗎？」

「我是這麼想沒錯，先生。」

「那你就弄錯了，而且那表示你對我一無所知，你完全不曉得我能愛你愛到什麼程度。你身上血肉的每一個原子就像我自己的一樣寶貴，就算遭逢疾病或痛苦，它依舊同樣珍貴。你的心靈是我的寶物，就算它出了毛病，也仍舊是我的珍藏——如果你咆哮怒吼，我會用雙臂代替約束衣。就算你發狂亂抓，我還是會覺得你有種獨特的魅力——如果你失控撲到我身上，就像那個女人今天早上做的事，我會把你抱在懷中，在約束你的同時，至少還是同樣愛你。我因爲憎惡而畏懼、閃避她，但我不會對你這樣做。在你平靜的時刻，身旁不會有看守人和護士，只有我；就算你臉上沒有笑容，我還是會懷著無盡的溫柔看顧你；就算你的明眸不再露出認得我的眼神，我也能永不厭倦地凝視你的眼。不過我何必順著這些思緒去設想呢？我剛才說的是讓你搬離桑費爾德。你知道，反正一切都已經打點妥當，隨時可以出發。你明天就走。簡，我只求你在這個屋簷下再忍耐一晚，之後，就能永遠擺脫這裡的不幸和恐怖！我有個地方可去，那裡會是個安全的避難所，可以避開可恨的回憶、不受歡迎的入侵，甚至還可以避開謊言與誹謗。」

「那就帶阿黛爾跟你去吧，先生，」我打斷他的話，「她可以做你的同伴。」

「簡，你這話是什麼意思？我告訴過你，我會送阿黛爾去學校，況且我怎麼會想要一個孩子來作伴，而且還不是我自己的孩子？她不過是一個法國舞者的私生女罷了。你爲什麼一直拿她來煩我！等等，你爲什麼要指定阿黛爾作爲我的同伴？」

「因爲你提到隱居，先生。一個人隱居——獨居是很無聊的，對你來說太沉悶了。」

「獨居！獨居！」反感和氣憤讓他重複嚷著同一個詞。「我看我得說個明白。我不知道你臉上那種司芬克斯的表情是什麼意思。你必須分享我的獨居，你明白嗎？」

我搖搖頭。這時候他的情緒愈來愈激動，就連冒險做出這樣無聲的異議都需要一定的勇氣。他在房間裡快步走著，突然間停住不動，彷彿在那個地方生了根。他意味深長又嚴厲地審視我，我移開目光，盯著火堆瞧，努力假裝並維持平靜鎮定的樣子。

「現在得處理簡小姐性格中的亂結，」他終於開口，語氣比表情透露的情緒要來得沉著許多。「這捲絲線到目前為止都繞得還算順暢，不過我就知道遲早會遇上打結和傷腦筋的事，這不就是了嘛。現在就遇上了令人心煩意亂、惹人惱怒，還有無止盡的麻煩！老天，我真想借用一丁點參孫的力量，用力扯斷這種糾葛！」

他重新來回走動，但很快又停下腳步，只不過這一次他停在我的正前方。

「簡！你願意講道理嗎？」他彎下腰，把嘴唇湊近我的耳邊，「如果你不願意，我只好來硬的了。」他的嗓音沙啞，表情像是正要掙脫難以忍受的枷鎖，不惜蠻幹一場。我看得出來，只要再多一點讓他抓狂的刺激，我就完全拿他沒辦法了。此刻——正在流逝的這個瞬間——是我唯一能控制並阻止他的時刻：只要一個抗拒、逃避、害怕的動作，就能毀了我，也毀了他。但是我並不害怕，一點也不。我感受到一股內在的力量，一種影響力支持著我。危機一觸即發，卻不無迷人之處，或許就像印第安人乘著獨木舟迅速滑下大瀑布的那種感受。我抓住他緊握的拳頭，鬆開那些走樣的手指，用舒緩的口吻對他說：「先坐下吧。我會跟你說話，你要我說多久，我就說多久；我也會聽你說話，不管你說的合不合理。」

他坐下，卻沒有機會馬上說話。從剛才到現在，我已經努力忍住眼淚好一段時間了，我知道他不喜歡看見我哭泣，所以就算忍得很辛苦，我也甘願。但是現在，我覺得任淚水盡情流淌，直到再也哭不出來，也沒有什麼不可以。如果湧泉般的淚水讓他心煩意亂，那就更好了。於是我放手讓自己哭個痛快。

不久，我聽見他熱切地懇求我鎮定一些。我說，他的情緒那樣激動，我哪有辦法冷靜。

「可是我沒有生氣呀，簡。我只是太愛你了。偏偏你板起蒼白的小臉，表情又那麼決絕僵硬，我哪受得了啊。噓，好了好了，擦乾眼淚吧。」

他柔和的口氣宣告了他已經被制伏，所以輪到我平靜下來。這時他想把頭靠在我的肩膀上，但我可不會讓他這麼做。接下來，他想把我拉近他，噢，想都別想。

「簡！簡！」他喚道，語調中苦澀的哀傷衝擊我的每一條神經。「這麼說來，你根本不愛我嗎？你看重的只是我的地位，還有身爲我的妻子這個名分嗎？如今你認爲我不夠格做你的丈夫，就不願意讓我碰你。你嫌惡畏縮的反應，好像我是什麼蟾蜍或人猿似的。」

這些話深深地刺傷了我，但是我能說或做什麼呢？也許我最好什麼都不做，什麼都不說，可是傷害他的感情讓我很自責，那股懊悔不斷折磨我，我無法克制自己想爲他的傷口敷上藥膏的念頭。

「我的確愛你，」我說：「比以前更愛你。可是我不該顯露或放任那樣的感覺。這是最後一次了，我得表達出來。」

「簡，什麼叫最後一次！你說啊！難道你認爲在和我同居、每天見得到我的情況下，你還能心裡愛著我，但一直對我保持冷淡和疏遠嗎？」

「不，先生，我很肯定我做不到，因此只有一種方法。不過，我說出來你一定會生氣。」

「喔，說吧！如果我大發雷霆，反正你也會使出哭哭啼啼的招數。」

「羅契斯特先生，我必須離開你。」

「簡，你想離開多久呢？幾分鐘嗎？你想去梳梳頭髮，因爲你的秀髮有點凌亂，接著去洗把臉，因爲你的臉微微發燒，是嗎？」

「我必須離開阿黛爾和桑費爾德。我這一生都得和你分離。我得在一個充滿陌生臉孔的陌生環境中，展開一段新生活。」

「當然，我不是說過你應該這麼做。我不想聽你胡說什麼要跟我分離，你指的是你必須成爲我的一部分吧。至於嶄新的生活，那沒有問題，但你得成爲我的妻子，我還沒結婚呢，你將會是名副其實的羅契斯特太太。只要咱們倆還活著，我會只守著你。我在法國南部擁有一間有著白牆、坐落在地中海岸的鄉間別墅，你應該去那裡。在那兒，你可以過著受到保護、最天眞無邪的快樂生活。千萬別擔心我想要引誘你犯錯，讓你成爲我的情婦。爲什麼你一直搖頭？簡，你要講道理啊，要不然我會再次抓狂的。」

他的聲音和手都微微顫動，鼻孔撐得老大，雙眼閃爍熊熊怒火。儘管如此，我還是敢開口說話。

「先生，你的妻子還活著，那個事實是你自己今天早上親口證實的。如果我順著你的希望和你同居，那麼我就是你的情婦——除此之外的其他說法不過是強詞奪理，是錯的。」

「簡，你忘了我不是一個好脾氣的人。我無法長期忍耐，我不是個冷靜或公平無私的人。出於同情我和你自己，請將你的手指搭在我的脈搏上，感受它如何脈動，你最好小心點！」

他露出手腕，伸到我眼前。他的臉龐和嘴唇失去血色，逐漸轉爲暗紫。我的兩隻手感到疼痛。用他最厭惡的拒絕把他傷得這麼深，是件殘忍的事，但退讓是不可能的。於是，我做出人類被逼到極限時的本能反應——向高於人類的力量求援：「主啊，救救我！」這句話不由自主從我的嘴裡迸了出來。

「我眞是個笨蛋！」羅契斯特先生突然大喊道。「我一直告訴她我還沒有結婚，卻沒有向她說明爲什麼。我忘了她對那女人的性格一無所知，也不瞭解她與我的煉獄婚姻發生的背景。噢，我確定等簡曉得一切之後，她會同意我的觀點！簡，把你的手放在我的手心——這麼一來，我就能擁有視覺和觸覺的證據，證明你就在我身旁——我會用短短幾句話告訴你這件事的眞實狀況。你願意聽我說嗎？」

「是的，先生。如果你願意，幾個小時也不是問題。」

「我只求你給我幾分鐘。簡，你曾聽說過我不是家中長子，我曾有個哥哥這件事嗎？」

「我記得費爾法斯太太曾經跟我提過。」

「那你聽說過我的父親是個貪財又吝嗇的人嗎？」

「我知道一些類似那個意思的事。」

「喔，簡，事情會這樣發展，全都是因爲我父親貪財，決心要保持家產不被分割。他無法忍受自己的財產被分割，只留給我合理的一份這種想法，他想把所有家產留給我哥哥羅蘭。可是他同樣無法忍受自己有個兒子淪爲窮人，故此我的生活開銷得靠一樁富裕婚事來支應。他幫我物色了一個對象，梅森先生是西印度群島的大農場地主，也是個商人，他是我父親的舊識。經過多方探聽，我父親確信梅森先生的財產眞實不虛，且價值不菲。他發現梅森先生育有一兒一女，並從梅森先生那裡聽到，梅森先生打算給女兒一筆三萬英鎊的巨款——那可夠用了。大學畢業後，我被送到牙買加，準備迎娶由我父親作主、事先幫我挑好的新娘。我父親隻字不提她的財產，只告訴我梅森小姐是西班牙城引以爲豪的美女，這話一點也不假。我發現她是個大美女，跟布蘭琪・英葛蘭是同一型的：高䠷、黝黑、高貴優雅。她的家人希望促成此事，因爲我的出身很不錯，她本人也是這麼想。他們讓我在舞會上見到她，她總是打扮得美美的，我很少與她單獨會面，幾乎不曾和她私下交談過。她竭力討好我，爲了讓我開心，總是刻意展示她的魅力與才藝。她的社交圈裡的所有男人似乎都愛慕她，忌妒我，我心蕩神迷，激動不已：我的各種感官全都活躍起來。由於無知、缺乏經驗、不諳世故，我以爲自己愛上她了。沒有哪個蠢蛋愛得如此癡狂，舉凡愚蠢的情場競逐、年輕人的好色、魯莽與盲目，全都催促著男子快快上鉤。她的親戚鼓勵我，情敵刺激我，她也勾引我，在我弄清楚自己身在何方前，已經成就了一樁婚姻。喔，每當我想起那件事，我就瞧不起自己！一種打心底瞧不起自己的痛苦主宰了我。我並不愛她，我並不敬重她，我甚至不瞭解她。我不確定她的本性中有沒有任何美德。我在她的思維和舉止當中，找不到謙虛、仁慈、眞誠、教養，但是我娶了她。我眞是個粗俗卑劣、目光如豆的傻瓜呀！要是我沒犯那麼大的錯，也許……我可別忘了現在是跟誰說話。

「我從來沒有見過我的岳母，我聽說她已經過世。等到蜜月結束後，我才知道我弄錯了，她只是發瘋，被關在某間精神病院。其實，貝莎還有一個弟弟，是個又聾又啞的白癡。她哥哥你已經見過——我厭惡他的所有親屬，但我實在無法恨他，因爲他懦弱的心中還有少許的感情存在，這表現在他持續關心他可憐的妹妹，還有他曾經與我形影不離，就像狗依戀主人那樣——有一天他可能也會走到同樣境地。我父親，還有我哥哥羅蘭對這些狀況知道得一清二楚，但是他們腦子裡想的只有那筆三萬英鎊的錢，他們參與密謀，聯手坑陷我。

「這些發現眞是讓人完全無法接受。可是除了欺瞞的背叛行爲使我無法原諒外，其他的事我並不在意，就算後來我發現她的本性和我格格不入，她的品味令我作嘔，她的性情粗俗低劣、心胸狹窄，完全沒有能力提升到更高更廣的層次；就算後來我發現，我無法舒舒服服地和她共度一個晚上，甚至是一個小時也不行——我們之間無法維持親切的交談，因爲無論我起了什麼話頭，馬上就會得到她既粗俗又老套、既任性又低能的回應；就算後來我領悟到，我永遠無法擁有一個舒適自在又平靜的家，因爲沒有僕役能夠忍受她粗暴、無理性的大發脾氣，或是她那些荒唐矛盾的嚴苛命令……儘管如此，我還是約束自己，避免嚴詞批評，盡可能不抱怨。我設法暗自嚥下我的懊悔與反感，克制自己強烈的嫌惡。

「簡，我就不拿那些討人厭的細節來煩你了，簡單幾句話便能清楚表達我想說的。我和樓上那女人一同生活了四年，早在滿四年之前，她就讓我吃盡了苦頭。她的性格以可怕的速度茁壯、惡化爲腐敗的樣子，她的惡習出現得又快又繁多，那些邪惡是如此頑強，只有殘暴的手段才能制止它們，不過我不想以暴制暴。她的智力像侏儒一樣矮小，她的怪癖卻和巨人一樣大！那些怪癖爲我帶來多麼駭人的詛咒！所謂『有其母必有其女』，貝莎．梅森正是她聲名狼藉的母親的翻版。當男人娶了一個既貪杯又淫蕩的妻子，伴隨而來的，便是各種醜陋與丟臉的痛苦！

「這期間，我哥哥死了，到了第四年快過完的時候，我父親也去世了。如今我夠有錢了，同時也窮困得嚇人。一個我見過最粗野、最不潔、最墮落的人和我結合在一起，還被法律和社會稱作我的一部分。而且我無法透過任何法定程序來加以擺脫，因爲醫生診斷出我的妻子瘋了，她的放肆行爲讓精神失常的病菌提前開始侵襲。簡，我的敘述讓你感覺不太舒服是嗎？你看起來好像生病了。還是改天我再告訴你剩下的故事？」

「不，先生，請你繼續說完。我同情你——發自內心地同情你。」

「簡，某些人口中的同情是瞧不起人、侮辱人的代名詞，大有理由把那種同情扔回他們嘴裡。不過那種同情來自那些無情、自私的心，那是聽見壞事發生時一種自我本位的痛苦，混雜著對於受害者的無知輕蔑。但是你的同情不屬於那種，簡。此刻你的臉上流露的並不是那種感情呀，你的雙眼因此盈滿淚水，你的心因此七上八下，你的手因此在我手裡顫抖。我親愛的，你的同情是爲催生愛情而受盡苦難的母親，它的劇痛是神聖熱情臨盆時的陣痛。我歡迎它，簡，但願它的女兒能順利誕生，我張開雙臂等著迎接她。」

「好了，先生，求你繼續說下去。你發現她瘋了的時候，你做了什麼？」

「簡，當時我瀕臨絕望。擋在我和那深溝之間的，是殘餘的自尊心。在這世界的眼中，我身上無疑沾滿了污穢的恥辱，但是我決心在我自己的眼裡保持清白——直到最後，我拒絕與她的罪行污染有任何牽扯，並使勁轉移自己的思緒，不去想我與她的心理缺陷有何關聯。儘管如此，社會還是把我的名字、我這個人與她的一切聯想在一起。我仍舊每天看見她、聽見她，她的氣息中有東西——呸！——會和我呼吸的空氣混合。而且，我還記得自己曾經是她的丈夫。不管是當時或現在，那段回憶對我而言都是言語無法表達的可憎。不僅如此，我知道只要她活著，我永遠無法迎娶另一個更好的妻子。儘管她比我年長五歲——她的家人和父親甚至對我撒謊，隱瞞她眞正的年齡——卻可能活得跟我一樣久，因爲她的心智雖然衰弱，她的身體卻很強健。那時候我才二十六歲，但我的心已經死了。

「有一天晚上，我被她的吼叫聲吵醒——由於醫療人員已宣告她精神錯亂，她理所當然地受到監禁——

那是個悶熱的西印度群島夜晚，是颶風來臨前的典型氣候。我躺在床上睡不著，於是爬起來打開窗戶。那空氣像是硫磺蒸氣，我找不到一處可讓身心爽快的地方，蚊子蜂湧而入，發出沉悶的嗡嗡聲，在房間裡四處飛舞；房間裡可以聽見海潮聲，沉悶的隆隆聲像是地震一般；黑色的雲層在海面投下陰影，月亮鑲嵌在海波間，又圓又紅，像一顆火熱的砲彈，她向正在暴風雨的紛擾中輕微顫動的世界投下血紅色的最後一瞥。我的身體受到這氣氛與場景的影響，我的耳朵充滿那個瘋女尖聲喊叫的詛咒，我的名字偶爾會和那種邪惡憎恨的語氣、那種刺耳的語言夾雜在一塊！沒有哪個職業妓女嘴裡吐出的字彙能比此更下流、更難聽。雖然隔著兩個房間，我還是能清楚聽見每一個字——西印度群島房屋的薄牆隔間無力阻絕，只能略略阻擋她的狼嗥鬼叫。

『「這種人生，」最後我說：「是人間煉獄。這種空氣，還有那些喧鬧不休，都是地獄才有的！如果我有能力，我有權讓自己擺脫這一切！這種塵世的折磨會隨著眼前這具拖累靈魂的沉重軀殼而去。我不畏懼狂熱信徒口中永不熄滅的烈火，因為來世的任何境遇都不會比眼前的這一個更糟。讓我擺脫它，回到上帝那兒去吧！」我邊說邊跪下，打開一只上鎖的大皮箱，裡頭有兩把裝滿子彈的手槍。我打算飲彈自盡。這個念頭只在我心裡停留了短短一會兒，因為我沒有發瘋，強烈且純粹的絕望危機很快就過去，隨之而生的自我毀滅衝動與安排也煙消雲散。

「來自歐洲的一陣清風吹越海洋，奔進我房間敞開的窗扉。暴風雨來臨，水氣蒸騰，雷聲大作，閃電交加，接著，空氣變得清澈。這時我想出一條對策。當我在濕漉漉的花園中，漫步在滴水的橘子樹下，被濕透的石榴和鳳梨包圍，當熱帶地區燦爛的黎明照亮我的四周，簡，我想出了這樣的理由。現在聽好囉，因為它是真正的智慧，不僅在那個時候撫慰我，還向我指出了該走的正確道路。

「來自歐洲的甜美微風尙在清新的葉片間低語，大西洋上仍舊雷聲隆隆。很長一段時間以來，我的心乾涸枯萎，現在卻因為那氣氛再度膨脹壯大，熱血沸騰。我的身心渴望煥然一新，我的靈魂渴求甜美的甘露。我看見希望復活，感受到新生的可能。我的花園盡頭有一座雕花拱門，我就是在那裡眺望海洋——它比天空還要湛藍。舊世界就在海的那一邊，明確的前景就此展開……

「『走吧，』希望女神說：『到歐洲重新開始吧。在那裡，沒有人知道你身上背負的臭名，沒有人知道那強加在你身上的齷齪重擔。你可以帶著那瘋婆子一起回到英格蘭。只要有適當的照料和防備，把她監禁在桑費爾德是可行的，然後你便能去任何你想去的地方旅行，和你喜歡的人建立新的關係。那個女人害你長期受苦、玷污你的名聲、凌辱你的名譽、踐踏你的青春，她不是你的妻子，而你也不是她的丈夫。只要確保她得到她身心狀態所需的照料，你就算是完成了上帝和人性對你的所有要求。讓她的身分，以及她和你之間的關聯全都埋藏在遺忘中——你絕不可以向任何人透露此事。把她安頓在安全又舒適的地方，把她的墮落小心藏起來，然後離開她。』

「我完全按照這個建議行事。我父親和我哥哥並沒有讓他們認識的人知道這樁婚姻，因為就在我的第一封家書裡，除了向他們稟報婚禮的事，我還急切地告誡他們，千萬要保守這個祕密。當時我已開始領略到這樁婚姻令人極度厭惡的後果，而且從那個家庭的特質與組成窺見了我將經歷一段可怕的未來。果然沒多久，我父親為我挑的這個妻子，其不光彩行為讓他羞恥難當，光是承認她是自己的兒媳就讓他羞得滿臉通紅。他壓根不想公布這段姻親關係，他跟我一樣，極希望隱瞞這件事。

「於是我把她送到英格蘭來。和這樣的怪物同乘一艘船，真是一趟驚心動魄的旅程。當我終於把她送到桑費爾德，眼看她安全住進三樓那個房間，我很高興。十年來，她已經把那個祕密的內室變成一個十足的野獸窩，一個妖怪窟。為她物色護理人員時，我遇上了一些麻煩，因為那個人的忠誠度必須相當高，畢竟那個瘋女人的胡言亂語必然會出賣我的祕密；此外，她偶爾會有連續幾天，有時甚至連續幾週能保持頭腦清醒的狀態，那些時候她會不斷辱罵我。最後，我從葛林斯比精神病院找來了葛瑞絲．普爾。她和外科醫生卡特——那天晚上梅森被攻擊刺傷時，爲他清理包紮傷口的人——是我唯一曾坦白吐露祕密的對象。費爾法斯太太可能多少猜著一些事，但是她不可能知道確切的事實。葛瑞絲大體上是個好看護，儘管她不止一次鬆懈下來，失去警戒，結果造成一些麻煩，而且那有一部分得歸咎於她自己的過失。但話說回來，這似乎是她治不好的缺點，同時也是從事這行的人常有的毛病。

「那個瘋子不但狡猾奸詐，又心懷惡意。她總是善加利用看護人一時的走神。有一次，她身上藏了小刀，用它來刺殺自己的哥哥。還有兩次，她拿到自己牢房的鑰匙，在夜半時分偷偷溜出來。第一回，她嘗試活活把我燒死在自己床上；第二回，她像鬼魅般前去拜訪你。我感謝老天爺保護你，當時她把怒氣發洩在你的婚紗上，那或許喚醒了她對自己大喜之日的模糊記憶。但是我想都不敢想那時可能還會發生什麼事。只要想起今早撲到我喉嚨上的那個東西，用它那黝黑腥紅的面容逼近我的小白鴿的巢，我就心驚膽戰。」

「先生，」當他停下來喘口氣，我問道：「你把她安頓在這裡後，做了什麼呢？你上哪些地方去了？」

「簡，你問我那時做了什麼？我把自己變成一個神出鬼沒、行蹤飄忽的人。我上哪些地方去了？我四處浪蕩，跟那些懷有三月精神的人一樣瘋狂[6]。我經常前往歐洲大陸，透過不同方式踏遍它的每一寸土地。我的既定願望是，找到一個善良聰明的女子，一個和我留在桑費爾德那個瘋婦完全相反的女子，就讓我好好愛她……」

「可是先生，你不能重婚。」

「我下定決心，也說服自己我做得到，而且就應該這麼做。我起初並沒有打算要欺騙，不是像我騙了你那樣。我想坦白說出自己的故事，同時正大光明求婚。依我看，只要這樣做，我就可以自由地愛人與被愛。我一直深信我能找到某個女子，她不只有心，還能理解我的特殊情況，願意接受我，而不在乎我身上背負的詛咒。」

「嗯哼，先生？」

「簡，每次你好奇地問東問西，總是惹我不禁微笑。你就像一隻熱切的鳥兒，睜大眼睛四處張望，不時還會坐立不安地動來動去，彷彿言語中的答案流動得不夠快，你想搶先閱讀對方鐫刻在心上的文字。不過在我繼續往下說之前，告訴我，那個常常從你嘴裡冒出來的『嗯哼，先生？』是什麼意思？這句話時常引誘我沒完沒了地一直說下去，我真不知道究竟是為什麼。」

「我的意思是——接下來呢？你是怎麼處理的？怎麼會發生這樣的事呢？」

「正是如此！那，現在你想知道什麼呢？」

「你有沒有找到你喜歡的人？你有沒有向她求婚？她怎麼答覆你？」

「我可以告訴你我有沒有找到喜歡的人，有沒有向她求婚，可是她的答覆還要看命運之書上將來怎麼寫。這十多年來我到處漂泊，輾轉住過好幾個國家的首都。我經常待在巴黎，有些時候在聖彼得堡，中間偶爾穿插羅馬、拿坡里和佛羅倫斯。只要帶著足夠的金錢和一本舊護照，我就能自由地選擇我的身分地位，沒有任何與我親近的社交圈能出面干預我的作為。我在英國仕女、法國尤物、義大利貴婦和德國女伯爵之間尋找我的意中人。可是我找不到她。有時候，在短短一瞬間，我認為我瞥見一個身影、聽見一個口吻、瞧見一個形體宣告我的夢想終於實現，但我馬上就醒悟那不是她。你不要以為我苦苦追求的，是心靈或外貌的完美。我只嚮往適合我的——和那個克里奧爾人正好相反的女子，不過到頭來仍落得一場空。儘管我從未如此自由，但過往那次不適合的婚姻在在警告我其中的風險、恐怖與憎恨。在我交往的這些對象當中，並沒有哪個女子讓我想向她求婚。失望讓我變得魯莽。我嘗試花天酒地，但是從來沒有沉湎於溫柔鄉，我厭惡透了那種事。這全都要歸功於我的印第安梅薩利納[7]啊！由於厭惡此事和厭惡她，對我產生了許多限制，即便在休閒玩樂時也是如此。任何縱情恣意的享樂都會讓我覺得靠近她與她的惡習，所以我迴避那些事。

「不過我也無法獨居，所以尋求起情婦的陪伴。我挑中的第一個情婦是席琳・瓦倫——讓男人回顧過往時忍不住唾棄自己的又一步錯誤。你已經知道她是個什麼樣的人，還有我和她的私通是怎麼終止的。在她之後，另外還有兩個繼任者：義大利女郎賈馨塔和德國女子克萊拉。她們倆都是眾人公認的大美女。幾星期後，她們的美貌對我而言有什麼意義呢？賈馨塔胡作非為又暴力，不到三個月我就厭倦她了。克萊拉誠實又文靜，可是她反應遲鈍、沒有大腦，是個冷血動物，絲毫不對我的胃口。我很高興能給她一大筆錢，讓她建立起一份不錯的事業，藉此名正言順地甩掉她。可是，簡，我看見你的臉上露出對我不以為然的表情。你認為我是個無情無義、沒有是非觀念的浪蕩子，對吧？」

「我確實不像之前的某些時刻那樣欣賞你，先生。就我看來，你似乎對於情婦一個換過一個的那種生活方式並不覺得有什麼錯。你談起這事的態度彷彿頗理所當然。」

「我並不喜歡那樣的生活，但當時我就是那樣過日子的。那是一種自暴自棄，我再也不想回到那種生活中了。包養情婦比購買奴隸好不到哪兒去呀，這兩種人的本性通常都比較卑劣，社會地位也總是比較低賤，和下等人親密地共同生活會讓人逐漸墮落。如今我恨不得忘了與席琳、賈馨塔和克萊拉共度的那段時光。」

我玩味著這些話當中的事實，並從中得到某些推論，那就是：假如我忘了自己的身分，忘了自己受過的教育，無論有任何藉口、任何理由、任何誘惑，只要我成為這些可憐女孩的繼任者，總有一天，他會用同樣輕蔑的態度看待我。我沒有把這個想法說出口，因為光是領悟到這一點就夠我受了。我把它牢牢銘記在心上，等遇到試煉時，就能請出它助我一臂之力。

「咦，簡，這時候你怎麼不說『嗯哼，先生？』了？故事還沒說完呢。你的表情看起來很沉重。我想，你還是不以為然。唉，讓我直接切入重點吧。去年元月，我受夠了這種毫無價值、漂泊孤獨的生活，因此我甩掉所有的情婦。接二連三的失望改變了我的性格。我變得性情乖戾，總是蓄意與所有人作對，尤其喜歡為難女性——因爲我開始認爲想找到一個聰慧、忠實、深情的女子，只是不切實際的幻想。爲了處理生意上的事務，我回到了英格蘭。

「在一個嚴寒冬日的午后，我騎馬來到看得見桑費爾德的地方，這個令我憎恨的地方！我不期待那裡有和平或歡樂。在乾草小徑的梯磴上，我看見一個安靜的小小人影獨坐在那兒。我毫不在意地經過她，就像走過她對面那棵截去了樹梢的柳樹一樣。我沒有預料到她對我會有什麼意義，我心裡並沒有響起聲音提醒我，主宰我人生動向的女子——我的善惡守護神，會以不起眼的外貌現身，在那裡等候。等到梅斯羅發生意外，她走過來莊重地詢問我是否需要幫忙，我還是沒有察覺此事。多麼稚氣又纖瘦的生物！那情景彷彿是一隻紅雀跳到我腳上，提議要用牠微小的翅膀載我飛行。我粗魯地拒絕了，但是那個東西不肯離開。她站在我旁邊，渾身散發出一股奇異的堅忍氣質，她的神情和語氣都帶有一種權威感。我需要援助，於是透過那隻手，我得到了幫忙。

「一等我把手搭在那瘦弱的肩膀上，某種前所未知的東西，一股新鮮的活力和感受偷偷傳遍我全身。幸好我得知她在下面那兒我的房子裡工作，這個精靈還會再回到我身邊，否則我肯定會懷著奇異的遺憾，感覺她從我手中溜走，看著她消失在昏暗的樹籬後方。簡，雖然你可能沒有發現我想著你、等著你，但那天晚上我一直留意你回家的聲響。第二天，你和阿黛爾在走廊玩耍時，我躲在暗處觀察你整整半小時。我記得那天下雪，所以你們沒法出門。我待在自己房裡，房門半掩，但我能聽見也能看見你們的動靜。表面上，阿黛爾占去你的注意力好一會兒，但我猜想你的思緒在別處晃蕩。儘管如此，我可愛的簡對阿黛爾還是十分有耐心，你花了好長一段時間跟她說話，逗她開心。等到她終於離開，你立刻陷入深深的白日夢。你在走廊上緩緩地來回慢步。偶爾經過某扇窗前，你會匆匆朝外瞥一眼那厚厚的飛雪，聆聽那嗚咽的風聲，然後再輕輕踱步，繼續作夢。我想那些白日夢不是黑暗的那種，因爲你的眼中偶爾會出現愉快的神采，你的臉上有種輕柔的興奮，毫無半點苦澀、不快、憂鬱的愁思。當你的心靈隨著希望的翅膀乘風而上，來到一處理想天堂，你的表情透露出幾分青春的甜蜜沉思。然而，費爾法斯太太在大廳對某個僕役說話的聲音喚醒了你。簡，當時你對自己露出的微笑與自嘲是多麼不尋常呀！你的笑容非常耐人尋味：感覺很尖刻，揶揄自己的癡心妄想。彷彿在說：『這些美麗的幻想確實都很棒，但我不可以忘記它們絕對不是眞實的。在我的腦海中，我擁有滿天彩霞和一座綠意盎然的伊甸園，但我心知肚明，在現實中，我腳邊有高低不平、難行的路得走，身邊聚集的是黑沉沉的暴風雨得面對。』你跑下樓，要求費爾法斯太太給你一點事情做，我想是編制每週的家計開銷帳之類的事。你離開我的視線外，讓我有點心煩意亂。

「我焦躁地等待傍晚到來，那時我可以招喚你來到我跟前。對我來說，你有一種不太尋常、我沒見識過的嶄新性格，我想要更深入地探索它，也想要更瞭解它。走進房間時，你的表情和神態既羞怯又有主見。你的衣著古樸雅緻，跟你現在的穿著差不多。我讓你開口說話，很快我就發現你這個人充滿奇怪的反差。你的服裝和行爲中規中矩，可你的神態卻時常缺乏自信。總之，你生性溫文有禮，但完全不習慣與人社交，所以你非常害怕因爲某些失禮的舉止或粗心的錯誤，讓自己成爲眾矢之的。不過當你發表意見時，你會抬起眼，熱切、大膽、犀利地直視交談對象的臉，而你的每一瞥都飽含有洞察與力量。當別人拋出緊追不捨的問題時，你總能找到急智且完美的回答。你很快就習慣我這個人。簡，我相信你可以感覺到，你和你冷酷又易怒的主人之間存在著某種共鳴，因爲我驚訝地看見，一種愉快的自在感立刻使你的舉止平靜了：儘管我氣急敗壞、大聲咆哮，你對我的壞脾氣卻一點也不驚訝、擔心、煩惱或不悅。你只是看著我，不時對我露出笑容，帶著一種我無法形容的、簡單卻睿智的優雅。看到這情形，我既滿足又興奮：我喜歡我看到的一切，而且希望有機會能看得更多。然而有好長一段時間，我刻意和你保持距離，很少找你作伴。我是個智識享樂主義者，希望能延長認識一個新奇又有趣的人帶來的這份滿足感。況且，我被一個縈繞不去的恐懼困擾了好一陣子。我擔心如果把花強摘下來，其盛開的花朵會因而枯萎，那甜美的新鮮魅力會一去不復返。當時我並不知道它才不是什麼轉瞬即逝的花朵，而是一顆光芒奪目、無法摧毀的寶石。再者，我想要看看如果我迴避你，你會不會倒過來追求我——可是你並沒有這麼做。你只是待在教室裡，像書桌和畫架一樣動也不動。如果碰巧遇見你，你會出於禮貌簡單打個招呼，隨後便快步通過。

「簡，在那些日子裡，你臉上總是掛著若有所思的表情，並不是無精打采，因爲你看起來不像是生病了，卻也不是輕鬆愉快，因爲你沒有期盼，也不是眞的快樂。我想知道你是怎麼看待我的，還有你是否曾經想起我。爲了找出答案，我又重新喚你來見我。你與我交談時，眼神中有種愉悅，舉止帶著親切。我看見你有顆喜歡與人交際的心，只是那靜默的教室、單調乏味的生活，讓你感到抑鬱。我准許自己享受對你好，友好的舉動很快就讓感情萌發：你的表情變得柔和，語調變得溫柔。我喜歡聽你的雙唇用一種感激、快樂的腔調念出我的名字。那個時候，我多享受和你會面的每一次機會！你的態度裡有種奇特的遲疑；你瞥向我的眼光中帶有微微的困擾，幾分徘徊不去的疑問。你不知道善變的我這次會出哪一招：我會扮演主人的角色，態度嚴厲苛刻？還是會扮演朋友的角色，既仁慈又和善？此刻的我已經太喜歡你，不忍用第一種身分對待你。況且，當我熱情友好地伸出手，那種容光煥發、滿面春風、欣喜若狂的表情就會出現在你年輕、渴望的五官上，我經常得費盡力氣，才能避免當場立刻把你擁入懷中。」

「先生，求你別再多談那些日子的事了。」我打斷他的話，偷偷從眼中抹去淚水。他這番話對我眞是一大折磨，因爲我知道自己必須做什麼，而且很快就會付諸實行，所以這些話舊憶往、這些眞情告白，只是讓我的工作變得更加困難。

「你說得對，簡，」他回答：「眼前的幸福這麼實在，未來的前程如此燦爛，有什麼必要老是想著過去呢？」

聽見這癡情的主張，我不禁發抖。

「現在你知道這件事的來龍去脈了，對吧？」他繼續說：「我的青壯年時期有一半時間陷在難言的痛苦中，另一半是在沉悶的孤獨中度過，到現在我才找到能眞心愛戀的對象——我找到了你。你是我的知己、我的良心、我的守護神，我注定要強烈地依戀你。我認爲你善良、有才華，又可愛，我心中懷有一股熱誠眞摯的感情，它情不自禁向你靠攏，讓我的心爲你傾倒，讓我的生存繞著你打轉，接著點燃純淨、強有力的火焰，將你我融合爲一。

「正是因爲我感受並認識到這一點，才決心要娶你。說我已經有了妻子是一種空洞的嘲弄，如今你知道我擁有的不過是一個可怕的惡魔。我不該瞞著你，可是我擔心你個性中那份頑固，我害怕早點說出口會讓你產生偏見，我希望能先確保自己擁有你，才冒險告訴你實情。我知道這樣做很懦弱，一開始我就該訴諸你的高尙情操與寬宏大量，一如我現在的作爲：開誠布公地告訴你我人生中的痛苦，向你描述我有多麼渴求遇見一個更高貴、更可敬的生命；我要讓你知道，在我被你專情地愛慕時，我也會專情地愛著你，這不是我的決心——多麼缺乏力量的一個詞——而是我無法抵抗的習性。接下來，我想求你接受我的忠貞誓約，也請給我你的。簡，求你現在就給我吧。」

一陣沉默。

「簡，你爲什麼不說話？」

我正經歷了一場試罪法[8]：一隻熾熱的鐵手抓住我的要害。這眞是可怕的時刻，充滿了掙扎、黑暗，還有難以忍受的燒灼！沒有人比我更渴望被愛，而愛我的他又是我極其崇拜的人，然而，我必須否認這份愛，否認這個偶像。我曉得只要一個悲哀的字眼就能涵蓋我眼前這難以忍受的責任——「離開」！

「簡，你知道我對你有什麼期望嗎？我只求你說出『羅契斯特先生，我會是你的』這句承諾。」

「羅契斯特先生，我不會是你的。」

好半天沒人說話。

「簡！」他重新開口，那溫柔的語氣令我心碎，那不祥的恐怖讓我的心冰冷如石。我曉得這種平靜的口吻是雄獅發威前的喘息。「簡，你的意思是我們從此就各過各的，我們的世界再也沒有關聯了，是嗎？」

「是的。」

「簡，」他彎腰擁抱我，「你現在還這樣想嗎？」

「是的。」

「那現在呢？」他輕柔地吻過我的額頭和臉頰。

「是的。」我迅速徹底地掙脫他的束縛。

「喔，簡，這太狠心了！這……這太罪惡了。愛我不會是什麼罪惡的事！」

「順從你，就犯了罪。」

一種瘋狂的神情掠過他的臉龐，使他揚起眉毛。他站起身，但沒有立刻動怒。我把手放在一張椅背上，尋求支持。我猛打哆嗦，我感到害怕與畏懼，但我已下定決心。

「等一下，簡，如果你走了，我的人生會有多麼可怕：所有的幸福快樂全都隨你離去，我還剩下什麼呢？我的妻子就剩樓上那個瘋女人，那你倒不如叫我去找墓地裡的屍骸當妻子吧！簡，未來我該怎麼辦？我該上哪兒找一個伴，我該上哪兒尋找希望呢？」

「像我一樣，信靠上帝和自己。相信天國，期盼我倆能在那兒重逢。」

「所以你不會讓步？」

「不會。」

「所以你宣判我得活著受罪，死了還得受詛咒？」他的音調提高了。

「我勸您要活得清清白白，同時我希望您能死得問心無愧。」

「所以你要從我這兒奪走愛與純眞，把我丟回去走老路，拿縱慾當愛情，用作惡當消遣嗎？」

「羅契斯特先生，我並沒有把這種命運指派給您，就像我自己也不願抓住這種命運。可是人活著本來就是要吃苦、奮鬥，您我都一樣。您會在我忘記您之前先忘了我的。」

「你這番話是把我當成騙子，你玷污了我的名聲。我宣稱自己不可能變心，但你卻當面告訴我，我很快就會改變。更何況，你的行爲證明了你的判斷扭曲失眞，你的想法不近情理！相較於只是違反某條人類法律，但沒有人因此受傷，難道把人逼上絕路比較好嗎？畢竟你又不必擔心有親戚或熟人會因爲你與我同居而感覺受到冒犯。」

這倒是眞的。經他這麼一說，我的良知和理性變成叛徒，與我作對，指控我若抗拒他，就是犯罪。它們的嗓門和感情一樣大，瘋狂地叫囂：「噢，答應他吧！」它說：「想想他的不幸遭遇，想想他冒了多大的風險。如果你扔下他，想想他會有什麼下場？別忘了他輕率魯莽的本質，考慮一下隨絕望而來的不顧一切——安慰他、拯救他、愛他吧，告訴他你愛他，告訴他你會是他的。這世界上有誰在乎你？你這麼做又有誰會受傷？」

然而我的答覆依舊剛強不屈。「我在乎我自己。愈是孤單、愈是沒有朋友、愈是無依無靠，我就愈是尊敬自己。我會遵循由上帝制定、人類執行制裁的律法。我會奉行我神智清明而非瘋狂時所理解的原則，我現在就是瘋了。律法和原則並不是爲了沒有試煉的時刻而設立，相反的，它們正是爲了這種時刻，當身體和心靈起身反叛它們的嚴厲之時而存在。儘管它們很嚴厲，卻是不容侵犯破壞的。如果只爲了我個人的方便就任意破壞它們，那麼它們的價值何在？它們是有價值的，所以我一直深信不移。如果此刻我不能相信它，那就是因爲我瘋了——非常瘋狂的程度，血管像是著了火，心臟跳得飛快，讓我來不及數算它的跳動。此刻在我手邊隨時待命的，就是原定的想法和事前的決定，那便是我的立場。」

我這麼做了。羅契斯特先生揣摩著我的表情，他看見了我的決定。他的怒氣飆升至最高點！不管後果會是什麼，他現在非要發洩一下不可。他走過來抓住我的手臂，攬住我的腰。他灼熱的眼光目不轉睛地盯著我瞧，那一刻，肉體上的我感覺全身無力，彷彿暴露在熱風與烈焰下的小草；但是精神上的我依舊保有靈魂，有了它，就能確定最終的安全。幸運的是，眼眸能忠實傳達靈魂的意志。我抬起眼注視他的眼，看著他惡狠狠的神態，讓我不自覺嘆了口氣。他抓得我好疼，我透支的力量幾乎快要用盡。

「不會吧，」他咬牙切齒地說：「從來沒看過有人這麼脆弱，同時卻又這麼不屈不撓。她在我手中，感覺就像是一枝蘆葦！」他抓住我用力搖了搖，「光用食指和大拇指，我就能把她折成兩段。只不過，我折斷、撕碎、壓壞她，能有什麼好處呢？你瞧瞧那雙明眸，你仔細端詳藏在那裡頭，不住朝外張望的那個堅決、狂熱、自由的東西，那個東西不只靠著勇氣，還有必勝的決心反抗我。不管我怎樣對付它的牢籠，都逮不到它——那個野蠻又美麗的生物！如果我扯開、撕碎那纖細的樊籠，我的暴行只會使那囚徒逃脫。我或許是這間房子的征服者，但是在我能自稱占有了這間泥土房子之前，其中的居民卻早已逃往天堂。我想要的是你的心，包括意志和活力，美德和貞潔，而不只是你脆弱的軀體。如果你願意，你可以乘著柔軟的飛羽，降落在我心上；如果用蠻力逼你就範，你會像一縷馨香散逸在空氣中——在我來得及嗅聞你的芬芳前，你就會消失無蹤。唉，簡，來吧！來吧！」

他邊說邊放開緊抓住我的手，只是凝視著我。那眼神比先前的瘋狂緊抱更讓我難以抗拒，儘管如此，只有笨蛋才會在此刻乖乖束手就擒。我已經放膽戰勝他的憤怒，現在我得躲開他的憂傷，於是我退向房門口。

「簡，你要走了嗎？」

「我要走了，先生。」

「你現在要離開我？」

「是的。」

「你不願意來嗎？你不願意做安慰我、解救我的人嗎？我的深深愛戀，我的強烈痛苦，我手足無措的禱告，這些對你來說全都沒有意義嗎？」

他的聲音當中隱含著說不出的感染力！想要堅定地再說一次「我要走了」是多麼地艱難。

「簡！」

「羅契斯特先生！」

「好吧，你走吧——我同意。但是別忘了，你把我留在這裡飽受煎熬。上樓回去你的房間吧。想一想我說的話，簡，看一眼我的痛苦，想想我吧。」

他轉過身，把自己的臉埋在沙發當中。「喔，簡！我的希望，我的愛，我的命！」我先是聽見他的嘴裡吐出這些苦悶的字句，接著聽見一陣低沉、強烈的啜泣。

當時我已經走到門邊，但是讀者哪，我又走了回去，像我告退時那樣堅決地走回去。我跪在他身邊，把他的臉從沙發上轉向我，我親吻他的臉頰，用手順了順他的頭髮。

「願上帝保佑您，我親愛的主人！」我說：「上帝使您免於受傷犯錯。祂指引您，安慰您，祂會獎勵您過去善待我。」

「親親小簡的愛就是我最好的獎賞，」他回答：「少了它，我會心碎。可是簡會給我她的愛。嗯，沒錯，她會高尚大度地給我她的愛。」

他的臉迅速恢復血色，他的眼神再度閃耀光芒，他彈跳站起身，張開雙臂，但是我躲開這個擁抱，同時立刻走出房間。

離開他的時候，我的心裡大喊著：「再見了！」絕望也來加油添醋，「永別了！」

＊　　＊

那天晚上我本來沒打算要睡的，沒想到一躺在床上，便墜入了夢鄉。在夢中，我彷彿又回到了童年時的場景。我夢見自己躺在革特謝德府的紅房裡，夜很深，我心裡頭意識到一種奇怪的恐懼，很久以前曾讓我頓時陷入昏厥的那道光線又出現在這裡，它用滑行的方式爬上了牆壁，顫抖地停頓在黑暗朦朧的天花板正中央。我抬起頭張望，屋頂化為雲霧，又高又昏暗。即將破霧而出的月亮在雲霧上透出微微光亮。我懷著最奇怪的企盼看她走來，彷彿她的圓盤上寫有某種命運的諭示。她破雲而出的方式前所未見：一隻手先穿過烏黑的雲層，把它們推開；接著，不是月亮，而是一個白色人形在碧空中閃耀，皎潔的前額俯向大地。它望著我，凝視著我，對我的靈魂說話，雖然聲音從很遠的地方傳來，聽起來卻彷彿近在身旁。它在我心底耳語：「我的女兒，快快離開這誘惑。」

「我會的，媽媽。」

我從這出神般的夢境醒來時，嘴裡念著這樣的回答。這時夜未央，但七月的夜很短，午夜過後不久，黎明就來了。我心想，「我得早點收拾收拾。」於是我爬起來，發現自己老早穿好衣服，原來是睡著前我只來得及脫了鞋。我曉得衣櫃抽屜的哪個地方有幾件亞麻衣裳，一條相盒墜鍊，還有一枚戒指。張羅這些物品時，我偶然觸碰到一條珍珠項鍊的珠子，是幾天前羅契斯特先生強迫我收下的那條項鍊。我留下它，那不是我的，它屬於那個融化在空氣中的幻影新娘。我把其他物品收拾成一個小包袱。我的錢包裡頭有二十先令（是我全部的財產），我放進口袋裡，繫緊草帽的帽帶，用別針固定好披肩，拿起那個包袱和我還不想穿上的便鞋，悄悄走出我的房間。

「再會了，慈祥的費爾法斯太太！」當我靜靜走過她的房門，我低聲說道。「再會了，我的寶貝阿黛爾！」當我用眼睛掃視兒童室，我輕聲說著。我承認我很想進去抱抱她，但是我必須騙過一雙靈敏的耳朵，因爲我知道此刻它可能正側耳聆聽。

我應當快快通過羅契斯特先生的房間，不做任何停頓，誰知到了那關頭，我的心跳卻突然停止，害我的腳也不得不停下來。那裡頭毫無睡意，房裡的人坐立不安地來回走動。我聽見他一再嘆息，如果我願意，這個房間裡有我的天堂，至少是個臨時的天堂，只要我走進去，說：「羅契斯特先生，我願意愛你，這一生都和你一起生活，至死方休。」然後一股狂喜就會湧入我的口中。我想起這一點。

那個寬容的主人此刻無法安眠，只能焦急等候白晝的到來。早晨的時候，他會派人去叫我，但那時我已經走得遠遠的。他會四處尋找我，但那只是白費工夫。他會覺得自己被遺棄，他的愛被拒絕了，他會因此受苦，也許還會鋌而走險，做出什麼瘋狂的事。我也想過這一點了。我的手伸向門鎖，我把它抓了回來，繼續悄悄前行。

我頹喪地走下樓。我知道自己該做什麼，而我機械式地進行它。我摸索著廚房側門的鑰匙，另外翻找起是否有一小罐油和一支羽毛。我用油潤滑了那把鑰匙和那個門鎖。我帶了一點水，拿了一些麵包，因爲也許我得走上好長一段路。我的身心雖然動搖得很厲害，但不可以瓦解。我做這些事的時候，沒有發出半點聲響。我開門，走出去，輕輕關上門。微弱的曙光灑在院子裡。莊園的大門緊閉，還上了鎖，但其中一扇便門只是閂著。我從那扇小門走出去，順手把門掩上。此刻，我站在桑費爾德莊園外。

一哩外，在這片原野的另一側，有條路朝著和米爾科特相反的方向延伸。我從來沒有踏上那條路，但是我經常留意到，心裡揣想著不知它通往何處。這時我踩著步伐往那裡去。現在已不能反悔，不能回頭張望，但是我也不想向前看。我不想思考過去，也不想展望未來。過去的這一頁人生是如此美好甜蜜、如此徹底悲哀，只消展讀其中一行，就能瓦解我的勇氣，擊潰我的幹勁。未來的那一頁人生是駭人的空白，恍如受到洪水侵襲過後的世界。

我沿著原野、樹籬和小徑的邊緣走，直到旭日東升。我相信這是個迷人的夏日清晨。離開那座宅第時，我才穿上鞋子。我知道我的鞋子不久就會被露水濕透，但是我沒有注意冉冉上升的太陽，含笑的天空，或逐漸甦醒的大自然。凡是被帶到戶外，準備送往斷頭台行刑的人，在穿越一片美景時，他想的不是路旁盛開的花朵，而是斬首用的墊頭木與斧頭邊，分離的骨頭與靜脈，還有最終的墓穴開口。而我想的是悲傷陰鬱的逃脫和無家可歸的漂泊——噢！我痛苦地想著被我拋下的一切。我控制不住自己。我想到他此刻在自己的房間裡看著日出，滿懷期盼我很快會走進房間，說我願意留下來成為他的伴侶。我渴望成為他的伴侶，我渴望回頭，現在還不會太遲，我可以免除他承受失去摯愛的椎心之痛。我很肯定，到目前為止，我的逃離還沒有被人發現，我可以回去當他的安慰者、他的驕傲，把他從悲慘，也許是從一無所有中救出來的救星。噢，我擔憂他自暴自棄遠勝過擔憂我自己——瞧它如何百般折磨我！它是一支射入我胸膛的帶倒刺的箭，只要我嘗試用力拔出，它就會扯開我的皮肉，當回憶將它推入胸膛更深處，它讓我備加難受。鳥兒開始在草叢與矮林間啼唱：鳥兒忠於自己的伴侶；鳥兒是愛情的象徵。那我是什麼呢？在無比心痛與努力維護原則的中間，我憎恨我自己。我無法從自我滿足當中得到安慰，就連自尊心也不能安撫我。離開我的主人讓我的身心都受到重創。在我自己的眼中，我可恨至極。儘管如此，我仍無法轉身，也無法沿原路折返。上帝一定是要引導我繼續向前吧，至於我自己的意願或內疚，慷慨激昂的悲傷已經踩碎了一個，同時悶死了另外一個。我沿著孤獨的道路踽踽前行，哭得死去活來。我愈走愈快，愈走愈快，像個精神錯亂的人。一陣虛弱從內心開始擴展到四肢，突然間控制住我，於是我跌倒在地。我的臉壓在潮濕的草皮上，我在地上躺了好幾分鐘。我有點害怕，也有點希望自己會死在這裡，但是我很快撐起身，用雙手和膝蓋繼續向前爬行，接著再靠我的雙腳站起來，如同往昔那樣熱切、那樣堅決地重新回到路上。

等我回到路上，不得不坐在樹籬下休息一會兒，這時我聽見車輪轉動的聲音，看見一輛馬車接近。我站起來舉起手，車子停了下來。我問馬車要往哪裡去，車夫說了一個遠方的地名，我確定羅契斯特先生沒有親戚住在那裡。我問他載我到那兒的車資是多少錢，他說三十先令，我說可是我只有二十先令——好吧，他會盡量設法，看看能不能載我到那個地方。他還允許我坐進車廂內，因為裡頭半個人也沒有。我坐了進去，關上車門，馬車繼續前行。

親愛的讀者，希望你永遠不會體驗到我當時的感受！希望你的雙眼永遠不會像我的，流下那樣猛烈、滾燙、傷心的淚水。希望你永遠不會像我當時那樣絕望、那樣痛苦地在禱告中向上帝懇求。希望你永遠不會像我一樣，擔心自己害了摯愛的人。

譯註：

1語出《新約聖經‧馬太福音》第五章第二十八至三十節，大意爲若右眼與右手使人作奸犯科，便寧願割除，不教全身下地獄。暗指簡‧愛此時已曉得，如果自己現在嫁給羅契斯特先生，不僅犯了重婚罪，也犯了姦淫罪。

2這個故事出自《舊約聖經‧撒母耳記下》第十二章第三節。是大衛犯下奪人之妻的罪之後，先知拿單告訴他的一則寓言。

3典出《舊約聖經‧約書亞記》第七章。亞干在耶利哥戰役得勝後，因貪愛錢財物質，違反上帝的曉諭，將奪來的財物私藏在自己的帳棚中。上帝震怒，命眾人用石頭將亞干和他的家人打死。此外，砸石處死也是通姦罪常見的刑罰。

4箭毒木（upas tree），全世界木本植物中最毒的一種樹，學名叫 Antiaris toxicaria，又名「見血封喉」。生長在熱帶地區。其樹皮的乳汁中含有多種有毒物質，一旦經傷口流入血液，只需極少量，便能在極短時間內使生物死亡。據說其毒性能使周遭其他生物死亡。

5這裡暗指貝莎‧羅契斯特是個女巫，因爲巫使（familiar）是聽從女巫指示，執行女巫命令的一種妖精或惡魔。

6有句英國俚語說「瘋如三月兔」（mad as a March hare），是指每年三月的繁殖季，爲了成功配對，平時膽小敏感的野兔會有許多大膽行爲。因此，行事衝動且難以預料的人經常會被冠上「三月兔」的稱號。而三月也就跟瘋狂、不按牌理出牌等意思劃上等號。

7梅隆利納（Valeria Messalina, 17-48），羅馬皇帝克勞狄烏斯的第三房妻子，以淫亂陰險聞名。

8試罪法是一種審判方式，用沸水、烈火等考驗被告，以判別此人是否有罪。

Chapter 28

第二十八章

兩天過去了。這是個夏日傍晚，馬車夫讓我在一個叫惠特克洛斯的地方下車。憑我付給他的那點車資，他沒辦法載我到更遠的地方了，偏偏我身上再沒有半毛錢。這個時候，馬車已經離開了有一哩遠，只留下我孤零零的一個人。突然間，我發現自己忘了隨身的包袱，把它留在馬車的置物箱中。當初是爲了安全才放進那裡頭去，結果現在卻被遺留在那兒，它肯定還在那兒。如今我眞的是兩手空空，一貧如洗了。

惠特克洛斯不是什麼城鎭，連小村莊都算不上，只不過是一根石柱，立在四條路的交叉口，刷成白色，遠遠就看得見。它的頂端伸出四塊指路牌，從上面的文字看來，最近的城鎭距此有十英里遠，最遠的城鎭甚至超過二十英里。一看見這些熟悉的城鎭名字，我大概知道自己身在何方：英格蘭中部偏北的某個郡。放眼望去，附近滿是荒原，四周都是山。在我背後和左右兩側全是大片的荒野，在我腳底下的深谷之外是群山形成的波峰。這裡的人口必定很稀少，因爲我在這些道路上看不見任何往來的行人。這些道路分別往東、南、西、北延伸出去——又寬又白，人跡罕至；它們全都穿越荒地，路旁的帚石楠長得又濃又密。也許會有路人恰巧經過，可我現在不想被任何人看見。陌生人看見我在指路牌附近徘徊逗留，不知所措，便曉得我迷了路。人家可能會問我，但我除了聽來難以置信的回答，說不出什麼好答案，這可能會引發更多猜疑。此刻，我和人類社會絲毫沒有關聯，其他人類群居的地方對我沒有吸引力，也沒有希望；就算他們看見我，也不會產生什麼友善的念頭，或者希望我一切順利美好。我沒有親人，只有萬物之母大自然，我會投奔她的懷抱，好好歇息一晚。

我直直走入帚石楠中，一個凹陷處吸引了我的目光，它在棕色荒原中形成一道深刻的溝。我費力地走過及膝深的濃密草叢，順著拐彎處轉彎，在隱蔽的角落找到一塊覆滿黑色苔蘚的花崗岩，我在岩石下方席地而坐。荒原高聳的土坡環繞著我，巨石保護著我的頭部，天空就在它的上方。即使在這裡，我也要等過了好一會兒，才感覺平靜下來：我心底有種模模糊糊的恐懼，害怕野生牛隻可能在附近，擔心獵人或盜獵者可能會發現我。如果有陣狂風掃過荒原，我會抬起頭，擔憂那是一頭公牛的快跑蹄聲；如果某隻珩鳥啁啾鳴叫，我會想像那是人發出來的聲音。慢慢地，我發現自己的疑懼只是捕風捉影，等到夜幕低垂，深沉的寂靜籠罩四周，我的心也隨之平靜，這才有了信心。到目前爲止，我什麼也不想，只是聆聽、觀看、畏懼，此刻的我終於恢復思考能力。

我該怎麼辦？我該往哪兒去？噢，這些問題眞是讓人無法忍受！眼看此刻我什麼也不能做，哪兒也去不了；眼看我得用疲憊顫抖的四肢走上好長一段路，才能抵達人類聚居的地方；眼看我得再三懇求別人大發善心，才有可能得到棲身之所……在有人願意聆聽我的故事，願意給我點吃的喝的之前，得不斷強求別人施捨同情，而且幾乎可以確定會遭到回絕！

我觸摸帚石楠，摸起來乾乾的，還殘留著夏日熱氣的餘溫。我凝視天空，一片澄淨，有顆慈愛的星星正在天際眨眼。露水落下，帶著慈悲的柔軟；沒有微風低語。大自然待我很慈祥，雖然我無家可歸，但我想她是愛我的，於是從人類那裡只能得到猜疑、拒絕和侮辱的我緊緊依偎她，像子女渴求父母的愛。至少今夜，我會是她回家作客的孩子，我的媽媽會安頓我，不收一毛錢，這份感情珍貴無價。我還有一小塊麵包，是中午剩下的。那時路過一個小鎮，我用身上最後一枚硬幣，流浪的一分錢，買了一個小圓麵包。我看見帚石楠叢中有許多成熟的山桑子微微發光，彷彿荒原中的黑色珠玉，遂採了一把，配著麵包吃下肚。我原本餓得發慌，現在就算還不滿足，這頓隱士的餐點也多少起了安撫作用。用完餐後，我做了晚禱，隨後選了個地方充當睡榻。

巨石旁邊的這個帚石楠叢又深又寬，我一躺下，雙腳全部埋進裡頭。四周高高隆起，只剩一道狹長的空間能讓夜風湧入。我把披肩對折，披在身上充當被子，而地上一處低矮、生苔的隆起是我的枕頭。我把自己安頓好，至少在這個夜晚剛開始的時候，我並不覺得冷。

如果不是我哀傷的心破壞了一切，我原本可以安安穩穩休息的。它哀傷地哭訴自己皮開肉綻的傷口，血流不止的內心，四分五裂的心弦。它為羅契斯特先生和他的厄運焦慮顫抖，它帶著苦澀的遺憾為他哀嘆，它帶著無盡的渴望索求他，儘管它就像雙翅折翼的鳥兒那樣無能為力，它仍舊輕輕抖動翅膀尖端，徒勞無功地四處尋找他。

這麼人的思緒讓我筋疲力竭，我起身跪坐。夜色降臨，屬於夜晚的星體早已高掛天空，這是個平安寂靜的夜晚，安詳得與恐懼無緣。我們知曉上帝無所不在，但是當祂的工作以最大規模展現在我們眼前時，我們最能清楚感受到祂的臨在。在這無雲的夜空中，祂創造的世界循無聲的軌道轉動運行，我們可以在那當中清楚地領悟祂的浩瀚無限，祂的全能，祂的無所不在。我跪著為羅契斯特先生禱告。抬起頭，矇矓的淚眼看見了巨大的銀河，想起它是什麼——想到那兒有無數星系像一道淡淡的光痕掃過太空，我感受到上帝的權能和力量。我確定祂的效能會保全祂所創造的，我越來越確信地球不應毀滅，而它珍愛的靈魂也不應毀滅。我的禱告轉而感恩上帝的賜福：生命的源泉也是靈魂的救星。羅契斯特先生安全無虞，因為他屬於上帝，一定會受到上帝的庇佑。我再次舒適地躺在山丘的懷抱中，沒多久便墜入夢鄉，忘卻悲傷。

第二天，蒼白又赤裸的貧困馬上奔來找我。此時，清晨拖長的陰影慢慢縮短，陽光逐漸籠罩大地，鳥兒早就離巢覓食，蜜蜂趁著露水未乾、晨光正好的時候，前來收集帚石楠蜂蜜，我坐起身，環顧四周。

多麼寧靜、炎熱又美好的一天！這片遼闊的荒原根本是一座金色沙漠！到處充滿了陽光，但願我能在它的地底或地表生活。我看見一隻蜥蜴跑過巨石表面，一隻蜜蜂在甜美的山桑子間忙進忙出。此刻，我很樂意變成蜜蜂或蜥蜴，永遠躲在這裡，偏偏我是個人類，有人類的各種需要，不能逗留在無法滿足這些需要的地方。

我站起來，回頭看看我剛離開的那張床。我感覺前途無望，真希望昨晚我睡著時，造物主決定把我的靈魂收回去，這副疲倦的軀體能因死亡而不必與命運繼續搏鬥，只消靜靜腐朽，漸漸混入這片荒野的土壤中。然而，我還擁有生命，伴隨著所有必要條件、痛苦，還有責任。重擔必須被承載，需要必須被滿足，痛苦必須被忍受，責任必須被履行。我出發了。

回到惠特克洛斯的時候，豔陽高照，我選了一條背著太陽的路走，已經無心考慮其他條件了。我走了很長一段時間，等到我自認已經走得夠遠，可以心安理得地向幾乎征服我的疲勞屈服，可以暫停這個勉強的行動，在路旁的石頭上坐下，任憑自己的心與肢體完全麻木——這時我聽見一聲鐘響，一聲教堂的鐘響。

我轉向傳來聲音的方向，就在那裡，就在一小時前我早已停止注意其變化與外觀的浪漫群山間，我看見一個小村莊和一座教堂尖頂。我右手邊的這片山谷滿是牧草地、麥田和樹林，一條閃閃發亮的小溪以閃電形流淌過形形色色的綠蔭、成熟的麥田、昏暗的樹林，還有純淨又陽光燦爛的草原。轆轆的車輪聲從我前方這條路上傳來，我回過神來，看見一輛滿載物品的馬車吃力地爬上山坡，距離那輛馬車不太遠的地方有兩頭牛和牠們的牧者。人類生活與勞動近在咫尺，我必須繼續努力，拚命活下去，像其他人一樣彎腰勞作。

大約下午兩點鐘，我走進了這個村莊。在此處，唯一一條街的街底有間小店，櫥窗裡展示著幾塊麵包。我覬覦任何一塊麵包，吃下那塊點心，或許我就能恢復一點體力；少了它，這一天實在很難捱下去。一回到人群中，那種想要擁有一些力氣和活力的念頭馬上就回來了。我覺得在一座小村落的人行道上因爲飢餓而昏倒，是一件很丟臉的事。我身上難道沒有什麼東西可以用來交換其中一塊麵包嗎？我盤算著：我的脖子上綁著一條絲質小手帕，我還有一雙手套。我不知道極度窮困的人是怎麼過日子的。我不知道這些物品究竟會不會被接受？也許不會，但是我必須試試看。

我走進店裡，有個女子在裡頭。看見一個穿著體面的人，她假定對方是位淑女，客氣地上前招呼我。有什麼她能爲我效勞的嗎？羞愧突然控制住我，我的舌頭無法說出原先準備好的請求。我不敢拿半新的手套和有摺痕的手帕賣給她，畢竟，那個提議太荒唐了。最後我只求她允許我坐一會兒，因爲我好累。原本以爲貴客上門的期待落空，她冷淡地答應我的請求，指了指一張座椅。我整個人陷入椅中，心裡冒出大哭的衝動，但是我意識到這樣的行爲有多麼不得體，只能竭力壓抑。過了一會兒，我問她：「村子裡有女裁縫師或做做一般針線活兒的女人嗎？」

「有的，兩三個。事情剛好夠她們忙。」

我想了想，現在我不得不切入要點了。我被迫正面面對我的基本需求，我處在一個沒有資源、沒有朋友、沒有半毛錢的境地上，我一定要做點事情。什麼事呢？我必須向某個地方應徵工作。但哪裡有工作呢？

我問她知不知道附近有哪戶人家在找僕人？——不，她不清楚。

這個地方的主要商業活動是什麼呢？大部分的居民從事什麼工作呢？——有些是農夫，很多人在奧利佛先生的製針工廠，還有鑄造廠工作。

奧利佛先生會僱用女性嗎？——不會，那是男人的工作。

那女人都做些什麼？

「我不知道，」她回答：「有人做這個，有人做那個。窮人總得設法過日子呀。」

她似乎厭倦了我連珠砲似的問題。說眞的，我有什麼權利一直纏著她，煩她呢？有幾個鄰居走進店裡，有人顯然想坐我那張椅子。我該走了。

我沿街往前走，邊走邊觀察左右兩邊的房子，但是我找不到任何藉口，看不出任何誘因，能走進任何一間房舍。我在村裡四處漫步，有時往前走一小段路後折返，就這樣來來回回耗了一個多小時。我筋疲力竭，而且非常飢餓，很想吃東西。我轉進一條小巷，坐在樹籬下，很快幾分鐘就過去了。接著我站起來，再次展開搜尋有無某種得救的希望，或至少有人爲我指點迷津。小巷的盡頭有間漂亮的小屋，屋前有座花園開滿了花，整理得精緻整潔。我在屋子前面停下腳步，我有什麼事可以接近那扇白色大門，或者碰觸那閃閃發亮的門環呢？有什麼方法能讓住在那房子裡的人有興趣幫助我呢？猶豫了半天，我還是上前敲門。一位神情和善、衣著整潔的年輕女子來開門，我用有氣無力的聲音——你可以預料一個滿懷絕望，身體又虛弱得快要昏倒的人會發出的那種聲音——結結巴巴地請教對方，這裡缺僕役嗎？

「不，」她說：「我們不請傭人。」

「你可以告訴我，哪裡能找到任何形式的工作嗎？」我繼續問道。「我從外地來，在這裡沒有熟人。我想要找工作，不管什麼工作都好。」

不過，爲我設想或幫我找地方落腳都不關她的事，而且在她眼中，我的品德、處境、來歷必定非常可疑。她搖搖頭，說她很抱歉，無法提供我任何資訊，那扇白門接著便非常溫柔、非常有禮地關上了，將我完全排除在外。如果她晚一點才關門，我相信我會開口求她給我一片麵包，因爲這時候我已經餓得前胸貼後背了。

我不想再回到那個勢利的村落去，反正去了也得不到援助。我本來比較嚮往離開正路，走到前面那片看起來不很遠的樹林裡歇一歇，濃密的樹蔭似乎能提供誘人的庇護處所；但我感覺身體很不舒服、很虛弱、被生物自然的渴望折磨得快不成人形，本能驅使我繼續在人類住所附近徘徊，因爲這裡才有可能取得食物。當飢餓這頭兀鷲用尖喙與利爪攫住我的身體，獨處不可能得到眞正的孤獨，休息也談不上眞正的安歇。

我靠近那些人家，又遠離，然後再次回來，接著又踱步走開。我總是自覺沒有資格請求，沒有權利期待別人對我孤零零的命運感興趣，於是退縮不前。就在我像隻迷路餓犬四處打轉時，下午的時光已逐漸消逝。跨越一片田野後，我看見教堂尖塔就在眼前，我急忙趕上前去。在教堂墓地旁，一間堅固但不大的房子矗立在一座花園中央，我確定那是教區牧師的住所。我想起外地人來到一個沒有朋友的地方，或是想找工作，有時候會拜託牧師幫忙引介。幫助那些想要自助的人，至少提供諮詢，乃是牧師的天職。我似乎有權在這裡尋求建議，於是我鼓起勇氣，振作精神，努力走向前。我走到那間房子前，敲了敲廚房的門。一位上了年紀的婦女打開門，我請教她這裡是不是牧師公館？

「沒錯。」

「牧師在嗎？」

「不在。」

「他很快就會回來嗎？」

「不會，他出門了。」

「牧師去很遠的地方嗎？」

「不算太遠，就在三哩外。他的父親突然過世，他回去奔喪。此刻他人在沼止居，可能會在那裡待個十四天左右。」

「屋子裡還有其他的女士在嗎？」

沒有其他女人，就只有她，而她是管家。親愛的讀者，這時我雖然快要體力不支，卻還不肯乞討，我可拉不下臉來求她賞我一點吃的喝的，最後只好拖著腳步慢慢走開。

我再一次取下手帕，再一次想起那家小店的麵包。噢，就算是一片麵包皮也好！哪怕只有一口，也能減輕飢餓的劇痛！出於本能，我又朝那個村落走去。我再次找到那家店，走了進去。儘管當場還有其他人在，我還是大膽地向那位女士提出請求，「我可以用這條手帕換一塊麵包嗎？」

她帶著顯而易見的猜疑看著我。「不，我從來沒有那樣做生意的。」

我幾乎完全絕望，再問能否換半塊麵包就好。她再次拒絕，並說她怎麼知道我是打哪兒弄來那條手帕的呢？

「你願意收我的手套嗎？」

「當然不願意！我要手套做什麼？」

親愛的讀者，老是想著這些細節不是什麼愉快的事。有人說，回顧過去的痛苦經驗是一種享受。但是直到今天，我還是很不願意回想這段往事：融合了生理痛苦的道德墮落形成了煎熬的回憶，使我不想再提起。我不怪那些回絕我的人。我認爲那種狀況是可以預期的，而且那種狀況本來就得不到他人協助：一個尋常的乞丐原本即是經常受人懷疑的對象，更別提一個衣冠楚楚的乞丐了。確實，我祈求的是一份工作，但是提供我一份工作與他們何干？尤其當時他們才第一次見到我，又不清楚我是個怎樣的人。至於不願意讓我用手帕換麵包的那個女子，喔，她是對的——如果她認爲那個提議似乎不太對勁，或者那項交換無利可圖，有這般反應亦是合情合理。讓我簡單扼要地說說就好。我恨透了這個話題。

當天黑之前，我經過一間農舍，農夫坐在敞開的門內吃麵包和起司當晚餐。我停下腳步，說：「你可以分我一片麵包嗎？因爲我肚子好餓。」他驚訝地看著我，沒有說半句話，從自己的那條麵包上切了厚厚一片拿給我。我想，他可能不認爲我是乞丐，只不過是個行爲古怪的女子，剛巧看中了他的小麥麵包。等到我走得夠遠，已經看不見他的房子，我立刻坐下來吃麵包。

我不期待能在某個屋簷下或樹林中找到落腳處，但是這個夜晚很難熬，我想好好睡一覺都不容易，地面潮濕，氣溫又低，而且不止一次有人闖進我的歇息處，走過我的附近，逼得我得不斷轉移陣地，卻沒有一個地方讓我感到安全和穩定。天快要亮的時候下起了雨，接下來的一整天雨都下個不停。親愛的讀者，請別要求我詳述那天的情況。就像之前一樣，我四處找工作；就像之前一樣，我四處碰壁；就像之前一樣，我挨餓受飢；不過我確實嘗到一次食物的滋味。那是在一間小屋門口，我看見一個小女孩正要把一碗冷粥倒進豬槽裡，我問她：「可以把那個給我嗎？」

她盯著我瞧，回頭朝屋裡大喊：「媽媽！有個女人要我把粥給她！」

「好啊，小姑娘，」屋內有個聲音回答說：「如果她是乞丐，就送給她吧。反正那頭豬根本不想吃。」

女孩把那碗濃稠凝固的東西倒進我手中，我狼吞虎嚥，隨即吃個精光。

當潮濕的暮色漸深，我在一條偏僻的馬道上停下腳步，我已經在那上頭走了一個多小時。

「我的體力已經不行了，」我自言自語道：「我沒辦法再往前走。難道今晚還是得露宿荒野嗎？雨下得這麼大，我還得躺在又冷又濕的地上嗎？唉，我恐怕別無選擇吧，畢竟又有誰會收留我呢？可是飢餓、暈眩、寒冷，再加上孤寂，這種絕望的心情實在好可怕，說不定我捱不到明天的早晨。爲什麼我不能和死亡妥協呢？爲什麼我要奮力維持這個毫無價值的人生呢？因爲我知道，或者說我相信，羅契斯特先生還活著，我不甘心就這樣挨餓受凍而死。噢，上帝啊！求祢讓我活得久一點！幫助我！指引我！」

我呆滯的目光在昏暗模糊的風景中來回逡巡。我看見自己已經遠遠偏離了那個小村莊，幾乎就要看不見它了。環繞村莊的那些農務耕作已經消失在視線外。我走過縱橫交錯的道路與偏僻小徑，再次接近這片荒原地帶。此刻，橫在我和那座黝黑小山之間的，只有寥寥幾片田地，幾乎和它們勉強從帚石楠叢生的荒原那兒收復的土地一樣荒蕪不毛。

「好吧，我寧可死在那裡，也強過曝屍街頭或某條人來人往的道路上，」我認眞想了想，「而且讓烏鴉和渡鴉——如果這個地區有渡鴉的話——從我的屍骨啄食我的肉，總比被裝在濟貧院的薄棺中，在草草掩埋的亂葬崗裡腐朽爛去要好得多。」

於是，我轉身走向那座小山。走到那裡後，我滿心只想找到一處坑窪可以躺平就好；如果沒辦法講究安全的話，至少感覺有些許遮蔽。但是這片荒地的表面看起來到處都是平的，它沒有高低起伏，只有顏色深淺變化，長滿了燈心草和苔蘚的沼澤地是綠色的，只長帚石楠的乾燥處是黑色的。隨著天色逐漸昏暗，雖然我還能分辨得出這些景色變化，可也只是光和影的比重罷了，因爲顏色已隨日光褪去了。

我的目光仍舊在打量這片陰鬱的高地，沿著這片荒野的邊緣一路掃視過去，目送盡頭那端消失在最荒涼的景色中。這時，在遠處沼澤與山脊間一個隱約可見的地方，突然出現一道亮光。我的第一個念頭是「那一定是鬼火」，我認爲那道光很快就會消失。沒想到它繼續亮著，而且相當平穩，既不後退也不前進。「說不定是剛被點燃的野火吧？」我自問，同時觀察它有沒有擴散開來，結果它沒有縮減，也沒有擴大。「那也許只是某間屋子裡的一根蠟燭，」我接著揣測，「如果是這樣，我也走不到那裡，距離我太遙遠了。而且即使它距離我只不到一碼遠，又有什麼用處？反正敲門之後，我得到的招待必是吃閉門羹。」

我在剛才站立的地方無力倒下，把臉埋進地面。我靜靜地躺了一會兒，夜風掃過山丘，接著掃過我身上，蕭蕭的風聲消失在遠方；雨水來得又急又猛，淋得我渾身濕透。要是我能凍成凝固的寒霜，感受死亡親切的麻木感，就算後來雨勢加劇，我也不會注意到。可惜我還活著的身軀在它冷冰冰的侵襲下直打哆嗦，不久後我又爬起來。

那個亮光還在那裡，透過滂沱大雨，發出微弱但穩定的光芒。我嘗試再次上路，拖著疲憊不堪的四肢，緩緩朝它走去。它引領我斜斜翻過那座山丘，越過一片寬闊的沼澤地區。到了冬天，那個地方恐怕無法通行，就算現在是盛夏，也是到處充滿泥濘，走起來顫顫巍巍的。我在這裡跌了兩跤，但我總是站起身，鼓勵自己振作精神。這道光帶給我的希望雖然渺茫，我仍孤注一擲，決心要走到那裡。

跨越沼澤後，我發現有條白色的痕跡穿過前方這片荒原。我走上前去察看究竟，發現原來是一條馬路或步道，筆直通往那點光亮。此刻，那光亮從一個像小圓丘的地方照射出來。那地方坐落在樹叢中——從我在黑暗中能夠分辨的外形與枝葉特徵來看，那些顯然是樅樹。我逐步接近的時候，我的恆星如日全蝕般突然消失了。我伸出手，想感覺前方的黑茫茫是什麼：我辨別出一道矮牆的粗糙石塊，在其上方是金屬柵欄模樣的東西，在這道矮牆裡頭，則是一道又高又多刺的樹籬。我用手摸索，繼續往前走，眼前又出現一個隱約閃現微光的白色物體，那是一扇便門。我輕輕一推，鉸鍊就轉動起來。門的兩側分別種了一叢黑色灌木，可能是冬青或紫杉。

走進門內，穿過灌木叢，一棟房子的剪影隨即映入眼簾，黝黑、低矮且寬度相當長，但是那盞指路的燈光已然熄滅，四周一片黑暗。房子裡的人已經睡了嗎？我想一定是這樣。在尋找房子大門的時候，我轉了個彎，結果友善的微光突然又冒出來，從一扇很小的格子窗的菱形窗櫺當中透出來。那窗戶離地只有不到一呎高，旁邊的牆面長滿常春藤或某種爬藤植物的葉子，使得那窗戶看起來更窄小。那缺口既狹小又受到遮蔽，根本不需要掛窗簾或裝百葉窗，所以當我彎下腰，撥開覆蓋在那扇窗戶上的小枝條，就能看見屋內的狀況。我可以清楚看見一個地板鋪滿細沙的房間，擦洗得非常整潔，房間裡有座胡桃木的碗櫥，裡頭放著成列的白鑞餐盤，映出灼熱的泥炭爐火紅豔的光輝。還可以看見一只時鐘，一張白色松木桌，幾把椅子。一根蠟燭在桌上燃燒，就是那道燭光指引我方向。透過這燭光，我看見一位年長的婦女正忙著織一隻長筒女襪。她的長相有點粗獷，卻打理得清清爽爽，如同她所置身周圍的感覺。

我只是粗略地看看這些物品，因爲其中並沒有什麼特別不尋常的。靠近壁爐邊，倒是有一組更有趣的對象安安靜靜地坐在玫瑰色的融洽與溫暖中。兩位優雅的年輕女子（從每個角度來看都是大家閨秀），其中一個坐在一張低矮的搖椅上，另一個則坐在一張更矮的凳子上。兩人都穿著用黑紗和毛葛製成的黑色喪服，那暗淡的顏色反襯托出她們非常白皙的脖子和臉龐。一條年邁的大型獵犬把牠巨大的頭擱在其中一個女孩的膝蓋上，另一個女孩的懷裡則安躺一隻黑貓。

這麼文雅的兩位女子怎會出現在這樣樸素的廚房裡，未免也太不相稱了！她們是誰？她們不可能是坐在桌邊的那位年長婦女的女兒，因爲她看起來是個鄉巴佬，而她們長相秀麗，舉止端莊。我從來沒有見過像她們這樣的臉龐，不過當我仔細端詳，她們的眉宇之間卻有什麼讓我覺得頗爲親切。我不能說她們長得漂亮，因爲她們太蒼白、太嚴肅，很難用漂亮來形容。她們各自低頭閱讀手上的書，看起來好學深思，幾乎顯得有點嚴厲。她們兩人中間有張小茶几，上頭擺了第二支蠟燭，還有兩本又厚又大的書。她們經常查閱這兩本書，似乎是在與手上的小書作對照，像是查閱字典、翻譯什麼東西那樣。這個場景非常安靜，彷彿所有的人物都是影子，生了火的房間活像是一幅畫，如此寂靜，我能聽見煤渣餘燼從爐條上掉落的聲音，時鐘在不起眼的角落發出滴答滴答的聲響，我甚至認爲自己能聽出那婦人手中的棒針編織時的碰撞聲。因此，最後有個人聲終於打破這奇怪的無聲狀態時，我可以聽得一清二楚。

「黛安娜，你聽聽這一段，」其中一個全神貫注的學生說：「法蘭茲和老丹尼爾一起消磨夜晚的時光。法蘭茲正說起一個夢，這個夢讓他嚇醒——你聽好囉！」接著她用低沉的聲音念了一段文字，但我一個字也聽不懂，因爲那是我不認識的語言——不是法語，也不是拉丁文，無法分辨究竟是不是希臘語或德語。

當她念完後，說道：「這種說法很有力，我喜歡。」另一個女孩剛才抬起頭聽她的姊妹朗讀那段文字，這時盯著爐火，口中複誦剛才念過的一句話。後來我學會了那種語言，也讀過了那本書，所以我會在這裡先引用這句話，儘管當初在我聽來，它就像是敲打銅器發出的聲音那樣，沒有任何意義。

「『Da trat hervor Einer, anzusehen wie die Sternen Nacht.』（此時，一個天神出現了，其樣貌儼如滿天星斗的黑夜。）說得好！說得眞好！」她讚嘆道，此時她深邃的黑色眼眸閃閃發亮。「這樣一個不顯眼但強有力的天使長適時出現在你面前！這句話比一百頁的浮誇文章更有價值。『Ich wäge die Gedanken in der Schale meines Zornes und die Werke mit dem Gewichte meines Grimms.』 1（我用我憤恨的天秤丈量你們的思想，我用我發怒的砝碼估算你們的行爲。）我喜歡這句！」

兩人再次陷入沉默。

「有哪個國家的人會這樣說話啊？」那個老婦從自己的編織活兒上抬起頭，問道。

「有的，漢娜，那是一個比英格蘭大很多的國家，他們說話的方式就是那樣。」

「哼，說眞的，我不曉得他們怎麼能夠瞭解彼此的意思呢。假如你們當中的哪一個眞的去了那裡，我想，你們會懂得他們在說什麼，對吧？」

「我們也許可以聽懂一些，但不是全部，因爲我們不像你想像的那麼聰明，漢娜。我們不會講德語，如果沒有字典的幫忙，我們也看不懂德文。」

「那你們何需這樣做？」

「我們打算有一天要教德文，至少是所謂的基礎德文，到時候我們就可以掙得比現在還要多的錢。」

「很有可能。不過你們今晚用功夠久了，該休息啦。」

「你說得對，至少我累了。瑪莉你呢？」

「很累。畢竟光靠一部詞典，沒有老師就想要學會一門新語言，不是那麼容易的事。」

「沒錯，尤其像德文這樣艱澀難懂卻又妙不可言的語言。不曉得席莊什麼時候才會到家。」

「應該不會太久，現在才十點，」她從緊身褡取出一只小金錶，看了看時間，「雨下得好大。漢娜，麻煩你到起居室去看一下爐火好嗎？」

那婦人站起身，她打開一扇門，從那兒我隱約看見一條走廊，隨即聽見她在裡面的某個房間攪動爐火的聲音。一會兒之後，她就回來了。

「啊，孩子們！」她說：「現在要我走進那個房間眞是痛苦萬分。看見那張椅子空蕩蕩的，還被收到角落裡，感覺好寂寞啊。」

說完，她用圍裙擦了擦眼角，那兩個女子原本神情嚴肅，現在卻滿臉哀傷。

「不過他去了一個更好的地方，」漢娜繼續說：「我們不應該希望他還在這裡。況且，沒有人死得比他更安詳了。」

「你說他臨終前沒有提起我們嗎？」其中一位淑女問道。

「孩子，他來不及這麼做，你的父親在一分鐘內就過世了。那天他身體有點不舒服，就像前一天一樣，可是不太嚴重。那時席莊少爺問他要不要派人去叫你們，他還笑席莊少爺是大驚小怪呢。沒想到第二天，也就是兩個星期前，他又開始覺得頭很沉重，便早早上床休息，這一睡就再也沒有醒來。等到你們的哥哥走進房間，發現他不太對勁的時候，他的身體早已完全僵硬了。啊，孩子們！他是老一輩裡頭的最後一人了，和他們那些過世的人相比，你們與席莊少爺是另一類人。不過你們的母親跟你們很像，也很愛讀書。瑪莉小姐，你簡直就是她的翻版呀，黛安娜小姐倒是長得比較像你的父親。」

我認為她們長得很像，看不出那個老僕（我現在可以斷定她是）所說的不同之處。兩人都是膚色白皙、身材苗條，臉龐充滿文雅氣質與智慧。無可否認，其中一位的髮色較深，她們的髮型也有些差別：瑪莉的淺棕色頭髮編成了兩股平滑的髮辮，黛安娜黝黑的披肩長髮帶著厚厚的捲子。這時我聽見時鐘敲了十下。

「我敢說你們已經餓了，」漢娜說：「等席莊少爺到家也一定想吃晚餐了。」

於是她去準備餐點。兩位小姐站起來，似乎準備退到起居室去。直到這一刻之前，我一直很專心地觀察她們，她們的外貌與對話都激起我強烈的興趣，我差點就完全忘了自己悲慘的處境，現在又重新浮現我心頭。對比之下，它似乎顯得更加淒涼、益發絕望。想要讓這間房屋內的居民關心我的處境，似乎是件不可能的事！更別提要讓他們相信我又餓又渴又累，說動他們賜予我一晚的安眠。我摸索著走到房屋正門，畏畏縮縮地敲了門，心中覺得最後那個念頭根本就是妄想。漢娜來應門了。

「有什麼事嗎？」她問道，語氣中充滿了驚訝，一邊還用手中的蠟燭仔細打量我。

「我可以和你的女主人們談一談嗎？」我說。

「你最好先告訴我你想跟她們說什麼。你是打哪來的？」

「我是外地人。」

「這個時候你在這裡做什麼？」

「我想在外屋或任何地方過一晚，還希望能有一塊麵包果腹。」

漢娜的臉上滿是狐疑，這正是我最擔心的那種態度。停了一會兒她才開口說：「我會給你一片麵包，可是我們沒辦法讓一個乞丐住進家裡。絕不可能。」

「請你讓我和你的女主人們談談好嗎？」

「不，我不能。她們又能爲你做什麼呢？你不應該在這個時候四處遊蕩。這事看起來有鬼。」

「可是如果你把我趕走，我能上哪兒去呢？我該怎麼辦呢？」

「噢，我敢打包票，你心裡清楚自己要去哪，還有要做些什麼。聽著，別做壞事，就這樣。這裡是一便士，你走吧！」

「一便士不能填飽我的肚子，而且我沒有力氣再走了。求你別關門……噢，不要，求你看在老天爺的分上，別關門！」

「我非關不可，雨一直打進屋內……」

「請你轉告那些年輕的小姐，求你讓我見見她們……」

「眞是的，你想都別想！你絕不是你的外表看起來的那種人，否則你不會這樣大吵大鬧。你走吧。」

「可是如果我走開，就必死無疑了！」

「你才不會死呢。我看你心裡打著壞主意，才會還在夜裡這種時候接近人家的房子。如果你的同夥，強盜或那一類的傢伙，就在附近，你可以告訴他們家裡不只有我們。我們家裡有男人，有狗，還有槍。」說完後，這個老實但頑固的僕人砰地關上門，上了門閂。

這眞是高潮。強烈痛苦的一陣劇痛，眞正絕望的一記重擊，撕碎我的心，然後被丟得遠遠的。我眞的完全筋疲力盡，沒辦法再踏出任何一步了。我頹喪地倒在濕透的台階上，呻吟嘆息，用力扭絞雙手，邊哭邊喃喃說出心中懊惱。噢，這死亡的幽靈！噢，到了這最後一刻，還有這樣恐怖的事出現！唉，這種孤立隔離，來自我同類的放逐！不只是希望的依靠，就連勇氣的立足點都沒了——至少有那麼一會兒是如此，但我很快就努力重新找回我的勇氣。

「啊，最多不過是一死，」我說：「我信靠上帝。讓我試著在靜默中等待祂的旨意。」

這不單單只是我心裡的想法，也是我嘴裡說出來的話。我用力將所有痛苦推回心中，努力讓它待在那兒，不出聲也不亂動。

「凡人必有一死，」一個近在我身邊的聲音說：「但是沒有人注定要經歷持續不斷且過早降臨的劫數。就像你的狀況，如果你因爲挨餓受凍而死在這裡的話。」

「是誰在說話？是什麼在說話？」我問，我被這出乎意料的聲音嚇得魂不附體，不敢盼望此刻有誰能伸出援手救我一命。一個身影逐漸靠近——那是什麼樣的身影？漆黑的夜和衰弱的視力讓我無從分辨。這個新來的人用一陣響亮、長時間的敲門聲要求屋內的人予以回應。

「是你嗎？席莊少爺？」漢娜喊道。

「沒錯，是我。快開門。」

「哎呀，你一定又濕又冷，今晚的天氣眞怪！快進來吧——你妹妹們很擔心你，而且我相信咱們附近有些歹徒正虎視眈眈呢。剛才有個乞婦躺在門口——我就說她還沒走吧！起來！真丟臉！我說你快滾哪！」

「安靜，漢娜！我有話要對這個女人說。你趕她走，是盡了你的責任，現在讓我盡我的責任，我要收留她。剛才我就在旁邊聽你和她的對話。我想，這是個罕見的案例，我至少得瞭解一下詳情。年輕的女子，站起來，你先進屋吧。」

我行動困難地順從他的吩咐。不久後，我站在那間乾淨明亮的廚房中，就在那個壁爐邊打著哆嗦，渾身難受，意識到自己的模樣必定很可怕、神情狂野、飽經風霜。那兩位小姐、她們的哥哥席莊先生，還有那個老僕人，全都盯著我瞧。

「席莊，她是誰？」我聽見她們其中一個發問道。

「我不知道。我在門口發現她。」席莊如此回答。

「她看起來臉色真蒼白。」漢娜說。

「像泥土或死亡一樣白，」有人接著說，「她快暈倒了，讓她坐下吧。」

我確實頭暈，感覺天旋地轉，雙腿一軟，一張椅子接住我。我還保有意識，不過此時無法開口說話。

「也許喝一點水能讓她恢復精神。漢娜，拿些水來。而且她穿得很單薄。她這麼瘦，臉上全無血色！」

「簡直是個幽魂！」

「她是病了，或只是餓壞了呢？」

「我想是餓壞了吧。漢娜，那是牛奶嗎？給我，還要一片麵包。」

黛安娜（我靠著她彎下腰時垂落在我和爐火間的長鬈髮認出她）撕下一小塊麵包，沾些牛奶，送到我嘴邊。她的臉靠近我的臉，我能看見她臉上的憐憫，感覺到她急促呼吸中的同情。在她說出的簡單話語中，也帶有同樣撫慰人心的情緒。「試著吃一點吧。」

「來，試試看。」瑪莉溫柔地複述，她用手取下我濕透的草帽，輕輕抬起我的臉。我嘗了一口他們提供的食物，起先我衰弱無力，很快就轉爲熱切。

「剛開始別給她吃太多，要有所節制，」她們的哥哥說：「這樣就夠了。」接著他收走那杯牛奶和那盤麵包。

「席莊，再讓她吃一點，你看看她眼中的渴望。」

「妹妹，目前她不能再多吃了。先試試看她現在能不能開口說話，問問她叫什麼名字吧。」

我覺得自己有力氣說話了，所以我回答：「我的名字是簡・愛略特。」我不想讓人發現我的身分，早就想好要使用化名。

「你住在哪兒？你的朋友人在哪兒？」

我不發一語。

「我們能派人去叫你認識的人來嗎？」

我搖搖頭。

「你可以談談你自己的事嗎？」

不知怎的，現在我已經跨越了這間房子的門檻，也有了機會和它的主人面對面，我覺得自己不再是個無家可歸的人，不再是個乞丐，也不再和這寬廣的世界斷絕關係。我大膽勾消自己行乞的身分，重新恢復我原有的態度和個性。我開始再度認識我自己。

當席莊先生要求我說明自己的來歷時——目前我還沒有力氣說分明——在短暫停頓後，我說：「先生，今晚我沒有辦法告訴你細節。」

「那麼，」他說：「你希望我爲你做些什麼呢？」

「沒別的了。」我回答道。我的體力只足夠支撐簡短的回答，黛安娜替我說下去。

「你的意思是說，」她問：「我們現在給你的，正是你需要的幫助？所以我們可以打發你回到荒原，回到外頭那個下雨的夜晚？」

我看著她，心想，她的容貌眞是出眾，既充滿力量又善良。我心中突然湧現一股勇氣，於是用微笑回應她充滿同情的凝視，說：「我相信各位。如果我是一條無主的流浪狗，我曉得今晚各位不會把我驅離這座壁爐邊；以此來看，我沒有什麼好害怕的。就隨各位的喜好來處置我吧，但恕我無法說得更多，因爲每當我開口說話，就會有點喘不過氣來，還會有些抽搐。」他們三個全盯著我瞧，誰也沒說話。

最後，席莊先生說：「漢娜，讓她就坐在那裡，別問她問題。過十分鐘後，把剩下的牛奶和麵包拿給她吃。瑪莉和黛安娜，我們到起居室去談一談這件事。」

他們離開了。不久後，其中一位小姐走了回來——我分不出她是哪一個。當我坐在溫暖的爐火旁，一種愉悅的恍惚悄悄在我身上蔓延開來。她低聲吩咐了漢娜幾句，沒多久，我就在那僕人的協助下，設法爬上一座樓梯。我濕淋淋的衣裳被脫下來，不久，一床溫暖的乾床褥等著迎接我。我感謝上帝——在難以言喻的疲憊當中，我體會到一種感激的喜悅——不久便沉沉睡去了。

譯註：

1引自德國詩人席勒（Johann Christoph Friedrich von Schiller, 1759-1805）發表於一七八一年的名劇《強盜》。

Chapter 29

第二十九章

接下來三天三夜的記憶在我心中非常模糊。我可以想起那段期間裡某些感覺，卻說不出當時的思緒，還有做了哪些事。我知道自己睡在一個小房間的窄床上，彷彿在那張床上生了根。我躺在床上，像石頭般動也不動，如果要我離開那床鋪分毫，就像是要殺了我一樣。我對時間的流逝毫無概念，並沒有注意從早晨到中午、從中午到傍晚的變化。但要是有人進入或離開這個房間，這一點我倒是有所知覺，甚至還能分辨來者是誰。如果有人站在我的床邊說話，我可以理解他們的談話內容，卻無法應答，而要我張開雙唇或移動四肢，都是同樣困難、不可能的事。漢娜是最常來探望我的客人。她的到來讓我很不安。我感覺她巴不得我快點離開，因爲她不瞭解我或我的處境，她對我懷有偏見。黛安娜和瑪莉每天進來一、兩次，她們會在我的床邊低聲說出以下這類的話。

「幸好當時我們收留她。」

「是啊。如果讓她整晚都待在屋外，第二天早晨肯定會發現她死在門口。眞不知道她經歷過什麼樣的事？」

「想必是非常大的苦難吧。這可憐、憔悴、沒有血色的流浪者！」

「她的言談舉止感覺不像是未受過教育，說話也沒有什麼口音。她脫下來的衣服雖然濺了泥巴，也全濕透了，可是沒有什麼磨損，而且質地很好。」

「她有張特別的臉，雖然瘦弱又疲憊，但是我很喜歡那張臉。等她恢復健康、充滿活力後，我想她的容貌會很討人喜歡的。」

我從來沒有在她們的對話中聽見她們後悔好意收容我，或是懷疑我、厭惡我的隻字片語。這讓我覺得備感安慰。

席莊先生只來過一次。他看看我，說我的昏睡是長時間過度疲勞的生理反應，他認爲不必派人去請醫生來。他確定順其自然對我最好，只要讓我好好休息便行。他說，之前我的每條神經都過度緊繃，現在整個生理系統需要好好靜養，這並不是害病。他猜想，一旦休息夠了，我的復元會非常快速。他用平靜低沉的聲音，三言兩語就把這些看法交代明白。過了一會兒，他又用一種不習慣大發議論的口吻說：「相當不尋常的長相，當然，我不是暗示她粗俗或落魄。」

「正好完全相反。」黛安娜回應道：「席莊，說實話，我開始喜歡上這個可憐的靈魂，眞希望我們能永遠留下她。」

「那怎麼可能，」是黛安娜得到的答案。「將來你肯定會發現，這個年輕淑女可能和親友發生了誤會，才莽撞地離開他們。如果她的個性不是太頑固的話，或許能順利地讓她回到他們身邊。不過，看她臉上的線條，我懷疑她的個性並不溫順，不容易聽人勸。」席莊站著端詳我好幾分鐘，然後加了一句，「她看起來頗有頭腦，但一點也不漂亮。」

「她病得這麼厲害啊，席莊。」

「不管生病或健康，她的姿色都一樣平庸。那些五官缺乏優雅和諧的美。」

到了第三天，我覺得好多了。第四天，我可以說話、移動、起床，還有轉身。漢娜在晚餐時刻送來一些麥片粥和烤吐司，我吃得津津有味，這些食物令人齒頰留香，不像前幾天發燒時吃什麼都沒有滋味。等到她離開，我覺得比較有力氣，精神也好多了。再過一會兒，我覺得歇息夠了，一股想要活動活動的念頭在我心裡翻攪。我想起床，可是我能穿什麼衣服呢？我只有那套潮濕又滿身泥濘的衣服，而且我曾經穿著睡在地上，還跌進沼澤裡。穿這一身髒污在我衣著整潔的恩人面前出現未免太丟臉，我卻沒想到他們早已替我設想妥當。

我的所有衣物全都擺在床邊一張椅子上，洗得乾乾淨淨，熨得平平整整。我的絲質黑色連衣裙掛在牆上，在沼澤區沾染的泥污已清除乾淨，因潮濕而產生的摺痕也已熨平，現在它看起來相當得體。連我的鞋襪都被整理過了，變得很體面。房間裡有簡單的梳洗設備，還有梳子和髮刷能讓我打理自己的頭髮。經過一番令人疲倦的折騰，以及由於體力不足，每隔五分鐘就得休息的暫停時間，我總算把自己打扮好了。因爲瘦了一大圈，我的衣服鬆垮垮地披掛在身上，我選擇用披肩來掩飾這個缺點。終於，我又找回整潔得體的外貌，沒有我恨透的、讓我尊嚴盡失的塵土污漬與凌亂痕跡。我扶著欄杆，緩緩步下一座石階梯，來到一條狹窄低矮的走廊，接著找到通往廚房的路。

廚房裡充滿麵包剛出爐的香氣，還有高溫大火的溫暖。漢娜正在烤麵包。眾所皆知，偏見很難從那些未曾受過教育薰陶者的心田根除，偏見長在這樣的地方，就和石縫中的雜草一樣難以撼動。說實在的，最初我們相識時，漢娜的態度既冷淡又不友好，但近來她的態度開始有些軟化，當她看見我衣冠楚楚地走進廚房，甚至還露出了微笑。

「什麼，你已經起來了！」她說：「那表示你已經好多囉。如果你願意，可以坐爐邊我的那張椅子。」

她用手指了指那張搖椅，我走過去坐下。她忙這忙那，還不時用眼角餘光確認我的狀況。她從爐子裡拿出幾條麵包的時候，突然轉身面對我，單刀直入地問：「你來這裡前曾經乞討過嗎？」

有那麼一會兒，我感到無比憤怒，但隨即想起那憤怒師出無名，畢竟當初自己出現在她面前時，確實看起來就像個乞婦。於是我心平氣和地回答她，語氣中仍然帶著幾分強硬：「你假定我是個乞婦這件事，完全弄錯了。我就跟你和你家小姐一樣，不是乞丐。」

停了一會兒，她接著說：「我不懂你的意思。你看起來沒有家，也沒子兒，我說得沒錯吧？」

「沒有家或沒子兒——我想你指的是錢吧——並不一定就是乞丐。」

「那你讀過書嗎？」她馬上接著問。

「有，很多。」

「可是你沒上過寄宿學校吧？」

「我在寄宿學校待過八年。」

她的眼睛瞪得老大。「那你怎麼還養不活自己呢？」

「我一直都是靠自己的力量過活，而且我相信我很快就能再做到。你想怎麼處理這些醋栗呢？」當她拿出一籃莓果時，我問道。

「我要做派。」

「給我，我來挑。」

「不行，我不要你做事。」

「可是我總得找點事做。給我吧。」

她同意了，甚至還給我一條乾淨的毛巾，讓我鋪在衣服上。「以防萬一，免得弄髒了。」她說：「我看過你的手，你不習慣這些僕人工作，」她評論道：「難道你是個女裁縫嗎？」

「不，你猜錯了。好了，先別管我的來歷，別傷腦筋啦。倒是可以告訴我這間房子的名字嗎？」

「有人叫它沼止居，也有人叫荒原莊。」

「住在這兒的那位男士叫做席莊先生？」

「不，他不住這裡，只是停留幾天。他的家在他的教區，莫頓。」

「幾哩外的那個小鎮嗎？」
「嗯。」
「他是做什麼的？」
「他是教區牧師。」
我想起前幾天我在牧師公館要求見牧師的時候，那位老管家說的話。「所以這是他父親的住所囉？」
「對。瑞佛斯老爺住在這裡，老爺的父親、祖父、曾祖父以前都是住在這裡。」
「那麼，那位男士的名字是席莊・瑞佛斯先生囉？」
「嗯，席莊就像是他的教名。」
「他的兩個妹妹分別是黛安娜和瑪莉・瑞佛斯？」
「沒錯。」
「他們的父親過世了？」
「三個星期前中風死的。」
「他們沒有母親嗎？」
「太太過世很多年了。」
「你在這個家待了很久嗎？」
「三十年囉，他們三個都是我一手養大的。」
「那證明你一定是個既誠實又忠心的僕人。雖然你對我很不禮貌，還稱我是乞婦，不過我還是願意這樣肯定你。」
她再次用很詫異的眼光看著我，說：「我想我是看錯你了，不過現在騙子很多，你一定要原諒我。」

「就算如此，」我繼續說，態度相當嚴厲，「在那種連流浪狗都不該驅趕的風雨夜晚，你卻想方設法要把我趕走。」

「唉，這樣做是有點狠心啦，可是我還有別的選擇嗎？我不是為自己，而是為那兩個孩子著想。可憐的小東西！除了我，沒有人會照顧她們。我寧願讓自己看起來兇一點。」

有好幾分鐘，我保持嚴肅的沉默。

「你不該把我想得太壞。」她又說了一句。

「但我確實這樣想，」我說：「而且我可以告訴你為什麼——並不是因為你拒絕讓我暫住一晚，或是把我當成騙子，而是因為你剛才把我沒有『子兒』也沒有家當作一種罪狀。人類歷史上有些非常偉大的人也曾和我一樣窮途潦倒的，假如你是個基督徒，就不該把貧困當成一種犯罪。」

「我不會再這麼做了，」她說：「席莊少爺也這樣告誡我。我知道我錯了，現在我對你有了不同的看法啦，你看起來是個正直的年輕小姑娘。」

「夠了，我原諒你。咱們握手言和吧。」

她把一隻長著老繭、沾滿麵粉的手伸向我，一個親切笑容讓她粗糙的臉龐整個亮了起來。從那一刻起，我們便成了朋友。

漢娜顯然很愛講話。當我挑揀醋栗時，她手裡忙著準備做派皮的麵糰，嘴裡還不停告訴我關於過世的男女主人，還有她稱作「孩子們」的那幾個年輕人的各種瑣事。

她說，瑞佛斯老爺是個非常平凡的人，但他是位紳士，來自一個非常古老的家族。沼止居從建造完成後即一直屬於瑞佛斯家族，她很肯定，這房子「大概有兩百歲了」。雖然它看起來不過是個狹小、不起眼的地方，沒法跟奧利佛先生在莫頓谷的宏偉大宅相提並論。不過我還記得比爾・奧利佛的父親只是個出師的製針工匠，而瑞佛斯家遠從亨利王的時代起就是地主鄉紳。只管去看看莫頓教堂祭衣室裡的登記簿，你就懂了。」不過，她承認，「老爺跟其他人沒什麼兩樣，沒有什麼特別出眾的地方，平常喜歡的就是狩獵、務農之類的活動。」太太則完全不同了，她很喜歡看書，讀過的書可眞不少。「孩子們」都像他們的母親。這一帶沒有人像他們這樣，從來沒有過。他們三個全都很好學，幾乎打從會說話起就是如此；他們總是「自成一格」。席莊少爺長大後去上大學，成爲一名教區牧師，而兩位小姐從寄宿學校畢業後，就得馬上找家庭教師的工作。因爲他們告訴過她，多年前，他們的父親爲一個信任的朋友作保，但對方後來破產了，所以他們的父親也損失了很大一筆錢。由於瑞佛斯老爺後來並不有錢，沒有財產可以留給他們，他們只好自己賺錢養活自己。他們已有很長一段時間鮮少住在家裡，這次回來是爲了處理他們父親的喪事，只會待上幾星期，不過他們非常喜歡沼止居和莫頓，還有這附近的荒原與山丘。他們待過倫敦和許多其他宏偉大城，但總是說沒有別的地方比得上自己的家。他們的相處是如此融洽，從不吵架也不鬧彆扭。她眞不知道還有哪兒能找到像這樣團結和睦的一家人。

揀完醋栗後，我問兩位小姐和她們的哥哥去哪兒了。

「到莫頓去散散步。不過，半小時後他們就會回來喝下午茶。」

他們在漢娜預期的時間回到家，從廚房的門進屋來。席莊先生看見我的時候，只是欠了欠身，就走過我身旁，兩位小姐卻停下腳步。瑪莉親切地說了幾句話，表達她很高興看見我恢復狀況良好，已經能自行下樓了。黛安娜則握住我的手，對我搖搖頭。

「你應該好好休息，等我准許後才下樓，」她說：「你看起來還是很蒼白，而且好瘦！可憐的孩子！可憐的女孩！」

在我聽來，黛安娜的聲音像是鴿子咕咕聲般輕柔呢喃。她的目光讓我樂意與之交會。她的整張臉對我充滿了吸引力。瑪莉的面容也是同樣聰慧——她的五官一樣漂亮，但神情較拘謹，她的態度雖溫柔，卻較不熱絡。

黛安娜的外貌和說話方式帶著一種權威感，她顯然擁有強烈的意志。我天性喜歡服從像她那樣令我大爲折服的權威，而且只要對得起我的良心和自尊，我挺樂意遷就這樣充滿活力的意志。

「而且你在這裡做什麼？」她繼續說：「這不是你該來的地方。瑪莉和我有時會在廚房坐坐，那是因爲在家的時候我們喜歡自由自在，甚至小小放縱一下。但你是客人，應該待在起居室。」

「我在這裡待得很開心啊。」

「別客氣了。這裡有漢娜走來走去忙個不停，還會讓你身上沾滿麵粉。」

「更何況廚房爐火對你來說太熱了。」瑪莉也在一旁幫腔。

「沒錯，」她的姊姊補充道：「來，你必須聽話。」她牽起我的手，讓我站起來，領我往裡頭的房間去。

「你坐那裡，」她邊說邊將我安頓在沙發上，「等我們去換好衣服，把午茶準備好。我們在家還有另一項特權，那就是當我們想要這麼做的時候，或者當漢娜忙著烤麵包、沏茶、洗熨衣服的時候，我們可以親手準備自己的餐點。」

她關上房門，留我獨自和席莊先生共處。他坐在我的對面，手中拿著不知是一本書，還是一份報紙。我先仔細觀察這間起居室，然後把目光轉向它的使用者。

這間起居室相當小，裝潢簡單樸素，但很舒適，因爲它既乾淨又整潔。老式座椅的顏色很鮮豔，胡桃木桌亮得像面鏡子。寥寥幾幅年代久遠、奇特的男女肖像畫裝飾著褪色的牆壁，一座有玻璃門的櫥櫃中擺了一些書和一套古老的瓷器。房間裡沒有多餘的擺設，也沒有半件現代的傢俱，除了兩個針線盒和一張充當邊桌使用的紅木女用書桌外。包括地毯和窗簾在內的每一件東西看起來都是經過長久使用，因而顯得老舊，但同時卻都保存良好。

席莊先生很容易觀察，因爲他坐得直挺挺的，正如牆上那些畫作中的人物。他的眼神緊盯他研讀的那一頁書，他的嘴唇沉默地緊抿。比起做個活人，要他假扮一尊雕像可能更容易。他很年輕，年紀大概在二十八到三十歲之間，身材高瘦，長相頗引人注目，像是一張希臘人的臉，輪廓線條很乾淨，鼻子直挺高雅，嘴型與下頷充滿雅典人的氣質。確實，我們很少看見一張英國人的臉能像他的這樣接近古典範例。看見我的五官這樣不和諧可能讓他有點吃驚，畢竟他自己的長相是如此端正。他的雙眼又大又藍，配上棕色的眼睫毛，高額頭圓潤飽滿，色如象牙，有部分被隨意垂落的幾綹細髮給覆蓋住了。

這眞是一幅線條柔和的寫生，對吧，親愛的讀者？然而此描繪的對象卻很難給人留下溫和、順從、易感，或者具有平靜性格的想法。儘管他現在靜靜地坐著，但我覺得他的鼻孔、嘴巴和額頭上卻有些什麼，表現出他內心的不安、無情、急躁。直到他的兩個妹妹回來之前，他都沒對我說半個字，也沒有直接瞧我一眼。黛安娜進進出出，忙著張羅午茶，在這過程中她拿了一小塊剛出爐的蛋糕給我。

「現在就吃一塊吧，」她說：「你肯定餓了。漢娜說，你從早餐到現在只吃了些麥片粥。」

我沒有推辭，因爲我的胃口已經甦醒，而且渴望食物。瑞佛斯先生現在闔上他的書，來到桌子旁。他坐定後，用畫像般的湛藍眼眸全神貫注地凝視我。此刻，他的目光中有一種粗野的率直，有一種徹底深究、堅定不移的決心，說明了剛才他不看我是故意的，而不是因爲天性靦腆。

「你很餓了吧。」他說。

「我是餓了，先生。」用簡潔應對簡短，用直率對付直接，這就是我出於本能的一貫應對方式。

「幸好最近這三天有微微的發燒迫使你節制食欲。假如一開始就屈服於你的食欲，恐怕會有危險。現在你可以放心吃喝，不過還是不能吃得太多。」

「我相信我不會白吃白喝太久的，先生。」我曉得我這句未經修飾的答話非常拙劣。

「是不會，」他冷漠地說：「只要你說出你親友的住址，我們可以寫信給對方，然後你就可以回家了。」

「關於這一點，我必須直截了當地告訴你，我做不到，因為我沒有家，也沒有親友。」

他們三人全都盯著我瞧，但臉上沒有懷疑的神情。我感受到他們的眼光中沒有一絲猜疑，而是充滿好奇，尤其是那兩位小姐。席莊的眼睛表面上看來清澈明白，實際上卻深不可測。他似乎寧可用這雙眼睛做為探索他人思緒的工具，也不願用來展現自己的想法。這種鋒利與謹慎的組合明顯是蓄意使人感到窘迫，而非鼓勵。

「你的意思是說，」他問：「你無親無故，孑然一身嗎？」

「沒錯。我和任何活人都沒有關係，也無權要求英格蘭的任何一個家庭收留我。」

「以你這個年紀來說，這真是個奇怪的處境！」

說到這裡，我看見他的目光直接掃向我的雙手。這時我雙手交握，擱在面前的桌上。我本來不明白他在找些什麼，不過他的話很快就解釋了一切。

「你沒有結過婚嗎？你還獨身未婚嗎？」

黛安娜笑了。「這問話太奇怪了，席莊。她頂多只有十七、八歲。」她說。

「我快十九歲了，不過我還沒有結婚。對，我還沒有。」

我感覺到一股燥熱爬上臉龐，因為苦澀和焦躁不安的回憶被間接提及的婚姻給喚醒了。他們全都看見了那份困窘，還有那浮動的情緒。黛安娜和瑪莉把目光從我漲得緋紅的臉上移開，希望能減輕我的痛苦，可是那個冷酷又嚴厲的哥哥繼續盯著我瞧，直到他引爆的麻煩不僅逼得我臉色大變，還迫使我流下眼淚為止。

「來這裡之前你住在哪兒呢？」他又問。

「你試探得太過頭了，席莊。」瑪莉低聲嘟囔道。但是他卻越過桌面探向我，用堅決且銳利的眼光向我索討答案。

「那個地方的名字，還有我與誰同住，是我的隱私。」我簡潔地回答。

「在我看來，只要你高興，你有權對席莊及每一個其他的提問者保密。」黛安娜說。

「可是如果我對你或你的來歷一無所知，便無法幫助你，」席莊說：「而你需要幫忙，不是嗎？」

「先生，我需要幫忙，也一直設法尋求某位眞正的好心人能安排我去做一份我能做的工作，而那份工作的報酬可以讓我維持最基本的生活開銷。」

「我不知道自己算不算是眞正的好心人，不過我相當樂意盡最大的力量協助你，此言絕不假。那麼請你告訴我，你過去習慣做些什麼，還有你能做什麼。」

這時，我已經一口氣喝光我的茶。這杯飲料使我精神大振，就像是葡萄酒對巨人的作用那樣，它爲我衰弱的神經注入新的氣力，讓我能夠從容對付這個犀利的年輕審判官。

「瑞佛斯先生，」我邊說邊轉身面對他，就像他看著我那樣坦率、毫不膽怯地望向他，「你和你的兩個妹妹幫了我大忙，是一個最偉大的人能給自己同胞的最大幫助。你們大發慈悲，把我從鬼門關前救了回來，這份恩情是再多的感謝也不足以回報的。在某種程度上，你們確實有權要求我透露自己的祕密。我願意盡可能說明你們庇護的這個流浪者的來歷，唯其中涉及我自己和他人的道德與人身安全，還有會擾亂我心靈安寧的部分，恕我無法奉告。

「我是個孤兒，是個牧師的女兒。我的雙親在我學會認人之前就過世了。我從小寄人籬下，在一間慈善機構裡受教育，我甚至可以告訴你們那個機構的名字：某郡的羅沃德公益學院。我在那裡當了六年學生、兩年教師。瑞佛斯先生，你應該聽過這個地方吧？可敬的羅伯特・布拉克赫斯特牧師是那裡的財務主管。」

「我聽說過布拉克赫斯特先生這個人，也造訪過那間學校。」

「一年前，我離開羅沃德，成爲私人家庭教師。我得到一份不錯的工作，也過得很快樂。四天前，我不得不離開那個地方。離開的理由我不能說，也不應當說，因爲說了沒有用，卻可能招來危險，而且令人難以置信。問題並不在我身上，我一點罪過也沒有，就和你們三位當中的任何一人同樣清白。這件事讓我心裡很難受，尤其肯定會再難受好一段時間，因爲把我從那間我認定是天堂的屋子逐出的橫禍，實在既離奇又可怕。在計畫出走時，我只顧著兩件事，就是迅速和祕密。爲了做到這兩點，我不得不留下我擁有的一切，只拿走一個小包袱。沒想到當馬車在惠特克洛斯暫停，讓我下車時，在匆忙與心緒紊亂之際，我竟然忘了取走那個包袱。因此，當我抵達這附近時，可說是一無所有。我在曠野裡睡了兩晚，徘徊流浪了兩天，卻連一戶人家的門檻也沒有跨進去過，在這段時間我只吃過兩次食物。就在我因爲飢餓、筋疲力竭和絕望而奄奄一息的時候，正是你，瑞佛斯先生，不准我挨餓受凍死在你們家門口，並且好心收留我，帶我進屋內照料我。她們兩姊妹爲我做的一切我都知道，因爲在看似昏迷的期間，我並不是毫無知覺，我很感激她們自發、眞誠、親切的關懷，絕不亞於感謝你出於福音精神的慈悲行爲。」

我暫停述說的時候，黛安娜說：「別讓她再往下說了，席莊，她顯然還不適合這麼激動。愛略特小姐，請到沙發這邊來坐下。」

聽見那個假名，我遲疑了一下才開始動作，因爲我忘了我的新名字。彷彿什麼事都逃不過瑞佛斯先生的眼睛，他立刻就注意到了。

「你說你的名字是簡・愛略特？」他說。

「我確實曾這樣說。我認爲目前用這個名字是適合的，但它不是我的眞名，所以當我聽見有人這樣喚我，會感覺有點奇怪。」

「你不願意告訴我們你的眞名嗎？」

「不行。我害怕暴露行蹤，被人找著，所以任何可能會洩露身分的事，我都要避免。」

「我相信你說得沒錯。」黛安娜說：「好了，哥哥，讓她安靜地歇息一會兒吧。」

不過席莊沉思了幾分鐘後，又開始發動攻擊，態度和之前一樣沉著，但他的發問卻更爲凌厲。

「你不喜歡一直仰賴我們的熱情好客。我曉得，你希望盡快免除我妹妹的同情憐憫，最重要的是，免除我的賑濟施捨——我清楚意識到兩者之間的區別，但我不會對此感到忿忿不平，這是公允的。你很希望自己能夠自立，不必倚賴我們，對吧？」

「沒錯，我剛才已經說過了。眼前我只求有人能告訴我哪裡有工作，或是該怎麼找工作，然後讓我走，就算是到最簡陋的茅舍去也行。但是在那之前，請允許我待在這裡，我非常害怕再次經歷無家可歸的赤貧。」

「你的確應該住在我們這裡。」黛安娜說，她把白皙的手放在我的頭上。

「你應當住在這裡。」瑪莉也這樣說，她的語氣透露出一種含蓄的眞摯。

「你看，我的妹妹們覺得照顧你很有樂趣，」席莊先生說：「如同她們樂於照顧、呵護被凜冽北風掃進窗戶裡的一隻凍得半死的鳥兒。我卻很願意按照你的希望讓你自立，我也會努力這麼做。但是你要注意，我的力量有限，我只不過是個貧窮鄉村教區的在職教會牧師，我的協助肯定是最微不足道的那種。如果你藐視這日的事爲小[1]，你可能要另請高明，才能獲得更有效力的援助。」

「她已經說了願意做任何她能做的正派工作，」黛安娜幫我回答：「而且席莊你知道，她沒辦法選擇由誰來幫她，只得忍受像你這樣壞脾氣的人。」

「我願意當裁縫，願意做一般針線活兒，假如找不到更好的工作，我也願意當僕人或帶孩子。」我如此回答。

「那好，」席莊先生說，語氣相當冷漠。「既然你有這樣的志氣，我答應用我的時間、按我的方式來幫助你。」

說罷，他重新拿起剛才那本書繼續閱讀。我匆匆告退，因爲我說了太多話，坐了太久，這已經是我目前體力所允許的極限了。

譯註：

1出自《舊約・撒迦利亞書》第四章第十節。

Chapter 30

第三十章

我愈是認識荒原莊的居民，就愈是喜歡他們。不過短短幾天，我便已恢復到可以坐一整天，有時還可以外出散個步。我可以參與黛安娜和瑪莉的所有消遣活動，盡情和她們聊天，在她們允許時，出手協助她們。在這類人際往來中有一種振奮人心的樂趣，是我生平第一次體驗到的；這種樂趣來自品味、觀點和原則完美的意氣相投。

我喜歡閱讀她們愛讀的書，她們樂在其中的事也能讓我開心，她們認可的事我也十分推崇。她們深愛自己僻靜的家，而我對這棟年代久遠的灰色小型建築物也有相同感受——舉凡它低矮的屋簷、格子狀的平推窗、傾頹的石牆、在山風壓力下全都長得歪歪斜斜的老樅樹林蔭道，還有長滿紫杉與冬青的陰暗庭園，唯有適應力最強的植物才能在那兒開花——我在它身上發現一種使人心服且持久的魅力。她們眷戀包圍這棟小屋的紫色荒原，眷戀自家大門前那條礫石馬道通往的凹陷山谷。這座山谷先是蜿蜒穿越兩旁長滿蕨類的土坡，接著通過幾處荒蕪的小片牧草地，這些牧草地竟然與一片曠野相鄰，更提供灰色的荒原羊群及擁有毛絨臉龐的嬌小羔羊維生的糧食。她們滿懷熱情地眷戀這片景色，我能夠理解這種感覺，並且分享它的力量與眞實意義。我見識過這一帶的魅力，我體驗過其孤寂帶來的神聖感。我的眼睛盡情欣賞它隆起與綿延彎曲的輪廓，飽覽苔蘚、鐘狀歐石楠、點綴有花朵的草地、鮮豔的歐洲蕨、柔潤的花崗岩峭壁，爲山脊與小山谷染上各種狂野繽紛的色彩。對我來說，這些細節都是無數純淨又甜美的歡樂來源；對她們而言也是一樣。猛烈狂風與輕柔微風，難熬的一天與平靜的一天，日出與日落時刻，月光皎潔與烏雲密佈的暗夜，都使我和她們一樣，深受這個地區的吸引——

迷住她們的那種魔力，同樣包圍了我的感官。

在室內活動方面，我們也同樣投合。她們兩位飽讀詩書，不僅閱讀經驗比我豐富，轉化而出的智識談吐也遠比我高明許多，我遂懷抱熱切的興致，尾隨她們已踏過的學識之路。我狼吞虎嚥地啃讀她們借給我的書，等到傍晚，再和她們討論白天讀過的部分。那些討論讓我非常滿足，因爲我們的想法一致，意見相通。簡單來說，我們非常契合。

如果要從我們三人當中推派一個表現突出的領導者，那必定是黛安娜。就體質來說，她遠比我強；而且長相漂亮，活力十足。在她充沛的精力中流動一種讓我無法理解卻感到驚奇的生命力。當夜晚來臨，我還能說上一會兒話，但是等到最初的那陣興致與活力用盡後，我就只能落座黛安娜腳邊的矮凳，把頭靠在她的膝蓋上，聽她和瑪莉輪流發言，深入探討我所發起的話題。黛安娜說要教我德文，我喜歡跟著她學習：我看得出來，教師的角色讓她樂在其中，而且很適合她，就像學生的角色令我開心也適合我一樣。我們性情相投，彼此喜愛，因此，形影不離是很自然的發展。她們發現我會畫畫之後，馬上任我使用她們的畫筆與顏料盒。這項唯一強過她們一些的本事不僅讓她們大爲驚奇，也使她們深深著迷。瑪莉會坐在我身旁觀察我如何作畫，一坐就是一小時，後來還跟我學畫畫，而她是一個受教又聰明勤勉的學生。就這樣，我們互相作伴娛樂彼此，一天像一小時，一週像一日，時間過得飛快。

我和兩姊妹那迅速且自然滋長的親密感並沒有延伸到席莊先生身上。我們之間顯得疏遠的一個原因，是他難得在家。他的時間有一大部分都奉獻給探訪散居在他教區中的貧病之人。

任何天氣似乎都阻止不了這些教牧訪視。無論晴雨，每天早上晨讀後，他便會戴上帽子，帶著他父親的老獵犬卡羅，外出執行他出於愛的使命，或者該說是出於責任的使命呢？我實在不曉得他是從哪個角度來看待這件事。有時天氣實在太糟，他妹妹會勸他別去。這時他會帶著一抹奇怪的笑容，露出莊嚴多過愉快的表情，說道：「假如我為了一陣狂風或幾滴雨就把這些簡單的任務拋在一旁，這樣怠惰怎麼能為我替自己規劃的未來做好準備呢？」

聽見這個反問，黛安娜和瑪莉的反應通常是一聲長嘆，加上幾分鐘顯然是憂傷的靜默。

除了他經常缺席外，想要與他建立起友誼還有另一道障礙：他的個性似乎是矜持寡言、心不在焉，甚至慣於憂慮深思的。他熱中於教牧工作，私人生活與習慣也無可非議，然而他好像沒有享得每個虔敬的基督教徒與務實的慈善家應得的獎賞，即那種心靈的平靜與內在的滿足。傍晚時分，他坐在窗前的書桌旁，桌上攤著紙張，他往往會停下閱讀或書寫，用手托住下巴，任憑自己的思緒縱橫馳騁。我不知道那是什麼樣的思慮，但從他雙眼頻頻眨動，時而睜大時而放鬆的樣子看來，那必定是令人焦慮不安卻又興奮不已的情境。

除此之外，他並不像他妹妹那樣欣賞大自然之美。我只聽他說過一次，他很喜愛山巒崎嶇不平之美，也很眷戀他稱之為家的這片黑瓦與數道白牆組成的建築物。不過在他表明這份感情的字句和語調中，隱含的憂鬱似乎多過喜悅，而且他從來不會為了荒原那種令人寬心的靜默而到那兒閒逛漫步，也從來不曾發掘或陶醉於荒原帶給人的千百種平靜趣味。

由於他不愛說話，過了好一段時間後我才有機會一探他的想法。我聽了他在自己的教堂講道後，才對他的能力有了初步的瞭解。我希望能在此描述出那場布道，但那實在超出我的能力範圍，我甚至無法忠實地表達出它在我身上產生的作用。

布道的開頭很平靜——事實上，就演說方式與音調來說，這場布道自始至終都是很沉靜的，可是你很快就能感受到一股發自肺腑但嚴加節制的熱情注入那清晰的語調中，激發出生氣勃勃的語言，慢慢地愈說愈有力——簡潔、扼要、克制。傳道者的力量使信眾的心激動昂揚，使他們的腦無比驚訝，但無論是心或腦都沒有被打動。他的講道帶有一種奇異的苦澀感，缺少溫柔的慰藉，還經常嚴厲地提及喀爾文教派[1]的教義（上帝的揀選、救贖的預定、上帝的遺棄），而且每次提到這些論點時，聽來都像末日審判的宣告。在他的講道結束後，我不僅沒有感覺更好、更平靜、更受到啓發，反而體會到一種無法形容的悲傷，因爲我覺得——我不知道其他信眾是否也有同樣感受——剛才我聆聽的那番雄辯來自某個深淵，那裡積滿失望的混濁殘渣，無法滿足的渴求與焦急不安的抱負在那裡活躍騷動。我確定這樣正派無邪、一絲不苟、熱心虔敬的席莊・瑞佛斯尚未尋得神所賜予、出人意外的平安[2]。我認爲他和我一樣，沒有找到那平安。我還在爲我破滅的偶像與失去的極樂世界而暗自懊悔——最近我極力避免提起這些遺憾，但它們仍舊纏住我不放，專橫無情地欺壓我。

同時間，一個月過去，黛安娜和瑪莉再過不久就要離開荒原莊，回到等著她們且完全不同的生活與場景中，去某個時髦的英格蘭南部大城擔任家庭教師。雖然她們分別在不同的家庭任職，那兩家富有但高傲自大的家庭成員卻同樣認定她們不過是卑微的侍從，那些人既不知道也不想發現她們天生的美德，只看重她們後天的技能，如同賞識自家廚師的廚藝或自家女僕的品味。自從席莊先生答應幫我留意工作機會後，至今還沒有跟我提過這件事，但我必須有份工作來餬口的事已變得迫在眉睫。有天早晨，起居室裡只有我和他兩人，我大膽走近窗前凹室，那裡擺著他的書桌、椅子、邊桌，彷彿是間書房。我正打算開口說話，雖然不太知道該用哪些話來問他，因爲要打破罩住他本性的那層拘謹冰霜永遠是難事，沒想到他卻省去我這些麻煩，自己先開口了。

當我走近時，他抬起頭，說：「你有問題想問我？」

「對，我想問你是否打聽到有什麼職缺是我可以去做的？」

「其實早在三個星期前我已經找到，或者該說是已經想到了一個，可是你在這裡似乎過得很充實也很快樂。我妹妹她們顯然很喜歡你，你的陪伴帶給她們非比尋常的樂趣，我想我不好打擾你們和樂融融的相處，故想等到她們快要離開沼止居的時候再告訴你。」

「她們再過三天就要離開了是吧？」我說。

「對。而且等到她們出發後，我也會回到莫頓的牧師公館。漢娜會跟我一道回去，所以這棟老房子會上鎖、關閉起來。」

我等了一會兒，期待他繼續剛才那個話題，然他的思緒彷彿已切入另外一件事，神情已透露出他的心並不在我和我找工作的事情上。我不得不設法喚回他對這件事的注意力，畢竟此事攸關我未來生計，不能輕忽。

「瑞佛斯先生，你想到的是什麼樣的工作機會呢？我希望這個延誤不至於增加我爭取、得到這份工作的難度。」

「喔，不會不會。因為這份工作只取決於『我提出』，還有『你接受』這兩個條件。」

他再次閉口不說話，彷彿他不情願繼續似的。我逐漸不耐煩起來，靠著一兩個坐立不安的動作，加上急切又嚴厲地盯著他瞧，這些肢體動作有效地傳達了我的感受，甚至比言語還便捷。

「你眞的不用急著想聽，」他說：「讓我老實告訴你吧，我的提議不是什麼讓人特別中意或有利可圖的事。在我進一步說明前，若你願意，請回想我早先的聲明，我說如果我幫助你，必定就像盲人幫助瘸子一樣。我很窮，因為我發現，當我還清我父親的債務後，剩下來的祖產就只有這棟搖搖欲墜的農莊、屋後那排傷痕累累的樅樹、一小塊荒原土地，還有前院那些紫杉和冬青。我默默無名：瑞佛斯是個古老的姓氏，但是我們這一脈僅有的三個傳人，兩個得在陌生人的屋簷下掙錢糊口，而第三個認為自己是遠離故土的異鄉人——不只生前，連死後也如此。沒錯，他認為，而且他勢必認為這樣的命運是自己的光榮，渴望有一天掙脫塵世束縛的十字架會放在他肩上，而那位教會鬥士中最為謙卑的成員，同時也是其首領的人，便會下令說：『起來，跟從我！』」

席莊像講道般對我說出這番話，他的聲音穩重深沉，臉不紅氣不喘，眼神閃閃發亮。他接著說：「既然我自己貧窮又卑微，我能提供你的，自然也是貧窮又卑微的工作。你甚至可能會認為它貶低你的身分，因為現在我知道你的氣質是世人所謂的文雅有教養，你的品味傾向於理想派，你往來的對象至少都是受過教育的人。不過我認爲，凡是能讓人類變得更好的工作，都不會降低從事者的身分。我相信，一個基督徒勞動者被分派到的耕作土地愈是乾旱、未經開墾，他辛勤勞動帶來的報酬愈是貧乏，他享有的榮譽就愈高。在這種情況下，他的境遇正是先驅者的命運，那些傳播福音的首批先驅者稱作使徒，他們的領導者正是救世主耶穌。」

「嗯哼，」當他又停頓下來，我開口道：「請繼續說。」

在繼續之前，他盯著我瞧，不慌不忙地研究我的臉，好像我的五官和臉上線條是書頁上的文字。經過這番詳細審查後，他透過接下來的談話，把部分的結論表達出來。

「我相信你會接受我提供給你的這份職務，」他說：「儘管不是永遠，但至少會出任一陣子，就像我也不會永遠擔任英格蘭鄉村牧師這個縛手縛腳、平靜又不顯眼的狹隘職務一樣。因爲你和我相似，天性當中有種不穩定的特質，只不過類型並不同。」

「請你說得更清楚一些。」他再次沉默，我催促他往下說。

「我會的，你會聽見這個提議有多蹩腳、多麼微不足道、多麼處處受限。我不會長期停留在莫頓。如今我父親已過世，我就是我自己的主人。我打算在十二個月內離開這個地方，但是只要我還在這裡，就會竭盡所能改善這個地方。兩年前我剛到莫頓時，這裡連一所學校也沒有，窮人家的孩子完全沒有進步的可能。我早先爲男孩辦了一所學校，現在我想開設第二間，供女孩就學。爲此，我已租下一棟房子，附有一間兩房的小屋，可做爲學校女教師的住處。她的薪水是一年三十英鎊，她的住處有附傢俱，非常簡樸但功能完備。這一切全拜奧利佛小姐的仁慈所賜，她是我教區中唯一的有錢人奧利佛先生的獨生女。奧利佛先生是這附近一間製針廠與鑄鐵廠的業主。這位好心的淑女還願意出錢支付一位濟貧院孤女的教育和衣著費用，條件是這個女孩必須在女教師忙於教學而無法親自料理家中或學校庶務時，從旁協助分擔這些雜事。你願意擔任這份教師的工作嗎？」

他這個提問來得很突然，似乎預期自己大概會得到氣憤的，或至少是輕蔑的拒絕。他不清楚我的所有心思與感受，儘管他猜到一些，可他終究無從判斷我會如何看待眼前的命運。坦白說，這份工作是卑微的，但能提供我住處，而我正需要一個安身立命的地方。雖然它沉重且吃力，但相較於在某個富裕家庭中擔任家庭教師，這份工作具有相當的自主性。為陌生人工作得受人任意差遣的恐懼深深烙印在我的靈魂上，況且這份工作並非不光彩、不值得尊重或有辱人格，因此我拿定主意，說：「瑞佛斯先生，很感謝你的這項提議，我誠心誠意地接受。」

「你真的完全瞭解我的話嗎？」他說：「它是間鄉下學校，你的學生全都是窮人家的姑娘、鄉下孩子，充其量也不過就是農夫的女兒。你必須教她們的，不過是編織、縫紉、閱讀、寫字和算術。你所有的才華全都派不上用場，這可怎麼辦才好？而且又該拿占據你大部分心思的情感和品味怎麼辦好呢？」

「留待需要的那天吧，它們不會消失的。」

「所以你知道自己答應接下的是什麼樣的工作嗎？」

「我很清楚。」

這一刻他笑了，不是那種苦澀或憂傷的笑容，而是非常開心、深感欣慰的笑顏。

「那麼，你打算什麼時候開始執行你的職務呢？」

「明天我就搬去我的住處，如果你同意，學校可以在下週開學。」

「太好了，那就一言為定。」

他站起來，走到房間的另一頭。突然，他站住不動，再次注視我，輕輕地搖了搖頭。

「瑞佛斯先生，有什麼事讓你不贊同嗎？」我問。

「你在莫頓待不久的，沒錯，不可能！」

「爲什麼？你有什麼理由這樣說？」

「我在你的眼中讀到這樣的訊息，訴說你不會甘於安穩平靜的生活。」

「我不是野心勃勃的人。」

聽見「野心」這個詞讓他吃了一驚，他喃喃重複道：「不會吧。是什麼讓你想到野心？誰充滿野心？我知道我自己是這樣，但你是怎麼發現的？」

「我說的是我自己。」

「喔，如果你不是野心勃勃，那你就是……」他停頓不語。

「是什麼？」

「我本來想說充滿熱情，但你也許會誤解這個詞，還會覺得自己被得罪了。我的意思是，人類的感情與支持態度對你有非常強大的影響力。我確信，要你獨自打發閒暇時光，將你的工作時間全都奉獻給缺乏刺激、單調乏味的勞動，這種生活是無法長久滿足你的。」他又愼重地補充：「就像我也不會滿足於老是住在這裡，被埋沒在沼澤裡、被幽禁在山中，違背上帝賦予我的天性，斷送上帝賜予我的能力。現在你聽見我是如何自相矛盾，我宣揚人應滿足於卑微的命運，就算擔任劈柴挑水的人也是服事上帝。但我，祂的按立牧師，卻在自己的焦躁不安中咆哮怒吼。唉，總得想個辦法來調和志向與原則。」

他走出了房間。在這短短一小時內，我對他的瞭解遠遠超過之前一整個月的認識，儘管他的言行依舊讓我迷惑不解。

隨著離開哥哥和自己家的日子逐漸逼近，黛安娜和瑪莉・瑞佛斯的心情愈來愈不好受，兩人也因此益發沉默。她們嘗試表現出什麼事也沒有的樣子，但是她們必須奮力對抗的哀傷卻不容易完全克制或隱瞞。黛安娜透露，這次分別和以往所知的任何一次完全不同。就席莊來說，這次的分離也許會是好幾年那麼久，甚至是從此永別。

「他為了那琢磨已久的決定，不惜犧牲一切，」她說：「包括親情和更強有力的感情。簡，席莊看起來很穩重，可是他骨子裡藏著一種狂熱。你可能會認為他溫文有禮，不過在某些事情上，他可是像死亡一樣無情。但最糟糕的是，我的良知並不允許我勸阻他別去做那種艱鉅的決定。當然，我絕不會因此責怪他，那是正確、高尚、符合基督教義的，只是它讓我心碎！」說到這裡，眼淚一下子湧上她漂亮的雙眼。瑪莉低著頭繼續做女紅。

「我們現在沒了父親，很快就會沒有家，沒了哥哥。」她低聲嘟囔道。

在那一刻發生了一樁小意外，就像是命運故意要證明「禍不單行」這句諺語的眞實性，在她們的煩惱上再添一樁煩心事。席莊手拿一封信閱讀，他從窗外走過，這時走進了屋內，說：「約翰舅舅過世了。」兩姊妹頓時愣住了，並不是震驚，也不是害怕。從她們眼裡透露的神情看來，這則訊息與其說是悲痛，倒不如說是非常重要。

「死了？」黛安娜重複道。

「對。」

她用搜尋的目光牢牢盯住她哥哥的臉瞧。「然後呢？」她低聲詢問。

「什麼然後？黛，」他回答，臉上維持大理石般不動聲色的表情。「什麼然後呢？唉，什麼也沒有。你自己讀吧。」

他把那封信扔在她的膝蓋上，她粗略地瀏覽一遍，就把信轉給瑪莉。瑪莉沉默地細讀，隨後把信交還給哥哥。他們三個人望著彼此，接著全都笑了，是一種十分陰鬱、淒涼的笑容。

「阿們！幸好我們還過得下去。」黛安娜最後這麼說。

「反正這件事不會讓我們比以前更加貧窮。」瑪莉說。

「只不過，這是逼迫我們去設想原本可能會發生的情況，」瑞佛斯先生說：「相較於實際境遇，兩者的對比未免太過鮮明。」

他把信摺好，鎖進書桌中，接著又走了出去。

有好幾分鐘沒有人說半句話。黛安娜接著轉向我。

「簡，你可能對我們剛才的反應和談論的事感到好奇，」她說：「認爲我們鐵石心腸，居然連舅舅這樣的至親過世都沒多表現出哀痛的樣子。不過我們從來沒有見過他，也對他不大瞭解。他是我母親的哥哥，我父親和他在很久以前曾經爭吵不和。就是他建議我父親將大多數的財產投入投機買賣中，結果使我父親破產。他們彼此指責是對方的錯，最後在憤怒中拆夥，此後從未言和過。後來我舅舅的事業做得很成功，累積出一筆兩萬英鎊的財富。他終身未婚，除了我們和另外一個人，就沒有其他血親了。另外那個人和舅舅的血緣關係並不比我們和舅舅更爲密切，我父親一直懷有一個希望，他相信舅舅會把自己的財產留給我們，以彌補當年他犯的錯。剛才那封信通知我們，舅舅在遺囑中將所有財產全都遺贈給另外那個親戚，只留下三十幾尼[3]給席莊、黛安娜和瑪莉．瑞佛斯三人均分，讓他們購買三只哀悼戒指。當然，他有權隨自己高興怎麼做，然而，收到這樣的消息不免讓人一時有些洩氣。假如瑪莉和我各自擁有一千英鎊，我們便覺得自己夠有錢了；對席莊來說，這樣一筆金額的遺贈會是很有用的，因爲他能夠運用那筆錢去做他想做的好事。」

經過這番解釋，這個話題就此打住，無論是瑞佛斯先生或他的妹妹都沒有再進一步提起。第二天，我離開沼止居，前往莫頓。一天後，黛安娜和瑪莉也離開這個家，前往遙遠的某城。一週後，瑞佛斯先生和漢娜動身前往牧師公館，於是這間老農莊就此廢棄不用了。

譯註：

1 喀爾文教派（Calvinism），十六世紀由法國神學家喀爾文所創立的基督教新教派，強調上帝與聖經的權威，倡導「預選說」，即或救贖者乃由上帝所定，人應尊崇實現上帝的旨意以獲榮寵。

2 語出《新約聖經・腓立比書》第四章第七節。

3 舊時英國金幣，一畿尼為一點五英鎊。

Chapter 31

第三十一章

現在我終於有家了。我的家是間農舍，樓下的小房間有四面白粉牆，地板鋪滿沙，裡頭有四把油漆過的椅子與一張桌子、一個時鐘、一座碗櫥，碗櫥裡有兩三個盤子，加上一套台夫特[1]藍陶茶具組。樓上的臥房和樓下的廚房等大，裡頭有一張松木床架和一座五斗櫃。櫃子尺寸雖小，但要收納我少少的幾件衣衫（儘管我溫柔大方的朋友已爲我添了適量的必要衣物）已經綽綽有餘，甚至嫌太大了。

此時已是傍晚。我用一顆柳丁做爲報酬，打發走那個被派來當我女僕的小孤女，一個人獨坐在壁爐前。今天早上，這間鄉村學校開學了，我有二十個學生，但只有三個識字，沒有半個人會寫字或算術。有些學生懂得編織，只有極少數人會做一點點針線活兒，她們說話的腔調帶著濃重的地方口音，目前我和她們還無法完全理解彼此的語言，其中幾個不但沒有規矩、粗魯、難管教，還很無知，不過其他人倒頗溫順聽話，有學習意願，表現出討我喜歡的性情。我絕不能忘記，這些穿著粗劣衣裳的鄉下姑娘和那些家世良好的子弟一樣有血有肉，她們的內心也跟那些名門淑女一樣，存在與生俱來的優秀、高雅、才智、寬容的胚芽，我的職責是培育這些幼芽，我一定能在執行這麼重要的職務當中找到某些喜悅。我不奢望眼前的生活能有太多樂趣，但只要我調整好心情，盡己所能地努力，這份工作必定能帶給我足夠的動力，讓我逐日過下去。

今天早上和下午，我在那個空蕩蕩的簡陋教室裡度過時，我是滿心歡喜、自在滿足的嗎？如果不欺騙自己，我就得回答：不，我感覺有些孤獨淒涼。我感覺——是呀，我眞蠢——我感覺自己墮落了。我懷疑自己跨出的這一步不是提高，而是降低了自己的社會地位，我對身邊所見所聞的無知、貧窮、粗野感到無力的失望。

但別讓我因爲這些感受而厭惡或鄙視自己，我曉得有這些感受是錯的——那無疑是一大進步，接下來，我會努力克服它們的。我相信，明天我就會減輕許多成見，幾週後，也許就能完全克服；再等到幾個月後，我會很高興看見學生有進步、變得更好，於是滿意便會取代原有的嫌惡。

同時間，我捫心自問起來：哪個比較好？向誘惑屈服，聽從激情，不必痛苦地努力，無須奮力掙扎，就這麼落入柔軟光潔的騙局中；在鋪滿花朵的床上沉睡，在南方的氣息中醒來，置身於某間休閒別墅的奢華中，以羅契斯特先生的情婦這個身分在法國生活，有一半的時間因他的愛而狂喜不已，因爲他會，噢，沒錯，有一段時間他會非常非常愛我。他確實曾愛過我，再也沒有人會像他那樣愛我了，我再也聽不見關於美麗、年輕和優雅的讚美，因爲其他人絕不會認爲我擁有這些迷人的特質。他喜歡我，且以我爲榮——這是其他男人絕不會有的反應。哎呀，我的心思這會兒是遊蕩到哪裡去了？我在說些什麼？最重要的是，我在回味什麼啊？剛才我想問的是，究竟是在法國馬賽的癡人美夢裡當個奴隸——這一刻沉醉在虛妄的幸福中，下一刻就淹沒在自責和羞愧的苦澀淚海裡——比較好？還是在健康的英格蘭中部，一處微風輕拂的山上僻靜處，當個自由且誠實的鄉村學校女教師好呢？

是的，現在我覺得自己堅持原則與律法，拒絕狂熱時刻不理智的衝動是正確的。上帝指引我做出正確的選擇，我感謝祂的引導！

經過這番黃昏沉思，作出這樣的結論後，我站起身，走到門邊，凝視這個豐收季節的日落，還有小屋前這片寧靜原野。我的小屋和這所學校距離村莊有半哩距離。鳥群正在吟唱今天的最後樂章——

微風和煦，露珠芬芳。[2]

當我注視這片景色時，我以爲自己很快樂，卻驚訝地發現自己正在流淚——這是爲什麼呢？因爲命運將我從我的主人身旁奪走，因爲我再也見不到他，因爲我的離去帶來絕望的憂傷與致命的憤怒，此刻或許正讓他誤入歧途，從此永遠墮落，再沒有回頭的機會。一想到這，我把臉撇開，不再望向傍晚絢麗的天空和莫頓荒涼的山谷——我說荒涼，是因爲就我看得見的這一帶來說，除了教堂和牧師公館半隱身在林間，還有視野盡頭的維爾莊園屋頂，此外別無其他建築物。維爾莊園是富裕的奧利佛先生和他女兒居住的地方。我用手遮住雙眼，把頭斜倚在大門的石框上。不一會兒，分隔我的小花園與外頭牧草地的那扇小門附近傳來輕微聲響，我抬起頭，看見一條狗正在用鼻子推開那扇門——是老卡羅，瑞佛斯先生的指示犬，而席莊先生本人則是雙手抱胸，靠在那扇門上。他皺著眉頭，表情沉重，用幾乎是不悅的目光牢牢盯著我瞧。我開口邀請他進屋來坐坐。

「不了，我不能久留。我只是把我妹妹留給你的一小包東西送過來。我想裡頭有一盒顏料、一些鉛筆和紙張。」

我走上前去接過那包東西，這是一份令人開心的禮物。當我走近，我察覺到他很嚴肅地端詳起我的臉，應該是我臉上的淚痕太過明顯吧。

「你覺得第一天的工作比你想像的來得辛苦嗎？」他問。

「怎麼會！正好相反，我認爲過一段時間，我就能和學生相處得非常融洽。」

「還是你的住宿安排，像是這間小屋或裡頭的傢俱讓你不太滿意？它們的確是很簡陋，不過——」

我打斷他的話，說：「這間小屋既整潔又乾爽，裡頭的傢俱一應俱全，十分便利。我看到的這一切都讓我無比感激，而不是失望。我絕不是個傻瓜，也不是什麼追求感官快意的人，我不會因爲少了地毯、沙發或銀製餐盤就大失所望，更何況五個星期前我一無所有，當時我是個流浪者、乞丐、無業遊民，如今我有熟人、有家，還有一份工作。上帝的仁慈、朋友的寬厚、命運的慷慨在在教我非常驚訝。我沒有什麼好抱怨的。」

「或是你覺得獨居過於沉悶？你背後的這間小屋既黑暗又空虛。」

「我到現在都還沒有時間去享受安靜的感覺，更不用說會覺得孤單冷清了。」

「是嗎？那就好。我希望你真的是像你說的那樣滿意這一切。不管怎樣，你的理智會告訴你，現在就像羅得之妻那樣猶豫畏懼[3]還言之過早。當然，我無從得知在我遇見你之前，你究竟拋棄了些什麼，但是我勸你堅決抵抗每一個讓你想要回頭的誘惑，至少花幾個月的時間，穩定地追求你眼前的事業。」

「那正是我打算做的。」我答道。

席莊遂繼續說下去。

「要控制自己的心思和扭轉天生的愛好是件苦差事，不過我從經驗裡得知，這是可能做到的。上帝賦予我們某種程度的力量，讓我們創造自己的命運。當精力似乎在要求某種它們無法取得的食物，當意願努力走向一條我們無法踏上的道路，我們不必因爲營養不足而挨餓，也不必因絕望而停止不前。我們可以爲心靈尋找出另一種養分，正如它渴望一嘗的禁忌食物那樣好，也許滋味還更加甘美；我們可以爲那雙富有冒險精神的腳闢出一條也許比較顚簸難行，卻和人生機運擋住不讓我們走的那條路一樣筆直、一樣寬廣的新路。

「一年前，我曾經非常痛苦，因爲我認爲自己選擇擔任牧師是錯的，千篇一律的職責讓我厭煩得要命。我渴望過上更活潑的生活，從事更有意思的文學事業，嚮往當個藝術家、作家、演說家……只要不是牧師，什麼都好。沒錯，我雖然身披助理牧師的聖袍，心裡卻想當政治家、軍官，我渴求榮耀、追逐聲名、貪戀權力。我仔細想了想，我的人生如此悲慘，非得有所改變不可，否則我一定會死。經過三個月的黑暗與掙扎，終於露出一線光明，帶來一絲寬慰，我狹隘的生活突然伸展開來，化爲無邊無際的平原——我的才能聽見來自天國的召喚，要它們奮起，卯足全力，展翅高飛。上帝交給我一份使命，祂要我到遠方好好執行這份差事。舉凡技巧和力量，勇氣和口才，那些軍官、政治家和演說家必備的卓越本領都是不可或缺的，因爲一個優秀的傳教士必得兼具這些能力。

「我下定決心要成爲一個傳教士。從那一刻起，我的心態徹底改變了，所有的枷鎖亦全都解除了，紛紛脫離我的每一種官能，沒有留下任何束縛，只有令人難堪的疼痛——那只能靠時間來療癒。其實，我父親很反對我的這項決心，但現在他過世了，已無什麼正當的阻礙能干擾我。等到有幾件事處理妥當，爲莫頓教會找到繼任者，將一兩樁糾葛的感情理清或斬斷——這是我與人類弱點的最後一場戰鬥，我知道我必能克服，因爲我已經發誓自己將會克服——我就會離開歐洲，啓程前往東方。」

他用自己特有的，抑制卻有力的聲音訴說這一切。語畢，他的目光不是落在我身上，而是望向西沉的夕陽，我也凝視著那夕陽。我和他都背對著通往小門外那片原野的那條小徑，我們沒有聽見腳步聲穿越那長滿了草的小徑。在此時此景當中，流過山谷的淙淙河水是唯一的聲音，讓人感覺格外放鬆、平靜。因此，突然間聽見一個銀鈴般甜美的歡快聲音大聲說話時，我們都被嚇了一大跳。

那聲音說：「晚安，瑞佛斯先生。晚安，老卡羅。先生，你的狗比你更快認出朋友呢！我人還在原野的那一頭，牠已經豎起耳朵，搖著尾巴了，而你到現在仍背對著我呢。」

這是眞的。雖然瑞佛斯先生剛聽見那聲樂音般的嗓音時大吃一驚，彷彿一聲霹靂劃破他頭頂的雲朵，可是直到對方說完話時，他的站姿還是跟方才被嚇一跳時的姿勢一模一樣——一隻手臂靠在門上，臉望向西方。最後，他愼重從容地轉身，我覺得他身旁彷彿出現了一位天仙。離他三呎外的地方，有個全身純白裝扮的身影。那是個年輕優雅的身形，豐滿但曲線玲瓏，她彎下身撫摸卡羅後，抬起頭，掀開裹住秀髮的長頭巾，在他的注視下，出現了一張完美的美人臉蛋。完美的美人是個強烈的形容敘述，但我不會收回或修飾，因爲在她這個例子上，英格蘭溫和氣候塑造出來的甜美五官，還有濕潤的強風與霧茫茫的天空培育養護出來的玫瑰與百合般純淨的膚色，使得那個形容確實恰如其分。她的美貌不缺一絲魅力，也不見任何缺點。這個年輕女孩有著勻稱細緻的五官，眼睛的形狀與顏色就像我們在動人畫作中常看見的那樣黑亮渾圓，長而濃密的睫毛讓美麗眼眸增添一份溫柔的魅力，像鉛筆描繪的眉毛清楚有形，白皙光滑的額頭爲濃豔的美貌平添了恬靜的色調與光輝，鵝蛋形的臉頰潔淨又光滑，雙唇新鮮飽滿、紅潤健康、形狀可愛，平整發亮的牙齒毫無瑕疵，小巧的下巴兩邊帶著酒窩，還有一頭豐盈濃密的長髮——總之，這個女子集所有優點於一身，體現了理想美人的眞義。我驚嘆地注視這個美麗的生物，發自內心地欣賞她的美。大自然塑造她的時候確實有所偏袒，忘了自己通常像個小氣後母似地只肯分贈薄禮，一反常態地如同慈祥奶奶般，對這個心肝寶貝大方送上厚禮。

瑞佛斯先生怎麼看待這個人間天使呢？當我看見他轉身面對她，看著她的時候，我不由得問了自己這個問題，同時也很自然地往他臉上尋找答案。這時他已經把目光從這個仙女身上收回，轉而盯著小門旁一叢不起眼的雛菊瞧。

「這是個迷人的夜晚，不過，這個時間你單獨一人外出實在太晚了。」他邊說邊用腳踩碎雛菊閉合的雪白花瓣。

「喔，今天下午我才剛從S城[4]（她指的是距離此地約莫二十哩遠的某個大城）回到家。爸爸告訴我，你的學校已經開學，新老師來了，所以喝完午茶後我就戴上帽子，跑來山谷這裡看看她。這就是她嗎？」她指著我問。

「沒錯。」席莊說。

「你覺得你會喜歡莫頓嗎？」她問我，語氣和態度率直而天眞，雖然聽來孩子氣，卻著實討人喜歡。

「我希望我會。有很多誘因讓我喜歡這裡。」

「你覺得你的學生和你期待的一樣專注嗎？」

「差不多。」

「你喜歡你的房子嗎？」

「很喜歡。」

「我把它裝潢得還不錯吧？」

「非常棒，眞的。」

「找艾莉絲・伍德來侍候你也選得不錯吧？」

「你選得很棒。她很肯學，手也很巧。」我心想，這就是那位女繼承人奧利佛小姐了。看來她不只得到財富的贈與，還有大自然的偏愛！我眞想知道她誕生的時候，主宰的星體是什麼樣的巧妙組合呢？

「我會不時過來幫忙你教學，」她補充道：「偶爾過來拜訪你對我會是一種改變，而我喜歡改變。瑞佛斯先生，我待在S城的期間，過得好開心哪。昨晚，或者應該說是今天凌晨，我跳舞跳到兩點鐘喔。自從動亂後，第×軍團就一直駐紮在那裡。那些軍官可是全世界最討人喜歡的男人了，比起他們，我們家鄉所有磨刀製剪的年輕工匠和商人全都相形見絀呢。」

有那麼片刻，我看見席莊的下唇向外伸，上唇緊抿。在這個女孩嘻嘻哈哈地告訴他這件事的時候，他的嘴是緊閉的，下半部的臉露出不尋常的嚴峻古板。他把目光從那叢雛菊移到她身上，那是個沒有笑意、意味深長的銳利凝視。她用第二波笑聲回應他的眼光，那笑聲頗適合她的年輕、她的美貌、她的酒窩、她的明眸。

席莊默不作聲，表情沉重地站在那裡，她只好又彎腰撫摸卡羅。「可憐的卡羅愛我，」她說：「牠才不會對朋友板起臉孔、態度冷淡。如果牠能開口說話，才不會悶不吭聲呢。」

當她拍著那條狗的頭，在牠年輕嚴肅的主人面前自然優雅地彎身時，我看見有朵紅雲爬上牠主人的臉龐。我看見他冷峻的眼神被突如其來的大火融化，閃現不可抵抗的情感。這樣的臉紅和激動使他身為男人的俊美，幾乎與她身為女人的嬌美平分秋色。他的胸膛一度起伏，彷彿他碩大的心臟厭倦了專橫的壓縮，於是不顧意志的指揮而擴張增大，還爲了獲得自由而做出活力十足的蹦跳。但他抑制它，我想，就像堅決的騎士會約束一頭用後腿站立的駿馬那樣。他對這套溫柔攻勢毫無回應，沒說半個字，也沒有任何肢體行動。

「爸爸說你現在都不來看我們了，」奧利佛小姐抬頭看他，繼續說道：「你可是維爾莊園的稀客呢。今天晚上他一個人在家，而且身體不太舒服，你願意跟我一起回去探望他嗎？」

「這個時間去打擾奧利佛先生不太恰當。」席莊回答。

「這時間不太恰當！什麼話，我說現在正是時候，現在正是爸爸最想要有個伴的時候了。這時一天的工作告一段落，手邊沒有公事要忙。好啦，瑞佛斯先生，來嘛，你爲什麼要這麼害羞，這麼陰鬱呢？」接著，她用自己的答案塡補他的緘默在對話中留下的空隙。

「啊，我忘了！」她驚呼，搖了搖那頭美麗的鬈髮，彷彿對自己的作爲很震驚。「我眞是荒唐又欠考慮！請原諒我，我忘了你有好理由不適合加入我的喋喋不休。黛安娜和瑪莉離開你，荒原莊也暫時關閉，所以你覺得很孤單。我眞的很同情你，請你一定要來看爸爸。」

「今晚不行，羅莎玫小姐，今晚不成。」

席莊先生幾乎像個機器人般說話，只有他自己才知道，要費多大的力氣才能這樣斷然拒絕。

「好吧，如果你非得這麼頑固的話，那我要走了。露水開始滴下來，我不敢再待下去了。晚安！」

她伸出手，他只輕輕碰了一下。「晚安！」他吶吶地重複，聲音又輕又悶，像是回聲般。她轉身，但馬上又轉了回來。

「你還好嗎？」她問。她大有理由這樣問，因爲他的臉蒼白得像她身上的衣裳。

「我很好。」他口齒清晰地宣布道。接著，他點頭致意，離開了那扇小門。她走向一方，他走向另一方。她踩著仙子般的腳步輕快走向原野，兩次回頭目送他；而他穩健地大步跨過原野，一次也沒有回頭。

這齣精采絕倫的痛苦與犧牲大秀奪走我的心思，不讓我耽溺於沉思自己的悲劇。黛安娜・瑞佛斯說她哥哥「像死亡一樣無情」，她這話可一點也不誇張。

譯註：

1台夫特（英語：Delf，荷蘭語：Delft）爲荷蘭東印度公司在荷蘭六大據點之一，同時期由中國引入瓷器，發展成聞名世界的台夫特藍陶。

2出自蘇格蘭詩人司各特爵士（Sir Walter Scott, 1771-1832）的詩作〈最後吟遊詩人之歌〉（The Lay of the Last Minstrel, 1805）。

3上帝要毀滅罪惡的所多瑪城，預先警告善心的羅得帶妻女先逃出城外，並囑咐他們不可回頭看。偏偏羅得的妻子忍不住回頭一看，立刻就變成了一根鹽柱。見《舊約聖經・創世紀》第十九章第十二到二十六節。

4這裡所謂的S城，指的可能是雪菲爾（Sheffield），該城以製造刀叉等餐具聞名，且爲西元一八三九至一八四〇年間憲章運動動亂的發生舞台。

Chapter 32

第三十二章

我持續在這間鄉村學校盡己所能地努力工作。起初來說眞的是件苦差事，過了許久，費盡心思與工夫，我才終於瞭解我的學生，瞭解她們的性情。她們完全沒有受過教育，智識未開，在我看來，她們簡直愚鈍得無可救藥，而且乍看之下，所有人都一樣蠢笨，但很快我便發現自己錯了。就像受過教育的人不會完全一模一樣，她們之間也有差異。當我逐漸瞭解她們，而她們也逐漸認識我後，這個差異便迅速發展開來。剛開始，她們對我這個人、我的語言、我的規矩、我待人處世的方法，處處感到驚奇，等到習慣以後，這些長相粗獷、說話土氣的學生當中，有幾個開了竅，變成相當機靈聰敏的女孩，許多學生展現出熱情親切的一面，還有不少學生具備天生的禮貌與自尊心，也頗有才能——這些轉變不但贏得我的善意，也贏得我的讚賞。這些學生很快就樂於做好自己的分內工作，保持自身整潔，有規律地學習功課，並養成安靜有序的禮儀。她們在某些方面的進步神速甚至讓人大感意外，對此，我由衷地感到驕傲。此外，我開始喜歡上其中幾個表現傑出的女孩，而她們也喜歡我。在我的學生當中有好幾位是農夫的女兒，幾乎是成人的年輕女子，這些學生已經懂得閱讀、寫字和針線活兒，我便教她們基本文法、地理、歷史，以及更精巧的女紅。我在她們當中的幾個人身上看見值得敬佩的特質——求知若渴與力求進步——我和這樣的學生在她們自己家中度過許多愉快的夜晚。她們的父母（農民夫婦）對我相當殷勤。接受他們單純的善意和體貼地回報他們，是一種享受。我用尊重，用仔細看待他們的感受做爲回報。儘管他們或許不太習慣被這樣對待，但是這麼做既能使他們開心，還對他們有好處，因爲當他們看見自己這樣被抬舉，自然也會想要表現出自己確實值得受到恭敬對待的樣子。

我感覺自己在鄰里間變成十分受歡迎的人物。只要我外出，總會聽見到處傳來熱情親切的招呼聲，人人都對我露出友好的笑容。活在眾人的尊敬當中，雖然只是來自勞動階層的敬重，也像是「沐浴在陽光下，心情既平靜又舒暢」[1]，安詳的內心感受被照耀得發芽開花。在我人生的這段時期，心中經常充滿感恩，而不是沉浸在沮喪之中。然而，親愛的讀者，我要告訴你們，在平靜而充實的生活中——白天我很努力指導學生，夜晚我心滿意足地獨自一人畫畫或閱讀——累了一天之後，夜裡我經常會作怪夢。那些夢色彩繽紛，焦慮不安，充滿空想、激動、激烈爭吵。那些夢發生在不尋常的場景中，夢境充滿刺激的風險與浪漫的機遇。我總是在緊張刺激的危機中，一再遇見羅契斯特先生，而後感覺到自己身在他的懷抱中，聽見他的聲音，迎上他的目光，撫摸他的手和臉頰，愛他，被他深愛——於是又重新燃起那種想要在他身旁度過一生的希望，就像當初那麼強烈、那麼火熱。然後我就醒了。接著我會想起自己身在何處，處在什麼樣的情況下，緊接著，我會在沒有床帷的床上坐起來，發抖顫動；然後那寂靜深沉的暗夜會見證絕望的騷動，聽見激情的迸發。第二天早晨九點之前，我會準時打開學校大門，平靜沉穩、有所準備地迎向一天的慣常職責。

羅莎玫．奧利佛果然遵守諾言來探望我。她通常會在早晨騎馬的過程中，順道來學校短暫拜訪。她會騎著小馬慢跑到學校大門，後頭還跟著一位騎馬穿著制服的隨從。她身穿紫色長袍，黑色天鵝絨材質的亞馬遜帽優雅地戴在頭上，一頭長鬈髮在她肩上輕盈飄動，不時輕吻她的臉頰，實在很難想像還有什麼能比她的外貌更優美細緻。而她就這樣走進這棟土裡土氣的建築物中，穿梭在成排的鄉村孩童間。她到校的時間通常是瑞佛斯先生忙著上每日教義問答課的時候，我很擔心這位訪客的銳利眼神會刺穿這位年輕牧師的心。就算他沒有親眼瞧見她走進學校，某種本能似乎亦會警告他；如果她出現在教室門口，即使當時他的目光望向別處，他的臉頰依然會立刻飛紅，儘管他那大理石般的五官拒絕放鬆，卻會產生難以形容的微妙變化，在極度沉默間展現出一種壓抑的激情，那遠比抽動的肌肉或流轉的目光所能表達的情感更為濃烈。

當然，她深知自己的力量。確實，他沒有向她隱瞞此事，因爲他無法隱瞞。儘管他嚴守基督徒的禁慾主義，當她走上前來跟他說話，當著他的面很開心地、充滿鼓勵意味地，甚至是深情地微笑時，他的手會禁不住顫抖，雙眼發出光亮。他雖然不肯說出口，但哀傷又堅決的表情彷彿說著：「我愛你，我知道你也喜歡我。並不是無望的結果讓我說不出話來，如果我獻上我的心，相信你會接受它。只不過，那顆心早已躺在神聖的祭壇上，火已經環繞在它身旁。它很快就會只是個被燒得精光的祭品。」

這時候她會像個失望的小孩那樣噘嘴，一副哭喪臉會削弱她的活力四射，她會匆忙抽回被他握住的手，負氣別過臉去，不看他那張既像英雄又像殉道者的臉。在她這樣離開他的時候，席莊原本會放棄一切，去跟隨、喚回、留住她，但是他卻不願放棄進入天國的機會，也不肯爲了溫柔鄉而放棄永恆的天堂。況且，他本性中的流浪者、懷抱負者、詩人、牧師等所有角色，不是愛情這單一種激情所能束縛住的。他不能，也不肯放棄海外傳道的戰場，去換取維爾莊園寧靜安定的生活。儘管他守口如瓶，但有一次我大膽逼他吐露心事，這才得知他內心的許多想法。

奧利佛小姐信守她的承諾，經常到我的小屋拜訪。我對她的整體性格已有相當的理解，她既不神祕也不加掩飾。她賣弄風情，卻不薄情；她苛刻嚴厲，卻不是一味的自私。她從小就衣食無缺，卻沒有被完全寵壞。她性情急躁，但好脾氣；自負高傲（既然鏡中倒影總顯示出她的美豔動人，她當然忍不住會有這種反應），但毫不做作；大方慷慨，不恃富而驕，單純天眞、冰雪聰明、個性快活、精力充沛、不計後果。簡而言之，她非常迷人，即便對我這個跟她同性別的冷靜觀察者來說，也極具魅力。不過，她並不是個具有深刻趣味，或能留下難以磨滅之印象的人。她的心思和席莊的兩個妹妹是非常不同的類型，儘管如此，我還是很喜歡她，幾乎就像我喜歡阿黛爾那樣，只不過，相較於具有同樣吸引力的成年朋友，我們會對自己親手照料與教導的孩子產生一種更親密的感情。

她對我相當親切，不免帶點任性。她說我很像瑞佛斯先生，只不過她必須承認，我「不及他的十分之一俊秀」，雖然我「是個令人愉快、整潔優雅的小可愛，但他是個天使」。儘管如此，我善良、聰明、鎮靜、堅定，跟他一樣。她主張，我擔任一間鄉下學校的老師必然是造化的玩笑，她堅信，如果我願意透露過去的歷史，肯定能寫成一部有趣的傳奇小說。

有天傍晚，她以一貫的天眞爛漫，還有欠考慮但不得罪人的好奇心，在我那間小廚房裡的碗櫥和餐桌抽屜裡到處亂翻。她先是發現兩本法文書，一部席勒的作品，一本德文文法字典，然後找到了我的繪畫用具和一些素描作品，包括用鉛筆畫的一張可愛小天使女孩、一個學生的頭像、各式各樣的自然風景，取材自莫頓山谷和附近的荒原。她先是驚奇得愣住了，接著因開心而激動不已。

「這些畫是你畫的嗎？你懂法文和德文嗎？你眞可愛！眞是個不可思議的人！你畫得比我在S城最高學府的男老師還要好。你可以幫我畫一幅肖像畫，讓我展示給爸爸看嗎？」

「我很樂意。」我回答道。想到能有這樣完美、光芒四射的模特兒來作畫，我不禁感到一股藝術家的喜悅悸動。當時她穿著一件深藍色的絲質洋裝，裸露出雙臂和頸脖，唯一的飾品是那一頭深褐色的披肩秀髮，狂野優雅的自然鬈飄蕩在她的肩頭。我拿了一張硬紙板，畫下她細緻的輪廓，並打算好好享受爲這幅作品著色的樂趣，可因爲當時天色已晚，我告訴她改天務必要再來一趟。

她向她父親稟告我的事，因此第二天傍晚，奧利佛先生親自陪她過來了。他是一位高大魁梧的中年銀髮紳士，他漂亮的女兒站在他身旁，就像一朵鮮花挨在灰白的塔樓旁。他看似沉默寡言，也許是個驕傲的要人，但是他對我相當友好。羅莎玫的人物素描讓他非常高興，他請我務必要完成它，還堅持邀請我隔天傍晚到維爾莊園作客。

我依約前去，發現那是一座氣派的大宅第，充分展現業主豐沛的財力。我在那兒停留的期間，羅莎玫一直很開心地說說笑笑。她的父親和藹可親，用完茶後，我們開始聊天。他盛讚我在莫頓學校所做的一切，還說依他所見所聞，只擔心這份工作對我是大材小用，很快我就會為了更合適的工作而辭去這份差事。

「確實如此，」羅莎玫大喊道：「爸爸，她夠聰明，絕對可以勝任上流家庭的女家教！」

我心想，與其在某個上流家庭任職，我寧可待在這裡當老師。奧利佛先生談到瑞佛斯先生，還有瑞佛斯家族時，語氣十分敬重。他說瑞佛斯在這附近是個歷史淵遠的姓氏，他們的祖先非常有錢，曾經有段時間，莫頓所有的土地都歸他們所有。就算是現在，他仍舊認為那個家族的繼承人會是聯姻的最佳對象。他認為這麼傑出、有才幹的青年俊秀被外派去擔任傳教士的工作實在可惜，眞是太浪費一條寶貴生命了。由此看來，她的父親不會反對羅莎玫和席莊結為夫妻。奧利佛先生顯然認為那個年輕神職人員的良好出身、古老姓氏，還有神聖的職業足夠彌補缺乏財富的短處。

十一月五日這天是個假日[2]。我的小僕人幫忙打掃完房子後，滿意之至地帶著一便士的工資離開了。我的四周一塵不染，潔淨明亮，眼前所見是刷洗過的地板、擦得發亮的爐條、仔細打磨過的椅子。我也把自己打理得整潔清爽，現在，我有一整個下午可以好好揮霍。

我先是花了一個小時翻譯幾頁德文。接著我拿起調色板和畫筆，開始進行更容易也更輕鬆自在的消遣，即完成羅莎玫・奧利佛的肖像畫。頭部已經完成，只差尚未將背景略為染色，也得為織品布料加上陰影，當然，還要為那豐潤的雙唇點上胭脂紅，為那頭長髮加上柔軟的捲曲髮絲，在那染得淡藍的眼皮底下，幫眼睫毛增添一抹深色調。在我用心處理這些令人愉快的細節時，我聽見一陣快速的敲門聲，大門沒關，只見席莊・瑞佛斯走了進來。

「我來看看你怎麼打發你的假期，」他說：「希望你不會是在沉思吧？沒有嗎？那很好。只要你畫畫，就不會感覺孤單。你看，雖然到目前為止你都調適得很好，但我還是不信任你。我帶來一本書，讓你排遣晚上的時間。」說完，他在桌上擺了一本剛出版的新書，是一部詩集。在當時，幸運的大眾常常有機會閱讀這種眞誠的創作物，那是現代文學的黃金時代。唉！我們這個時代的讀者可就沒那麼受寵了。不過，別灰心！我不會停下來控訴或抱怨。我知道詩歌未死，而天才也沒有失去蹤影，物欲還沒有宰制詩歌或天才，沒有綑縛住或趕盡殺絕；總有一天，它們將會再次主張自己活著、存在，擁有自由和力量。強有力的天使，安坐天堂裡！它們笑看不潔的靈魂獲勝，弱者爲自己的毀滅而哭泣。詩歌被殲滅了嗎？天才被流放了嗎？沒有！平庸當道了嗎？沒有。別讓妒忌促使你有這種想法。不，它們不但活著，還握有大權並帶來救贖，要不是它們的絕妙影響散佈到各處，你可能會置身地獄——由你自己的粗惡卑劣打造而成的地獄。

我熱切地翻閱〈馬米安〉[3]的巧妙篇章時，席莊彎腰仔細端詳我的畫作。他突然一驚，高大的身軀突然猛地打直，什麼也沒說。我抬起頭看他，他迴避我的目光。我很清楚他在想什麼，我可以輕易看穿他的心，在那一刻，我感覺自己比他沉著鎮靜得多，因此我暫時占了上風。如果我做得到，我想做點對他有好處的事。

「他那麼堅定自制，」我心想，「他把自己逼得太緊了，封鎖心中的所有感受與劇痛，什麼也不表達，什麼也不承認，什麼也不透露。我相信跟他聊一下這位甜美的羅莎玫會對他有好處。他認爲自己不應當娶她爲妻，但我會讓他打開心防，暢所欲言的。」

於是我先招呼他說：「坐吧，瑞佛斯先生。」不過他的回答一如既往，說他不能逗留。「那好，」我在心裡頭應道：「你喜歡站就站吧。不過我下定決心，現在還不能讓你離開。因爲孤獨對你，像對我而言一樣有害。我要試試自己能否查明你滿腹心事的祕密源泉，還要在那鐵石心腸當中找出一個小孔，讓我將同情的油膏滴進那裡頭去。」

「這張肖像畫畫得像嗎？」我單刀直入地問。

「像？像誰？我沒有仔細看。」

「瑞佛斯先生，你明明有。」

被我突如其來的怪異魯莽嚇了一跳，他驚訝地望向我。「噢，這還不算什麼呢，」我在心中嘀咕，「我不會被你那一點小小的僵硬頑固給扳倒，我可是打算要來場長篇大論的呢。」我接著說：「你剛才仔仔細細地端詳過這幅畫，不過我不介意你再看一次。」接著我站起來，把畫放進他手中。

「這幅畫畫得眞好，」他說：「色彩柔和分明，是非常優雅又得體的作品。」

「對，沒錯，那些我都知道。但是畫中人的相似度呢？她像誰？」

克服了某些遲疑後，他回答：「我想應該是奧利佛小姐吧。」

「當然是她。現在，先生，爲了獎勵你猜得這麼準，只要你答應接受這份禮物，我願意爲你仔細且忠實地複製這張肖像畫。我可不想把自己的時間和精神浪費在你認爲一文不値的禮物上。」

他繼續盯著那張畫瞧，他看得愈久，把畫握得愈緊，似乎就愈渴望擁有它。「畫得眞像！」他低語道：「眼睛畫得很傳神，用色、光線、表情都很完美。它在笑呢！」

「告訴我，擁有一幅類似的畫作能安慰你，或是傷害你的感情呢？當你人在馬達加斯加，或者開普敦、印度，隨身攜帶這樣紀念品對你會是一種安慰嗎？還是說，看到它會勾起令你喪氣和難過的往事呢？」

他偷偷抬起眼，看了我一眼，整個人顯得優柔寡斷，心神不寧。他又端詳起那張畫。

「這幅畫像我肯定要了，至於這麼做是不是明智，那又是另外一回事了。」

既然我萬分確定羅莎玫是眞的喜歡他，而且她父親不可能會反對這樁婚事，我實在很想促成他們結爲夫妻。我的看法不像席莊那樣高尙，我認爲，如果席莊繼承了奧利佛先生的龐大財產，他可以運用來做許多好事，那絕對強過他在熱帶陽光下奔走，任憑他的天賦本領枯萎，還白白浪費他的力氣。

憑著這點確信，我這麼回答：「依我看，如果你馬上擄獲她本人，那會是最明智合情理的做法。」

這時候他一屁股坐下，把畫像放在眼前的桌上，兩手撐住頭，愛憐地看著畫像。我察覺出他對我的大膽無禮既不生氣，也不怪我冒昧，甚至顯出即使被人直截了當地質問過去他認爲不可碰觸的禁忌話題，聽見它被人毫無顧忌地談論，都已經開始讓他覺得是一種新的樂趣，一種沒有預料到的解脫。跟外向開朗的人相比，內向寡言的人往往更需要開誠布公地討論他們的心情與悲傷，看似嚴厲的禁慾主義者畢竟也是人，秉持著大膽與善意「闖進」他們靈魂的「沉寂海洋」[4]，通常能帶給他們最好的恩惠。

「我確定她喜歡你，」我站在他的椅子後方說：「而她的父親尊敬你。況且，她是個可愛的姑娘，雖然她不愛思考，但是你的思考絕對足夠你們兩個使用。你應該娶她爲妻。」

「她眞的喜歡我嗎？」他問。

「當然喜歡，遠遠勝過她對任何人的喜愛。她不停談論你，恐怕找不到其他話題能讓她這麼樂在其中，這麼經常提及了。」

「聽你這麼說眞教我非常開心，」他說：「開心極了。我們可以繼續多談個十五分鐘。」接著，他眞的把自己的錶拿出來，放在桌上測量時間。

「可是繼續說又有什麼用呢？」我問，「反正你大概正在心裡琢磨一些斬釘截鐵的話來反駁我，或者鍛造一條剛出爐的鍊條來束縛你的心吧。」

「別想像那些冷酷無情的事。想像我正要屈服讓步，軟化溫柔，一如我現在的狀態。我原先已經費了許多力氣，將我的心田小心翻土整地，仔細播下良善立意與克己計畫的種子，沒想到人類的情愛在我心中升起，像一座新鑿成的源泉，汩汩湧出花蜜般甘美的洪水，淹沒了那些幼苗，美味的毒藥腐蝕著它們。此刻，我彷彿看見自己身在維爾莊園的客廳裡，坐在我的新娘羅莎玫・奧利佛裙邊的某張腳几上伸懶腰。她用甜美的嗓音對我說話，用你畫作中那雙靈活的眼眸俯視我，用那對粉紅雙唇朝我微笑。她是我的，而我是她的——眼前的這種生活與瞬間即逝的世界對我來說已經足夠。噓，什麼都別說。我的心充滿歡喜，我爲之著迷，讓我靜靜享受這十五分鐘吧。」

我只好隨他去。那只錶滴滴答答地走，他的呼吸忽快忽慢，而我靜靜佇立。在寂靜無聲中，一刻鐘的時間很快就過去。他把錶收好，放下那幅畫，起身站在壁爐前。

「好了，」他說：「那一小段時間是用來胡思亂想和作夢的。剛才我把頭枕在誘惑的胸脯上，自願用脖子挑起她用花朵編織成的衡軛，我嘗了她杯中的美酒。不過，那枕頭著了火，花冠上有條小毒蛇，酒裡頭有種苦澀的滋味。她的承諾是虛假的，她的提議是騙人的——我全都看見了，也全然明瞭這一切。」

我驚訝地看著他。

「這實在很奇怪，」他繼續說：「雖然我瘋狂愛著羅莎玫・奧利佛——這段初戀的激情是如此狂熱，我愛戀的對象又是如此美麗、優雅又迷人——但我卻同時平靜、公正地意識到，她不會成爲我的好妻子，她不是適合我的伴侶。我意識到自己在婚後一年內就會發現這件事，十二個月的歡天喜地終究會變成一生憾恨。這些我全都明白。」

「確實很奇怪！」我忍不住大喊道。

「雖然我內心深處有個地方強烈意識到她的魅力，」他繼續說：「但卻有其他地方同樣深刻地意識到她的缺點，那就是我追求的事物無法引起她的共鳴，我著手進行的計畫她無從協助。羅莎玫會是個肯吃苦、能耐勞的女使徒嗎？羅莎玫會是個傳教士的妻子嗎？不會的！」

「可是你不需要是個傳教士呀，你可以放棄那個安排。」

「放棄！什麼！放棄我的志業？放棄我的大事？放棄我在人世間爲天上華廈打下的基礎嗎？我希望自己能被列入上帝揀選的隊伍當中，這群人將所有的野心抱負融合爲一個光榮的壯志，那就是去改造自己的同胞，將知識帶入無知的地域，用和平取代戰爭，用自由取代束縛，用宗教取代迷信，用上天堂的期盼取代下地獄的恐懼——難道我必須放棄這樣的努力嗎？它比我體內的血液更加寶貴。它是我必須向前看的目標，它是我活下去的動力。」

經過一段時間的停頓後，我說：「那奧利佛小姐呢？難道你就不怕她失望、不怕她傷心嗎？」

「奧利佛小姐的身邊從來不缺乏追求與奉承者，不消一個月，我在她心中的身影就會被抹去。她會忘了我的，且很有可能會嫁給某個比我能帶給她更多幸福的人。」

「瞧你說得這樣無關痛癢，其實你飽受矛盾之苦，所以才日漸消瘦吧。」

「不是這樣的。如果我最近瘦了點，那是因爲煩惱我的前途至今還無法安定下來——我啓程的時間不斷受到延遲耽擱。就在今天早上，我收到消息，說我盼望已久的那名繼任者無法在三個月內準備好接替我的職務，而且三個月說不定還會延展爲六個月。」

「可是每當奧利佛小姐走進教室，你會不住地顫抖，還會臉紅。」

驚訝的表情再次掠過他臉龐，他沒想到有女人敢這樣對男人說話。對我來說，這種對話是家常便飯。如果和我對話的是個有主見、愼重、有教養的心靈，無論男女，我若不能突破對方一貫的謹愼保留，跨越信賴的門檻，在他們內心最深處贏得一席之地，就永遠不會罷手。

「你這人眞獨特，」他說：「一點也不膽怯。你的靈魂當中有種大無畏的特質，你的眼神很犀利，不過請容我向你保證，你有點誤解了我的情感。你把它們想得太過深刻，太強有力了。你給的同情遠多過我應得的。我在奧利佛小姐面前臉紅、顫抖的時候，我並不同情自己，我鄙視自己的軟弱。我知道這並不光采，因爲它只是肉體的興奮，而不是——我得聲明——靈魂的騷動。我的靈魂堅如磐石，牢牢嵌在翻騰不止的海洋深處，沒有一絲動搖。我知道自己是什麼樣的人——我是個冷酷、鐵石心腸的人。」

我懷疑地笑著。

「你突襲成功，讓我吐露了心事，」他繼續說：「現在它任你差遣。脫掉基督教用來掩蓋人性殘缺的這身以血漂白的袍服後，我的原始狀態不過是個冷漠、嚴厲、野心勃勃的人。在各種情感中，只有親情對我有恆久的影響力。我的嚮導是理性，而不是感情。我的雄心無邊無際，我想要比別人爬得更高，做出更多貢獻，這種念頭是永無饜足的。我崇敬堅忍、毅力、勤奮、天分，因爲這些是成就偉大目標，攀上崇高卓越境界的方法。我很注意你的事業，是因爲我認爲你是個孜孜不倦、有條有理、精力充沛的女子，而不是因爲我對你經歷過的事，或對你眼前仍飽受磨難深感同情才這麼說。」

「你簡直把自己描繪成一個異教的哲學家。」我說。

「不，我和自然神論[5]的哲學家是有差別的：我信神，而且我相信福音。你沒弄懂你用的那個形容詞。我不是個異教徒，而是基督教哲學家——是耶穌這一派的信徒。身爲祂的門徒，我奉行祂的純潔、祂的仁慈、祂寬厚的教義。我擁護它們，立誓要傳播散佈它們。我從小就信教，宗教培育出我最初的品格——從『親情』這微小的幼芽，慢慢栽培成『慈善』這濃蔭蔽空的大樹；從人性正直細長枯瘦的亂根，孕育出神聖正義的恰當判斷力；把我追求功名利祿的野心，轉化成擴展我主的王國、爲十字架取得勝利的宏願。宗教爲我做了許多事，它將原始的素材做了最好的利用，磨練、修剪我的天性。但是宗教無法剷除天性，因爲天性是無法磨滅的，直到『那會朽壞的已經變成不朽壞的』[6]。」

說完這段話，他拿起放在桌上調色盤旁邊的帽子。他再一次凝視那幅肖像畫。

「她眞的很美，」他低聲說：「用世界的玫瑰[7]來給她命名眞是再貼切不過了。」

「要我照樣再畫一幅給你嗎？」

「何必麻煩呢？我心領了。」

他拉過一張薄紙，蓋在那幅畫上頭。那是我作畫時習慣用來墊在手下，免得弄髒畫紙的薄紙頭。我不知道他在這張空白紙張上突然看見了什麼，但是有什麼東西吸引住他的目光。他一把抓起來，仔細端詳紙的邊緣，接著用一種說不出的奇特且難以理解的神情瞥我一眼，似乎是要把我的身形、臉龐和衣著的每個特點全都銘記在心，因為那目光像閃電般快速又銳利，朝我渾身上下來回打量。他的嘴唇微微張開，像是想要說話，但他克制住自己的衝動，把到了嘴邊的話吞下肚。

「怎麼了？」我問。

「沒什麼。」他這樣回答。在他把那張紙放回原處的時候，我看見他巧妙地從邊緣撕下一條窄窄的紙片，藏進他的手套中。接著他匆匆點頭致意，說了一聲「再會」後，就走了。

「啊！」我用了一句當地的俗語嘆道：「可眞是獨步天下啊！」

現在輪到我仔細檢查那張紙了，可是除了我測試筆上顏色濃淡而留下的幾處顏料污漬，什麼也沒有看見。我用心琢磨了一兩分鐘，實在想不出個道理來，也相信是無關緊要，便不再多想，不多久也就忘了。

譯註：

1引自愛爾蘭詩人湯馬斯・摩爾（Sir Thomas Moore, 1779-1852）富有東方色彩的浪漫敘事詩〈拉娜魯科〉（*Lallah Rookh*）。

2這天會施放煙火、燃篝火，甚至燒人偶，慶祝蓋伊・福克思（Guy Fawkes）與其同謀在一六〇五年企圖炸毀國會大廈的陰謀失敗。

3〈馬米安〉（*Marmion*），是蘇格蘭詩人司各特於一八〇八年發表的長篇敘事詩。

4「闖進……沉寂海洋」引自英詩人柯立芝（S. T. Coleridge, 1772-1834）的著名長詩〈古舟子詠〉（*The Rime of the Ancient Mariner*）。

5自然神論（Deism）源於十八世紀英國人舍伯里（Lord Herbert of Cherbury, 1583-1648）提出的學說。這種哲學觀點認爲世界雖然是由上帝創造，但它按照自然法則存在與運行，其發展與上帝沒有關係；並主張人類對上帝的信仰是合乎理性的，無須靠神蹟來證明上帝的存在。

6語出《新約聖經・哥林多前書》第十五章第五十四節。

7「羅莎玫」（Rosamond）這個英文名源自拉丁文 rosa mundi，字面意義是「世界的玫瑰」。

Chapter 33

第三十三章

席莊先生離開後，外頭開始下起雪，飛快旋轉的風雨持續了一整夜。第二天，一陣寒冷刺骨的風帶來令人目眩的新鮮降雪，到了黃昏時分，積雪已經覆滿整座山谷，道路幾乎無法通行。我關緊百葉窗，在門口擺了一張腳踏墊，防止冰雪從門縫鑽進屋內，撥了撥爐火，在壁爐前坐了將近一小時，聆聽暴風雪模糊不清的怒號。接著，我點亮蠟燭，取下〈馬米安〉開始閱讀：

落日照耀諾漢姆城堡的峭壁，
映襯又寬又深的漂亮推德大河，
還有孤零零的哲維山脈；
巨大的高塔，城堡的主樓，
連綿不絕的側牆，
盡數沐浴在閃爍的金黃光輝中……

沉浸在悅耳的詩韻中，我很快就忘了暴風雪。

突然間，我聽見一個聲響，原以為是風搖動門的聲音，結果不是，是席莊．瑞佛斯拉開門閂，從外頭凍死人的颼風和怒號的黑暗中走進來，站在我面前，裹住他高大身軀的斗篷全變成冰河般一片雪白。我驚惶失措，完全沒料到那一晚竟然會有客人從冰封的山谷走來。

「有什麼壞消息嗎？」我質問他，「發生了什麼事嗎？」

「沒事。你眞容易擔心！」他一邊回答，一邊脫下身上的斗篷，順手掛在門上，接著把他方才進門時推到一旁的腳踏墊歸回原位。他跺跺腳，想把雪從靴子上抖落。

「我會弄髒你的地板，」他說：「不過僅此一次，你得原諒我。」接著他走近爐火。「我跟你保證，我可是費了好一番工夫才走到這裡，」他一邊在火上暖手一邊說道：「外頭雪深及腰，好在積雪還相當柔軟。」

「可是你爲什麼要來呢？」我忍不住問。

「這個問題對訪客來說不太友善啊，不過既然你問了，我就回答你，我只是想找你聊一聊，我厭倦了那些沉默的書本和空盪盪的房間。再說，打從昨天開始，我一直覺得興奮難耐，就像一個人聽了半段精采的故事，急著想知道後續發展那樣。」

他坐了下來。我想起他昨天奇怪的行爲，開始擔心他的理智受到影響。然而，假如他瘋了，他可眞是瘋得冷靜又鎭定，我從來沒看過那張俊俏的臉龐比此刻更像大理石雕塑。他把被雪濡濕的頭髮從前額撥到一旁，讓火光在他蒼白的額頭與臉頰上隨意閃耀，我不禁感到難過，因爲我發現那張臉龐清楚地刻滿焦慮與憂傷的痕跡。我靜靜等待，期盼他會說出什麼至少我能夠理解的事，他卻只是用手托著下巴，手指頭靠在嘴唇上——他正在思考。我猛然意識到，他的手看起來就像他的臉一樣瘦骨嶙峋。我心頭突然湧現一陣也許並不恰當的憐憫，激動地開口。

「我眞希望黛安娜或瑪莉能回來與你同住。你這麼孤獨眞是太糟糕了，尤其你根本就不在乎自己的健康嘛。」

「誰說的，」他說：「有必要的時候，我會照顧自己。我現在好得很呀，你在我身上看到什麼不對勁的地方嗎？」

他說這段話的時候帶著漫不經心、心不在焉的冷漠，這表明我的關切，至少在他看來，完全是多餘的。這讓我沉默不語。

他仍舊緩慢地用手指撫摸上唇，他的眼神依然像作夢般凝視著熾熱的爐欄。我總覺得該說點什麼，於是問他會不會覺得有冷風從背後的門底下吹過來。

「不，我不覺得！」他沒好氣地回答，語氣有點不耐煩。

「好吧，如果你不想講話，就靜靜待著吧，我不吵你了，我看我的書。」

於是我修了修燃燒過的燭蕊，繼續閱讀〈馬米安〉。不久，他的身體才挪動一下，我的目光立刻受到他動作的牽引，想看他在做什麼。不過，他只是拿出一本摩洛哥羊皮革的記事本，從那裡頭取出一封信，默默地閱讀、摺好、放回去，重新陷入沉思當中。有人在我面前這樣神祕兮兮地杵著，我哪讀得下書呢，況且我可沒耐性允許自己裝聾作啞，他盡可以斷然拒絕我，但我還是要找話題跟他聊一聊。

「你最近有沒有收到黛安娜與瑪莉的消息？」

「自從一週前我拿給你看的那封信之後，就沒有別的了。」

「你自己的計畫呢？有什麼變動嗎？你難道不會比自己預期的更早被徵召，離開英格蘭嗎？」

「恐怕不會，真的。那樣的大好機會不可能落在我頭上。」到目前爲止都無法突圍，看來我得換個話題。我想到我可以談談學校和學生的事。

「瑪俐．蓋瑞特的母親已經好多了，今天早上瑪俐回到學校上學。還有，下個星期會有四個新學生來報到，她們來自鑄造廠小街那邊，要不是下大雪，她們本該今天過來上課的。」

「眞的？」

「奧利佛先生幫其中兩個學生付學費。」

「是嗎？」

「他打算在聖誕節招待所有學生享用大餐。」

「我知道。」

「那是你的提議嗎？」

「不是。」

「要不然是誰的主意？」

「我想是他女兒吧。」

「嗯，挺像她的作風。她的心地實在很善良。」

「沒錯。」

停頓的空白又來了。此時，時鐘敲了八響。鐘聲喚醒他，他收起交叉的雙腿坐直，轉身面向我。

「先把你的書放下，靠近爐火這邊一點。」他說。

這要求可真奇怪。雖然心中有許多疑惑，我還是順從了。

「半小時前，」他說：「我說到我急著想聽某個故事的後續發展。經過考慮後，我覺得由我來說故事，讓你來聽，可以把這件事處理得比較妥當。在開始之前，我得先警告你，這故事在你耳裡聽來可能會有些老套，不過，透過新的唇舌重提舊事，多少能恢復點新鮮感。反正無論是陳腐或新奇，這故事都算簡短。

「話說二十年前，有一個貧窮的助理牧師，這時候咱們先別管他叫什麼，愛上了一個富家女。她不但愛上他，還嫁給了他，無視所有朋友給她的建議，因此，等到婚禮之後，這些朋友全都與她斷絕往來。兩年後，這對魯莽的夫妻雙雙過世，肩併肩地安靜躺在同一塊墓碑下——我看過他們的墳墓，就位在某郡一個發展過快的工業城裡——他們的墓碑是寬闊的教堂墓地道路的一部分，這片墓地環繞著一座古老陰森、煙黑色的教區總教堂。他們留下一個剛出生沒多久的女兒，由某間慈善機構負責暫時照顧她，可是它的善心冰冷得就像今晚的雪堆那樣。後來，那間慈善機構把這個舉目無親的小東西送到她媽媽這邊的富裕親戚家，由她的舅媽——現在我要指名道姓了——革特謝德府的李德夫人撫養。你嚇了一跳啊，是聽見什麼聲響嗎？我敢說，那只是一隻老鼠沿著隔壁教室椽木爬動的聲音罷了。在我整修改裝之前，那間教室是座穀倉，穀倉通常都是鼠滿爲患的。咱們繼續吧。李德太太扶養那個孤女十年，但沒有人告訴過我那個孩子過得快不快樂，總之等到那段時間結束後，她被送到一個你知道的地方，就是你自己曾長期定居的羅沃德學院。她在那裡的經歷很輝煌，從學生變成老師，就跟你一樣——這確實讓我覺得她的際遇和你的有許多相呼應之處。後來，她離開羅沃德學院去擔任家庭教師。你看，你們的命運又再一次如此類似。她負責教導羅契斯特先生收養的一個孩子。」

「瑞佛斯先生！」我插嘴道。

「我可以猜想得到你的感受，」他說：「但是先忍耐一下，我就快說完了，先聽我把話說完。關於羅契斯特先生的爲人我一無所知，我只知道一件事，那就是他公開表明要娶這個年輕女孩，然而在教堂聖壇前，她發現他早有妻子，雖然是個瘋女，但對方還活著。隨後他有什麼舉動，做了什麼提議，我完全不曉得，只能亂猜。豈料後來又發生一件事，非得問問這位家庭教師不可，眾人才發現她已經離開了——沒有人曉得她在何時，往哪裡，或是怎麼離開的。她在深夜離開桑費爾德莊園，追蹤她動向的所有調查全都徒勞無功，整個地區到處都被翻遍了，卻連半點關於她的下落線索都找不到。可是現在，找到她變成一件至關重要的急事。各大報上都刊登了尋人啓事，就連我都收到一封來自布禮革先生的信，就是這位律師先生，告訴我剛才我所說的這些細節。這難道不是個奇怪的故事嗎？」

「告訴我，」我說：「既然你知道這麼多，你肯定能夠告訴我關於羅契斯特先生的事。他過得好嗎？他現在人在哪裡？在做什麼？他的健康狀況如何？」

「我對羅契斯特先生的事一無所悉，那封信完全沒有提到他，只說明了我剛才提到的詐騙和不法企圖。你倒不如問我那個家庭教師的名字，或是問問有什麼事非要她出面不可。」

「那麼，沒有人去過桑費爾德莊園嗎？沒有人看見羅契斯特先生嗎？」

「我想沒有。」

「但是他們寫信給他？」

「沒錯。」

「那他說了什麼？他的信在誰手上？」

「布禮革先生透露，答覆其請求的人不是羅契斯特先生，而是一位女士，信末的署名是艾莉絲．費爾法斯。」

我感覺寒心又喪氣。這麼說，我最害怕的事可能成眞了：他可能離開了英格蘭，在自暴自棄的絕望中，奔向過去他在歐洲大陸出沒的那些地方。什麼樣的麻醉劑能緩解他承受的巨大痛苦呢？什麼樣的對象能經得起他強烈的激情呢？他還在設法找我嗎？我不敢回答這個問題。噢，我可憐的主人，他曾經幾乎做了我的丈夫，以前我還常叫他「我親愛的愛德華」！

「他一定是個壞男人。」瑞佛斯先生評論道。

「你又不認識他，不准你隨便說他的壞話。」我生氣地說。

「好啊，」他輕聲回答：「反正我腦子裡想的又不是他。我得把故事說完。既然你不問那個家庭教師的名字，我只好自己揭曉。等等，我把線索帶來了——看見重要論據被寫成白紙黑字總是感覺踏實些。」

於是他再次刻意拿出那本記事本，打開它，在裡頭翻找。他從某個隔層中取出一塊破爛的紙片，感覺是在匆忙間撕下來的。我認出那紙片的質地，以及上頭的群青、湖水藍和朱紅色污漬，也就是保護肖像畫的那張紙頭的邊緣。他站起身，把它拿到我眼前。這麼一來，我可以看見紙片上是我自己的筆跡，用墨水寫著「簡．愛」兩字——這無疑是我心不在焉時寫下的。

「布禮革寫信問我某個簡．愛的事，」他說：「那些尋人廣告要找某個簡．愛，而我認識一個叫簡．愛略特的女子。我必須承認我曾經懷疑過，但是直到昨天下午，我才確定兩者之間的關係。你願意放棄化名，承認自己的名字嗎？」

「好……好吧。但是布禮革先生在哪裡？也許他比你知道更多有關羅契斯特先生的訊息？」

「布禮革人在倫敦。但我可不認為他會知道任何有關羅契斯特先生的訊息，因為他關心的對象並不是羅契斯特先生。你光是追求那些瑣事，卻忘了重點，你沒有問為什麼布禮革先生想要找出你的下落？他想從你這裡得到什麼？」

「那麼，他找我做什麼？」

「他只不過想告訴你，你叔叔，住在馬德拉的愛先生已經過世，他把所有財產全都留給你，所以現在你有錢了。就這樣，沒別的事了。」

「我！有錢？」

「對，你有錢了——了不起的女繼承人。」

隨後是一陣沉默。

「當然，你必須證明自己的身分，」席莊馬上接道：「這一步應該沒有什麼困難，然後你就能享有那些財產了。你的財產會以英鎊公債的形式歸屬於你。布禮革握有遺囑和必要文件。」

這裡翻出了一張新的紙牌！親愛的讀者，在瞬間從窮困翻身變成富有是件好事——是件很棒的事，但卻不是一件你可以立刻理解，或因此享受這一切的事。再說，人生中還有其他機遇比這更令人興奮、更教人歡天喜地。這件事是實實在在、屬於眞實世界中的一件事情，沒有什麼不切實際的成分，它的所有前因後果全都是具體且冷靜的，它的表現也是如此。人聽見自己得到一筆鉅款時，不會跳起來大喊萬歲，而是會開始思考有了錢的責任，琢磨該怎麼管理運用；在這穩定滿足的基礎上會衍生出一些重大的煩惱，於是我們會克制自己，皺著眉頭細想我們遇上的這等好事。

況且「遺產」和「遺贈」這些字眼都與「死亡」和「葬禮」相伴相隨。我唯一的親戚，從未謀面的叔叔死了。自從我知道他的存在，我一直很珍惜「有一天可以見到他」的這個希望，然現在，我永遠見不到他了。這筆錢只留給我一個人，不是由我和一個歡樂的家庭，而是由孤零零的我自己繼承。但話說回來，這無疑是個天大的恩惠，能夠經濟獨立是件很讓人愉快的事——沒錯，我這樣覺得。這個念頭讓我的心情又雀躍起來。

「你總算舒展眉頭了，」瑞佛斯先生說：「我還以爲蛇髮女妖梅杜莎[1]看了你一眼，讓你變成了石頭呢。也許現在你會想問自己的身價有多少？」

「我的身價有多少？」

「喔，只有一點點！實在是不足掛齒——我想他們說的是兩萬英鎊。但那有什麼了不起，是吧？」

「兩萬英鎊？」

這裡又出現了一樁新的意外——我原本指望的是四、五千英鎊。一聽見這個數字，我的呼吸頓時中止了一會兒。之前我從來沒有聽過席莊先生的笑聲，而他現在正哈哈大笑。

「哎呀，」他說：「如果你犯了謀殺罪，而我告訴你你的罪行曝光了，我想你的表情也不會比現在更加驚恐了。」

「這是很大的一筆錢呢——你會不會是弄錯了？」

「完全沒錯。」

「也許是你看錯數字了——可能是兩千！」

「金額是用文字標示，不是數字——是兩萬沒錯。」

我再次感覺自己像是個只有平庸的美食鑑賞力，卻獨自享用滿桌佳餚的人。瑞佛斯先生此刻站起身，穿上自己的斗篷。

「如果今晚不是這樣狂風暴雨，」他說：「我會讓漢娜過來跟你作伴。你看起來怪可憐的，實在不該讓你一個人獨處。不過可憐的漢娜腿不夠長，沒辦法像我一樣在這樣的雪堆中大步跨行，所以我只能讓你和你的煩惱作伴了。晚安。」

他拉起門閂。突然間，一個念頭出現在我腦海中。

「等一下！」我大喊道。

「什麼事？」

「我覺得很奇怪，爲什麼布禮革先生會寫信給你，告訴你關於我的事呢？他怎麼認識你的？他憑什麼認爲住在這個偏僻地方的你有能力幫忙找到我呢？」

「喔，因爲我是個牧師啊。」他說：「只要發生了怪事，大家通常都會向神職人員求助。」門閂再次發出喀噠喀噠的聲響。

「不對，那個說法沒辦法說服我！」我高聲抗議。在那草率又起不了說明作用的答覆中，確實有什麼不太對勁的地方，它不僅沒有減輕，反而更加挑起我的好奇心。

「這眞是一件非常奇怪的事，」我補充道：「我必須查個水落石出。」

「改天吧。」

「不行，就是今晚。今晚我一定要知道！」他從門口轉身走回來的時候，我用身體擋在他和門的中間。他看起來一臉尷尬。

「在你原原本本告訴我所有事情之前，不准走！」我說。

「我希望不要在此刻討論這件事。」

「你要！你必須這麼做！」

「我希望能由黛安娜或瑪莉告訴你。」

當然，這些推託之詞只是讓我的迫切渴望達到高峰。它必須得到滿足，而且一刻也不能等，我這樣告訴他。

「可是我說過，我是個不好對付的人，」他說：「別人很難說服我。」

「那麼我就是個不好對付的女人，我容不下拖延耽擱。」

「而且，」他繼續說：「我是個冷酷無情的人，任何熱誠都不能感動我。」

「但是我急躁火爆，而火可以融化冰。那邊的烈火消融了你斗篷上的殘雪，而那些融雪還在我的地板上流動，讓它變得像是泥濘的街道。瑞佛斯先生，既然你之前希望我能原諒你破壞這間沙地廚房的整潔這般不檢點的重大惡行，就快把我想知道的一切告訴我。」

「好吧，」他說：「我輸了。如果不是輸給你的一本正經，就是輸給你的打死不退，畢竟滴水能穿石呀。再說，反正你總有一天會知道，不過是遲早的差別而已。你的名字叫簡・愛對吧？」

「沒錯，剛才不是確認過了嘛。」

「也許你沒有察覺到我和你的姓名有相同之處吧？我受洗時，被命名爲席莊・愛・瑞佛斯。」

「我確實不曉得！啊，我想起來了，有好幾次我在你借給我的藏書上，看見你的姓名縮寫中有E這個字母，不過我從來沒去問那代表的是什麼名字。那又怎樣呢？當然……」

我說不出話來。我不敢相信自己的腦袋瓜突然冒出了這種想法，更別提說出口了。那個想法在瞬間具體成形，並顯現出強烈、堅實的可能性，加之各種條件互相交織，彼此組合，形成了秩序——之前看來沒有明確關係的一連串事件，如今拉長成清清楚楚的一直線，每個環節都很完美，每處連結都齊備了。出於直覺，在席莊多說另一個字以前，我已經知道事情的來龍去脈，但我不能預設讀者也有相同的直觀見解，所以我必須在此重複席莊的說明。

「我母親的姓氏是愛。她有兩個哥哥，一個是牧師，娶了革特謝德府的簡·李德小姐爲妻，另一個哥哥，約翰·愛先生是個商人，直到最近都住在馬德拉的首都芳夏爾。布禮革先生是愛先生的律師，去年八月他寫信通知我們舅舅過世了，還說他把所有的遺產全都留給他哥哥——也就是那位牧師——的孤女，卻忽略我們的存在，是因爲他和我父親之間曾發生過嚴重的口角，而且雙方從來沒有原諒彼此。幾星期後，布禮革先生再次來信，透露那位女繼承人行蹤成謎，同時詢問我們是否知道任何有關她的線索。沒想到，在一張紙片上隨手寫下的名字竟然讓我找到她。其餘的故事你都知道了。」說完他就想離開，但我用背抵住門。

「讓我發言。」我說：「給我一點時間，讓我停下來喘口氣，把事情想一遍。」我沉默了一會兒——他站在我面前，手中握著帽子，看起來十分鎮定。

接著，我開口提問：「你的母親是我父親的妹妹？」

「對。」

「所以她是我的姑姑？」

他點點頭。

「我的約翰叔叔是你的約翰舅舅？你、黛安娜和瑪莉是他妹妹的孩子，就像我是他哥哥的孩子一樣？」

「確實如此。」

「那麼你們三個就是我的表哥和表姊，我們有一半的血緣是相同的？」

「我們是表親，沒錯。」

我仔細端詳他。看來，我找到一個我能引以爲傲，一個我能喜愛的哥哥，還有兩個人品高潔的姊姊（初相識的時候，我們只不過是陌生人，她們卻用眞摯的情感與讚賞鼓舞我）。當時我跪在濕漉漉的地上，從荒莊那低矮的格子窗往屋內看，帶著半是關注半是絕望的苦澀心情，注視這兩個女子，卻沒想到她們是我的近親！至於發現我快要死在他家門檻的那個氣宇非凡的年輕紳士，竟然是我的血親！對一個孤獨的苦命人來說，這是何等讓人愉快的大發現呀！這的確是財富！是心靈的財富，是純粹、眞誠情感的源泉！這是上帝的恩寵，歡快、耀眼、令人振奮。它不像那沉重的金錢禮物，雖然貴重且相當受人歡迎，但隨之而來的重擔卻令人煩心。沉浸在突如其來的喜悅中，我忍不住拍手叫好——我的脈搏快速跳動，我的血脈賁張。

「噢，我好開心！我太高興了！」我大喊道。

席莊笑了。「我不是說過你老是捨本逐末嗎？」他問，「剛才我告訴你，你繼承了一大筆財富的時候，你的表情是那麼嚴肅，但現在，你卻爲了一件完全不重要的事而興奮不已？」

「你怎麼能這麼說？對你來說，這也許根本不重要。你有姊妹，當然不在乎有沒有同輩的表親，可是過去我舉目無親，現在卻有三個成年的親戚——或是兩個？如果你不想被我算進去的話——誕生在我的世界中。我再說一遍，我好高興！」

我在屋子裡快步走來走去，腦中不斷冒出我可以、我能夠、我會、我應該怎麼做，或者我馬上就該怎麼做，諸如此類的種種念頭，竄出的速度遠比我能接受、理解、解決的速度快得多，弄得我幾乎要窒息，於是我停下腳步，凝視起空盪盪的牆壁。它彷彿是一片天空，滿布上升的星辰——每一顆都指引我通往某個目標或快樂。對於那些曾經救了我一命的人，過去我無以回報，只能愛慕他們，如今我終於有能力報答他們了。他們沒日沒夜地工作，而我可以解放他們；他們骨肉離散，而我能夠讓他們團聚。如今我經濟獨立、富裕了，他們也可以變得經濟獨立且富裕。我們不是四個人嗎？平均分享兩萬英鎊，每個人可各得五千英鎊——這筆數目不只足夠生活，而且綽綽有餘。這麼一來，正義得以伸張，我們四個人的幸福也都能獲得保障。現在，這筆財富不再使我焦慮不安了，因現在，它不只是金錢的遺產，還是生命、希望、快樂的遺贈。

我不曉得這些想法突襲攻占我心頭的時候，我的表情看起來是怎麼樣，但我很快就意識到瑞佛斯先生在我背後放了一張椅子。他溫柔地想讓我坐在椅子上，還叫我別驚慌失措，勸我要鎮定一點。我輕蔑地甩開他的手，又開始到處走動。

「請你明天就寫信給黛安娜和瑪莉，」我說：「叫她們立刻回家。黛安娜曾說過，如果她們各有一千英鎊，就會認爲自己很富有了，那麼擁有五千英鎊一定能讓她們興家立業的！」

「告訴我哪裡有水，我去幫你倒一杯來，」席莊說：「你眞的一定要讓自己冷靜下來才行。」

「別胡說八道了！這筆遺產會給你帶來什麼影響呢？它會讓你留在英格蘭，說服你迎娶奧利佛小姐，像個普通凡人過著安定的生活嗎？」

「你神經錯亂，腦子開始糊塗了。我實在太魯莽，不該隨隨便便跟你說這些事的，讓你過度激動了。」

「瑞佛斯先生，我的耐性快被你磨光了！我很理智，頭腦也很清楚。誤解的人是你，或者說，假裝誤解的人是你。」

「如果你解釋得更清楚一點，也許我會更明白你的意思。」

「解釋！有什麼需要解釋的？你不可能不明白，把那兩萬英鎊遺產平均分配給我們這四個表親，不就是每個人得到五千英鎊嗎？我只是要你寫信給你的兩個妹妹，告訴她們這筆屬於她們的財富。」

「你的意思是，屬於你的財富吧。」

「我已經表明了我對這件事的看法，我沒辦法接受其他的觀點。我不是個殘酷自私、盲目不公正，或惡魔般忘恩負義的人。再說，我決心要擁有一個家和一群親戚。我喜歡荒原莊，以後我想要住在荒原莊；我喜歡黛安娜和瑪莉，我會永遠纏著她們倆的。擁有五千英鎊對我很有用，也讓我很開心，可擁有兩萬英鎊只會讓我備受折磨，煩惱不已。更何況，儘管就法律面來說，這筆遺產是我的，但從公平合理的角度而言，它永遠不可能為我所獨有。因此，我只是把對我來說絕對多餘的部分讓渡給你們。別再反對，也別再討論了，讓我們達成共識，就決定這麼做吧。」

「你這想法只是一時衝動。你應該花幾天時間，把整件事好好想個透徹，到時候你說的話才能算數。」

「噢！如果你懷疑的只是我的誠意，那我就放心了。你看得出這麼做的公平性嗎？」

「我確實看見了你的用心，可是這麼做有違常理。再說，那些財產全部都是你的。我舅舅努力打拚才掙得那些財富，他愛留給誰是他的自由，而他選擇留給你。畢竟，法律允許你擁有它，你可以問心無愧地認定它完完全全是你的。」

「對我來說，」我答道：「這件事不但牽涉到良知，也與感情脫離不了關係。我想縱容自己感情用事，因為我很少有機會可以這麼做。就算你花一整年的時間爭論、反對、惹惱我，我也不會放棄這難得的機會——一方面可以報答你們的恩情，另一方面可以為我自己贏得終身的朋友。」

「你現在會這麼想，」席莊反駁道：「是因為你不曉得擁有財富是怎麼一回事，也不懂如何享受財富。你無從想像兩萬英鎊對你的重要性，它能讓你躋身不同的社會階層，能為你開啓不同的前景。你不能——」

「而你，」我打斷他的話，「完全不能想像我有多麼渴望手足之愛。我從來不曾有家，從來不曾有兄弟姊妹，但現在我終於可以擁有手足！你該不會是不願意承認我，不願意接納我吧？」

「簡，用不著捨棄你的正當權益，我也會是你的哥哥，而我妹妹也會是你的姊姊。」

「哥哥？對，遠在千里之外！姊姊？沒錯，在陌生人家中當奴隸！而我呢，有錢得不得了，狼吞虎嚥地消耗那些不是我自己賺的也不配擁有的金幣，卻任由你們身無分文！瞧瞧，這就是平等，這就是手足之情哪！多麼緊密的團圓！多麼親密的感情！」

「可是，簡，你對家族關係和家庭幸福的想望可以透過其他手段，而不是你現在想的方法加以實現。你可以結婚哪。」

「你又在胡扯！結婚？我不想結婚，我永遠也不會結婚。」

「你這話說得太滿，這樣武斷的言論足以證明你現在太過激動。」

「我才沒把話說得太滿，我曉得自己的心情，也知道婚姻這件事我連想都不願去想。沒有人會爲了愛而娶我，而我又不甘於被人當成搖錢樹。我不想和一個與我起不了共鳴，和我格格不入，與我不同的陌生人爲伍；我想和我的親戚，那些我能完全相互瞭解的人在一塊。再說一次你願意當我的哥哥，聽你說那句話的時候，我好滿足、好快樂。如果你能夠眞心地重複那句話，請你再說一次吧。」

「我想我做得到。我知道我一直深愛自己的妹妹，也知道自己的這份感情是基於什麼理由——我敬重她們的價值，欽佩她們的天分。你很聰明，做人有原則，你擁有的品味和習慣很像黛安娜和瑪莉，有你在場的時候，我總是很歡喜，而且這段時間以來，我時常發現你的談話能帶給我撫慰的力量。我覺得我可以輕易且自然地在心中爲你騰出空間，做我的第三個，也是最小的妹妹。」

「謝謝你，今晚我已心滿意足。現在，你最好快點離開，因爲假如你再待久一點，可能又會拿什麼多疑的顧慮重新惹惱我。」

「愛小姐，那學校的事怎麼辦？我想，現在不得不暫時關閉了。」

「不。我會繼續任教，直到你找到接替的人選爲止。」

他用微笑表示讚許。我們握握手，然後他就離開了。

我想，我不必細述後來經歷了多少奮戰，費了多少唇舌，才讓遺產分配的事按照我的意願進行。我的工作非常棘手，但由於我心意已定，而且經過一段長時間後，我的表哥和表姊看見我是眞心希望將遺產均分，這個想法確實不曾改變，加上他們心中必定感受到我追求公平公道的企圖，他們也必定意識到，假如易地而處，自己也會做出跟我一模一樣的安排，於是他們這才讓步，同意將這件事交付仲裁。仲裁人是奧利佛先生和一位能幹的律師，他們都同意我的論點，最後實現了我的主張。轉讓的法律文書已經起草妥當，席莊、黛安娜、瑪莉和我，四個人全都成爲擁有相當資產的人。

譯註：

1 梅杜莎（Medusa）是希臘神話中的女妖，頂著滿頭蛇，被其目光掃到者隨即化成石頭。

第三十四章

Chapter 34

待到一切塵埃落定，已接近聖誕節了，年底的長假季節就要到來，於是我關閉了莫頓學校。既然我走了財運，就不該空手告別。交好運不只讓人心胸開闊，也會讓人出手變得大方。一個人手頭寬裕有餘時，分一點給別人，是為自己不尋常的興奮歡喜提供一個宣洩的缺口。我早就開心地察覺到有不少學生喜歡我，等到離別的時刻來臨，這種感覺得到了證實：她們的情感很強烈，也很直截了當。發現我在她們單純無邪的心中確實占有一席之地，讓我深感滿足。我答應她們，以後每週都會來探望她們，在學校裡為她們上一小時的課。

如今全校共有六十名學生，我看著她們逐一走過我面前離開教室，然後鎖上大門。瑞佛斯先生抵達時，正好看見我手中握著鑰匙，和五、六個表現最好的學生互相告別。她們是英國農民階級當中最得體、可敬、謙虛、見多識廣的一群年輕女孩。這話可不是隨便說說的，因為相較於歐洲各國的農民，英國農民受過最多教育、最有教養，自尊心也最強烈。後來我接觸過法國農民與德國農婦，依我看，他們當中最傑出的人，比起我的莫頓女孩，也只能算是無知、粗魯、糊塗的。

等到她們全都離開後，瑞佛斯先生問我：「你認為自己這一季的努力得到回報了嗎？在你的人生、在你這一代完成某些很棒的事，這種想法頗有樂趣吧？」

「當然。」

「而且你才辛苦了幾個月就有這等成果！假如把一生全都奉獻給振興人類，豈不是很棒的一件事嗎？」

「你說得沒錯，」我回答：「可我無法一直持續這樣做，培育他人的才能固然有成就感，但我也想要充分享受自己的才能。我現在就過得很快活，別叫我的心或我的身體回到學校事務上，我要把它拋在腦後，全心全意享受假期。」

他臉上的表情嚴肅起來。「現在是怎麼回事？你突然這麼渴望的是什麼事？你打算要做什麼？」

「我想要動起來，盡可能多活動活動。但首先我得拜託你放漢娜自由，暫時找別人侍候你。」

「你想找她嗎？」

「對，我想找她一起去荒原莊。黛安娜和瑪莉再過一星期就要回來了，我想在她們抵達前把一切都打點妥當。」

「我懂了，我還以爲你打算上哪兒旅行呢。還是這樣安排比較好，我會讓漢娜跟你一塊兒過去的。」

「那麼，告訴她準備好明天動身。這是教室的鑰匙，明天早晨我會把小屋的鑰匙交給你。」

他接過鑰匙。「你放棄得很開心，」他說：「我不太懂你的輕鬆愉快是怎麼回事，也不知道你打算用什麼新工作取代你放棄的這一件。現在你的人生有什麼目標？有什麼企圖？有什麼抱負呢？」

「我的首要目標是徹底打掃——你能領會這個詞的完整力量嗎？——從寢室到地窖，徹底打掃荒原莊。我的下一個目標是用蜂蠟、油和不知多少數量的抹布擦遍所有地方，直到它再次閃閃發亮。第三個目標是把每張椅子、桌子、床和地毯擺得精準無比。然後，我會用盡你的煤和泥炭塊，讓每個房間的爐火保持暢旺。最後，在你妹妹們預定返家的倒數前兩天，我和漢娜會專心致力於比如打蛋、挑選紅醋栗、磨碎香料、攪拌混合聖誕節蛋糕、切細剁碎製作碎肉派的各式材料，並舉行其他烹飪儀式……雖然可以用言語表達我想做的一切，不過像你這樣的門外漢恐怕聽了只會產生不完全的概念。簡而言之，我的企圖是，在黛安娜和瑪莉下週四回家前，把所有的事張羅到絕對完美的狀態；而我的抱負就是讓她們到家時，得到盡善盡美的歡迎。」

席莊微微一笑，不過他還是不大滿意。

「目前你絕對有理由做這些事，」他說：「但是說正經的，我相信等到第一波痛快的衝動退散後，你總會想要做點重要的事，尋求比家人相親相愛和家庭歡樂更高一些的目的。」

「那可是人世間最棒的東西！」我插嘴道。

「不，簡，不是這樣的。這世界不是供人享樂的地方，千萬不要把它變成那樣，這世界也不容我們歇息，別變得懶散怠惰。」

「正好相反，我打算讓自己忙個不停。」

「簡，我暫時饒過你。我給你兩個月的寬限期，讓你充分享受你的新處境，讓你隨心所欲地體驗這個遲來的家庭關係的魅力，但是兩個月後，我希望你會開始看向比荒原莊與莫頓、姊妹相伴與自私的平靜，還有文明富裕帶來的感官舒適更遠的地方。我希望屆時你的精力會再次過剩，讓你感到苦惱。」

我驚訝地看著他。「席莊，」我說：「我覺得你這麼說很缺德。我有意像皇后般心滿意足，你卻想要讓我坐立不安！你的目的是什麼？」

「我想要讓上帝交給你保管的天分發光發亮，總有一天祂會嚴格地跟你清算這筆帳。簡，我警告你——我會嚴密、關切地看管你。你不要把過度的熱情投注在那庸俗的家庭樂趣上。別那麼固執地緊抓住親屬關係不放，把你的忠誠和熱情留給適當的理由吧，別把那些情感浪費在陳腐老套、轉瞬即逝的東西上。你有在聽我說話嗎，簡？」

「有啊，只不過感覺你說的是希臘語，而我全然不明白。我認爲我有適當的理由感到快樂，而且我會很快樂的。再見！」

我在荒原莊過得很開心，也很努力工作，漢娜也是如此。看見我開心地忙碌於整理亂七八糟的房子，知道我能刷洗、撢塵、打掃和下廚，這些事讓她很著迷。經過一兩天的亂上加亂後，看著秩序漸漸從我們製造的混亂當中誕生，那感覺十分愉快。稍早之前，我曾到S城添購一些新傢俱，多虧我的表親全權委託我，隨我的喜好進行更動，還撥了一筆款項支應這趟採購所需。我讓起居室和臥房大致保持原有的模樣，因爲比起光鮮的新品，我知道黛安娜和瑪莉能從老舊的家常桌椅、床鋪中得到更多的樂趣。儘管如此，還是需要一些新奇事物，爲這個家增添幾分新意。漂亮的暗色系新地毯與新窗簾，幾件精選的古董瓷器與青銅器，梳妝台的新罩布、鏡子、化妝盒，就足以實現這個要求。它們看起來新鮮、有別於以往，卻又不至於突兀不協調。我將閒置的那套客廳與臥房全面翻新，添購了老桃花心木傢俱與深紅色的家飾品，在走廊鋪上帆布，在樓梯鋪上地毯。當所有布置完成後，我認爲荒原莊的內部裝潢完全是明亮、樸素、舒適的典範，正如同其外觀在這個季節，可說是寒冬荒蕪、陰鬱淒涼的實例那樣。

那重要的星期四終於到來，她們預計在天黑的時候抵達。在黃昏來臨前，整間屋子上下的壁爐都已點燃，廚房呈現完美狀態，漢娜和我打扮妥當，一切都已準備就緒。

席莊率先到家。稍早之前我曾請求他，在一切都布置好之前暫時別回荒原莊，唯事實上，光是想到屋子裡持續上演既骯髒又細瑣的騷動，就足夠嚇得他敬而遠之。他來廚房找我，發現我正在看顧爲茶點準備的蛋糕，接著烘焙。他走到爐邊來，問我對女僕的工作是不是玩得很過癮？我的答覆是邀請他陪我全面檢視我的勞動成果。我好不容易讓他答應參觀整間屋子，但他只是站在我打開的房門口，朝裡頭瞧了瞧。等到走遍樓上和樓下的房間後，他說，在這麼短的時間內實現這樣可觀的改變，我肯定經歷了不少勞累和麻煩事。然而他說的這些話當中，沒有一個字提到他對住所的改善感到開心。

他這樣不表示高興，澆了我一頭冷水，惹得我不禁心想，也許這些變動擾亂了他原本看重的某些舊有聯想吧。我問他事情是否如此，語氣中無疑地帶點灰心失望的味道。

「完全不是這樣，恰好相反，我注意到你謹慎地考慮了每一種聯想。老實說，我很擔心你耗費了太多心思在這件事上頭，而它並不值得你這麼做。比方，你花了多少時間在研究這個房間的布置呢？對了，你可以告訴我有本書放在什麼地方嗎？」

我指出那本書在書架上的位置，他取下來，退回他常待的那個窗口凹室，開始閱讀那本書。

唉，親愛的讀者，我不喜歡眼前這幅景色。席莊是個好人，但我開始感受到，他說自己苛刻又冷默，這說法是實話了。生活中的人情世故對他毫無吸引力，生活中的喜怒哀樂對他毫無魅力。他簡直只為抱負志向、只為追求良善和偉大而活；而且他從來不放鬆，也不贊同其他人在他身旁放鬆。我看著他高聳的額頭，像顆白色石頭般靜止且蒼白，我看著他專注研讀手中書籍的俊秀容貌，登時立刻徹底領悟：他很難成為一個好丈夫，而做他的妻子又會是多麼難熬的事。像是得到啓示般，我突然意會到他對奧利佛小姐的愛的本質。我同意他的看法，那不過是感官之愛，我能夠理解他多麼鄙視自己，竟然任由那種愛在他身上發揮狂熱的影響，他多麼想要抑制並摧毀它，他多麼不信任它可能為他或她帶來永久的幸福。我看出他是個人才，是大自然大刀闊斧劈出的英雄——基督徒與異教徒的英雄——立法創制、開疆拓土的風雲人物。這種人是堅實的堡壘，可以寄託大事、擔負重責，但是他們在家庭的火爐邊，卻往往只是根冰冷累贅的柱子，陰沉憂鬱，格格不入。

「這間起居室不是他的領域，」我仔細深思，「喜馬拉雅山脊或南非卡菲爾的叢林，甚至是受到瘟疫詛咒的幾內亞海岸沼澤地，會更適合他。怪不得他無法享受寧靜的家庭生活，這不是他擅長的事呀，他的才能在這裡會停滯不前，無法施展，也顯現不出優勢。唯有在衝突與危險的場景中——在那裡，他可以展現勇氣，運用活力，測試膽量——他才會以領袖與強者的角色挺身說話、站出來做事。在這火爐邊，他連一個歡樂的小孩都不如。他選擇傳教士做為志業是正確的——如今我終於明白了。」

「她們來了！她們來了！」漢娜邊喊邊打開起居室的門。同一時刻，老卡羅高興地吠叫。我跑出去，此刻天色已暗，但可以聽見一陣車輪轆轆滾動的聲響。漢娜迅速點亮一盞提燈，馬車已停在小門邊，車夫打開車門，先是出現了一個熟悉的身影，接著，另一個也走了出來。一會兒之後，我把臉伸進她們的帽子下，先是碰了碰瑪莉柔軟的臉頰，接著是黛安娜曳動的鬈髮。她們笑了，先親吻我，接著親吻漢娜，再輕拍卡羅的頭，牠已經開心得呈現半瘋狂狀態。她們熱切地詢問家裡是否一切安好，在得到肯定的保證後，急忙走進屋內。

她們從惠特克洛斯回到家的這段路途既漫長又顛簸，身體坐得都僵硬了，還被夜晚嚴寒的空氣凍壞了，可是一看見令人振奮的熊熊火光，便綻開滿臉的笑容。等到車夫與漢娜把行李拿進屋內後，她們呼喚席莊的名字。此時，他從起居室走了過來。她們倆立刻張開雙臂，環抱他的脖子。他快快親吻過兩個妹妹，低聲說了幾句歡迎的話，站在那裡簡單交談了一會兒，便說他想她們很快會到起居室跟他會合，然後就像躲進避難所似地鑽回起居室了。

我點亮她們的蠟燭，打算帶她們上樓，可是黛安娜想要先安排讓車夫飽餐一頓再離開，等到這件事完成後，兩個人便隨我上樓。她們很喜歡自己房間的翻新和裝潢，無論是換上新的窗簾、新的地毯，還有色彩豐富的瓷器花瓶，她們全都慷慨地表達自己的滿意。知道自己的安排恰好符合她們的想法，以及我所做的一切爲她們回家的快樂增添了一抹生動的魅力，在在讓我開心不已。

那天晚上非常美好。兩位表姊興高采烈地又是描述、又是評論，她們的滔滔不絕掩蓋了席莊的不苟言笑。他是眞心高興能看見自己的妹妹，可就是無法對她們的熱情滿足與源源不絕的喜悅產生共鳴。那天的大事（也就是黛安娜和瑪莉回家）讓他很開心，但伴隨而來的開心喧譁、喋喋不休的歡喜接待，全都使他疲倦，我看得出來他期盼寧靜一些的明日能快快到來。正在那一晚歡樂的高潮時刻，大約用完晚餐後一個小時，大門傳來一陣急促的敲門聲。漢娜走進來通知說：「有個窮小孩，在這個不湊巧的時刻，來拜託瑞佛斯先生去探望他的母親，因爲她已經快要不行了。」

「漢娜，她住在哪裡？」

「在惠特克洛斯山脊那上頭，差不多有四哩遠，而且沿路全是沼澤與苔蘚。」

「告訴他我會過去。」

「少爺，我看你最好不要去。天黑以後，那條路非常難走，穿越沼澤的那一段，根本沒有路可走。而且今晚上天氣這麼惡劣，那冷風從來沒有這麼刺骨冰冷過。少爺，你最好跟他說，明天早晨你會去探望她。」

他已經在走廊上穿斗篷了，沒有一句反駁，沒有一聲抱怨，就這樣出門了。他走出屋外的時間是晚上九點，等他回到家已經是半夜的事了。他又餓又累，可是神情看來卻比出發前更快樂。他履行了一項職責，做了一番努力，感受到自己有力量做事，也有能力節制自我享樂，比過去更能夠認同自己。

接下來的這一週對他的耐性恐怕是個大考驗。這是聖誕週，我們把工作擺在一旁，將時間全都耗費在快樂的家庭消遣上。荒原的空氣、回家的自由、富裕的開端，像是某種提神的靈丹妙藥，作用在黛安娜和瑪莉的情緒上，讓她們從早晨到中午，從中午到晚上，一直都很快活。她們可以一直聊天，她們的談話妙趣橫生、簡潔有力、富獨創性，對我具有無比的魅力，因此我寧可專心聆聽，參與其中，而不願去做別的事。席莊雖然沒有責備我們無所事事，但他避之唯恐不及。他很少待在家裡。他的教區範圍廣大，教友散居各地，所以他每天都能在不同的區域探訪病患與窮人。

有天早上吃早餐的時候，黛安娜神情憂傷地發呆了好幾分鐘，接著問席莊：「你的計畫還是沒有改變嗎？」

他答道：「沒有改變，也無法改變。」他隨即告訴我們，他離開英格蘭的日子已經確定就在明年了。

「那羅莎玫．奧利佛呢？」瑪莉問。那句話似乎是不由自主地脫口而出，因為話一說出口，她就做了個手勢，彷彿希望能把話收回。

席莊用餐的時候會邊看書邊用餐，這是他不愛應酬別人的怪癖。這時他闔起手上的書，抬頭說：「羅莎玫・奧利佛即將嫁給葛蘭比先生。他是弗雷德瑞克・葛蘭比爵士的孫子和繼承人，也是S城家世背景最好、最受人敬重的居民。昨天我才從她父親那兒聽說這個消息。」

她們姊妹倆互相對望，又看看我，最後我們三個全都看著他，他就像玻璃一樣平靜。

「這樁婚事肯定決定得很倉促，」黛安娜說：「他們認識彼此的時間不會太長。」

「才兩個月。今年十月，他們在S城的一場舞會上相遇相識。不過，如果一樁婚事沒有阻礙，像這樁婚事就是如此，而兩家在各方面又是門當戶對，當然便無延宕的必要。等到弗雷德瑞克爵士送給他們的那棟S大宅改裝完成，可以舉辦婚宴時，他們就會馬上舉行婚禮。」

在這番對話以後，當我第一次遇上席莊落單時，便忍不住問他這件事是否令他感到痛苦，但是他表現得似乎不需要任何同情，那教我不敢再多說什麼，還想起過去我冒失提出的建議，心裡不禁感到有些羞愧。再說，我不太知道該怎麼跟他說話，他的寡言少語再度冰封了我們的對談，而我的率直被凝結在那底下。他沒有信守承諾，待我如同他的妹妹，他持續製造令人恐懼的小小差別待遇，絲毫沒有打算變得更熱絡的意思。總之，現在他承認我是表妹，和我同住一個屋簷下，可是我們卻很疏遠，還不如從前他認爲我只是個鄉下學校教師的時候那樣親近。每當我想起他一度對我坦誠心事，便更難理解他現在的冷淡是怎麼回事。

因此，當埋首看書的他突然抬頭對我說話，讓我十分驚訝。他對我說：「簡，你看，我打了一仗，而且贏得了勝利。」

震驚於他突兀地開口對我說話，我沒有立刻接腔。經過一會兒的遲疑，我回答：「可是你確定你不是像那些征服者一樣，爲了贏得勝利而付出昂貴的代價嗎？你若是再贏得一場勝利，難道不會毀了你嗎？」

「我想不會吧，就算會，那也不要緊。我永遠不會再被徵召去打另一場這樣的仗了。這一仗的結果是很關鍵的，我該走的路現在再清楚不過。感謝上帝指引！」說完之後，他又躲回自己的書頁和沉默當中。

隨後，黛安娜、瑪莉和我共有的快樂逐漸沉澱，進入一種比較沉穩安靜的模式，我們又恢復平時的習慣與定期的研讀學習。這時席莊也較常待在家裡，他和我們坐在同一個房間裡，有時一坐就是好幾個小時。瑪莉作畫時，黛安娜就繼續進行她的百科全書閱讀計畫（讓我既敬畏又驚奇），我拚命學德文，他則摸索著他自己的神祕學問——那是一種東方語文，他認爲學會那種語文對他的計畫是必要的。

這種時候，他往往看似坐在自己的那個角落，安靜又專注地忙於研究學問，可是他那雙藍眼睛總是習慣離開那本看來古怪的文法書，帶著強烈的好奇，在他的讀書夥伴身上流連，有時候還會凝視我們。如果被逮到，那目光會立刻收回去，然而要不了多久時間，又會重新探索我們落坐的位子。我想知道那抹眼神代表的意義，也好奇爲什麼對一樁我覺得無足掛齒的小事，也就是我每週都去拜訪莫頓學校的事，他總會精準無誤地表現出滿意的樣子。更讓我困惑的是，如果天氣惡劣，比方降雪、下雨或有強風，他的妹妹大力勸我不要去學校的時候，他總會輕視她們的關心，鼓勵我無視惡劣天候，照常完成我的使命。

「簡才不像你們想的那樣弱不禁風，」他會說：「和你我一樣，她可以忍耐一陣強勁的山風、一場陣雨，或是幾片雪花。她的體格健康又靈活，比起許多強健的體魄更擅長忍受天候的變動。」

等我回到家，有時不只是受到一點點風吹雨打，而是感到非常疲憊，但我從來不敢抱怨，因爲我看得出來發牢騷會讓他大爲光火。在任何情況下，只有堅忍不拔才能讓他滿意，相反地，放棄原有的立場會特別令他生氣。

儘管如此，有天下午，因爲我眞的感冒了，只好請假在家休息。他的兩個妹妹代替我去莫頓學校，我坐在起居室裡閱讀席勒的作品，他則是努力研讀那字跡細小難以辨認的東方卷軸。當我換成練習翻譯時，恰巧看往他的方向，結果發現那雙藍眼睛正在監視我。我無從分辨它究竟這樣徹頭徹尾、一遍又一遍地仔細審視我了多久？那目光是如此犀利，卻又如此冷漠，我突然間迷信起來，彷彿自己正和某個異常怪東西同坐一室。

「簡，你在做什麼？」
「學德文。」
「我要你放棄德文，改學印度斯坦語[1]。」
「你不是認眞的吧？」
「我認眞的程度跟我必須這麼做的理由相當，我會告訴你爲什麼。」
他接著說明印度斯坦語是他自己目前正在研讀修習的語言，不過當他有了進步以後，很容易會忘了先前所學。如果他能有個學生，就能一而再、再而三地重溫那些基礎的部分，進而將它們牢牢記在心中，這會對他大有幫助。他猶豫了好一段時間，不知該選擇我，或是他的某個妹妹，最後他挑中我，因爲我是三個人當中能夠爲了某件事坐得最久的一個。我願意幫他這個忙嗎？我應該不會犧牲太久，因爲此刻距離他出發的時間大約只剩三個月了。
席莊不是那種可以輕易拒絕的人，你可以感受到自己留給他的每個印象，無論是痛苦或快樂，都是深刻恆久的。我同意了。黛安娜和瑪莉回到家的時候，前者發現她的學生被她哥哥搶走時，她笑了，而且她們兩個一致同意，席莊絕不可能用這種說法成功說服她們。他靜靜地回答：「我知道。」
我發現他是個非常有耐心、非常寬容，但要求很嚴格的老師。他對我的期待甚深。當我達到了他的期望，他會用自己的方式，充分表明他的讚許。慢慢地，他擁有了操縱我的影響力，奪走了我的思想自由，他的讚揚與注意顯然比他的冷漠更具約束力。只要他在我身旁，我再也無法隨心所欲地談天說笑，因爲有個煩人、糾纏不休的直覺不斷提醒我，他討厭那種活潑朝氣（至少在我身上）。我完全意識到只有態度嚴肅、做正經事才是被容許的，在他面前，沒有其他心緒選擇。我落入一種極爲冰冷的魔咒中。當他說「去」，我就去；他說「來」，我就來；他說「你做這事」，我就去做[2]。可是我不喜歡自己這種任人差遣、百依百順的狀態，我常常希望當初他要是繼續忽略我就好了。

有天晚上，到了就寢時間，他的妹妹和我站在他身邊，向他道晚安，他按照慣例逐一親吻她們，同樣地，他按照慣例向我伸出手。黛安娜剛好福至心靈，鬧著玩地（她與之匹敵的自我精神可不受他的意志操控）大喊道：「席莊！你不是常說簡是你的三妹嗎？可是你說一套做一套耶，你也應該要親她。」

她把我推向他。我覺得黛安娜也是夠惹人惱火的，而且我覺得渾身不自在，不知該怎麼辦才好。我還在這樣想、這樣感覺的時候，席莊低下頭，他那張希臘雕像般的臉龐放低到與我的臉同高，他的眼神銳利地質疑我——然後他吻了我。可惜沒有所謂大理石之吻或冰霜之吻，否則我會說，我這位牧師表哥的致意就該被歸類在那些類別當中。但或許有實驗之吻，那麼他的吻就是個實驗之吻。吻了我之後，他仔細觀察我的反應，結果並不顯著：我確定自己沒有臉紅，我的臉色說不定還變得有點蒼白，因為我覺得這個吻彷彿是貼在我腳鐐上的封條。從此以後，他再也沒有省略過這個禮節，而我總是嚴肅沉默地承受，在他看來，這種態度似乎又為這個儀式增添了一定魅力。

至於我，我一天比一天更想討好他，可是這麼做卻使我愈來愈覺得，我必須放棄一半的本性，扼殺自己一半的才能，強行奪走我原有的愛好，並迫使自己接納我沒有使命感的事務。他希望訓練我達到一個我永遠無法觸及的高度，害得我時時刻刻都為渴求企及他高舉的標準而飽受折磨。這件事就像硬要把我五官不端正的面容塑造成他那標準古典的長相，讓我多變的綠色眼眸擁有他那雙眼睛當中的湛藍色澤和莊嚴光輝，如此這般地毫無希望。

然而目前讓我動彈不得的，並不只是席莊的強勢支配。近來，我很容易流露出悲傷的神情，因為有個腐蝕人心的惡魔端坐在我心上，從源頭把我的快樂全部排空流乾——這惡魔就是焦慮。

親愛的讀者，也許你認為在這些身分與財富的變化當中，我早已忘了羅契斯特先生。但其實我一刻也不曾忘懷，他的身影始終徘徊我心中，因爲那不是陽光能驅散的霧氣，也不是暴風雨能沖走的海灘沙畫肖像，而是一個刻在石板上的名字，注定要和那塊大理石板一樣持久。想知道他後來變成怎樣的渴望如影隨行地跟著我，過去住在莫頓時，每天傍晚走進自己的小屋，我就會想起他；現在住在荒原莊，每天晚上回到自己的臥房裡，我也總會想起他。

之前爲了遺囑的事，我和布禮革先生經常通信。在那過程中，我曾詢問他是否知道羅契斯特先生目前的住處與健康狀況，可惜就像席莊猜想的一樣，布禮革先生對羅契斯特先生的近況一無所知，於是我寫信給費爾法斯太太，求她告訴我羅契斯特先生的消息。我原本以爲這個方法可以達成我的目的，我相信自己很快就能夠得到答案。沒想到過了兩個星期還沒收到任何回音，我非常驚訝。等到兩個月過去，等到郵件日復一日送達，卻遲遲沒有爲我捎來任何訊息，我不禁開始憂慮起來。

我再次提筆寫信，因爲我的第一封信說不定寄丟了。新的努力帶來新的希望，頭幾個星期，它像第一回的期待那樣閃閃發亮，接著也像第一回那樣逐漸暗淡、忽明忽滅。我連隻字片語也沒有收到。就這樣，半年的時光在徒勞的期盼中流逝，我的希望破滅了，從此感到灰心絕望。

明媚的春天在我周圍閃耀，但我沒有心思享受。夏日的腳步已近，黛安娜想讓我振作起來，她說我看起來病懨懨的，她想陪我去海邊散散心。席莊反對這個提議，他說我需要的不是玩樂而是工作，我目前的生活太漫無目的，需要有個奮鬥的目標。我想可能是爲了彌補這個不足吧，他進一步延長了我的印度斯坦語課程，而且更加急切地要求看見成果。至於我呢，就像個傻瓜，從來沒想過要抵制他的安排——我沒有辦法反抗他。

有一天，我的學習士氣比平常更爲低落，這波低潮由強烈的失望所引起。那天早上，漢娜告訴我，我有一封信，當我下樓取信時，幾乎確定我盼了好久的消息終於來了，卻發現那不過是布禮革先生寄來的一封不重要的公事便箋。那苦澀的挫折從我身上擰出些許淚水。現在，在我坐著認眞研讀某個印度抄寫員張牙舞爪的文字與誇飾的比喻時，我的雙眼又盈滿淚水。

席莊叫我到他身邊念書給他聽，我想這麼做，但我的聲音背叛了我，破碎的語句消失在啜泣聲中。這時只有我和他待在起居室裡，黛安娜在客廳練習樂器，瑪莉在院子蒔花弄草——這是個非常怡人的五月天，晴朗無雲、陽光普照，還有徐徐的微風。我的同伴對我的情緒波動一點也不驚訝，也不追問原因，他只說：「先延個幾分鐘吧，簡，等你心情平復一點，冷靜下來再說。」

我趕緊抑制間歇發作的情緒，他沉著耐心地坐在一旁，斜靠在書桌上，他看我的眼神就像醫生帶著科學的眼光，觀察病人經歷一場完全可以理解的、預料中的危機。我設法停止啜泣，揩乾眼淚，嘟囔著自己那天早上身體不太舒服，然後繼續進行我的功課，並成功地完成要求。

席莊把我和他的書本全部收好，鎖上書桌，接著說：「好了，簡，你應該出去走一走。跟我一起來吧。」

「我去叫黛安娜和瑪莉。」

「不必，今天早上我只想要一個同伴，而那人必須是你。戴上帽子，從廚房的門出去，走通往馬許峽谷頂端的那條路，過一會兒我就去找你。」

我不懂得中庸之道。在我的人生中，遇上一個和我個性相反，深懷自信、極度強悍的人物時，我總是不知道在完全順服與決心反抗之外，還能有什麼折衷的辦法。我總是忠實地奉行其中一種選項，直到爆發的那一刻突然切換成另一種，而且那爆發有時猛烈得就像火山噴發一樣。由於眼前的條件不足，而我此刻的心情也不適於造反暴動，我只得認真服從席莊的指示，十分鐘後，我和他併肩走在峽谷的荒蕪小徑上。

微風從西方吹來，翻越過小山，帶著石楠與燈心草的甜香。天空是無瑕的湛藍，小溪在深谷間順流而下，溪面因之前的春雨而上漲，大量的清澈溪水奔騰傾洩，映射出太陽的金色光芒與天空的寶藍色澤。走著走著，我們離開小路，來到一塊柔軟的草皮上，這草皮具有苔蘚般的纖細觸感和翡翠般的鮮綠色澤，細緻地裝飾著一種小白花，同時綴滿一種星狀黃花。群山靜靜包圍我們，因爲這峽谷的盡頭正好是群山的中心。

這時我們走到一群石頭大軍的邊緣處，席莊說：「我們就在這裡休息一下吧。」這群石頭守護著一個隘口，有條小溪在此奔瀉而下，形成一道瀑布，而遠方那座山擺脫了草皮和花朵，只有石楠爲衣，峭壁爲寶石首飾——在這裡，荒蕪被誇大爲蠻荒，精力充沛會換來皺眉——在這裡，它爲孤寂守護著難以實現的希望，爲寂靜無聲保有最後一處避難所。

我找個地方坐下來，席莊站在我附近。他抬頭看看那個隘口，又低頭瞧瞧那處低谷，他的目光隨那條小溪四處遊走，最後回到那片爲眼前景致染上顏色的無雲蒼穹。他脫下帽子，讓微風輕輕吹動他的頭髮，輕吻他的額頭，似乎正在跟這處他常造訪之土地的守護神默默交流，用眼神對著什麼道再見。

「我會再見到它的，」他大聲說：「當我睡在恆河邊，我會在夢中見到它。在遙遠的未來，當我在一條深沉的河流邊墜入夢鄉時，我也會再見到它的！」

這話聽起來很奇怪，話裡頭還流露出奇特的愛！這是一個嚴肅的愛國者對祖國的強烈情感！他坐了下來，有半個小時我們都沒有說話，不管是他對我，或是我對他。

等到那段時間過去後，他又開口了：「簡，六個星期後我就要離開了。我已經預訂了一艘東印度商船的艙位，六月二十日啓程。」

「上帝會保佑你的，因爲你承擔祂交付的工作。」我回答道。

「沒錯，」他說：「這是我的榮耀與喜悅。我是永無過失的上主的僕人。我的遠行並不受到人類領導，也非屈從於軟弱的人類，那部有缺陷的法律規範與錯誤的控制。我的王，我的立法者，我的船長，是盡善盡美的。我覺得眞奇怪，爲什麼我身邊的人沒有急著爭取成爲其中一分子，加入這項大事業呢？」

「不是每個人都有你那樣的力量。更何況，軟弱的人想要和強壯的人齊步前行，是很愚蠢的事。」

「我說的不是那些軟弱的人，也沒有爲他們設想，我指的是那些適合這份工作而有能力完成它的人。」

「那樣的人寥寥無幾，而且不容易發現。」

「你說得對。所以一旦發現這樣的人，就該鼓勵他們，敦促並規勸他們要努力，讓他們知道自己的天賦在哪裡，還有爲什麼上帝賜予他們這樣的才能。將上帝的旨意傳達到他們的耳中，告訴他們，在上帝揀選的成員當中，他們占有一席之地。」

「假如他們眞有資格承擔這份責任，他們自己的心難道不會第一個通知他們嗎？」

我覺得好像有種可怕的魔咒正在我身邊成形，籠罩在我身上。我顫抖著，害怕會聽見某個致命的詞被說出口，因爲那會立刻宣告並鞏固這個咒語。

「那麼你的心怎麼說呢？」席莊問。

「我的心沉默無聲，它什麼也沒有說。」我嚇壞了，提心弔膽地回答。

「那麼我必須代它發聲，」那個低沉堅韌的聲音說：「簡，跟我一塊去印度，做我的得力伴侶，和我一同上工。」

此時，整個峽谷和天空都快速旋轉起來，不見消停，連群山都嘆息！我彷彿聽見來自上帝的召喚，好似一個異象中的使者，就像那個馬其頓人[3]在說：「請過來幫助我們！」但我不是使徒，沒辦法看見啟示，接收不到祂的召喚。

「噢，席莊！」我大喊道：「你發發慈悲吧！」

可惜我懇求的對象在執行他深信是自己職責的事情時，既不知道什麼叫慈悲，也不懂得什麼叫懊悔。他繼續說：「上帝和大自然打算讓你成爲傳教士的妻子。這與你個人無關，而是著眼於他們賦予你的精神稟賦——你是生來勞動，而不是生來談情說愛的。你肯定是傳教士的妻子，你將會是傳教士的妻子。你將會是我的，我要娶你——不是爲了我個人的幸福，而是爲了服務我的君主。」

「我不適合，我沒有蒙召。」我說。

他早就料到一開始的拒絕，所以他聽了並不惱火。說實話，當他往後斜靠在峭壁上，雙手抱胸，面無表情時，我看得出來，他正在心中準備一段既冗長又難對付的反駁說詞，同時也已蓄積大量毅力，支持他一路進攻，直到征服我、贏得勝利爲止。

「簡，謙遜，」他說：「是基督徒美德的基本成分。你說得對，你不適合這個工作。可是誰又適合呢？那些曾經眞正蒙主聖召的人，又有誰相信自己配得上那樣的召喚呢？例如我，不過是塵灰。跟聖保羅一樣，我曉得自己是罪人中的罪魁[4]，但我不會因爲自己是個罪人就膽怯氣餒。我知道我的領導者，我知道祂是公正的，有大能力的，因此，當祂選擇一個能力薄弱的人去做這等大事，祂必定會從祂無窮的備用物中，源源不絕地供應那人的不足之處，直到最後。簡，試著像我這樣思考，像我這樣信賴。我要你倚靠的是萬古磐石[5]，不要懷疑，因爲它會承擔起你的人類弱點帶來的重擔。」

「我不瞭解傳教士的生活，我從來沒有學習過傳教士的工作。」

「儘管我是個無用之人，但我可以就那一點，提供你需要的一切協助。我可以幫忙你設定每個小時的工作，永遠支持你，時時刻刻幫助你。一開始我可以這麼做，很快地——因爲我瞭解你的能力——你就會像我一樣強壯，一樣反應敏捷，就不再需要我的幫忙了。」

「但是我的能力——我適合這項工作的那些能力在哪裡？我感受不到啊。剛才你對我說這番話的時候，我內心沒有東西在回應或擾動。我沒有意識到任何火花被點燃，任何生命被喚醒，任何勸告或歡欣的聲音。噢，我眞希望能讓你看見，此刻，我的心多像是一處沒有光線的地牢，在它深處囚禁著一種畏縮的恐懼——恐懼被你說服，去嘗試我根本做不到的事！」

「對於你的疑懼，我有個答案，你聽聽看。打從我們第一天相遇開始，我就不斷觀察你，十個月來，你一直是我研究的對象。在這段時間裡，你通過了各式各樣的考驗，而我在那當中看見了什麼，又得出了什麼結論？在那間鄉村學校，我發現就算是不符合你的習慣與性情的事，你也能認眞盡力地做好；我看見你能夠運用能力和機智，把工作處理得妥適；你既懂得如何約束學生，同時又能贏得她們的喜愛。在你知道自己突然變得富有時，我從你的鎮靜中讀出你的心沒有染上底馬[6]的邪惡——錢財對你沒有過度的影響力。當你堅持把所繼承的遺產分成四份，自己只保有一份，並將其他三份轉讓給別人以成就抽象的正義時，我認出了陶醉於犧牲的激情與興奮的某個靈魂。在我的期盼下，你放棄自己感興趣的學習，接納另一個我感興趣的課題，我從中看見你的溫順馴良，你不懈怠的刻苦，面對困難時你永不知疲倦的精力與無可動搖的脾氣——我看出我尋尋覓覓的特質。簡，你很受教、勤勉、公正無私、忠誠、恆定，而且勇敢無畏。你非常溫柔，卻非常英勇。別再不信任你自己了——我可以毫無保留地信賴你。做爲印度學校的女校長，以及跟印度婦女打交道的幫手，你的協助對我來說將會是非常寶貴的。」

我身上的鐵壽衣[7]收得更緊了。席莊的勸說踩著緩慢、確定的步伐往前推進。我緊閉雙眼，他最後的那幾句話，已經成功讓原本看似堵死的道路變得較爲暢通。我所做的工作本來是那樣模糊不明確、散亂零碎，隨著他一句句的說服，它逐漸凝練，在他的巧手捏塑下，呈現出一個明確的形態。他等著我答覆。我要求他給我十五分鐘好好想一想，而不是再次貿然回答。

「沒問題。」他回答道，站起身，邁步朝隘口走了一小段距離，接著讓自己倒在一片石楠上，靜靜地躺在那兒。

「我不得不看見，也不得不承認，他要我做的事，我是有能力做到的。」我暗暗思索，「前提是如果我能活命的話。」可是，我覺得我沒辦法長期久待在印度的陽光下，到時候該怎麼辦呢？他根本不在乎那一點。當我的死期到來，他會平靜虔誠地把我交還給造物主上帝。實情就攤在我眼前，一清二楚。離開英格蘭，就是離開一塊我熱愛但空虛的土地——羅契斯特先生已經不在這裡了，就算他還在這裡，對我來說又如何呢？事情難道會有什麼不同嗎？如今，我的職責是在沒有他的情況下活下去。再也沒有什麼能比一天拖過一天來得荒謬、軟弱了，彷彿我等待著情勢發生某種不可能的變化，使我能與他再次相聚。當然——如同席莊曾經說過——我必須在生活中尋找新的樂趣，取代已經喪失的那一個。他現在提供我的這份工作，難道不是人類能夠採納，或上帝所能分派的最榮耀工作嗎？從其高尚關懷與崇高結果來看，難道不是最適合填補感情破裂和希望粉碎所留下的空虛嗎？我相信我必須說好，可是我卻不寒而慄。哎呀！如果我答應席莊，等於半放棄自己；如果我去印度，等於提早踏入墳墓。況且，從離開英格蘭前往印度，到離開印度走向墳墓，這當中的間隙又該如何填滿呢？等等，我知道了！那也同樣明明白白擺在我眼前。我會竭盡全力滿足席莊的要求，直到我累得肌肉痠痛，但無論是他期望的最細微中心點或最遠的外圍圈，我都能辦得妥妥貼貼，令他滿意。如果我眞的跟他一塊去，如果我眞的在他的敦促下做出犧牲，我會做到極致，會把所有一切全部丟上聖壇——心、重要器官、整個人。他永遠不會愛我，但他會認可我。我會向他展現他未曾見過的活力，他從未懷疑過的勇氣才智。沒錯，我可以像他一樣拚命工作，而且像他一樣甘願做、歡喜受。

那麼，同意他的要求是可能的，只除了一件事，一件可怕的事——那就是他要求我做他的妻子，可是他對我沒有半點做丈夫的愛意，他的情感並不比那邊峽谷中小溪流經、激起浪沫的那塊陰沉巨岩強多少。他對我的高度重視猶如士兵對待一件好武器，就這樣，沒別的了。不嫁給他，我就不必深究這個問題，可是我能讓他完成他的算計，冷漠地實行他的計畫，舉行婚禮嗎？我可以從他那裡接下婚戒，忍受所有愛的儀式——我相信他會嚴格遵守那些儀式——但心裡清楚這段婚姻當中根本沒有愛嗎？我能夠忍受他所表達的任何愛意，都是出於遵守原則而不得不爲的犧牲嗎？不，這樣的殉道太過畸形了。我絕不願經歷這種事。我可以陪他去印度，以妹妹而不是以妻子的身分，我會這樣告訴他。

我望向那個土墩。他靜躺在那裡，像是一根倒伏的柱子。他的臉轉向我，眼神散發出熱切注意的目光。

他猛然站起來走向我。

「我已經準備好要去印度了，只要我能夠以自由之身前往。」

「你的答案需要註解，」他說：「它的意思不是很清楚。」

「到目前爲止，你是我的表哥，我是你的表妹，讓我們保持這樣的關係。你和我最好不要結婚。」

他搖搖頭。「表兄妹的關係在這件事情上是行不通的。如果你是我的親妹妹，事情便有所不同，我可以帶你去，過著沒有妻子的生活。但既然我們不是親兄妹，除非我們的結合得到婚姻的洗禮與保證，否則就不能同行。現實的障礙使得其他計畫都行不通。簡，你看不出來嗎？考慮一下，你堅強的理智會引導你。」

我確實仔細考慮過了，但我的理智仍舊指出事實：我們對彼此的愛並不是夫妻之愛。因此，這推斷出我們不該結婚的論點。我一五一十地對他說了。「席莊，」我回應道：「我認爲你是我的哥哥，而你也把我當成妹妹，讓我們繼續保持原狀吧。」

「我們不能，眞的不能，」他回答道，帶著簡慢無禮、鋒利的決心。「這樣行不通。你說過你會和我一起去印度的。別忘了，你曾經那樣說過。」

「那是有條件的。」

「好，好。你並不反對主要的關鍵——和我一起離開英格蘭，協助我進行未來的工作。你等於是手扶著犁[8]了。你說話算話，絕不會退縮。你現在只要留意一件事：要怎樣進行，才能把你承擔的事做到最好。簡化你複雜的興趣、感覺、想法、願望、目的，將所有考量匯聚成一個目標，即有效地、有力地實現偉大上主的使命。爲了這麼做，你必須有個助手，不是一個哥哥，那樣的關係太過鬆散，而是一個丈夫。我也不想要一個妹妹，隨便哪一天，妹妹都有可能會被帶離我身邊。我想要一個妻子，我專屬的配偶，在有生之年我都可以有效率地支配她，絕對地擁有她，直到死亡降臨為止。」

聽見他說出這段話讓我不斷發抖。我感覺到他的影響力滲入我的骨髓，牢牢抓住了我的四肢。

「席莊，你找別人吧，屏除我。去找一個真正適合你的人。」

「你指的是，適合我的目的、適合我的天職的人？我要再次告訴你，我結婚的目的不是為了無足輕重的私人需求，不是為了滿足個人自私的感覺，而是為了傳道的使命。」

「我願意為那傳教士奉獻我所有的能力——他想要的是這個，不是我的軀殼，這副臭皮囊不過是在內核上增加的外皮或外殼罷了。既然他用不著，我想保有。」

「你不能這麼做，也不該這麼做。你想，上帝會對一半的奉獻物感到滿意嗎？祂會接受殘缺不全的獻祭嗎？我擁護的是上帝的事業，我站在祂的旗幟下召募你效力。既然代表祂，我不能接受分裂的忠誠，它必須是完整的。」

「噢！我會把我的心獻給上帝！」我說：「反正你又不想要。」

親愛的讀者，我不敢賭咒發誓說我講這句話的口氣，還有伴隨這句話而生的感受當中，沒有一絲一毫壓抑的嘲諷。在這之前，我心裡一直暗暗地懼怕席莊，因為我不瞭解他。他讓我心生敬畏，因為他始終讓我猜不透。他這個人究竟有幾分是聖人，又有幾分是凡人呢？之前我一直不確定，但是經過這次的深談，真相終於被揭露，我逐漸摸清他的性情。我看見他容易犯錯的地方，我瞭解他的弱點。我坐在這片石楠土丘上，面前是那個英俊的形體，我這時領悟到，自己坐在一個凡人的腳邊，他和我一樣都會犯錯。面紗滑落，露出了他的冷酷嚴厲與專制獨裁。我感受到他身上存在這些特質，我感覺到他的不完美，於是我有了勇氣。此刻，我和一個與我同等、可以與之爭辯論理的人在一起，只要我認為適當，自然可以反抗他。

在我說出最後一句話以後，他沉默不語，不久，我鼓起勇氣朝上方一瞥，想瞧瞧他的表情。他的目光正對著我，露出嚴厲詫異、急切探詢的神情，彷彿在不斷地自問：「她這是嘲諷嗎？她是在挖苦我嗎？這究竟意味著什麼？」

過了一會兒，他開口了：「別忘了這是一件嚴肅的事，不是可以隨便想想或順口敷衍的事。簡，我相信當你說你願意把心獻給上帝時，你是認眞的，這就是我想要的。只要你不再把心放在人的身上，而是全部奉獻給你的造物主，那麼推動造物主在人世間的精神王國發展，將會是你的首要喜悅與奮鬥目標，而你也會隨時準備好去做能促進那個目的的任何事。婚姻使我們的肉體與心靈結合，你將會看見它爲你我的努力注入什麼樣的推動力。只有這種結合才能使兩個人的命運與計畫具有永恆一致的特性。只要擺脫所有不重要的任性，克服所有微不足道的困難與微妙的感覺，放棄考慮個人愛好的程度、種類、力量或柔情，你會加快步伐，急於達成那樣的結合。」

我只簡短地回答一句：「我會嗎？」接著，我凝視他和諧美麗的五官。他確實是個美男子，但他的神情嚴峻，出奇地令人膽寒。我看著他威儀堂堂卻不開朗的額頭，他明亮深邃、銳利卻絕不溫柔的雙眼，還有他高大挺拔的體格，然後想像自己是他妻子的這個念頭。噢！這永遠行不通！做他的助理牧師、他的戰友，全都沒有問題，我願意以那樣的資格與他一同跨越海洋，在東方的烈日下、在亞洲的沙漠裡和他一起辛勤勞動；欽慕並仿傚他的勇氣、奉獻與活力；平心靜氣地順服他的指揮調度；對他無法改變的雄心抱負露出鎮定微笑；區分基督徒和普通人的他，徹底敬重前者的美德，同時包容寬恕後者的缺點。選擇只以這樣的身分附屬於他，我必定會經常受苦。儘管我的身體會處在相當嚴厲的勞役狀態下，但至少我的心與大腦會是自由的。我應該仍能保有尚未枯萎的自我，我可以向它求助，還能在孤獨的時刻，跟自己天生不受奴役的感受溝通。我的心裡將會有個僻靜之處只保留給自己，是他永遠到不了的地方；意見與觀點在那裡受到保護，能精力充沛地滋長茁壯，他的嚴格苦行沒辦法使它枯萎，他慎重的戰士行軍也無法踩碎它。但是身爲他的妻子，就得永遠待在他身旁、永遠飽受限制、永遠受到檢查，我得時時壓抑天性中的熱情，並且迫使它向內悶燒，就算那禁錮的火焰不斷消耗我的生命力，也永遠不得發出一聲叫嚷——這是我絕對無法忍受的狀況。

「席莊！」我想到這裡，忍不住大聲喊道。

「怎麼了？」他冷冰冰地回答。

「我再說一遍，我自願、我同意做你的傳教同伴，但我不想成爲你的妻子。我不能嫁給你，我不想變成你的一部分。」

「你必須成爲我的一部分，」他堅決地回答：「否則這整個協議就是無效的。我，一個還不滿三十歲的男人，怎麼能夠帶著一個十九歲的女孩一同前往印度呢？除非她已經嫁給我。我們有時候會待在荒涼之地，有時候會身處野蠻部落間，如果不結婚，怎麼能夠永遠在一起呢？」

「很好，」我簡潔地說：「既然是這樣，你就當我是你的親妹妹，或是一個和你相同的男人或牧師，不就得了。」

「大家都知道你不是我的親妹妹，我不能這樣介紹你。如果這麼做，只會讓有害的猜疑緊緊糾纏我們。至於其他兩種選擇，雖然你有男人般活力十足的大腦，卻有女人的心腸——那行不通的。」

「行得通，」我帶著幾分鄙夷斷定道：「而且可以運作得很好。我有女人的心腸，卻不是在與你有關的地方。對你，我只有夥伴的堅定，戰友的坦白、忠誠、袍澤情誼，新信徒對其聖職者的尊敬與順服，別無其他——別害怕。」

「這就是我想要的，」他自言自語地說：「這正是我想要的。但路上仍有障礙，它們必須被移除。簡，你可以放心，你不會後悔嫁給我的。我們一定要結婚。我再說一次，除了結婚，沒有其他辦法。而且結了婚以後，肯定會有足夠的愛情隨之而來，讓這段結合即使在你眼中也覺得還算不錯。」

「我鄙視你對愛情的看法。」我起身站在他面前，背靠著岩石，不禁脫口而出。「我才不屑你說的那些虛情假意。沒錯，席莊，當你說這些話的時候，我根本瞧不起你。」

他目不轉睛地看著我，同時緊抿他線條優美的嘴唇。究竟他是勃然大怒、驚訝，還是什麼別的，實在不容易分辨，這個人能夠徹底控制自己的表情。

「我壓根沒想到會聽見你這麼說，」他說：「我不認爲自己做了或說了什麼，應該承受這樣的鄙夷。」

他溫和的口吻觸動了我，他高貴沉著的風度使我心生敬畏。

「席莊，原諒我口不擇言，但這是你自己的錯，我被你激怒，講話才會這麼口無遮攔。你提出了一個我們永遠不該討論的主題，因爲我們對這主題的看法南轅北轍。愛情這個字眼是引發我倆紛爭的源頭。如果一旦需要面對現實，我們該怎麼做？我們該如何感受？我親愛的表哥，放棄你的結婚計畫——忘了它吧。」

「不，」他說：「它是我珍藏已久的計畫，而且是能確保我完成偉大目標的唯一方法，不過我暫時不該再催逼你。明天我會去劍橋，我在那裡有許多朋友，我想去那裡和他們道別。我大概會離開兩星期，你就利用這段時間考慮一下我的提議。別忘了，如果你拒絕，你否定的對象不是我，而是上帝。上帝假手於我，爲你開啓了一項崇高的事業，唯有做我的妻子，你才能參與此事。拒絕成爲我的妻子，你就是限制自己永遠停留在一條自私安逸、一事無成的小徑上。顫抖吧，因爲在那樣的情況下，你會被歸入否定信仰的那群人當中，那可比不信教的人還糟！」

他說完了，扭過頭去不理我，這時他又說：「看看河流，看看山丘。[9]」

不過這一次他把情緒全都鎖在自己心裡，因爲我沒有資格聽見它們被說出口。回家的路上，我走在他身邊，從他鋼鐵般頑強的沉默中，我可以清楚讀出他對我大失所望：一個嚴厲專橫的人預期得到順服的答案，沒想到竟遇上反抗，因而失望不已；一種冷酷死板的判斷在別人身上察覺到自己無法產生共鳴的感受與看法，因而心生沮喪。簡而言之，身爲一個普通人，他可能會想要強迫我服從；只不過身爲一個虔誠的基督徒，他才肯如此耐心地忍受我的執拗，並且允許我有這麼多的空間思考與悔過。

那天晚上，在他吻過他兩個妹妹之後，他認爲忘記與我握手就沉默地離開房間才是恰當的。我雖然不愛他，卻對他懷有深厚的友情。他這樣蓄意忽略我，嚴重刺傷了我的心，我難過得連淚水都立刻盈滿眼眶。

「簡，我看見你和席莊在荒原上散步時起了爭執，」黛安娜說：「快去追他，他現在正在走廊上徘徊，等你過去找他——他會和你言歸於好的。」

在那樣的情況下，我沒有多考量自尊心的事，比起保有尊嚴，我總是寧可開開心心。於是我跑去追他，他就站在樓梯底部。

「席莊，晚安。」我說。

「簡，晚安。」他的回答顯得沉著冷靜。

「那麼，握握手吧。」我又說。

他留在我手指上的，是多麼冰冷、隨便的觸感！那天稍早發生的事深深冒犯到他，熱誠溫暖不了他，眼淚也感動不了他。他並不打算與我講和，沒有鼓勵的微笑或寬宏大量的言詞，不過這個基督徒仍舊深具耐心且平靜溫和。因此，當我問他能否原諒我的時候，他說他沒有記恨的習慣，況且他沒有被得罪，又何來的原諒呢？

說完，他就走了。我倒寧願他一拳把我打倒在地。

譯註：

1 印度斯坦語（Hindostanee），通行於印度北部地區，爲印度舊都德里貿易通用語，有千年以上的歷史。

2 典出《新約聖經．馬太福音》第八章第九節。

3 典出《新約聖經．使徒行傳》第十六章第九節：「在夜間有異象現與保羅。有一個馬其頓人站著求他說：請你過到馬其頓來幫助我們。」

4 典出《新約聖經．提摩太前書》第一章第十五節。

5 在《聖經》中，常用巖石來描述神的護衛與愛（如《舊約聖經．詩篇》第十八章第二節）。英國牧師托普雷迪（A. M. Toplady, 1740-1778）曾在西元一七七五年發表過一首名爲〈萬古磐石〉（*Rock of Ages*）的讚美詩。內容指出耶穌是萬古磐石。這磐石是我們免於跌倒的牢靠根基，是蔭庇我們的屏障，也是保護我們的堅固堡壘。

6 底馬（Demas），《聖經》中的人物，是保羅在羅馬的同工。起初和保羅一同受苦傳道，後因貪愛現今的世界，就離開他，往帖撒羅尼迦去了。典出《新約聖經．提摩太後書》第四章第十節。

7 鐵壽衣，可能是借用英國作家威廉．馬佛（William Mudford, 1782-1848）的小說《鐵壽衣》（*The Iron Shroud*）中的隱喻。該書主角被關在一間鐵製刑訊房中。那個房間的牆壁與天花板會緩緩往內收縮，直到最後把受害者包裹住、壓碎爲止。因此，那房間就成了他的鐵壽衣。

8 語出《新約聖經．路加福音》第九章第六十二節。

9 出自蘇格蘭詩人司各特爵士的詩作〈最後吟遊詩人之歌〉。

Chapter 35

第三十五章

隔天他並沒有像自己說的動身去劍橋，他整整延後了一星期才出發。在那段期間，他讓我覺得一個善良但嚴苛、勤勉認眞但毫不寬容的人，可以讓冒犯他的人嘗到什麼樣嚴厲的懲罰。他沒說一句斥責的話，沒做一點敵視我的事，就讓我在瞬間意識到我已不再受他青睞。

並不是說席莊存了什麼報復我的意思，我心裡清楚，就算有那份能耐，他也不肯傷害我一根毫髮。出於天性與原則，他不會追求刻薄的快意復仇，他早已原諒我說我瞧不起他和他的愛，但是他不曾忘記那些話，而且只要他和我還活著，他就永遠不會忘了那些話。每當他轉身面對我，我都能從他的表情看出，那些話永遠寫在我和他之間的空氣上。只要我開口說話，在他聽來，我的話裡頭總含有那些話的意思；而他給我的每一個回答，當中都帶有那些話的味道。

他沒有中止和我交談，每天早晨，他甚至一如往常地招呼我到他的書桌旁。然而，我害怕他心裡那個墮落的人沒讓那個純潔的基督徒知道，有種娛樂是表面上照常說話作事，卻把言語行事中原本蘊含的關心與認同的心意全部抽掉；過去，那些心意曾賦予他的言行某種嚴肅的魅力。對我來說，此時的他不再是血肉之軀，而是大理石雕像，他的眼睛是冰冷、明亮的藍寶石，他的舌頭是一種發聲器具，如此而已。

這一切對我眞是折磨——優雅、綿長的煎熬。它保持了一種憤怒的慢火，一種悲傷的顫抖苦惱，聯手騷擾並壓垮我。我感覺到，假如我是他的妻子，用不著多久，這個純潔得有如地底源泉的好人就會要了我的命。他不必讓我流一滴血，或者在他剔透的良知上留下最淡的犯罪污點，也能要我的命。尤其在我嘗試與他和解時，那感受特別明顯。我的悔恨得不到任何同情。他感受不到失和的痛苦，也不急於和好。有時候，我情緒一來會突然落淚，儘管淚珠滴得我們一同俯身閱讀的書頁起水泡，也對他起不了任何作用，彷彿他的心眞是用鐵石做的。同時間，他對待兩個妹妹的態度比平常更加親切，好像害怕只有冷漠還不足以說服我確信自己是如何徹底遭到驅逐與禁止，所以他增加了對比的力量。我相信他這麼做並不是出於惡意，而是基於原則。

他離家的前一晚，我恰巧在日落時分看見他走進庭院。我看著他，想起這個男人此刻雖然表現得百般疏離，可是他曾經救了我的命，更別提我們還是近親。我心裡湧起一陣感動，想盡最後努力，重新贏得他的友誼。我走到屋外，往他站著的地方走去。他探過身子，趴在那道小門上看月亮，我立刻開門見山地說：「席莊，我很難過，因爲你還在生我的氣。讓我們和好，繼續做朋友吧。」

「我希望我們是朋友啊。」他繼續看著冉冉上升的月亮，無動於衷地回答道。

「不，席莊，你知道我們的交情跟以前不一樣了。」

「有不一樣嗎？這話不對。在我來說，我希望你無病無痛，一切安好。」

「我相信你，席莊。我很清楚你絕不會希望任何人過得不好。不過，既然我是你的親屬，我自然會期待更多的感情，而不只是你向陌生人所展現那種一般的博愛。」

「當然，」他說：「你的期望很合理，可是我沒有把你當成陌生人啊。」

他用冷淡平靜的語調說出這些話，實在令人感到既屈辱又困惑。如果我聽從尊嚴與憤怒的暗示，就該立刻離開他，可是我心中有個東西壓過了那些感受。我深深敬重我表哥的才華與原則。他的友誼對我來說很有價值，失去它讓我非常痛苦。我不願意這麼快就放棄嘗試挽回這段友誼。

「席莊，難道我們一定要這樣分別嗎？難道你打算就這樣離開我，動身前往印度，連一句體貼點的話都不肯說嗎？」

現在他不看月亮，整個人轉過來面對我。

「就這樣離開你，動身前往印度……什麼！簡，你不去印度了嗎？」

「你說除非我嫁給你，否則我不能去。」

「所以你不會嫁給我？你還是堅持那個決定嗎？」

親愛的讀者，你可像我一樣，知道那些冷酷的人能在冰冷的質問中注入什麼樣的恐怖？知道他們一動怒有多像雪崩的瞬間？知道他們一不高興有多像冰洋破裂的剎那嗎？

「不，席莊，我不會嫁給你。我堅持自己的決定。」

天搖地動，即將崩落的雪塊向前滑動了一些，但還沒有徹底崩潰。

「再說一次，你拒絕的理由是什麼？」他問。

「之前，」我回答道：「是因爲你不愛我；現在，是因爲你幾乎恨我。如果我嫁給你，你一定會殺了我。老實說，你現在不就在折磨我嗎？」

他的嘴唇和臉頰發白，白得毫無血色。

「我一定會殺了你？我正在折磨你？你眞不該這麼說的。這些話充滿暴力、不溫柔，而且沒有事實根據。它們透露出你心境的不安寧，它們應該受到嚴厲的譴責，它們簡直不可原諒！不過，饒恕自己的同胞是身而爲人的責任，哪怕要饒恕他到七十七次[1]。」

這下子我把事情完全弄砸了。我原本想抹除之前他被我冒犯、在心中留下的痕跡，結果卻重重踩在那黏著力極強的表面上，留下另一道更深刻的壓痕，深深烙印在他心中。

「這下你眞的會恨死我了，」我說：「想要和解也無濟於事了。我曉得我已成爲你永遠的仇人了。」

這些話又刺傷了他，更糟的是，說中了他心底眞正的想法。那蒼白的嘴唇一陣又一陣地顫抖。我知道自己增強了那冰冷的憤怒，我的心難過得絞扭成一團。

「你完全誤解我的話了，」我邊說邊抓起他的手，「我無意讓你傷心痛苦。眞的，我沒有這種想法。」

他露出冷笑，果斷地縮回自己的手。沉默了好一會兒，他說：「我想，你現在是說話不算話，不跟我去印度了，是吧？」

「不，我會去，以『你的助理』這個身分去。」我回答道。

隨後出現了一段很長的沉默。我不曉得在那段時間裡，他心中的人性與慈悲有過什麼交戰掙扎，只見他眼中閃爍著奇異的火花，還有奇怪的陰影略過他臉龐。最後他開口，說道：「先前我已經向你證實過，你這個年紀的單身女子打算要陪我這個年紀的單身男子出國，是件多麼荒唐的事。我都已經把話說得那麼明白了，還以爲那樣能夠阻止你，再也不會提到那個方案。沒想到你又提起，讓我覺得很遺憾——這是爲了你著想。」

我打斷他的話。任何帶有明確責備意味的語句，都會立刻賦予我勇氣。「席莊，你有點常識好嗎？你簡直是胡說八道。你假裝自己對我說的話感到震驚，其實你根本一點也不驚訝。你的腦袋那麼聰明，怎麼可能如此遲鈍、如此自以爲是地誤解我的意思？我再說一次，你要是願意，我可以做你的助理牧師，但絕對不是你的妻子。」

他的臉色再次變得鐵青，但是跟以前一樣，他完美地控制了自己的激動情緒。他態度堅決但語氣冷靜地回答：「一個非我妻子的女性助理牧師絕對不適合我。那麼，看來你是不能跟我一起去了。不過假如你的提議是眞心的，等我到城裡去的時候，會問問一個已婚的傳教士，我記得他的妻子需要一個助手。你自己的財產足以讓你自立，無須仰賴教區聯合會的資助，這麼一來，你就可以免除違背諾言、毀棄約定、不加入神職服務的不名譽了。」

唉，親愛的讀者你知道的，我從來沒有做出任何正式的承諾或立下任何誓言，況且這種說法對這件事來說，實在是太苛刻也太專橫了。於是我這麼回答：「這件事根本沒有什麼不名譽、違背承諾、毀約可言。我沒有絲毫義務要去印度，尤其是跟陌生人一起去。我願意冒較多的風險跟你去，是因爲我仰慕你，對你有信心，而且身爲你的妹妹，我愛你。只不過我心裡清楚，無論我跟誰一塊去、什麼時候去，在那樣的天候中我都活不久的。」

「啊！原來你怕的是你自己。」他努努嘴說。

「的確。上帝賜給我這條性命，並不是讓我隨意浪費掉。我開始認爲，去做你希望我做的事，幾乎等同於自殺。況且在我下決心離開英格蘭之前，我必須先確定，我留在國內的用途是不是比離開要來得多。」

「你這話是什麼意思？」

「唉，多說無益。不過長久以來，有件事一直讓我耿耿於懷，在設法消除那痛苦的疑慮之前，我沒有辦法去任何地方。」

「我知道你的心向著何方，也知道它依戀什麼。你珍惜的那段關係是不合法，也不神聖的。很久以前你早該把它斬斷，現在你應該羞於提起這件事才對。你想起羅契斯特先生，是吧？」

這是眞的。我默認了。

「你打算去找羅契斯特先生？」

「我一定要查明他的現況。」

「那麼，我得繼續爲你禱告，」他說：「代你懇求上帝，別讓你眞的淪爲被神棄絕的人。我原以爲你是被揀選的人，不過上帝不像人看人[2]，祂的旨意會成全。」

他打開那扇門，穿過後朝峽谷散步而去，很快就看不見他的身影了。

我走進起居室，發現黛安娜站在窗邊，看來若有所思的樣子。黛安娜的身材遠比我高大，她把手放在我的肩頭，彎腰俯身，仔細查看我的臉。

「簡，」她說：「最近你老是焦慮不安，臉色蒼白，我相信一定發生了什麼事。告訴我，你和席莊之間到底怎麼了？剛才我從窗戶觀察你們兩個大半個小時。你不要怪我像個間諜一樣愛窺探，可是我看了這麼久，還是理不出個頭緒來。席莊的個性這麼古怪……」

她猶豫著。我沒說話，很快她又繼續說：「我覺得我哥哥對你懷有某種特別的看法。長久以來，他一直特別留心和關注你，他從來沒有這樣對待過其他人。只不過他的目的會是什麼呢？我希望他是愛上你了，是這樣嗎，簡？」

我拉起她冰涼的手，放在我滾燙的額頭上。「不，黛，他一點也不愛我。」

「既然如此，他的雙眼爲什麼緊追著你不放，經常要你跟他獨處，還老是要你待在他身邊呢？瑪莉和我都以爲他希望你嫁給他。」

「他確實這麼希望。他要我做他的妻子。」

黛安娜鼓掌叫好。「那正是我們期盼的！所以你會嫁給他吧，簡？這麼一來，他就會待在英格蘭了。」

「完全不是這麼回事，黛安娜。他向我求婚的唯一用意，只是想找個適合陪他去印度苦行的同袍。」

「什麼！他希望你去印度？」

「對。」

「眞是瘋了！」她大喊道：「我敢打包票，你肯定撐不過三個月的。你千萬別去！你沒有答應吧，簡？」

「我拒絕嫁給他……」

「所以惹得他不高興？」她猜測道。

「非常不高興，恐怕他永遠都不會原諒我了。不過，我說我願意以他妹妹的身分陪他去。」

「簡，那樣做可是瘋狂的蠢事哪。想想你要進行的工作，肯定是無窮無盡的勞累。在那種地方，就算身強體壯也經不起如此操勞，更何況你弱不禁風。你知道席莊這個人，他肯定會催著你去做不可能的事，只要有他在，就算是烈日當空也別想休息。而且不幸的是，我已經注意到，只要他提出要求，你就會逼自己去完成。你竟然有勇氣拒絕他的求婚，這點倒是讓我很驚訝。簡，你不愛他，對吧？」

「我對他的愛不是丈夫之愛。」

「但他長得俊秀。」

「而我長相平庸。你看，黛，我們根本不相配。」

「長相平庸！你？根本不是這樣。你太漂亮，人也太好，不該被送去加爾各答火烤。」接著她再次認眞地懇求我放棄跟她哥哥出國的那些念頭。

「我不放棄也不行，」我說：「剛剛我重複之前的提議，說我願意擔任爲他服務的執事，他表示對我的行爲不檢非常震驚。他好像認爲，我提議在不結婚的前提下陪他去印度，是很不得體的行爲。他好像以爲我自始至終都沒有把他當哥哥看。」

「爲什麼你說他不愛你呢，簡？」

「你眞該自己聽聽他對這件事的說法。他一而再、再而三地解釋，他想結婚不是爲了自己，而是爲了職責所需。他還說我是爲勞動而生，不是爲愛而生，這一點他說得很對。不過，依我看，如果我不是爲愛而生，那麼我肯定也不是爲婚姻而生。黛，如果有個男人認爲你只不過是件有用的工具，把自己與這個人終身拴在一塊，難道不奇怪嗎？」

「那是萬萬不能接受的……這實在太反常……太荒謬了！」

「況且，」我繼續說：「雖然現在我對他只有兄妹之情，然而，一旦被迫成爲他的妻子，我可以想像自己有可能會對他產生不可避免的、怪異的、折磨人的愛意，因爲他是如此有才華，他的目光、舉止談吐經常蘊含某種英勇氣概。在那種情況下，我的命運會變成無法形容的悲慘。他不會想要我愛上他，如果我表露出那樣的感情，他會叫我理智一點，那種奢侈品他才不需要，還會讓我有失身分。我知道他會這麼做的！」

「不過席莊是個好人。」黛安娜說。

「他不但是個好人，還是個偉人。可是他只顧追求自己的遠大計畫，卻無情地忘了小人物的感受與權利。因此，微不足道的人最好別擋路，妨礙了他的進展，否則他會毫不留情地蹂躪他們。他來了！黛安娜，我先離開。」我看見他走進院子裡，便匆匆上樓去了。

可是晚餐時刻我還是得跟他碰面。用餐期間，他看起來就跟平常一樣神態從容。我原本以爲他不會跟我說話，而且我確信他已經放棄追求那個婚姻大計，結果兩件事我都看走眼了。他用跟平常一模一樣的態度對我說話，或者該說是他近來的尋常態度——一種小心翼翼的有禮。他肯定是向聖靈求助，克制被我激起的怒氣，所以現在他相信自己又一次原諒我了。

這天晚上，禱告前的讀經他選了〈啓示錄〉第二十一章。聆聽他朗讀《聖經》上的話語，永遠都是種享受：在他傳遞上帝的神諭時，他悅耳的嗓音比任何時候都更甜美豐富，他的神態比任何時候都更高尚質樸。但今晚，那嗓音帶上一種更加莊重的口吻，那神態帶有更令人戰慄的意味，他坐在家人圍成的圓圈中間（五月的月光從窗簾拉開的窗戶照了進來，使得桌上的蠟燭簡直派不上用場）。他坐在那裡，彎腰朗讀一本大型的古老聖經，描述新天新地的畫面——述說神如何與人同住，祂如何擦去他們一切的眼淚，並且承諾不再有死亡，也不再有悲哀、哭號、疼痛，因爲以前的事都過去了。

當他繼續往下念，接下來的文字卻帶給我異樣的緊張感受，尤其是當我發覺他朗讀時，聲音當中那難以形容的些微變化，這時他的目光轉而凝視我。

他緩慢、清晰地朗讀道：「得勝的，必承受這些爲業：我要作他的神，他要作我的兒子。唯有膽怯的、不信的……他們的分就在燒著硫磺的火湖裡；這是第二次的死。[3]」

從這時起，我明白席莊擔心我會落得什麼樣的下場。

他在朗讀那一章最後幾句輝煌的經文時，流露出一種平靜、克制的勝利，混合眞摯的渴望。這個朗讀者相信自己的名字已經寫在羔羊生命冊上，嚮往在死後，他會被准許進入那城：地上的君王必將自己的榮耀歸與那城；那城內又不用日月光照，因有神的榮耀光照，又有羔羊爲城的燈[4]。

在隨後的禱告中，他集中所有精神，喚醒所有堅定的熱情，誠心誠意向上帝禱告，決心要贏得神的關注。他懇求上帝爲心靈軟弱者注入力量，爲脫離羊圈的迷途羔羊指引方向，讓那些受到塵世與肉體誘惑而離開正道的人在關鍵時刻迷途知返。他請求、他敦促、他求上帝開恩，從火中抽出那一根柴[5]。眞誠總是莊嚴動人的。我聆聽那禱告，起初對他的誠摯感到驚訝，隨著禱告的繼續與音調的揚升，我爲之動容，最後甚至不由得對它心生敬畏。他是如此眞誠地感受到自己目標的偉大和良善，凡是聽見他懇求的人，也必定感同身受。

禱告結束後，我們輪流向他告別，明天一大清早他就要出門。黛安娜和瑪莉吻了他，隨即離開房間——我想那是順從他的耳語暗示的結果。我向他伸出手，祝他旅途愉快。

「謝謝你，簡。就像我告訴過你的，我會在劍橋待上兩星期，因此，你還有時間可以好好想一想。如果我聽從凡人的驕傲，就不會再跟你提起結婚的事，但是我聽從我的職責，堅持我的初衷——我願爲了榮耀上帝而做任何事。長久以來，我的主人都在忍耐，我也該如此。我不能任你墮入地獄，成爲可怒的器皿[6]。趁著還有時間，懺悔、下定決心吧。記得，我們必須趁著白日做工，因爲『黑夜將到，就沒有人能做工了』[7]。別忘了生前享福的財主之命運[8]。神賜予你力量去選擇那上好的福分，是不能奪去的[9]！」

他說出最後那幾句話時，把手放在我的頭上。他說得很眞誠、很溫和。然而，他看我的神情眞的不是一個情人看著他的愛侶的樣子，而像是牧師正在召回他迷途的羔羊，或者像是守護天使看守他負責保護的靈魂。所有有才華的人，無論能否感受情緒，無論是狂熱分子、懷有雄心壯志的人或是專制暴君，只要他們是眞誠的，當他們征服統治一切的時候，總會出現令人崇敬的片刻。我很尊敬席莊，這份敬意是如此強烈，以至於它的動力將我立刻推到我一直想迴避的那個點上。我受到誘惑，想停止與他鬥爭，想跟隨他的意志洪流沖瀉而下，流入他存在的海灣，然後在那裡拋開我的意志，忘了我自己。如今他對我發動的攻擊，幾乎和我過去曾受到另一個人的進攻一樣猛烈，只不過那人用的是另一種方法。我在前後這兩次的反應都像個傻瓜。過去的我要是屈服，就會犯了原則的錯誤；這時的我要是讓步，就會犯了判斷的錯誤。這是後來我透過時間這個沉默的媒介回頭，檢視這場危機的時候才發現的，在事情發生的當下，我完全沒有察覺到自己的愚蠢。

我一動也不動地站著接受我的導師的觸摸。我的拒絕被遺忘，我的恐懼得到克服，我的掙扎完全被癱瘓。我要和席莊結婚這件不可能的事竟然迅速變成有可能的。沒想到所有的事一下子全部變了調。宗教在召喚，天使在招手，上帝在吩咐，生命好像書卷被捲起[10]，死亡之門大開，顯示了永恆的超越——彷彿爲了追求那裡的安全與至福，這裡的一切都可以立刻被犧牲。這昏暗的房間裡充滿了幻象。

「現在你能夠決定了嗎？」這位傳教士問道。他用輕柔的口吻詢問，溫柔地把我拉向他。噢，那彬彬有禮！它比脅迫有力太多了！我可以抵擋席莊的盛怒，可是在他的體貼之下，我就像根蘆葦般容易被擺布。然而我始終清楚，如果現在我屈服了，總有一天我肯定會感到懊悔。他的本性絕不會在一小時的莊嚴禱告後突然徹底改變，只是變得更高潔了。

「我能夠決定，」我回答：「只要我可以確定嫁給你眞的是神的旨意，那麼此時此地我可以發誓自己會嫁給你——不管未來有什麼樣的變化！」

「蒙神垂聽我的禱告！」席莊驚呼道。他放在我頭上的手更加使勁了，彷彿確定我是他的。他用雙臂摟抱我，幾乎就像是他愛我（我說幾乎，是因爲我知道其間的差別，因爲我曾經感受過被愛的滋味；但是此刻我跟他一樣，把愛視爲不可能，滿腦子只想著責任）。我得在內心暗淡無光的想法風起雲湧前，率先發難對付它。我眞摯地、深刻地、強烈地渴望去做正確的事，僅此而已。「告訴我，指示我正確的路！」我向上蒼懇求。我從未這樣激動過，至於接下來發生的事算不算是激動帶來的結果，就留給親愛的讀者們自個兒判斷了。

整間屋子靜悄悄的，我相信此刻除了席莊和我，其他人都已經睡了。唯一的一根蠟燭正逐漸熄滅，房間裡充滿月光。我的心跳得又快又重，我聽見它跳動的聲音。突然間，一種難以形容的感受穿過我的心，使它靜止不動，同時間也傳送到我的頭和四肢。那感覺不像是觸電，但相當銳利、怪異、令人震驚，影響我的感官，好像在此之前它們最活躍的時候只不過是在冬眠，如今被動員、被迫醒來。它們有所期待地警覺，眼和耳等待著，肌肉在骨頭上顫動著。

「你聽見了什麼？你看見了什麼？」席莊問。我沒看見任何東西，可是我聽見有個聲音在某個地方呼喊著：「簡！簡！簡！」——就這樣。

「噢，天哪，那是什麼？」我冷不防地倒抽一口氣。

我本來應該問：「那聲音是從哪兒來的？」因爲它不像是在這個房間裡，也不像是在這棟屋子裡，更不像是在院子裡。它不是來自身周，不是來自地底，也不是來自高空。我聽見它，卻永遠不可能知道它在哪裡，它打哪兒來！那是人類的聲音，是我認識的、深愛的、記得一清二楚的聲音——那是愛德華．費爾法斯．羅契斯特的聲音。它的語氣既痛苦又哀傷，聽來狂亂、怪異又急迫。

「我來了！」我大喊：「等等我！噢，我這就來！」我飛奔到房門口，觀察走廊，但四周全是一片黑暗。我跑進院子，那裡空盪盪的，什麼都沒有。

「你在哪裡？」我大聲呼喊。

比馬許峽谷更遠的群山傳來微弱的回答：「你在哪裡？」我仔細聆聽。風在樅木間低聲輕嘆，到處盡是荒原的孤寂與午夜的靜謐。

「滾開，迷信！」當那個幽靈從大門前的黑色冷杉旁陰鬱地探出頭，我喝令自己，「這不是你的詭計，也不是你的巫術，而是大自然的運作。她被喚醒了，做出——倒不是奇蹟，而是最好的安排。」

我擺脫席莊，他一直尾隨我，想把我留住。現在是我展現優勢的時候了。我的力量回來了，正在施展發威。我叫他什麼也別問，什麼也別說。我希望他離開，讓我獨自靜一靜，他立刻順從。只要有魄力地好好發號施令，總會得到順從的反應。我上樓回到自己的房間，把自己反鎖在裡頭，隨即跪在地上，用自己的方式禱告——雖然和席莊的方式不同，但一樣有效。我好像潛近了強有力的聖靈前，我的靈魂感激地衝出去，跪倒祂腳邊。我滿懷感恩地站起身，下了個決心，然後毫無畏懼、茅塞頓開地躺在床上，一心盼望著天亮。

譯註：

1典出《新約聖經．馬太福音》第十八章第二十一、二十二節。

2語出《舊約聖經．撒母耳記上》第十六章第七節。

3語出《新約聖經．啓示錄》第二十一章第七、八節。

4語出《新約聖經．啓示錄》第二十一章第二十三至二十七節。

5根據《聖經》，在罪人被地獄的烈火吞噬之前，耶穌將他們的罪過放在自己身上，像從火中抽出一根柴那樣，從撒旦手中奪回了人類。典出〈阿摩斯書〉第四章第十一節及〈撒迦利亞書〉第三章第二節。

6典出《新約聖經．羅馬書》第九章第二十二節。指那些因犯罪、不敬虔、未得救而落在上帝忿怒下的人。

7語出《新約聖經．約翰福音》第九章第四節。耶穌透過這則寓言，點出塵世財富短暫易逝的本質，以及應當如何運用那些財富。

8語出《新約聖經．路加福音》第十六章第十九到三十一節。

9語出《新約聖經．路加福音》第十章第四十二節。在此，所謂「上好的福分」指的是靈魂。相較之下，可被捨去的則是軀體，是塵世的生命。

10語出《舊約聖經．以賽亞書》第三十四章第四節。

第三十六章

天才剛亮，我就爬了起來，花了一兩個小時，根據短期外出的需要，把房間、抽屜和衣櫥裡的東西安排妥當。這時候，我聽見席莊離開他的房間，在我的房門前停下腳步。我害怕他會敲門——幸好沒有，他只從房門底下塞進一張小紙條。我拿起它，上頭寫著：

昨晚你離開得太突然。假如你能夠再待久一點，就能把手放在聖十字與天使的冠冕上了。十四天後，我希望能聽見你清楚的決定。在這期間，總要警醒禱告，免得入了迷惑。我相信你的心靈固然願意，但我看見你的肉體卻軟弱了[1]。我會時時刻刻爲你禱告。席莊謹上。

「我的心靈，」我在心裡回答道：「願意去做對的事，我希望我的肉體也很堅強，一旦我清楚知道神的旨意是什麼，便有能力去完成它。無論如何，我的肉體肯定夠強壯，能搜索、打聽，能從這團疑惑中摸索出輪廓，讓眞相大白。」

這天是六月一日，清晨多雲且陰冷，雨點快速打在我房間的窗扉。我聽見大門開啓的聲音，席莊出門了。從窗戶向外望，我看見他橫越院子，在霧氣朦朧的荒原上朝惠特克洛斯的方向前進，他會在那裡搭乘載客的四輪大馬車。

「再過幾小時，我也會踏上那條路的，表哥，」我心想，「我也要在惠特克洛斯等待某一輛四輪大馬車。

在我永遠離開英格蘭之前，我也有人要探望、問候。」

還要兩個小時才是早餐時間。我輕輕沿著房間四周走動，琢磨著促成這趟遠行的神靈顯現，藉以打發這段空檔。我回想昨晚感受到的那種內心直覺，我還能記得它，也還記得它那說不出口的怪異。我回想自己聽見的那個聲音，再次質疑它是打哪兒來的，卻和之前一樣徒勞無功。它好像就在我的體內，而不是在外面的這個世界。我自問，難道它只是焦慮的產物，只是錯覺嗎？我沒辦法想像，也不能相信，我倒認爲它更像是個啓示。這奇異的震撼感受就像是搖動囚禁保羅與西拉的監牢地基的那場地震[2]，打開了靈魂牢籠的監門，鬆開了鎖鍊，把它從睡夢中喚醒，讓它渾身打顫地跳起來，聆聽著，嚇得目瞪口呆；然後再以一連三次的大喊震動我飽受驚嚇的耳朵，驚動我戰慄的心，撼動我的靈魂。我的靈魂既不害怕也不動搖，只是歡喜雀躍，好像很高興自己擺脫笨重軀體的拖累後所做的努力，終於得到了成功。

「再過幾天，」我停止了沉思，說：「我就會知道昨晚召喚我的那個聲音的消息。既然寫信沒有效果，親自查訪或許能有斬獲。」

吃早餐的時候，我向黛安娜與瑪莉宣布我要出遠門，預計至少需要四天的時間。

「簡，你要一個人去嗎？」她們問。

「對。這段時間以來，我一直擔心某個朋友的狀況，我想去看看他。」

她們心裡一定認爲，我除了他們之外，沒有別的朋友，因爲過去我總是這麼宣稱。不過，出於天生的眞誠體貼，她們什麼也沒說。黛安娜只問我是否確定自己的健康狀況適合旅行，因爲她注意到我看起來很蒼白。我告訴她，我只是心情焦躁不安，並沒有生病，而我希望能盡快紓解那種焦慮感。

要進一步安排其他事情很簡單，因爲我不必煩惱任何詢問和臆測。我告訴她們，目前還不能透露我的計畫，她們體貼又善解人意地不多追問，給予我自由行事的權利，想必易地而處我也會如此。

我在下午三點離開荒原莊，很快地，在剛過四點鐘的時候，我已經站在惠特克洛斯的路標底下，等待那輛四輪大馬車抵達，帶我到遠方的桑費爾德。在孤零零的道路與荒蕪丘陵的無聲寂靜中，我聽見它從很遠的地方逐漸接近。來的正是和一年前相同的那輛馬車，只是那個夏天傍晚，當我在這個地點下車時，心情是多麼憂傷絕望，不知該何去何從！當我招手，馬車停了下來。我坐進車廂，如今我不必交出全部財產來支付一路上的開銷。再次踏上通往桑費爾德的道路，我感覺自己像是信鴿正要返巢。

這趟旅程費時三十六小時。我在星期二下午從惠特克洛斯出發，然後在星期四的大清早，馬車夫在路旁一間小酒館前停下，讓馬兒喝水歇息。這間小酒館位在一片美景的中央，那綠色樹籬、大片田野和低矮的鄉村山丘（相較於莫頓嚴峻的北英格蘭荒原，這裡的景色多麼宜人，色彩多麼青翠碧綠！）像一張曾經熟悉的臉龐，映入我眼簾。沒錯，我認識這片風景的特徵，我確定我們已經接近我的目的地。

「請問桑費爾德莊園離這兒還有多遠？」我問酒館的馬夫。

「小姐，只有兩哩遠，跨過那片田野就是了。」

「我的旅程已經結束。」我心想，接著走下馬車，把一箱隨身行李交給酒館的馬夫，請他代為保管，直到我來提領為止。我付清車資，給了讓馬車夫滿意的豐厚小費，就準備要走了。這時天色漸明，照亮了酒館的招牌，我看出上頭的鍍金字母寫的是「羅契斯特酒館」。我的心雀躍不已——我已經來到我主人的土地上了。接著它又重重跌落，因為我的腦袋瓜裡冒出另一種聲音。

「你哪裡曉得，也許你的主人早就越過英吉利海峽，到歐洲大陸去了。況且，如果他人在桑費爾德莊園，那個你急忙趕赴的地方，除了他之外，還會有誰在那裡呢？他發瘋的妻子呀，而你跟他有什麼關係呢？你敢跟他說話嗎？你敢跟他見面嗎？你已經不是他們家的家庭教師，你最好不要再前進了。」那個告誡的聲音說：「去向酒館裡的人打聽消息吧，他們可以提供你想知道的一切，立刻解決你的疑慮。去找那邊那個人，問他羅契斯特先生是否在家。」

這個建議很中肯，可是我沒辦法強迫自己這樣做。我非常害怕聽見會壓垮我、讓我感到絕望的答案。延長疑問也就是延長希望。而且我還想再看一次桑費爾德莊園沐浴在星光照耀下的樣子。我的前方有道梯磴——這片田野就是我逃離桑費爾德莊園那個早晨匆忙橫越的那片土地，當時一股報復的憤怒緊緊尾隨並折磨我，使我目盲耳聾、心煩意亂。在我想清楚該走哪條路之前，我已經走在路上。我的步伐多麼快速！我有時甚至還忍不住快跑！我多麼期盼看見那片熟悉樹林的第一眼！當我迎向我認識的每一棵樹木，瞥見林間熟悉的草地與山丘，我的心情是何等激動呀！

終於，那片樹林出現在我眼前，禿鼻烏鴉結巢處聚集了黑壓壓的鳥群。聲響亮的鴉叫聲劃破這個清晨的寂靜。我內心湧現奇異的快樂，使我加緊了腳步。我又跨越另一片田野，穿過另一條小徑，前方就是莊園後院的石牆和後屋。至於莊園宅第本身和禿鼻烏鴉結巢處，目前都還看不見。「我第一眼想看到的是宅第正面，」我決定，「我一眼就會看見雄偉醒目、輪廓突出的牆垛，還能從那裡認出我主人房間的那扇窗戶，也許他會站在窗邊，因為他總是起得特別早，也許他正在果園裡或大門的石板路上散步。要是能見到他該有多好！哪怕只有一眼一瞬間！可是如果真的看見他，我確定自己不會瘋狂地跑向他嗎？我不曉得，我不確定。如果我真的這麼做，會發生什麼事呢？願上帝保佑他！然後呢？讓我再次體驗他的目光帶給我的生命力，這麼做會傷害到誰呢？我開始胡言亂語了，說不定此刻他正在庇里牛斯山[3]觀賞日出，或者徜徉在無潮無波的地中海海面上呢。」

我沿著果園的矮牆往前走，接著轉彎，這裡有一扇門可以通往草地。門的兩邊各有一根石柱，柱頂分別鑲有石球。躲在其中一根石柱後面，就可以靜悄悄地窺視莊園宅第的整個正面。我謹慎地探出頭，想確定有沒有哪個房間的窗簾已經拉開。舉凡牆垛、窗戶、長長的正面，從這個遮蔽的位置全都可以盡覽無遺。

我這樣窺探的時候，飛過我頭上的烏鴉或許也正俯視著我，不知牠們會怎麼想。牠們大概會認爲我一開始非常謹慎小心，後來卻逐漸變得十分大膽、魯莽而不計後果。因爲我先是偷看一眼，接著是一陣長長的凝視，最後乾脆離開我的藏身處，步履蹣跚地走進那片草地，在這座宏偉宅第的正前方突然停下腳步，朝它大膽地瞪視良久。「這傢伙一開始的故作怯懦是怎麼回事？」那些烏鴉可能會說：「現在這愚蠢的豁出去又是怎麼一回事？」

親愛的讀者，請聽我打個比喻吧。

一個情人發現他的愛侶在長滿苔蘚的河畔睡得香甜，他想看看她美麗的臉龐，卻不想吵醒她。於是他躡手躡腳走過草地，留心不要發出聲響。他停下腳步，以爲她被吵醒了，他悄悄後退，不願讓女子看見他。過了一會兒，四周寂靜無聲，他再次前進，在她的上方彎下腰俯視她。一張薄紗罩在她臉上，他輕輕掀開，腰彎得更低了。現在他的雙眼期待看見一幅美人的景象——溫暖、嬌豔、迷人的睡美人。他的第一眼多麼急不可待！可是他的眼神怎會如此凝重！他怎麼會突然一驚！他怎麼會冷不防激烈地用雙臂摟住片刻之前他不敢用手指去碰觸的那具軀體！他怎麼會放聲大喊出某個名字，放下懷中的重物，目不轉睛地瞪著它？因爲他不再害怕自己發出的任何聲響，自己做出的任何動作，會吵醒他的愛侶。他以爲他的愛侶好夢方酣，沒想到卻發現她早已完全斷了氣。

我帶著畏怯的喜悅望向這棟雄偉的房屋，卻只看到一片焦黑的廢墟。

確實不必蜷縮在門柱後面！窺伺房間格子窗時，確實不必擔心房間裡有人已經起床！不需要聆聽門扇開啓的聲音，不需要想像石板路或碎石道上的腳步聲！草坪、庭院全都被蹂躪得無一處完整，放眼盡是破敗荒涼，壯觀的大門搖搖欲墜。宅第的正面一如我曾在夢中看見的那樣，只剩下外殼般的牆壁高高聳立，看來非常脆弱易碎，沒有玻璃的窗戶在它上頭穿孔，沒有屋頂、沒有牆垛、沒有煙囪——那些全都垮了。

到處是死亡的寂靜，孤單的荒蕪。難怪寄來這裡的信都沒有回音，就像寄信給教堂墓地的某處墓穴一樣。石塊上陰森的漆黑述說莊園遭逢的命運——它被大火吞噬。但是怎麼會起火？這場災難背後有什麼樣的故事？除了灰泥、大理石與木造建物外，還有其他損失嗎？有人喪生嗎？如果有，是誰？這裡沒有人能回答那個可怕的問題，甚至連無聲的跡象、緘默的證據都找不到了。

我在破瓦頹垣間徘徊，穿過毀壞的內部，我蒐集證據，發現這場災禍並不是最近發生的。我認爲冬天的雪曾飄進傾頹的拱門，冬天的雨曾打在那些空洞的窗扉上，因爲在濕透的垃圾堆中，春天已孕育出新生的植物，青草與野草在石縫間、在倒落的椽木間到處生長。噢！這片廢墟的倒楣業主呢？當時他人在哪裡？有誰保護他嗎？我的眼神不由自主飄向大門旁灰色的教堂塔樓那兒，我出聲問道：「此刻他是和羅契斯特太太一起躺在那裡，分享狹窄的大理石棺槨的庇護嗎？」

這些問題非得要有答案不可。我想我只能從酒館那兒找答案，於是我很快回到那裡。酒館主人親自把我的早餐送來起居室。我請他關上門，坐下來，因爲我有些問題想請教他。然而等他照辦後，我卻不知該從哪裡開始，因爲我對可能聽見的答案懷有無比的恐懼。不過，剛才目睹的那番荒涼景象，讓我對於即將聽見的悲慘故事多少有點心理準備。這位酒館主人看來是個值得敬重的中年男子。

「你一定知道桑費爾德莊園吧？」最後我設法開口。

「是的，小姐。我曾經在那兒住過。」

「是嗎？」不是我在的那個時候吧，我心想。我可不認識你。

「我是已故的羅契斯特先生的男管家。」他補充道。

已故！我極力閃避的那個打擊用盡全力朝我猛攻。

「已故！」我倒抽一口氣，說：「他死了嗎？」

「我指的是現存的這位紳士愛德華先生的父親。」他解釋道。我又能正常呼吸了，我的血液也恢復正常流動，因爲這些話充分保證愛德華先生，我的羅契斯特先生（無論他人在哪裡，願上帝保佑他！）至少還活著，因爲他是「現存的這位紳士」。多麼令人歡喜的字眼呀！這麼一來，我可以較平心靜氣地聆聽接下來即將得知的一切，無論將揭露的事實爲何。既然他沒有躺在墳墓裡，我想我可以忍受聽說他人在澳洲或紐西蘭。

「羅契斯特先生現在住在桑費爾德莊園嗎？」我明知故問，只不過希望延後提出「他人究竟在哪裡」這個直接的問題。

「不，小姐——不是的！現在沒有人住在那裡了。我想你可能對這些地方很陌生，否則你應該會聽說去年秋天發生的事。桑費爾德莊園如今完全是個廢墟了，去年它在正值收成時節被燒毀。一場可怕的災禍！大量值錢財物被摧毀，幾乎沒有半件傢俱能被搶救出來。大火在深夜裡突然爆發，在救火車從米爾科特趕來之前，整棟建築物早已成了一團大火球。那景象眞是可怕，我親眼目睹。」

「在深夜！」我喃咕著。沒錯，那一直都是桑費爾德的致命時刻。

「有人知道事情是怎麼發生的嗎？」我問。

「大家有所懷疑，小姐，眾人紛紛揣測。實際上，我應該說事發原因毫無疑問是確定的。你或許不清楚，」他把椅子朝桌子拉近一些，放低音量繼續說：「有個女子，她……她是個瘋子，被軟禁在那間屋子裡。」

「我曾經聽說過這件事。」

「她受到嚴密的監禁，小姐。多年來，大家甚至不太確定是否眞有其人。沒有人見過她，只是不斷有謠言傳說莊園裡有這號人物，至於她是誰、什麼來歷，實在很難猜想。大家都說愛德華先生把她從國外帶回來，有些人則相信她曾經是他的情婦。不過一年前曾經發生過一件怪事——非常奇怪的事。」

我害怕聽見自己的故事，努力想讓他回到正題上。

「那女子怎麼了？」

「喔，小姐，這個女子，」他回答：「竟然是羅契斯特先生的妻子！這個天大的發現是透過一種非常奇怪的方式被揭露的。那時，莊園裡有個年輕女子，她是家庭教師，羅契斯特先生墜入——」

「可是那場火災呢？」我追問道。

「我就要說到那個部分了，小姐。話說羅契斯特先生愛上了那名家庭教師。莊園裡的僕役說，他們從來沒有看過任何人像他這樣深深沉醉在愛河中，他整天盯著她。他們經常觀察他的一舉一動——小姐，你知道僕役專門留心這種事吧——他把她看得比什麼都重，雖然除了他之外，沒有人認為她很漂亮。大家都說她身材嬌小，幾乎像個孩子一樣。我沒見過她，不過我聽女僕莉雅提起過她的事。莉雅很喜歡她。羅契斯特先生年近四十，而這個家庭教師的年紀還不滿二十。你看，當他這個年紀的紳士愛上了年輕女孩，他們通常像是著了魔那樣地陶醉。所以呢，他想娶她為妻。」

「改天再告訴我這個部分的故事吧，」我說：「我有特殊的理由，希望現在能聽見關於那場大火的一切。大家懷疑是這個瘋女，羅契斯特太太放的火嗎？」

「小姐，你猜得真準，沒別的人，就是她放的火。有個負責照顧那瘋女的人叫做普爾太太，她是那一行的佼佼者，非常值得信賴。只不過她有個毛病，這毛病在他們擔任護士和舍監的行業中很常見——她身邊總是藏了一瓶琴酒，偶爾不小心就會喝多了。這是可以原諒的，畢竟她的日子真的不好過。只是這種情況滿危險的，因為普爾太太灌了太多攙水的琴酒，睡得不省人事後，那個像巫婆般狡猾的瘋女就會從普爾太太的口袋裡拿走鑰匙，溜出自己的房間，在整棟宅第裡漫遊徘徊，做出她腦子裡想到的任何一件無法無天的惡作劇。聽說有一次她差點把自己丈夫活活燒死在他的床上，不過我不清楚那件事。無論如何，這天晚上，她先在自己房間的隔壁放火燒了窗簾，接著她下樓，走進那名家庭教師以前住的房間——她的行為就像是她知道事情的進展，所以她怨恨那個女孩——她放火燒了那張床，幸好當時沒有人睡在那張床上。那名家庭教師在兩個月前不告而別，羅契斯特先生到處找她，好像她是他在這世上擁有的最珍貴寶物，結果卻毫無斬獲。他非常失望，脾氣變得愈來愈壞。他本來就不是個性情溫和的人，失去她之後，他變得兇惡殘暴，只想一個人過日子。他把管家費爾法斯太太送去遠方她的朋友家，這件事他處理得很漂亮，他給了她一筆豐厚的養老金，不過這是她應得的，她是個很好的女人。阿黛爾小姐是他負責監護的小姑娘，她被送到寄宿學校去。他不再與上流社會的任何朋友往來，把自己關在屋內，像個隱士一樣。」

「什麼！他沒有離開英格蘭嗎？」

「離開英格蘭？天呀，當然沒有！他連那棟房子的門口都不願跨出去，除非是夜晚。夜裡，他會像個幽魂般在屋外的開闊處和果園裡走動，好像瘋了一樣。依我看，他的確瘋了，因為在遇見那名矮小的家庭教師之前，他是個精神飽滿、大膽自信、思維敏捷的紳士，可惜你從未見識過，小姐。他不像有些人熱中於飲酒、賭牌、賽馬，他的長相也不是特別英俊，不過他很勇敢，也頗有自己一套想法。你知道，我從他小時候就看他長大。對我來說，我常常希望愛小姐來到桑費爾德莊園之前，早就先淹死在大海裡。」

「大火發生的時候，羅契斯特先生在家嗎？」

「他在家。當整棟房子上上下下全都著火後，他爬上頂樓的房間叫醒睡夢中的僕人，親自幫忙他們逃下樓，接著又折返，想把他發瘋的妻子帶出她的牢房。這時，眾人對著他大喊說她人在屋頂。她就站在那兒，在牆垛上方揮舞雙臂，大喊大叫，直到一哩遠外都聽得見她的聲音。我親眼看見她，親耳聽見她。她是個高大魁梧的女人，留著一頭又長又黑的頭髮。我們全都看見她的頭髮在烈焰中翻飛飄動。我和其他幾個人親眼看見羅契斯特先生從天窗爬到屋頂上。我們聽見他大喊：『貝莎！』我們看見他靠近她，說時遲那時快，小姐，她大吼大叫，縱身一跳，下一秒鐘，她已經在石板路上，摔得血肉模糊。」

「她死了？」

「死了！沒錯，完全斷了氣，腦漿和血液灑了一地。」

「天哪！」

「你這麼說也可以，小姐，那情景眞的很嚇人！」

他打了個寒戰。

「然後呢？」我催他往下說。

「這個嘛，小姐，後來整棟房子全都燒得一乾二淨，現在只剩下一部分的牆壁還立著沒倒。」

「還有其他人喪生嗎？」

「沒有。假如有，也許反而比較好。」

「你這話是什麼意思？」

「可憐的愛德華先生！」他突然喊道：「我從來沒有想過會看見這樣的光景！有些人說這是個公正的審判，因爲他隱瞞了自己的第一段婚姻，還妄想要在妻子還在世時迎娶另一個女子爲妻。可是我很同情他。」

「你說他還活著？」我驚呼道。

「對，沒錯，他還活著，只不過很多人認爲他不如死了還比較快活。」

「爲什麼？這是怎麼回事？」我的血液又開始變得冰冷。「他人在哪裡？」我問：「他在英格蘭嗎？」

「對，對，他在英格蘭。我想，他再也沒有辦法離開英格蘭了。現在他會長期留在某個地方。」

這是何等的痛苦！這個人似乎決心要延長這份痛苦。

「他已經完全瞎了。」他終於開口。「沒錯，愛德華先生如今什麼也看不見了。」

我本來擔心更壞的結局，擔心他瘋了。我鼓起勇氣問這個災厄是怎麼發生的。

「這全都是因爲他很勇敢，有人可能會說，從某個角度來看，是因爲他心地善良。他不願先行離開房子，直到他確定每個人都逃出去了。在羅契斯特太太從牆垛一躍而下之後，他從大樓梯跑下樓，遇上一次劇烈的崩塌——整棟屋子全垮了。眾人合力將他從殘垣斷瓦中拉出來的時候，他還活著，卻受到令人遺憾的傷害。有一根椽木倒了下來，保住他的小命，卻將他的一隻眼睛撞得掉出來，還使他的一條手臂受到嚴重的擠壓變形，因此卡特醫生不得不選擇當場直接截肢。他的另一隻眼睛紅腫發炎，也失去了視力。如今他眞可說是完全沒有自理能力，是個行動不便的瞎子了。」

「他人在哪裡？他現在住在哪兒？」

「在芬迪恩，他名下一座農場的領主宅第裡，距離這裡大約有三十哩遠。那是個杳無人煙的地方。」

「有誰陪著他嗎？」

「就老約翰和他的妻子，沒別人了。聽說他的財富已所剩無幾。」

「你可有任何交通工具？」

「我們有一輛輕馬車，小姐，一輛狀況很好的輕馬車。」

「麻煩你立刻將它準備好。如果你的車夫能在今天天黑前將我送到芬迪恩，我願意付給你和他兩倍的車資費用。」

譯註：

1 語出《新約聖經·馬太福音》第二十六章第四十一節。
2 語出《新約聖經·使徒行傳》第十六章第二十四至二十六節。
3 庇里牛斯山脈爲法國和西班牙兩國間的界山。

Chapter 37

第三十七章

芬迪恩的領主宅第是一棟相當古老、大小適中，坐落在樹林深處，沒有虛飾的建築物。之前我曾聽說過它，羅契斯特先生常常談到它，有時還會上那裡去。他父親買下這處房地產，純粹爲了打獵用。他曾經想出租這間房子，可惜找不到房客，因爲這個地點不適合居住，對健康也不好。因此，除了其中兩、三個房間被裝修成適合狩獵季前來短住外，平常沒有人住在這裡，房子裡也沒有傢俱。

我剛好趕在天黑前抵達這個地方，陰沉的天空、冰冷的大風，還有下個不停、讓人全身濕透的小雨正是這裡的特色。我讓輕馬車和車夫帶著我之前承諾的雙倍報酬先離開，我自己走完最後這一哩。就算已經很靠近這間領主宅第，還是什麼也看不見，因爲周圍長滿了蓊鬱黝黑的參天巨木。花崗岩柱間的鐵門指引我從哪裡進入這個地方。穿過鐵門後，我立刻發現自己置身在緊密排列的樹木間，沉浸於一片暮色裡。有條雜草叢生的小徑向下延伸到某條森林走道，兩旁是多結的灰白樹幹，頭上則是樹木枝椏形成的拱頂。我沿著它走，期盼很快就能抵達建築物，可是它一再向前延伸，迂迴前行得愈來愈遠，看不出有人煙或庭園的跡象。

我心想我可能走錯方向，迷路了。大自然的黑暗與森林的黃昏聚攏在我身邊，我環顧四周，想找出另一條路，但什麼也沒有。到處都是交織的花草莖梗、圓柱形的樹幹、濃密的夏季枝葉，沒有地方出現缺口。

我只得繼續往前走，至少前方的路是開闊的，樹木也變得比較稀疏。不久，我看見一道欄杆，接著是那棟房子——在這微弱的光線中，幾乎無法將房子和樹林區別開來，它斑駁的牆壁是如此陰濕，而且生滿苔蘚。我走進只靠一道門閂閂緊的大門，站在一處封閉的空間中央，樹林從那裡橫掃出一個半圓弧線。院子裡沒有花朵，也沒有園圃，只有一條寬闊的碎石路環繞一小塊草地，周圍的背景全是濃密的樹林。房子的正面有兩座尖銳的山牆，花格窗做得窄小，前門也很窄，只要踏上一級台階就到了門口。整體看來，這裡就像羅契斯特酒館老闆說的，「是個杳無人煙的地方。」它安靜得像是平日的教堂。啪嗒啪嗒的雨打在林葉上，是這附近唯一聽得見的聲響。

「這裡有可能住人嗎？」我自問。

沒錯，確實有某種生命的跡象，因為我聽見有東西在活動。那扇狹窄的前門正緩緩打開，有個身影恰巧自宅第內走出來。

門緩緩推開，一條人影走進暮色裡，站在那台階上——是個沒戴帽子的男人。他向前伸出手掌，彷彿想感受究竟有沒有下雨。儘管天色昏暗，我還是認出他了。他就是我的主人，愛德華・費爾法斯・羅契斯特。

我停住腳步，差點連呼吸也停住。我站著觀察他、仔細打量他，而他看不見我……唉，對他來說，我是隱形的。這是突發的會面，狂喜的那一方透過痛苦，妥善控制自己。克制自己不能發出聲音，放輕自己的腳步，對我來說沒有困難。

他的體格還是像過去那樣強健壯碩，他的腰桿依舊挺直，他的頭髮依然烏黑，他的五官沒有變化或塌陷。在一年的時間裡，任何傷心事都還不足以削弱他健壯的體格，或損害他旺盛的精力。不過在他的臉色當中，我看見一個變化：那表情既絕望又幽怨，讓我想起某些被虐待或被腳鐐鍊住的野獸或野生鳥兒，在牠惱怒悲痛之際，靠近牠是危險的。關在籠子裡的老鷹，當牠金色環狀瞳仁中的殘酷已然消失之時，看起來可能就像瞎眼的力士參孫。

親愛的讀者，你以為因目盲而狂暴的他會讓我害怕嗎？如果你這麼想，代表你很不瞭解我。我的悲傷夾雜一抹溫柔的希望，那就是我很快就能在那岩石般光潔的額頭，還有那兩瓣緊閉的雙唇上，獻上輕輕一吻，不過現在還不是時候，我還不想貿然上前搭話。

他走下那級台階，緩慢摸索著往前走向那一塊草地。過去那個勇於大步前行的他，如今上哪兒去了？接著他停下腳步，彷彿不知該往哪個方向去。他抬起手，將眼皮撐開，他使勁努力，卻只能茫然瞪著天空，還有周圍階梯式排列的樹木。對他來說，這世界只剩黑暗虛空。他極力伸展自己的右手（他把截肢的左手藏在胸前），似乎希望透過觸碰，得知他身旁放了些什麼東西，可惜他依舊只感受到空白，因爲樹木距離他站立的地方還有幾碼遠。他不甘心地放棄了努力，雙手抱胸，在雨中靜默無聲地站著，此刻大雨打在他毫無防護的頭上，約翰從屋子裡跑出來找他。

「先生，讓我扶您進屋吧，」他說：「快要下大雨了，還是回屋裡去比較好。」

「別管我。」他說。

約翰退回屋裡，沒有注意到我在那附近。羅契斯特先生現在嘗試隨意漫步——行不通，沒有一件事是確定的。他摸索著走回屋內的路，走上台階，走進屋內，關上大門。

這時我走上前去，敲了敲門，是約翰的妻子來應門。「瑪麗，」我說：「你好嗎？」

她嚇一大跳，彷彿見鬼了，我安撫她，讓她鎭定下來。「眞的是你嗎，小姐？在這麼晚的時候來到這個偏僻的地方？」對於她急切的疑問，我只是牽起她的手。接著，我隨她來到廚房，約翰坐在一堆燒得旺盛的爐火旁。我簡單向他們說明，打從我離開桑費爾德之後發生的一切我都聽說了，我來這兒的目的是探望羅契斯特先生。我拜託約翰到收費站去拿我的行李，之前我在那裡下車，把行李先寄留在那兒。然後我脫下帽子與披肩，詢問瑪麗我能不能在這間領主宅第住一晚，得知要這樣安排雖然費力，但不是完全不可能，於是我告訴她今晚我想住下來。就在這個時候，起居室的鈴響了。

「等你進去，」我說：「告訴你的主人有人想跟他說話，不過先別透露我是誰。」

「我認為他不會想見你，」她回答：「他拒絕接見任何人。」

等她回來，我問他怎麼說。

「你得先說明來意和你的名字。」她回應道。接著她倒了一杯水，和蠟燭一起放在托盤上。

「這是他搖鈴召喚的原因嗎？」

「對，雖然他瞎了，可是天黑之後他總會要求我們把蠟燭送進去。」

「把托盤給我，我來送。」

我從她手中接過托盤，她帶我來到起居室的房門前。我端著托盤，手抖得厲害，杯中的水因而潑出不少。我的心撞擊著肋骨，敲得又響又快。瑪麗為我開門，又在我走進房間後關上。

這間起居室看起來很陰暗。爐欄裡有個被忽略的小火堆，已經快要燒盡。房間裡的這位盲眼屋主斜靠在火爐旁，將頭靠在那座高聳的老式壁爐台上。他飼養的老狗派洛遠遠躺在一旁，蜷縮著身體，好像害怕被人不小心一腳踩過。當我走進房間時，派洛豎起耳朵，接著牠跳起來，發出一聲吠叫和一陣哀鳴，並朝我跑過來，差點就把托盤從我手上撞飛。我把托盤擱在桌上，伸手拍撫牠，輕聲對牠說：「躺下！」羅契斯特先生無意識地轉過頭來，想瞧瞧這場騷動是怎麼一回事，但是他什麼都看不見，只好把頭轉回去，嘆了口氣。

「瑪麗，把水拿給我。」他說。

我拿著如今只剩下半杯的水接近他。派洛跟在我後頭，仍然興奮不已。

「怎麼了？」他問。

「派洛，趴下！」我再次下令。他剛把水端近嘴邊，就停了下來，好像在聆聽。他一飲而盡，放下杯子，說：「你是瑪麗，對吧？」

「瑪麗在廚房裡。」我回答。

他伸出僅剩的一隻手，很快揮動了一下，可是因爲看不見我站在哪兒，他沒有碰到我。「你是誰？你到底是誰？」他一邊詢問，一邊努力用那雙瞎了的眼睛查看——眞是徒勞無功，令人心酸的嘗試！「回答我！快點再開口說話！」他命令道，聲音既威嚴又洪亮。

「先生，你想要再來點水嗎？我打翻了大半杯的水。」我說。

「你是誰？你是什麼東西？是誰在說話？」

「派洛認得我，約翰和瑪麗也知道我在這裡。我是今天傍晚才到的。」我回答說。

「天哪！我的腦子出現什麼妄想？是什麼甜蜜的瘋狂突然侵襲我嗎？」

「不是妄想，也不是瘋狂。先生，你的心非常堅定，不可能產生妄想；你的身體非常健康，不可能狂亂失常。」

「說話的人在哪兒？該不會只有聲音？喔！我沒有辦法用眼睛看，但我必須體會到，否則我的心會停止跳動，我的腦會爆裂。不管你是什麼，不管你是誰，讓我透過觸摸感覺你的存在，否則我活不下去！」

他探尋著。我阻止他四處遊走的手，用我的雙手包覆住。

「這是她的手指！」他大喊道，「她纖細小巧的手指！如果是這樣，那肯定還有更多的她。」

強壯的手突破我的拘留，我的手臂被他抓住，然後是我的肩膀、脖子和腰——我和他纏繞在一起，我被他擁入懷抱。

「是簡嗎？這是什麼？這是她的身形，這是她的尺寸……」

「而這是她的聲音，」我補充道：「她整個人，還有她的心，全都在這裡。願上帝保佑你，先生！我很開心能夠再次這麼接近你。」

「簡・愛！簡・愛！」他喃喃地喊道。

「我親愛的主人，」我回答說：「我是簡・愛，我終於找到你了，我終於回到你身邊了。」

「眞的嗎？是你本人嗎？是我活生生的簡嗎？」

「先生，你摸摸我，你抱抱我，抱緊一點。我的身體不像死屍那樣冰冷，也不像空氣那樣沒有實體，對吧？」

「我的寶貝還活著！這些確實是她的四肢，這些是她的五官。不過，經歷了那些不幸之後，我實在配不上這樣的幸福。這是夢，是我晚上會作的美夢。在夢中，我會再一次緊緊摟住她，就像我現在做的這樣，還有，親吻她，像這樣。我會再次感覺到她愛我，並且相信她不會離開我。」

「從今天開始，我再也不會離開你了。」

「再也不會，說這話的可是幻影？因爲每當我醒來，我總發現它是個空虛的嘲弄，我感到悲傷絕望，我覺得自己被遺棄了。我的生活一片黑暗、孤單無望；我的靈魂乾渴，卻被禁止飲水；我的心靈飢餓，卻從未能進食。溫柔、舒服的美夢，此刻且依偎在我的懷抱，你也會飛走的，就像在你之前的其他姊妹一樣。不過在你離開之前，簡，親我，抱我。」

「這裡，先生，還有這裡！」

我把自己的唇貼在他曾經明亮但如今暗淡無光的雙眼上。我撥開他額頭上的髮，也吻了那兒。他似乎突然醒悟，頓時相信眼前的這一切都是眞實。

「簡，是你，對吧？你回到我身邊了？」

「沒錯。」

「你沒有死在某條溝渠裡，沉在某條小溪中？你沒有淪落爲陌生人當中的憔悴流浪者？」

「沒有，先生！如今我是個能夠自立的女子了。」

「自立！簡，你的意思是？」

「我在馬德拉的叔叔過世了，他留給我五千英鎊的遺產。」

「啊！這很實際，這是眞的！」他喊道。「我作夢也沒有想到這種事！再說，她的聲音裡有種特別的東西，如此辛辣而有活力，如此溫柔，它讓我乾枯憔悴的心得到鼓舞，爲我的心注入了生命。什麼，簡！你是個能自立的女子？一個有錢的女子？」

「嗯，先生，相當富有。如果你不讓我和你同住，我可以在這附近蓋一棟屬於我的房子，晚上你想要有人作伴的時候，就可以過來我家客廳坐坐。」

「既然你有錢了，簡，現在你肯定有朋友會照顧你，不願見你因全心全意陪伴像我這樣的盲眼殘障人士而受苦吧？」

「我說過我能自立，先生，而且我有錢，我是我自己的主人。」

「但你願意留在我身邊？」

「當然願意，除非你反對。不然，我就會是你的鄰居，你的護士，你的管家。如果我發現你孤單，我願做你的同伴，念書給你聽，陪你散步，陪你坐著，服侍你，做你的眼和手。別再憂鬱了，我親愛的主人。只要我活著，就不會任你一個人孤孤單單。」

他沒有回答，看起來神情嚴肅，卻心不在焉。他嘆了口氣，嘴唇半張，像是想要說話，接著又閉緊雙唇。我覺得有點失了顏面，也許我太輕率地忽略了習俗，而他像席莊一樣，以爲我的一番體貼是不得體的。我的提議確實是出於自己的揣想，我認定他願意娶我，會開口要我做他妻子，這樣的想法雖然沒有說出口，我卻很有把握他是這麼想的，這樣的期待鼓舞著我，認定他會立刻宣告我是他的。可是他身上沒有洩露出那樣企圖的線索，他的表情也變得更加陰鬱。突然間，我想到也許是我完全弄錯了，也許我糊裡糊塗地成了個一廂情願的傻瓜，我開始悄悄遠離他的懷抱，但他卻熱切地緊緊攬住我。

「不，不行，簡，你不能走。不行，我已經碰觸到你，聽見你，感覺到你的體溫，還有你的出現帶來的甜蜜安慰，我有沒辦法捨棄這些快樂。我已經一無所有了，我一定要擁有你。這世界或許會笑我，甚至說我荒謬、自私，但是那又怎樣呢。我的靈魂只想要你，如果它沒有得到滿足，就要著手對自己依附的形體進行致命的報復了！」

「好，先生，我不是說了嘛，我會留下來陪你的。」

「沒錯，你是說了。但是，你對留在我身邊的想法和我的看法可能不一樣。你或許下定決心要當我的手和椅，像個小護士那樣服侍我——因爲你有一顆深情的心，而且慷慨大方，所以願意爲你同情的那些人犧牲奉獻——無疑地，那樣對我來說應該足夠了。我想，現在我已經沒有能力讓任何人開心，只配對你懷有父親般的感情。你覺得呢？來，告訴我你的想法。」

「我會照你喜歡的方式思考，先生。就算只做你的護士，我也會很滿足，假如你認爲那樣比較適當的話。」

「但是簡，你不能永遠當我的護士。你還年輕，總有一天得要結婚。」

「我不在乎結婚這檔事。」

「簡，你應該要在乎。要是我還像過去那樣健康，我會努力讓你在乎的，可是，現在我只是一個看不見的可憐蟲！」

他再次陷入愁悶中，相反地，我變得比較開心，也因此鼓起新的勇氣。最後那幾個字讓我領悟到原來困難何在，知道問題不在我身上後，我從先前的尷尬中得到解脫，頓時覺得輕鬆許多。我恢復了活潑生動的對話風格。

「該是有人負責讓你改邪歸正的時候了，」我邊說邊用手指梳開他那頭濃密的長髮，不知有多久沒剪了，「因爲我看見你正逐漸變形爲一頭雄獅，或類似的動物。你在野外素有巴比倫王尼布甲尼撒[1]的封號，那是肯定的。你的頭髮讓我想到老鷹的羽毛，至於你的指甲是不是長得像鳥爪，這一點我倒沒有注意到。」

「在這條手臂上，我既沒有手掌，也沒有指甲，」他邊說邊將那斷臂從胸膛前抽出來，展示給我看。「它不過是一截殘肢，一個可怕的景象！簡，你不這麼認爲嗎？」

「看見你的手臂和雙眼變成這樣，還有大火在你額頭上留下的疤，我實在很遺憾。不過，你知道最糟糕的是什麼嗎？有個人因爲這一切，處於深深愛上你、過分憐愛你的危險之中。」

「簡，我還以爲你看見我的斷臂和火吻在我臉上留下的疤痕，會覺得噁心呢。」

「你是這麼想的嗎？別說了，免得我會說些什麼來貶低你的判斷。好了，讓我離開你一下下，把火升得旺一些，順便把壁爐前的地面掃一掃。你能分辨得出來火燒得旺不旺嗎？」

「可以。透過右眼，我可以看見火焰的微光，像是一片紅色的煙霧。」

「那麼你可以看見蠟燭嗎？」

「非常模糊哩，每一根蠟燭都是一團發光的雲霧。」

「你看得見我嗎？」

「可惜不行，我的仙女。不過光是聽見和感覺到你的存在，我就很感激了。」

「你什麼時候吃晚餐？」

「我從來不吃晚餐。」

「可是今晚你得要吃一點。我餓了，我敢說你一定也餓了，只不過你忘了。」

我喚來瑪麗，迅速將這個房間調整成讓人比較愉快的狀態。同樣地，我爲他準備了一頓舒服的飲食。我的精神振奮，在用餐時與他輕鬆愉快地交談，餐後我們又聊了很長一段時間。和他在一起沒有擾人的限制，也不必壓抑歡欣與快活。和他在一起，我可以完全放鬆，因爲我知道自己與他契合。不管我說什麼或做什麼，總是能帶給他安慰或讓他打起精神。那感覺眞是令人愉快！它讓我的本性顯露無遺，而且更生動有趣。在他面前，我可以盡情用力地感受生命，他在我面前也是如此。儘管他眼睛看不見，但笑容洋溢在他臉上，歡樂在他額上發光，他臉上的線條也變得較柔軟且溫暖了。

吃過晚餐後，他開始問我很多問題，比方之前我待在哪裡、我做些什麼、我是怎麼找到他的，可是我只給他一部分的答案，因爲那時夜已深，要深入細節詳說分明的話，時間肯定太晚。此外，我不想碰觸到會使他內心深處情緒激動的事，不想在他心裡鑿開一口新的情緒之井。我當前的目標是鼓舞他，如同我先前說過的，他的心情確實比較振奮了些，但卻是間歇的。如果對話當中出現了片刻靜默，他會變得焦躁不安，用手觸碰我，輕喚我的名字。

「簡，你只是個人類嗎？你確定？」

「我相信是這樣沒錯，羅契斯特先生。」

「那你怎麼能在這個既黑暗又悲哀的夜晚，突然站在我孤零零的壁爐前呢？我伸長手，從傭人那兒接過一杯水，沒想到這杯水卻是你遞給我的。我問了個問題，期待約翰的妻子回答我，沒想到耳裡傳來的竟是你的聲音。」

「因爲我代替瑪麗端盤子走進來呀。」

「而且，現在我和你共度的這個時刻有種讓人著迷的魅力。誰知道過去有好幾個月，我都在黑暗、沉悶又無望的生活中勉強度日呢？什麼都不做，什麼都不期盼，分不清白天或黑夜，除了任由爐火熄滅之後的寒冷，忘記進食之後的飢餓襲來，我什麼也感覺不到。接著是永無止盡的憂傷，偶爾，在充滿欲望的譫妄中，我會再次見到我的簡。沒錯，我盼望她重回到我身邊的想法，遠遠強過恢復視力的渴求。怎樣才能讓簡願意和我在一起，說她愛我呢？她是不是會像來的時候那樣冷不防地離去呢？我好怕明天當我醒來，會發現她已經消失無蹤。」

我相信，一個跳脫他混亂思緒的平凡、實事求是的回答，對他目前的心態來說會是最好，也是最能讓他放心的答覆。我用手指輕撫他的眉毛，說起它們被烤焦了，而我打算爲它們塗點東西，讓它們像以前那樣又粗又黑。

「善心的精靈呀，你這樣對我好又有什麼用呢，反正一到命中注定的時刻，你又會棄我而去——像影子般消失無蹤，不知跑到哪去，不知是怎麼離開的，讓我怎麼也找不著你。」

「先生，你手邊有口袋梳嗎？」

「簡，你要做什麼？」

「只是想梳理這頭亂蓬蓬的黑色長髮。我挨在你身旁仔細看你，這才發現你的樣子很嚇人。你說我是個仙女，可是我覺得你更像個棕仙[2]呢。」

「簡，我有那麼醜嗎？」

「很醜，先生。你一直都是那樣，你知道的。」

「哼！不管這段時間你旅居何處，你心中的邪惡顯然都沒有被拔除。」

「但我可是跟一群好人住在一塊，人家比你好太多了，大概好上一百倍吧。他們的想法和觀點可是你一輩子從來都沒有想過的。他們是很有教養、非常高貴的人。」

「你到底是跟誰在一起？」

「如果你再那樣扭來扭去，就是逼我拔了你的頭髮，到那時，我想你就不會再懷疑我究竟是人是鬼了。」

「簡，這陣子你跟誰住在一塊？」

「先生，你別想在今晚得到答案，你必須等到明天。你知道，留下沒有說完的故事是一種擔保，表示明天我會出現在你的早餐桌旁，把故事說完。啊，對了，我得記住，到時候不能只端一杯水就出現在你的壁爐前，我至少得送一顆蛋過來，更不用說還有煎火腿。」

「你這個妖精生的、人類養大的『被掉包的小孩』，就愛嘲弄人！你讓我感受到這十二個月以來從未有過的感覺。如果掃羅當時有你做他的大衛，不必借助琴聲就能驅逐惡魔[3]。」

「好啦，先生，你現在很整潔，看起來也體面多啦。我該去休息了。坐了三天的車，實在累壞了。晚安。」

「簡，我只想再問一句：之前你住的地方裡頭只有女人嗎？」

我邊笑邊跑開，當我跑上樓時，依然笑個不停。「眞是個好點子！」我促狹地想道，「看來我有法子能讓他煩惱點別的事了。」

第二天清晨，我一大早就聽見他起床，從一個房間徘徊到另一個房間。等到瑪麗下樓，我聽見他問：「愛小姐在這裡嗎？」接著又問：「你讓她住哪個房間？那個房間不會潮濕吧？她起床了嗎？去問問她需不需要任何東西，還有她什麼時候會下樓？」

一等到我認爲早餐已經準備好，我立刻下樓，躡手躡腳地走進房間，在他發現我之前好好端詳他。看見那樣精力旺盛的人屈從於身體的病痛，眞是教人悲痛。他靜靜地坐在椅子裡，但不是放鬆地歇息，他顯然期待著什麼。如今已成習慣的哀傷神情成了他強烈的特徵，他的面容使我想起一盞熄滅的燈，正等著人重新點亮。哎呀！如今他沒有辦法自行點亮那盞燈，露出那種生氣勃勃的表情，得要靠另外一個人促成才行。我本來打算表現出既快樂又無憂無慮的態度，可是這個堅強男人身上散發的無力感觸動了我內心敏感的情緒。儘管如此，我還是盡可能用快活的語氣跟他打招呼。

「這是個明亮晴朗的早晨，先生，」我說：「雨已經完全停了，隨後而來的是溫柔的光亮，待會你應該去散散步。」

我喚醒了他喜悅的心情，他眉開眼笑。

「喔，你眞的在這裡，我的雲雀！來我這裡。你沒有離開，沒有消失？一個小時前我聽見你的一個同伴站在樹林頂端歌唱呢，可是對我來說，牠的歌聲沒什麼特別的，就跟上升的太陽會發出光芒一樣。對我的耳朵來說，這世界上所有旋律全都集中在我的簡的舌頭上——我很高興我的耳朵沒聾——我能感受到的所有陽光全都是因爲她的出現。」

聽見這番依賴的告白，我的眼睛盈滿淚水。這就像是一隻被拴在棲木上的皇家獵鷹，不得不懇求麻雀爲牠供應食物。但我不想做個愛哭鬼，我匆匆抹去眼淚，忙著準備早餐。

這天早上的大部分時間是在戶外度過。我引導他走出那潮濕荒蕪的樹林，來到開闊的田野，向他描述眼前所見有多麼豔綠，花朵與樹籬看來是多麼清新，蔚藍的天空有多麼閃耀。我在一處隱蔽舒服的地點爲他安排了個座位，那是一截乾燥的樹木殘幹。等他坐定，我也沒拒絕他的要求，便坐在他的大腿上。既然我們靠近彼此時感覺比分離更快樂，我有什麼理由拒絕他呢？派洛躺在我們身邊，四周靜悄悄的。他緊緊地擁抱著我，突然間他爆發了——

「你這殘酷、無情的逃兵！喔，簡，當我發現你逃離桑費爾德，當我到處找不著你的時候，你可曾知道我的心情？更不用說在仔細檢查你的房間後，發現你沒帶錢也沒帶走任何有價値的東西時，我有什麼感受了！我送給你的珍珠項鍊原封不動留在那小巧的首飾盒裡。你爲蜜月旅行準備的大衣箱仍然鎖著，上頭還繫著繩子。我自問，我的寶貝身無分文，她該何去何從呢？她要靠什麼維生呢？現在說給我聽吧。」

在他的敦促下，我開始敘述去年的經歷。關於那三天的流浪和挨餓，我只輕描淡寫地略帶過，因爲和盤托出所有實情可能會讓他承受不必要的痛苦。儘管我說得不多，但他忠貞的心遭受到的斥責遠比我想像的深遠許多。

他說，我不該這樣瞻前不顧後地離開他，我應該告訴他我的想法。我應該信賴他，他絕不會強迫我做他的情婦。那時處於絕望的他或許反應猛烈，但其實他愛我愛得太徹底、也太溫柔，他絕不可能是想宰制我的暴君。他會將一半的財產送給我，不求任何回報，連一個吻也不必，而不是任我將自己人地生疏地丟入這個遼闊的世界。他確信我吃過的苦絕不止我坦白的那些。

「好啦，不管我受過什麼折磨，那段時間非常短暫。」我說。接著，我告訴他我如何在荒原莊得到招待，我如何得到學校教師的職務，諸如此類的事。然後是繼承鉅款，發現我的親戚。當然，席莊・瑞佛斯的名字在我說故事的過程中經常被提到。當我說完後，那個名字立刻被提起。

「那麼這個席莊是你的表哥嗎？」

「對。」

「你經常提到他，你喜歡他嗎？」

「他是個非常好的人，先生，我沒辦法不喜歡他。」

「一個好人？你是指他是個值得尊敬的、彬彬有禮的五十歲男人嗎？還是什麼別的？」

「席莊才二十九歲呢，先生。」

「啊，就像法國人說的『還年輕』。他是個個子矮小、冷漠、長相平庸的人嗎？他的好是那種沒有過錯，卻說不上什麼品行出眾嗎？」

「他非常活躍，從不知什麼叫做疲倦。偉大和崇高的行爲是他致力追求的一切。」

「但是他的腦子呢？可能很愚蠢吧？他雖然是一片好意，可是你才不把他說的話當成一回事？」
「他的話很少，先生。不過，他說的話全都切中要害，簡潔中肯。他的腦袋很優秀，我覺得他不是個容易感動的人，但他的確充滿活力。」
「所以他是個能幹的人囉？」
「確實很能幹。」
「是個受過良好教育的人嗎？」
「席莊是個才華洋溢、知識淵博的學者。」
「我記得你剛才說，你看不慣他的舉止？是不是他自命清高又愛說教？」
「我哪有提過他的舉止，不過除非我的品味很差，否則應該會覺得挺合我口味的。他風度翩翩、優雅沉著，一副紳士派頭。」
「他的長相……我忘了你是怎麼說的……沒有經驗的助理牧師，被自己的領巾勒得快喘不過氣來，踩著厚底半統靴增高，是嗎？」
「席莊衣著得體。他是個英俊男子，高大挺拔，有一雙藍色的眼睛，古希臘式的輪廓。」
他朝一旁咒了句，「該死的他！」接著轉頭面對我，問：「簡，你喜歡他嗎？」
「是的，羅契斯特先生，我喜歡他。你剛才不是已經問過了嗎？」
當然，我察覺到他的心緒浮動。忌妒緊緊攫住他的心，使他惶惶不安，不過這是好事，它讓憂鬱的毒牙暫時停止啃蝕他。因此，我並不想馬上馴服那條蛇。
「愛小姐，也許你不願意繼續坐在我的膝蓋上？」這問話有點出乎我意料。
「爲什麼呢，羅契斯特先生？」

「你剛才描繪的情況點出了強烈的對比。你的話語勾勒出一個無比優雅的阿波羅[4]，在你心中，他高大俊美、藍眼，帶著古希臘風的輪廓。而你的雙眼卻凝視著一個伏爾岡[5]——一個真正的鐵匠，皮膚黝黑，肩膀寬闊厚實，還又瞎又跛。」

「我從來沒有這樣想過。不過，先生，你的確比較像伏爾岡。」

「既然如此，小姐，你可以離開我。但是在你離開之前，」他更使勁地攬住我，不讓我走，「我認爲你很樂意再回答我一兩個問題。」他暫時住口。

「羅契斯特先生，是什麼問題呢？」

隨之而來的是以下這段交叉詰問。

「在他知道你是他的表妹之前，席莊就開口邀你當莫頓學校的老師嗎？」

「對。」

「你常常見到他嗎？他偶爾會到學校拜訪嗎？」

「他每天都來。」

「簡，他贊同你的教學方案嗎？我知道那些必定是很棒的方案，因爲你是一個很有天分的人！」

「他贊同的，沒錯。」

「他一定在你身上發現許多他未曾期待看見的事吧？你的某些才能並不尋常。」

「這一點我不太清楚。」

「你說，你在學校附近有間小屋，他曾經到那裡看你嗎？」

「他時常來看我。」

「他會在晚上去找你嗎？」

「有一兩次。」

一陣停頓。

「發現你們有親戚關係後，你和他以及他的妹妹同住了多久？」

「五個月。」

「席莊花了很多時間陪伴他家中的女眷嗎？」

「是。屋子後方的客廳是他的書房，也是我們的書房。他的位子在窗邊，我們的座位在桌子旁。」

「他花很多時間自修嗎？」

「非常多。」

「他研讀什麼？」

「印度斯坦語。」

「那你呢？」

「一開始的時候，我學德文。」

「他教你嗎？」

「不，他不懂德文。」

「他什麼都沒教你？」

「教了一點點印度斯坦語。」

「席莊教你印度斯坦語？」

「是的，先生。」

「他妹妹也學嗎？」

「沒有。」
「只有你學？」
「只有我。」
「是你要求想學的嗎？」
「不是。」
「是他想教你？」
「對。」
第二次暫停。
「他為什麼想教你這個？印度斯坦語對你能有什麼用處？」
「他希望我能跟他一塊兒去印度。」
「啊！終於讓我找到事情的根源了。他希望你嫁給他對吧？」
「他要我嫁給他。」
「那是虛構的——你編這個厚顏無恥的虛構故事只是想惹我生氣吧。」
「你說什麼？這可是千眞萬確的事實。他不止一次向我求婚，而且態度可是比你過去堅決得多呢。」
「愛小姐，容我再重複一次，你可以離開我。我得反覆說同樣的事情幾次呢？我不是已經下了逐客令嗎？為什麼你還繼續頑固地坐在我的大腿上呢？」
「因為我在這裡坐得很舒服呀。」
「不對，簡，你才不可能覺得那裡很舒適，因為你的心不在我身上，而是跟這個親戚，這個叫席莊的傢伙在一塊。喔，直到這一刻，我還以為我可愛的簡全都屬於我呢！我原本相信即使她離開我，她還是深愛著我，而那個信念是過去眾多痛苦中唯一的一絲甜蜜。儘管我們分開這麼久，儘管我為我們的分離不知流了多少熱淚，我從來沒有想過在我為她憂傷時，她正愛著另一個人！啊，但是悲痛傷心又有何用！簡，你走吧，去找席莊，去嫁給他吧！」

「那麼，先生，你甩掉我吧，把我推開，因為我可不會自行離開你。」

「簡，我總是很喜歡你說話的口吻，它能使希望復活，聽起來是這麼坦率。聽見它，讓我好像回到了一年前。可惜我忘了你已經建立起一段新的關係。不過我可不是傻瓜，你走吧。」

「先生，我該上哪兒去呢？」

「走你自己的路，和你選擇的丈夫在一起。」

「你指的是誰呀？」

「你明知故問，就是這個席莊・瑞佛斯啊。」

「他不是我的丈夫，永遠也不會是。他不愛我，我也不愛他。他愛的——雖然他有能力愛人，但是跟你的方式不一樣——他愛的是一個名叫羅莎玫的漂亮小姐。他想要娶我，只是因為他認為我可以勝任傳教士的妻子這個職務，而羅莎玫沒有機會這麼做。他是好人，也很偉大，但他非常嚴厲，更別提他對我冷若冰霜。先生，他跟你不一樣。在他身旁我並不快樂，接近他或和他在一起也是如此。他對我毫不寬容，也沒有憐愛之心。他在我身上看不見任何吸引力，甚至連我的青春也無法打動他，他只喜歡我的幾項智力見解。這樣我還得離開你去找他嗎？」

我不由自主地劇烈打顫，出於本能地緊緊抱住我眼盲但摯愛的主人。他露出笑容。

「什麼，簡！這是真的嗎？你和席莊之間真是你說的那樣嗎？」

「千真萬確！噢，你不需要忌妒啊！我只是想逗你一下，讓你不要那麼悲傷。我以為憤怒比傷心來得好。不過，要是你眞希望我愛你，就請你看看我有多麼愛你，你一定會覺得既驕傲又滿足。先生，我的心全是你的，它完完全全屬於你，即使命運把我的其他部分奪走，我的心也永遠與你同在。」

他親吻我，但痛苦的思緒再次襲擊他，使他的神色變得憂鬱。

「我枯萎的視力！我殘廢的力氣！」他悲痛惋惜地低語。

我輕輕撫摸他，想緩和他心中的痛楚。我知道他在想什麼，我想代替他把話說出來，卻又不敢這麼做。等到他把頭轉開一會兒，我看見一顆淚珠從他緊閉的眼皮底下滑落，滴在他充滿男人味的臉頰上。我的心情也跟著澎湃起來。

不久，他說：「現在的我跟桑費爾德莊園裡那棵遭到雷擊的老七葉樹不相上下了。那樣的枯木有什麼權利爭取發芽中的金銀花，用它的青春活力覆蓋朽株的衰敗呢？」

「先生，你不是枯木，也不是遭遇雷擊的殘株，你精力充沛又強壯。植物會在你的根部生長，無論你是否要求它們這麼做，因爲它們喜歡待在你慷慨大方的綠蔭下。等到它們長大，它們會傾身靠近你，環繞著你，因爲你的力量提供它們非常安全的支撐。」

他再次露出笑容。我帶給了他安慰。

「簡，你指的是朋友吧？」他問。

「對，朋友。」我回答得相當猶豫，因爲我知道自己心裡想的可不只是朋友，可是不知道該用什麼其他字眼好。沒想到他出手幫忙了。

「啊，簡！可是我想要的是個妻子。」

「先生，你這麼想嗎？」

「沒錯，這對你來說是新聞嗎？」

「當然，之前你什麼也沒提呀。」

「它是不受歡迎的新聞嗎？」

「喔，視情況而定——要看你的選擇。」

「簡，你可以代替我做出選擇。我會遵從你的決定。」

「那麼先生，你該選擇那個最愛你的人。」

「我自然會選擇我最愛的人。簡，你願意嫁給我嗎？」

「我願意。」

「你願意嫁給一個可憐的盲人，攙著他的手，引導他到每個地方嗎？」

「我願意。」

「你願意嫁給一個比你年長二十歲的殘廢，終身侍奉他嗎？」

「我願意。」

「眞的嗎，簡？」

「再眞實不過，先生。」

「喔，我的寶貝！願上帝保佑你並賞賜你！」

「羅契斯特先生，如果我這輩子曾做過什麼好事，曾存了什麼善念，曾做過什麼眞摯無瑕的祈禱，曾許下什麼正當的願望，現在我已經得到賞賜。對我來說，做你的妻子是我在這世界上最快樂的一件事。」

「那是因爲你以犧牲爲樂。」

「犧牲！我犧牲了什麼？我的飢餓得到了食物，我的期望得到了滿足。我有幸能將自己的手臂環繞在我珍愛的人身上，把我的唇印在我深愛的人身上，躺在我信任的人身上歇息，這些難道叫做犧牲嗎？如果是，那麼我的確以犧牲爲樂。」

「你還要忍受我的殘疾，簡，還要忽略我的缺點。」

「先生，那些對我來說都無足掛齒。以前你擁有令你自豪的獨立時，我雖然愛你，但是你鄙視給予者和保護者以外的其他角色。如今我更愛你了，因爲我對你是眞正有用處的。」

「直到今天，我討厭受人幫忙，被人引導。從今以後，我想我不會再討厭這些事了。我不喜歡讓僕人握著我的手，可是感受它被簡的纖細指頭圈住肯定會很愉快。面對僕役一成不變的陪伴，我寧可保持徹底的寂寞，但是簡的溫柔照料會是無止盡的樂事。簡很適合我，但不知道我適合她嗎？」

「先生，你和我的天性完全契合。」

「既然如此，我們還等什麼呢。我們應該馬上結婚。」

他的表情和話語都急不可待，他過去那種急躁個性又逐漸抬頭了。

「簡，我們應該馬上共結連理。只要一拿到許可，我們倆就立刻結婚。」

「羅契斯特先生，我剛才發現太陽已經西斜，派洛也跑回家用餐了。讓我看看你的錶。」

「簡，把錶繫在你的腰帶上吧，今後由你保管，反正我用不到了。」

「先生，現在將近下午四點鐘。難道你都不餓嗎？」

「簡，我們的婚禮就定在大後天舉行。現在別去考慮什麼漂亮的衣服和珠寶，好嗎？那些東西實在一文不值。」

「陽光已經把所有雨滴全曬乾了，先生。一點風也沒有，實在好熱呀。」

「簡，你知道嗎？現在我身上就戴著你那串珍珠項鍊，就掛在我深紅褐色的脖子上，藏在領巾下。打從失去我唯一的珍寶那天起，我就把它戴在脖子上，當成對她的紀念品。」

「我們不如穿過樹林回家，那條路應該比較陰涼。」

他滿腦子都是自己的想法，根本沒有留意我說了些什麼。

「簡！我敢說你認爲我是個沒有宗教信仰的狗吧，但其實此刻我心裡對仁慈的上帝充滿了感激。祂看人的方式與人看人不同，但卻更清晰透徹；祂評斷人的方式與人論人不同，但卻更有智慧。我過去做錯了，我幾乎玷污了我的純眞花朵，讓它的純潔沾上罪孽，幸好上帝從我身旁奪走它。那時我頑強地反抗，幾乎詛咒上天這樣的安排，我不願順從天意，還違抗它。於是神降下懲罰，災難接踵而至，我被迫行過死蔭的幽谷[6]。祂的責罰強而有力，經過這次打擊，讓我從此變得謙遜。你曉得過去我很自豪於我的力量，但是看看我現在的模樣，我不得不倚靠他人指引，就像孩子得倚靠大人那樣。近來，簡，直到最近，我才看見，我才承認上帝的手操縱著我的命運。我開始感受到懊悔、自責，想要和我的造物主和解。我開始偶爾禱告，儘管是非常簡短的禱告，卻是無比眞誠。

「幾天前，不，我可以算出確切的天數，四天，也就是上週一晚上，我突然感覺到一種奇異的情緒，悲傷、消沉的痛苦取代了暴怒。長久以來我一直有個感想，總覺得既然我到處找不著你，肯定是因爲你已經死了。那天夜很深的時候，也許是介於十一到十二點之間，在我準備上床就寢前，我向上帝懇求，如果祂認爲允當，我希望很快就能結束此生，獲准進入天國，因爲在那裡，還有希望可以重新和簡在一起。

「當時我人在自己的房間裡，坐在敞開的窗戶邊。儘管我看不見星辰，只能靠著模糊、微微發光的薄霧知道月亮的存在，但溫和的夜風讓我的心情比較平靜些。我好想見你，簡！喔，我的靈魂與肉體同樣渴望著你！我既痛苦又謙遜地詢問上帝，是不是我承受孤獨淒涼、痛苦與折磨的時間還不夠久，難道還不能讓我再次品嘗至福與平靜的滋味嗎？我承認，我現在忍受的這一切全都是我自作自受，但我懇求，說我再也沒有辦法忍受下去了。這時，我不由自主脫口嚷出內心的願望：『簡！簡！簡！』」

「你大聲喊出那些字嗎？」

「沒錯。假如有人聽見了，他肯定會認爲我瘋了，因爲我用發狂似的力量大聲宣告。」

「這件事發生在上週一的晚上，接近午夜時分？」

「對，但是發生的時間並不重要，之後的接續才是重點。你可能會認爲我迷信，我的血液中確實存有某些迷信，而且永遠都會是如此，不過，這是眞的——至少我接下來要說的，是我親耳聽見的。

「在我大喊過你的名字後，有個聲音——我不知道那個聲音是打哪兒來的，但我知道那是誰的聲音——那個聲音回答說，『我來了！等等我！』過了一會兒，風捎來耳語般的話語，『你在哪裡？』

「如果我有能力，我想告訴你，這個想法、這些話語的畫面打開了我的心，不過想要充分傳達我想表達的事有點困難。正如你可以看見，芬迪恩被埋在茂密的叢林中，在這裡，聲音會變得悶悶的，消失時根本無法產生回響。『你在哪裡？』這句話似乎是從群山間發出來的，因爲我聽見山丘傳來回聲，重複這句話。當時的空氣變得又涼又清爽，似乎有陣風吹拂過我的額頭，使我認爲在某種荒涼孤獨的場景中，我和簡肯定會再見面。我深信，不論如何，我們倆必定會重逢。在那一刻，簡，你無疑是處在一種無意識的睡眠中。也許你的靈魂從它的軀殼閒晃到我身邊來安撫我，因爲那些是你說話的口音，正如我確定自己活著，我很確定它們是你的聲音！」

親愛的讀者，我聽見神祕召喚的時間也發生在週一晚上，接近午夜時分。那幾個字正好是我脫口而出的回答。我聽著羅契斯特先生的敘述，卻沒有透露我遇上的神祕事件。驚人的巧合讓我覺得太可怕也太難以解釋，以至於我根本不想多說或討論。假如我說出來，我的故事必然會在聽故事者的心上留下深刻的印象，但那顆心吃了太多苦，很容易變得憂鬱愁悶，實在不需要讓它承受更深的超自然陰影。於是我只把這一切的事存在心裡，反覆思量。

「現在你就明白，」我的主人繼續說：「昨晚你出乎意料站在我身旁時，我爲什麼會很難相信，認爲你不過是一個聲音或一種幻象，一個會悄然無聲、化爲烏有的東西，就像之前夜半耳語和山間回聲的消失一樣。現在，我感謝主！我明白這次不一樣了。沒錯，我感謝主！」

他讓我離開他的膝蓋，站起身，虔誠地把帽子從額頭上抬了抬，並垂下他看不見的雙眼，盯著地上，他沉默地祈禱。我只聽見最後幾句敬拜的言語。

「我感謝我的造物主，在審判當中，仍不忘寬恕。我虛心懇求我的救世主耶穌基督賜給我力量，從此以後過著比至今我所經歷的一切更爲純淨的人生。」

然後他伸出手，等著我引領他。我牽起那隻親愛的手，按在我的唇上好一會兒，接著讓它搭在我的肩膀上。由於我的身高遠比他矮，所以我同時扮演他的支柱與嚮導。我們走入樹林中，往家的方向前行。

譯註：

1指的是巴比倫王尼布甲尼撒二世（Nebuchadnezzar, 605 BC-528 BC），對外武功成就顯赫，曾摧毀耶路撒冷，將猶太人囚於巴比倫，對內文治卓越，社會安定，經濟繁榮。後來卻因自滿自傲，「被趕出離開世人，吃草如牛，身被天露滴濕，頭髮長長，好像鷹毛；指甲長長，如同鳥爪。」典出《舊約聖經‧但以理書》第四章第三十三節。

2蘇格蘭傳說中，會在夜間出現幫忙農家做家務的小精靈（brownie）。

3典出《舊約聖經‧撒母耳記上》第十六章第十四至二十三節。

4阿波羅（Apollo），希臘、羅馬神話中的太陽神，年輕俊美。

5沃爾岡（Vulcan），羅馬神話中的火與鍛冶之神。跛足的他娶了美神維納斯爲妻，但妻子卻與身材挺拔的戰神馬爾斯偷情，甚至生下三個孩子。

6語出《舊約聖經‧詩篇》第二十三章第四節。

Chapter 38

第三十八章 尾聲

親愛的讀者，我嫁給他了。我們舉行了一場安靜的婚禮，現場只有他和我、教區牧師和書記官。我們從教堂回到家以後，我走進領主宅第的廚房，瑪麗正在準備午餐，約翰正在清理刀具，而我說：「瑪麗，今天早上我嫁給羅契斯特先生了。」這位管家和她的丈夫都是正派、冷靜的人。你可以在任何時候向他們宣布一件重大消息，而不必擔心耳朵被刺耳的尖叫聲刺痛，或是被滔滔不絕的驚嘆聲嚇得目瞪口呆。

聽見我這麼說，瑪麗確實抬起頭盯著我看了好一會兒，她手上那支用來爲烤雞澆肉汁的長柄杓確實懸在半空中不動，足足停了三分鐘，同時間，約翰也停止爲手中的刀具磨光。不過，等到瑪麗再次俯身照顧烤雞時，她只淡淡說了句：「是麼？小姐，那太好了，事情本來就該如此！」

過了一會兒，她繼續說：「早上我看見你和主人出門，可是我不知道你們是要上教堂結婚去。」接著她就忙著淋肉汁去了。我轉過身來看看約翰，他早已笑得合不攏嘴。

「我早就跟瑪麗說事情會變成這樣，」他說：「我瞭解愛德華先生（約翰是個老僕，從他主人還小的時候就認識他了，因此，約翰通常會直呼他的教名），我知道他會怎麼做，而且我確信他不會等太久才發動攻勢。就我所知，他做得很對。祝你幸福，小姐！」說完，他禮貌地輕拉額髮以示敬禮。

「謝謝你，約翰。羅契斯特先生交代我把這個拿給你和瑪麗。」

我將一張五英鎊的紙鈔放進他手中。不等他說些什麼，便離開了廚房。一段時間後，我從廚房門口走過，聽見以下這些話。

「主人與其娶富家千金，不如娶她好。她雖然長得不算漂亮，可是她不傻，心地又很善良。誰都看得出來，在他眼中，她是個大美女。」

我立刻寫信到荒原莊與劍橋，說明我做了什麼事，同時也完整說明爲什麼我這麼做。黛安娜和瑪莉毫無保留地贊同我的做法。黛安娜宣稱，她只肯給我時間去度蜜月，然後她就要來探望我。

「簡，告訴她最好別等到那個時候，」當我把黛安娜的信讀給羅契斯特先生聽，他這麼說道。「如果她這麼做，肯定要等到天荒地老，因爲我們的蜜月可是會持續到一輩子那麼長，唯有在你或我死後，才算是度完蜜月。」

我不知道席莊收到這個消息時作何反應，他從來沒有回覆我寄出的那封信。然而六個月後他寫信給我，沒有提到羅契斯特先生的名字，也沒有提到我的婚姻。他的來信內容非常嚴肅，不過語氣倒是很平靜。從那時候起，儘管頻率並不高，他依舊保持規律的來信。他祝我快樂，相信我不是那種生活中沒有神的人，只關心俗世事務。

親愛的讀者，你沒有完全忘記小阿黛爾吧？我可沒有忘了她。我很快就得到羅契斯特先生的同意，動身前去他爲她安排的學校探望她。再次看見我，她表現出來的狂喜讓我深受感動。她看起來又瘦又蒼白，她說她在那裡過得不快樂。我發現對她這個年紀的孩子來說，那所學校的校規太過嚴格，安排的教學課程又太過艱深，於是我決定把她帶回家。我本來想再次擔任她的家庭教師，可是沒多久就發現這樣並不可行。如今，有另一個人需要我的時間與關注——我的丈夫需要我全神貫注的陪伴。所以我找了一間管理比較寬鬆的學校，而且離家不遠，我可以經常去探望她，有時還能帶她回家小住。我特別留意讓她過得舒舒服服，什麼都不缺，她很快就融入新的寄宿學校，變得非常快樂，在學業上也大有進步。隨著她逐漸長大，扎實透徹的英國教育矯正了她絕大部分的法國毛病。等到她從學校畢業後，我發現她成爲一個討人喜歡、樂於助人的好伴侶——順從、好脾氣、條理分明。出於感激，長久以來她一直很關心我和我家人，早已報答了我在能力所及之處曾給過她的小小幫助。

我的故事已近尾聲。最後，我想提一下我的婚後生活，同時簡短回顧這個故事中幾位要角後來的命運。

如今我結婚已經十年。我曉得和我最愛的人一同生活，還有完全爲他而活是什麼樣的情景。我認爲我太有福了——這幸福超過言語所能形容，因爲我是我丈夫全部的生命，而他是我全部的生命。沒有哪個女人能比我更貼近自己的伴侶，更像是他骨中的骨，肉中的肉[1]。對於愛德華的相伴，我永不厭倦，他對我的陪伴也是如此，正如我們對各自胸膛中那顆心的跳動永不厭倦一樣，因此，我們總是廝守在一起。對我們而言，在一起跟獨處一樣自由，同時與有伴一樣快活。我們總是整天交談個不停，因爲跟對方說話，就像是較活潑且聽得見的思考。我向他吐露所有心事，他也把所有心事告訴我。我們的個性配合得如此恰到好處，琴瑟和諧是必然的結果。

在我們婚後的頭兩年，羅契斯特先生依舊雙眼失明。也許正是這種境遇，讓我們非常靠近彼此，將我們緊緊相繫，因爲當時我是他的眼，正如現在我仍舊是他的右手一樣。確實，我是他的心肝寶貝（他經常這樣稱呼我）。他透過我看見大自然，閱讀書籍。我代表他凝視事物，把視覺化爲文字敘述，這差事從來不曾令我疲勞煩悶。我爲他描述眼前的景象——田野、樹木、城鎮、河流、雲朵、日光的印象；我爲他描述周遭的天氣——凡是光線不再能銘刻在他眼中的，全都經由他耳中聽見的聲音留下了深刻的印象。念書給他聽，帶領他到他想去的地方，爲他做他希望能完成的事，我對這些事從來不覺厭倦。替他做這些事，我樂此不疲，儘管有些傷心，卻享受充分而獨特的愉快——因爲他要求我幫忙時既不感到痛苦羞愧，也不覺得沮喪屈辱。他是如此衷心地愛我，他知道我的隨侍左右沒有半點勉強。他覺得我是如此深情地愛著他，因此，提供那樣的陪伴能滿足我最甜蜜的願望。

婚後即將滿兩年時，有天早上，我正在聆聽他的口述，爲他代筆寫信，他靠過來趴在我身上，說：

「簡，你的脖子上是不是有個閃亮亮的裝飾品？」

我戴著一條金色的錶鍊，於是我回答：「是啊。」

「你今天穿了一件淡藍色的洋裝嗎？」

確實如此。那時他才告訴我，最近他覺得一隻眼睛矇朧混濁的狀況似乎變得輕微了些，此刻他終於可以確定是這樣沒錯。

我們一同前往倫敦。他向一位傑出的眼科醫生諮詢，最後他終於恢復了那隻眼睛的視力。現在他還是無法看得非常清楚，也不能長時間閱讀或寫字，但他不需要別人的引導，就能自己找到路。對他來說，天空不再是一片空白，土地也不再是一片虛無。當他抱著自己的第一個孩子，他可以看見那男孩遺傳了他的眼睛，就像它們過去的模樣——圓潤烏黑且閃著光亮。那一刻，他再次衷心感謝上帝帶著憐憫，減輕了判決。

因此，我和我的愛德華都快樂無比，又因爲我們深愛的那些人也過得同樣幸福，所以我們更覺得快樂。黛安娜和瑪莉·瑞佛斯都結婚了。每一年我們都會輪流互相造訪，今年他們來看我們，明年我們去拜訪他們。黛安娜的丈夫是海軍艦長，一名英勇的軍官，同時也是個好人。瑪莉的丈夫是個神職人員，是她哥哥的大學朋友，從他的成就和處世原則來看，剛好配得上這門婚事。費茲詹姆士艦長和華頓先生都深愛他們的妻子，也都爲他們的妻子所愛。

至於席莊·瑞佛斯，他離開英格蘭，前往印度，循著他爲自己標示的道路前進，至今仍努力追尋不懈。在岩石和危險中，再也沒有哪個拓荒者比他更意志堅決、不屈不撓了。他堅定、忠誠、全心全意，充滿活力、熱情與眞理，他爲了人類而勞動，使他們痛苦的進步之路變得暢行無阻。他像個巨人般，砍除妨礙進步的信念偏見與種姓制度[2]。他或許很嚴厲，或許很專制，或許野心勃勃，但他的嚴厲是基督徒戰士大愛[3]的嚴厲，護衛他的朝聖者隊伍不受地獄魔王亞玻倫[4]的攻擊。他的專制是使徒的專制，當他說「若有人要跟從我，就當捨己，背起他的十字架來跟從我」[5]的時候，完全是為上帝發言。他的野心勃勃是崇高領袖精神的野心勃勃，目標是在蒙獲救贖者的第一列，占得一席之地，他們沒有瑕疵地站在神的寶座前，分享羔羊名冊中最後的偉大勝利——這群羔羊是上帝所召、所選的虔信者。

席莊沒有結婚，如今他再也不會結婚了。至今為止，他一直滿足於自己的苦行，然而這苦行即將結束，他輝煌的太陽趕著下山。他寄來的最後一封信讓我的凡人眼淚流個不停，但我的心卻充滿了神聖的喜悅：他正期待著屬於他的確切賞賜，不能壞的冠冕[6]。我知道下一次會是由一雙陌生的手寫信給我，說這個良善又忠心的僕人終於蒙上主召喚。我何必為此哭泣呢？席莊的臨終時刻絕不會因死亡的恐懼而蒙上陰影，他的神智會是一片清明，他的心仍百折不撓，他的希望是確定的，他的信念堅定不移。他信裡的話就是證明。

「我的主人，」他說：「已經事先告誡我。祂每天都會更加明白地宣告：『是了，我必快來！』而我每個小時都更熱切地回應：『阿們！主耶穌啊，我願祢來！』[7]」

譯註：

1 語出《舊約聖經・創世紀》第二章第二十三節。

2 印度境內劃分社會階級的制度，分為婆羅門、刹帝利、吠舍和首陀羅四大種姓，彼此間互不來往、通婚。

3 大愛（Greatheart），是英國作家班揚（John Bunyan）的作品《天路歷程》（*The Pilgrim's Progress*）書中人物，他保護女朝聖者克麗絲緹安娜（Christiana）一行人前往聖城。

4 亞玻倫（Apollyon），無底坑（地獄）的使者，語出《新約聖經・啓示錄》第九章第十一節。在《天路歷程》中，亞玻倫被基督徒打敗。

5 語出《新約聖經・馬可福音》第八章第三十四節。

6 語出《新約聖經・哥林多前書》第九章第二十五節。

7 語出《新約聖經・啓示錄》第二十二章第二十節。

國家圖書館出版品預行編目資料

簡愛／夏綠蒂 · 白朗特（Charlotte Brontë）著；劉珮芳、陳筱宛譯 .
—— 二版 . ——臺中市：好讀出版有限公司 , 2021.10
面：　公分，——（典藏經典；50）

譯自：Jane Eyre

ISBN 978-986-178-564-6（平裝）

873.57　　110014074

好讀出版

典藏經典 50

簡愛【新裝珍藏版】

原　　著／夏綠蒂・白朗特 Charlotte Brontë
翻　　譯／劉珮芳、陳筱宛
總 編 輯／鄧茵茵
文字編輯／林碧瑩、林泳誼
封面設計／曾子倢
行銷企畫／劉恩綺
發 行 所／好讀出版有限公司
407 台中市西屯區工業 30 路 1 號
407 台中市西屯區大有街 13 號（編輯部）
TEL:04-23157795　FAX:04-23144188
http://howdo.morningstar.com.tw
（如對本書編輯或內容有意見，請來電或上網告訴我們）
法律顧問／陳思成律師

讀者服務專線：(02)23672044 / (04)23595819#230
讀者傳眞專線：(02)23635741 / (04)23595493
讀者專用信箱：service@morningstar.com.tw
晨星網路書店：http://www.morningstar.com.tw
郵政劃撥：15062393（知己圖書股份有限公司）
如需詳細出版書目、訂書，歡迎洽詢

二版／西元 2021 年 10 月 15 日
初版／西元 2012 年 3 月 15 日
定價：399 元
如有破損或裝訂錯誤，請寄回知己圖書更換

Published by How-Do Publishing Co., Ltd.
2021 Printed in Taiwan

ISBN　978-986-178-564-6

填寫線上讀者回函
獲得更多好讀資訊